圖 3•0•1　達文西，<最後的晚餐>。

圖 3•1•1　雅典帕特儂神廟遺址

圖 3•1•2　臺北福山植物園，謝德瑩攝。

圖 3·2·4　商代晚期，史鼎。

圖 3·2·5　商代晚期，
四羊方尊。

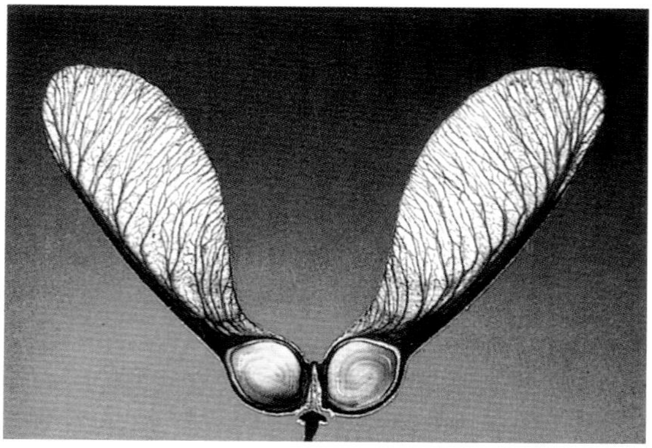

圖3·2·1　楓樹的翅果

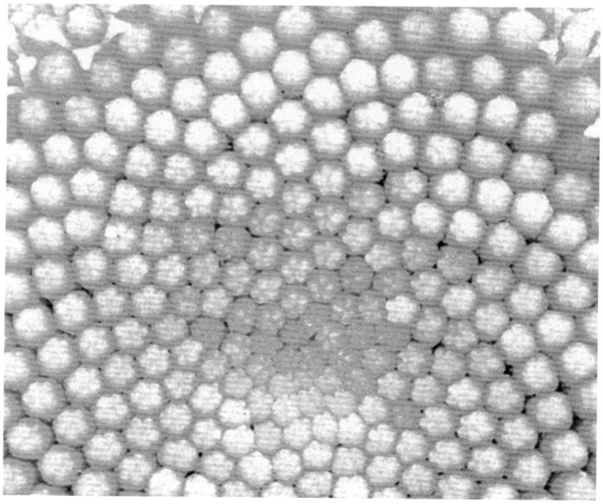

圖3·5·3　雛菊的花心

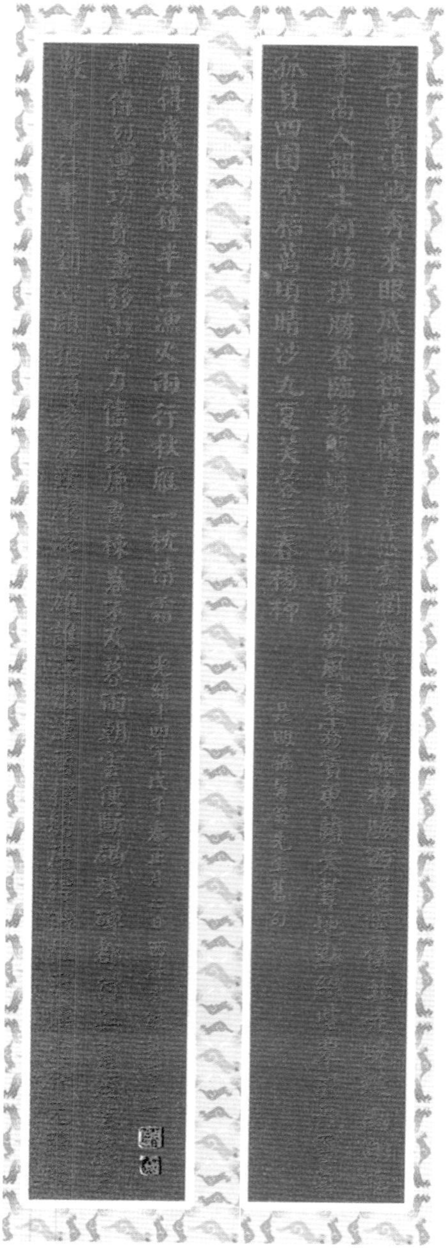

圖3·2·10　天下第一長聯

琴清流楚激紘商秦曲發聲悲摧藏音和詠思惟空堂心憂增慕懷慘傷仁
芳廊東步階西遊王姿淑窕窈伯邵南周風興自后妃荒經離所懷嘆嗟智
蘭休桃林陰翳桑懷歸思廣河女衞鄭楚樊厲節中闈淫遐曠路傷中情懷
凋翔飛燕巢雙鳩土迤逶路遐志詠歌長歎不能奮飛妄清幃房君無家德
茂流泉情水激揚眷頎其人碩興齊商雙發歌我袞衣想華飾容朗鏡明聖
熙長君思悲好仇舊蕤葳粲翠榮曜流華觀冶容爲誰感英曜珠光紛葩虞
陽愁歎發容摧傷鄉悲情我感傷情徵宮羽同聲相追所多思感誰爲榮唐
春方殊離仁君榮身苦惟艱生患多殷憂纏情將如何欽蒼穹誓終篤志貞
牆禽心濱均深身加懷憂是嬰藻文繁虎龍寧自感思岑形熒城榮明庭妙
面伯改漢物日我兼思何漫漫榮曜華彫旂孜孜傷情幽未猶傾苟難闈顯
殊在者之品潤乎愁苦艱是丁麗壯觀飾容側君在時巖在炎在不受亂華
意誠惑步育浸集悴我生何冤充顏曜繡衣夢想勞形峻慎盛戒義消作重
感故暱飄施愆殃少章時桑詩端無終始詩仁顏貞寒嵯深興后姬源人榮
故遺親飄生思愆精徽盛翳風比平始璇情賢喪物歲峨慮漸孽班禍讒章
新舊聞離天罪辜神恨昭感興作蘇心璣明別改知識深微至嬖女因奸臣
霜廢遠微地積何遐微業孟鹿麗氏詩圖顯行華終凋淵察大趙婕所佞賢
冰故離隔德怨因幽元傾官鳴辭理興義怨士容始松重遠伐氏好恃凶惟
齊君殊喬貴其備曠悼思傷懷日往感年衰念是舊愆涯禍用飛辭恣害聖
潔子我木平根嘗遠歎永感悲思憂遠勞情誰爲獨居經在昭燕輦極我配
志惟同誰均難苦離戚戚情哀慕歲殊嘆時賤女懷歎網防丹實漢驕忠英
清新衾陰勻尋辛鳳知我者誰世異浮奇傾鄙賤何如羅萌青生成盈貞皇
純貞志一專所當麟沙流頹逝異浮沉華英翳曜潛陽林西昭景薄榆桑倫
望微精感通明神龍馳若然倏逝惟時年殊白日西移光滋愚讒漫頑凶匹
誰雲浮寄身輕飛昭虧不盈無倏必盛有衰無日不被流蒙謙退休孝慈離
思輝光飭粲殊文德離忠體一違心意志殊憤激何施電疑危遠家和雍飄
想群離散妾孤遺懷儀容仰俯榮華麗飾身將與誰爲逝容節敦貞淑思浮
懷悲哀聲殊乖分聖貲何情憂感惟哀志節上通神祇推持所貞記自恭江
所春傷應翔雁歸皇辭成者作體下遺葑菲采者無差生從是敬孝爲基湘
親剛柔有女爲賤人房幽處己憫微身長路悲曠感生民梁山殊塞隔河津

圖3·3·2　蘇蕙，＜璇璣圖詩＞。

圖3•6•1　元代黃公望，＜富春山居圖＞。

圖3•6•2　波霞，＜月神之浴＞。

圖3·6·3　米蘭多摩大教堂

圖3·6·4　北京天壇祈年殿

圖3•10•1　清代翁同龢，＜脩竹茅亭山水圖＞。

大學用書

修　辭　學

黃慶萱　著

三民書局　印行

國家圖書館出版品預行編目資料

修辭學／黃慶萱著. －－增訂三版十一刷. －－臺北市：三民，2021
面；　公分

ISBN 978-957-14-3545-9（平裝）
1.中國語言-修辭

802.7　　90018188

修辭學

作　　者｜黃慶萱
發 行 人｜劉振強
出 版 者｜三民書局股份有限公司
地　　址｜臺北市復興北路 386 號（復北門市）
　　　　　臺北市重慶南路一段 61 號（重南門市）
電　　話｜(02)25006600
網　　址｜三民網路書店 https://www.sanmin.com.tw

出版日期｜初版一刷 1975 年 1 月
　　　　　增訂二版十刷 2000 年 10 月
　　　　　增訂三版一刷 2002 年 10 月
　　　　　增訂三版十一刷 2021 年 6 月
書籍編號｜S800030
I S B N｜978-957-14-3545-9

高序

一個人對好文章能夠多讀、多看、多思索、多研究，再加上多寫作、多磨鍊，自然會「神來筆到」地寫出妥切而美妙的好文章。古今中外多少大文豪，並沒有學過甚麼「文法」和「修辭學」，但他們確曾創作了無數的不朽的偉大作品。所以有許多人認為「文法」和「修辭學」是兩種無用的多餘的學問，有些大學的中文系甚至不開這兩種課程。

其實，一個偉大的作家能夠寫出妥切而美妙的好文章，在他的心目中，已經有一些文辭「妥切」的標準，和一些文辭「美妙」的理想，並且也有一些使文辭實現「妥切」和「美妙」的方法。只是一個作家所注意的，只是他表現的「藝術」；他無暇也無意把那些標準、理想和方法組成有系統的「科學」。「文法」是使文辭妥切的科學，「修辭學」是使文辭美妙的科學。「文法」是把許多作家認為文辭妥切的標準和使其實現的方法歸納起來的一種智識，「修辭學」是把許多作家認為文辭美妙的理想和使其實現的方法歸納起來的另一種智識，這兩種智識的組成為有系統的科學，是文藝科學家的事，或說是文藝理論家的事，而不是作家的事。但對於作家也不能說沒有用處。一個作家對於自己的創作表現所熟習的標準、理想和方法以外，閱讀一些「文法」和「修辭學」的書，把自己所忽略的標準、理想和方法注意一下、試用一下，也許會使自己的創作更進入一個新的境界。

至於欣賞文學的人，不懂得「文法」與「修辭學」，固然也可以直覺到好文章的妥切與美妙，而感到心情的滿足。但是「知其然」而「不知其所以然」，總使自己有一種「看不透」、「說不出」的苦惱。到底好文章的「妥切」在那裏？「美妙」在那裏？這必須借重「文法」與「修辭學」的智識，才能予以看透，才能予以說明。

我從事於中國文學的教學，已有四十多年的經驗，我教過「詩經」、「楚辭」、「文選」、「詩選」、「詞選」、「曲選」……這些課程，每逢我運用「文法」、「修辭學」那些智識來分析作品的妥切和美妙的時候，學生們都是恍然若有會於心，無一不是興味盎然。由此可知，「文法」與「修辭學」是國文教學的最好工具。國文教學若僅是著眼於訓詁與考證，而不能使學生發現好文章所具有的美，是絕對不能引起學生的興趣的。這便是師範大學國文系的學生必須要修「文法」和「修辭學」的原因。

現代講「文法」與「修辭學」的人很多，大都是歸納「詞句」與「修辭」的現象，而尋找出他們的條理，由於各人依據的觀點不同，使用的術語不同，呈現出一種五花八門的彩色繽紛的景象，使我們有一種眼光撩亂，莫知適從的感覺，很難評衡出他們的高下。但是所謂「文法」，不僅是尋找出「詞句」現象的條理，所謂「修辭學」不僅是尋找出「修辭」現象的條理，最重要的是要把產生那些現象的根源能夠掘發出來，把建立那些條理的依據能夠闡明出來。這就必須借重語言學、心理學、社會學、邏輯學、美學、哲學各種智識了；尤其是各種各色的文藝批評，對於「修辭學」理論基礎的建立，更有密切的關係。可是一般的文法家和修辭學家看不到這一點，只在「詞句」與「修辭」的表面現象上兜圈子，那就難怪我們不能看到一部深入而精微的、出類而拔萃的「文法」或「修辭學」的書了。

黃慶萱博士曾從我研究經學，他的博士論文——魏晉南北朝之易學——就是在我指導之下寫成的。我知道他為人溫厚，而又好學深思，他研究學問，有一種追根究柢的精神。他在師範大學國文系講授「修辭學」，寫成了這一部書，相近四十萬言，三民書局為他出版，沒有多久，第一版就已銷售完罄，可見他的書很受歡迎。他希望我在第二版上為他寫一篇序。我讀了他這部書，我覺得他治學的那種追根究柢的精神，在這書裏是到處洋溢著的。他不甘於為「修辭」的表面現象所囿，他要更深一層地追究那些現象的根柢，他向語言學、心理學、邏輯學、美學、哲學以及文學批評進軍，希望給「修辭學」奠立更深更廣的理論基礎，這是十分難得的，這就構成他這部書不同流俗的特色，而使我很高興地為他寫這篇序。

我並不以為他這部書是十全十美的，他強調「修辭學」的實用價值，所以偏重於「修辭格」的描述。其實「修辭格」只是「修辭學」體系裏的一部分，更進而將「修辭學」整體作「無微不至」的研究，這是我對慶萱的一種希望。不僅此也，我還希望慶萱把這種追根究柢的精神，再向文藝語言學、文藝心理學、文藝社會學、文藝哲學、文藝批評學以及實用的美學進軍，建立起一套完整的文藝學術的嶄新體系，為文藝理論奠立了一種深厚的、寬博的、堅實的學術基礎。這對於未來的文藝創作、文藝欣賞、文藝教育，必然會產生無窮大、無窮盡的影響。我在這裏，謹虔誠地禱祝著：希望慶萱能實現我這兩種希望！

高　明　六四年四月四日

修辭學 目次

第三篇 本論下——優美形式的設計

第四篇　餘論

第一篇　緒論

第一章　什麼叫作修辭學

甲、「修」、「辭」與「修辭」的古義

(一)釋「修」

修是修飾的意思。《說文》九上彡部：「修，飾也。从彡，攸聲。」段玉裁注：「修之从彡者，洒刷之也，藻繪之也。修者，治也，引申為凡治之稱。」經傳常常寫成脩。《說文》四下肉部：「脩，脯也。从肉，攸聲。」段注：「經傳多假脩為修治字。」所以修辭學的修，本字應當是修，脩是假借的寫法。

(二)釋「辭」

辭本指辯論的言辭。《說文》十四下辛部：「辭，訟也。从𤔔辛。𤔔辛，猶理辜也。」是由𤔔辛兩字配合而成的會意字。𤔔，是治理的意思。《說文》四下𠬪部：「𤔔，治也；一曰理也。」我的老師高鴻縉先生在《中國字例》中加以解釋說：「𤔔既為治理，故字倚ㄝ與ㄋ畫其清理架上之絲之形。」辛象一把曲刀，本是刑具，引申為罪愆的意思。《說文》十四下辛部：「辛，从一䇂。辛，辠也。」李孝定《甲骨文字集釋》引郭沫若《釋干

支》一文說：「辛辛䇂實係一字，字乃象形，由其形象以判之，殆如今之圓鑿，而鋒其末。刀身作六十度之弧形。辛辛本為剞劂，其所以轉為愆辠之意者，殆亦有說。蓋古人於異族俘虜或同族中之有罪而不至於死者，每黥其額而奴役之。」辭由𤔔辛兩字相合，表示處理訴訟的說辭。《尚書．呂刑》：「師聽五辭。」《周禮．秋官．小司寇》：「辭聽。」《禮記．大學》：「無情者不得盡其辭。」都用辭的本義。後來字義擴大，包括一切言辭和文辭。《周易．繫辭傳》所說的如：「繫辭焉而明吉凶。」「是故君子居則觀其象而玩其辭。」「知者觀其彖辭，則思過半矣！」「君子……所樂而玩者，爻之辭也。」就都指卦爻下面的文辭而說的了。

和辭字意義相近的，還有一個詞字。《說文》九上司部：「詞，意內而言外也。从司，从言。」指的是表達內心情意的言語。後世詞字多用作語文上表示觀念的單位。修辭是修飾一切言辭和文辭的，不僅僅修飾一個語詞，所以還是以用辭字較妥當。

㈢釋「修辭」

我國古書上「修辭」二字連用，初見於《周易．文言傳．乾九三》：「子曰：君子進德脩業。忠信，所以進德也；脩辭立其誠，所以居業也。」孔穎達《周易正義》：「辭為文教，誠為誠實也。外則脩理文教，內則立其誠實，內外相成，則有功業可居，故云居業也。」分析地說，修是方法，辭是內容，誠是原則，居業是效果。《乾．文言》短短一句話，居然把修辭的方法、內容、原則、效果都顧到了。但孔穎達「辭為文教」之說則大有可商。《周易》中《文言傳》和《繫辭傳》是同時代的作品，其中「辭」全指言辭文辭，沒有作「文教」解的。劉勰《文心雕龍》，《宗經》中「建言修辭」，《祝盟》中「立誠在肅，修辭必甘。」「辭」也指言辭文辭，後句並且明顯受《易．文言》的影響。程頤《易傳》：「擇言篤志，所以居業也。」亦以「擇言」釋「修辭」，已糾正了孔穎達的錯誤。

修辭最重要的原則是誠。王應麟《困學紀聞》：「修辭立其誠，修其內為誠，修其外則為巧言。《易》以辭為重。《上繫》終於『默而成之』，養其誠也；《下繫》終於六辭，驗其誠不誠也。辭非止言語，今之文，古所謂辭也。」以為《周易・繫辭傳上》終於「默而成之，不言而信，存乎德行。」是「養其誠」；《繫辭傳下》終於「將叛者其辭慚；中心疑者其辭枝；吉人之辭寡；躁人之辭多；誣善之人其辭游；失其守者其辭屈。」是「驗其誠不誠」。

《論語・憲問》：「子曰：為命，裨諶草創之，世叔討論之，行人子羽修飾之，東里子產潤色之。」朱熹注：「裨諶以下四人，皆鄭大夫。鄭國之為辭命，必更此四賢之手而成，詳審精密，各盡所長，是以應對諸侯，鮮有敗事。」由這種記載可以考見古人修辭的次第。

《史記・孔子世家》：「孔子在位聽訟，文辭有可與人共者，弗獨有也；至於為《春秋》，筆則筆，削則削，子夏之徒不能贊一辭。」此語與《左傳・成公十四年》：「《春秋》之稱，微而顯，志而晦，婉而成章，盡而不汙，懲惡而勸善，非聖人誰能修之。」合觀，可見修辭之見重於孔門，以及孔子修辭的不可及。

孔子修《春秋》的實例見於《公羊・莊公七年》：「夏四月辛卯夜，恆星不見，夜中星霣如雨。如雨者何？如雨者，非雨也。非雨則曷為謂之如雨？《不脩春秋》曰：『雨星不及地尺而復。』君子脩之曰：『星霣如雨。』」案：君子是指孔子。王充《論衡・藝增》云：「夫星隕或時至地，或時不能。丈尺之數難審也。史記（指《不脩春秋》所記）言尺，亦以太甚矣。天地有樓臺山陵，安得言尺？孔子言如雨，得其實矣。」「言得其實」可作「修辭立其誠」的注腳。

乙、中外學者釋「修辭學」

我國雖然很早就有討論修辭方法的作品，但是從不曾把修辭學當作一種專門而有系統的學問看待。中國之有修辭學，是由西方傳入日本，再由日本傳入中國的。因此，欲知修辭學的定義，便不能不由西方和日本說起。

修辭學英語是Rhetoric，源出於希臘語λεω，本來是流水的意思。人類的思想湧現，滔滔不絕；言語流露，一若懸河。於是取流水之字引申作說話之意。然後有Rhetor一詞出現，是指一個能夠向法庭和群眾公開辯論和發表演說的人。西元前第五世紀，住在西西里的希臘人考雷克斯(Corax)曾將訴訟、辯護、演講之術，細心整理，寫成一書，並為Rhetor下一定義：「修辭學家就是擅長於說話藝術的人。一個能夠隨機應對，或作勸導說服的主持人。」

希臘人愛梭庫拉提斯(Isocrates, 436–338 B.C.)寫出以「修辭學」(Rhetorica)為名的著作，並把「修辭學」定義為「勸說之學」，包含著語言表達的方方面面：觀念、情感、想像，以及表達它們的各種形式。藉此我們得以處理公眾事務，在生活中影響他人，並對自己的道德行為作論斷。

之後，希臘大科學家亞里士多德(Aristotle, 385–322 B.C.)寫了一本更詳細的《修辭學》，定義是：「在任何既存的情況下，觀察並施行有效的勸說手段的能力。」亞里士多德認為修辭術是論辯術的對應物。他的《修辭學》共三卷，頭兩卷主要討論修辭術的題材和說服的方法，第三卷討論演說的形式——風格與結構。

羅馬修辭學家昆悌廉（Quintilian，約35–96）在《雄辯家的教育》(*Institutions Oratoria*)則對修辭學(Rhetoric)與雄辯術(Oratory)加以說明：「修辭學提供一項訓練給所有的人，它最終產生具有智慧與德行的政治家。雄辯術擁有強大的力量，當它交託給一雙負責任的手。人們經由演說的語句接觸並傾向道德，但這些語句必須是從有品德的人說出來，而且這人是有技巧和學識的。」

英人法蘭西斯・培根(Francis Bacon, 1561–1626)的《修辭論》(*Antitheta*)以為：「修辭的任務是將推理加入於想像而動人意志。」

美國巴斯科姆(Bosscom)著《修辭的哲學》(*Philosophy of Rhetoric*)說：「修辭學是講授造詞規則的技術。所謂造詞，是用語言表達情思，以期達到預定的目的的意思。」

美國海爾(Hill)《修辭的科學》(*Science of Rhetoric*)一書以為：「修辭學是研究使議論足以動人的法則的科學。」

日本島村瀧太郎《新美辭學》：「修辭學就是美辭學，是研究如何使辭藻美麗的學問。」島村是陳望道留學日本早稻田大學時的老師，他的《新美辭學》著作對中國修辭學影響很大。

下面介紹國人對修辭學所下的定義。

楊樹達《漢文文言修辭學》：「若夫修辭之事，乃欲冀文辭之美，與治文法惟求達者殊科。」

陳望道《修辭學發凡》：「修辭原是達意傳情的手段，主要的為意與情，修辭不過是調整語辭使達意傳情能夠適切的一種努力。」

陳介白《新著修辭學》：「修辭學是研究文辭之如何精美的表出作者豐富的情思，以激動讀者情思的一種學術。」

丙、我個人對於修辭學的認識

(一)修辭的內容本質，乃是作者的意象。

這兒所說的「作者」，包括寫作者和說話者。所謂「意象」，《文心雕龍・神思》有「窺意象而運斤」，指文藝構思運作中形成的藝術形象。英文Image，通常指喚起心象或感官知覺的語言表現。這裡我採用我的老師李辰冬先生的定義：「意象就是由作者的意識所組合的形相。」意識是主觀的，形相是客觀的，而意象便是主觀觀照之下的客觀景象。一種客觀景象，由於作者主觀意識的不同，而產生不同的意象。試舉二例。同樣是蟬聲，聽在虞世南的耳裡是「居高聲自遠，端不藉秋風」；聽在李商隱的耳裡卻是「本以高難飽，徒勞恨費聲」；聽在駱賓王的耳裡更成「露重飛難進，風多響易沉」。一是清華人語；一是牢騷人語；一是患難人語，意象自是不同。同樣在詠絮，《紅樓夢》第七十回所寫：史湘雲《如夢令》：「且住！且住！莫使春光別去！」賈探春《南柯子》：「一任東西南北各分離！」賈寶玉續：「落去君休惜，飛來我自知。」林黛玉《唐多令》：「飄泊亦如人命薄。」薛寶琴《西江月》：「江南江北一般同，偏是離人恨重！」薛寶釵《臨江仙》：「好風憑借力，送我上青雲。」小說人物不同性格，鮮活呈現在詠絮詞之中。修辭學中的「辭」，在內容方面，就是作者主觀意識將客觀形相加以選擇、組合所產生的意象。

㈢修辭的媒介符號，包括語辭和文辭。

從語文關係上考察，語辭與文辭都屬於傳情達意的符號。語辭是以語音表達情思的符號；文辭是以筆劃圖形表達情思紀錄語言的符號。語辭由於時空的限制，不能傳於異地，不能傳於異時。於是有文辭的產生，突破了時空的限制，到達了語辭無法到達的領域。文辭紀錄語辭，可以用聲音讀出而還原為語辭，二者關係密切。而且，文辭的修飾方法，十九就是語辭的修飾方法。我們沒有理由拋開語辭只講文辭的修飾。

從修辭歷史上考察，古代所謂辭，多指語辭；而修辭大抵指語辭的修飾。先說中國：孔門就有「言語」一科。《論語‧季氏》：「不學《詩》，無以言。」《子路》篇：「誦《詩》三百，授之以政，不達；使於四方，不能專對。雖多，亦奚以為！」可見修辭教育的一斑。一直到齊梁時代《文心雕龍》的作者劉勰，在《書記》篇還說：「辭者，舌端之文，通己於人。」充分顯示其對語辭的了解。後世文辭逐漸取代言語，唐代劉知幾於是發出他的感慨，《史通・言語》說：

> 蓋樞機之發，榮辱之主。言之不文，行之不遠。則知飾詞專對，古之所重也。若：《尚書》載伊尹之訓、皋陶之謨、《洛誥》、《康誥》、《牧誓》、《泰誓》是也。周監二代，郁郁乎文，大夫行人，尤重詞命。語微婉而多切，言流靡而不淫。若：《春秋》載呂相絕秦、子產獻捷、臧孫諫君納鼎、魏絳對戮揚干是也。戰國虎爭，馳說雲湧。人持弄丸之辯；家挾飛鉗之術。劇談者以譎誑為宗；利口者以寓言為主。若：史載蘇秦合縱、張儀連橫、范雎反間以相秦、魯連解紛而全趙是也。逮漢魏以降，周隋而往，世皆尚文，時無專對。運籌畫策，自具於表章；獻可替否，總歸於筆札。宰我子貢之道不行，蘇秦張儀之業遂廢矣。

對於語辭的興廢，有很扼要的敘述。西方修辭學的發展也與我國相似。希臘時代的修辭學就是雄辯學。著重的是勸說。羅馬時代，最出名的修辭著作是西塞羅(Cicero, 106–43 B.C.)的《雄辯術》(*De Partitione Oratoria*)，和昆悌廉的《雄辯家的教育》。西塞羅宣稱：「完美至善的雄辯家具備了哲學家的各種知識；而哲學家知識領域裏未必包含出口成章的才華。」而昆悌廉更大聲疾呼：「且讓我們全心全意地追求雄辯術崇高的光輝！」二人仍然以語辭的修飾為主。一直到十八世紀，英國康母拜爾(Campbell, George)的《修辭哲學》(*The Philosophy of Rhetoric*)才開始把修辭學的重心移置於純粹的文學方面。以後如培因(Bain)的《英文作文與修辭》(*English Composition and Rhetoric*)便專講文辭的修飾了。今天我們研究修辭學，必須正視這個歷史的事實。假如拋棄語辭專講文辭修飾，那就成為無根之學。

從實際功用上考察，語辭的運用比文辭的運用機會更多。一個人可以一天不寫一個字，但是不能一天不說一句話。只修文辭不修語辭使修辭學的功能大大的減低，這是很可惜的。

所以修辭學的「辭」，在形式方面必須包括語辭和文辭。

㈢修辭的方式，包括調整和設計。

我曾從社會各階層人士的談話中，從古今漢語文學作品中，覓取近萬條修辭實例，分析比較，歸納得三十種修辭的方式。

或屬表意方法的調整。如：

感歎　設問　摹況　仿擬　引用
藏詞　飛白　析字　轉品　婉曲
夸飾　示現　譬喻　借代　轉化
映襯　雙關　倒反　象徵　呼告

或屬優美形式的設計，如：

類疊　對偶　回文　排比　層遞
頂真　鑲嵌　錯綜　倒裝　跳脫

因而，我確定修辭的「修」，在方式上包括表意方法的調整，和優美形式的設計。我後來發現：一九八七年丹青圖書有限公司出版的新編《大不列顛百科全書》中文版在「修辭學」條已然說過：「古代修辭學家從功能上區分運用轉義效果的修辭手段和運用結構原理的修辭手段。屬於前者的有：隱喻、明喻、擬人法、反語法、誇張法、含蓄法、轉喻法（也叫提喻法）。屬於後者的有諷喻法、排比法、對比法、堆砌法、頓呼法、省略推理法、設問法、層遞法等。」所謂「運用轉義效果的修辭手段」略同我說的「表意方法的調整」；所謂「運用結構原理的修辭手段」略同我說的「優美形式的設計」。自己歸納的結果與傳統而權威的分類若合符節，固屬可喜；但中文版所根據的英文新十五版卻編成於一九七四年，早於我一九七五年初版的《修辭學》一年。對自己未能早讀此書，亦不無憾焉。還有：「諷喻法」、「頓呼法」、「設問法」，《大不列顛百科全書》視為「結構原理」；而我把「仿擬」、「倒反」、「呼告」、「設問」列入「表意方法的調整」而非「優美形式的設計」：觀念上仍有出入。不過《大不列顛百科全書》原也說過：「以上兩類修辭手段經常重合，這不僅因為術語缺乏穩定的涵義，還因為組合得好的話語總是轉義手段和結構手段同時運用的。」另外要說的是：我把修辭方式分成二類三十種一二〇目，只是擇要而言。唐松波、黃建霖主編，中國國際廣播出版社出版的《漢語修辭格大辭典》分辭格為一五六種；廣西教育出版社出版的《漢語辭格大全》收辭格二三一種，六九一條目。更仔細地依據這些材料作歸納分析的工夫，可能會有一些新的發現。

(四)修辭的原則，要求精確而生動。

大致上說，科學的說明或記述僅僅要求精確。它以平實地傳達客觀之真實為目的，力避主觀的色彩。而文學的語言或作品除精確外，更要求生動。它以藝術地表現直覺的感受為目的，雖然也以客觀的經驗作根據，卻不十分受客觀的拘束。舉例來說：「清晨，太陽從東方升起。」便是一句文學的語言，它訴之於人類的直覺感受。如果換成科學的語言，便成：「清晨，地球的這一部份又自西向東轉向面對太陽的位置了。」白居易《長恨歌》中有「山在虛無縹緲間」，白先勇《永遠的尹雪艷》首句「尹雪艷總也不老」，都是內在的矛盾語，違反事實的描寫；但就文學立場，卻是精確而生動的。我們可以這麼說：文學上的精確只是忠實地寫出自己的感受，並著實使讀者心靈再現這種感受，卻不一定反映客觀之真實。而且文學上要求精確之外，還要求生動。修辭學希望語言文學化，把心情、人情、物情的感受，用生動的語辭文辭，忠實地表出。所以像「一日不見，如三秋兮」等誇張的譬喻，就成為精確而生動地表達出戀人情態的千古名句！而「踏著輕快的腳步，把信遞入郵筒，聽到它落下的那聲清脆！」和「拖著遲緩的腳步，把信放進郵筒，聽到它落下的那聲沉重！」都是對同一事實不同心情的生動而精確的描述！

㈤修辭的目的，要引起對方的共鳴。

當修辭以語辭為主的時代，修辭學的任務在：「專對」或「勸說」。它當然以說服對方為目的。當修辭以文辭為主的時代，修辭學的使命在：「美感」或「欣賞」。它仍然以引起對方的共鳴為要務。《文心雕龍・知音》：「夫綴文者情動而辭發；見文者披文以入情。」不但指出作文的次第是：作者先有情思的興起，然後形諸文字。更指出賞文的次第是：讀者通過文辭的媒介，進入作者當時的情思之中。修辭的目的，正在於此。

二十世紀以降，「讀者反應理論」和「接受美學」的興起，修辭學的重點，益發從說者和作者轉移到聽者和讀者。現代修辭學既關心語言創作或發生的過程，也關心話語分析或解釋過程。它們都要求通過語境來考察話語，要求把話語內容看作時間、地點、動機、反應諸要素的綜合。認為能引發聽眾或讀者共鳴的修辭方式，也正是說者或作者最好的話語策略。

㈥修辭學的性質，屬於藝術的一種。

關於學術，可分下列六種層次：

1. 形式科學：數學、邏輯等。
2. 物理科學：物理學、化學、天文學等。
3. 生物科學：動物學、植物學、生理學、生化學等。
4. 行為科學：政治學、經濟學、法律學、社會學、人類學、心理學、語言學等。

5.價值學科：倫理學、美學等。

6.哲學。

在這六種層次中，修辭學屬於哪一層次？何種學術？歷來有許多不同的說法。有主張修辭學屬於行為科學中的語言學的分科。北京大學語言學教研室編《語言學名詞解釋》（一九七八）就說：

修辭學是以修辭的規律、方法和語言手段的表現為研究對象的科學。它是語言學中的一個獨立部門。

有主張修辭學屬於價值學科中的美學。王力在《漢語語法綱要》（一九五七）曾指出：

修辭學屬於藝術的部門。語法學屬於科學的部門。

到一九八四年，王力仍然堅持這種看法，在《修辭學習》第一期，他題詞：

修辭是語言美的藝術。

而譚永祥在《漢語修辭美學》（一九九二）綜合二說，詳而言之：

修辭，是理性、情感和美感等信息量豐富甚至超載的言語現象，也稱修辭現象。把理性、情感和美感等信息最大限度地注入載體，叫修辭活動。研究修辭現象和修辭活動的規律的科學叫修辭學，亦可稱為言語美學，或修辭美學。

早在一九六三年，陳望道就提出了修辭學是「邊緣科學」這一說法，那年四月十日，他在復旦大學語言研究室的講話中就清清楚楚的說過：

修辭學介於語言、文學之間，他與許多學科關係密切，它是一門邊緣科學。

一九八七年，全國外語院系《語法與修辭》編寫組所編的《語法與修辭》肯定了「邊緣科學」說，略云：

修辭學和許多學科有著密切的關係。首先，修辭和語法、邏輯的關係非常密切。修辭探求語言的最佳表達效果，而語言的表達首先就要建立在正確的語法和邏輯的基礎上。因為，只有話說通了（即合乎語法），思想有條理了（即合乎邏輯），才能談得上把話說好，收到理想的修辭效果。語言的運用和表達效果，需要有多方面的條件和因素，因此，修辭和語音學、語義學、文章學，心理學和美學等都有很密切的關係。

由此可見，修辭學是一門多學科性的邊緣科學。修辭學應該從這些有關學科中汲取豐富的知識營養，開拓更廣泛的研究領域，進一步探討和解決理論和實踐中的各種修辭問題。

而我個人始終認為：修辭學是價值學科的一種，是一種藝術。它的雙腳踩立在行為科學中的語言文字學的基礎之上；它的理想要求修辭立誠，把頭腦伸入哲學的領空。

丁、結　論

基於上面的六點認識，所以修辭學的定義應該是：修辭學是研究在不同的語境下，如何調整語文表意的方法，設計語文優美的形式，使精確而生動地表達出說者或作者的意象，期能引起讀者之共鳴的一種藝術。

第二章　為什麼要學修辭學

甲、就學術體系而言，修辭學居於國文系基礎學科的最高層。

國文系的基礎學科有五：文字學是研究文字構造的學問；聲韻學是研究文字聲音的學問；訓詁學是研究文字意義的學問。這三種學科的學習，有助於對「文字」形音義的了解。接著有文法學，是一門研究詞句結構方式的學問。文法學的學習，可以使學生知道怎樣構成通順的說辭或文章。最後一門，便是修辭學了。它要使學生們在了解文字、造通句子之後，更進一步地追求辭令之美。

在這五門學科之中，文字、聲韻、訓詁、文法，研究的對象都是「事實」，事實的了解只是知識的第一層次。修辭研究的對象除「事實」外，還牽涉到美醜、善惡等「價值觀念」，要使辭令臻於「理想」，而價值的判斷與理想的追求正是知識的第二層次。

基於上面的分析，我敢莊嚴地宣稱：修辭學與文字學、聲韻學、訓詁學、文法學同等重要；它居於國文系基礎學科的最高層。

乙、就實際運用而言，修辭學有助於優美辭令的欣賞與創造。

修辭學的內容，是研究能使辭令精確生動的理論與規律。在優良的辭令的欣賞與創造雙方面，都顯示出它的功能。

(二)欣賞方面

由於修辭學，而能更容易地欣賞各體文學作品。先說古代散文，以柳宗元《始得西山宴遊記》為例：

自余為僇人，居是州，恆惴慄。其隙也，則施施而行，漫漫而遊。日則與其徒上高山，入深林，窮迴溪。幽泉怪石，無遠不到。到則披草而坐，傾壺而醉。醉則更相枕以臥。臥而夢，意有所極，夢亦同趣。覺而起，起而歸……。

這一段文字，非常緊湊而富節奏感。如以修辭學的規律來衡量，我們可以很快發現，那是由簡短的句型，或散或駢的句法，以及「到到」、「醉醉」、「臥臥」、「起起」等「頂真」的辭格造成的。

再說駢文，以王勃《滕王閣詩序》中的名句為例：

落霞與孤鶩齊飛；
秋水共長天一色。

這種對偶句型，在南北朝是非常習見的。如《文心雕龍・物色》：

況清風與明月同夜，
白日與春林共朝哉！

以至於庾信《馬射賦》：

落花與芝蓋齊飛，
楊柳共春旗一色。

文字益發接近了。但最膾炙人口的，仍是王勃此二句，鮮明的景象中有豐富的意蘊。以修辭學的眼光來看，它是利用「映襯」、「象徵」的手法。一方面是秋水長天，時空的悠悠和無限連綿；一方面是落霞孤鶩，作者自己的外射投影。兩相對照，於是作者生命的孤獨、徬徨，以及光彩之行將消失，形體之行將隕落的自覺，就盡在不言中了。

再舉古詩，以《古詩十九首之一》：

行行重行行

為例。葉嘉瑩教授在《迦陵談詩》中指出：五個字全用平聲。如果繩之以四聲八病，可說通身是病。然而讀起來不但無任何拗啞之感，反而覺得它正好表達出離別時的感覺和聲音。在意象上，呈現出一片離別的基本動態；在聲音上，給人一逝不返的感覺。這樣分析真是知音之言！以修辭學的立場說，「行行重行行」是由「疊字」和「重複」構成的。

再說詞，以李煜的《清平樂》為例：

別來春半，
觸目愁腸斷。
砌下落梅如雪亂，
拂了一身還滿。

雁來音信無憑；
路遙歸夢難成。
離恨卻如春草，
更行更遠還生。

「砌下落梅如雪亂，拂了一身還滿。」是「譬喻」而兼「象徵」。以「雪」喻「梅」，是明喻；以「落梅」暗示「離恨」，卻是象徵。

再舉現代文學，以余光中的《吐魯番》為例。

席夢思吐魯番著我們。

「吐魯番」很新鮮，學過修辭學，知道它是一種「轉品」的用法。

以上各例，可以證明文章的欣賞，需要有修辭學的知識。

至於文辭之外，日常言談上，如何「聞弦歌而知雅意」，也是修辭一大學問。《論語・子罕》記子貢問孔子說：

有美玉於斯，韞匵而藏諸？求善賈而沽諸？

孔子一聽，就知道子貢把自己譬喻為「美玉」，試探自己決定隱居呢？或者可能出仕行道呢？於是回答說：

沽之哉！沽之哉！我待賈者也。

表示時機恰當，自己會出仕行道的。而易「求」為「待」，正是《論語・憲問》：

邦有道，穀；邦無道，穀，恥也！

或《史記・孔子世家》：

衛孔文子將攻太叔，問策於仲尼，仲尼辭不知，退而命載而行，曰：「鳥能擇木，木豈能擇鳥乎！」

的意思。師徒一問一答，全用喻體，而本意自在其中。

《世說新語・排調》：

張蒼梧是張憑之祖，嘗語憑父曰：「我不如汝。」憑父未解所以。蒼梧曰：「汝有佳兒。」憑時年數歲，斂手曰：「阿翁，詎宜以子戲父？」

這條不是師徒問答，而是祖孫鬥嘴。張憑父未解乃父委婉曲折嘲弄之意；但才幾歲的張憑卻了解了，而且恭敬地表達了分寸適當的抗議。

近來臺北酒席上，常有以「氣管炎」、「內在美」、「臺獨」等詞彙相互調侃，聽者須是解人。否則，像我這樣吃飯大學畢業的，常容易被那些輔仁大學的高材生唬得一楞一楞的！

(三) 創作方面

修辭學的實際效用，不僅在欣賞；更在於創作。於文辭如此，於言辭尤其如此。

先說文辭的創作。修辭學有助於作文。可以使文章動人，可以使文章不朽。

上面，我曾歷舉古代散文、駢文、詩、詞、以及現代文學作品為例，說明修辭有助於欣賞。倒過來說，這些文學作品之所以耐人尋味，值得欣賞，是因為作者把自己豐富的情思用最恰當的修辭法表現出來。所以一篇動人的文章，必須具備二個條件：一是豐富的情思；一是修辭的技巧。《周易・繫辭傳下》引子曰：「其旨遠，其辭文。」《禮記・表記》引子曰：「情欲信，辭欲巧。」正是這樣的意思。

文章必須動人，然後才能夠不朽。古代文學作品所以能流傳至今，都基於內容技巧雙方面的成就。固然《老子》說過：「信言不美，美言不信。」但是《道德經》卻文辭粲然。《文心雕龍・情采》說：「老子疾偽，故稱美言不信；而五千精妙，則非棄美矣。」這是實話。內容與技巧間，是相輔相成的，而非相背相反的。《韓非子・外儲說左上》有這麼一個故事：

楚王謂田鳩曰：「墨子者，顯學也，其身體則可；其言多不辯，何也？」

曰：「昔秦伯嫁其女於晉公子，為之飾裝。從文衣之媵七十人。至晉。晉人愛其妾而賤公女。此可謂善嫁妾；而未可謂善嫁女也。楚人有賣其珠於鄭者，為木蘭之櫝，薰以桂椒，綴以珠玉，飾以玫瑰，輯以翡翠。鄭人買其櫝而還其珠。此可謂善賣櫝矣；未可謂善鬻珠也。今世之談也，皆道辯說文辭之言。人主覽其文而忘其用。墨子之說，傳先王之道，論聖人之言，以宣告人。若辯其辭，則恐人懷其文，忘其用，直以文害用也。此與楚人鬻珠，秦伯嫁女同類。故其言多不辯。」

《墨子》一書，有偉大的兼愛思想，而且難得地具有物理、邏輯等知識，內容可說相當豐富。但是，沉淪二千多年，一直到清季才重受注視。「言多不辯」不能不說是其所以沉淪的一大原因。《左傳・襄公二十五年》：「仲尼曰：『志有之：「言以足志，文以足言。」不言，誰知其志?言之無文，行而不遠。』」《墨子》學術的中斷，正可作「言之無文，行而不遠」的證明。只有情文並茂的文章，才能流傳千古而不朽。

但是修辭學最大最重要的功用在創造優美的言辭。先舉三例。

第一個例子是《左傳・僖公三十年》所記「燭之武退秦師」的說辭：

秦晉圍鄭，鄭既知亡矣。若亡鄭而有益於君，敢以煩執事。越國以鄙遠，君知其難也，焉用亡鄭以陪鄰?鄰之厚，君之薄也。若舍鄭以為東道主，行李之往來，共其乏困，君亦無所害。且君嘗為晉君賜矣，許君焦瑕，朝濟而夕設版焉，君之所知也。夫晉何厭之有?既東封鄭，又欲肆其西封；不闕秦，焉取之?闕秦以利晉，唯君圖之！

在這一段話中，先言亡鄭之無益，再言舍鄭之無害，然後進一步引述事實說明晉曾背秦，最後更指出晉必將害秦。一層緊一層。話中提到「君」字有八處，提到「秦」字有三處，說得句句是為秦謀，不為己謀。在修辭學上這叫作對方中心修辭法(You Spirit)。一言而退敵安民，修辭的功用有至於是！

第二個例子見於《史記・仲尼弟子列傳》，寫的是子貢的外交辭令。

孔門有「言語」一科，最有成就的是子貢。《仲尼弟子列傳》曾記齊國田常欲伐魯。孔子聞之，謂門弟子曰：「夫魯，墳墓所處，父母之國。國危如此，二三子何為莫出？」子路請出，孔子止之；子張、子石請行，孔子弗許；子貢請行，孔子許之。遂行至齊，說田常；往吳見吳王；又東見越王；去晉遊說。子貢一出，存魯、亂齊、破吳、強晉、而霸越。是孔門「言語」一科最亮麗的成績單！原文甚長，有興趣的讀者不妨自己找《史記》一讀。

第三個例子摘自早川(S. I. Hayakawa)的《在思想中和在行動中的語言》(*Language in Thought and Action*)，由徐道鄰《語意學概要》轉引：

在一九四二年的春天，美國人到處懷疑有日本間諜，人心正在惶惶的時候，日本語意學家早川先生在一個陌生的城市中的一個小火車站上候車，一候候了兩三個小時。當時間慢慢地過去的時候，他發現許多候車的人，都一個一個在望著他，而露出對他敵視的心情。尤其是一對帶著一個小孩子的夫妻，對他表示特別注意，而彼此一再耳語。於是早川慢慢走到他們旁邊，向那位先生表示：在這樣一個寒冷的深夜，火車一誤就是好幾個鐘頭，實在是太糟糕了。那位先生點點頭。早川又說：在戰爭中間，火車常常脫班的時候，又是一個寒冷的冬天，這時候帶著一個小囡囡旅行，實在是一件特別辛苦的事情。那位先生回答說：「可不是嗎？」早川又問這個小孩子多大了。接著又說，就他的年齡講，這實在是一個特別胖大和非常壯健的小孩子。他又表示同意，並且還露著一點笑容。而彼此之間，一種緊張的情緒，漸漸鬆弛。在彼此又交換幾次意見之後，這位先生說：「希望你不要見怪，請問你，你是一個日本人，是不是？那麼請問你，你認為這一次日本人有希望打贏仗嗎？」早川回答說：「這一點，你我還不都是猜著瞧嗎？我的知識，也只是從看報得來呀。不過，就我看來，日本對於煤、鐵、汽油都是缺乏的。它的工業，又是那麼有限。和一個強大的工業國家像美國似的為敵，我不太看出來，它怎麼會打勝仗？」早川這些話，雖然是這時候美國報紙和廣播天天在講的，而在這位旅客聽來，卻是特別的入耳。他完全同意早川的回答。同時，他臉上的神情，更加自然和表示更多的友誼。這時候，他們二人之間，已經完全沒有隔閡。這個，可以從他下面一句話看出：「嗨，我希望，在現在戰爭中間，你家裏的人不是在日本吧？」「怎麼不是？父親、母親，還有兩個妹妹，都在那裏。」「你有他們的消息嗎？」「怎麼會有呢？」「那麼你以為在戰爭未結束以前，你完全沒有法子看到他們，或者得到他們的消息嗎？」先生和太太，同時表示出非常關切和為他難過的心情。

這樣子，說話前後還不到十分鐘，他們已經和早川約好，要他明天到他們那裏去看望他們，和在他們家裏吃飯。這時候，全車站的人，看見這個日本人和另外一對形跡毫不可疑的美國夫婦那樣親密的談天，也就再沒有人去注意他們了。

這是「一言免禍」的例子。

修辭的威力從這三個例子可以充分顯示出來！《說苑・善說》：「夫辭者，乃所以尊君、重身、安國、全性者也。故辭不可不脩，而說不可不善。」真是對呀！

第三章　怎樣學修辭學

甲、向邏輯學、心理學、語言學、社會學、文學批評、實驗美學、哲學進軍，以求修辭學有更廣更深的理論基礎。

(二)修辭學與邏輯學

邏輯是一門研究推論的學問，它是任何系統之學的基礎，修辭也不能例外。修辭學與邏輯學的關係，可以就兩方面來觀察。

首先，從修辭學發展的歷史上觀察，邏輯曾是修辭學的重心和最親密的伴侶。

亞里士多德的《修辭學》首卷首章開宗明義就指出「修辭學是論辯學的對應物」，而論辯學就是邏輯學。中卷更詳述「簡略三段論法」(Enthymeme)和「例證法」(Example)，兩者都和邏輯血緣相近。「簡略三段論法」略似邏輯中三段論法，但在大前提、小前提、結論中省略某一項。如：「某某人完全不能從經驗中記取教訓，而任何不能從經驗中記取教訓的人全是笨蛋！」就把結論「某某人是笨蛋」省略了。「例證法」略似邏輯中的歸納法。所舉例子可能為史實、軼聞、寓言、甚至臆造的。例證法常常以通常為真或可能為真的例子為前提，而不是以邏輯上三段論法中必須為真者為前提；然後得到一個特定的結論，而不是三段論法中普遍必然為真的結論。如：「青蘋果是酸的。」「用抽籤方法選擇官員，就像用抽籤的方法挑選奧林匹克運動員或船上的舵手。」在以上說明中，可以看出在亞里士多德《修辭學》體系中，邏輯學的知識占有何等重要地位。

歐洲中古時代大學課程有所謂「七藝」，即：天文、算術、幾何、音樂、文法、邏輯、修辭。其中文法、邏輯、修辭合稱三術。文法是言語律；邏輯是思想律，二者予人以「規矩」；修辭研究如何使辭令美妙動人，而予人「巧」：三術之間關係異常密切。

二十世紀新修辭學崛起，按照這一學派的觀點，修辭學是一種實用學科，其目的不僅僅在於產生藝術品，而更在於通過言語說服聽眾。作為一種論證法的學說，新修辭學以推論技巧為研究對象，以激發或增強人們內心對某些論點的同意為目的，也要考察使論證得以開始和發展的條件以及論證的效果。為了使聽者從已知前提出發，達到說者預期的結論，可以運用的論證方法有：引用例證、借助類推、陳述後果、同理類比(a pari)、層進推理(a fortiori)、對立推理(à contrario)以及引用經典。許多傳統修辭手段可說是某種論證方法的簡化，如譬喻即類推論證的簡縮。新修辭學不再自限為文學之一部分，而各個領域裡的日常推理，修辭論證的普遍原則和概念對所有非專業性談話均起作用。邏輯論證之作為修辭學的重心，在新修辭學派的學說裡，再度得到了發揚。

再從修辭現象的分析上觀察，邏輯法則是修辭方式之一。

先舉《世說新語．言語》所記「孔融見李膺」為例：

孔文舉年十歲，隨父到洛；時李元禮有盛名，為司隸校尉；詣門者皆雋才清稱，及中表親戚乃通。文舉至門，謂吏曰：「我是李府君親。」既通，前坐。元禮問曰：「君與僕有何親？」對曰：「昔先君仲尼，與君先人伯陽，有師資之尊；是僕與君奕世為通好也。」元禮及賓客莫不奇之。太中大夫陳煒後至，人以其語語之。煒曰：「小時了了，大未必佳！」文舉曰：「想君小時必當了了！」煒大踧踖。

如以邏輯三段論法來分析陳煒跟孔融的話：「小時了了，大未必佳」是三段論法中的大前提；其中「小時了了」

為前件，「大未必佳」是後件。「想君小時必當了了」是三段論法中的小前提。依據三段論法的規則：肯定前件則後件成立；破斥前件則後件不能成立。孔融肯定了前件：「想君小時必當了了」。那麼後件成立：「故君大未必佳也。」只是講話時省略去了。此於修辭，屬於一種「跳脫」。

又如：《中庸》有這麼一段話：

> 在下位不獲乎上，民不可而治矣；
> 獲乎上有道，不信乎朋友，不獲乎上矣；
> 信乎朋友有道，不順乎親，不信乎朋友矣；
> 順乎親有道，反諸身不誠，不順乎親矣；
> 誠身有道，不明乎善，不誠乎身矣。

在邏輯上，這是一種後退的堆垛推論(Regressive Sorites)，其公式如下：

> 所有的A是B。
> 所有的C是A。
> 所有的D是C。
> 所有的E是D。
> 所以：所有的E是B。

不過《中庸》上省去結論，這倒無所謂。只是小前提誤用否定，有違堆垛推論的規律罷了，這也正是簡略三段論法和邏輯三段論法寬嚴有別的好例子。在修辭學上，這種堆垛推論的方式屬於「層遞」。

基於前述兩點事實，學習修辭學最好具備一點邏輯知識。

(二)修辭學與心理學

心理學是研究行為的科學。而修辭的基礎是言語文字；言語文字都屬於人類的行為。所以修辭學和心理學之間的關係是十分密切的。

在亞里士多德的《修辭學》第二卷，曾用十六節的篇幅詳細分析了：憤怒與平靜、友好與敵意、恐懼與信任、仁慈與無情等等的情緒反應，以及性格、年齡、門第、社會地位各不相同的人的心態及其呈現。這些都觸及了心理學的範疇。

在第一章談到修辭的定義時，我也曾經指出：修辭的原則是精確而生動。為了實現這一原則，從理智方面說，對於人類行為，社會百相，必須有深而廣的觀照，與徹底的了解；從情感方面說，對於徬徨在理想與現實之間的老老少少的奮鬥和挫折，以及陷溺在七情六慾中的男男女女的掙扎和超越，必須有真摯深厚的同情。前者可使語辭、文辭表達得更精確；後者可使語辭、文辭表達得更生動。這就有賴於心理學了。所以，心理學的了解有助於修辭原則的實現。

而且，許多修辭方式是以心理學作基礎的。例如：譬喻方式的成立，基於心理學上的類化作用(Apperception)：「夸飾」格的成立，基於心理學上的好奇心理，「婉曲」、「倒反」、「映襯」、「轉化」、「借代」、「雙關」、「示現」的運用，也都和心理活動有密切關係。所以，心理學的了解有助於修辭方式的掌握。

(三)修辭學與語言學

語言學是一種考察語言的本質、構成、發展、變遷跟分布等現象及其法則的學問。修辭學所修的辭，是言辭以及言辭的紀錄。對於自己所修飾的對象——語言，自不能不有所了解。

傳統的語言學包括語音學、詞彙學、語法學。

語音學的了解對修辭上節奏感的造成，以及佶屈聱牙語調的避免，都有其功用；有時還能創造特殊的音樂效果。當我們讀姜白石的《湘月》：「暝入西山，漸喚我一葉猶夷乘興。」「一葉猶夷」四字，常使我們覺得自己身在小舟裡，耳聽著船槳跟槳釦的摩擦聲，在平湖上盪來盪去。當我們讀朱自清的《匆匆》：到「除徘徊外」四字，卻使極流暢的上文忽然拗口起來。蘇軾的《赤壁賦》：「客有吹洞簫者，倚歌而和之，其聲嗚嗚然：如怨、如慕、如泣、如訴；餘音嫋嫋，不絕如縷；舞幽壑之潛蛟，泣孤舟之嫠婦。」「嗚嗚」二字，分明是摹擬簫聲的。從而啟示我們：其下韻腳字：慕、訴、縷、婦；甚至非韻腳字：如、怨、餘、嫋、不、絕、舞、幽、蛟、孤、舟。在韻母中和「嗚」同樣的帶有「u」元音的，以及「ü」元音的，實際上還都有摹擬簫聲的功能。沈尹默的《三絃》：「旁邊有一段低低的土牆，擋住了個彈三絃的人，卻不能隔斷那三絃鼓盪的聲浪。」胡適在《談新詩》中曾分析說：「旁、邊是雙聲；有、一是雙聲；段、低、低、的、土、擋、彈、的、斷、盪、的，十一個都是雙聲。這十一個字都是『端透定』(D，T)的字，摹寫三絃的聲響，又把『擋』、『彈』、『斷』、『盪』四個陽聲的字和七個陰聲的雙聲字（案：段，陽聲；低、低、的、土、的、的、的，陰聲。）參錯夾用，更顯出三絃的抑揚頓挫。」這些現象的分析，是需要懂得一些語音學的。至於詩詞的平仄押韻，需要語音學知識，那更不在話下了。曾永義《影響詩詞曲節奏的要素》一文，曾舉例細說：聲調、韻協、句式等人工音律因素，和雙聲疊韻、疊字襯字、拗句、選韻等自然音律因素對詩詞曲節奏的影響，刊於《中外文學》四十四期，十分值得一讀。

詞彙是語言裡的詞及固定詞組的總彙。某一語言中所有的詞及固定詞組總合起來，就成為該語言的詞彙。以語言中的詞彙成分、狀態及其發展的歷史為研究對象的學問，稱為詞彙學。

就詞彙形成方式來說，漢語經常運用修辭手法創造了許多形象飽滿生動的詞語。例如：肉碎炒粉絲，叫「螞蟻上樹」；難以接辨的事，叫「燙手山芋」；個性堅強的人，叫「硬骨頭」；老於世故的人，叫「老油條」；投機分子，叫「牆頭草」；一知半解卻愛賣弄的人，叫「半瓶醋」：都是運用譬喻法創造的名詞。又如：生活上嚴重的折磨叫「煎熬」；給予支持叫「撐腰」；無原則的調和叫「和稀泥」；違背潮流叫「開倒車」：都是運用譬喻創造的動詞。再如：「狼藉」、「沸騰」、「枝蔓」、「炎涼」，也都是以譬喻造出的形容詞。此外，像「丹青」指繪畫，「玉兔」指月亮，「懸壺」指行醫，「菜籃子工程」指改善民生的措施，是以借代法造出的詞語。「飛毛腿」、「萬年青」、「火燒雲」、「牛皮紙」，是帶點誇飾的詞語。全都言簡意豐，具有鮮活的形象。一位偉大的修辭學家，必須了解詞彙形成方式，不斷創造切合新語境的新詞彙。

在詞彙運用方面，一位雄辯家或文學家首先要在自己知識寶庫中儲藏豐富詞彙，並且要辨析詞彙涵義，在不同的語境，使用最適當的詞語。例如，「並不」和「並非」，意思很接近，但涵義微有不同。我們說「內容充實並不屬於修辭的範圍」，可以；但是，「內容充實並非屬於修辭的範圍」，就嫌累贅，要說「內容充實並非修辭的範圍」才是。可見在這句話中，如用「並不」，下面必須有「屬於」；如用「並非」，下面可以省去「屬於」。又如：「親近」、「親熱」、「親暱」，意思一個比一個重；「寬闊」、「廣闊」、「遼闊」，範圍一個比一個大；「謙沖」、「謙虛」、「謙恭」，主賓關係不同；「成果」、「結果」、「後果」，褒貶色彩有異：這些都要仔細辨別，審慎選用。寫到這裡，看到二〇〇一年五月十四日《聯合報》一篇陳嘉寧發自臺灣桃園中正機場的報導：「陳水扁總統日前曾經說過國家需要李遠哲這樣『天真』的人。李遠哲認為：國家需要像他這樣保持『理想』的人，這個說法可能比較正確。」「天真」與「理想」有何不同？因為「天真」用以形容兒童有褒義；形容成人卻含貶義。福樓拜爾曾告訴他的愛徒莫泊桑說：「我們所要表出的什麼，這裡衹有唯一的名詞可以表出他；說明他的動作的，衹有唯一的動詞；限制他的性質的，衹有唯一的形容詞。我們不能不搜求這唯一的名詞，動詞及形容詞，直到發見了為止。」信哉，斯言！此外，反義詞、多義詞，以及新舊詞、方言詞、外來詞，它們在修辭上的作用和使用時機，也要妥善掌握。

語法(Grammar)，是語言組織的規則。舊譯為「文法」，容易使人誤以為是講作文方法的，因此，王力在《漢語語法綱要》特別強調：「其實現代語言學裡的grammar只是對於某一民族的語言事實加以分析，並不怎樣著重在矯正壞習慣，更不會企圖改善語言。至於怎樣使話說得漂亮或文章做得好，那是修辭學的事，也和語法無關。」撇清語法和修辭的不同。不過，語法是語言運用的基礎，要求說話寫文章都要遵守語言組織方面一些約定俗成的共同規則；修辭講究語言運用的技巧，是建立在語法基礎上的上層結構，注意語言組織的調整、銜接，希望說話寫文章能取得更高的藝術效果。二者之間仍具有基層與上層的緊密相連的關係。何況在修辭實踐方面，也需要一些語法常識。例如語法學以及比較語言學對「轉品」修辭法的了解就有其需要。漢語中特多轉品的原因，必須求之比較語言學；而轉品的分析，必須求助於語法學。另外像「對偶」，注意到上下兩句句法的相似，詞性的相稱；「回文」注意到句法的往復，主賓的易位。諸如此類，也都跟語法有關。

(四) 修辭學與社會學

社會學研究各種社會行動體系：單一的社會活動，社會關係、組織和制度，以及各種社會行動體系間的相互關聯的研究。修辭的「辭」，也就是語言，是伴隨著人類社會的形成而產生的，在一定程度內反映出社會的形態。辭既是情意的呈現，也是信息的載體，在社會活動中起著溝通媒介的作用。所以無論在語言的產生和語言的功能方面來考察，修辭學與社會學都有密切關係。

孔子相當重視修辭與場合、對象、時宜的關係。試以《論語》為證：《憲問》記載：「子曰：『邦有道，危言危行；邦無道，危行言孫。』」《衛靈公》記載：「可與言而不與之言，失人；不可與言而與之言，失言。

知者不失人，亦不失言。」《季氏》：「孔子曰：『侍於君子有三愆：言未及之而言謂之躁；言及之而不言謂之隱；未見顏色而言謂之瞽。』」以上是原則性的。又《八佾》：「子曰：『夏禮吾能言之，杞不足徵也；殷禮吾能言之，宋不足徵也：文獻不足故也。足，則吾能徵之矣。』」又說：「周監于二代，郁郁乎文哉，吾從周。』」可是到了《禮記・中庸》，這幾句話卻變成了：「子曰：『吾說夏禮，杞不足徵也；吾學殷禮，有宋存焉；吾學周禮，今用之，吾從周。』」閻若璩《四書釋地》說，這是因為子思居宋作《中庸》，所以不言「宋不足徵」，而言「有宋存焉」。《論語・先進》：「子路問聞斯行諸，子曰：『有父兄在，如之何其聞斯行之！』冉有問聞斯行諸，子曰：『聞斯行之。』公西華曰：『由也問聞斯行諸，子曰：有父兄在；求也問聞斯行諸，子曰：聞斯行之。赤也惑，敢問……』子曰：『求也退，故進之；由也兼人，故退之。』」《鄉黨》：「孔子於鄉黨，恂恂如也，似不能言者；其在宗廟、朝廷，便便言，唯謹爾。朝，與下大夫言，侃侃如也；與上大夫言，誾誾如也。君在，踧踖如也，與與如也。」以上是視場合、對象而說辭不同的實際例子。

非但言辭如此，文辭亦有此講究。試讀張戒的《歲寒堂詩話》：

> 王介甫只知巧語之為詩，而不知拙語亦詩也；山谷只知奇語之為詩，而不知常語亦詩也。歐陽公詩專以快意為主；蘇端明詩專以刻意為工；李義山詩只知有金玉龍鳳；杜牧之詩只知有綺麗脂粉；李長吉詩只知有花草蜂蝶；而不知世間一切皆詩也。惟杜子美則不然，在山林則山林，在廊廟則廊廟，遇巧則巧，遇拙則拙，遇奇則奇，遇俗則俗，或放或收，或新或舊，一切物、一切事、一切意，無非詩者。故曰：「吟多意有餘」，又曰：「詩盡人間興」，誠哉是言。

盛讚杜甫能面對山林、廊廟，清奇、世俗，種種事物、意念，寫出最妥貼恰當的詩句。「世間一切皆詩」是需要以深入了解社會為基礎的。

至於十九世紀以降，「文學社會學」出現，要求採取社會學的角度，運用社會學的理論與方法，來研究文學現象。而修辭學界，也有祝秀俠《修辭社會學》（一九四一），黎運漢《公關語言學》（一九九〇），李名方主編《得體修辭學研究》（一九九九）等著作出版。修辭學與社會學的結合，可能會越來越密切。

(五) 修辭學與文學批評

文學批評旨在研討文學作品本身的價值，以及作品與作者、讀者、時代、環境間的相互關係。文學批評經常借用修辭學家所說的各種修辭手法來剖析作品而作出批評；文學批評的結論也往往可作修辭的指導原則。

在中國，《文心雕龍》是一本文學批評專書；裡面也包含一些修辭方式的討論。例如：《比興》討論到譬喻和象徵；《夸飾》討論到誇飾；《章句》討論到結構；《練字》討論到字質；《麗辭》討論到對偶；《事類》討論到借代，顯示出文學批評與修辭學的同生共源與相輔相成。

在二十世紀的西洋，以美國藍孫(J. C. Ransom)為中堅的「新批評學派」興起，把文學作品看作一種完整獨立的藝術品，超越時空的永恆結構，孜孜於其內在結構與成分之探討。於是：字質的研究，意象的研究，多義的研究，結構的研究，便變成文學批評家之興趣所在。這樣一來，文學批評幾乎全以修辭為批評對象了。

無論從中國或從西洋文學批評學說看來，都跟修辭學有密切的關聯。

(六) 修辭學與美學

美學是研究美的性質及其法則的學問。包括藝術起源的探討，美感經驗的分析，以及藝術創作之研究。

前言說過：修辭的媒介符號，包括語辭和文辭。就其為語辭而言，辭以音響與時間為要素，切近於時間藝術或音響藝術；就其為文辭而言，辭以形象與空間為要素，切近於空間藝術或形象藝術。因而文學本身即為一種綜合藝術。修辭學之作為語言藝術加工的主要手段，與文學具有高度的同質性，自亞里士多德以來，便被視為一種藝術，其與美學之血緣關係，實無須多說。

再從修辭方式來觀察：「類疊」基於美學上「劃一中的多數」；「對偶」、「排比」都基於美學上「平衡」、「勻稱」的原理；「層遞」基於美學上「秩序」、「和諧」之原理；「頂真」基於「統調」；「回文」類於「圓周」；「錯綜」、「倒裝」等則基於美學上「複雜」、「變化」之原理。非但語文上優美形式的設計與美學有密切關係；在意念表出方法之調整方面，也多與「形相的直覺」、「心理距離」、「物我同一」、「內模仿」等美感經驗有密切關係。

當一九七五年我這本《修辭學》初版發行時，海峽兩岸互不往來，許多大陸出版的修辭學新著，多未能一讀為快。近年讀到吳士文《修辭格論析》（一九八六）中曾說及《修辭格的美學基礎》，歷述陳望道《美學概論》中以美學觀點分析了十個辭格：「反復」、「對偶」、「錯綜」、「映襯」、「比喻」、「雙關」、「藏詞」、「借代」、「層遞」、「襯托」。宗廷虎在《探索修辭的美——「修辭學發凡」與美學》（一九八三）對：「排比」、「夸張」、「諷喻」、「示現」、「比擬」、「婉轉」、「避諱」等辭格的美學基礎做了較為專門的分析。時煜華寫了一篇《論「回環」辭格的形式美》（一九八三）。王希杰《漢語修辭學》（一九八三）更把三十一個辭格分別歸到「均衡美」、「變化美」、「側重美」、「聯繫美」之中。他們都不把修辭局限於語言現象的了解，而將它提升到美學的高度，並作出更全面的闡發。吾道不孤，這是十分值得安慰的。

(七) 修辭學與哲學

哲學，是一門對宇宙人生各種問題作全盤性的根本探討，而成立一套系統理論的學問。包含形而上學（宇宙論與本體論）、知識論、人生哲學等等。修辭學需要哲學來指導，尤其需要人生哲學來指導。而近代語言分析哲學興起，修辭幾乎被視為邁向存在和諧，與尋求理想世界之重要途徑。

希臘早期的修辭學，事實上是搆辯爭訟，強詞奪理的技術。在柏拉圖的《對話錄》中，修辭術曾被當作一種哲學論題而展開雄辯。一方是高基亞士(Gorgias)，認為演說家本人在道德上應是善良的，但是他不得不承認修辭學可能被濫用：一個罪犯可能得到修辭學的保護，甚至得逞，而這個律師明知他是有罪的。另一方是蘇格拉底(Socrates)，他問：一個公正的人如何能運用這一項藝術來實現不公正的目的呢？看來，修辭學家對於真理缺乏嚴肅的關懷。甚至亞里士多德也宣稱修辭學適用於「任何既存情況」。亞里士多德以為：真理本來要比謬論強，當謬論由於修辭而逞其詭辯時，為了要破妄自衛，也必須講求修辭學。亞氏總算還把修辭的主要效能放在破妄立真方面。

羅馬時代，修辭學家西塞羅呼籲，題材與言辭結合，情思與表達為一，倫理與格式並重。他認為雄辯家（亦即修辭學家）也可稱為哲學家，雄辯術為哲學家知識冠冕上添加無比優美的文采。昆悌廉的見解也略同西塞羅。在所著《雄辯家的教育》中，他把哲學、法律、道德、政治等，納入修辭學中。以為不作善人的人，到底是不能成為修辭學家的。修辭學家要有辯說的天才與高尚的情愫。昆悌廉說：

> 且讓我們全心全意地追求雄辯術崇高的光輝，這是上帝賜予人類最美好的禮物，缺少了它萬物啞然，人類現在的光榮和傳之後裔的不朽的記錄也將受到剝奪，所以，且攜手臻於至善。

回頭來看我們中國，老子雖然以為「信言不美，美言不信」；但是儒家卻把「修辭」跟「巧言」分得清清楚楚。以為「修辭」必須建立在「誠」的基礎上；而「巧言令色鮮矣仁」，易生歧義，為孔子所恥的。所以中國的修辭學，在儒家哲學的指導下，一開始就走上了正路。

從修辭學的發展史上看，我們可以發現修辭學多麼需要人生哲學作它的指針！

二十世紀中葉，語言分析哲學出現，他們特別重視語言與哲學之間的聯繫。例如：G・賴爾(Gilbert Ryle)強調排除哲學命題中語言混亂，正確地了解語詞的意義及在不同語境中的用法。J・奧斯汀(John Austin)認為哲學的使命在闡釋，而闡釋始終是一種語言行為。P・F・斯特勞森(Peter Frederick Strawson)主張要深入研究語言背後的事物，從而揭示概念結構最一般的特徵。亨利・詹姆斯(Henry James)在《我們的語言問題》更聲言：「芸芸萬物終歸要回溯至語言的問題，亦即我們賴以溝通的偉大媒介，因為芸芸萬物總要回溯至一個最大的問題，那就是我們彼此之間的相互關係。」A・理查茲(I. A. Richards)在《修辭的哲學》(*The Philosophy of Rhetoric*)引亨利・詹姆斯此語更加以發揮說：

> 文字是各種經驗面之間的接觸點。這些經驗除非透過文字是不能在感覺或直覺上聯結起來的。語言是心智的成長中不斷努力以求秩序的溫床和工具。這正是我們需要語言的緣故，語言不只是一種指示信號的系統，它也是人類各種卓越的活動發展的工具。有了它，我們乃有別於其他動物，也超越其他的動物。

人，的確是由於語言，才能有思維的運作，進而創造各種文化。而修辭之作為語言藝術，能溝通情意，消除誤會，從而使人類邁向存在的和諧，尋求建立一個理想的大同世界。這標示著修辭哲學的最高境界。

乙、從社會各階層人士的談話中，從古今中外文學名著中，覓取修辭實例，分析比較，使修辭學有更多更大的實用價值。

正和價值學科中的其他學科，如倫理學、美學等一樣，修辭學必須把基礎建立在行為科學之上。從人類實際的語言、文學活動中，歸納出修辭的法則，方能使修辭學不致發生理論與實際之脫節；從而擴大修辭學在實用上的重大效果。

在這一個範疇下，我願意特別強調二事：

(二)從社會各階層人士的談話中取例

俗語說：「取法於上，得乎其中；取法於中，得乎其下。」那麼，怎樣才能「得乎其上」呢？答案應該是：「取法於眾。」所以說：「聖人無常師。」研究修辭學的人也是這樣，必須從社會各階層人士的談話中，吸收群眾智慧，覓取修辭實例。

以我個人的經驗為證。

那是一九五〇年代的事了，我和師大同班的三位同學，連我四人一起在「萬國」看完電影後，去「一條龍」吃水餃，客滿；轉到「周胖子」，又客滿。於是穿過往中華路的小巷，發現一家賣「燒肉飯」的露店。店員問：「幾位？」答：「四位。」於是店員提高嗓子，用閩南語向廚房吆喝著：「三位加一位。」我聽了先是覺得好笑。四位就是四位，為什麼偏說三位加一位呢？繼而一想，閩南語四死同音，所以臺灣公私立醫院幾乎都沒有「四」號病房；臺北市公共汽車也沒有「四」路線車。說三位加一位，正是為了避免說「四」字啊！在這兒，我領悟我們同胞「避忌」的修辭技巧！

第二個例子，卻是在電視機旁聽到的。一位徐娘半老的女演員，指著一對年輕的男女，向她的「頭家」說：「他們兩人呀，姓何的嫁給姓鄭的，鄭何氏！」「鄭何氏」是「正合適」的諧音。從這個例子，我發現我們同胞修辭的幽默。

這樣的例子幾乎是舉不完的。我只想再說一個我從我的學生獲得的好教訓。當我講完了一種辭格，洋洋得意地問：「我講的比陳望道的書本如何？」一個同學說：「站在別人的肩膀上當然要比別人高嘛！」從這一句「借喻」中，我除了慚愧自己的「忘形」之外，更深切感受到我們民族古老的深厚的智慧。

(三)從古今中外文學名著中取例

胡適之曾寫過一篇文章，題目叫作《建設的文學革命論：國語的文學——文學的國語》正文第一段就提出全文主旨說：

我的「建設新文學論」的唯一宗旨只有十個大字：「國語的文學，文學的國語」。我們所提倡的文學革命，只是要替中國創造一種國語的文學。有了國語的文學，方才可有文學的國語。有了文學的國語，我們的國語才可算得真正國語。國語沒有文學，便沒有生命，便沒有價值，便不能成立，便不能發達。這是我這一篇文字的大旨。

在這一段文章中，指出了「國語」與「文學」之間不可分離的關係。我個人對「語言」與「文學」間的關係，看法是這樣的：語言是文學的母體，沒有語言，就沒有文學。而文學根於語言而且發展了語言，使語言更精粹，更優美。基於這個理由，我認為文學作品中的修辭例子，對修飾文辭和語辭兩方面，都有其參考的價值，值得我們去覓取，去分析，去歸納，去整理。胡適之強調「國語的文學」，意思似乎是專指用現代漢語寫出的文學作品。把注意的焦點置於現代的中國的文學作品自然是正確的。不過，「現代」之外，「古典」文學作品能告訴我們文學修辭的源流發展；「中國」之外，「外國」的文學作品能提供我們文學修辭的比較材料。因此，我們研究修辭學，除了現代中國的文學作品外，還必須從中國古典文學作品以及外國文學名著中取例，使修辭學的內容更加充實，更加豐富。

第二篇　本論上——表意方法的調整

從修辭學角度來分析如何調整意念表出的方法，方式可多了！唐松波、黃建霖主編，中國國際廣播出版社出版的《漢語修辭格大辭典》（一九八九）分辭格為：語義類、布置類、辭趣類、文學類，計四大類一百五十六格。其中除布置類自四十四至九十，計四十七格外，其餘一百零九格全屬表意方法的調整。至於廣西教育出版社出版的《漢語辭格大全》（一九九三），共收辭格二百三十一格，方式就更多了，真有點累人的！拙著《修辭學》在《表意方法的調整》篇，擇要只收辭格二十種，取其易學易記而已！

這些辭格要從何處說起呢？我看唐鉞《修辭格》（一九二三）、陳介白《修辭學》（一九三一）、陳望道《修辭學發凡》（一九三二），不約而同，都以「譬喻」當先。一九七五年拙著出版後，臺灣出版的一些修辭學方面的著作，大致上仍置「譬喻」為第一章。說來也很有道理的，「譬喻」的確是大家最熟悉，使用最普遍的辭格，擺在最前面，真有先聲奪人，引人入勝的效果。

我個人有一種想法：辭格的排列應該考慮到文化演進、邏輯結構、學習心理諸方面，方能作合理安排。包括語言在內，人類所有的文化乃淵源於對事物的驚歎，所以列「感歎」為第一，而「感歎」也正是最原始的修辭法！如果僅僅只在感歎，解決不了問題。子入太廟，不是每事問嗎？故列「設問」為第二。因感又歎又問，於是了解事物，因而方能摹寫事物的狀況，乃有「摹況」第三。儘管春去秋來，秦月漢關，這個地球還是這個地球；歷經生老病死，離合悲歡，我們人類還是人類。客體與主體在變中有不變者在。今天發生的狀況，千百年前可能發生過了。當你描述時，參考一下古人所寫的如何？你甚至可以整句抄寫下來，來支持你自己所寫的：因而有「仿擬」第四，「引用」第五。假使你全句照抄不好意思，抄半句也行，其中還含玄機妙用呢，此之謂「藏詞」第六。至於故意說句方言俚語，寫個錯字別字，亦有一種趣味在，這是「飛白」第七。搴況演變到此，峰迴路轉，再就文字語法上講求變化，於是有「析字」第八，「轉品」第九。由字、詞而語句，你可以把語句講得委婉曲折些，也可以把語句講得誇張些。於是有「婉曲」第十，「夸飾」第十一。你更可以把實際上不聞不見的事說得如見如聞，於是有「示現」第十二。以上大致上屬單一意念之表出。單一意念之外，還有複合意念。有以甲喻乙的，是「譬喻」第十三；有借甲代乙的，是「借代」第十四；有視甲為乙的，是「轉化」第十五；有甲乙相對照的，是「映襯」第十六；有說甲意兼指與甲音義相關的乙的，是「雙關」第十七；有說甲，意卻指與甲意思相反的乙的，是「倒反」第十八；有說甲暗示乙的，是「象徵」第十九。至於「呼告」第二十，中有帶示現性質、譬喻性質與轉化性質的，就學習心理而言，必須在「示現」、「譬喻」、「轉化」之後才可以討論，所以放在此篇之末，與首章「感歎」，正好構成呼應的關係。以下就分二十章，每章再分「概說」、「舉例」、「原則」三項，說明如後。

第一章 感歎

甲、概說

當一個人遇到可喜、可怒、可哀、可樂之事物，常會以表露情感之呼聲，來強調內心的驚訝或贊歎、傷感或痛惜、歡笑或譏嘲、憤怒或鄙斥、希冀或需要。這種以呼聲表露情感的修辭法，就叫「感歎」。

感歎格的成立，有其客觀與主觀上的條件。客觀的條件是可驚可愕的宇宙與人生；主觀的條件是人類善感的心靈。宇宙是時空無限的連綿，其間高山深谷，巨海汪洋，日月水火，雷電風雨，草木鳥獸，真是千奇萬怪，變化不居。人生是不斷奮鬥的歷程，為了個人生命的維持與生命的延續，在需要與滿足之間，歷盡飢飽寒暖，生老病死；由於人我合作的需要與利害的矛盾，在理想與現實間，總是分分合合，或敵或友。面對著宇宙的神奇，人生的莫測，善感的人類怎能不發出由衷的感歎呢？

而人類對宇宙人生之感歎，可說是人類一切精神文化的源泉。語言、詩歌、音樂、舞蹈，以及宗教、哲學、科學，莫不濫觴於此。這一點，可以借重斯賓塞(Herbert Spencer, 1820–1903)的「第一原理」(First Principles)：任何事物的開始都是簡單的、模糊的，而後複雜的從簡單的引導出來；輪廓鮮明的從模糊中引導出來。就像宇宙起源於簡單而模糊的星雲，然後從它裡面導出行星的橢圓形軌道，山脈連鎖的明顯線條，組織和器官的特殊形式和性質，在生理組織和政治組織方面的勞力分工與作用專門化等等。在人類精神文化裡，那團模糊的簡單的星雲便是感歎了。語言即起源於人類對自然界的刺激所發的本能的歎聲，這便是有名的語言起於歎聲說(Theory of Interjection)。語言伴隨著歎聲的反覆節奏，於是產生詩歌。依據斯賓塞的觀察：最初的詩是不分體的(Undifferentiated)。而音樂同樣地源於情緒興奮時語言的聲調。舞蹈也一樣，每一個比較強烈的感情的興奮，都由身體的節奏動作表現出來。斯賓塞這種論點，與我國《詩經・大序》所說不謀而合：「情動於中，而形於言。言之不足，故嗟歎之；嗟歎之不足，故永歌之；永歌之不足，不知手之舞之足之蹈之也。」便指明「嗟歎」是「永歌」與「舞蹈」的起源。大抵說來，對於人類，再沒有一種表現方式有像嗟歎那麼直截了當的。初民們就用這種感歎的呼聲道出了他們對宇宙人生的感受。從感歎推廣演進而形成語言，從感歎的反覆節奏中產生音樂、舞蹈與詩歌。再由詩歌而產生各種不同體裁的文學。因此，我們可以認為感歎是語言源頭；也是文學、音樂、舞蹈等藝術之祖。更是一切文學最原始最基本最簡單的修辭形態。至於宗教起源於對自然現象的恐懼和好奇，而歸於超自然力的神祇；科學家則化好奇心為求知心，企圖了解自然現象的因果與真相；哲學家更進一步探索宇宙、人生的整體概念與規律：也無一不與對生存環境的感歎有關。

感歎格構成的方式，陳望道在《修辭學發凡》中，分為下面三種：

一、添加「呵」、「呀」、「嗚呼」、「噫嘻」、「哉」、「夫」等感歎詞於直述句的前後；

二、寓感歎的意思於設問的句式；

三、寓感歎的意思於倒裝的句法。

陳望道也認為：「內中二、三兩類，各與設問倒裝等格有關係，最純粹的，只有一這一類。我們因此可以說一這一類是感歎辭中最主要的形式。」因此，本書把第二類歸之於「設問」，把第三類歸之於「倒裝」。只認為第一類用歎詞及語氣助詞構成的感歎句才是真正的感歎格。

在文言文中，常見的歎詞有：「嗚呼」、「嗟乎」、「噫」、「嘻」、「於」、「吁」等等；常用的語氣助詞有：「矣」、

「也」、「乎」、「哉」等等。各舉一例：

1. 嗚呼！其信然邪？其夢邪？（韓愈：《祭十二郎文》）
2. 嗟乎！嗟乎！如僕，尚何言哉！尚何言哉！（司馬遷：《報任少卿書》）
3. 噫！微斯人，吾誰與歸？（范仲淹：《岳陽樓記》）
4. 慶父聞之曰：「嘻！此奚斯之聲也。」（《公羊傳・僖公元年》）
5. 僉曰：「於！鯀哉！」（《尚書・堯典》）
6. 吁！子來前！（韓愈：《進學解》）
7. 美哉禹功！明德遠矣！（《左傳・昭公元年》）
8. 賜也！女以予多學而識之者與？（《論語・衛靈公》）
9. 參乎！吾道一以貫之。（《論語・里仁》）
10. 知我者謂我心憂；不知我者謂我何求。悠悠蒼天，此何人哉！（《詩經・王風・黍離》）
11. 世乃有無父母之人，天乎！痛哉！（歸有光：《先妣事略》）

當然，文言文中的歎詞助詞並不止這些，這兒也就不一一詳舉了。

我們知道：歎詞是人類自然的發音，是對於自然界刺激的一種反應作用。所以，東西民族縱然不同，古今語音縱有變遷，而歎詞發音卻大致相近。印歐語系歎詞中的元音大都是ɑ或o，現代漢語同樣的是ɑ或o。古代漢語中的歎詞，如以今音讀出，全是收i、u、ü三種元音。但是，據汪榮寶的《歌戈魚虞模古讀考》，知道「唐宋以上，凡歌戈韻之字皆讀ɑ音，不讀o音；魏晉以上，凡魚虞模韻之字亦皆讀ɑ音，不讀u音或ü音。」所以「於」、「吁」、「烏乎」等屬於魚虞模的字，古音為ɑ。又古韻「之」、「咍」同部，段玉裁皆歸之於第一部。

所以「之」韻字如「噫」、「已」、「嘻」、「矣」等字，古讀如今「咍」韻，元音為ai或e。這樣一來，知道古人歎聲原不異於今，對於古人的感歎，我們也就能夠「如聞其聲」，進而依其發音來領略他們的喜怒哀樂了。

乙、舉　例

(一)利用歎詞構成的感歎句

(1)表驚訝或贊歎

1. 「嘔！你是拿命換出來的這些牲口！」（老舍：《駱駝祥子》）
2. 喔，花雨滿天。（周夢蝶：《聞雷》）
3. 「哦！我倒忘了！敢情是個耍筆桿兒的！」（林海音：《綠藻與鹹蛋》）
4. 嚇，簡直是個小森林了！（何欣：《思念》）
5. 嗳唷，李先生，您這兒擺設得像個和尚的禪房！（陳慧劍：《弘一大師傳》）
6. 咦！怎麼回事？剛剛莫非是在夢裏？（王熙元：《銀色世界》）
7. 「喝！還不賴，居然賽個平手。」（馬森：《孤絕》）
8. 「喲，急甚麼，這不是都來了嗎？」金大班笑盈盈的答道。（白先勇：《金大班的最後一夜》）
9. 啊，佛釋迦，請為我擎燦燦的希望。（敻虹：《昇》）
10. 「喔！就是水紅懷了十二個月才生的那個女兒？」（蕭麗紅：《千江有水千江月》）

(2)表傷感或痛惜

1. 唉！在我太太眼裏，我簡直成了動物園的狗熊，她就是馴獸師。（聶華苓：《王大年的幾件喜事》）

2. 呵，愛情之絲將我懸在半天，此心無時無刻不在夢想與恐懼的兩極之間轉折往復。（張秀亞：《山楂花》）

3. 呵！秋天，呵！落葉。（殷穎：《秋天．落葉》）

4. 你的尋訪棄在晨靄裏，啊！

那乳色的跫音在低迷的雁陣裏散了。（葉珊：《懷人》）

5. 哎！這世界，怕黑暗已真的成形了……（鄭愁予：《賦別》）

6. 唉！一顆區區的心靈，究竟能負載多少宇宙的痛苦！（顏元叔：《行走在狹巷裏》）

(3) 表歡笑或譏嘲

1. 「嘻嘻嘻！」趙夸子朝肚裏吸著氣笑。（司馬中原：《髑髏地》）

2. 「呵——哎」，「呵——哎」滿場助陣的呼聲，轉變為暴風雨的喝采。（鍾鼎文：《馬德里的秋》）

3. 「呵呵呵呵！」華慶忠偏又莫名其妙的爆發出一陣大笑。這碧蓮心裏難過極了。（令狐淵：《奉獻》）

4. 「哈！」我聽得出那是周大夫的笑聲，「汪先生，你是哪世修來的好福氣。」（汪洋：《換眼記》）

5. 你居然是個愛國主義者！哈，哈，哈！（顏元叔：《善用一點情》）

6. 「嘿嘿，舞臺上的妞兒剝得快乾淨時，我分明見你差點兒要衝上去，抱住她們的大腿呢！」（施叔青：《池魚》）

(4) 表憤怒或鄙斥

1. 蘇小姐聲音含著驚怕嫌惡道：「啊喲！你的手帕怎麼那麼髒！真虧你——噲！這東西擦不得嘴，拿我的去，拿去，別推，我最不喜歡推。」（錢鍾書：《圍城》）

2. 呸！什麼爵爺不爵爺，不過是天皇飼養的哈叭狗罷了。（葉石濤：《獄中記》）

3. 哼，那一點子好？還不是在你手中送的終！（公孫嬿：《唐橋》）

4. 烏鴉笑豬黑，哼！（王禎和：《嫁粧一牛車》）

(5)表呼問或應諾

1. 「喂！喂！渡船請搖過來！」他縱身一喊，果然在半江的黑影當中，船身搖動了。（郁達夫：《釣臺的春晝》）

2. 唷！洪老爺，你是在罵人了？（高陽：《醉蓬萊》）

3. 「喂，說不說嘛？我要拆信了。」（畢璞：《她的秘密》）

4. 「董小姐，有人找你。」

「啊，阿英，謝謝你。」（畢璞：《橋頭的陌生人》）

5. 唔，騙錢，小事情，小事情。（施叔青：《池魚》）

6. 噉！別急。（黑野：《蝴蝶》）

(三)利用語氣助詞構成的感歎句

1. 「不咧，人家以為這件事情你老人家肯了，翠翠便無有不肯呢。」

「不能那麼說，這是她的事呵！」（沈從文：《邊城》）

2. 你那個英文——算了吧！蹺腿驢子跟馬跑，跑折了腿，也是空的！（張愛玲：《茉莉香片》）

3. 看哪！他幾乎什麼都沒有穿。（周夢蝶：《折了第三隻腳的人》）

4. 老師怎麼還不去嘛，同學們都盼著您哪。（楊念慈：《前塵》）

5. 媽媽的什麼姊妹會，常常大家聚了首就談起日本怎樣好嘍，日本人又怎樣偉大嘍，說個沒完。（林衡道：《姊妹會》）

6. 對囉，對囉！土匪們居然也欣賞我寫的字了。（謝家孝：《張大千的世界》）

7. 為什麼要抱怨那無罪的鞋子呢？你呀！熄了的火把，涸池裏的魚。（楊喚：《路》）

8. 主呵　在這些煩亂的日子裏
在這些變調的歌裏
原諒我們看到了神奇
祇是祈求把我們瘋狂的懷念
帶給一個名字叫做家的野蠻人（菩提：《大荒山》）

9. 誰說夜霧輕得像貓的足步，我們如傾耳靜聽，正可聆見那一顆顆珠圓玉潤的滾動之聲哩！（陳曉薔：《萬籟》）

10. 伸手給我啊！親親
我的淚是滿天的星。（王渝：《今夜》）

11. 「勁夫，這個事太重要了，你要幫助哇！其他部門我也希望他們來支持，主要靠科學院哪！」（張勁夫：《請歷史記住他們》）

(三)利用歎詞、語氣助詞構成的感歎句

1. 嗯，凍死了，咪咪沒有兒子了，才更傷心呢！（謝冰瑩：《貓》）

2. 「喲，我就是香港總督，香港的城隍爺，管這一方的百姓，我也管不到你頭上呀！」（張愛玲：《傾城

之戀》）

3. 喲喲！那麼大的姑娘，她今年十幾啦！（蕭紅：《呼蘭河傳》）

4. 「喂！累了麼？剛才參觀海產館有趣麼？」耳畔熟悉的哥的聲音。（陸蠡：《貝舟》）

5. 「唔……誰呢？」他呻吟著。（鍾肇政：《大料崁的嗚咽》）

6. 唉，男人是難說嘔。你倒好像跟她有深仇大恨似的。（劉枋：《小蝴蝶和半袋麵》）

7. 「喂，快來呀！」這時候，他才注意到聲音是從這邊岸上傳過來的。（鄭清文：《水上組曲》）

8. 「呀呀啐！何人與你們通宵哪！」（白先勇：《遊園驚夢》）

9. 「哎呀！」裕民跺著腳說：「其實那時候我已經出來了嘛！假如你們消息靈通一點就好了！」（張系國：《領導者》）

10. 「哼！你們住一塊是個什麼德行，當我不知道啊？床上一團破棉被，床底下一堆臭襪子。」雷伯母撇著嘴說。（保真：《兩代之間》）

11. 「咦！那個，那個……模樣還長得挺俊哩！」（張賢亮：《男人的一半是女人》）

12. 喂！有點同情心好嗎？是個孤獨可憐的老人吔！（丁偉華：《龐衣教授的星期天》）

丙、原　則

(一)內心確有必須一歎方快的情思

感歎是藉自然的舒氣來表洩感情與思想的。它的基礎，原是一種深沉猛烈的情思。所以，內心確有一歎方快的情思，才能使用「感歎格」。文言文中，感歎詞常常被用作技窮的救濟方法。宋人李耆卿在《文章精義》中說：

歐陽永叔五代史，贊首必有嗚呼二字，固是世變可歎，亦是此老文字遇感歎處便精神！

馬建中在《文通》中更指出：

今之為文者遇有結束、提開、過脈處，無可轉者，輒用歎字，別開議論，故一篇之中往往不一用者，而氣亦因以少弱焉。噫！

在這種情形裡，感歎詞被當作轉接連詞使用，失去了原有的感歎精神，豈只是「文氣少弱」，簡直是「無病呻吟」了！白話文中，也有濫用感歎的現象，在一片呼天搶地，唉聲歎氣聲中，讀者感到的，只是虛情假意，噁心好笑而已。

(三)字音切合說者自然真實的語音

在「概說」中，我們曾說到歎詞讀音，指出無論中外古今，歎詞大多是元音a或o。根據黎錦熙《新著國語文法》中的歸納，在現代漢語中，表驚訝或贊歎的歎詞，或複疊以延宕其音，於是有：啊、呀、啊呀、哦、哦喲、喔唷。如：「啊呀！八點半了！」或加舌根阻的摩擦音「ㄏ」(h)以緊迫其氣，有：喝、嘿、嚇。如：「喝！你來了。」或升起舌前部使成「ㄧ」(i)、「ㄝ」(e)等以斂抑其情，有：咦、噫、呦、喲。如：「咦，你怎麼啦？」「喲，早又不好，遲又不好，這倒難了。」表傷感或痛惜的歎詞，就「ㄚ」(a)音延宕，舌前起而調漸降，遂轉淒清成「ㄞ」(ai)，有：唉、哎、嗳。如：「唉，這件事真沒有辦法！」或加重疊，有：唉呀、嗳呀、哎喲。如：「唉呀！真險一點沒有誤事。」表歡笑或譏嘲的歎詞，為實際的笑聲，由ㄚ(a)、ㄛ(o)元音配合ㄏ(h)輔音而成，通常多加重疊，有：哈哈、呵呵。如：「哈哈，我贏了！」表憤怒或鄙斥的歎詞，多「破裂音」，而發洩其「猝然之感」、「勃發之情」，有：呸、哼、啐、哇、噓。如：「呸，你也配！」「哼！又是你！」表呼問或應諾

第二章 設問

甲、概 說

講話行文，不採通常直述方式，而刻意用詢問的語氣，藉以凸顯論點，引起注意，甚或啟發思考，而使話語、文章激起波瀾的修辭法，叫作「設問」。

宇宙之深邃複雜，人事之變幻莫測，非個人所能盡知。殷商卜辭有：

庚子卜爭貞羽辛丑啓？貞羽辛丑不其啓？王固曰：今夕其雨，羽辛丑啓。之夕允雨，辛丑啓。（羅振玉：《殷虛書契菁華》）

是商朝武丁時卜晴雨之辭。第一句「命辭」，庚子日卜人名爭的卜問說：「翌日辛丑晴嗎？」第二句：「命辭」省去前辭，問第二天辛丑不晴嗎？第三句「占辭」記載王見兆而預測說：今晚該要下雨，明天會晴。第四句「驗辭」，卜官記載事後實情：那夜真下雨了，辛丑果然放晴。已略具「設問」的形式。

作為傳達的媒介，語言具有「刺激」與「反應」雙重屬性。試讀《論語・顏淵》所記孔子與司馬牛間的談話：

司馬牛問君子。

子曰：「君子不憂不懼。」

曰：「不憂不懼，斯謂之君子已乎？」

子曰：「內省不疚，夫何憂何懼？」

「君子不憂不懼」是對「司馬牛問君子」這一刺激的反應；「不憂不懼，斯謂之君子已乎？」表示對孔子此一解釋不完全滿意，因而再提出疑問來，是一種刺激。而孔子反問：「內省不疚，夫何憂何懼？」一方面是對司馬牛的疑問作一答覆，屬反應性質；另一方面促使司馬牛作一自省，屬刺激性質。

由上面的敘述，我們可以發現：所謂「設問」是一種屬於「刺激」性質的語言。它可能由於心中確有疑問，如司馬牛之問；也可能心中早有定見，只為促使對方自省，如孔子之反問。下面，我願再加闡釋：

首先說明內心確有疑問的設問。

就發展心理學(Developmental Psychology)和學習心理學(Psychology of Learning)的觀點而言，疑問是好奇心的表現，心智趨向成熟的象徵，以及獲取知識的重要手段。當兒童長到二、三歲時，會表現出對一切新奇事物的興趣。「這是什麼呀？」「哪裡來的？」「有什麼用呢？」如無滿意的答覆，便會追根究柢地問個不停。根據戴維斯(E. A. Davis)的觀察：男孩比女孩更愛問，尤其涉及因果關係的；女孩所問則多社會關係方面的問題。又據史密斯(M. E. Smith)的觀察：以「什麼」、「哪兒」作問的，多見於二至四歲；以「為什麼」、「怎樣」、「什麼時候」作問的，則多在四歲之後。就這樣，兒童求得了知識，並且補充了、豐富了自己的經驗。何林華女士(Hollingworth H. L.)甚至在其《發展心理學概論》(*Mental Growth and Decline*)中把兒童三至六歲的階段定名為好問期(Questioning Age)。

但是，「疑問」決不僅僅存在於兒童的心靈；一個成人，尤其是一個「學不厭」的成人，也常常有疑必問。所以「子入大廟，每事問。」並且曾經問禮於老聃，訪樂於萇弘，詢以鳥名官於郯子。屈原也有一篇《天問》：

遂古之初，誰傳道之？

上下未形，何由考之？
冥昭瞢闇，誰能極之？
馮翼惟像，何以識之？
……，……？

全篇對宇宙起源、自然現象、歷史政績、宗教信仰，以及人生觀念，發出種種的問題，都是內心確有疑問的設問。說者或作者特地把問題懸示出來，希望聽者或讀者共同思考，尋覓答案。董季棠《修辭析論》稱這類疑問為「懸問」。

再說內心已有定見的設問。

有疑而發問，因問而釋疑。這是設問的第一種效用；卻非設問的唯一效用。進一步的，我們必須設法挑起別人心中的疑惑，然後尋求疑惑的解決。這就靠「內心已有定見的設問」了。前面我們曾把「內心確有疑問」的設問看作「學不厭」；那麼現在所說的「內心已有定見」的設問正好可以視為「教不倦」了。這樣地由自己疑問的解決進而要求他人疑問的解決，倒是一個很有形上意味的論題。

因為就宗教哲學的觀點來看，一種宗教或一種思想，如要宏揚於世界，必經三個步驟：

佛說：「自覺」，這是獨登彼岸的小乘精神；「覺他」，這是普渡眾生的大乘精神；「覺行圓滿」，這是佛的極致。

基督教講：「聖父」，這是光明威嚴的主體；「聖子」，為聖父宣揚救世福音的人；「聖靈溝通」，這是基督教的極致。

孔門的《大學》言：「明明德」，明一己虛靈不昧之主體；「親民」，親近民眾從而革新民眾；「止於至善」，這是儒教的極致。

「內心確有疑問的設問」是「釋己疑」，相當於佛陀之自覺，耶教之聖父，大學之明明德；「內心已有定見的設問」是「釋人疑」，相當於佛陀之覺他，耶教之聖子，大學之親民。兩者的相乘，就如《孟子．公孫丑》所引子貢稱讚孔子的話：

學不厭，智也；
教不倦，仁也。
仁且智，夫子既聖矣乎！

於是：群疑冰釋，人我感通，彼此了解，共達至善，盡智踐仁而臻聖人之境。

這一種「內心已有定見的設問」，方式有二：

其一，為激發本意而發問，叫作激問。激問的答案必定在問題的反面；因此也可稱作「反問」。例如屈原《離騷》：

眾不可戶說兮，
孰云察余之中情？
世並舉而好朋兮，
夫何煢獨而不予聽？

這是屈原的姊姊女嬃告訴屈原的話，包括兩個問題。第一個問題是肯定的，答案卻是否定：誰都不會明白我們的內心！第二個問題是否定的，答案卻是肯定：你應該聽我的勸告。

其二，為提起下文而發問，叫作提問。所以提問之後，一定附有答案。例如屈原《離騷》：

何昔日之芳草兮，
今直為此蕭艾也？
豈其有他故兮，
莫好脩之害也！

「莫好脩之害也」便是問題的答案。

事實上，激問和提問二種方式也可以兼容並用。如屈原《九章・抽思》：

望三五以為像兮，
指彭咸以為儀。
夫何極而不至兮？
故遠聞而難虧。

「夫何極而不至兮」是激問，答案是任何目標都可以到達；下面再加了更具體的答案：所以名聲遠播而難以虧損。這又兼具提問的意味了。

最後，我想就語句表出的形式方面，比較一下設問句的效力。假如把語句表出的形式粗分為四：敘事句，表態句，判斷句，詢問句。在這四種形式中，詢問句文多波瀾，語氣增強，最能引起人的注意，表態句跟判斷句次之，敘事句最差。例如《周易・繫辭傳》：

何以守位？曰：仁。何以聚人？曰：財。

這是詢問句中的提問句，二問二答，語氣因懸宕、曲折而增強，最能引人注意。要是改成敘事句：

以仁守位，以財聚人。

則波瀾盡失，平淡而寡味。倘或改成判斷句：

仁，守位者也；財，聚人者也。

雖亦曲折有致，語氣決斷；但仍不如詢問句之懸宕啟思，引人注意。

乙、舉　例

(二)懸　問

1. 晚上最後一班車來了，他們終於沒有來。他可惱了；沒精打彩地衝寒冒雪而回——一路上想，「再不接他們了，也別望他們了！」但到了屋裏，便自回心轉意：「這麼大的雪，也難怪他們……得知幾時晴哩？雪住了便可來了罷，落得小些也可動身了罷？」（朱自清：《別》）

2. 我們說「把握」，我們把握些什麼呢？你緊緊地握一把沙，緊緊地握一把水嗎？（李廣田：《兩種念頭》）

3. 我倒是有一點厭棄我自己的精緻。為什麼這樣枯窘？為什麼我回過頭去看見我獨自摸索的經歷的是這樣一條迷離的道路？（何其芳：《夢中道路》）

4. 我並沒有在雨中摸夜路。但是看見燈光，我都忽然感到安慰和鼓舞。難道是我的心在黑夜裏徘徊，牠被噩夢引入了迷陣，到這時才找到歸路？（巴金：《燈》）

5. 當初她曾寂寞的帶了行囊，自省垣移到這裡。如今又寂寞的帶了行囊、與比行囊更沉重的心靈俱去！難道這是人生行旅的象徵，以寂寞始，以寂寞終嗎？（張秀亞：《遷居》）

6. 驀然醒來

繽紛的花雨打得我底影子好濕！

是夢？是真？

面對珊瑚礁下覆舟的今夕。（周夢蝶：《六月》）

7. 如果祈綏音沒有申請到獎學金？如果兩人沒有吵那場致命的架？（水晶：《沒有臉的人》）

8. 但是，什麼是真實的「存在」呢？是不是有一天我們會從這個大夢裏醒過來，突然明白這也不過是一個不曾真正地存在過的「幻境」？（馬森：《生活在瓶中》）

9. 為什麼來的總要逝去？

為什麼在繽紛的幕後有死亡的空虛？

為什麼有愛又有毀滅？你，猜不透的。（喻麗清：《寫給命運》）

10. 最大的悲劇在那裏？伊迪帕斯？三閭大夫？哈姆雷特？朱麗葉？或是王文興那寂寞的穿越鐵橋的小學生？（葉珊：《教堂外的風景》）

11. 每起一陣風我就在落葉的雨中穿梭，拾取一地的梧桐子。必有一兩顆我所未拾起的梧桐子在那草地上發了芽吧？（張曉風：《秋天．秋天》）

12. 你是憂戚這未竟之渡麼？

你是張望未來的風暴麼？

我們遠離的淺水碼頭，那兒正燈火輝煌

我們已遠離了的——航程裏的一切啊！

而我不懂你的憂戚。（林泠：《未竟之渡》）

13. 而朋友，誰失踪了，誰死去了，

更誰在三月沒有了消息？
我的葉網吹過許多聲早安——扁柏說，
但不知絲帕在那裏，
不知愛做夢的陌生人在那裏。（敻虹：《逝》）

14. 但是長大後，我更掛念故鄉童年的雨；正確地說，更掛念我的鄉親。科技進步了，我那種田的鄉親，是否依然那麼怕收成季節的雨？（林雙不：《我們曾經走過》）

15. 能夠橫跨兩個世紀的人在人類總體上總是少數，而能夠頭腦清醒地跨過去的人當然就更少了。稱得上頭腦清醒，至少要對已逝的一個世紀有一個比較完整的感悟吧？（余秋雨：《山居筆記．十萬進士》）

16. 那年的杜鵑已化成次年的春泥，為何，為何你的湖水碧綠依然如今？
那年的人事已散成凡間的風塵，為何，為何你的春閨依舊年年年輕？
是不是柳煙太濃密，你尋不著春日的門扉？
是不是欄杆太縱橫，你潛不出涕泣的沼澤？
是不是湖中無堤無橋，你泅不到芳香的草岸？（簡媜：《水問》）

17. 「是誰，撒下這比升學之網還要繁密的漫天巨網，網住了你們？是誰，交下這比齊家治國還要沉重的負荷，壓住了你們？」（亦耕：《尋夢與問津》）

(三)激　問

1. 我們抱怨我們的生活，苦痛、煩悶、拘束、枯燥，誰肯承認做人是快樂？誰不多少地咒詛人生？但不滿意的生活，大都是由於自取的。（徐志摩：《我所知道的康橋》）

2. 凡是到過長沙的，誰不知道有座嶽麓山？遊過嶽麓山的，誰不記得愛晚亭呢？（謝冰瑩：《愛晚亭》）

3. 有些國文教師口口聲聲地說：圖解已經是「很落伍」的方法了！但我要反問他們，有哪一種「很前進」的方法，能夠更一目瞭然地顯示出詞句篇章的結構方式呢？（黃貴放：《國語文法圖解》前言）

4. 我願意在一群青年朋友面前，不憚其煩的述說托爾斯泰這個有名的故事，我願斬釘截鐵的說：科學有什麼用？教育有什麼用？法律有什麼用？醫學有什麼用？工程有什麼用？文學有什麼用？哲學又有什麼用？除非你有一副熱愛的心腸。（陳之藩：《哲學與困惑》）

5. 流光逝去的聲音不就是那樣帶著悽傷與無奈的嗎？而你說，既知無奈，就不必再去悽傷吧！（羅蘭：《燭光夜語》）

6. 人生原是甘苦參半的，這味兒又豈不雋永？叔叔，您為什麼不能從甘苦中體味出來生活的意義呢？（琦君：《煙愁》）

7. 明淨的天，明淨的地，明淨的陽光，明淨的芒花，明淨的空氣，明淨的一身，明淨的心，這徹上徹下，徹裡徹外的明淨，不是天國是什麼？不是永恆是什麼？（陳冠學：《田園之秋》）

8. 那時豈知遙天遠地，北國皚皚霜雪下傲梅的凌勁？那時豈能體會萬里草長風吹見牛羊的疏曠？那時又豈能感同身受溽暑火般的烤，焰色帶著燭淚的寒涼？（向陽：《在雨中航行》）

9. 啊！清溪居主人，我們生長在怎樣的一個世代裏，難道這世代的悲劇性還不夠嗎？你又何苦用文學與音樂來加強它的效果呢？（張曉風：《山路》）

10. 追思日，亡友的臉不再是一枚光亮的金幣
誰肯老呆在冷風裏苦苦去認出昨日的風

誰又能在燈滅後仍一直抓牢那影子
當一年十二個月從壁上走下來
長短針在沒有刻字的鐘面上旋轉
生命只是一堆天色　摺在那把黑傘裏
一陣浪聲　疊在風中（羅門：《死亡之塔》）

(三)提　問

1. 甚麼是路？就是從沒有路的地方踏出來的，從祇有荊棘的地方開闢出來的。（魯迅：《生命的路》）

2. 我們為什麼愛讀木蘭辭和孔雀東南飛呢？因為這兩首詩是用白話做的。為什麼愛讀陶淵明的詩和李後主的詞呢？因為他們的詩詞是用白話做的。為什麼愛杜甫的石壕吏、兵車行諸詩呢？因為他們都是用白話做的。為什麼不愛韓愈的南山呢？因為他用的是死字死話。（胡適：《建設的文學革命論：國語的文學——文學的國語》）

3. 綠衣人熟稔的按門鈴
就按在住戶的心上：
是游過黃海來的魚？
是飛過西伯利亞來的雁？
「翻開地圖看，」遠人說。
他指示我他所在的地方（卞之琳：《音塵》）

4. 東方的紙上說：古有三不朽。西方的紙上說：不朽的傑作。但請問，什麼是不朽？永遠不朽的，只有

風聲，水聲，與無涯的寂寞而已。（陳之藩：《寂寞的畫廊》）

5.神秘的特效藥曾治愈多少絕症，但可有治這心靈萎頓的藥品？噢，沒有，沒有聽說過。（艾雯：《一束小花》）

6.遙遠，什麼叫遙遠？到了河南以後，平原無際，你才知道什麼叫遙遠。（葉珊：《秋雨・落在陌生的平原上》）

7.為甚麼妳會患這種恐懼症呢？也許妳不忍見到美好的白日消失罷！不忍見那光明的、燦爛的，在妳眼前一點一滴地萎縮，那一種目睹曇花枯萎的感覺。或許紅日的沒落使妳矇矓地覺察到妳內在自我的萎縮和死亡，因此妳恐懼。（鍾玲：《恐懼・雪湖書簡之二》）

8.這是誰的坐姿？如此美麗的謙遜之姿！這圓座為誰？為妳——愛與美的女神以及妳永恆的憂悒。（蓉子：《夢的荒原》）

9.還有比跑更好的運動嗎？說跑就跑，要快就快，該緩就緩，也可以停下來喘喘氣，淺淺深深地呼吸，不需要裝備……（蕭蕭：《我們是可以一直奔馳下去的》）

10.也許，想像總比實際接觸更能增加一份美感吧？因為隔了一段距離，你無法洞悉事情赤裸裸的真相。（陳幸蕙：《蘋果的聯想》）

(四)激問兼提問

1.絕頂登高，誰不悲慨地一長嘯呢？是想以他的聲音填滿宇宙的寥闊嗎？等到追問時，怕又只有沉默地低首了。（何其芳：《獨語》）

2.死？不，不，我還活著——請給我以火，給我以火！（艾青：《煤的對話》）

3.一個人在公園裏散步，忽然一陣狂風吹落了他的帽子，在地上急滾著，他在後面追逐著。……這有什麼可以懊惱呢？有什麼覺得可笑呢？人們在追逐一個球，或者女人，不是一樣的情形嗎？（繆天華：《快樂》）

4.誰說仁慈的造物者創造宇宙時不煞費苦心？這萬能的巨人，為了使人間到處留「真、善、美」的痕跡，於是完成了偉大的創造之後，開始為大自然著色了。（王怡之：《綠》）

5.我認識我自己嗎？我看不見自己，因為我只向別人眼中搜索讚美。（鍾玲：《輪迴》）

6.所謂笑話，它必須像胡椒之於噴嚏一樣，要立即收效才有意思。有誰指望在曠日彌久的等待之後，由一個遠在天邊不知名的知音來欣賞自己的玩笑呢？這種事無疑是不可能的。（高大鵬：《謎航》）

丙、原　則

我們說過，設問句文多波瀾，語氣懸宕、強烈而發人深思，比判斷句及直敘法都更能引起對方的注意。而「引起注意」便是「設問」的一個總原則。下面，再由使用設問句的時機及方式，論其細則。

(一)用於篇首以提起全篇主旨

不管演講或詩文，一開始就提出一些問題，都是一種很有吸引力的修辭法。

杜甫《蜀相》詩首聯：

　丞相祠堂何處尋？

　錦官城外柏森森。

曾國藩《原才》首句：

風俗之厚薄奚自乎？自乎一二人之心之所嚮而已。

都用自為問答的方式，引起讀者閱讀的興趣。

現代文學繼承了這種修辭法，也有不少這種例子，姑就詩、散文、小說各舉一例。

1. 乃有我銅山之崩裂了

你心上的洛鐘也響著嗎？（吳望堯：《乃有我銅山之崩裂》）

2. 生長在南國的孩子，你見過雪嗎？你愛雪嗎？也許曾點綴於你生活篇頁上的，只是碧於天的春水吧？（張秀亞：《雪・紫丁香》）

3. ——你為什麼去莫管谷？

——上峰要我去，我怎能說不？（陳火泉：《莫管谷》）

這種起頭的方法，很能夠捕捉住讀者興趣。

(三)用於篇末以製造文章餘韻

一篇震撼人心的作品，不應該是意隨言盡的。文章最後來一句設問，正是造成文章餘味的方法之一。

1. 山中相送罷，日暮掩柴扉。春草明年綠，王孫歸不歸？（王維：《山中送別》）

2. 然則何時而樂耶？其必曰：「先天下之憂而憂，後天下之樂而樂歟！」噫！微斯人，吾誰與歸？（范仲淹：《岳陽樓記》）

都用設問句結束全文。

現代文學也有同樣現象。

1. 等待的信號高高懸著

孩子般茫然的焦急懸著
臨別的絮語懸著
燈懸著
七扇門的園子　門開一扇　嵌了一雙眼
為什麼離去的那人還不曾放回一隻白鴿子？（王渝：《星期一》）

2.「為什麼你要那樣沉默？沉默得像這谷。」歸途上，一年前友人的話仍那麼清晰；像一年前一樣，我也茫然苦笑：「假如這谷裏有水，你會喜歡它嗎？」（許達然：《谷》）

3.明天，他仍然需要一個天地，需要一朵新的梅花。五個女人貼成的一朵梅花，在他的床頂上面。一朵新的梅花代替舊的梅花，在明晚的夢裏。一頂寬沿的草帽。一襲紅色的泳衣。兩條披以黑色紗網的大腳。一種舒坦在陽光下面的成熟著的青春……現在到哪兒去呢？現在？生命的解釋就是生命，不可能是別的——同樣不是道理。現在該到哪兒去呢？現在……。（司馬中原：《洪荒》）

都能在敘事抒情說理之餘，突然以設問句收束住全文。文章雖然結束了，但讀者的意念，卻因作者的設問而更呈迴旋起舞的狀態。

㈢首尾均用以構成前後呼應

我想以朱自清的《匆匆》、林文義的《見過我父親嗎？》、周夢蝶的《蛻》、余光中的《琉璃觀音——觀楊惠姍新作》為例加以說明：

先舉《匆匆》。首段是：

燕子去了，有再來的時候；楊柳枯了，有再青的時候；桃花謝了，有再開的時候。但是，聰明的，你告訴我，我們的日子為什麼一去不復返呢？——是有人偷了他們罷：那是誰？又藏在何處呢？是他們自己逃走了罷；現在又到了那裏呢？

末段是：

在逃去如飛的日子裏，在千門萬戶的世界裏的我能做些什麼呢？祇有徘徊罷了，祇有匆匆罷了；在八千多日的匆匆裏，除徘徊外，又賸些什麼呢？過去的日子如輕煙，被微風吹散了；如薄霧，被初陽蒸融了；我留著些什麼痕跡呢？我何曾留著像游絲樣的痕跡呢？我赤裸裸來到這世界，轉眼間也將赤裸裸的回去罷？但不能平的，為什麼偏白白走這一遭啊？

你聰明的，告訴我，我們的日子為什麼一去不復返呢？

首尾都用設問句「我們的日子為什麼一去不復返呢」，前後呼應，道出了人類永恆的無奈之歎息！

林文義《見過我父親嗎？》，篇首是：

請問您！先生！這是我父親，您見過嗎？我的母親生病快死了，可是我不知道父親在那裏？

篇末為：

先生，請問您見過我的父親嗎？先生！

也呈現出另一種人間怨歎！

再舉周夢蝶的《蛻》。首段是：

誰知？我已來過多少千千萬萬次
踏著自己：纍纍的白骨。

末段是：

明年髑髏的眼裏，可有
虞美人草再度笑出？
鷺鷥不答，望空擲起一道雪色！

以發問句起，以疑問句結。而「誰知？」「不答！」前後呼應，貫穿全詩的生之哀愁，生之反省，生之寂寞，就在這二個無答案的疑問句前，益發虛靈。

最後以余光中二〇〇〇年所作《琉璃觀音——觀楊惠姍新作》為例，首三行是：

為何浪花都懸在半空呢？
水是從天上來的嗎？
虛明幻境，若淺若深

最後三行是：

誰幻，誰真，驚疑難定
而浪花為何仍懸在半空呢？
水是從天上來的嗎？

其中，詩人使讀者見到了琉璃作品浴火後的清涼純淨，和其作者一如觀音的綽約神情。

(四)連續設問以加強語文氣勢

先舉韓愈《祭十二郎文》中一段為例：

去年，孟東野往。吾書與汝曰：「吾年未四十，而視茫茫，而髮蒼蒼，而齒牙動搖。念諸父與諸兄，皆康彊而早世。如吾之衰者，其能久存乎？吾不可去，汝不肯來，恐旦暮死，而汝抱無涯之戚也！」孰謂少者歿而長者存，彊者夭而病者全乎？嗚呼！其信然耶？其夢耶？其傳之非其真耶？信也，吾兄之盛德而夭其嗣乎？汝之純明而不克蒙其澤乎？少者、彊者而夭歿，長者、衰者而存全乎？未可以為信也。夢也，傳之非其真也。東野之書，耿蘭之報，又何為而在吾側也？嗚呼！其信然矣！吾兄之盛德而夭其嗣矣！汝之純明宜業其家者，不克蒙其澤矣！所謂天者誠難測，而神者誠難明矣！所謂理者不可推，而壽者不可知矣！雖然，吾自今年來，蒼蒼者或化而為白矣；動搖者或脫而落矣；毛血日益衰，志氣日益微，幾何不從汝而死也！死而有知，其幾何離？其無知，悲不幾時，而不悲者無窮期矣。汝之子始十歲，吾之子始五歲。少而彊者不可保，如此孩提者，又可冀其成立邪？嗚呼哀哉！嗚呼哀哉！

全段共用十一個詢問句，反覆設問，把那種欲疑而不可疑，將信而不能信的心理現象，委婉表出，波瀾起伏，氣勢感人！

再舉《新約・馬太福音》第六章第二十五到三十二節為例：

所以我告訴你們，不要為生命憂慮，喫什麼？喝什麼？為身體憂慮，穿什麼？生命不勝於飲食麼？身體不勝於衣裳麼？你們看那天上的飛鳥，也不種，也不收，也不積蓄在倉裏，你們的天父尚且養活他，你們不比飛鳥貴重得多麼？……何必為衣裳憂慮呢？你想野地裏的百合花，怎麼長起來，他也不勞苦，也不紡線，然而我告訴你們，就是所羅門極榮華的時候，他所穿戴的，還不如這花一朵呢！你們這小信的人哪！野地裏的草，今天還在，明天就丟在爐裏，神還給他這樣的妝飾，何況你們呢？所以不要憂慮說：喫什麼？喝什麼？穿什麼？這些都是外邦人所求的。你們需用的這一切東西，你們的天父是知道的。

恰好也用十一個詢問句，把耶穌那種反復叮嚀的語氣表達得維妙維肖。

然後舉朱自清《月朦朧，鳥朦朧，簾捲海棠紅》中一段為例：

> 試想在圓月朦朧之夜，海棠是這樣的嫵媚而嫣潤；枝頭的好鳥為什麼卻雙棲而各夢呢？在這夜深人靜的當兒，那高踞著的一隻八哥兒，又為何儘撐著眼皮兒不肯睡去呢？他到底等什麼來著？捨不得那淡淡的月兒麼？捨不得那疏疏的簾兒麼？不，不，不，您得到簾下去找，您得向簾中去找——您該找著那捲簾人了？他的情韻風懷，原是這樣的喲！朦朧的豈獨月呢？豈獨鳥呢？但是，咫尺天涯，教我如何耐得？我拚著千呼萬喚！你能夠出來麼？

十個問號串在一起，頗有「懸宕」效果。

由這些例子，我相信：連續設問的確能強烈震撼讀者心靈，使語文呈現猛烈的氣勢。

(五)設計問題以誘導對方認同

先秦說客最諳此道，先舉《戰國策．趙策》中《觸讋說趙太后》一段對話為例：

> 左師公曰：「父母之愛子，則為之計深遠。媼之送燕后也，持其踵，為之泣，念悲其遠也；亦哀之矣！已行，非弗思也；祭祀必祝之，祝曰：『必勿使反。』豈非計久長，有子孫相繼為王也哉？」太后曰：「然。」左師公曰：「今三世以前，至於趙之為趙，趙主之子孫侯者，其繼有在者乎？」曰：「無有。」曰：「微獨趙，諸侯有在者乎？」曰：「老婦不聞也。」「此其近者禍及身，遠者及其子孫。豈人主之子孫，則必不善哉？位尊而無功，奉厚而無勞，而挾重器多也。而今媼尊長安君之位，而封之以膏腴之地，多予之重器，而不及今令有功於國。一旦山陵崩，長安君何以自託於趙？老臣以媼為長安君計短也；故以為其愛不若燕后。」太后曰：「諾！恣君之所使之。」

原來秦攻趙，趙求救於齊。齊要求長安君為質，趙太后不肯，而且不許大臣強諫。趙左師公觸讋去見太后，太后盛氣待之。左師公先和太后談起居飲食，讓太后之色少解。再為自己么子求職，引起太后好奇地問：「丈夫亦愛憐其少子乎？」於是左師公趁此說愛子之道，設計一套問題，一步步地引導太后答應讓長安君為質於齊。

孟子也喜用這種設問，在《梁惠王下》有：

孟子謂齊宣王曰：「王之臣有託其妻子於其友而之楚遊者，比其反也，則凍餒其妻子，則如之何？」王曰：「棄之。」曰：「士師不能治士，則如之何？」王曰：「已之。」曰：「四境之內不治，則如之何？」

王顧左右而言他。

可惜的是：齊宣王比趙太后更頑固，孟子說話技巧也差些，落個「王顧左右而言他」的下場。

第三章　摹　況

甲、概　說

對自己感受到的各種境況和情況，特別是其中的聲音、色彩、形狀、氣味、觸感等，恰如其實地加以形容描述，叫作「摹況」。在陳望道的《修辭學發凡》裡，這本名為「摹狀」。我個人感到「摹狀」一詞，易使讀者誤會僅為視覺所得各種形狀色彩的摹繪。其實摹寫的對象，不僅為視覺印象，同時也包括聽覺、嗅覺、味覺、觸覺等等的感受，所以改稱為「摹況」。是摹寫各種境況、情況的意思。

摹況可說是廣義的摹擬，就是文學作品（包括口語與書面的）對自然以及人生各種現象的摹擬。這方面，中外許多哲人曾有所討論，先作簡單的介紹。

(一)西方學者論摹擬

(1)柏拉圖論「意型」之摹擬

柏拉圖的摹擬說見於《理想國》第十章。柏氏以為一切真理或真相都是抽象的「意型」，任何具體的形象都是對「意型」的不完全的摹擬。當藝術家或詩人利用顏色、線條、文字來描寫具體的形象時，「創作」也就是對不完全摹擬的不完全摹擬。以牀為例：先有牀的意型，此為上帝所創；再有牀的實物，此為匠人依據牀的意型而仿製；最後是牀的繪畫，為畫家依據牀的實物而描畫的。所以「繪畫」是「意型」不完全摹擬的不完全摹擬，假相的假相；畫家跟上帝的距離比匠人還遙遠。柏氏不但認為藝術與詩都是假相的假相，誤導人對真相產生誤解；而且是人類放縱欲望與情緒的產品，激起欣賞者的情欲，而威脅汩沒了理性。所以藝術家在理想國中，簡直沒有地位；而藝術無助於對意型的了解。

(2)亞里士多德「藝術模仿自然」說

亞氏強調「藝術模仿自然」，以為摹擬為人類本能，自摹擬中，人類獲得歡樂。摹擬的對象是具體的世界，活動的人生，而非柏氏所謂「意型」。而且摹擬並非單純的忠實的紀錄，藝術不要求跟自然完全相似，它允許藝術家把自己的主觀理想跟外界的客觀世界相融合，所以藝術模仿自然的意思，乃是把藝術家主觀觀照下的客觀世界重現出來。其說詳見其《詩學》一書。

(3)谷魯司的內摹擬說

內摹擬(Inner Imitation)是一些從生理觀點以解釋美感經驗的學者所創造的名詞。這一說的倡導者，以谷魯司(K. Groos)和浮龍・李(Vernon Lee)最著名。谷魯司在他的名著《動物的遊戲》中，舉例說明一個人知覺事物時，會起運動意象，身體的筋肉也會有運動的感覺。而浮龍・李在她和湯姆生(C. Anstruthen Thomson)合著的《美與醜》中更以為觀賞外界形相時，不特筋肉發生運動，而且呼吸循環等器官也起很明顯的反應。這就是內摹擬說的主要內容了。朱光潛《文藝心理學》第四章《美感經驗的分析（四）美感與生理》對內摹擬說有詳細的介紹與批評，此不多贅。

(三)中國學者論摹擬

(1)劉勰的「文心原道」說

中國古代文學理論家對「摹擬」的討論，以齊梁時代的劉勰「文心原道」說最有體系，所著《文心雕龍》首篇《原道》云：

文之為德也大矣，與天地並生者何哉？夫玄黃色雜，方圓體分：日月疊璧，以垂麗天之象；山川煥綺，以鋪理地之形：此蓋道之文也。仰觀吐曜，俯察含章，高卑定位，故兩儀既生矣；惟人參之，性靈所鍾，是謂三才。為五行之秀，實天地之心。心生而言立，言立而文明，自然之道也。傍及萬品，動植皆文：龍鳳以藻繪呈瑞，虎豹以炳蔚凝姿；雲霞雕色，有踰畫工之妙；草木賁華，無待錦匠之奇：夫豈外飾，蓋自然耳。至於林籟結響，調如竽瑟；泉石激韻，和若球鍠：故形立則章成矣，聲發則文生矣。夫以無識之物，鬱然有采；有心之器，其無文歟！

首標文德侔天地之義，這是文學本於自然之道；次論人心參兩儀之理，這是意識本於自然之道；末推闡無心之物，聲采並茂，莫非自然，表明文心原道，是對自然之道的摹擬。因此，《原道》篇下文指出文學的起源是：

寫天地之輝光，

文學的功用在：

曉生民之耳目。

《文心雕龍・物色》對「摹況」更有進一層的論列：

詩人感物，聯類不窮。流連萬象之際，沉吟視聽之區。寫氣圖貌，既隨物以宛轉；屬采附聲，亦與心而徘徊。故「灼灼」狀桃花之鮮；「依依」盡楊柳之貌；「杲杲」為出日之容；「瀌瀌」擬雨雪之狀；「喈喈」逐黃鳥之聲；「喓喓」學草蟲之韻。皎日嘒星，一言窮理；參差沃若，兩字窮形。並以少總多，情貌無遺矣。

這一段文字說明了：詩人受物質環境的刺激，便會產生規則的聯想作用，而形成一道意識流。首先，詩人必須於「流連萬象之際」，對客觀境況細加觀察；然後「沉吟視聽之區」，運用其感官對外物加以選擇和組織。在觀察、選擇、組織之後，方能：「寫氣圖貌，既隨物以宛轉」，表明在描寫聲氣，圖畫形貌方面，必須宛轉地表現出客觀境況。而且：「屬采附聲，亦與心而徘徊」，表明通過文采語聲的媒介之時，此客觀境況卻已受主觀情況的左右。《神思》云「神與物游」，也正是這種意思。於是劉彥和從《詩經》中，歷舉《周南・桃夭》「桃之夭夭，灼灼其華」，《小雅・采薇》「昔我往矣，楊柳依依」，《衛風・伯兮》「其雨其雨，杲杲日出」，《小雅・角兮》「雨雪瀌瀌」，《周南・葛覃》「其鳴喈喈」，《召南・草蟲》「喓喓草蟲」，《王風・大車》「有如皦日」，《召南・小星》「嘒彼小星」，《周南・關雎》「參差荇菜」，《衛風・氓》「其葉沃若」為例，指出它們都能以少數的詞彙，綜合複雜的情境，使主觀意識觀照之下的客觀形貌，毫無遺失的再現出來。

我們可以理解：劉勰所謂「文心原道」，實際上指文學作品對自然世界的摹擬。其過程是：由觀察而選擇而組織。其原則在：一方面要宛轉表達出客觀境況；一方面要顧到主觀情況的作用。其主要論點可說是與亞里士多德不謀而合。

(2)朱光潛論「創造與摹擬」

朱光潛論「摹擬」，除了《文藝心理學》第四章所述外，又見於其《談美》一書第十三篇：《創造與摹倣》，略如下述。

朱氏以為：

因襲格律本來就已經是一種摹倣，不過藝術上的摹倣並不限於格律，最重要的是技巧。

技巧可以分為兩項說，一項是關於傳達的方法；一項是關於媒介的知識。

在傳達方法方面，朱氏以為：

藝術的創造不過是手能從心，不過是能任所欣賞的意象支配筋肉的活動，使筋肉所變的動作恰能把意象畫在紙上或是刻在石上。

這種筋肉活動不是天生自在的，它須費一番工夫才學得來。各種藝術都各有它的特殊的筋肉的技巧。例如寫字，作畫，彈琴等等要有手腕筋肉的技巧，唱歌吹簫要有喉舌唇齒諸筋肉的技巧，跳舞要有全身筋肉的技巧，(嚴格地說，各種藝術都要有全身筋肉的技巧。)要想學一門藝術，就要先學它的特殊的筋肉的技巧。

學一門藝術的特殊的筋肉技巧，要用什麼方法呢？起初都要摹倣。「摹倣」和「學習」本來不是兩件事。推廣一點說，一切藝術上的摹倣都可以作如是觀。比如說作詩作文，似乎沒有什麼筋肉的技巧，其實也是一理。詩文都要有情感和思想。情感都見於筋肉的活動，我們在前面已經說過。思想離不開語言，語言離不開喉舌的動作。

在傳達媒介方面，朱氏以為：

在各門藝術之中都有如此等類的關於媒介的專門知識；文學方面尤其顯著。詩文都以語言文字為媒介。作詩文的人一要懂得字義，二要懂得字音，三要懂得字句的排列法，四要懂得某字某句的音義對於讀者所生的影響。這四樣都是專門的學問。

學一門藝術，就要學該門藝術所特有的學問和技巧。這種學習就是利用過去經驗，就是吸收已有文化，也就是摹倣的一端。

綜觀朱氏所述，他的學說之受「內摹擬說」之影響，是十分明顯的。朱氏又把「摹倣」與「學習」混為一談，把「利用過去經驗」、「吸收已有文化」都當作「摹倣的一端」。表面上，摹擬的內容擴大了；實際上卻破壞了摹擬的範疇。

(3)姚一葦「論模擬」

姚一葦的藝術理論受亞里士多德的影響很大，姚氏的《詩學箋註》對亞氏的《詩學》有很恰當的說明與補充。而《論模擬》一文初發表於《現代文學》季刊第十九期，後收在其《藝術的奧秘》一書中。內容略如下述。

姚氏以為：

模擬真實的能力是作為一個藝術家所必須具備的；用我們的術語：亦即必須懂得如何透過真實世界以抒寫出自我的主觀的世界；這就是一個藝術家的最基本的素養。

而模擬的原則有四：

第一、論選擇。姚氏說：

藝術本身便是一種選擇。藝術家首先所要確定的是他將要表現什麼，這便是一種選擇。藝術家在確定他所要表現的之後仍然需要選擇，因為他所確定的只是一個他企圖表現的目的物，至於如何去表現它，亦即如何去抒寫它，便必得要通過他的主觀世界，自我所作的各種選擇。

第二、論類型。姚氏說：

藝術的模擬真實的活動不能只是對個體的模擬，而是在個體中具現更為廣泛的意義，也就是個體中具有代表性，吾人稱之為類型性。

第三、論秩序。姚氏說：

藝術為一種秩序，藝術家即為此一秩序的建立者。藝術不是機械地臨摹的活動，而是創造的活動。所謂創造的活動，是指一個藝術家將他對於自然的觀察所得，對於人生的各種體驗，作為資料；然後如何來安排整理這些資料，如何裁剪、組織這些資料，組織成一個首尾一貫的整體、一種完美秩序。

藝術品必須首尾構成一個完美的整體，亦即藝術品的統一性。

建立藝術品的秩序不是任意的胡亂的堆砌，其間有邏輯的關聯在。

第四、論信服。姚氏說：

一個藝術品必須具有使人信服的力量，這一使人信服的力量便是建立在對真實世界的模擬上。

在所有討論摹擬的論著中，姚氏的《論模擬》可以說是最有內容，最有條理的一篇。

總括以上的論述，我們可以得到以下的結論：

一、摹擬的本質

摹擬為人類特性之一，是一個藝術家最基本的素養。其心理基礎在於人類認識事物時所產生的活動意象。

二、摹擬的對象

藝術的目的之一是寫天地之輝光；它摹擬的對象是具體的世界與活動的人生。

三、摹擬的過程

對於所摹擬的具體世界與活動人生，藝術家必須加以觀察、選擇、組織，而形成一新的秩序。

四、摹擬的功效

藝術家通過各種媒介，例如文學家之運用文字，將主觀觀照下的客觀世界重現，使欣賞者產生信服或共鳴的情緒。

對於摹擬的基本理論有所了解之後，我要進一步指出中國文字之富於「感覺性」。我們知道，文字是紀錄語言的，語言之起，部分是由於「表音」與「表德」，與「觸受」有密切關係。章太炎先生有《語言緣起說》一文，以為：

> 語言者，不馮虛起。呼馬而馬，呼牛而牛，此必非恣意妄稱也。諸言語皆有根，先徵之有形之物，則可覩矣。何以言雀？謂其音即足也。何以言鵲？謂其音錯錯也。何以言雅？謂其音亞亞也。何以言雁？謂其音岸岸也。何以言駕鵝？謂其音加我也。何以言鶻鵃？謂其音磔格鉤鉬也。此皆以音為表者也。何以言馬？馬者武也。何以言牛？牛者事也。何以言羊？羊者祥也。何以言狗？狗者叩也。何以言人？人者仁也。何以言鬼？鬼者歸也。何以言神？神者引出萬物者也。何以言祇？祇者提出萬物者也。此皆以德為表者也。要之以音為表，惟鳥為眾；以德為表者，則萬物大抵皆是。

又云：

> 物之得名大都由於觸受。觸受之噩異者，動盪視聽，眩惑熒魄，則必與之特異之名。其無所噩異者，不與特名，以發聲之語命之。

表明了中國語言文字與「感覺」、「觸受」間有密切關係。大抵說來，鳥獸之類，多取其呼聲為名，固不待言；無生之物，也取其撞擊之聲為名，如鈴聲丁令，即名為鈴；鐘聲丁東，即名為鐘；車聲骨隆，即名轂輪；雷聲轟隆，即名忽雷。金銀銅鐵錫，無不取其相碰之聲來命名。甚至動詞亦多摹倣自然之音。如：

> 圓轉之音：滾、骨碌、轢戾、流離……。
>
> 衝撞之音：頂、釘、打、考、敲、擊、逢、碰、舂、杵、抨、拍、衝、撞……。
>
> 爆裂之音：分、爆、判、卜、澎湃、蓬勃……。
>
> 切磋之音：斯、切、錯、磋、鋸、磨、齟齬、杖梧……。
>
> 碎細之音：射、灑、碎、抖擻、瑟縮、篩……。

由於中國語文諸如上述的富於感覺的特性，我們對於我國古代文學作品之多摹狀摹聲之詞就不必奇怪了。

以《詩經・葛覃》首章為例：

葛之覃兮，施于中谷，維葉萋萋。

黃鳥于飛，集于灌木，其鳴喈喈。

其中「萋萋」為視覺印象的摹寫；「喈喈」為聽覺印象的摹寫。三百篇中，如此之例，幾乎沒有一篇沒有，實在不勝枚舉。

南北朝梁時吳均《與宋元思書》，描寫自浙江富陽至桐廬一百許里奇山異水的風景。先描繪所見：

水皆縹碧，千丈見底；游魚細石，直視無礙。急湍甚箭，猛浪若奔。夾岸高山，皆生寒樹。負勢競上，互相軒邈，爭高直指，千百成峰。

再摹寫其所聞：

泉水激石，泠泠作響。好鳥相鳴，嚶嚶成韻。蟬則千轉不窮，猿則百叫無絕。

是摹況中的傑作！

柳宗元《永州八記》中的《至小丘西小石潭記》：

潭中魚可百許頭，皆若空游無依。日光下澈，影布石上，佁然不動；俶爾遠逝，往來翕忽，似與遊者相樂。

摹寫視覺印象令人激賞！

歐陽修《秋聲賦》形容秋聲：

初淅瀝以蕭颯，忽奔騰而砰湃，如波濤夜驚，風雨驟至；其觸於物也，鏦鏦錚錚，金鐵皆鳴；又如赴敵之兵，銜枚疾走，不聞號令，但聞人馬之行聲。

摹寫聽覺印象也使人記憶深刻。

蘇軾《赤壁賦》說到「客有吹洞簫者，倚歌而和之，其聲嗚嗚然」，底下說：

如怨、如慕、如泣、如訴；餘音嫋嫋，不絕如縷；舞幽壑之潛蛟，泣孤舟之嫠婦。

首句四字中，「怨」字含「ㄩ」(ü)音；其他三字含「ㄨ」(u)音。次句四字中，「泣」字含「ㄧ」(i)音；其他三字含「ㄨ」音。第三句「餘」字含「ㄩ」；「音」字含「ㄧ」；「嫋嫋」字既含「ㄧ」，又含「ㄚㄨ」的合音「ㄠ」(ɑo)。第四句「不」、「如」字含「ㄨ」；「絕」、「縷」字含「ㄩ」。第五句「舞」、「壑」含「ㄨ」；「幽」既含「ㄧ」，又含「ㄛㄨ」的合音「ㄡ」(ou)；「潛」含「ㄧ」；「蛟」既含「ㄧ」，又含「ㄚㄨ」的合音「ㄠ」。末句「泣」、「嫠」含「ㄧ」；「孤」、「婦」含「ㄨ」；「舟」含「ㄛㄨ」的合音「ㄡ」。六句二十八個字，不僅況喻簫聲的本質；道出了簫聲的效果；而十七個含有「ㄨ」音的字，不正是「其聲嗚嗚然」的寫照嗎？實際上這些含「ㄨ」以及含「ㄧ」含「ㄩ」的音，全在摹擬著簫聲。

乙、舉　例

(一)視覺的摹寫

1. 遠近的炊烟，成絲的、成縷的、成捲的、輕快的、滯重的、濃灰的、淡青的、慘白的，在靜定的朝氣裏漸漸的上騰，漸漸的不見；彷彿是朝來人們的祈禱，參差的翳入了天聽。(徐志摩：《我所知道的康橋》)

案：語法學家黃貴放在《國文句式研究》中曾選錄此文作「句式研究」。先圖解其「句式」：

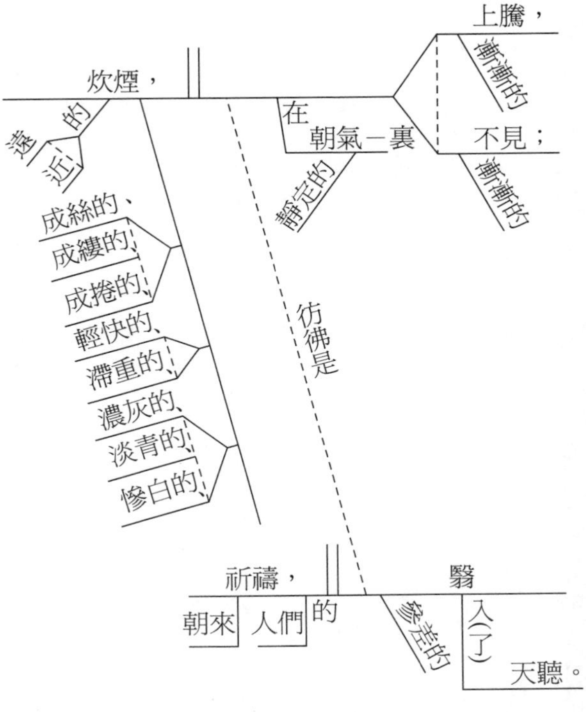

再作「研究」云：

本句為主從複句。

主句以「炊煙」為主語，以「上騰、不見」為述語。「炊煙」的形附分為前附的與後附的兩部分：「遠」和「近」是平列的性狀形容詞，帶共同的詞尾「的」，附加在「炊煙」的前面。附加在「炊煙」後面的，是八個性狀形容詞，各帶詞尾「的」字。它們分為三組：第一組「成絲的、成縷的、成捲的」，表「炊煙」的形狀；第二組「輕快的、滯重的」，表「炊煙」的性態；第三組「濃灰的、淡青的、慘白的」，表「炊煙」的顏色。形容附加語越長，越適合於附在被附詞的後面；像這三組（八個）形容詞，如果附在「炊煙」的前面，念起來就覺得急促而費力了。「漸漸的上騰」和「漸漸的不見」是什麼關係呢？如果解釋作「漸漸的上騰，然後漸漸的不見」，就是承接的關係；如果解釋作「漸漸的上騰，又漸漸的不見」，就是平列的關係。因兩者在形式上很對稱，這裡把它們看作平列的關係。

從句以「彷彿是」作平比的比較連詞。所連「祈禱翳入了天聽」是平比的比較從句。主語「祈禱」是由動詞轉成的抽象名詞。述語「翳入了天聽」解釋作隱沒於上天之聽聞中。「翳」看作內動詞。「入」字就由內動詞轉為介所到的介詞。所介「天聽」看作抽象名詞。朱自清《精讀指導舉隅》六五至六六頁說：用「朝來人們的祈禱參差的翳入了天聽」譬喻炊煙「漸漸的上騰，漸漸的不見」，這是用聽覺印象表現視覺印象。朝來有許多的人作祈禱，想像他們的祈禱聲音一一上達上帝的聽官，正與炊煙上騰而沒入天際相似，於是來了這錯綜的印象。

語法之分析有助於修辭之了解，於此可見一斑。

2. 上方的左角，斜著一卷綠色的簾子。簾子中央著一黃色的茶壺嘴似的鉤兒。鉤彎垂著雙穗，石青色。一枝交纏的海棠花，葉嫩綠色。花正盛開，紅艷欲流。黃色的雄蕊，歷歷的，閃閃的，襯托在叢綠之間，格外覺得嬌媚了。枝鼓斜而騰挪，如少女的一隻臂膊。枝上停著一對黑色的八哥。（朱自清：《月朦朧，鳥朦朧，簾捲海棠紅》）

案：此例可見朱氏對色彩之敏感。

3. 灰天上透出些紅色，地與遠樹顯著更黑了；紅色漸漸的與灰色融調起來，有的地方成為灰紫的，有的地方特別的紅，而大部分的天色是葡萄灰的。又待了一會兒，紅中透出明亮的金黃來，各種顏色都露出些光；忽然，一切東西都非常的清楚了。跟著，東方的早霞變成一片深紅，頭上的天顯出藍色。紅霞碎開，金光一道一道的射出，橫的是霞，直的是光，在天的東南角織成一部極偉大光華的蛛網：綠的田，樹，野草，都由暗綠變為發光的翡翠。老松的幹上染上了金紅，飛鳥的翅兒閃起金光，一切的東西帶出些笑意。（老舍：《駱駝祥子》）

4. 那時宿雨初霽，雲氣仍低，遠處山峰迷迷濛濛，似乎還要落雨。湖面還沒有風，所以特別平，但平得並不單調，月光偶從雲隙中透出，照在湖上，望去便成斑斑塊塊。（思果：《浙江潮追記——從杭州到海寧》）

5. 南方好像是沒落了的世家。總是幾根頂天的大柱，白色的樓，藍色的池塘，綠色的林叢，與主人褪色的夢。……我面前是一個紅紅的面龐，掛著寂寞的微笑，是一襲黑黑的衫影，掛著寂寞的白領。（陳之藩：《寂寞的畫廊》）

6. 中午，果真天高氣爽，溫暖如春。樵雲午覺起來，曬完棉被，穿上運動鞋、牛仔褲、白襯衫、夾克，上橋去看沿溪的景色。右岸濃綠中，發亮的黃橙紅橘，左岸水邊芒花翻白，遠些的岡下，楓葉像落霞野火，焙燒出一個夢幻小世界。一隻灰鷺打從他身旁掠過，他毫不猶豫跟了下去，沿左岸山坡的一條小徑溯流而上。水湄有群白鷺棲息，有的縮起一腳在睡，有的側頸看他。芒叢過後不遠是一片楓林，地上滿是紅葉，小徑也因落葉堆積得不甚分明。仰頭見映著日光的楓葉，鮮麗得像玻璃窗貼的彩紙，蒼穹頂高遠湛藍；俯看溪水清澈深邃處似金髮女人在銀幕上放大的眼珠。林子的盡頭，有株斜凌水面的柳樹，他雙肘靠在粗糙的樹皮上，支著下巴，默然欣賞水中天光山色的倒影。視點由近而遠，在對岸山窩裡幾戶草廬煙舍上停住。屋前有一道細流，上跨一條四、五公尺長的板橋，水流雪絲般的潺潺而出。他總覺得這地方在哪兒見過。（王關仕：《山水塵緣》）

7. 不知那個時候開始察覺單用左眼來看，那遠遠的紅綠燈，越來越像三顆葡萄，晶字般綴在一起；車子近了，又聚合回復，變成一個。還有，地鐵路旁邊的廣告，為什麼每個字的一筆一畫都有淡淡的陰影來襯底。（陳耀南：《刮目相看記》）

8. 陽光平鋪在窗外的草坪上，把草尖上的露珠映成了一粒粒亮晶晶的珍珠。（吳敏顯：《綠窗》）

9. 屋外的雨，不知何時已經停了，斜陽溶溶漾漾穿過雲層，在古宅屋脊上鍍了一層淡金，使它更為法相莊嚴。（陳幸蕙：《春雨．古宅．念珠》）

㈢聽覺的摹寫

1. 夜晚就寢，這位相貌清臞儀態瀟灑的朋友，頭剛沾枕，立刻響起鼾聲，不是普通呼盧呼盧的鼾聲，他調門高，作金石聲，有銅錘花臉或是秦腔的韻味，而且在十響八響的高亢的鼾聲之後，還猛然帶一個逆腔的迴鉤。（梁實秋：《鼾》）

2. 當我將要睡下去的時候，忽然聽到淅淅瀟瀟的風雨聲，想起入山的時候天氣晴朗，怎麼會下起雨來呢？走到院子裡一看，天空中有星，并沒有下雨，原來這是「松濤」聲。我於是回到屋裡，傾聽那松濤的聲音：有時澎湃洶湧，有時泠泠幽咽，真是洋洋盈耳，使我陶醉。（繆天華：《寒花墜露》）

3. 鄰近的高射砲成為飛機注意的焦點。飛機蠅蠅地在頂上盤旋，「孜孜孜……」繞了一圈又繞回來，「孜孜……」痛楚地，像牙醫的螺旋電器，直挫進靈魂的深處，阿栗抱著她的哭泣著的孩子坐在客室的門檻上，人彷彿入了昏迷狀態，左右搖擺著，喃喃唱著囈語似的歌唱，哄著拍著孩子。窗外又是「吱呦呃呃呃呃……」一聲，「砰」削去屋簷的一角，沙石嘩啦啦落下來。（張愛玲：《傾城之戀》）

4. 院子裏風竹蕭疎，雨絲紛紛灑落在琉璃瓦上，發出叮咚之音，玻璃窗也砰砰作響。（琦君：《下雨天真

好》

5. 第一次聆聽你，彷彿覺得是置身一片水聲中，你的音或潺湲如溪水，或淙涓如湖水，或浩蕩如江水，或澎湃如海水。第一次聆聽你，是由蟬歌、蛙鼓、蟲唧構成的八月，是熾白的無燄燃燒的八月，是火傘高張的八月。（胡品清：《寫給自己的信》）

6. 獨唱以細若游絲的一線，吊住七零八落的淅瀝，從恐懼的海洋裡撈起旋律，重新匯聚澎湃。歌聲、情緒，降到谷底又昇到谷峰。（王鼎鈞：《春雨春雷》）

7. 開始是一兩下汽車喇叭，像聲輕悄的喟嘆，清亮而遼遠，接著加入幾聲兒童繃脆的嘻笑，隨後驟然間，各種噪音，從四面八方泉湧而出。聲量越來越大，音步越來越急，街上卡車像困獸怒吼，人潮聲，一陣緊似一陣地翻湧，整座芝城，像首扭扭舞的爵士樂，野性奔放地顫抖起來。（白先勇：《芝加哥之死》）

8. 聽得出這是一首悲涼的Melody，如飛離弓弦的箭梭梭的聲音，如紅炭掉落水槽澌澌的聲音，如響亮足音顛躓蹙蹙的聲音，如悲傷冷泉流過潺潺的聲音，如蟲豸啃噬綠葉寂寂的聲音，如秋風吹葉辭樹颯颯的聲音，如寥廓教室內獨自喃喃的祈禱聲音。（蓉子：《雨》）

9. 呼里呼突，呼里呼突。巨大的風扇在頂上搧動。
搧起你黑色的披風，搧起你一身纍纍的焦慮。（方莘：《咆哮的輓歌》）

10. 女工們都捧著垂長的木穗，黃澄澄的稻穗落盡，狠力地踏著割稻機的踏板，宛如一匹受驚的古獸。割稻穗機便「嘎嘎嘎嘎哽哽哽哽……」地響著。（宋澤萊：《等待燈籠花開時》）

(三) 嗅覺的摹寫

1. 大約也因那濛濛的雨，園裡沒有濃郁的香氣。涓涓的東風祇吹來一縷縷餓了似的花香；夾帶著些潮濕的草叢的氣息和泥土的滋味。園外田裡和沼澤裡，又時時送過些新插的秧和少壯的麥，和成蔭的柳樹的清新的蒸氣，這些雖非甜美，卻能強烈地刺激我的嗅覺，使我有愉快的倦怠之感。（朱自清：《歌聲》）

2. 薄暮的空氣極其溫柔，微風搖盪大氣中，有稻草香味，有爛熟了山果香味，有甲蟲類氣味，有泥土氣味，一切在成熟，在開始結束一個夏天陽光雨露所及長養生成的一切。（沈從文：《月下小景》）

3. 在黃梅雨中，滿山醉醺醺的樹木，發出一蓬一蓬的青葉子味；芭蕉、梔子花、玉蘭花、香蕉樹、樟腦樹、菖蒲、鳳尾草、象牙紅、棕櫚、蘆葦、淡巴菰，生長繁殖得太快了，都有點殺氣騰騰，吹進來的風也有點微微的腥氣。（張愛玲：《沉香屑——第一爐香》）

4. 花季栗子正成熟，軟軟的新剝栗子，和著西湖白蓮藕粉一起煮，而上面撒幾朵桂花，那股子雅淡清香是無論如何沒有字眼形容的。（琦君：《故鄉的桂花雨》）

5. 一陣風掠過，華夫人嗅到菊花的冷香中夾著一股刺鼻的花草腐爛後的腥臭，她心中微微一震，她髣髴記得，那幾天，他房中也一逕透著這股奇怪的腥香。（白先勇：《秋思》）

案：除以「冷」形容「香」，以「腥」形容「臭」外，還用「刺鼻的」、「花草腐爛後」等語詞描述「香」、「臭」的前因後果。頗受張愛玲的影響。

6. 一盤盤菜端上桌子，主人一再謙稱鄉下沒有好菜，所謂「盤飧市遠無兼味」，我卻特別喜歡這份「菜根香」，覺得遠比山珍海味好吃。（王熙元：《葡萄成熟時》）

7. 從人叢裏擠出來，我就跟他說我要吃芒果冰淇淋，高腳的玻璃杯托住的細細勻勻但很結棍的一球嫩嫩的黃，還帶著一種鮮鮮嫩嫩的香氣。（江玲：《坑裏的太陽》）

8. 陽光更濃了，山景益發清晰，一切氣味都蒸發出來。稻香撲人，真有點醺然欲醉的味兒。（張曉風：《到

山中去》）

9. 一聲輕快有力的吆喝，瓶蓋倏地迸開，一股甜潤帶酒的柔香，輕輕地散在鼻息之間，令人忍不住閉著眼，深深地吸一口，如酒暖流通遍全身，一時半醉起來。（簡媜：《我來釀》）

(四)味覺的摹寫

1. 你們知道喝醉了想吐吐不出或是吐不爽快的難受不是？這就是我現在的苦惱；腸胃裏一陣陣的作惡，腥膩從食道裏往上泛，但這喉關偏跟你彆扭，它捏住你，徧住你，逗著你——不，它且不給你痛快哪！（徐志摩：《再剖》）
2. 每天享受新鮮的牛乳和雞蛋，肥碩的梨桃，香甜的果醬，鮮美的乳餅。（蘇梅：《收穫》）
3. 給我一個剛出灶的烤白薯，我是百事可做的，甚至教我將那金子一般黃的肉通同讓給你，我都做得到。惟獨有一件事，我卻不肯做，那就是把烤白薯的皮也讓給你；牠是全個烤白薯的精華，又香又脆，正如那張紅皮，是全個紅燒肘子的精華一樣。（朱湘：《咬菜根》）
4. 誰知道從冷盆到咖啡，沒有一樣東西可口。上來的湯是涼的，冰淇淋倒是熱的；魚像海軍陸戰隊，已登陸了好幾天；肉像潛水艇士兵，曾長時期伏在水裏；除醋以外，麵包、牛油、紅酒無一不酸。（錢鍾書：《圍城》）
5. 大家圍著三個飯盒吃了一頓肉，甜甜的，腥腥的。（鍾肇政：《中元的構圖》）
6. 果然，黃昏時，一片片白色的雪花從空中輕飄飄的灑落下來……再順手送到唇邊，想嘗嘗它們有什麼味道，淡淡的，說不出是什麼味道來，只覺得好像有一種異常親切的滋味。（王熙元：《銀色的世界》）
7. 我慢慢地剝去了網在上面的脈絡，然後，剝開放進口中。冰涼而甜，微微有一點酸澀，我用力將一顆

橘核吐出，如一粒殞星般在寒夜裏消逝。（殷穎：《寒夜》）

8. 錢夫人道了謝，將那枚蜜棗接了過來，塞到嘴裏，一陣沁甜的蜜味，果然十分甘芳。（白先勇：《遊園驚夢》）

9. 她坐在餐桌前，細緻地品嚐每一道菜的滋味，用嘴唇測溫，放入嘴裡，咀嚼，吞嚥，感受食物滑入體內，沿著食道進入胃所引起的那股電流。（簡媜：《肉慾廚房》）

(五) 觸覺的摹寫

1. 冰涼地、光膩地、香嫩地貼上來的，是她的臉。（郁達夫：《寒宵》）

2. 迭更斯的《大衛高柏菲爾》裏的烏利亞，他的手也是令人不能忘的，永遠是濕津津的冷冰冰的，握上去像是五條鱔魚。（梁實秋：《握手》）

3. 驚蟄一過，春寒加劇，先是料料峭峭，繼而雨季開始，時而淋淋漓漓，時而淅淅瀝瀝，天潮潮地溼溼，即使在夢裏，也似乎把傘撐著。而就憑一把傘，躲過一陣瀟瀟的冷雨，也躲過整個雨季。（余光中：《聽聽那冷雨》）

4. 四周有薄薄的山嵐襲來，帶著微微的濕意，不記得是誰寫過這樣的詩句：「山路原無雨，空翠濕人衣」，大約就是這種光景。（王熙元：《細雨濛濛烏來行》）

5. 山路上的野草濕漉漉的，滿沾著昨夜的露水，石頭也像剛從河溝中撈起來似的，又濕又滑。十月的天氣雖然暖和，但一早一晚，秋風蕭索襲人，她打著赤腳慢慢下山。（張放：《長在巖石上的人》）

6. 柚樹的葉影在緩緩地移動，移上我的臉頰的是幾朵擠碎的陽光，到這裏，它成了一種柔軟的撫摸。（蕭白：《山鳥的歌》）

7. 鵝兒剛出生的時候，身上那一叢毛絨絨、淡淡的嫩黃，實在教人感動，你真不敢相信世界上有這樣柔和的美，美得讓人不知如何是好，你會忍不住想去撫摸她。（蕭蕭：《鵝黃與牛屎》）

8. 走下民生東路時，夜雨完全貼溼了他裸露在短袖外的手臂。氣溫在凌晨兩點依然不肯降下來。潤濕的水意並不流動，堅持地淹滿每一個毛細管。是了，這種特別的臺北的感覺。瀰瀰蓋蓋無處逃躲的黏黏滯滯。（楊照：《夜雨》）

9. 唐甯扭開水龍頭，冰涼的水，高熱的水，順著兩邊流出，感受自不相同。她也太討厭似於此的不協調。（蘇偉貞：《世間女子》）

(六) 綜合的摹寫

1. 西湖的夏夜是熱蓬蓬的，水像沸著一般，秦淮河的水卻儘是這樣冷冷地綠著。任你的人影憧憧，歌聲的擾擾，總像是隔著一層薄薄的綠紗面冪似的，他儘是這樣靜靜的，冷冷的綠著。（朱自清：《槳聲燈影裏的秦淮河》）

2. 這時，日麗風和，海平如鏡。漁船來來往往，有的駛近海心亭，有的又遠遠離去。漁歌悠揚，此起彼落，魚鷹兀立船頭，凝視海面，碧空如洗，萬里無雲。陽光撲到身上，熱烘烘的，真是北國春末夏初時節。（曹靖華：《點蒼山下金花嬌》）

3. 叢林中潮氣未收，又濕又熱，蟲類唧唧地叫著，再加上蛙聲閣閣，整個的山窪子像一隻大鍋，那月亮便是一團藍陰陰的火，緩緩的煮著它，鍋裡水沸了，咕嘟嘟的響。（張愛玲：《沉香屑——第一爐香》）

4. 在那野花夾道的山徑上，松濤翠谷，幽林芳草，那一片水凌凌的綠意給人多少清涼的感覺。到處都飄著山鳥的歌聲，到處都散佈著野玫瑰的幽芬，從樹隙間望著那些輕輕飄過的白雲，總使人有一種清靜

超脫的感覺，在濛濛的晴嵐裡，遠眺那些重重疊疊的山嶺，總使人產生一種遙遠的憧憬。（梅濟民：《水都夢影》）

5. 八里，用他的藍制服的萬人樂隊奏「嘩啦啦」波瀾壯闊的進行曲，歡迎我們。八里公主，拿親手做的黑玉似的仙草冰，給我們以「甜甜的」祝福。（紀弦：《八里之夜》）

6. 迷魅的香氣搖曳而來，深暗的覆蓋依舊，閃爍的黑色依舊。（方思：《生長》）

7. 時時常常迸裂的頭顱裏有疾厲銳疼的渴慾蠢蠢欲動！

激辯時，你的言辭如雪：掩蓋住一季赤裸裸的荒旱！

容顏是雨前的山色，鬱沉沉的可以榨出整鍋濃濃的怒意。（方莘：《咆哮的輓歌》）

8. 相思樹也有唯美的時刻，碎碎的小黃花簇開在樹梢，那裏有葉子那裏就有小黃花，滿頭嫩黃，散發著清香，淡淡的瀰漫在山林裏，腳下踩著的是去年落下的葉子，窸窸窣窣，這樣的情境，或許也適合吟誦唐詩，或者坐下來做一個無所牽繫的夢。（蕭蕭：《滿山都是會叫的相思樹》）

9. 突然，她鬆開了那高高盤在頭頂上的髮髻，讓一頭長髮整個的垂了下來，手指悄悄的滑過柔韌的髮絲，像豎琴錚錚的韻波，散發著細密醉人的清芬；她輕撫著自己的臉頰，鏡中人緩緩升起了一片害羞的草莓紅，她微微的發著輕顫。（林佩芬：《洞仙歌》）

丙、原　則

我們曾經強調：科學訴之於客觀之真實；文學訴之於直覺的感受。而且，我們又常常聽人提到「繪聲繪色」，意思是表示敘述之生動。「摹況」，正是一種「繪聲繪色」的修辭法，強烈地訴之於直覺的感受。所以其為一種生動的文學手段，是十分容易理解的。

「概說」中，我已介紹了中外諸家的摹擬理論；「舉例」裡，又分別就視、聽、嗅、味、觸等等感受的摹寫提供例子。現在，我要依據上述的理論，參考實際使用的例子，為「摹況」釐定一些基本原則。

(二)儘可能作動態的摹寫

生命是日新月異的，世界在千變萬化著，我們不以捕捉一剎那的靜態為滿足；我們應該摹寫變動中的人生和世界，使我們的摹況像一卷影片，而不僅是一張幻燈片。試讀朱自清的《荷塘月色》：

曲曲折折的荷塘上面，彌望到的是田田的葉子。葉子出水很高，像亭亭的舞女的裙。層層的葉子中間，零星地點綴著白花，有嬝娜地開著的，有羞澀地打著朵兒的；正如一粒粒的明珠，又如碧天裏的星星，又如剛出浴的美人。微風過處，送來縷縷清香，彷彿遠處高樓上渺茫的歌聲似的。這時候葉子與花也有一絲的顫動，像閃電般，霎時傳過荷塘的那邊去了。葉子本是肩並肩密密地挨著，這便宛然有了一道凝碧的波痕。葉子底下是脈脈的流水，遮住了，不能見一些顏色；而葉子卻更見風緻了。

當「微風過處」，花葉「顫動」，便見碧波。原不只是一幅「淡墨靜荷圖」啊！

(三)儘可能作綜合的摹寫

前面說過：摹況要像一卷影片；這兒更要補一句：要像有聲影片，而不是默片。甚至是有香有味能觸能摸的影片。我們到底是不只用眼看，也不只用耳聽的，而是動員了所有「眼耳鼻舌身意」去感覺這塵世的呀！

綜合摹寫不僅是多種感官印象的分別描述；還可能是多種感官印象的交集溝通。就以前條所舉朱自清《荷塘月色》為例，其中「微風過處，送來縷縷清香，彷彿遠處高樓上渺茫的歌聲似的。」已是嗅聽的「美感聯覺」。余光中《聽聽那冷雨》：「聽聽，那冷雨。看看，那冷雨。舔舔吧那冷雨。……雨氣空濛而迷幻，細細嗅嗅，清清爽爽新新，有一點點薄荷的香味。」冷雨可聽可看可舔可嗅，更是聽覺、視覺、觸覺、味覺、嗅覺的總動員！這種美感聯覺的現象，錢鍾書稱之為「通感」。「通感」與「概說」中提到的「內摹擬說」可能有一些關係；但是用俄羅斯生理學家巴甫洛夫「交替反應」說去詮釋，也許更切實際。

㈢儘可能使語音實際摹擬現象

在「概說」中，我們已舉蘇軾《赤壁賦》對簫聲的描述為例，指出其語言多含「ㄨ」(u)音，實際上在摹擬著簫聲。茲更舉二例來說明。先舉胡適《談新詩》中一節話：

蘇東坡把韓退之《聽琴詩》改為送彈琵琶的詞，開端是「昵昵兒女語，燈火夜微明，恩寃爾汝來去，彈指淚和聲。」他頭上連用五個極短促的陰聲字，接著用一個陽聲的「燈」字，下面「恩寃爾汝」之後，又用一個陽聲的「彈」字，也是用同樣的方法。

胡適以為蘇軾《水調歌頭．琵琶》同樣有摹擬琵琶陰陽頓挫的音樂效果。再舉流行歌詞《南屏晚鐘》為例：

我匆匆的走入森林中，森林它一叢叢，
我找不到他的行踪，只看到那樹搖風。
我匆匆的走入森林中，森林它一叢叢，
我找不到他的行踪，只聽到那南屏鐘。
南屏晚鐘，隨風飄送，
它好像是敲呀敲在我心坎中，
南屏晚鐘，隨風飄送，
它好像是催呀催醒我相思夢。

它催醒了我的相思夢，相思有什麼用，
我走出了叢叢森林，又看到了夕陽紅。

請讀者諸君自己檢查一下，其中韻腳字和非韻腳字，有多少是摹擬著鐘聲的呀？

(四)必須通過作者主觀的觀照

我們再三強調：藝術家所表現的世界，不是純客觀的世界，而是主觀觀照下的客觀世界。因此，摹況必須有個「我」在；「眼耳鼻舌身」後，有個「意」在。舉張曉風的《歸去》為例：

平常我們總把任何形狀，任何顏色的山都想作一樣的，其實它們各自不同的，它們的姿容各異，它們疊合的趣味也全不像。靠我們最近的是嫩嫩的黃綠色，看起來絨絨的，柔柔的；再過去是較深的蒼綠，有一種穩重而深思的意味；最遠的地方是透明而愉快的淺藍。

作者摹寫由近而遠，山色依次是：黃綠、蒼綠、淺藍。這是作者的主觀感受，絕不是客觀之真實。異地而處，原遠為近，反成黃綠；原近為遠，倒是淺藍的呢！正因作者訴之於自己的主觀，所以能看出「它們疊合的趣味」：近山是「絨絨的，柔柔的」；稍遠的「有一種穩重而深思的意味」；最遠的是「愉快的」淺藍。這就是主觀觀照下的客觀世界了，這就是物中有個「我」在，感官印象中有個「意」在了。

(五)不妨表現出作者的心境

「摹況」既然必須通過作者主觀的觀照，那就不妨表現一下作者的心境。以王維《使至塞上》詩為例：

大漠孤煙直，長河落日圓。

簡單的幾何圖形，不只摹寫了孤單的境況；更烘托出王維寂寞寥落的情況。再以王熙元的《雲水蒼茫翠湖遊》為例：

啊！晴了！山色逐漸朗潤起來，比先前更蒼翠；水光逐漸明亮起來，比先前更碧綠；綠得像一湖瓊漿，透明得像翡翠溶液。

我們不難從中發現作者興奮的情緒，青春的年齡，明亮的性格來。

(六)描寫具體的反應，使讀者產生鮮明印象

前人於「摹況」，常自拘於使用形容詞與副詞；而且每限於使用疊字。如「關關雎鳩」、「桃之夭夭」、「青青河畔草，鬱鬱園中柳」、「白鳥飄飄，綠水滔滔」之類。其實，這樣抽象的摹寫是不夠的，我們必須使「摹況」突破形容限制，以具體反應的描寫直接訴諸讀者的心靈，使其產生鮮明的印象。試看邵僩的《生長》：

這天的葱油香味似乎有點不對勁，起初是恰到好處的，很淡，使人喉管裏的水要向上湧。後來，味道慢慢的濃起來，他好像覺得油煎的渣子就在鍋裏跳了。

「使人喉管裏的水要向上湧」便是描寫「具體的反應」的好例。而更引人入勝的「摹況」，還有黃永武《山居功課》中的《飲食悟讀書》一段文字：

西瓜的滋味，在未切時用手指彈一彈，卜卜飽裂的回響已教人等不及，切時刀割一寸皮裂三寸的脆響，隨之噴薄出特殊爽鼻的甜香，然後濃黃的、血紅的，色度濃的甜度也高，一塊塊啃咬到翠皮白肉邊緣齒痕深深的饞吻，滋味才完整。

在這一段動態的描寫中，有觸覺，有聽覺，有嗅覺，有視覺，有味覺，更有「教人等不及」、「爽鼻」、「啃咬」、「饞吻」等顯示主體情態的具體反應的摹繪，卻又看似白描，了無斧痕。

(七)不妨參用其他修辭方式

對於直覺的感受，我們沒有理由只採直接摹寫這一種方法；其他修辭方式也可參用。像鍾梅音的《鄉居情

趣》：

站在這草坪上，當晨曦在雲端若隱若顯之際，可以看見遠處銀灰色的海面上，泛著漁人的歸帆。早風穿過樹梢，簌簌地像昨宵枕畔的絮語，幾聲清脆的鳥叫，蕩漾在含著泥土香味的空氣之中，只有火車的汽笛，偶然劃破這無邊的寂靜。

除了直接摹寫視覺、聽覺、嗅覺情況之外，還參用「譬喻」、「轉化」的手法。這是十分必要的。

第四章　仿　擬

甲、概　說

刻意模仿前人作品中的語句形式，甚至篇章格調，藉由原作在讀者心中早已存在的熟悉印象，引發出新的特殊的旨趣，有時更帶有嘲弄諷刺意味的，叫做「仿擬」。

早期心理學家常將模仿視為一種單純而普遍的本能(Instinct)。雖然自米勒(Miller, N. E.)與達拉德(Dallard, J.)在一九四一年從學習心理學的立場來研究模仿之後，大部分的心理學者認為模仿不是本能，須經由學習而養成。但是透納(Turner, E. R. A.)在一九六四年所作的實驗，依然顯示本能性因素對模仿具有相當的影響。所以，我們可以認為模仿是人類的特性之一，此特性由於學習而益增強。班都拉(Bandura, A.)和瓦特玆(Walters, R. H.)在一九六五年對學習兒童所作的模仿學習的實驗證明，模仿是人類學習社會行為的重要路徑。我們試回憶自己學習語文以及各種行為的歷程，也能發現模仿占著何等重要的地位。

模仿前人作品，得失如何？一直存在著兩種不同意見。南北朝時代，已有一番爭辯。梁代裴子野推崇「四始六藝」，所作《雕蟲論》說：

古者四始六藝，總而為詩，既形四方之風，且彰君子之志，勸美懲惡，王化本焉。後之作者，思存枝葉，繁華蘊藻，用以自通。……由是隨聲逐影之儔，棄指歸而無執。……自是閭閻年少，貴游總角，罔不擯落六藝，吟詠情性。學者以博依為急務，謂章句為專魯。淫文破典，斐爾為功。

對「擯落六藝，吟詠情性」、「淫文破典，斐爾為功」頗多批判。但是梁代蕭綱（簡文帝）卻有不同意見，在《與湘東王書》云：

比見京師文體，儒鈍殊常，競學浮疏，爭為闡緩。玄冬修夜，思所不得。既殊比興，正背風騷。若夫六典三禮，所施則有地；吉凶嘉賓，用之則有所。未聞吟詠情性，反擬《內則》之篇，操筆寫志，更摹《酒誥》之作，遲遲春日，翻學《歸藏》，湛湛江水，遂同《大傳》。吾既拙於為文，不敢輕有掎摭。但以當世之作，歷方古之才人，遠則揚、馬、曹、王，近則潘、陸、顏、謝，而觀其遺辭用心，了不相似。若以今文為是，則古文為非；若昔賢可稱，則今體宜棄；俱為盍各，則未之敢許。

非但對「吟詠性情，反擬《內則》之篇；操筆寫志，更摹《酒誥》之作。」大加反對，以為「未聞」。並且對「遠則揚、馬、曹、王；近則潘、陸、顏、謝。」當代仿古的風氣，亦深不以為然！自此以降，贊成、反對，代有其人，略述如後。

(二) 贊成派

茲舉明朝李夢陽，清朝曾國藩，民國王闓運的意見為代表。

(1) 李夢陽

李夢陽的意見見於其《與何景明論文書》：

故予嘗曰：作文如作字，歐虞顏柳，字不同而同筆。筆不同，非字矣。不同者，何也？肥也，瘦也，長也，短也，疏也，密也，故六者勢也，非筆之精也。精者何也？應諸心而本諸法者也。不窺其精，不足以為字，而矧文之能為？

又云：

今人摹臨古帖，即太似不嫌，反曰能書；何獨至於文，而欲自立一門戶邪！

李氏為明代文壇「前七子」的領袖，他的主張是：「文崇秦漢，詩必盛唐」，故以仿擬為創作文學的途徑。這封《論文書》裡，以學字臨帖為喻，說明仿擬的重要。

(2)曾國藩

曾國藩的意見見於《曾文正公家訓》，咸豐九年三月初三日：

不特寫字宜摹仿古人間架，即作文亦宜摹仿古人間架。《詩經》造句之法，無一句無所本；《左傳》之文，多現成句調。揚子雲為漢代文宗，而其《太玄》摹《易》，《法言》摹《論語》，《方言》摹《爾雅》，《十二箴》摹《虞箴》，《長楊賦》摹《難蜀父老》，《解嘲》摹《客難》，《甘泉賦》摹《大人賦》，《劇秦美新》摹《封禪文》，《諫不許單于朝書》摹《國策・信陵君諫伐韓》，幾於無篇不摹。即韓、歐、曾、蘇，巨公之文，亦皆有所摹擬，以成體段。爾以後作文作詩賦，均宜心有摹仿而後間架可立；其收效較速，其取徑較便。

曾氏舉揚雄為例，說明作文必須模仿以立其間架。

(3)王闓運

王闓運的意見見於《國粹學報》第二十二期所刊《湘綺樓論文》一節：

學古當漸漬於古，先作論事理短篇，務使成章。取古人成作，處處臨摹，如仿書然。一字一句，必求其似。如此者，家信帳記，皆可摹古，然後稍記事。

更指出仿擬三個步驟為：

先取今事與古事類者，比而作之；

再取今事與古事遠者，比而附之；

終取今事為古所絕無者，改而文之。

王氏所說仿擬的三步驟，倒是十分具體的。

三 反對派

茲舉唐劉知幾、宋宋祁、明顧炎武的意見為代表。

(1) 劉知幾

劉知幾著《史通》，中有《模擬》一篇。此文一開頭，站在文化繼承的基礎上，並沒有全盤否定「模擬」，他說：

> 夫述者相效，自古而然。故列禦寇之言理也，則憑李叟；揚子雲之草玄也，全師孔公；苻朗則比跡於莊周，范曄則參蹤於賈誼。況史臣注記，其言浩博，若不仰範前哲，何以貽厥後來？

接著，劉氏指出模擬有二，他說：

> 蓋模擬之體，厥途有二：一曰貌同而心異；二曰貌異而心同。

下文筆鋒一轉，劉氏指出「世異則事異」，抨擊「編次古文，撰敘今事」者之無識。他說：

> 蓋語曰：世異則事異，事異則備異。必以先王之道持今世之人，此韓子所以著《五蠹》之篇，稱宋人有守株之說也。世之述者，銳志於奇，喜編次古文，撰敘今事，而巍然自謂五經再生，三史重出，多見其無識者矣！

認為所模擬者，「取其道術相會，義理玄同」而已。他說：

> 惟夫明識之士則不然，何則？其所擬者，非如圖畫之寫真，鎔鑄之象物，以此而似也。其所以為似也者，

取其道術相會，義理玄同，若斯而已。

前者乃「貌同而心異」，後者乃「貌異而心同」。劉氏以為：

蓋貌異而心同者，模擬之上也；貌同而心異者，模擬之下也。

劉氏在《史通・言語》篇更感慨言之：

夫三傳之說，既不習（通襲）於《尚書》；兩漢之辭，又多違於《戰策》。足以驗甿俗之遞改，知歲時之不同。而後來作者，通無遠識，記其當時口語，罕能從實而書，方復追效昔人，示其稽古。是以好丘明者，即偏舉《左傳》；愛子長者，則全學史公。用使周秦言辭，見於魏晉之代；楚漢應對，行乎宋齊之日。而偽修混沌，失彼天然。今古以之不純，真偽由其相亂。故裴少期（松之字世期，唐諱世作少。）譏孫盛錄曹公平素之語，而全作夫差亡滅之詞，雖言似春秋，而事殊乖越矣。

對於「記其當時口語，罕能從實而書」的現象非常遺憾，以為「今古之不純」會造成「真偽相亂」！

總之，劉知幾站在史學家立場，雖然承認古文的「義理」可以模仿；但古人的「言語」卻不可模擬。否則「言似春秋，事殊乖越」，是有背歷史「信實」原則的！

(2)宋祁

宋祁的意見見於《宋景文筆記》卷上：

夫文章必自名一家，然可以傳不朽。若體規畫圓，準方作矩，終為人之臣僕。古人譏屋下作屋，信然。陸機曰：「謝朝華於已披，啟夕秀於未振。」韓愈曰：「惟陳言之務去。」此乃為文之要。五經不同體；孔子沒後，百家奮興，類不相沿，是前人皆得此旨。

宋氏以仿擬只能「為人之臣僕」，作家必須跳出仿擬之階段，「自名一家」，方可「以傳不朽」。

(3)顧炎武

顧炎武的意見見於《亭林文集》卷四：

君詩之病，在於有杜；君文之病，在於有韓歐。有此蹊徑於胸中，便終身不脫依傍二字，不能登峰造極。

又見於《日知錄》卷十九「文人摹倣之病」：

近代文章之病，全在摹倣；即使逼肖古人，已非極詣，況遺其神理而得其皮毛者乎？效《楚辭》者，必不如《楚辭》；效《七發》者，必不如《七發》。蓋其意中先有一人在前，既恐失之，而其筆力復不能自遂，此壽陵餘子學步邯鄲之說也。

《曲禮》之訓：「毋剿說，毋雷同。」此古人立言之本。

又見於《日知錄》卷十九「文章繁簡」：

韓文公作《樊宗師墓銘》曰：「維古於辭必己出，降而不能乃剽賊。後皆指前公相襲，從漢迄今用一律。」此極中今人之病。若宗師之文，則懲時人之失，而又失之者也。

顧氏蓋有感於晚明文章擬古之弊，所以對模仿大加抨擊。

在這些針鋒相對的意見中，誰是誰非，何去何從？個人的意見是這樣的：

(1)形式或可模仿；內容必須新創。

每一種文學作品都有它自己的形式：詩有詩的形式，散文有散文的形式，小說有小說的形式，戲劇有戲劇的形式。形式的起源是自然的，後人卻把它歸納出法則，依照這法則而寫作，於是才變成一種規範。文學形式上的規範雖然有束縛文學生命的傾向，但到底是前人智慧經驗的結晶，對初學寫作的人十分有用。不妨模仿著。詩有四言、五言、七言；有古、有律、有絕；詞有詞牌，曲有曲調，要寫詩填詞作曲，就必須依此形式。長篇之作如「賦」，也是如此，從班固的《兩都賦》，到張衡的《二京賦》、《南都賦》，左思的《三都賦》；從宋玉的《對楚王問》，到東方朔的《答客難》，揚雄的《解嘲》，班固的《答賓戲》，韓愈的《進學解》，形式上因襲的痕跡是十分明顯的。只要內容上是創新的，有其個人的卓見在，並不減損其文學的價值。特別要強調的是：所謂「形式或可模仿」並非意味著形式不可創新，相反的，文學形式也在不斷地推陳出新。由《詩經》、《楚辭》、漢賦、樂府、詩、詞、曲……，創新的軌跡也是十分明顯的。再說，一種特殊的內容，以一種特殊的新形式來表達，也有其必要。王文興的《家變》，就可以作如此的理解。

(2)由模仿入手，然後走向創作。

初學寫作，不妨由模仿入手。許多知名的作家，早期作品都是模仿名家作品的。例如《月滿西樓》，以夏洛蒂・勃朗黛的《簡愛》為模仿對象，只是刪去《簡愛》的前半部，把男主角所騎的馬改成摩托車，把瘋婦的身分由男主角的妻子改成男主角弟弟的情人，如此罷了。又如《殘缺的愛》，是模仿法國作家都德的作品《沙弗》（全譯本以《沙弗》為書名；另有節譯本，名為《衰柳吟》。這兩種譯本，我在中學時代都看過。）只是把故事從巴黎和馬賽搬到南京和臺北，結局都是女主角離開了男主角，只是「沙弗」是投入舊情人的懷抱，而《殘缺的愛》的作者卻讓她去作花木蘭，如此罷了。我個人認為，一個作家早期作品出於模仿，毋寧是自然的現象，是無可厚非的。不過，一位作家要是終身寫作不脫模仿，那就很難成為偉大的作家了。

仿擬可分廣義、狹義兩種。廣義的仿擬指單純對前人作品的模仿，可稱「仿效」；狹義的仿擬指模仿前人作品而意含諷刺，可稱「仿諷」。茲分述於下：

廣義的仿擬——仿效，細分又成兩種。模仿前人的句法的叫「擬句」，模仿前人的文章腔調的叫「仿調」。

在我國舊文學作品中，擬句仿調的例子很多。例如：

六王畢，四海一；蜀山兀，阿房出。（杜牧：《阿房宮賦》）

這是模仿陸倕《長城賦》：「千城絕，長城列；秦民竭，秦君滅」的句法。又如：

層臺聳翠，上出重霄；飛閣流丹，下臨無地。（王勃：《滕王閣序》）

這是模仿王巾《頭陀寺碑文》：「層軒延袤，上出雲霓；飛閣逶迤，下臨無地」的句法，都屬「擬句」。

至於仿調的例子，遠者如：西漢韋孟的《諷諫詩》模仿《詩經》的腔調，以及《昭明文選》所列：陸士衡《擬古詩》、張孟陽《擬四愁詩》、陶淵明《擬古詩》、謝靈運《擬鄴中詠》、袁陽源《傚白馬篇》、《傚古詩》、劉休玄《擬古詩》、王僧達《和琅邪王依古》、鮑明遠《擬古詩》、《學劉公幹體》、《代君子有所思》、范彥龍《傚古詩》、江文通《雜體詩》；近者如《紅樓夢》第二十一回賈寶玉之續《莊子・胠篋》：

自己看了一回《南華經》，至外篇《胠篋》一則，其文曰：「……故絕聖棄智，大盜乃止；擿玉毀珠，小盜不起。焚符破璽，而民朴鄙；剖斗折衡，而民不爭。殫殘天下之聖法，而民始可與論議。擢亂六律，鑠絕竽瑟，塞瞽曠之耳，而天下始人含其聰矣；滅文章，散五彩，膠離朱之目，而天下始人含其明矣；毀絕鉤繩，而棄規矩，攦工倕之指，而天下始人含其巧矣。……」

看至此，意趣洋洋，趁著酒興，不禁提筆續曰：「焚花散麝，而閨閣始人含其勸矣；戕寶釵之仙姿，灰黛玉之靈竅，喪滅情意，而閨閣之美惡始相類矣。彼含其勸，則無參、商之虞矣；戕其仙姿，無戀愛之心矣；灰其靈竅，無才思之情矣。彼釵、玉、花、麝者，皆張其羅而邃其穴，所以迷惑纏陷天下者也。」

都是模仿前人既成的腔調，屬於仿調。

說完了廣義的仿擬——「仿效」之後，接著要討論狹義的仿擬——「仿諷」。

陳望道在《修辭學發凡》中，以為「仿擬」原是「為了滑稽嘲弄而故意仿擬特種既成形式」。陳氏所說的仿擬實際是狹義的仿擬——仿諷。而他所下的定義也是前有所承的。邦德(Richmond, P. Bond)在其所著的《英文仿諷詩》(*English Burlesque Poetry*)一書便已說過：「仿諷在於刻意使用或模仿嚴肅事物或文體，藉形式與內容之不調和而產生滑稽悅人的效果。」這個定義，二百多年來，一直為文學批評家所遵用。現代文學批評家姜普(John, D. Jump)在《仿諷》(*Burlesque*)一書中粗分仿諷為兩大類：一類是用崇高宏偉的文體敘述微不足道的瑣事，稱為昇格仿諷(High Burlesque)。如波普(Alexander Pope, 1688–1744)的《秀髮劫》(*The Rape of the Lock*)、費爾汀(Henry Fielding, 1707–1754)的《夏美樂》(*Shamela*)。另一類是將重要嚴肅的論題以降格的文體來表達，例如巴特勒(Samuel Butler, 1612–1680)的《休底布勒斯》(*Hudibras*)、拜倫(George Gordon, Lord Byron, 1788–1824)的《天國的審判》(*The Vision of Judgment*)，稱為降格仿諷(Low Burlesque)。至於既非昇格，又非降格，卻有諷刺成分在內的，就只好稱為一般仿諷了。

以我國文學作品為例：

1. 蒼蠅，蒼蠅，吾嗟爾之為生。既無蜂蠆之毒尾；又無蚊虻之利觜。幸不為人之畏；胡不為人之喜？爾形至眇；爾欲易盈。杯盂殘瀝，砧几餘腥，所希杪忽，過則難勝。苦何求而不足？乃終日而營營。逐氣尋香，無處不到；頃刻而集，誰相告報。其在物也雖微；其為害也至要。若乃華榱廣廈，珍簟方牀，炎風之燠，夏日之長，神昏氣蹙，流汗成漿。委四支而莫舉；眊兩目其茫洋。惟高枕之一覺；冀煩歊之暫忘。念於爾而何負？乃於吾而見殃。尋頭撲面，入袖穿裳。或集眉端，或沿眼眶。目欲瞑而復警；臂已痺而猶攘。於此之時，孔子何由見周公於髣髴？莊生安得與蝴蝶而飛揚！徒使蒼頭丫髻，巨扇揮颺。咸頭垂而腕脫；每立寐而顛僵。此其為害者一也。又如峻宇高堂，嘉賓上客，沽酒市脯，鋪筵設席。聊娛一日之餘閑；奈爾眾多之莫敵。或集器皿，或屯几格。或醉醇酎，因之沒溺。或投熱羹，遂喪其魄。諒雖死而不悔，亦可戒夫貪得。尤忌赤頭，號為景迹。一有霑汙，人皆不食。奈何引類呼朋，搖頭鼓翼。聚散倏忽，往來絡繹。方其賓主獻酬，衣冠儼飾，使吾揮手頓足，改容失色。於此之時，王衍何暇於清談？賈誼堪為之太息。此其為害者二也。又如醯醢之品，醬臡之制，及時月而收藏，謹缾罌之固濟。乃眾力以攻鑽，極百端而窺覬。至於大胾肥牲，嘉肴美味，蓋藏稍露於罅隙，守者或時而假寐。纔稍怠於防嚴；已輒遺其種類。莫不養息蕃滋，淋漓敗壞。使親朋卒至索爾以無歡，臧獲懷憂因之而得罪。此其為害者三也。是皆大者；餘悉難名。嗚呼！止棘之詩，垂之六經。於此見詩人之博物；比興之為精。宜乎以爾刺讒人之亂國；誠可嫉而可憎。（歐陽修：《憎蒼蠅賦》）

2. 呂惠卿嘗語王荊公曰：「公面有野，用芫荽洗之當去。」荊公曰：「吾面黑耳，非野也。」呂曰：「芫荽亦能去黑。」荊公笑曰：「天生黑於予，芫荽其如予何。」（魏泰：《東軒筆談》）

3. 劉貢父敓晚苦風疾，鬢眉皆落，鼻梁且斷。一日與子瞻數人小酌，各引古人語相戲。子瞻戲貢父云：「大風起兮眉飛揚，安得壯士兮守鼻梁。」座中大噱。（王闢之：《澠水燕談錄》）

4. 南唐彭利用對家人奴隸言，必據書史以代常談，俗謂之掉書袋，因自謂彭書袋。其僕有過，利用責之。曰：「始予以為紀綱之僕，人百其身，賴爾同心同德，左之右之。今乃中道而廢，侮慢自賢。若而今而後，過而弗改，當撻之市朝，任汝自西自東，以遨以游而已。」鄰家失火，利用望之曰：「煌煌然，赫赫然，不可向邇，自鑽燧以降，未有若斯之盛，其可撲滅乎！」（獨逸窩退士手編：《笑笑錄》）

第二例「荊公笑曰」，是仿擬《論語・述而》：「天生德於予，桓魋其如予何。」第三例「子瞻戲貢父云」，是仿劉邦《大風歌》：「大風起兮雲飛揚，威加海內兮歸故鄉，安得猛士兮守四方。」第一例與第四例雖非模仿某一篇文章，但仍是模仿「辭賦」、「書史」的句法。都故意用雄偉典雅的體裁寫滑稽的小事，是「昇格仿諷」。

在詩歌中帶有跟對方開玩笑性質的「戲和」及「打油詩」，戲劇中小丑誇張地模仿主角的插科打諢，也常屬於這種「昇格仿諷」。

再如：

5.有一秀才喜看盲詞。適屆歲考，場中命題係「子曰：赤之適齊也」，至「與之粟九百，辭」。遂援筆立就。其文曰：聖人當下開言說，你今在此聽分明。公西此日山東去，裘馬翩翩好送行。自古道：雪中送炭為君子，錦上添花是小人。豪華公子休提起，再表為官受祿身。為官非是別一個，堂堂縣令姓原人。得了俸米九百石，堅辭不要半毫分。案出，以不遵功令置劣等。（梁章鉅：《制義叢話》）

6.有人作「三十而立」破題：「聖人兩個十五之年，雖有椅子板凳而不敢坐焉。」「魚我所欲也」起股：「鰻而長長焉，鱉而團團焉，非我所欲也；跳跳者蝦焉，爬爬者蟹焉，非我所欲也。」「王見之」點題：「仰而觀之，牛見王也；俯而視之，王見牛也。」「殺雞為黍而食之，見其二子焉」中股：「不殺其鵝焉，不殺其鴨焉，而殺其籠中之雞焉；不見其妻焉，不見其妾焉，而見其膝前之二子焉。」此雖不經之談，錄之足供一笑。（方飛鴻纂輯：《廣談助》）

第五例是依據《論語・雍也》：「子華使於齊，冉子為其母請粟，子曰：『與之釜。』請益。曰：『與之庾。』冉子與之粟五秉。子曰：『赤之適齊也，乘肥馬，衣輕裘。吾聞之也，「君子周急不繼富。」』原思為之宰。與之粟九百，辭。子曰：『毋，以與爾鄰里鄉黨乎！』」在中國學術上，《論語》一向被尊為經典。本節所述，又屬聖人待人接物的準則，有其嚴肅的主題。今以俚俗的「盲詞」形式表達出來，所以是一種「降格仿諷」。第六例以俚俗的語句來嘲笑八股文，像這樣故意模仿某種有問題的文學形式，來暴露這種文體的弱點的，也可稱「降格仿諷」。

至如：

7.王文度、范榮期俱為簡文所要。范年大而位小；王年小而位大。將前，更相推在前。既移久，王遂在范後。王因謂曰：「簸之揚之，糠秕在前。」范曰：「洮之汰之，沙礫在後。」（劉義慶：《世說新語・排調》）

8.吳中孫公兆奎，以起兵不克，執至白下。經略洪承疇與之有舊，問曰：「先生在兵間，審知故揚州閣部史公果死耶？抑未死耶？」孫公答：「經略從北來，審知故松山殉難督師洪公果死耶？抑未死耶？」承疇大恚，急呼下騶出斬之。（全祖望：《梅花嶺記》）

七、八兩例都是模仿對方的話而語帶嘲弄諷刺，但無昇格、降格之現象，所以是「一般仿諷」。關於狹義的仿擬——「仿諷」，就介紹到這兒。而「概說」部分，也告一段落。

乙、舉　例

(一)廣義的仿擬——仿效

(1)擬句

1.後面有兩行小字：「吾不能去，姊不肯來，恐吾旦暮死，而姊抱無涯之憾也。」（謝冰瑩：《紅豆戒指》）

案：此句仿韓愈《祭十二郎文》：「吾不可去，汝不肯來，恐吾旦暮死，而汝抱無涯之戚也。」

2.有人告訴我皇后學院旁邊的那座橋叫數學橋，因為沒有釘子。這麼個小地方，還不好找嗎？拐彎抹角，找到了一看，上面有很多釘子，這怎麼能說沒有釘子呢？再有呢？每天吃飯的大廳都是電燈通明，為什麼禮拜四卻是高燒白燭呢？「未知生，焉知橋與燭」，不問，算了。（陳之藩：《一夕與十年》）

案：末句仿《論語・先進》：「子曰：『未知生，焉知死。』」

3.何必白吾白以及人之白，文吾文以及人之文哉？（余光中：《逍遙遊・鳳鴉鶉》）

案：本句仿《孟子・梁惠王》：「老吾老以及人之老，幼吾幼以及人之幼。」

4.初噓唏以嗚咽，繼號咷而滂沱。（余光中：《楚歌四面談文學》）

案：本句仿歐陽修《秋聲賦》：「初淅瀝以蕭颯，忽奔騰而砰湃。」

5.七月一過，蟬聲便老。（張曉風：《愁鄉石》）

案：本句仿宋寇準《踏莎行》詞：「春色將闌，鶯聲漸老。」

6.男：「妳還不曾答覆我妳會不會離開我飛去。」

女：「你還不曾答覆我那是不是你痛苦的原因。」

男：「我很難答覆妳。」

女：「我也很難答覆你。」（華嚴：《智慧的燈》）

案：本句是仿對方的口吻，非仿前人的作品。

7.正如英國人能說：「我的孤獨乃是我的城堡。」我說：「我的青柳溪乃是我的護城河。」（李中民：《嗨！青柳溪》）

8.洪七公在旁瞧得忍不住了，插口說道：「柯大俠，師徒過招，一個失手也是稀鬆平常之事。適才靖兒帶你這一招，是我所授，算是老叫化的不是，這廂跟你陪禮了。」說著作了一揖。周伯通聽洪七公如此說，心想我何不也說上幾句，湊湊熱鬧，於是說道：「柯大俠，師徒過招，一個失手也是稀鬆平常之事，適才郭靖兄弟抓你鐵杖這一招，是我所授，算是老頑童的不是，這廂跟你陪禮了。」說著也是一揖。他這番依樣葫蘆的說話原意是湊湊熱鬧，但柯鎮惡正當怒火頭上，聽來卻似有意譏刺，連洪七公一片好心，也被他當作了歹意。（金庸：《射鵰英雄傳》）

(2)仿調

1.整治國故，必須以漢還漢，以魏晉還魏晉，以宋還宋，以明還明，以清還清；以古文還古文家，以今文還今文家；以程朱還程朱，以陸王還陸王，……各還他一個本來面目，然後評判各代各家各人的義理的是非。不還他們的本來面目，則多誣古人。不評判他們的是非，則多誤今人，但不先弄明白了他們的本來面目，我們決不配評判他們的是非。（胡適：《國學季刊發刊宣言》）

案：胡先生自己說這段話是仿擬段玉裁《經韻樓集》中《與諸同志書論校書之難》。茲錄段文於下：「校經之法，必以賈還賈，以孔還孔，以陸還陸，以杜還杜，以鄭還鄭，各得其底本，而後判其理義之是非。……不先正注、疏、釋文之底本，則多誣古人。不斷其立說之是非，則多誤今人。」

2.金聖嘆批《西廂記》，拷艷一折，有三十三個「不亦快哉」。……仿此，我也來寫來臺以後的快事二十四條：

①華氏表九十五度，赤膊赤腳，關起門來，學顧千里裸體讀經，不亦快哉！

②初回祖國，賃居山上，聽見隔壁婦人以不乾不淨的閩南語罵小孩，北方人不懂，我卻懂。不亦快哉！

③到電影院坐下，聽見隔座女郎說起鄉音，如回故鄉。不亦快哉！

④無意中傷及思凡的尼姑，看見一群和尚起來替尼姑打抱不平，聲淚俱下。不亦快哉！

⑤黃昏時候，工作完，飯罷，既吃西瓜，一人坐在陽臺上獨自乘涼，口銜烟斗，若吃烟，若不吃烟。看前山慢慢沉入夜色的矇矓裏，下面天母燈光閃爍，清風徐來，若有所思，若無所思。不亦快哉！

⑥赴酒席，座上都是貴要，冷氣機不靈，大家熱昏昏受罪，卻都彬彬有禮，不敢隨便。忽聞主人呼寬衣。我問領帶呢？主人說不必拘禮，如蒙大赦，不亦快哉！（林語堂：《來臺後二十四快事》）

案：金聖嘆在《西廂記》的批語中，曾寫下他覺得最快樂的時刻，這是他和他的朋友在十日的陰雨連綿中，住在一所廟宇裡計算出來的。林語堂即仿此而作《來臺後二十四快事》。以下便是金聖嘆自己認為是人生真快樂的時刻（節錄前六條）：

其一：夏七月，赤日停天，亦無風，亦無雲；前後庭赫然如洪爐，無一鳥敢飛來。汗出遍身，縱橫成渠。置飯於前，不可得喫。呼簟欲臥地上，則地濕如膏，蒼蠅又來緣頸附鼻，驅之不去。正莫可如何，忽然大黑車軸，疾樹澎湃之聲，如數百萬金鼓。簷滴浩於瀑布。身汗頓收，地燥如掃，蒼蠅盡去，飯便得喫。不亦快哉！

其一：十年別友，抵暮忽至。開門一揖畢，不及問其船來陸來，並不及命其坐床坐榻，便自疾趨入內，卑辭叩內子：「君豈有斗酒如東坡婦乎？」內子欣然拔金簪相付。計之可作三日供也。不亦快哉！

其一：空齋獨坐，正思夜來床頭鼠耗可惱，不知其戛戛者是損我何器，嗤嗤者是裂我何書。中心回惑，其理莫措，忽見一狻貓，注目搖尾，似有所覷。斂聲屏息少復待之，則疾趨如風，檄然一聲，而此物竟去矣。不亦快哉！

其一：於書齋前，拔去垂絲海棠紫荊等樹，多種芭蕉一二十本。不亦快哉！

其一：春夜與諸豪士快飲，至半醉，住本難住，進則難進。旁一解意童子，忽送大紙砲可十餘枚，便自起身出席，取火放之。硫磺之香，自鼻入腦，通身怡然。不亦快哉！

其一：街行見兩措大執爭一理，既皆目裂盡赤，如不戴天，而又高拱手，低曲腰，滿口仍用者也之乎等字。其語刺刺，勢將連年不休。忽有壯夫掉臂行來，振威從中一喝而解。不亦快哉！

3.「老夫生來命運低，未曾吃過魚翅席；
飛禽走獸倒吃遍，不見滋味有何奇。」

上得場來，先念四句定場詩，聊表全文內容。且說老夫年紀一把……（夏元瑜：《老夫吃遍野味》）

案：此仿效說書形式，但無諷刺之意。

4. 結廬人境，心遠地偏。
桑門蓬戶，知足怡然。
斯是陋室，樂乎週旋。
長藤攀屋角，茂樹蔭簷前。
笑談無俗客，來往俱忘年。
可以供茗椀，綴詩篇。
無是非之亂耳，無榮辱之懷牽。
禹錫陋室銘，淵明五柳篇。
君子曰：逸士所居，何陋之有？（陳少華：《陋室銘》）

案：此篇作者自注「仿劉禹錫之作」。茲錄劉禹錫《陋室銘》於下：

山不在高，有僊則名。
水不在深，有龍則靈。
斯是陋室，惟吾德馨。

苔痕上階綠，草色入簾青。
談笑有鴻儒，往來無白丁。
可以調素琴，閱金經。
無絲竹之亂耳，無案牘之勞形。
南陽諸葛廬，西蜀子雲亭。
孔子云：
何陋之有？

5. 日暮多悲風，四顧何茫茫。
拔劍東門去，
拔劍西門去，
拔劍南門去，
拔劍北門去。（楊澤：《拔劍》）

案：此詩形式上仿效漢樂府古辭《江南》：「江南可採蓮，蓮葉何田田？魚戲蓮葉間：魚戲蓮葉東；魚戲蓮葉西；魚戲蓮葉南；魚戲蓮葉北。」而詩中「日暮多悲風」出自漢古詩「白楊多悲風」；「四顧何茫茫」亦出於漢古詩；「拔劍東門去」為漢樂府詩《東門行》中原句，以下嵌「西」、「南」、「北」則其引申。

(三) 狹義的仿擬——仿諷

(1) 昇格仿諷

1.春輝道：「我因今日飛鞋這件韻事，久已想要替他描寫描寫，難得有這『巨屨』二字，意欲借此摹仿幾部書，把他表白一番，姊姊可有此雅興？」題花道：「如此極妙，就請姊姊先說一個。」春輝道：「我仿宋玉《九辯》：獨不見巨屨之高翔兮，乃墮卞氏之圃。」題花道：「我仿《反離騷》：巨屨翔於蓬渚兮，豈凡屨之能捷？」玉芝道：「我仿賈誼賦：巨屨翔於千仞兮，歷青霄而下之。」小春道：「我仿宋玉《對楚王問》：巨屨上擊九千里，絕雲霓，入青霄，飛騰乎杳冥之上；夫凡庸之履，豈能與之料天地之高哉！」春輝道：「這幾句仿的雄壯。」紫芝道：「若要雄壯，這有何難！我仿《莊子》：其名為屨，屨之大不知其幾千里也，怒而飛，其翼若垂天之雲。是屨也，海運則將徙於南冥。南冥者，天池也。諧之言曰：『屨之徙於南冥也，水擊三千里，摶扶搖而上者九萬里，去以六月墮者也。』」春輝道：「這個不但雄壯，並且極言其大，很得題神。」紫芝道：「我仿《毛詩》：巨屨颺矣，于彼高岡；大足光矣，于彼馨香。」春輝道：「馨香二字是褒中帶貶，反面文章，含蓄無窮，頗有風人之旨。我仿《月令》：是月也，牡丹芳，芍藥艷，遊卞圃，拋氣球，鞋乃飛騰。」玉芝道：「還有一句呢？」紫芝道：「足赤。」說的眾人好笑。青鈿道：「你們變著樣兒罵我，只好隨你們嚼蛆。但有侮聖言，將來難免都有報應。」眾人道：「有何報應？」青鈿把舌一伸，又把五個手指朝下一彎道：「只怕都要『適蔡』哩。」眾人聽了，一齊發笑。(《鏡花緣》第八十七回)

案：所仿依次錄於下：

宋玉《九辯》：「霰雪雰糅其增加兮，乃知遭命之將至。」本句只仿《九辯》之腔調，非仿其句法。

揚雄《反離騷》：「鳳凰翔於蓬渚兮，豈駕鵝之能捷？」

賈誼《弔屈原賦》：「鳳凰翔於千仞兮，覽德輝而下之。」

宋玉《對楚王問》：「鳳凰上擊九千里，絕雲霓，負蒼天，足亂浮雲，翱翔乎杳冥之上；夫藩離之鷃，豈能與之料天地之高哉！」

《莊子・逍遙遊》：「北冥有魚，其名為鯤，鯤之大不知其幾千里也。化而為鳥，其名為鵬。鵬之背不知其幾千里也，怒而飛，其翼若垂天之雲。是鳥也，海運則將徙於南冥。南冥者，天池也。齊諧者，志怪者也。諧之言曰：『鵬之徙於南冥也，水擊三千里，摶扶搖而上者九萬里，去以六月息者也。』」

《詩經・大雅・卷阿》：「鳳凰鳴矣，于彼高岡；梧桐生矣，于彼朝陽。」

《禮記・月令》：「是月也，天氣下降，地氣上騰。」本句只仿其腔調，而非仿其句法。「飛鞋」是微不足道的小事，卻仿古代典雅的文學形式來表達，屬昇格仿諷。由於內容與形式間的不調和，所以頗為滑稽突梯。

2. 廢話不如少說，只剩崔顥《黃鶴樓》以弔之，曰——

闊人已騎文化去，此地空餘文化城。
文化一去不復返，古城千載冷清清。
專車隊隊前門站，晦氣重重大學生。
日薄榆關何處抗，煙花場上沒人驚。（何家幹：《崇實》）

案：何家幹是魯迅的另一筆名，此文原刊於一九三三年二月六日《申報・自由談》。魯迅對當時國民政府只顧遷移北平故宮古物，卻不准大學生逃難，頗有所譴責。所以文末刻意仿擬唐代名詩，而寓諷刺之意。由於魯迅並不依照律詩的嚴格規律來寫，只是生吞活剝用近乎打油的方式來寫，所以屬昇格仿諷。茲錄《黃鶴樓》原詩於後：

昔人已乘黃鶴去，此地空餘黃鶴樓。
黃鶴一去不復返，白雲千載空悠悠。
晴川歷歷漢陽樹，芳草萋萋鸚鵡洲。
日暮鄉關何處是？煙波江上使人愁！

3.「花是苦煉，人是警官」。

這一句話是當初諷刺警官的，意思就是比擬日本武士時代的「花是櫻木，人是武士。」警官就像武士一樣，愛殺人就可以殺人。當時的警官雖不可以亂殺人，他的權勢與武士是差不多的。其中陳大人的作風，比別的警官更令人咋舌。（吳濁流：《陳大人》）

案：套用既成格式而意含諷刺，為昇格之仿諷。

4.長髮披肩，美鬚如雲，真正臉貌不太容易看得清楚，正是：不知喬治真面目，只緣君在此鬚中。（趙寧：《留美記》）

案：本句仿蘇軾《題西林寺壁》詩：「不識廬山真面目，只緣身在此山中。」

5.找到張床，倒下頭就蒙頭大睡，尋夢去也，天大的煩惱都置諸腦後，嚴禁入夢，此係在下的「夢鄉重地，閒愁免進」哲學。（趙寧：《留美記》）

案：本句仿工廠標語：「機房重地，閒人免進。」

6.正是「風蕭蕭兮易水寒，壯士一去兮洗碗盤。」好一番悽楚景象。（趙寧：《留美記》）

案：本句乃仿《史記・刺客列傳》荊軻所歌：「風蕭蕭兮易水寒，壯士一去兮不復還。」

7.何懼之有

樓不在高，有酒則名；交不在深，有錢則靈。斯時火囤，惟渠色馨。迎人黛橫綠；對客眼含青。談笑書財郎；往來皆瘟生。可以如琴瑟，沒正經。有絲竹之亂耳；無柴米之勞形。甘作風流鬼，拚死牡丹亭。壽頭云：「何懼之有？」

何忌之有

賭不在高，久慣則名；交不在深，有局則靈。斯是陋品，害人寧馨。手氣上家紅；鈔票擺抬青。做牌別花樣；摸風換位新。可以撾瞎琴，攘藏經。報磕碰之滿耳；數籌碼之勞形。贏入迷魂陣；輸走剝衣亭。郎中云：「何忌之有？」

何愁之有

人不在高，有財則名；學不在深，有貨則靈。斯時錢室，惟吾德馨。蚨根滿庭綠；蚨影一房青。談笑少窮儒；往來多白丁。可以焚古琴，悖常經。無書聲之亂耳；有銅臭之隨形。家肥富田盧；屋潤廣園亭。錢癆云：「何愁之有？」

何異之有

師不在高，有勢則名；功不在深，有竅則靈。斯是書室，教人寧馨。柳橫半窗綠；燈照一氈青。交友聚寒儒；吃葷師祭丁。可以對彈琴，假正經。無笑語之亂耳；無樂事之勞形。幽居惟敝廬；孤宿在涼亭。主人云：「何異之有？」（黛郎：《磨刀集》）

案：作者文末「附記」云：「敬向劉禹錫先生致歉」，也是仿擬《陋室銘》的作品。不過上文所引陳少華的《陋室銘》是單純仿擬劉作，為「仿效」；此文除仿劉作之形式外，還意含諷嘲，為「仿諷」。試加比較，可知仿效、仿諷的不同。

8. 大學之道，在常常蹺，在影印，在止於被當。（賴滿芸）

案：本句仿《禮記．大學》：「大學之道，在明明德，在親民，在止於至善。」原刊於《聯合報》「今聖不嘆」專欄。類此之例，此專欄中極多。

9. 我們是被當的一方，要和那教授來對抗！沒智慧，沒膽量，越當越堅強。重重的課本在身上；筆記厚厚的幾百張。不怕苦，不怕難，每科當光光。打敗那教授，考卷都燒光，大家都稱讚。無、敵、鐵、金、剛——鐵金剛，鐵金剛，無、敵、鐵、金、剛——

案：此條見於電子布告板(BBS)，如此似通非通之例甚多。「無敵鐵金剛」歌詞是：

我們是正義的一方，要和惡勢力來對抗！有智慧，有膽量，越戰越堅強。科學的武器在身上；身材高高的幾十丈。不怕刀，不怕槍，勇敢又強壯。打敗雙面人，怪獸都殺光，大家都稱讚。無、敵、鐵、金、剛——鐵金剛，鐵金剛，無、敵、鐵、金、剛——

(2)降格仿諷

1. 燕芝瓊道：「紫芝妹妹替我說個笑話，我格外多飲兩杯，何如？」紫芝道：「妹子自然代勞。」綠雲道：「紫芝妹妹向來說的大書最好，並且還有竇兒教的小曲兒；紫瓊姊姊既飲兩杯，何不點他這個？」紫芝道：「如果普席肯飲雙杯，我就說段大書。」眾人道：「如此極妙。我們就飲兩杯。」丫鬟把酒斟了。紫芝取出一塊醒木道：「妹子大書甚多，如今先將『子路從而後』至『見其二子焉』這段書說給大家聽聽。」於是把醒木朝桌上一拍道：「列位壓靜聽，在下且把此書的兩句題綱念來：遇窮時師生錯路，情殷處父子留賓。」又把醒木一拍道：「只為從師濟世，誰知反宿田家？半生碌碌走天涯，到此一齊放下。雞黍殷勤款洽，主賓情意堪嘉。山中此夕莫嗟訝，師弟睽違永夜。」又把醒木一拍道：

「話說那子路在楚蔡地方被長沮桀溺搶白了一番，心中悶悶不樂。迤邐行來，見那道旁也有耕田的，鋤草的，老的老，少的少，觸動他一片濟世的心腸，腳步兒便步得遲了。擡起頭來，不見了夫子的車輛。正在慌張之際，只見那道旁來了一位老者，頭戴范陽氈帽，身穿藍布道袍，手中拏著拄杖，杖上拄著鋤草的家伙。子路便問道：『老丈，你可見我的夫子麼？』那老者定睛把子路上下一看道：『客官，我看你肩不能挑，手不能提，識不得芝麻，辨不得菽荳；誰是你的夫子？』老者說了幾句，把杖來插在一邊，取了家伙，自去耕田去了。」又把醒木一拍道：「列位，大凡遇見年高有德之人，須當欽敬；所以信陵君為侯生執轡，張子房為圯上老人納履，後來興王定霸，做出許多事業。那子路畢竟是聖門高弟，有些識見的人，聽了老丈言語，他就叉手躬身站在一旁。那老者耕田起來，對著子路說：『客官，你看天色晚下來了，舍間離此不遠，何不草榻一宵？』子路說：『怎好打攪？』於是老者在前，子路在後，逕至門首。遜至中堂。宰起雞來，煮起飯來，喚出他兩個兒子，兄先弟後，彬彬有禮，見了子路。唉，可憐子路半世在江湖上行走，受了人家許多怠慢，今日餚饌雖然不豐，卻也慇懃款待，十分盡禮，不免飽餐一頓，蒙被而臥。正是：山林惟識天倫樂，廊廟空懷濟世憂。畢竟那老者姓甚名誰，夫子見與不見，下文交待。」眾人聽了一齊讚好，把酒飲了。（《鏡花緣》第八十三回）

案：《論語．微子》：「子路從而後，遇丈人以杖荷蓧。子路問曰：『子見夫子乎？』丈人曰：『四體不勤，五穀不分，孰為夫子？』植其杖而芸。子路拱而立。止子路宿，殺雞為黍而食之，見其二子焉。」紫芝把這段文字的意思，用說書體表達，屬降格仿諷。

2. 老師不在時，他解說給我聽：「孟子見了梁惠王，惠王問他你咳嗽呀？（王曰叟），你老遠跑來，是因為鯉魚骨卡住嗎？（亦將有以利吾國乎？故鄉土音「利」、「鯉」同音，「吾」、「魚」同音，「國」、「骨」

五六三十也，『童子六七人，』六七四十二也，豈非七十二人？」坐中大悅。博士無以應對。

(3)一般仿諷

1.東坡居士若是生在今朝，有幸住在工業先進地區，恐怕會把那首《臨江仙》的下半闋改為「長恨此身非我有，一堆數字為憑，夜闌風靜氣難平，湖海污染盡，何處寄餘生？」（吳魯芹：《數字人生》）

案：吳魯芹所仿《臨江仙》寫來頗為認真，可視為一般仿諷。

2.前清不是有副對麼？「為如夫人洗足，賜同進士出身。」有位我們系裡的同事，也是個副教授，把它改了一句：「替如夫人掙氣，等副教授出頭。」哈！哈！（錢鍾書：《圍城》）

3.其實幸福是心境，是人對事物的看法，和當時處境與過去的比較而已。有人作畫題詩云：「他騎駿馬我騎驢，仔細思量太不如。回頭更見推車漢，比上不足下有餘。」詩是下等的詩，卻給我很深切的印象。但是我卻發現許多富有人不知足，終日營營，並不比一個推車漢幸福，上面那首詩就要改作如下了：「他騎駿馬我騎驢，驢背尋詩意更舒，回頭更見推車漢，扛鼎拔山愧不如。」（思果：《幸福》）

4.楊錚站在那裏發了半天呆，忽然抱了抱拳：「謝謝你，對不起，再見。」方成卻攔住了他：「你這是什麼意思？」楊錚的回答很絕：「謝謝你是因為你告訴我這麼多事，對不起是因為我吵醒了你，再見的意思就是說我要走了。」「你不能走！」方成板著臉說：「絕對不能走！」……楊錚嘆了口氣……說：「只可惜有個人絕不肯答應的。」……「你為什麼要怕他？」方成不服氣！「他是你的什麼人？」……楊錚說：「只不過是我的內人而已。」……方成在那裏盯著他看了半天，忽然也抱了抱拳，說「謝謝你，對不起，再見。」「你這是什麼意思？」楊錚也忍不住問。「謝謝你是因為你肯把這種丟人的事告訴我，對不起是因為我寧可睡不著也不要一個怕老婆的人陪我喝酒，」方正忍不住笑，故意板著臉說：

「再見的意思就是你請走吧！」楊錚大笑。（古龍：《離別鉤》）

丙、原　則

(二)仿效的原則

(1)所仿擬的句調必須為讀者所熟知。

凡是自己熟悉的，都會產生一種親切感。擬句仿調往往給人「他鄉遇故知」的感覺，理由在此。這是擬句仿調者必須把握的。

(2)儘可能推陳而出新。

陸機《文賦》云：

或襲故而彌新，或沿濁而更清。

《文心雕龍・物色》也說：

因方以借巧，即勢以會奇，善於適要，則雖舊彌新矣。

仿擬儘可能要推陳而出新，歷史上許多有名的文章中的佳句，是前有所本的，以王勃的《滕王閣詩序》為例：

落霞與孤鶩齊飛，秋水共長天一色。

《文選》及晉宋文集所錄，如劉孝標、王仲寶、陸士衡、任彥升、沈休文、江文通之作，往往都有此式，庾信《馬射賦》云：

落花與芝蓋齊飛，楊柳共春旗一色。

即是一例。但王勃「沿濁而更清」、「襲故而彌新」，句調雄傑，確勝舊句。所有仿擬都應這樣。又如駱賓王《為徐敬業討武曌檄》云：

喑嗚則山岳崩頹，叱咤則風雲變色。以此制敵，何敵不摧？以此圖功，何功不克？

本祖君彥《為李密討煬帝檄》：

呼吸則河渭絕流，叱咤則嵩華自拔。以此攻城，何城不陷？以此擊陣，何陣不克？

但是「祖」文前二句只說到「地」；不如「駱」所說「天地」境界之遼闊雄偉。「祖」文後四句只說到「攻城擊陣」，為用兵之消極目的；不如「駱」文「制敵」、「圖功」兼顧軍事上消極積極雙方面之目的為周延。仿擬之推陳出新，於此可見其方。

語句要推陳出新，篇章亦然。以韓愈《進學解》為例，其結構實本於宋玉《答楚王問》、東方朔《答客難》、揚雄《解嘲》、班固《答賓戲》，但作法不同。林雲銘在《古文析義》中便說：

首段以進學發端，中段句句是駁，末段句句是解：前呼後應，最為綿密。其格調雖本《客難》、《解嘲》、《答賓戲》諸篇，但諸篇都是自疏己長；此則把自家許多伎倆，許多抑鬱，盡數借他人口中說出，而自家卻以平心和氣處之。看來無歎老嗟卑之迹，其實歎老嗟卑之心，無有甚於此者，乃《送窮》之變體也。至其文語語作金石聲，尤不易及。

《進學解》仿效的痕跡還是很明顯的，更能脫化成新的要推蘇軾的《赤壁賦》了。宋玉所對的「楚襄王」，東方朔、揚雄所對的「客」，班固所對的「賓」，韓愈所對的「諸生」，在蘇軾的筆下，成為「客有吹洞簫者」。而個人際遇不平之鳴，也化為借水、月為喻，言常、變之理；江風山月，實可共食的天人境界。形式意境，更遠勝前人！

甚至文體嬗變，亦復如此。詞之為詩餘，曲之為詞餘，固無論矣；新詩亦有縱的繼承、橫的移植等等說法，究其實仍是仿效。試看劉大白《西湖秋泛》上片：

蘇隄橫亙白隄縱：
　橫一長虹，縱一長虹。
跨虹橋畔月朦朧：
　橋樣如弓，月樣如弓。
青山雙影落橋東：
　南有高峰，北有高峰。
雙峰秋色去來中：
　去也西風，來也西風。

這不是詞牌《一剪梅》的革新版嗎？以蔣捷《一剪梅：舟過吳江》為證：

一片春愁待酒澆。
　江上舟搖，樓上帘招。
秋娘渡與泰娘橋。
　風又飄飄，雨又瀟瀟。
何日歸家洗客袍？
　銀字笙調，心字香燒。
流光容易把人拋。

紅了櫻桃，綠了芭蕉。

但《西湖秋泛》的下片到底不同了：

厚敦敦的軟玻璃裏，
倒映著碧澄澄的一片晴空：
一疊疊的浮雲，
一隻隻的飛鳥，
一彎彎的遠山，
都在晴空倒映中。
湖岸上，葉葉垂楊葉葉風，
湖面上，葉葉扁舟葉葉篷，
掩映著一葉葉的斜陽，
搖曳著一葉葉的西風。

此新詩所以為新詩吧！

(三)仿諷的原則

(1)結構跟原作要維肖維妙；
主題跟原作要大異其趣。

以焦易士(James Joyce, 1882–1941)的《尤里西斯》(*Ulysses*)為例。這部關於現代都柏林的小說是以一種很不英雄式的文體來表達一則墮落故事。它的形式結構摹仿荷馬的史詩《奧狄賽》(*Odyssey*)，茲比較於下：

《奧狄賽》	《尤里西斯》
前三卷 希臘國王奧狄修斯之子泰利馬克斯的不幸處境和尋父情形。	第一部分 一位死去母親的青年教師史蒂芬在都柏林放蕩而茫然的生活。
次九卷 奧狄修斯自述從特勞戰爭後，漂流海上，歷經妖魔險難之經過。	第二部分 喪子的布羅姆在都柏林四處漫步，發現老友之子史蒂芬，帶回家中。
末十二卷 奧狄修斯之妻為一貞女，堅拒王公貴族之求婚。奧狄修斯返國，與其子泰利合力射殺情敵，而與其妻團圓。	第三部分 布羅姆之妻為一歌伶，與經理人私通，布羅姆雖然苦惱，卻無可奈何。是夜，布妻又在床上想著史蒂芬，拿他來與丈夫、情夫比較。

從上面的比較中，我們可以發現，二書形式結構是何等的相似；而主題內容卻是多麼的不同。

同樣的情形還存在在大仲馬(Alexandre Dumas, 1802–1870)的《基度山恩仇記》(*The Count of Monte Cristo*)與雨果(Victor Hugo, 1802–1885)的《悲慘世界》(*Les Misérables*)之間。《悲慘世界》出版於一八六二年，要比一八四四年出版的《基度山恩仇記》晚十八年。雨果有充分的時間熟讀《基度山恩仇記》每一細節，而模仿其形式結構寫出一部主題截然不同的作品來。雨果筆下的主角「尚萬勸」使我們想起《基度山》中的主角「愛德蒙」。他們都曾是長期的囚徒：愛因代拿破崙傳信而被囚十四年；尚因偷麵包而被囚十九年。二人之逃命情形亦復相同：愛在囚房裡由藏入裝死屍的麻袋中被拋入海而逃生；尚在囚船上由救落海之水手，被浪捲走而逃生。二人出獄後都發大財：愛因監友告以基度山寶藏而致富；尚因監友告以製造玻璃裝飾品的方法而致富。二人學養的突變都由於神父：愛得法利亞神父之教育，具備了多種語言以及歷史、化學、數學的知識；尚得狄尼鎮教堂的主教贈以銀燭臺而感化，走向新生。二人出獄後都有權勢：愛買得基度山伯爵封號，尚被選為艾姆鎮的市長。但是二人的心卻完全不同：基度山伯爵心中充滿著恨；而艾姆鎮市長心中卻充滿著愛。於是一個走上復仇的路；一個走上贖罪的路。《悲》書中的對手角，警察總監「牙佛特」使我們想起《基》書中的對手角，檢察官「維爾福」。牙佛特老是找尚萬勤麻煩而尚處處寬恕他，甚至拯救他的性命。維爾福當年雖曾判愛德蒙之罪，後來卻巴結愛德蒙；可是愛德蒙卻不饒他，把他逼成瘋子。《悲》書中的女角「考色蒂」使我們想起《基》書上的女角「海蒂」。尚萬勤撫養考色蒂，幫助她和情人結婚，贈之以財產，表現的是大公與愛心。愛德蒙撫養海蒂，卻是利用海蒂以復仇，最後攜海蒂浮海而去，表現的是自私與慾念。在這些相似的人物、相似的情節中，我們更能強烈地領略主題的差異。

至於我國文學作品，如《水滸傳》之與《蕩寇志》，《三國演義》之與民國初年周大荒著《反三國演義》，也是形式相似，主題迥異的作品，讀者試自比較。

只有在結構越相近，主題越異趣的情形下，讀者更能領略作者的用心所在。

(2)要儘量擴大題材與體裁間的不協調。

以巴特勒的《休底布勒斯》為例。這首故事詩的主旨在攻擊十七世紀中葉英國清教徒的宗教觀及政治觀，對當時那些自私自利的欺騙行為及宗教狂熱者的偽善予以無情的貶斥。詩中的武士休底布勒斯代表長老會派的清教徒；他的侍從雷夫卻代表獨立派的清教徒。作者嘲弄這位武士的迂腐；也嘲弄他的侍從的狂暴。全詩以樸實的意象，平凡的語言，浮誇的譬喻，急促的節奏，粗鄙的結構，表達一個嚴肅的題材。於是在題材與體裁的不協調下，不只是清教徒變成了小丑，而全詩的戲謔效果也就益發顯示出來了。

更好的例子還有拜倫的《天國的審判》。這首仿諷詩嘲弄的對象是與拜倫同時代的沙基(Robert Scuthey)作品《天國之審判》。沙基的原作是敘述英王喬治三世死後上天國，在審判中平反了革命分子對他的控訴。拜倫厭惡保皇黨徒這首肉麻荒唐誇張做作的詩。於是用一種極隨便的文體來寫相同的人物、相同的背景、相同的情節，而道出喬治三世誤國的史實。拜倫首先以八行詩節(Octave Stanza)隨隨便便地展開他的嘲弄；用最鄙俗，最平淡的字眼來刻劃「天國」。而在結尾，拜倫把沙基也弄到「天國」中去，說了一大堆荒謬可笑的話，使得大家聽得乏味而開溜。而混亂之際，喬治三世竟偷偷地進了天堂。拜倫滑稽的筆調深深地幽了天國一默。使人讀後有讀吳承恩《西遊記》中孫悟空大鬧天宮同樣的感覺。這一切效果，就全建立在內容與筆調間的不調和之上。

第五章 引用

甲、概說

語文中引用別人的話或詩詞、成語、俗語等等，來印證、補充、對照作者的本意，藉以增強文章或說話的說服力和感染力的，叫作「引用」。

引用是一種訴之於權威或訴之於大眾的修辭法，利用一般人對權威的崇拜及對大眾意見的尊重，以加強自己言論的說服力。小孩子和小孩子談論事情，常常喜歡引用「媽媽說」、「老師說」；信教的人，也愛引用「佛說」、「耶穌說」；我們日常說話也免不了「孔子說」、「亞里士多德說」：這些都是訴之於權威。有時，人們也會說：「大家都這麼說」，這是訴之於大眾。

引用的起源很早。《尚書・湯誓》有：

> 夏王率遏眾力，率割夏邑。有眾率怠弗協，曰：「時日曷喪？予及汝皆亡！」

湯便曾引夏人民大眾的話來支持自己伐桀的主張！

《尚書・盤庚上》有：

> 遲任有言曰：「人惟求舊；器非求舊，惟新。」

遲任是古賢人，盤庚引遲任之言來支持自己遷都的主張。

《論語・季氏》有：

孔子曰：「求！周任有言曰：『陳力就列，不能者止。』危而不持，顛而不扶，則將焉用彼相矣？且爾言過矣！虎兕出於柙，龜玉毀於櫝中，是誰之過歟？」

周任是「古之良史」，孔子引他的話來支持自己對冉有的責備。儒家經典中的《論語》，言《詩》凡十四次，其中引《詩》者二次；言《書》凡三次，其中引《書》者二次。《孟子》七篇，言《詩》凡三十七次，其中引《詩》者二十七次；言《書》凡十二次，其中引《書》凡十一次。又述及仲尼六次，丘一次，孔子七十八次，共八十五次，《荀子》引《詩》達七十次，引《書》十二次，引《易》三次，引《傳》曰二十次。充分表明儒家對「引用」重要性的認識！

不過在中國修辭學史上，第一個提出「引用」問題而加以論述的，似乎要推《莊子》。《莊子．寓言》開頭就說：

寓言十九，重言十七，巵言日出。

所謂「重言」，是一個多義性的詞彙，包含著三層意思。就其內容，為「尊貴者之言」。就其方式，為「重複他人之言」。就其效果，是「受人重視之言」。所以重言就是重複地位重要者之言論以期受人重視的意思。也就是本文所稱之「引用」。《莊子．寓言》下文對重言還有一番申述：

重言十七，所以已言也。是為耆艾。年先矣，而無經緯本末以期年耆者，是非先也。人而無以先人，無人道也。人而無人道，是之謂陳人。

這一段話，我的老師黃錦鋐先生《新譯莊子讀本》有最妥善的翻譯：

引重的話佔了十分之七，是用來阻止天下爭辯的，因此引重的必是前輩年老有學問的人。但只是年齡大，而沒有抱負學識以為後學信從，這也不能稱為先輩。人如果沒有學識可使人信從，便不能盡立人之道，只是年齡比人高，那只能稱為老朽吧了。

對引用的對象與功效都有很恰當的說明。大致說起來，《莊子》之書常引重他人之言，正如姚鼐在《莊子章義》一書所說：

> 莊生書凡託為人言者，十有其九。就寓言中，其託為黃帝、堯、舜、孔、顏之類，言足為世重者，又十有其七。

莊生之託言黃帝、堯、舜、孔、顏，與儒家之託言堯、舜、文、武，引用《詩》、《書》、《易》、《傳》，道理是一樣的。九流十家，墨子好言夏禹，農家好言神農，以及法家、名家、縱橫家、陰陽家、雜家、小說家，有哪一家不是引用甚至假託古今名人之言以自重呢！所以經子之書，明引暗用他人之語者，比比皆是，不勝枚舉了。

以上說的都是引用別人的話，目的主要在增強說服力。

至於文學作品上的引用，除了訴之於權威與訴之於大眾之外，有時是因為「文境」與古相合。當此之時，自己向所熟讀的句子就自然地流出。詳細點說，文境等於心境與物境的乘積。以算式表之於後：

文境＝心境×物境

由於「心境」、「物境」有與古相合的可能，所以「文境」也就有與古相合的可能。

早在春秋時代，就有「賦詩言志」的記載。《左傳‧襄公二十七年》（西元前五四六年）：

> 鄭伯享趙孟于垂隴，子展、伯有、子西、子產、子大叔、二子石從。趙孟曰：「七子從君，以寵武也，請皆賦，以卒君貺。武亦以觀七子之志。」
>
> 子展賦《草蟲》。趙孟曰：「善哉！民之主也！抑武也不足以當之。」
>
> 伯有賦《鶉之賁賁》。趙孟曰：「牀第之言不踰閾，況在野乎！非使人之所得聞也。」

子西賦《黍苗》之四章。趙孟曰：「寡君在，武何能焉！」

子產賦《隰桑》。趙孟曰：「武請受其卒章。」

子大叔賦《野有蔓草》。趙孟曰：「吾子之惠也！」

印段（子石）賦《蟋蟀》。趙孟曰：「善哉！保家之主也！吾有望矣。」

公孫段（子石）賦《桑扈》。趙孟曰：「『匪交匪敖』，福將焉往！若保是言也，欲辭福祿，得乎！」

卒享，文子告叔向曰：「伯有將為戮矣。詩以言志。志誣其上而公怨之，以為賓榮，其能久乎！幸而後亡！」

叔向曰：「然。已侈。所謂不及五稔者，夫子之謂矣。」

文子曰：「其餘皆數世之主也。子展其後亡者也，在上不忘降。印氏其次也，樂而不荒，樂以安民，不淫以使之，後亡，不亦可乎！」

案：《草蟲》，是《詩經・召南》中的一篇。中有：「未見君子，憂心忡忡。亦既見止，亦既覯止，我心則降。」以趙孟為君子。趙武知子展賦《草蟲》之意在於憂國而信晉。但自以為不足以當君子。《鶉之賁賁》，今本作《鶉之奔奔》，是《詩經・鄘風》篇名。據《詩序》，此詩為刺衛宣姜淫亂而作，故趙孟以為「牀笫之言」。而伯有賦此之意，實在「人之無良，我以為君」兩句，故趙孟退而又云：「誣其上而公怨之，以為賓榮。」《黍苗》，《詩經・小雅》篇名。四章云：「肅肅謝功，召伯營之。列列征師，召伯成之。」比趙孟於召伯。但趙孟以為營成之功在晉君，非我之能。《隰桑》，也是《詩經・小雅》篇名。首章有：「既見君子，其樂如何？」義取樂見君子，盡力以追隨之。不過趙孟卻以為此篇最後第四章說的：「心乎愛矣，遐不謂矣。中心藏之，何日忘之？」更好些，希望子產能規諫教誨他。《野有蔓草》，《詩經・鄭風》篇名。取首章末二句：「邂逅相遇，適我願兮。」因為子大叔與趙孟乃初次相見，所以會如此表示。《蟋蟀》，《詩經・唐風》篇名。首章有：「無以大康，職思其居。好樂無荒，良士瞿瞿。」意指良士能警惕自己，享樂不可太過，要想到家中事情。《桑扈》，《詩經・小雅》篇名。末章最後兩句云：「彼交匪敖，萬福來求。」趙孟取此兩句義，以為君子有禮文，故能受天之祜。後來享宴結束，趙文子（即趙武，趙孟。趙盾之孫，趙朔之子）還跟叔向猜測賦詩者的心態以評斷賦詩者的後事。其中「詩以言志」一語，和宋代周敦頤所說「文以載道」已成為中國文學理論最膾炙人口的兩句話了。

關於文境與古相合，更貼切的如唐人錢起《省試湘靈鼓瑟詩》：

曲終人不見，江上數峰青。

到了蘇東坡的《江城子詞》，便成：

欲待曲終尋問取，人不見，數峰青。

便是「文境相合」而引用古人詩句的好例。

又如劉長卿《過賈誼宅》：

秋草獨尋人去後；寒林空見日斜時。

二句暗用賈誼《鵩鳥賦》原句而有所省略，賈誼原句是：

庚子日斜兮，鵩集予舍；野鳥入室兮，主人將去。

黃永武在《唐詩三百首鑑賞》中指出：

這首是劉長卿被貶到長沙過賈誼宅時所寫，字面上都是在為賈誼難過，而骨子裏「憐君」都在「憐己」。詩人最常見的是一種心理上的同化作用，當他發現自己所受的痛苦，與歷史上被仰慕的人物的遭遇相同時，將滿腹委曲為他傾吐，同時也使自己得到慰藉。

這又是心境、物境的相似，使兩顆寂寞靈魂千古交集的好例子。

以至於二十世紀之末，引詩又大大流行起來。廖承志給蔣經國的信，固曾引詩：

歷盡劫波兄弟在；相逢一笑泯恩仇。

據說是魯迅的詩句（《魯迅全集》中找不到這兩句詩）。江澤民參加二〇〇〇年政協會議，即興吟誦清代鄭燮《道情十首之一》：

老書生，白屋中，說黃虞，道古風，許多後輩高科中。門前僕從雄似虎，陌上旌旗去似龍，一朝勢落成春夢。倒不如蓬門僻巷，教幾個小小蒙童。

到底是勖勉幹部？或是夫子自道？各方解讀不一。陳水扁不甘示弱，有一次談話中也冒出二句詩：

山窮水盡疑無路；柳暗花明又一村。

語本陸游《遊山西村詩》，只是原詩作「山重水複」，李伯元《官場現形記》倒是有「及至山窮水盡」的話。

以上都是援引前人詩詞，看來「言志」成分多些，感染力超過說服力。

再說引用「成語」和「俗語」。

所謂「成語」(Phraseology)，是指在語言歷史中形成而流傳下來的固定詞組；有時，它可能還包含著一個歷史故事或傳說。雖然隨著時代的前進，人類的生存空間和風俗習慣都在改變著。但是，基本的人性以及人類所居住的地球仍然是一樣的。因此，人類可能發生的行為一再反覆地出現。對於這些行為的描述，人們常借助於成語，成語存在的理由在此。成語是語言的重要材料，每一種語言幾乎都有它的成語。漢語的歷史較長，所以相對地成語也較多。成語的運用可以豐富口語的詞彙，例如「矛盾」這個概念如果不採用「矛盾」這個成語，就很難創造一個更恰當的名稱。成語的運用又可以使語言精鍊。例如：「一視同仁」、「一勞永逸」等，假使用一般口語來說，就要多費唇舌。而且，成語的運用又可以使語言形象化，例如：「揠苗助長」、「守株待兔」，都能在聽者或讀者腦海裡喚起一幕動人的故事。由於成語，語言的形式固定下來，使後人能夠了解前人所說所寫的意見，加強了語言的穩定性。而且成語還能顯示著語言巨匠對語言發展所起的積極作用。當一篇好文章或一首好詩詞膾炙人口之後，久而久之，其中妙語警句以及美麗動人的故事就成為語言吸收營養的對象，加強了語言的藝術性。不過，無可諱言的，成語的使用如果變成一種文藝心理學上所謂「套板反應」的話，會造成作者觀察力的減退，思考的惰性等等嚴重的後果，同時使作品平淡而陳腐。

文學史上援引成語的例子太多太多了，姑舉數例於後。

1. 陸機所擬十四首，文溫以麗，意悲而遠，驚心動魄，可謂幾乎一字千金。（鍾嶸：《詩品》）

案：「一字千金」語本《史記・呂不韋列傳》。原文是：「不韋乃使其客，人人著所聞集論，以為八覽、六論、十二紀，二十餘萬言，以為備天地萬物古今之事，號曰《呂氏春秋》。布咸陽市門，懸千金其上，延諸侯游士賓客，有能增損一字者，予千金。」

2. 汗牛充棟成何事？堪笑迂儒錯用功！（陸游：《冬夜讀書有感》）

案：「汗牛充棟」本於柳宗元《陸文通墓表》：「其為書，處則充棟宇，出則汗牛馬。」

3. 花有陰，月有陰，春宵一刻抵千金。（董解元：《西廂記》）

案：語本蘇軾《春夜詩》：「春宵一刻值千金，花有清香月有陰；歌管樓臺聲細細，鞦韆院落夜沉沉。」

4. 然而英雄無用武之地，縱有緯地經天的手段，終付一場春夢！（天然癡叟：《石點頭》）

案：「英雄無用武之地」語本《三國志・蜀志・諸葛亮傳》：「英雄無所用武，故豫州遁逃至此。」

《資治通鑑》改為「英雄無用武之地」。

5. 牛鬼蛇神，長爪郎吟而成癖。（蒲松齡：《聊齋志異・自誌》）

案：「牛鬼蛇神」出於杜牧《李賀詩序》：「鯨呿鼇擲，牛鬼蛇神，不足為其虛荒幻誕也。」

6. 天下的事，若要人不知，除非己莫為。（西周生：《醒世姻緣》第六十五回）

案：語本枚乘《諫吳王書》：「欲人勿聞，莫若勿言；欲人勿知，莫若勿為。」

7. 劉厚守因預先聽了黃胖姑先入之言，詞色之間，也就和平多了許多，不像前天拒人於千里之外了。（李伯元：《官場現形記》）

案：《孟子・告子下》本作「距人於千里之外」。拒距通用。

如果說「成語」是流行於知識分子間書面語言的固定詞組，那麼「俗語」就是流行於社會大眾間口頭語言的固定詞組了。俗語代表我同胞們的集體智慧與集體幽默。裡面常含有顛撲不破的真理，嘻笑怒罵的機智，以及面對無可奈何的人生的自我嘲弄。俗語的產生、功能及效果，與成語是一樣的。它同樣地源於人類行為的復演論；能使語言豐富、精鍊和形象化；加強了語言的穩定性和藝術性。而從實際使用方面來觀察，俗語的使用甚至比成語更普遍。

古代文學作品援引俗語，在各種文體中多曾出現。以「巧婦難為無米之炊」為例，陸游《老學庵筆記》卷三：「晏景初尚書請僧住院。僧辭以窮陋不可為。景初曰：『高才固易耳。』僧曰：『巧婦安能作無麵湯餅乎？』」此見於筆記。陳亮《龍川文集・答朱元晦書》：「巧新婦做不得無麵餺托。」此見於書信。陳師道《後山集》：「巧手莫為無麵餅，誰能救渴需遠井！」此見於詩。馮夢龍《警世通言・范鰍兒雙鏡重圓》：「常言巧媳婦煮不得沒米粥。」曹雪芹《紅樓夢》第二十四回：「巧媳婦做不出沒米的飯來，叫我怎麼樣呢？」此見於小說。

夏丏尊《努力事春耕》：「常言說：巧媳婦做不來沒米的飯。」此見於近代散文。茲更自經、史、子、集中聊錄十餘條於後，並以單引號或雙引號標示，不另加案語。

1. 諺所謂「輔車相依，脣亡齒寒」者，其虞虢之謂也。（《左傳・僖公五年》）
2. 臣聞鄙語曰：「寧為雞口，無為牛後。」（《戰國策・韓策》）
3. 果若人言：「狡兔死，良狗烹。」（《史記・淮陰侯列傳》）
4. 夫古來知音，多賤同而思古，所謂「日進前而不御，遙聞聲而相思」也。（《文心雕龍・知音》）
5. 郭曖嘗與昇平公主爭言，曖曰：「汝倚乃父為天子邪？我父薄天子不為！」公主恚，奔車奏之。子儀聞之，囚曖，入待罪。上曰：「鄙諺有之：『不癡不聾，不作家翁。』兒女子閨房之言，何足聽也！」（《資治通鑑・唐紀・代宗大歷三年》）
6. 解下弓來，搭上箭，弓開的滿，箭去的疾，看正狐身颼的射去，叫聲「著！」正是「明槍易躲，暗箭難防。」正中了狐的左腿。（羅貫中編撰，馮夢龍增補：《平妖傳》）
7. 那大聖編成的鬼話，捏出的虛詞，淚汪汪的，告道：「郎君啊！常言道：『男子少妻財沒主，婦女無夫身落空！』你昨日進朝認親，怎不回來？」（吳承恩：《西遊記》第三十一回）
8. 至於生子生孫，就是下一輩事，十分周全不得了。常言道得好：「兒孫自有兒孫福，莫與兒孫作馬牛。」（馮夢龍纂輯：《警世通言》卷二）
9. 這一尼一道，從此以後就認真修煉起來；不止十年，都成了氣候。俗語道得好：「浪子回頭金不換。」（李漁：《十二樓》）
10. 你怎的這般說？自古道：「情人眼裏出西施。」（蘭陵笑笑生：《金瓶梅》第三十七回）

11. 紫鵑道：「姑娘身上不大好，依我說：還得自己開解著些，身子是根本，俗語說的：『留得青山在，依舊有柴燒。』況這裏自老太太、太太起，那個不疼姑娘？」（《紅樓夢》第八十二回）

12. 真真是俗語兒說的「不是冤家不聚頭」了！幾時我閉了眼斷了這口氣，任憑你們兩個冤家鬧上天去。（《紅樓夢》第二十九回）

13. 俗話說得好：「一隻碗不響，兩隻碗叮噹。」冒得官自從娶了那個二婚頭，常常家裏搬弄口舌，挑是非。（《官場現形記》第三十回）

以上所引「成語」與「俗語」，也都能增強說服力或感染力。

說完了「引用」的內容：別人的話、詩詞、成語、俗語。接下來要說的，是「引用」的方式。

關於「引用」的方式，在我舊作《修辭學》中，先分「明引」與「暗用」。而「明引」又分「全引」與「略引」；「暗用」亦分「全用」與「略用」：一共二綱四目。多年教學經驗，發現「全引」、「略引」之分，與「全用」、「略用」之分，徒增困擾，且無必要。舉例來說，傅孝先《漫談〈紅樓夢〉及其詩詞》中有如下一段文字：

是以不論落花或秋雨，柳絮或更香，在黛玉看來都和她自己一般：「憔悴花遮憔悴人」（《桃花行》）；「明媚鮮艷能幾時，一朝漂泊難尋覓」（《葬花詩》）；「燈前如伴離人泣」（《秋窗風雨夕詞》）；「漂泊也如人薄命……草木也知愁，韶華竟白頭……嫁與東風春不管，憑爾去，忍淹留」（《唐多令・柳絮》）；以及「焦首朝朝還暮暮，焦心日日復年年」（《更香》）。

當時我把「憔悴花遮憔悴人」、「明媚鮮艷能幾時，一朝漂泊難尋覓」、「燈前如伴離人泣」等只引一、二句但無刪節者視為「全引」；而引《唐多令》引了六句，而句與句間有所省略者，視為「略引」。於是：引用原文一、二句為「全引」；引用六句反成「略引」：想想終感不妥。辭格分得太細，容易造成學習的困惑。所以現在把

「全引」、「略引」統名為「明引」；「全用」、「略用」統名為「暗用」。

香港中文大學蘇文擢教授在《邃加室講論集》中，有一篇題為《古典詩用典的原則與方法》的文章，其中提到用典的方法。除了明用法、暗用法外，還有反用法和借用法。茲略引其言如下：

一是明用法：它是把典故中的人、物、事、情、時間或空間，分別代入，使讀者一目了然，可以作直線的聯想，此法也是用典上的基本功夫，這裏恕不詳說。

其次是暗用法：把故事隱藏在詞語裏面，讓讀者自行玩索，其技巧又比明用法較高一層，杜甫《閣夜》：「五更鼓角聲悲壯，三峽星河影動搖。」上句用禰衡傳，下句用漢武故事。《西清詩話》說他「如繫風捕影，不見痕跡。」又如劉長卿《長沙過賈誼宅》：「秋草獨尋人去後，寒林空見日斜時。」驟看以為即景，其實暗用了賈誼《鵩鳥賦》的原文而結合眼前的實象。唐人評長卿詩「興在象外」，也可以從這裏體會一番。

其三是反用法：用典既然是代入，自以正面使用為原則，但有時典故的本身和作者主觀的情志不能恰如其量，於是從反用中突出主題，其藝術手法比暗用更為靈活。例如王安石新政失敗後，《讀蜀志》詩云：「無人說與劉玄德，問舍求田意最高。」本來劉備譏評許汜求田問舍，無憂國之心，現在安石一反其意，於是被逼抽身國政的心事，表現得更為沉痛。嚴有翼《藝苑雌黃》說：「直用其事，人皆能之，反其意而用之者，非學業高人，超越尋常拘攣之見，不規規然蹈襲前人陳跡者何以臻此。」

其四是借用法：典而出於借用，是無而為有，點鐵成金，其藝術境界應該又高一層次。王夫之《唐詩評選》欣賞李白《登金陵鳳凰臺》「總為浮雲能蔽日，長安不見使人愁。」之句說：「借用晉明帝語，影出浮雲，以悲江左無人，中原陷落。」其實太白以《清平調》放歸江湖，有長安日下之心而不免憂讒畏譏之處，於是眼前景、懷古意及時代感慨、個人身世並注一個借用的典故之中，此種手法，又到了神行無跡之境了。

臺灣師範大學黃麗貞教授《實用修辭學》在《引用》章說到「引用的分類」，以為以形式分，有「明引」、「暗引」、「化引」，「化引」又稱「意引」。現在我參考二家之說，也分「引用」為「明引」、「暗用」、「化用」三項，而「化用」涵蓋了「反用法」和「借用法」，就不再細分了。

乙、舉　例

(一)明　引

明白指出所引的話出自何處，叫作「明引」。明引時，文字有不加刪節更改的，如：

1. 形容「經濟」兩個字，最好借用宋玉的話：「增之一分則太長，減之一分則太短；傅粉則太白，施朱則太赤。」（胡適：《論短篇小說》）

2. 使我最佩服的是鄧肯的佳句：「世人只會吟詠春天與戀愛，真無道理，須知秋天的景色更華麗，更新奇，而秋天的快樂有萬倍的雄壯驚奇、都麗。我真可憐那些婦女識見偏狹，使他們錯過受之秋天的宏大的贈賜。」（林語堂：《秋天的況味》）

3. 曾文正公說：「作人從早起起。」因為這是每人每日所做的第一件。（梁實秋：《早起》）

4. 想必妳還記得摩詰名詩：「紅豆生南國，春來發幾枝？願君多採擷，此物最相思。」（謝冰瑩：《紅豆戒指》）

5. 「俗語說得不錯：『是非只為多開口。』所以我好久不敢做詩，不料今早又破戒了。」東坡帶著嘲笑

的語氣道。（繆天華：《春睡》）

6. 美德啊，你不過是一個名詞罷了。——莎士比亞（周夢蝶：《絕響》）

7. 記得幼年時，常聽母親說的一句話：「繡花是一枚針，待人是一顆心。」她也更明白淺顯地說：「做事要細心，待人要真心。」「真心」不也是單純的心嗎？（琦君：《分享之樂》）

8. 二十年前讀過Wilde一齣戲：Our Town。恍惚《今日世界》有過評介，譯名是小城——嗯——《小城風光》。墳墓裏的死人會說話。記得最清楚的一句臺詞：當初我們彼此為什麼不多看一眼，多瞭解一點？（水晶：《沒有臉的人》）

9. 我又想起了法國現代畫家盧奧的話：「如果我曾消耗我的時間去圖繪薄暮，我就應該有權利去描畫黎明。」我試著自己拿起筆去摹描窗外清曉的藍光，我要的是黎明，但是只發現了黃昏……。（張秀亞：《牧羊女》）

10. 走上去又硬又嶙峋，就像是證實著那句西方格言「通向真情的路決不是平坦的」。（胡品清：《最後一曲圓舞》）

11. 不記得是那一位詩人，曾把湖比作大地的眼睛，真是再恰當也沒有了！蘇東坡也說過：「水是眼波橫。」看這一湖秋水，不正像女孩子明亮而醉人的眼神？（王熙元：《石門水庫行》）

12. 我又總是想著莊子的引以自喻的鳳鳥鵷鶵，「夫鵷鶵，發於南海而飛於北海，非梧桐不止，非練實不食，非醴泉不飲。」（張曉風：《林木篇》）

13. 翹首天空，環視四周，觸景生情。我不由低吟著雪萊的詩：

——我在枯寂的小徑上徜徉。

荒涼的冬日忽現春光——
花草的芬芳，令人沉醉；
流水的聲音，如此悠揚。
沉吟片刻，抖一抖身子，伸長了腿，又繼續爬向另一個山坡。（陳火泉：《莫管谷》）

14.——「平靜些，我的心。
讓別離的時間成為甜蜜；
讓愛融為紀念，苦痛化為歌曲。」
泰戈爾如是告訴那些為感情痛苦的孩子們。（思遠：《寫在風裏》）

15.德國詩人席勒是詩人也是哲學家，在他和歌德通信集裏談到哲學思維和創造思想的矛盾：「在我應進行哲學思考的時候，詩情卻佔了優勢；在我想做詩人的時候，我的哲學精神又佔了優勢。」他羨慕歌德所具有的感性與理性的統一。（金恆杰：《跟熊秉明談雕刻》）

16.心中明明有千言萬語，欲待順流奔湧而出，事到臨頭卻又擱筆長歎，到這時回想起曹孟德「短歌行」中的「但為君故，沉吟至今」，不覺深有所感。（陳曉林：《青青子衿》）

17.從來女兒要嫁出門時，做母親的，都這麼吩咐——入山聽鳥音，入厝看人面；做媳婦，要知進退；小姑仔若未伸手挾菜，千萬不可自己先動筷仔——所以啊，阿嫂那裏管顧得到你？（蕭麗紅：《千江有水千江月》）

案：作者已明說是「做母親的」「吩咐」。

有時明引一句或數句，文字也可以刪節更改，如：

18. 我在普林斯敦時，跟一位專做強流撞擊器的泰斗在咖啡廳聊天，說到什麼叫科學，我就引用了禪宗裏的一段話：「老僧三十年前見山是山，見水是水；後來，見山不是山，見水不是水；而今，見山又是山，見水又是水」相告，我至今還記得他聽到這話時，眼睛所放的光芒，如同在一長夜裏，幾條曙線從昏沉沉的大地上跳出來。（陳之藩：《方舟與魚》）

案：陳之藩所引禪宗裡的一段話，見於明人瞿汝稷所集《指月錄》卷二十八，是吉州青原禪師告訴學僧的話。原文是：「老僧三十年前未參禪時，見山是山，見水是水；及至後來親見知識，有個入處，見山不是山，見水不是水；而今得個休歇處，依前見山衹是山，見水衹是水。」陳之藩引用時，字有所刪節改動。

19. 即使十字坡賣人肉饅頭的張青告訴武松說，有三等人不殺：「第一是雲遊僧道……第二等是江湖上行院妓女之人……第三等是各處犯罪流配的人……」（第二十七回）似乎其中已照顧到一種憐憫不幸者的愛，但是實質上還是江湖俠義的有分別的愛。（樂蘅軍：《梁山泊的締造與幻滅》）

案：作者明引《水滸傳》第二十七回，但文字有所刪節。原文過長，故不錄於此。

20. 顏元叔先生認為：詩可以艱深，不可以晦澀。……艱深可以是詩的一種優良德性。但是，晦澀只是詩人的思想情操與（或）語言能力混亂薄弱的浮現而已。（見《文學的玄思》）詩不可以晦澀；散文、小說，尤其是詩化的現代小說，當然也不可以晦澀。文學語言的晦澀（如同大滷麵似的混淆不清），是作家本身的責任，因為他沒做好「傳播」工作。（關雲：《漫談〈家變〉中的遣詞造句》）

案：作者明引《文學的玄思》中《晦澀與艱深》一文，文字有所刪節。

21. 商禽先生強調詩的形式要流動，因生命是流動的，時間、空間是流動的，僵化形式不能表現流動的生

命。（顏元叔：中國的詩和小說座談發言紀錄）

案：商禽的原文也見於座談紀錄，如下：文學就形式與內容兩方面來說，「創造的僵化」逐漸使我們變成了「形式的加工者」。而中國舊文學是把形式和內容分開的，因而形式的僵化特別厲害。詩人應忠實於自己的生活，「個人」的「社會」、「世界」之中。作為一個詩人，在流動的生命中，體驗現實的生活處境，才不致被僵化的形式局限了詩人的創作力。

22.熟讀典籍，方能脫胎換骨，推陳出新，別創風格。黑格爾說：「廣博的記憶，……是創造活動的首要條件。」旨哉斯言。（黃維樑：《談寫作教學》）

(三)暗　用

引用時不曾指明出處，叫作「暗用」。先舉暗用時文字不加刪節更改的例子。

1.又有人叫她「真理」，因為據說「真理是赤裸裸的」。鮑小姐並未一絲不掛，所以他們修正為「局部的真理」。（錢鍾書：《圍城》）

案：「真理是赤裸裸的」出處不詳，作者亦未點明，故入「暗用」。

2.你看這四句話，是哲學嗎？是文學嗎？是禪嗎？是什麼東西？什麼都是。「竟日尋春不見春，芒鞋踏破嶺頭雲。」你以為他還在一個字一個字用思想慢慢把他修正好，那是鞋匠，他才不管你這樣好不好，只是說出心中的話，自然就成了那麼美的韻文。「歸來手把梅花嗅，春在枝頭已十分。」這不是跟那句話一樣？本來就是道，你自己找不到。（南懷瑾：《習禪錄影》）

案：所引四句，是某佚名女尼《悟道詩》。

3.可惜，我們中國仍在「洞中方七日」，對於這「世上幾千年」的事不太知道。（陳之藩：《並不是悲觀》）

案：「洞中方七日，世上幾千年。」是我國神仙故事中經常出現的句子。這個主題，在西方也很流行，德國民間故事「彼得・克勞斯」(Peter Klaus)就是一個例子。後來美國作家華盛頓・歐文(Washington Irving, 1783-1859)還依據這民間故事寫成一本小說：《呂伯大夢》(*Rip Van Winkle*)。不過陳之藩關心的不在此，而在中西文化發展中的落差。

4. 令郎真乃龍駒鳳雛，非小王在世翁前唐突，將來「雛鳳清於老鳳聲」，未可量也。（《紅樓夢》第十五回）

案：「雛鳳清於老鳳聲」語本李商隱《寄韓冬郎兼呈畏之員外》詩：「十歲裁詩走馬成，冷灰殘燭動離情。桐花萬里丹山路，雛鳳清於老鳳聲。」白先勇《梁父吟》中：「了不得！了不得！」雷委員喝采道，「這點年紀就能有這樣的捷才。樸公，」他轉向樸公又說道，「莫怪我唐突，將來恐怕『雛鳳清於老鳳聲』呢。」脫胎於此。

5. 「河無大魚，小蝦稱王」，在一個沒有特出的人才底時境有小本領便可做大事。（許地山：《英雄造時勢與時勢造英雄》）

案：「河無大魚，小蝦稱王」為俗語。

6. 「子入太廟，每事問」，至今傳為美談。但你入輪船，最好每事不必問。（朱自清：《海行雜記》）

案：「子入太廟，每事問」語見《論語・八佾》。

7. 後來年齡一天天增加，讀的書也一天天多起來，所謂「學然後知不足」，真是一點不錯。（謝冰瑩：《關於女兵自傳》）

案：「學然後知不足」語出《禮記・學記》：「學然後知不足，教然後知困……」

8. 結果是我們的現代作家，在國際文壇上仍是一個「沒有臉的人」。（余光中：《焚鶴人》）

案：《沒有臉的人》為水晶所寫短篇小說名。

9.那你就把對面的新建高樓，當作「相看兩不厭」的「敬亭山」吧！這也許就是現代人「結廬在人境」的一點點「現代哲理」吧！（琦君：《桂花雨・遙念》）

案：《遙念》是琦君致沉櫻的信。末段先引李白《獨坐敬亭山詩》：「相看兩不厭，只有敬亭山。」再引陶淵明《飲酒詩》：「結廬在人境，而無車馬喧。」二詩皆膾炙人口，故作者未說出處。

10.（色即是空）

越過河
越過星
雖然飛翔是關於翅膀的事
天外有天

我們原不是擠窄門的人
片片的雲
曾是我們東西南北的行腳
頓悟額際的一條路
就可以通向不朽

在一個迴旋之後
我們將七竅一齊擲給她們的赤裸
（空即是色）（周鼎：《飄》）

案：「色即是空」、「空即是色」是《般若波羅蜜多心經》中的兩句話。

11. 整個人類的希望或許在「食色性也」四個字中變成了泡沫了。（司馬中原：《洪荒》）

案：「食色性也」為告子語，見《孟子・告子上》。

12. 「野火燒不盡，春風吹又生」。這邊的鳥煙撲滅了，那邊的瘴氣卻又冉冉上升，好似跟你在捉迷藏，使你措手不及，捉不勝捉。（陳火泉：《莫管谷》）

案：「野火燒不盡，春風吹又生」是白居易《草詩》中的句子。

13. 「江南可採蓮，蓮葉何田田」，採蓮該在江南，而江南已在海天之外。（章江：《庭前有蓮》）

案：所引為《採蓮曲》，見郭茂倩編《樂府詩集》。

暗用有時文字也有刪節更改的，仍屬「暗用」。如：

14. 他所喜歡的性格，是「剛毅木訥」；他所痛惡的，是「巧言令色」，他永遠是寧靜舒適的。……無論待怎樣不稱意的人，他總要「親者不失其為親，故者不失其為故」。他的朋友「生於我乎館，死於我乎殯」。他遇見穿喪服的人，雖是常會面的，必定變容。（張蔭麟：《孔子的先世與孔子的人格》）

案：文中的「他」指孔子，所引多見於《論語》，而有所刪節。

15. 他在美國演說與求援時，說：「我身上流著一半美國的血！」因為他母親是美國人，這話沒有一字不

對，可是那話後的辛酸，出自一個傲岸的英人之口，已經近乎秦庭七日之哭了。（陳之藩：《自己的路》）

案：「秦庭七日之哭」事見《左傳．定公四年》：「初，伍員與申包胥友，其亡也，謂申包胥曰：『我必復楚國。』申包胥曰：『勉之，子能復之，我必能興之。』及昭王在隨，申包胥如秦乞師，曰：『吳為封豕長蛇，以荐食上國，虐始於楚。寡君失守社稷，越在草莽，使下臣告急，曰：「夷德無厭，若鄰於君，疆埸之患也。逮吳之未定，君其取分焉。若楚之遂亡，君之土也。若以君靈撫之，世以事君。」』秦伯使辭焉，曰：『寡人聞命矣，子姑就館，將圖而告。』對曰：『寡君越在草莽，未獲所伏，下臣何敢即安？』立依於庭牆而哭，日夜不絕聲，勺飲不入口，七日，秦哀公為之賦《無衣》。九頓首而坐，秦師乃出。」陳之藩暗用此典故，文字不必為原文。

16. 西出陽關，何止不見故人，連紅人也不見了。（余光中：《丹佛城》）

案：語本王維《渭城曲》末句「西出陽關無故人」，而有省略更改。

17. 可是我並不準備回國打麻將，或是開同鄉會，或是躲到漢家陵闕去看西風殘照。我只是不甘心做孝子，也不放心做浪子，只是嘗試尋找，看有沒有做第三種子弟的可能。（余光中：《掌上雨》）

案：語本李白《菩薩蠻》末句「西風殘照，漢家陵闕」，而有更改。

18. 「『狂狷』二字是你老師的好處，可是他一輩子吃虧，也就在這個上頭。孟養——他的性子是太剛了些。」樸公點著頭嘆了一口氣。（白先勇：《梁父吟》）

案：「狂狷」語本《論語．子路》：「子曰：不得中行而與之，必也狂狷乎？狂者進取，狷者有所不為。」

19. 我燃燒並且鼓舞這個「大風起兮」的節令。（張默：《我站立在大風裏》）

案：「大風起兮雲飛揚」為劉邦《大風歌》歌詞，見《史記・高祖本紀》。此處引用而有所省略。

20. 百無一用是書生——自謙時說的。

萬般皆下品，唯有讀書高——自卑時說的。

書中自有顏如玉，書中自有黃金屋——出國前說的。

虎落平陽被犬欺——出國後說的。

吾不如老圃——完結篇。（喻麗清：《讀書人》）

案：「百無一用是書生」為黃仲則《雜感》詩中句；「萬般」二句出自張協《狀元詩》：「世人萬般皆下品，思量惟有讀書高。」見《永樂大典》卷一三九九一。「書中自有」二句為宋真宗《勸學文》中句。「虎落」句為俗諺，見清梁同書《直語補證》。《醒世姻緣》第八十八回：「龍游淺水遭蝦戲，虎落深坑被犬欺。」字有出入。「吾不如老圃」為孔子語，見《論語・子路》。再案：「四民異業而同道。」王陽明在《節庵方公墓表》曾如此說：大是！

21. 吾兄精研武學，江湖掌故知之甚詳，當記得郭靖和楊康。郭靖生長漠北，楊康鼎食王府，但兩人都是孤兒，同是忠良之後，可是兩人的發展終於背道而馳。依我淺見，只會一招「亢龍有悔」的郭靖，正是奮發有操守的孤兒，但可惜這時楊康已漸露暴民之跡象。此可見孤兒並沒有非做暴民之必要，二者不可同日而語。我臨書沉吟，感慨甚多，願與吾兄共勉，讓我們做只會一招「亢龍有悔」的郭靖吧，笨一點，蠢一點也不妨，可不要做那自命風流，意志游移的完顏康啊！（楊牧：《孤兒與暴民》）

案：「郭靖」、「楊康」均係金庸《射雕英雄傳》的人物。

22. 「下盤棋吧？」龍坡已從桌下取出棋子和棋盤。

思荻哈哈笑，「在你店裡下我常贏，在這裡雙目難敵四眼，老是輸。」「阿聲進去，讓我一人夜戰馬超。你輸了要服氣。」

二人擺棋子，溪聲笑著進自己房內。

不久，龍坡的女兒溪吟，著一襲白底淡紅碎花洋裝，套一雙米色蔺織拖鞋出來。她梳個馬尾，微笑向思荻招呼，「歐老師暑假過得好哇？」她辭了臺北的家教，中午才回來。

思荻含笑放下棋子，「剛進去一個薛丁山，又殺出一個薛金蓮。今夜的棋是輸定了。」她搖搖手，「我的棋比老爸差一截，會幫倒忙的。」笑著拿起晚報，「失陪了。」便也回房去了。（王關仕：《山水塵緣》）

案：陳龍坡口中的「夜戰馬超」源出《三國演義》，顯示出陳龍坡這位當地人河洛文化的背景。歐思荻行伍出身，想來走遍大江南北。「雙目難敵四眼」、「剛進去一個薛丁山，又殺出一個薛金蓮。」都是俗諺。《山水塵緣》中，歐思荻和山樵雲談命，說：「正是。緣分到了，千里姻緣一線牽；緣分沒到，天天見面也是剃頭擔子一頭熱。」又面對平珍縈和陳溪聲的邀請，說：「這樣好吧，外甥打燈籠。和去年一樣，先到平老師家吃飯，再到陳老闆店裡下棋、喝茶。」俗諺的引用，是歐思荻的語言特色。

23. 然而時光流轉，你驚悸地覺察到典型已在夙昔，哲人已漸遼遠，自己當真就要接下這棒子了，我能夠給予的是什麼呢？（康來新：《應有歸來路》）

案：「哲人日已遠，典型在夙昔。」為文天祥《正氣歌》中句。

24. 嫁出去的姑娘，就像潑出去的水，所謂「嫁雞隨雞，嫁狗隨狗，嫁個木頭槓兒，也得扛著走。」（丁穎：《傳鐘下的投影》）

案：「所謂」以下引用俗語。我舊作誤入「飛白」，非也；今移於此。

㈢化用

引用時，語文意義有所變化，叫作「化用」。化用以不點明出處為常態。

1.「雅」要地位，也要錢，古今並不兩樣的，但古代的買雅，自然比現在便宜；辦法也並不兩樣，書要擺在書架上，但算盤卻要收在抽屜裏，或者最好是在肚子裏。此之謂「空靈」。（魯迅：《病後雜談》）

案：「空靈」本是中國文學批評常用語，意指超逸靈活，不著跡象。魯迅用此一詞，指算盤被收藏起來，不見了。意作別解，故為化用。

2.其實，「君子遠庖廚也」就是自欺欺人的辦法：君子非吃牛肉不可，然而他慈悲，不忍見牛的臨死的觳觫，於是走開，等到燒成牛排，然後慢慢的來咀嚼。牛排是決不會「觳觫」的了，也就和慈悲不再有衝突，於是他心安理得，天趣盎然，剔剔牙齒，摸摸肚子，「萬物皆備於我矣」了。（魯迅：《病後雜談》）

案：「萬物皆備於我矣」與「君子遠庖廚也」、「觳觫」均出於《孟子》。孟子說「萬物皆備於我矣」，原指一切道德之理具於吾心，一切存在之物與我為一體。魯迅卻把此句形而下了，說燒好了的牛排在我肚子裡了，頗有反諷意味。

3.女人不必說，常常「上帝給她一張臉，她自己另造一張。」不塗脂粉的男人的臉，也有「捲簾」一格，外面擺著一副面孔，在適當的時候呱嗒一聲如簾子一般捲起，另露出一副面孔。（梁實秋：《臉譜》）

案：「捲簾」本是燈謎之一格，意指謎底必須倒讀，如捲簾一般。梁實秋借此以喻收起假面孔，露出真面目來。

4.眼角生出魚尾紋，臉上徧灑黑斑點，都不一定是老朽的徵象。頭髮的黑白更不足為憑。有人春秋鼎盛，而已皓首皤皤，老人已到黃耇之年，而頂上猶有「不白之冤」，這都是習見的事。（梁實秋：《年齡》）

案：有些老人，頭髮漆黑，常被人誤以為是染髮的結果。此「不白之冤」已非原來意思。

5.人對自己的身體健康雖不必時時膽戰心驚，疑神疑鬼。也不可「恃強拒補」，妄充硬漢。（何凡：《運動最「補」》）

案：「恃強拒補」由「恃強拒捕」變化而來，意思也改變了，仍可視為化用。

6.蕭娜葩向樵雲笑說：「你的眼睛長在頭頂上，門口有張喜帖都看不見。」珍縈也打趣說：「人家是目不『下』視。」他才開口，「我不居拾遺之位，不謀其政。」（王關仕：《山水塵緣》）

案：「目不下視」是古代禮儀；「拾遺」為古代官名，此處均作別解。

7.我在想老天很不公平。烈日冷雨中的農夫，一年辛苦，所得比不上電視廣告回眸一笑百萬生。（王關仕：《山水塵緣》）

案：「回眸一笑百媚生」是白居易《長恨歌》中名句。今改動一字，意指電視廣告中女藝人薪酬之豐。

8.他一笑，「只恐鑾溪舴艋舟，載不動我的……」「載不動你的病！改作文的職業病。」她輕推他的肩一下。病字唸得特別重。（王關仕：《山水塵緣》）

案：李清照《武陵春》原句是：「只恐雙溪舴艋舟，載不動許多愁。」

9.空虛而沒有腳的地平線

我是千萬遍千萬遍唱不盡的陽關。（張默：《無調之歌》）

案：語本李清照《鳳凰臺上憶吹簫》詞：「千萬遍陽關也則難留」句而化用。

10. 他還不到四十歲吧，已經在「反清復明」的功業上——反，返也——很有成就。不久之前，他剛好在美國的一個學術研討會上，發表一篇有關複視白內障的論文。皇天有眼，找對人了。（陳耀南：《刮目相看記》）

案：此處「反清復明」意指刮去眼中白內障，返回恢復清明的狀態。注意：本文題目中「刮目相看」亦屬化用。

11. 水晶體的「人民內部矛盾」，轉化為水晶體與整個身體的「敵我階級矛盾」；從質變到量變，非「引刀成一快」，好好解決不可。（陳耀南：《刮目相看記》）

案：「人民內部矛盾」與「敵我階級矛盾」是大陸政治術語。「引刀成一快，不負少年頭。」是汪兆銘謀刺清宣統攝政王載灃失敗被捕所撰詩句。在此則指用手術刀刮去白內障。不是引頸就義的意思。

12. 見機而作，入土為安。（昆明西南聯大「防空洞聯」）

案：此聯「機」指敵人的飛機；「土」指泥土中挖成的防空洞。

13. 新鮮人：三缺一，就等你了！二三四年級一同。（政治大學新聞系「迎新會海報」）

案：當時臺灣大一新生要到成功嶺接受軍訓，比舊生晚一個月入學，故迎新會常要在開學一個月後舉辦。「三缺一」原指打麻將時只有三個人，缺少一個人。此作別解。

14. 「包大人，別聽他的。」劊子手機器人鋼爪一緊，又扯斷了一根電線。「這等狡詐兇手，只會送他一命歸矽。」（張系國：《第一件差事》）

案：機器人的電腦由矽晶片組成，所以機器人不說「一命歸西」而說「一命歸矽」。

15. 給導師：希望老師在懲罰時，不要「重」男「輕」女。不願作男生的人留。（《中國時報》趣味休閒版）

案：指導師打學生手心，男生打得重，女生打得輕。

16. 社會運動代表弱勢團體尋求社會正義，在野政黨尋求政治舞臺，「在交會時互放光芒」之後，終於「你有你的，我有我的方向」！（《聯合報》：《黑白集．綠色》）

案：「在交會時互放光芒」、「你有你的，我有我的方向」均是徐志摩《偶然詩》中名句，此作別解。

17. 急「工」好義？還是霸王硬上「工」？

第二高速公路列為環境影響評估示範計劃，評估報告未獲通過，部份路段卻已動工興築。（《中國時報》新聞標題）

案：「急公好義」、「霸王硬上弓」改字另作他解。

18. 所謂「好逸」是追求高水準的生活品質；而「惡勞」則是不做沒有效率的事。（施振榮：《新好逸惡勞觀》）

案：「好逸惡勞」原係貶辭，此轉作褒義。

19. 忍受空氣污染，吞下各種噪音。（佚名：《忍氣吞聲》）

案：對「忍氣吞聲」作出新解，道盡現代人的無奈。

20. 前面來了兩個男孩，是那種你一眼望去，就可看出他們是不折不扣的美術系學生。瞧見兩個「畫」外之民，他們似乎頗覺訝異，我突然後悔沒把家中那件袍子穿來——上面塗滿了彩的，是我一時心血來潮，故意裝作是畫畫時不小心沾上去的。（劉美玲：《希望你不是一片雲》）

案：易「化外之民」之「化」為「畫」，別有一番滋味。

21. 如果你真正有心「問鼎中原」，我們懇切期盼你再接再勵，早晚在一兩年之內，總有一天可以「入主中原」。（中原大學校長：《致轉學考落榜生的一封信》）

案：「中原」本指黃河中下游地區，此指「中原大學」。

丙、原　則

在「概說」一節，我已指出：引用是一種訴諸權威或大眾的修辭法。

如果我們仔細反省一下自己知識的來源，可以發現：來自直接經驗者少，來自間接經驗者多。人的生命是有盡的，而天下的事理無窮，凡事要求自己一一親身體驗才相信，譬如：當自己乘著人造衛星飛上天空，親眼看見地球輪廓，才相信地球是圓的；當自己跑到北極圈內，親身經驗了，才相信那兒半年是白晝，半年是黑夜。這樣，人的知識就太有限了。所以人於直接經驗獲取知識之外，必須更由權威或大眾的經驗間接地獲取知識。語文中引用別人的意見以及典故俗語，正表示對間接經驗的尊重。

但是，過分相信權威會造成思考的懶惰，使人失去獨立思考的能力，甚至阻止了文化的發展。勞伯・蕭勒士在《如何使思想正確》一書中曾概乎言之：

我們必須養成一種習性：不但不相信那些靠虛偽證據所建立之聲望暗示，而且對所有因聲望而起之暗示均須加以懷疑。許多科學上的新發現，在剛著手研究的時候，均遭受到教授及學者們聲望的挫折。學術界人士的權威評論，曾經把我們接受哈維博士的新發現「血液循環」的時間拖遲了整整三十年。這種權威的評論，前此已經延擱了我們對哥白尼「地球運轉」新發現的承認。許多今日尚活在世上的人們還能記得，李仕特的新發現——在施行外科手術時使用防腐劑——亦同樣遭到當時已被公認為醫學界權威們的反對。晚近，當代已經成名之心理權威們也曾經公開地猛烈抨擊那位奧京維也納偉大的精神病醫療專家，弗洛伊德教授，在心理學上革命性的新發現。

平心而論，過分迷信權威或公眾的意見，固然顯示出心智的幼稚；盲目反對權威或公眾的意見仍然顯示出一種兒童心理——兒童在某一時期對父母反抗的心理。一個成熟的人，對於權威及公眾的意見，所表現的絕不會是不考慮的全盤接受：「媽媽說的嚒！」「大家都是這樣說的嚒！」也不是盲目的全盤否定：「我不要聽！」「我不要聽！」而是批判的接受：「我曾對這種意見作詳細徹底的研究，我認為在某一點，它是正確的；但在另外一點，仍有需要斟酌的地方。」

對於「引用」的前提——權威或公眾的意見——加以釐定之後；接著，我想討論「引用」本身的利弊。

胡適一度主張「不用典」，但是，經過他的朋友「江亢虎」的書信「攻擊」，胡適修正了他自己的意見。他在《文學改良芻議》中有「六日不用典」一節，內容大略如下：

今依江君之言，分典為廣狹二義。

(二)廣義之典非吾所謂典也。約有五種：

(甲)古人所設譬喻　其取譬之事物，含有普通意義，不以時代而失其效用者，今人亦可用之。

(乙)成語　成語者，合字成辭，別為意義，其習見之句，通行已久，不妨用之。

(丙)引史事　引史事與今所論議之事相比較。

(丁)引古人作比。

(戊)引古人之語。

以上五種為廣義之典，可用可不用。

(三)狹義之典，亦有工拙之別，其工者偶一用之，未為不可，其拙者則當痛絕之。

(甲)用典之工者　此江君所謂用字簡而涵義多者也。皆以典代言，其妙處，終不失設譬比方之原意；惟為文體所限，故譬喻變為稱代耳。

(乙)用典之拙者

①比例泛而不切，可作幾個解釋，無確定之根據。

②僻典使人不解。

③刻削古典成語，不合文法。

④用典而失其原意。

⑤古事之實有所指，不可移用者，今往往亂用作普通事實。

凡此種種，皆文人之下下工夫，一受其毒，便不可救，此吾所以有「不用典」之說也。

綜合胡適的話，可以發現：對於「廣義之典」和「狹義之典其工者」，胡適並沒有完全不用的主張；胡適「痛絕」的，只是「狹義之典其拙者」罷了。就個人記憶所及，中國文學史上並沒有人提倡使用「狹義之典其拙者」，胡適的主張跟「用典」者的主張，程度上容有差異，本質上並無不同。

蘇文擢教授在《古典詩用典的原則與方法》提到「用典的原則」有三：

事難直言，用典以求其含蓄。

事難詳言，用典以求其簡鍊。

事難俗言，用典以求其雅趣。

茲節引其文如下：

事難直言，有時固出於忌諱，有時是不願直講。以唐人寫楊貴妃為例，鄭畋的《馬嵬坡》：「終是聖明天子事，景陽宮井又何人。」他以陳後主與張孔二妃辱井故事，來反托明皇縊殺楊貴妃之能當機立斷，說得冠冕堂皇，《唐詩紀事》說當時觀者謂其有宰輔之器。和杜甫《北征》「不聞夏殷衰，中自誅褒妲。」同一手法。王漁洋謂唐人寫貴妃，多用漢人典故。如杜甫《秋興》八首之五說：「西望瑤池降王母，東來紫氣滿函關。」李商隱的「瑤池阿母綺窗開。」杜甫《哀江頭》的「昭陽殿裏第一人。」李白《清平調》：「借問漢宮誰得似，可憐飛燕倚新妝。」《遠別離》「堯幽囚，舜野死。九疑聯綿皆相似，重瞳孤墳竟何是。帝子泣兮綠雲間，隨風波兮去無還。」則是以皇英二女比貴妃的死別。讀起來會覺得溫柔敦厚而有味。至於劉禹錫的《馬嵬行》：「官家誅佞倖，天子捨妖姬。群吏伏門屏，佳人牽帝衣。」由於措詞淺直，《臨漢隱居詩話》評他「造語拙惷」，殊不為過。

用典第二個原則：某些複雜的事情和作意投入壓縮性的詩句，只能用典來代入。謝靈運有名《臨川被收詩》：「韓亡子房奮，秦帝魯連恥。本自江海人，忠義感君子。」用兩個故事來表示他懷念晉室不滿劉宋之意。一經用典，省卻千言萬語，詩意凝鍊而有力。唐詩中杜甫最工此法。譬如《秋興》第三首「匡衡抗疏功名薄，劉向傳經心事違。」就把自己獻賦不遇和宗文、宗武不能承繼家學勾劃出來。

第三、事意淺俗，不得不借助典故以求其雅趣。一般文學都有俗事雅寫之法，在古人中以東坡為最工此道。如《贈王子直秀才》中四句：「五車書已留兒讀，二頃田應為鶴謀。水底重歌蛙兩部，山中奴婢橘千頭。」把王秀才的家當全數出來了。本來說他有能讀書的兒子，有幾畝田，有一間屋，還有果園收租，原是十分淺俗之事，一經用了四個典來代入，加以對仗的工巧，頓覺風雅絕倫。

所言雖以「古典詩用典」為對象，但對「引用」修辭法的原則有精采的說明。

以下，我也說說「引用」的一些原則。

(二)消極的原則

(1)引用不正確的意見，當加案語。

當作者為了指斥某種不正確或有爭議的意見，自可先引其原文，但是必須提出糾正意見，或加案語，指出謬誤所在。如：

嘗聽見中國一句古話道：「開卷有益」。這話是對的嗎？大大的不見得！開到不好的卷，反而有非常的害處。錯誤的，不正確的知識，比毒藥還要厲害。毒藥不過毒壞人的身體，壞書簡直毒壞人的心靈。一包毒藥不過害死一兩個人，一本壞書可以害死無數的人。（羅家倫：《讀標準的書籍，寫負責的文字》）

就先引用「開卷有益」古語，而加以評論，指出其誤。許多成語，如：「鶴立雞群」、「魚目混珠」等等，都有重新討論的空間。

(2)引用不可失其原意。

引用人言，除了故意地予以「曲解」，以求造成「新舊融會」之趣者外（另詳「積極的原則」(4)），應以不失原意為原則。

如：「朝三暮四」典出《莊子・齊物論》：

狙公賦芧，曰：「朝三而暮四。」眾狙皆怒。曰：「然則朝四而暮三。」眾狙皆悅。名實未虧而喜怒為用，亦因是也。是以聖人和之以是非，而休乎天鈞。

「朝三暮四」、「朝四暮三」在實質上並無不同；但是「眾狙」的反應卻有「怒」、「悅」之差異。《莊子》只是譏笑眾狙不辨實際而「喜怒為用」的可笑罷了，可是今人卻用作「反覆多變」的意思。

又如：「守株待兔」典出《韓非子・五蠹》：

宋人有耕田者，田中有株，兔走，觸株折頸而死，因釋其耒而守株，冀復得兔，兔不可復得，而身為宋國笑。

韓非子只是譏笑那些「拘泥不變」、「食古不化」的人，而今人卻用作株守住處捕拿盜賊的意思，都失其原意了。

至於「罄竹難書」，原出《呂氏春秋・明理》：

亂國所生之物，盡荊楚之竹，猶不能書也。

後來征討書檄，數對方罪惡，常用類似之言。如隗囂《移檄告郡國討王莽書》：

楚越之竹，不足以書其惡。

及隋末祖君彥《為李密討煬帝檄》，有：

罄南山之竹，書罪無窮；決東海之波，流惡難盡。

之句。所以「罄竹難書」是貶辭，不是褒辭。記得蔣介石在總統任內逝世，《中央日報》社論中有：總統之豐功偉績「罄竹難書」云云，可能是用錯了典故。

又如宋楚瑜競選總統，力邀長庚大學張昭雄校長為副手。許多媒體，甚至有知名大學的知名教授，都以「雀屏中選」來描述此事。其實這句成語只能用於選女婿，而不可移作別用。《舊唐書・后妃列傳》記載北周竇毅擇婿事：

此女才貌如此，不可妄以許人，當為求賢夫。乃於門屏畫二孔雀，諸公子有求婚者，輒與兩箭射之，潛約中目者許之。前後數十輩莫能中。高祖（李淵）後至，兩發各中一目，毅大悅，遂歸於我帝。

知道這故事的原意，也許就不致誤用了。

(3)不可使用僻典。

文學的目的，原是抒情達意，使用僻典，使人不解，豈非有違文學的功能？舉例來說，王勃在《王子安集・平臺秘略論・藝文三》有：

> 論曰：《易》稱「觀乎天文，以察時變」，《傳》稱「言而無文，行之不遠」。故文章，經國之大業，不朽之能事。而君子所役心勞神，宜於大者遠者，非緣情體物、雕蟲小技而已。是故思王抗言辭頌，恥為君子；武皇裁敕篇章，僅稱往事：不其然乎？至若身處魏闕之下，心在江湖之上，詩以見志，文宣王有焉！

在這段文字中，王勃只是一味在衒學，在抄書。「觀乎天文，以察時變。」抄《周易・彖傳・賁》。「言而（之）無文，行之（而）不遠。」抄《左傳・襄公二十五年》。「故文章，經國之大業，不朽之能（盛）事。」抄曹丕《典論・論文》。抄《周易・繫辭傳下》「其取類也大，其旨遠」而節略其詞。抄陸機《文賦》「緣情體物」、以及揚雄《法言・吾子》「雕蟲小技」而不以為然。抄曹植《與楊德祖書》，抄《莊子・讓王》、《文心雕龍・神思》而顛倒其詞。抄《尚書・舜典》，還提到南齊竟陵文宣王蕭子良。哪裡有王勃自己的意見？而其中「武皇裁敕篇章，僅稱往事。」這個「武皇」，想來當是魏武帝曹操。但《曹操集》中找不到這個典故，各種目錄學著作，像姚振宗《三國藝文志》等也無此種記載。我翻遍嚴可均編《全上古三代秦漢三國六朝文》，把「漢武帝」、「晉武帝」、「宋武帝」、「齊武帝」、「梁武帝」、「陳武帝」、「後魏道武帝、太武帝、宣武帝、孝武帝」、「北齊神武帝、武成帝」、「後周武帝」的遺文檢索數次，仍找不出此「武皇」的典故。如此僻典，真折磨人也。

(4)引用當據原文，不可輾轉抄襲。

《文心雕龍・事類》云：

陳思，群才之英也，《報孔璋書》云：「葛天氏之樂，千人唱，萬人和，聽者因以蔑韶夏矣。」此引事之實謬也。按葛天之歌，唱和三人而已。相如《上林》云：「奏陶唐之舞，聽葛天之歌，千人唱，萬人和。」唱和千萬人，乃相如推之，然而濫侈葛天，推三成萬者，信賦妄書，致斯謬也。

案：《呂氏春秋・古樂》：「昔葛天氏之樂，三人操牛尾，投足以歌八闋。」相如、曹植，輾轉引用，以致推三成萬，為劉勰所譏。此外，如嚴羽《滄浪詩話・詩評》：「《九章》不如《九歌》，《九歌・哀郢》尤妙。」錢曾《讀書敏求記》據此詆羽未讀《離騷》；趙宧光《說文長箋》引「虎兕出於柙」句，誤稱《孟子》，顧炎武《日知錄》謂其未讀《論語》。這些都是古人指出「引用」不據原書之錯誤的例子。

陳之藩《方舟與魚》中有：

胡適之先生在臨回國時，送給我一部儒林外史，他的意思是想改正我這不文不白的文字成為純粹的白話。我大概使他很失望，我卻只欣賞儒林外史的序裏的一首律詩。胡先生讀書之仔細不僅令人欽仰，實在令人愛慕。程晉芳的序上有這樣一段：「(吳敬梓) 召友朋酣飲，醉，輒誦樊川『人生祇合揚州死，禪智山光好墓田』之句。」胡先生在樊川兩字上打了個叉子，寫著這不是杜牧的詩，是張祜的詩。程晉芳隨意順手寫來，而到胡先生才發覺這個錯誤。

這是今人指出「引用」不據原書之錯誤的例子。

我自己也時常聽到別人提到：

孔子說：「食色性也。」

顏元叔在《現代主義與歷史主義》一文中便有：「孔老夫子不是坦率說過『食色性也』麼?!」之句。其實孔子沒有這樣說過，這話是告子說的，見《孟子》一書《告子上》。又常常聽到說：

李商隱詩：「蠟燭有心還惜別。」

其實李商隱詩作：「蠟炬成灰淚始乾」，至於「蠟燭有心還惜別」是杜牧的詩句。輾轉抄襲或專憑記憶，是非常靠不住的，引用必須尋檢原書。

(5)避免艱深賣弄的引證。

我的老師繆天華先生在《雨窗下的書》小引中認為掌故傳記：

須是深入淺出，雅俗共賞，且能引人入勝方佳。避免冗長枯燥的鋪寫，和艱深賣弄的引證。

其實豈只「掌故傳記」須避免艱深賣弄的引證，一切文章都要遵守這條原則。茲舉一例，錢鍾書的散文《窗》：

我常想，窗可以算房屋的眼睛。劉熙《釋名》說：「窗，聰也；於內窺外，為聰明也。」正跟凱羅《晚歌》起句所謂：「雙瞳如小窗，佳景收歷歷。」同樣的只說著一半。眼睛是靈魂的窗戶，我們看見世界，同時也讓人看到了我們的內心。眼睛往往跟著心在轉，所以黃山谷說：「心動則目動。」孟子認為相人莫良於眸子，梅德林克劇裏的情人，接吻時不許閉眼，可以看得見對方有多少吻要從心上昇到嘴唇上。

短短一節文字，引用了：劉熙、凱羅、黃山谷、孟子、梅德林克五種說法。錢鍾書之學貫中西、博通古今是我極為敬佩的，此處所引，雖無艱深之失，難免賣弄之嫌。

(6)引用文字不可破壞全文語調之統一性。

《文心雕龍・事類》云：

用舊合機，不啻自其口出。

這就是說：引用古人的話要像從自己的口說出來，應該跟上下文義及語調妥貼才好，不要使人有用舊布補新衣的感覺。有時，引用太多，文氣常被打斷，也會破壞語文的統一性，使人覺得作者老在掉書袋以炫耀自己的博學。

㈢積極的原則

⑴必須訴之於合理的權威。

這一點，勞伯・蕭勒士在《如何使思想正確》一書中說得很好：

然而，實際上很難判別何者為訴諸基於合理根據的權威，何者不是。這兩者間的區別是非常重要的。如果一位偉大的物理學家，發表了一項研究物體吸力作用的實驗結果，即使我們不能將其實驗重作一遍，由於他對這一門科學的權威，我們可以合理地接受他的見解。我們之所以接受他的見解，不但因為我們認為他是一個可靠的實驗者，同時也因為從事這一門科學的其他工作者將可能考驗他的實驗結論。如果他的結論是錯誤的，他們早把它推翻了。但是，如果這位物理學家向我們發表的是他對靈魂不滅的見解，或是關於人類意志自由的意見，那麼我們就可以不必考慮到他的權威，因為他的權威與他所發表意見的內容，完全是風馬牛不相及的兩回事，因此當我們在推理論證時，不應該引用他的見解作為證據。關於靈魂、人類意志這一類的學問，他所知道的與其他人所知道的一樣多，彼此都是門外漢。

引用如果要訴之於權威，就必須訴之於合理的權威。

⑵提供一種簡潔而形象化的文字。

引用典故的目的之一，在提供一個眾所周知的故事，來與作者所敘述討論的事實作一比較。（例如陳之藩在《自己的路》中以「秦庭七日之哭」來比論邱吉爾赴美求援。）由於引用了典故，可以節省了許多說明，因而使文字更簡潔。而典故的本身，又是鮮明生動的事實，為一種具有形象的文字。試看下例：

工夫雖從點睛見出，卻從畫龍做起。（朱光潛：《談美》）

是何等簡潔而形象化。讀者不妨嘗試不用「畫龍點睛」這個典故，把《談美》中上引的兩句話的意思加以表達，更可體會「引用」之妙！

(3)儘可能使引用成為一種委婉含蓄的語言。

敘述討論一件與個人或現代人有切身關係的事情，由於利害的關切和心向習性雙重原因，較難作直率而公平客觀的表達。這時，引用故事可能藉時空的距離感增加敘述的含蓄和討論的客觀性。例如：杜甫《詠懷古跡》其一：

庾信生平最蕭瑟，暮年詩賦動江關。

借用庾信來自況生平，語意委婉感人。若不如此表達，則前句顯得自憐；後句又顯得自滿。又如李商隱《嫦娥詩》：

嫦娥應悔偷靈藥，碧海青天夜夜心。

暗示女道士（可能是李商隱戀愛的對象）後悔立下淨戒，像嫦娥為長生不老而拋棄人間愛情一樣。並且寫出月光下女道士像女神一般脫俗的美麗。

還有，面對面的談話、筆對筆的論戰，為了不致傷害感情，引用便成為一種較含蓄的修辭法，可以較委婉地表達自己的意念。

(4)儘可能在新舊融會中產生喜悅和滿足。

譬如：我們熟讀了前人的某詩句，一日，忽然體會到和這句詩相同的境界，於是我們不由得想起了並且引用了這句詩，這時，新舊融會，便產生一種喜悅和滿足。讀者由文字媒介，體驗了作者所遇的境界，再經作者引用的詩句一番點染，也就同樣感受了作者的喜悅和滿足。前舉蘇東坡的《江城子》便是個例子。有時，引用的與原意有些出入，也別有一番新趣。《世說新語・文學》：

鄭玄家奴婢皆讀書。嘗使一婢，不稱旨，將撻之，方自陳說；玄怒，使人曳著泥中。須臾，復有一婢來，問曰：『胡為乎泥中？』答曰：『薄言往愬，逢彼之怒。』

問句、答句皆出自《詩經》，而意作別解，天趣盎然。

曾聽人說：

「好色之心，人皆有之。」所以家家戶戶都買彩色電視機。

引用《孟子》句，而「色」字作彩色解，頗為風趣。

有時略改古人之句，意有出入，也別富新趣，如南宋詞人劉過的《沁園春》，序云：

風雪中欲詣稼軒；久寓湖上，未能一往，因賦此詞以自解。

詞是：

斗酒彘肩，風雨渡江，豈不快哉？被香山居士，約林和靖，與東坡老，駕勒吾回。坡謂：「西湖，正如西子，濃抹淡妝臨照臺。」二公者，皆掉頭不顧，只管傳杯。白云：「天竺去來，圖畫裏，崢嶸樓閣開。愛縱橫二澗，東西水遶；兩峰南北，高下雲堆。」逋曰：「不然。暗香浮動，不若孤山先訪梅。須晴去，訪稼軒未晚，且此徘徊。」

上片化用蘇東坡《飲湖上初晴後雨》詩：「欲把西湖比西子，淡妝濃抹總相宜。」下片化用白居易《西湖晚歸回望孤山寺詩》：「樓殿參差倚夕陽。」《春題湖上詩》：「湖上春來似畫圖。」《寄韜光禪師》：「東澗水流西澗水，南山雲起北山雲。」湊成一段話，強調天竺山的美景。接著又引林逋《山園小梅詩》：「疏影橫斜水清淺，暗香浮動月黃昏。」卻要孤山先訪梅。統統變成了自己未去拜訪辛稼軒的藉口，豈不妙哉！

(5)無妨對所引的話重加思考，以期奪胎換骨，鍊鐵成鋼。

「奪胎換骨」原是江西詩派宗師黃庭堅所倡的作詩方法。有時點竄古人詩句，別成新意。例如白居易有詩云：「百年夜分半，一歲春無多。」黃庭堅增四字，云：「百年中去夜分半，一歲無多春再來。」於是長夜傷春之意，一改而為白晝存半，春將再來的努力與希望。雖不能說是「點鐵成金」；但「鍊鐵成鋼」倒是當之無愧的。又如陳之藩《把酒論詩》說到雷寶華口占的一副對聯：

> 理直氣和，義正詞婉；
> 境由心造，事在人為。

並記載當時在場的人的反應：

> 大家聽了，卻不由得一怔。「和」與「婉」這兩個字怎麼改得這樣好，先之以驚疑，繼之以震撼。其中有一位中學生，慢慢的說，「雷伯伯，不是理直氣壯，義正詞嚴嗎？」
>
> 雷先生笑瞇瞇的撫著小朋友的頭，解釋說：
>
> 「理直氣壯，應該是理直氣和；義正詞嚴可以改為義正詞婉。」他繼續說：「你想想，理既直矣，就不必氣壯了；義既正了，又何必詞嚴呢？」

雷寶華這麼一改，真是「奪胎換骨」了。不僅是修辭上的佳例，而且可作人生的座右銘。遺憾的是，我個人總是做不到。

上面是陳之藩轉述雷寶華引用成語，稍加更改，而有新意的例子。其實陳之藩本人也具這種本領。在《一星如月・談風格》的結尾，有如此一段話：

> 今天我來演講時，又從這片左側金剛達爾文，右側金剛的牛頓的草坪上經過，卻忽然想起卡夫卡來。

卡夫卡說：

「人類的祖先是猴子，不必再辯了，而人類的未來呢？是機器人！」正好，卡夫卡不知為什麼好像到過MIT一樣，他曾看到：人類的祖先——猴子——由左邊金剛達爾文負責；人類的子孫——機器人——由右邊金剛牛頓負責。

機器人又叫做「人工智慧」。我們所需要的除了人工智慧而外，還有一點真正的智慧——也可以說是風格，也可以說是味道。

陳之藩引用卡夫卡的話，說到人工智慧，而卻結穴於「風格」、「味道」，很能引人深思。補充一點，《談風格》是作者一九八二年八月七日在美國麻省理工學院的演講辭，「風格」也罷，「味道」也罷，全是楊振寧所說「物理研究也自有Taste」中Taste的中譯。

(6)表示引用的詞，要多樣化。

表示引用的詞，在位置方面，可在本文之前，可在本文之後，也可穿插在引文的中間，或者根本沒有。在形式上也變化多端，我在「舉例」節曾刻意安排了各種不同的引用方式，請讀者自己去回顧。至於表示引用的詞，也不可能只有一個「說」字。約翰・杜瑞(John E. Drewry)在《書評要門》(*Writing Book Reviewing*)就指出還有：

解釋、聲稱、指明、堅持、主張、強調、問道、辯稱、倡議、認為、追問、反問、指出、指陳、陳言、論云、考慮、以為、覺得、忠告、告誡、勸導、講道、說道、寫道、讀道、闡釋、闡明、闡述、說明、描述、記述、評述、描寫、描繪、敘述、評論、形容、表示、斷言、硬說、略云、聲言、聲明、訴稱、明言、據云、據說、聽說、贊成、同意、附和、提議、自稱、詭稱，以及大聲疾呼、公開申明、私下表

第六章　藏　詞

甲、概　說

要用的詞已見於熟悉的成語或俗語中，便把本詞藏了，只講成語俗語中另一部分以代替本詞的，叫作「藏詞」。如以「知命之年」代替「五十歲」，以「鬍子上貼膏藥」代替「毛病多多」，都是。

在內容上，藏詞以「成語」和「俗語」為基礎。在《引用》章已有詳細說明，此不復贅。

在方法上，藏詞以「隱藏」為能事。細分又有「藏頭」、「藏腰」、「藏尾」三種。

我們不只一次地說過：藝術的最大的秘訣是隱藏藝術。文學有時需要跟讀者捉迷藏，讓讀者尋找作者的用心，享受發現作者真意的喜悅。藏詞把成語俗語藏了一半，露出一半。露出的一半只是讀者藉以尋找的線索；藏住的一半才是作者要讀者尋覓的對象。一旦真相大白，於是兩相歡喜。

像一九七〇年前後，臺灣《聯合報》有「三寶殿」專欄，刊登讀者投書，意用俗語「無事不登三寶殿」，實指「無事不登」。又臺北市中山北路有一家皮鞋店，店名「奇緣」，是據童話《仙履奇緣》，藏住「仙履」的意思：這些都是「藏頭」法。

我一位知己，有顆閒章，篆曰：「古來寂寞」，意取李白《將進酒詩》「古來聖賢皆寂寞」句而藏住「聖賢」。再如俗語「一、二、五、六、七」，意指「丟三忘四」：這些都是「藏腰」法。

據說紀曉嵐曾以酒瓶裝水贈和珅，並附一聯：「醉翁之意不在；君子之交淡如。」上聯藏「酒」字；下聯藏「水」字。又臺灣有「欣欣」企業集團，是「退除役官兵（榮民）輔導處」經營的，取「欣欣向榮」成語而藏住「向榮」：這些就是「藏尾」了。

以下敘述，依據內容分「成語藏詞法」和「俗語歇後法」二大類。至於究竟是「藏頭」、「藏腰」、「藏尾」，或者什麼都沒藏，那就留給讀者自己去發現了。

在中國修辭學發展史上，成語藏詞法淵源甚早。司馬遷著《史記》，在《漢高祖本紀》有：「吾以布衣提三尺劍取天下，此非天命乎！」又《韓安國列傳》有：「提三尺劍取天下者，朕也！」及至班固著《漢書》，《高祖帝紀》：「吾以布衣提三尺取天下。」《韓安國傳》：「提三尺取天下者，朕也！」在「三尺」下棄去「劍」字，已是棄後藏詞之先聲。六朝唐宋間，更大為盛行。如：

1. 以「願言」代「思子」：

願言之懷，良不可任。（曹丕：《與吳質書》）

案：語本《詩經・二子乘舟》：「願言思子。」

2. 以「弱冠」、「知命」代「二十歲」、「五十歲」：

自弱冠涉乎知命之年。（潘岳：《閒居賦》）

案：《禮記・曲禮》：「二十曰弱冠。」《論語・為政》：「吾十有五而志於學；三十而立；四十而不惑；五十而知天命；六十而耳順；七十而從心所欲，不踰矩。」

3. 以「友于」代「兄弟」：

一欣侍溫顏，再喜見友于。（陶淵明：《庚子歲從都還詩》）

案：語出於《論語・為政》：「書云：『孝乎惟孝，友于兄弟，施於有政。』」為「友于」一詞所本。

《偽古文尚書・君陳》：「惟孝友于兄弟，克施有政。」即由《論語》引《書》之文改易而成。

4.以「貽厥」代「孫」：

溉孫蓋早聰慧。溉每和御詩，上輒手詔戲溉曰：「得無貽厥之力乎？」（《南史・到溉傳》）

案：語本《詩經・文王有聲》：「貽厥孫謀。」

5.以「周餘」代「黎民」：

遂使茫茫禹跡，咸窟穴於豺狼；惵惵周餘，竟沉淪於塗炭。（《晉書・諸王列傳論贊》）

案：語本《詩經・雲漢》：「周餘黎民，靡有孑遺。」

6.以「式微」代「胡不歸」：

即此羨閒逸，悵然吟式微。（王維：《渭川田家》）

案：語本《詩經・式微》：「式微，式微，胡不歸！」

7.以「居諸」代「日月」：

豈不念旦夕，為爾惜居諸。（韓愈：《符讀書城南詩》）

案：語本《詩經・柏舟》：「日居月諸，胡迭而微。」

8.以「龍媒」代「天馬」：

君不見，金粟堆前松柏裏，龍媒去盡鳥呼風。（杜甫：《韋諷錄事宅觀曹將軍畫馬圖》）

案：語本漢武帝《天馬歌》：「天馬徠兮龍之媒。」

9.以「倚伏」代「禍福」：

鬼神只瞰高明室，倚伏不干棲隱家。（徐夤：《招隱詩》）

案：語本《老子》第五十章：「禍兮福所倚；福兮禍所伏。」

10.以「而立」代「三十歲」：

侍者方當而立歲。（蘇軾詩）

案：語本《論語・為政》。

11.以「具瞻」代「政治上地位之崇高」：

在具瞻之地，自有國容。（《唐語林・政事》）

案：語本《詩經・節南山》：「赫赫師尹，民具爾瞻。」

12.以「厥修」代「繼承祖先之德行」：

嗟爾小子，亦克厥修。（《唐語林・文學》）

案：語本《詩經・文王》：「無念爾祖，聿脩厥德。」

其他如以「刑于」代「寡妻」，以「宴爾」代「新婚」，以「孔懷」代「兄弟」，以「盍各」代「言爾志」，以「則哲」代「知人」，均屬此類。

隋侯白《啟顏錄》有《封抱一》條，云：

唐封抱一任櫟陽尉，有客過之，既短，又患眼及鼻塞，抱一用千字文語作嘲之詩曰：「面作天地玄（黄），鼻有雁門紫（塞）；既無左達丞（明），何勞罔談彼（短）。」（《太平廣記》卷二五六引）

只是謔而近虐，不足為訓。

至於俗語歇後法，比成語藏詞法使用得更普遍。俗語歇後法簡稱「歇後語」，或「諧後語」，是光「譬」不「解」的「譬解語」。例如：「鬍子上貼膏藥——毛病多多」，上句「鬍子上貼膏藥」是「譬」，下句「毛病多多」

是「解」。如果聽話者為解人，我們只消說「鬍子上貼膏藥」，而將「毛病多多」打住，這就成了「歇後語」。「譬解語」因為有「解」，嚴格說來，不算「藏詞」；但是它和「藏詞」關係密切，所以許多修辭學專著，都把它放在「藏詞」一併說，本書亦在此作附帶敘述。如果把它分出獨成為「譬解」格，也是可以的。

茲就《警世通言》、《醒世姻緣》、《兒女英雄傳》、《紅樓夢》中，各舉一例：

1. 口雖不言，分明是土中曲蟮，滿肚泥心。（《警世通言》第十五）

案：「土中曲蟮」是譬；「滿肚泥心」是解。「泥」是疑的諧音。

2. 曉得兒子是大軸子裏小軸子，畫裏有畫的了。（《醒世姻緣》第九回）

案：意指「話裡有話」。

3. 又叫和尚跟著月亮走，也借他點光兒。（《兒女英雄傳》第六回）

4. 賈璉忙命人：「看酒來，我和大哥吃兩杯。」因又笑嘻嘻的向三姐兒道：「三妹妹為什麼不合大哥吃個雙鍾兒？我也敬一杯，給大哥合三妹妹道喜。」三姐兒聽了這話，就跳起來，站在炕上，指著賈璉冷笑道：「你不用和我『花馬掉嘴』的！偺們清水下雜麵，你吃我看。提著影戲人子上場兒，好歹別戳破這層紙兒。你別糊塗油蒙了心，打量我們不知道你府上的事呢！這會子花了幾個臭錢，你們哥兒兩個，拿著我們姊妹兩個權當粉頭來取樂兒，你們就打錯了算盤了！我也知道你那老婆太難纏。如今把我姐姐拐了來做了二房，『偷來的鑼鼓兒打不得』。我也要會會這鳳奶奶去，看他是幾個腦袋，幾隻手！若大家好取和便罷；倘若有一點叫人過不去，我有本事先把你兩個的牛黃狗寶掏出來，再和那潑婦拚了這條命！喝酒怕什麼？偺們就喝！」說著，自己拿起壺來斟了一杯，自己先喝了半盞，揪過賈璉來就灌，說：「我倒沒有和你哥哥喝過，今兒倒要和你喝一喝，偺們也親近親近。」嚇的賈璉酒都醒了。

案：尤三姐話中有三個譬解語：第一個「清水下雜麵」是譬，而「你吃我看」是解；第二個「提著影戲人子上場兒」是譬，「好歹別戳破這層紙兒」是解；第三個「偷來的鑼鼓兒」是譬，「打不得」是解。

這種「譬解語」，後世就大行其道。光就北京一地，據陳子寅主編的《北平諧後語辭典》所集，就達一千餘條之多，其流行可見一斑了。

乙、舉　例

(一)成語藏詞法

1. 間常默察外勤諸同事中，似乎以「血氣方剛」的少男少女佔多數，而道心堅定的「不惑」之士殊不多覯。(何凡：《何其衰也》)

案：「不惑」是指年已四十的老記者。

2. 你要知道，我們都是耳順之年了，晚年喪子，多大打擊！(朱西寧：《我與將軍》)

案：「耳順之年」指六十歲。

3. 因為平素一向缺少涵養，喜怒易形於色，臉上一時也就掩飾不住心底的莞爾。(吳魯芹：《懶散》)

案：「莞爾」下藏了「微笑」二字。

4. 不僅女人如此，男人也有夕陽無限好的恐懼。(郭良蕙：《方先生的假日》)

案：「夕陽無限好」下藏住「只是近黃昏」。

5. 爸爸說這話也是為了你好，他是「愛之深」啊，你還是三思為上。(陳映真：《歸來之後》)

案：「愛之深」實指「責之切」。

6. 現代中國人，都是積極主義者，大腦裏全是學業事業，再不然就是主張主義，於是乎小腦裏那點閒情逸致早被擠壓成一滴滂水，掉落在脊椎洞裏——不見了，沒得閒情逸致，那有心情去「每逢佳節」！（顏元叔：《每逢佳節》）

案：「每逢佳節」下藏了「倍思親」。

7. 真要造字，自有文字學家，小說家能夠不寫白字，不寫錯就已經「阿彌陀佛」了。（隱地：《家變與龍天樓》）

案：「阿彌陀佛」是說「阿彌陀佛保佑」，而藏去「保佑」一詞。

8. 無論敘事技巧，氣氛的處理，和帶殘酷性逼真的情感表達各方面，實在都使人為之刮目。（隱地：《家變與龍天樓》）

案：「刮目」本於「刮目相看」，而把「相看」一詞藏了。

9. 他一想起旅行社裏，那些受過高等教育，滿口洋文，穿著入時的女同事們就恨之入骨，滑溜得像條水蛇似的，沒沾著邊兒，還會著了她們的道兒，她們小氣、世俗、保守、而又刻薄，真是金玉其外啊！（蘇玄玄：《爪痕》）

案：藏住了「敗絮其中」。

10. 在這裏，大家都不讀書，因此很容易讓我們產生夜郎式的錯覺。（黃森松：《露從今夜白》）

案：藏住了「自大」。

11. 他可不是一般農民，經年累月的教學生涯，陶冶了點「士可殺」的氣節。（張弦：《煙雲天》）

案：「士可殺」意指「不可辱」。

12. 知曉他不無真情，可是他總要說，人在江湖，要他作進一步的犧牲自是不會肯的。（李昂：《情人與貓咪》）

案：「人在江湖」是「身不由己」的意思。

13. 見過十里洋場的阿鳳，她世面的腳步，不會盤桓在茶行的錙銖小利，逐漸冷膩這蠅頭之苦，蠢動地欲上另層樓。（汪笨湖：《隔暝茶，真利》）

案：本於「蠅頭小利」，而把「小利」一詞藏了。

14. 最令人失望的當然是「綠色的迴聲」。作者已經脫離了強說愁的年齡，這個作品卻停留在「為賦新詞」的階段，它仍舊是一個愛情公式加上昏了頭的夢囈加上咖啡屋裏的「人生悲劇」論——濃得化不開的熱情，酸得嚥不下的理論。（龍應台：《濃得化不開——評無名氏的三本愛情小說》）

案：「為賦新詞」下藏了「強說愁」三字。

(三)俗語歇後法

下面是常見的歇後語：

1. 心頭上十五個吊桶打水——七上八下。
2. 四兩棉花——彈（談）不上。
3. 月亮底下看影子——自看自大。
4. 斗大的饅頭——沒處下口。
5. 奶媽抱孩子——人家的。

6. 江邊上賣水——沒人要。
7. 老壽星吃砒霜——活得不耐煩。
8. 老太婆的被子——蓋有年矣。
9. 老太婆的裹腳布——又臭又長。
10. 老鼠過街——齊喊打。
11. 肉包子打狗——有去無回。
12. 灶王爺上天——有一句說一句。
13. 肚臍眼裏放屁——沒有這回事。
14. 禿子跟著月亮走——借光。
15. 狗咬鴨子——刮刮叫。
16. 狗掀門簾子——全仗一張嘴。
17. 泥菩薩過河——自身難保。
18. 姜太公釣魚——願者上鉤。
19. 歪嘴吹喇叭——一團邪氣。
20. 烏龜爬門檻——但看此一翻（番）。
21. 粉球滾芝麻——多少沾點兒。
22. 啞吧看見爸媽——沒話說。
23. 脫褲子放屁——多此一舉。

24. 棺材裏伸手——死要錢。
25. 豬八戒照鏡子——裏外不是人。
26. 抓著苦膽解渴——自討苦吃。
27. 買鹹魚放生——不知死活。
28. 瞎子點燈——白費。
29. 瞎子吃水餃——心裏有數。
30. 瞎貓逮到死老鼠——一時僥倖。
31. 糞缸裏的石頭——又臭又硬。
32. 牆頭上種白菜——難澆(交)。
33. 外甥打燈籠——照舅(舊)。
34. 光屁股坐凳子——有板有眼。
35. 鴨子上岸——抖一下。
36. 小和尚唸經——有口無心。
37. 鬣鬍頭打傘——無髮(法)無天。
38. 旗桿上縛雞毛——好大的撣(膽)子。
39. 關公賣豆腐——人硬貨不硬。
40. 狗咬耗子——多管閒事。
41. 黃鼠狼拜年——沒安好心。

42. 貓哭耗子——假慈悲。

43. 騎驢兒看唱本——走著瞧。

44. 棉花店失火——免彈（談）。

45. 麵湯裏煮皮球——說你混蛋你還一肚子氣！

46. 菩薩放屁——神氣。

47. 馬桶上磕瓜子——入不敷出。

48. 豆腐掉在灰堆裏——吹也吹不得，拍也拍不得。

49. 違章建築——亂蓋（吹牛）。

50. 馬棚裏伸腿——出蹄（題）吧！

臺語和客家語中的「師傅話」，其實還是「歇後語」，如：

51. 八十阿公討細姨——無採工，是心有餘而力絀之意。

52. 孔夫子搬家——盡是書，全輸光了。

53. 毛蟹過河——七手八腳。

54. 麻布作衫——看透透。

以下各例，採自現代文學作品：

55. 蝲蝦釣鱘魚——你的算盤打得精。

56. 老弟，人情一把鋸——你來我去。

57. 頭戴石臼玩獅子——費力。

58. 急驚風遇著慢郎中——要快也快不了。
59. 閻王出告示——鬼話連篇。
60. 你別蘆溝橋的獅子——楞頭楞腦。
61. 大姑娘上轎——半推半就。
62. 八月十五偷瓜——瞄準就摘。
63. 立秋的瓜——過時候兒了。
64. 癩蛤蟆咬住板櫈腳——瞎出一口氣。(以上均見墨人：《塞外》)
65. 擀麵棍吹火——一竅不通。
66. 豆芽炒韭菜——亂七八糟。
67. 鼻烟壺掉進醋缸裏——一股酸氣。
68. 到印度販駱駝——不識象（相）。
69. 青埂峰下的大石頭——有點兒來歷。
70. 穿簑衣打火——惹禍上身。(以上均見墨人：《鬍子》)
71. 那可不是地老鼠打穴——老法門兒。
72. 他也是老鼠下湯鍋——不想活了。
73. 你他媽烏龜吃大麥——瞎糟蹋糧食。(以上均見司馬中原：《髑髏地》)
74. 「你它媽的甭在那兒吊死鬼搽粉——死充面子好嗎?!」另一個帶著認命的味道打諢說：「像咱們這號兒肉沒肉油沒油的幾根骨頭架兒，挨槍挺在地上，只怕狗都不啃，還談得上替人肥田嗎？」

75. 「放我？」錢九眉頭一動，梟嚎般的慘笑起來。「我說，姓關的，我錢九再差勁，總也不是三歲的娃兒，你何苦朝我鼻尖上抹糖——聞著吃不著！……我要是攫住你，我可不來這種刁著兒，要殺你，就指明殺你，變花招兒掏供，我不幹的。」（以上均見司馬中原：《狂風沙》）

76. 「嗨，遇上你這狗咬呂洞賓的傢伙，我不說了。」張馱販說：「我只是教你賣驢，並沒有教你去犯什麼奸、盜、邪、淫，你怎會平白的罵我來？」（司馬中原：《朝觀家發》）

77. 「笑話！」月紅也反脣相譏說：「我不是玉女，難道是金童？咱們歪瓜配上爛喇叭，正是對兒，你那些言話，還是趁早收拾起來吧！」（司馬中原：《風雪季》）

78. 老湯嘆了一口氣：「粗腿，你這不是嘴上抹石灰——白說？」（司馬中原：《天網・黑巷》）

79. 「老闆抱怨我粗心，弄得我半夜穿褲子——摸不清哪正哪反……」（朱西寧：《冶金者》）

80. 「為什麼不早說呢？」亞德這才明白，為什麼今天晚飯後巴文一定要跟他出去散步，但是繞了那麼一個大圈子，又說了那麼多話，到現在才說出來。

「你不知道我也是大姑娘上轎——頭一回嗎，害臊呀！」（林海音：《晚晴》）

81. 現在是王長標勸駕勸的差不多，丁五已經是臘月的白菜，凍（動）了心了。（彭歌：《雪夜行》）

82. 村中遇著什麼集會，和大夥商議什麼事，都是在李家祠堂裏。今天村長過大堂，卻選定我們的學堂，也許他要做個顏色給我們看，驚惕我們不要爬牆頭這樁事，其實這是瞎子戴眼鏡——多這一層，那樣高的牆頭，撮我們爬，怕也爬不上呀！（李冰：《採花賊》）

83. 這位進士公的姓名，我現在記不得了，中過科舉的進士老爺當然做詩做得好囉，他聽我胡謅的打油詩，只說我黃連樹下彈琵琶，他還沒有說我是孔夫子門前賣孝經哩！（謝家孝：《張大千的世界》）

84. 「這是大事——縱然八字還沒一撇兒，您多加考慮也是應該的。」（端木方：《摸夢》）

85. 婆娘們在一起，談起來說沒個完，都是些裹腳布，但是張維剛覺得還是自己老婆話多，宋小玲除了剛來時說幾句話外，以後就沒有怎麼張口。（書鴿：《轉變》）

86. 水牛掉井裏——有力用不上。（紫藤：《夜闌人未靜》）

87. 你們那一點能比得上淵溪？說唸書，名列前茅；說人品，知情達理；說運動，狗趕鴨子——呱呱叫。（古梅：《火種》）

88. 我是泥蘿蔔洗一段吃一段，到時候看情形再說吧。（鄒人傑：《阿丁》）

89. 眾兄弟姐妹也不知道我曾在何時學過胡琴，不但能拉出調子，而且居然是「刷子掉毛」——有板有眼，一個個都圍攏來觀看，感到十分詫異。（張天心：《天涯有知音》）

90. 有人說《河殤》是用「高射炮打蚊子」。（王單：《龍年的「河殤現象」》）

91. 順生賴著臉道：「最後一遭嘛，下回……」

「怎地？」

「不找你。」

「啐，我勸你趁早改邪歸正，要不然……」

「……崇禎帝上煤山，絕路一條。」（鍾曉陽：《停車暫借問》）

92. 我告訴你們這群兔崽子，別他媽的狗仗人勢，想欺負我們宏宏，那叫牆上掛簾子——沒門兒！（楊明顯：《姚大媽》）

丙、原　則

關於「藏詞」，尤其是「歇後」的用法，自古就有爭論。南北朝時，顏之推在所著《顏氏家訓・文章第九》中就說：

> 《詩》云：「孔懷兄弟。」孔，甚也；懷，思也，言甚可思也。陸機《與長沙顧母書》，述從祖弟士璜死，乃言：「痛心拔腦，有如孔懷。」心既痛矣，即為甚思，何故方言有如也？觀其此意，當謂親兄弟為孔懷。《詩》云：「父母孔邇。」而呼二親為孔邇，於義通乎？

北宋時葉夢得、嚴有翼對歇後用法亦大事抨擊。葉氏的話見《石林詩話》：

> 楊大年、劉子儀皆喜唐彥謙詩，以其用事精巧，對偶親切。黃魯直詩體雖不類，然不以楊、劉為過。如彥謙《題漢高廟》云：「耳聞明主提三尺，眼見愚民盜一抔」，雖是著題，然語皆歇後。一抔事無兩出，或可略土字；如三尺，則三尺律，三尺喙皆可，何獨劍乎？「耳聞明主」、「眼見愚民」，尤不成語。

嚴有翼的話見《藝苑雌黃》：

> 昔人文章中，多以兄弟為友于，以日月為居諸，以黎民為周餘，以子姓為詒厥，以新婚為宴爾，類皆不成文理。雖杜子美，韓退之亦有此病，豈非徇俗之過耶！子美云：「山鳥山花吾友于。」又云：「友于皆挺拔。」退之云：「豈謂詒厥無基址？」又云：「為爾惜居諸。」《後漢・史弼傳》云：「陛下隆于友于，不忍恩絕。」……《晉史・贊論》中，此類尤多。吳氏《漫錄》謂：「洪駒父云：此歇後語也。」韓、杜未能去俗何耶？

他們三人都反對詩文中歇後之法。但是贊成者亦不乏其人，陳巖肖便是一個代表。在《庚溪詩話》中，就表示：

本朝詩人與唐世相亢，其所得各不同，而俱自有妙處，不必相蹈襲也。至山谷之詩清新奇峭，頗造前人未嘗道處，自為一家，此其妙也。至古體詩，不拘聲律，間有歇後語，亦清新奇峭之極也。

以為「歇後語」亦「清新奇峭」之極。又云：

葉少蘊夢得《石林詩話》以楊大年、劉子儀喜唐彥謙《題漢高帝廟》云：「耳聞明主提三尺，眼見愚民盜一抔」，語皆歇後，如三尺律、三尺喙皆可；何獨劍乎？……然余按《漢高帝紀》曰：「吾以布衣，提三尺取天下」，又《韓安國傳》：「高帝曰：『提三尺取天下者，朕也。』」皆無「劍」字，唯注曰：「三尺謂劍也。」出處既如此，則詩家用其本語，何為不可？

或許，用得得當與否是個關鍵，因此為「藏詞」釐訂一些原則就更為必要了。

(二)消極的原則

(1)必須是讀者所能了解的。

語言文字的功用在溝通彼此的情感與意見，是一種交際的工具。假如一種成語藏詞法或俗語歇後法，不被大眾所了解，那便形成「文字障」，失去了文字的目的了。例如：

痛靈根之夙隕，怨具爾之多喪。（陸機：《歎逝賦》）

「靈根」是靈木之根，以喻祖先。「具爾」見於《詩經・大雅・行葦》：「戚戚兄弟，莫遠具爾。」陸機用「具爾」藏「兄弟」之義，對許多沒有熟讀《詩經》的人來說，是不能了解的，所以它不是好的修辭法。

(2)儘可能合乎漢語語法。

漢語中的「複詞」構成方式，是有固定規則的。或由名詞跟名詞聯合，如「兄弟姐妹」；或由形容詞跟形容詞聯合，如「聰明伶俐」；或由動詞和動詞聯合，如「跑跑跳跳」。或由形名組合，如「紅花」、「白紙」；或由動名組合，如「飛鳥」、「落花」；或由名動結構，如「虎嘯」、「猿啼」；或由副動結構，如「飛奔」、「急跑」。卻從來不曾有用「實詞」跟「虛詞」聯結組合成「複詞」的。因此，成語藏詞法中如「友于」等，把實詞「友」字跟虛詞「于」字結合成一複詞，而作「兄弟」解；又如「而立」等，把虛詞「而」跟實詞「立」結合成一複詞，而作「三十歲」解：實已違反了漢語語法。顏之推質問「於義通乎」，嚴有翼以為「不成文理」：皆指此類不合語法的複詞。但是話說回來，這些在「規範語法學」認為不通的詞彙，在「描述語法學」卻被接受了。因此，對歷史語言流傳下來的詞彙，雖然可以讓它繼續流傳；自己運用藏詞法創造新詞，還以儘可能合乎語法為是。

(3)必須與上下文筆觸調和。

典雅的詩歌與散文，不妨用些成語的藏詞法；寫實的小說和戲劇，不妨用些俗語歇後法。與上下文筆觸要統一調和，不要令人有花衣補素布，素衣補花布的感覺。

(三)積極的原則

(1)必須盡其隱藏之能事。

許多服飾店，店名叫「雲裳」，《人間四月天》裡張幼儀開的服裝店正如此取名，這當然是用李白《清平調》詩「雲想衣裳花想容」的意思，但是「裳」字把意思說破了，遠不如「雲想」意味雋永。同樣的，一家美容店，與其叫「花容」，寧可叫「花想」，才不致「失色」！

(2)必須清新奇峭、機智而風趣。

因為嫌「禍福」太平淡，太直接，所以用「倚伏」來代替。要是拿來代用的詞彙，又是平淡的、陳腐的、直接的，那何苦來呢！藏詞必須清新奇峭，理由是十分明顯的。而機智風趣尤為重要，據說有一破落戶，過年時湊熱鬧，也貼大紅門聯和橫披。上聯是「二三四五」，下聯是「六七八九」，橫披「南北」。人多不解。後來經人點出：上聯「無一」（無衣）呀！下聯「無十」（無食）呀！橫披是說沒有「東西」！聞者無不解頤。本章所引大部分俗語歇後法，大致都能符合此一原則。

第七章 飛 白

甲、概 說

為了存真或逗趣，刻意把語言中的方言、俚語、吃澀、錯別、以至行話、黑話，加以記錄或援用的，叫作「飛白」。所謂「白」，就是白字，也就是別字。所以，飛白又可稱為「非別」。在內容方面，以方言、俚語、吃澀、錯別、行話、黑話等為其基礎；在方法方面，有記錄、反學兩種方式。茲分別討論於下。

先說內容方面。

方言之存在，自古已然。這可由《論語・述而》「子所雅言」，《孟子・滕文公下》「一齊人傅之，眾楚人咻之」，以及《戰國策》：「鄭人謂玉未琢者璞；周人謂鼠未腊者璞。」等記載中發現。揚雄因此有《方言》之作，而後各地方志每有《方言》之目，日本橫濱大學教授波多野太郎還曾編有《中國方志所錄方言匯編》，頗便檢閱。古人行文，不避方言，例如：

1. 入宮，見殿屋帷帳，客曰：「夥頤，涉之為王沉沉者。」楚人謂多為夥，故天下傳之。（《史記・陳涉世家》）

案：夥為方言，頤為語助。

2. 且夫臧獲婢妾，猶能引決，況僕之不得已乎！（司馬遷：《報任少卿書》）

案：《方言》：「海岱之間，罵奴曰臧；罵婢曰獲。」

3. 獄之將上也，韓世忠不平，詣檜詰其實。檜曰：「飛子雲與張憲書雖不明，其事體莫須有。」（《宋史・岳飛傳》）

案：「事體」及「莫須有」皆吳語方言。事體猶言事情，莫須有猶言或許有。

方言的使用，對懂得此種方言的人，有一種親切感；對不懂此種方言的人，有一種新奇感。更要緊的是，方言豐富了國語的詞彙，使國語永保其新鮮而不致腐朽。

所謂俚語，是指鄙俗不典雅的詞語。通常與俗語同義，如《五代史・王彥章傳》：「彥章武人，不知書，常為俚語謂人曰：『豹死留皮；人死留名。』」此俚語就是俗語。引用俗語，已列入「引用」；此於「飛白」又列「俚語」一項，在義界方面就必須有所區別。其一，在形式方面，「引用」俗語常加「諺所謂」、「諺語曰」、「人言」、「所謂」、「鄙諺有之」、「正是」、「常言道」、「俗語道」等來表明；但「飛白」不必。其二，在目的方面，「引用」以增強說服力、感染力為目的；但「飛白」以存真、逗趣為目的。

古人使用俚語，在文、詩、詞、曲、小說中，都曾大量的出現：

1. 苻堅方食，撫盤而詬。（裴景仁：《秦記》）

案：「撫盤」為俚語，參看下條。

2. 洛千感恩，脫帽而謝。（王邵：《齊志》）

案：劉知幾《史通・敘事》：「案裴景仁《秦記》，稱『苻堅方食，撫盤而詬』；王邵《齊志》，述『洛干感恩，脫帽而謝』。及彥鸞（崔鴻）撰以新史，重規（李百藥）刪其舊錄，乃易『撫盤』以『推案』，變『脫帽』為『免冠』。夫近世通無案食，胡俗不施冠冕；直以事不類古，改從雅言，欲令學者何以考時俗之不同，察古今之有異？」

3.生年二十，未知古有人曰周公孔夫子者。（杜牧：《范陽盧秀才墓誌》）

案：陸游《老學菴筆記》卷二：「蓋謂世雖農夫卒伍，下至臧獲，皆能言孔夫子，而盧生猶不知，所以甚其不學也。若曰周公孔子，則失其指矣。」

4.此輩與一算子，未知顛倒，何益於國？（五代漢王章語）

案：羅大經《鶴林玉露》：「《五代史》漢王章不喜文士，嘗語人曰：『此輩與一算子，未知顛倒，何益於國？』算子本俗語，歐公據其言書之，殊有古意。溫公《通鑑》改作『授之握筭，不知縱橫。』不知歐史矣。」案：用俚語「算子」，更能表出王章粗魯神情。

以上為「文」中出現的俚語。

5.李白斗酒詩百篇，長安市上酒家眠；天子呼來不上船，自稱臣是酒中仙。（杜甫：《飲中八仙歌》）

案：「不上船」為俚語，意思是「不扣衣鈕」。釋惠洪《冷齋夜話》：「句法欲老健有英氣，當間用方俗言為妙，如奇男子行人群中，自然有脫穎不可干之韻。老杜《八仙》詩序李白曰：『天子呼來不上船。』方俗言也。所謂襟扭是也。」又案：《代醉編》曰：「襟扭為衣船。」

6.峽口驚猿聞一個。（杜甫詩）

卻遶井欄添個個。（杜甫詩）

樓頭喫酒樓下臥。（杜甫詩）

梅熟許同朱老喫。（杜甫詩）

案：黃徹《䂬溪詩話》：「數物以個，謂食為喫，甚近鄙俗，獨杜屢用。峽口驚猿聞一個，兩個黃鸝鳴翠柳，卻遶井欄添個個。《送李校書》云：臨歧意頗切，對酒不能喫。蓋篇中大概奇特，可以映帶者也。」

7.白頭無藉在，朱紱有哀憐。（杜甫：《送韋書記赴安西》）

案：無藉在為俚語，是無聊賴或無拘束的意思，杜甫引以入詩，後來詩人用之頗眾。如：白居易《洛城東花下》：「白頭無藉在，醉倒亦何妨。」楊萬里《感興》：「何似閒人無藉在，不妨老眼看升沉。」陸游《官居書事》：「本自陽狂無藉在，更堪羸病不枝梧。」詞中亦多有之，如：李萊老《浪淘沙》：「閒倚欄杆無藉在，數盡歸鴉。」劉克莊《沁園春・賞紅梅》：「唐人更無藉在，浪比紅兒。」

8.鮑老當筵笑郭郎，笑他舞袖太郎當，若教鮑老當筵舞，轉更郎當舞袖長。（《後山詩話》載楊大年《傀儡詩》）

案：琅璫為俚語。陳師道以為「語俚而意切」。

以上為「詩」中出現的俚語。

9.乍暖還寒時候，最難將息。……守著窗兒，獨自怎生得黑？（李清照：《聲聲慢》）

案：「將息」，將養休息，保重身體之意；「怎生」，此作「怎樣」解。

10.柳花吹雪燕飛忙，生怕扁舟歸去人斷腸。（周邦彥：《虞美人》）

案：「生怕」，猶言「只怕」、「最怕」。

11.天地無情，功名有命，千古英雄只麼休！（劉克莊：《沁園春》）

案：「只麼」，只如此之意。

12.都來此事，眉間心上，無計相迴避。（范仲淹：《御街行》）

案：「都來」猶言「統統」，言眉間心上，統統為此事所盤踞，故無法迴避。

以上為「詞」中出現的俚語。

13. 念竇娥葫蘆提當罪愆；念竇娥身首不完全。（關漢卿：《竇娥冤》）

案：「葫蘆提」，糊塗之意。字亦可作「葫蘆蹄」、「胡盧蹄」、「葫蘆題」等。

14. 隔窗促織泣新晴，小即小，叫得暢嘽。（董解元：《西廂記》）

案：「暢嘽」猶云「好響」，為當時俚語。

15. 回到這寢殿中，一弄兒助人愁也。（白樸：《梧桐雨》）

案：言種種都使人發愁。「一弄兒」為俚語。

16. 若見這小廝，決定粉骨碎身，不留齠齓，你白甚替別人剪草除根？（紀君祥：《趙氏孤兒》）

案：「白甚」，言平白地為什麼。

以上為「曲」中出現的俚語。

17. 我俞某是個飽學秀才，少不得今科不中來科中，你就供應我到來科，打甚麼緊。（《警世通言》第六回）

案：「打甚麼緊」意為：有什麼要緊。

18. 那劉老老入了坐，拿起箸來，沉甸甸的，不伏手，原是鳳姐和鴛鴦商議定了，單拿了一雙老年四楞象牙鑲金的筷子給劉老老。劉老老見了，說道：「這個叉巴子，比我們那裏的鐵掀還沉，那裏拿的動他！」說的眾人都笑起來。（《紅樓夢》第四十回）

案：「叉巴子」就是上文所說的「箸」和「筷子」。

19. 我把你這謊皮匠！你說沒有，這是什麼呀？（《醒世姻緣》第七十五回）

案：「謊皮匠」指專門說謊的人。語急有所脫略。

20.這個樣兒的冷天，直橛橛的跪在風地裏。（《兒女英雄傳》第二十六回）

案：「直橛橛」是挺直身體的樣子。

以上為章回小說中出現的俚語。

我國文學作品之一向不避俚語，於此可見。

吃澀是指說話結結巴巴，一個字要講好幾聲才講得完。也有人管它叫「口吃」，吃要讀作急。經、史、小說中，都有吃澀語的記錄：

1.奠麗陳教則肄肄不違，用克達殷集大命。（《尚書・顧命》）

案：江聲《尚書集注音疏》：「肄，習也，重言之者，病甚氣喘而語吃也。」

2.五年，諸侯及將相相與共尊漢王為皇帝。漢王三讓，不得已，曰：「諸君必以為便便國家……。」甲午，乃即皇帝位氾水之陽。（《史記・高帝本紀》）

案：便便亦口吃的實錄。

3.帝欲廢太子，而立戚姬子如意為太子。大臣固爭之，莫能得。上以留侯策即止。而周昌廷爭之彊。上問其說。昌為人吃，又盛怒，曰：「臣口不能言，然臣期期知其不可；陛下雖欲廢太子，臣期期不奉詔。」上欣然而笑。（《史記・張丞相列傳》）

案：張守節《正義》：「昌以口吃，每語故重言期期也。」

4.杜興道：「小人本不敢盡言，實被那三個畜生無禮，說：『把你那李……李應捉來，也做梁山泊強寇解了去！』又喝叫莊客來拿小人，被小人飛馬走了。」（《水滸傳》第四十七回）

案：「李……李應」為氣急口吃的實錄。

5. 婉如一面抖著，一面說道：「這這這樣亂抖……，俺俺可受不住了！」小春也抖著道：「你你你受不住，我我我又何曾受得住？今今今日這命要送在此處了！」……婉如一面抖著，一面哽咽道：「起起初俺原想早些開門，如如今俺又不願開門了。你不開門，俺俺還有點想頭，倘倘倘或開門，說說俺不中，俺俺就死了！實實對你們說吧！除除非把俺殺了，方准開哩！」（《鏡花緣》第六十七回）

這些例子，都能生動地重現了講話者語音、神情，與當時的氣氛。其中如「期期以為不可」，更已經變成了一句成語了！

錯別是指寫錯了字跟讀錯了字。例如：

1. 業興家世農夫，雖學殖而舊音不改。梁武問其宗門多少，答曰：「薩四十家。」（《北史・儒林李業興傳》）

案：薩者，三字的錯別。

2. 劉慶孫在太傅府，于時人士，多為所構。唯庾子嵩縱心事外，無跡可聞。後以其性儉家富，說太傅令換千萬。兾其有吝，於此可乘。太傅於眾坐中問庾，庾時穨然已醉，幘墮几上，以頭就穿取。徐答曰：「下官家故可有兩娑千萬，隨公所取。」於是乃服。後有人向庾道此，庾曰：「可謂以小人之慮度君子之心。」（《世說新語・雅量》）

案：「兩娑千萬」為兩三千萬之錯別。

3. 始諫議大夫知蘇州魏庠，侍御史知越州王柄，不善於政而喜怒縱人。庠介舊恩以進；柄喜持上。公到，劾之，以聞。上驚曰：「曾某乃敢治魏庠，克畏也。」克畏，可畏也，語轉而然。（王安石：《戶部郎中贈諫議大夫曾公墓誌銘》）

4.一日，公子有諭僕帖，置案上，中多錯誤。「椒」訛「菽」，「薑」訛「江」，「可恨」訛「可浪」。女見之，書其後云：「何事可浪，花菽生江，有婿如此，不如為倡。」（《聊齋志異・卷三・嘉平公子》）

5.有人送枇杷於沈石田，誤寫琵琶，石田答書曰：「承惠琵琶，開匳視之，聽之無聲，食之有味。乃知司馬揮淚於江干，明妃寫怨於塞上，皆為一啖之需耳。嗣後覓之，當於楊柳曉風，梧桐夜雨之際也。」（褚稼軒：《堅瓠集》）

案：「枇杷」之作為果樹名，在西漢司馬相如《上林賦》中就出現了：「枇杷橪柿，楟柰厚朴。」作為樂器之「琵琶」，本亦寫作「枇杷」。東漢劉熙《釋名・釋樂器》：「枇杷，本出於胡中。馬上所鼓也。推手前曰枇；引手卻曰杷。」晉傅玄有《琵琶賦》，則樂器名字已作「琵琶」。所以把樂器「琵琶」寫作「枇杷」，尚無不可；把水果「枇杷」寫作「琵琶」，就不可以了。再錄一首嘲笑把枇杷誤作琵琶的打油詩：「枇杷不是此琵琶，只恨當年識字差，若使琵琶能結果，滿城簫管盡開花。」

6.景泰中，有一蔭生，作蘇州監郡，不甚曉文義，一日呼翁仲為仲翁，或作倒字詩誚之曰：「翁仲將來作仲翁，也緣書讀少夫工，馬金堂玉如何入，只好州蘇作判通。」（褚稼軒：《堅瓠七集》）

案：書讀、夫工、馬金、堂玉、州蘇、判通皆倒字。

以上六例，1.、2.、3.例是讀錯了音，4.、5.、6.例是寫錯了字，故意照實加以記錄，都別饒趣味。

所謂「行話」，指同業間專用的話語；所謂「黑話」，指民間幫會所用的暗話隱語。行話、黑話，想來古代也是有的，只是作者孤陋，文獻難徵，且於修辭藝術、世道人心，均無大裨益，所以從缺了。

關於「飛白」內容分類，唐松波、黃建霖主編的《漢語修辭格大辭典》，分成：語音飛白、字形飛白、語義飛白、句子飛白四目；黃麗貞《實用修辭學》分成：語音飛白、文字飛白、用詞飛白、語法飛白、邏輯飛白五目。頗有新意，值得參考。

說完了「飛白」的內容，再說說「飛白」的方式。先看下例：

二人正說著，只見湘雲走來笑道：「愛哥哥，林姐姐，你們天天一處頑，我好容易來了，也不理我理兒！」黛玉笑道：「偏是咬舌子愛說話，連個『二哥哥』也叫不上來，只是『愛哥哥』『愛哥哥』的。回來趕圍棋兒，又該你鬧『么愛三』了！」寶玉笑道：「你學慣了，明兒連你還咬起來呢。」湘雲道：「他再不放人一點兒，專會挑人。就算你比世人好，也不犯見一個打趣一個。我指出個人來，你敢挑他，我就服你。」黛玉便問是誰，湘雲道：「你敢挑寶姐姐的短處，就算你是個好的！」黛玉聽了，冷笑道：「我當是誰，原來是他！我可那裏敢挑他呢？」寶玉不等說完，忙用話分開。湘雲笑道：「這一輩子，我自然比不上你；我只保佑著明兒得一個咬舌兒林姐夫，時時刻刻，你可聽『愛呀厄』的去！阿彌陀佛，那時才現在我眼裏呢！」（《紅樓夢》第二十回）

史湘雲所說的「愛哥哥」，屬錯別的「記錄」；林黛玉打趣湘雲的「愛哥哥」和「么愛三」，屬錯別的「反學」。飛白方式，不外這兩種。

乙、舉　例

(一)方　言

1. 城裏人也把煮餑餑當做好東西，除了除夕消夜不可少的一頓之外，從初一至少到初三，頓頓煮餑餑，直把人吃得頭昏腦漲。（梁實秋：《北平年景》）

案：北京人稱餃子為煮餑餑。

2. 可是怎麼說法呢，迷你裙、熱褲，都是拼命要把這一對蹓勒蓋露出來，真不懂得遮醜藏拙。（朱西寧：《我與將軍》）

案：朱西寧為山東臨朐人，「蹓勒蓋」似為山東方言。

3. 我說，巴大嫂！李嫂子說的那個妹子不錯，長得鼓鼓敦敦的，作事也頂伶俐。（下里巴人：《夢魘》）

案：原作者自注：湖南話稱閨女叫「妹子」。

4. 我媽問我請玉卿嫂來帶我好不好時，我忙點了好幾下頭，連顧不得賭氣了。矮子舅媽跑到我跟前跟我比高，說我差點冒過她了。又說我愈長愈體面。我連不愛理她，一逕想找玉卿嫂說話。（白先勇：《玉卿嫂》）

案：「連」為桂林方言。

5. 跳蹝子人很橫，不好講話。（謝家孝：《張大千的世界》）

案：作者自注：「四川話叫跛子是蹝子。」

6. 呸！呸！呸！勿要面孔的東西，看你霉到甚麼辰光。（白先勇：《永遠的尹雪艷》）

案：「勿要面孔」即「不要臉」，「辰光」即「時間」，都是滬語。

7. 尹家妹妹，儂一輩子是不必發愁的，自然有人會來幫襯儂！（白先勇：《永遠的尹雪艷》）

案：「儂」、「幫襯」皆滬語。

8. 杭州城的姑娘木老老的好，沒有一個不漂亮。（流行歌《馬車夫之戀》）

案：「木老老」為杭州方言，意為「非常」。

9. 吃好了飯，他還記得要把桌上的飯撿在碗裏，送給咯咯雞吃哩。（琦君：《慈暉》）

案：「咯咯雞」為溫州方言。

10. 這日他確實的跟媽媽也最為接近，他幫媽掃屋子，排飯桌，收衣服。媽媽這天說特為他買了他喜歡喫的鯽魚予他喫，「就我們母子兩對啄」——但他查覺媽買的菜比平時少甚多。（王文興：《家變》）

案：「對啄」是福州方言。

11. 臺灣語謂頭髮為「頭毛」，我覺得很好，毛字筆劃少，而且簡明恰當。（梁實秋：《頭髮》）

12. 嗳唷，你莫知樣，我一日無來看我的有酒渦的，就會病相思。（楊青矗：《在室男》）

案：「莫知樣」、「無來」、「病相思」都是閩南語。

13. 是個臭耳郎咧，不怕他。他要能聽見，也許就不會有這種事啦！（王禎和：《嫁粧一牛車》）

案：「臭耳郎」是閩南方言。

14. 哼，不孝子！當做我不知影是不？他討厭我嘍，我是個無路用的廢人嘛！哼，當做我不知影是不？（銀正雄：《老嫗》）

案：「不知影」、「無路用」均為閩南語。

15. 「歐老師去哪裡迌迌？有聽到什麼新聞？」龍坡邊飲邊問。「去了一趟澎湖，看老朋友。沒什麼新聞。」（王關仕：《山水塵緣》）

案：「迌迌」為閩南語，是遊玩的意思；「有聽到」為閩南語法。

16. 最近常聽到的「燒酒喝一杯，呼乾啦」，給人的感覺是什麼？還是一種江湖的、流氓的、遊民的、遺民的、移民的性格。這個歌誰唱的？艋舺的兄弟唱的嗎？對，艋舺的兄弟唱的，生意人唱的；老師也唱，教授也唱，李總統也唱。它所顯示出來的意義就是說，我們這個年代，整個臺灣雖然經濟的成長到哪裡，我們的國民所得到哪裡，但是我們的心靈意識狀態裡頭，仍然是「流浪七桃郎（臺語）」，這很悲哀！（林安梧：《臺灣精神現象的一個哲學考察》）

案：「呼乾啦」是「給乾了」；「流浪七桃郎」，臺語亦可作「流浪迌迌郎」。

17.「驚啥米！我就唔信伊敢把我呷下去！」

「緊走！拜託啦！出來了！出來了！」

女人換上臺語，石破天驚的喊著，可以想像到情況有多危急。（廖玉蕙：《如果是你呢》）

案：作者記錄所聽鄰居吵架之聲。「驚啥米」，是怕什麼；「唔信」，不信；「呷」，吃；「緊走」，趕快跑。

18.「你還不知道呢？她的丈夫從前教過書，她就是他的學生；他們倆彼此相愛才結婚的。本來雙方父母不贊成他們結婚，可是他們不管。她一嫁過去，就得不到家官家娘的歡心。不過那時還有丈夫疼著，日子過得也還不壞，後來可就——你看！」（鍾理和：《笠山農場》）

案：「家官家娘」為客語，意指公公婆婆。

19.「你說比丘有三種含義，我想此中也有道理。」

「麥揩道理？」

「啊！你又懂得客話，了不起！」（胡國偉：《桃花開九月》）

案：「麥揩」為客語「甚麼」之意。

20. 我問他有沒有可樂和冰塊。

「要來做乜野？」

「調酒呀！」（楊百勇：《新加坡日記》）

案：「要來做乜野」是廣東方言。乜，粵音(met 7)，意為「甚麼」。

21. 找您「家」好苦，那一處沒有找到，怎麼不去看會，卻在這裏「閑」？（李霖燦：《白水臺凝水奇觀》）

案：作者自注：「當地人（指麼些人）稱頑耍曰『閑』，在人稱代名詞後加『家』表示尊敬。」

22. 車輪滑過水濕的碼頭，對海的甘榜阿惹一片廣漠。（水晶：《命運的婚宴》）

案：「甘榜阿惹」為馬來語，意指「水村」。

23. 「師父做啥子，我就做啥子。」

「儂格是個小赤佬，腦筋一點都勿靈光！」（邵僩：《兩截日子》）

案：上句為四川話，下句為上海話。

24. 「你們知道各地方言怎麼自稱我們兩個嗎？譬如說，像老姚，你們北平話，稱的是『咱們倆——兒』。朱雲，你是四川人，你們叫『我跟我堂客』，章鐵中，你們蘇州人叫做『傴搭傴伲家主婆』，對不對？還有，」他提高嗓門壓住了滿座大笑：「惠美，你們臺灣人說是『窪跟窪愛攀手』，妳說是不是？」（高陽：《愛巢》）

案：把許多方言湊合在一起，說相聲的常用此法。「攀手」，或做「牽手」，為平埔族語言。

25. 定到料理店呷頓蕲底，每次萬發拉了牛車回來。（王禎和：《嫁粧一牛車》）

案：「料理店」為日語，「呷」、「蕲」都是閩南方言。

26. 老張是「阿拉寧波」人，在船上工作。這次從臺灣去香港，托他帶一簍西瓜送給那邊的親戚。老張按址而往，應門是一位廣東姨娘。她一面開門，一面高聲問：「賓哥（誰）呀？」老張連忙答道：「勿是蘋果，是西瓜！」

幸虧親戚出來照應。但姨娘還在一邊嘀咕：「這老聳（外省人）直發神經，我問賓哥，佢話（他說）西瓜！」（孔潔：《蘋果和西瓜》）

案：老張講的寧波方言，但姨娘說的是廣東方言。

27. 「傾偈」和「小巴」有相同意義。不是嗎？「傾」和「小」都本來是中文，「偈」和「巴」都本來是譯音，「傾偈」早已成為中文，幾乎沒有人知道他混血，就像「小巴」一詞，簡單明白，在香港人人都知道。（陳耀南：《文哲漫談》）

案：據作者在香港電臺「文哲漫談」節目原稿，出版成書，對話中曾說明：「傾偈」就是「談話」，「偈」字原來是梵文「偈他」(Gatha)的譯音，又譯為「頌」，是「詩歌」之意。至於「小巴」是「公共小型巴士」的簡稱，而「巴士」即是「公共汽車」(Bus)的譯音。

附帶說一下，香港和臺灣都是研究語言現象的好地方。在香港，可以見到粵語對古漢語的繼承和對英語的吸收與融入。臺灣尤其是語言大鎔爐，世界各大語系在這裡交會而閃現五顏六彩的光芒。像「北投」、「唭哩岸」等地名，「牽手」等稱謂，是原住民的語言，「檳榔」是馬來語，「蓮霧」是印尼語，都屬南島語系。「料理」、「便當」、「松山」等是日語，屬阿爾泰語系。「熱蘭遮」、「山嘉魯」(聖地牙哥，今三貂角)，留下對荷蘭、西班牙入侵的記憶。臺語中有「二齒」一詞，指的就是西班牙、葡萄牙。把麵包叫「ㄆㄤˋ」，便是葡語"Pau"的譯音。另，「肥皂」叫「雪文」，則是法語「Savon」的譯音，馬來語也叫「Sabun」；有「紅毛」一詞，指的是荷蘭人；把箱子叫「甲萬」，是荷蘭語「Kavan」的譯音。「般若」、「佛陀」是梵語，「杯葛」(Boycott)、「瓦斯」(Gas)是英語，全屬印歐語系。澎湖人把「珊瑚」叫「硓砧」，是阿剌伯語「rukham」的譯音，另屬閃含語系。一九四九年以後，大陸各省人士遷徙來臺，韓、菲、越、寮、緬、泰、星、馬，各地僑生返國，使漢藏語系的一支——臺語，益顯豐富壯闊。其間的交流、容納、激盪、向心、離心，對語言學者而言，是極為迷人的誘惑。本目「方言」舉例，可以看出語言融合演進的痕跡。

(三)俚　語

1. 你總要踏上你老子的腳步，我一生只曉得這一個完全的人，你要學他，不要跌他的股。（胡適：《我的母親》）

案：跌股就是丟臉、出醜之意。

2. 「天到多早晚了，還跟著去遊魂！」「家去躺屍去吧，把後門插緊！」（朱西寧：《狼》）

案：「遊魂」、「躺屍」都是俚語。

3. 就叫他陳組長來，你告訴他，根本是兩個案，重簽。叫他小便入池，大便入坑，別攪在一塊混賬！（朱西寧：《我與將軍》）

案：「小便入池」以下均為俚語。

4. 她總想著：萬梁是個誠實人，不該落入過鐵的命運。假如萬梁是被土匪殺的，那只能怨天不開眼，而萬梁竟跟保爺一道被萬家房族裏的奸徒花錢買去了性命的。（司馬中原：《狂風沙》）

案：「過鐵」是俚語，意思是說被殺而死。

5. 「老爺已為你們備酒了，吃罷飯來幾牌怎麼樣？」「好哦，天快冷了，俺早就打算你那件羊羔子短襖呢！」「牛皮不是吹的，火車不是推的，不知誰輸誰贏哩；有種，別藉酒囤給溜了！」「笑話，俺家鄉是出秦二爺秦叔寶好漢的地方，會裝孬？」

「好好，我在老地方等，不來是龜兒！」

「對，老子非贏你個小舅子不可！」（田原：《古道斜陽》）

案：「牛皮不是吹的，火車不是推的」、「有種」、「龜兒」、「小舅子」均屬俚俗之言。

6.「你四兩人講什麼半斤話，早就跟你說過，我的一切犯不著你擔心，那真是活見鬼。怕丟了你的臉子，你……」（王禎和：《鬼、北風、人》）

案：「四兩人講什麼半斤話」、「活見鬼」都是俚語。

7.「我著實太沒心眼嘍！我的心可也太軟啦，老想他會變好。一樣米百樣人，誰曉得他會不會變好？連他阿兄都不願睬他，我還理他去？羅漢腳一個，沒得飯吃去討呀！——她像吃了黃蓮般地苦起臉來。」（王禎和：《鬼、北風、人》）

案：「一樣米百樣人」、「阿兄」都是俚語，還插入方言「羅漢腳」。

㈢吃　澀

1.「活人同死人也差……差……差……不多，凡事只要……差……差……不多……就好了，何……必……太太認真呢？」（胡適：《差不多先生傳》）

2.「唔……誰呢？」他呻吟著。

「還有誰？還不是那個……那個小鬼子。」

「噢，你說那個小……小雜種。」（鍾肇政：《大料崁的嗚咽》）

3.「夢、夢笙少爺！」狼子結巴得厲害：「您這麼貴重的命命兒也也不吝惜。他他們那一個的命紙兒不不比我重？不比我體體面？我，這麼邋遢的小命兒算算得了是是條命麼？」（朱夜：《大地咆哮記》）

4.「我我我……不是說說你……你……你這隻癩癩蛤蟆」結巴自己也禁不住笑了，站起來把腳一拐：「我說說……說的是這個？」（下里巴人：《夢魘》）

5.光前兒見我有了醉意，偷偷把酒壺收了，結結巴巴奉承著我：「你……你巴巴……巴鰍兒，頂頂……頂天立立地……男子漢，那那……那兒找找……不不……不到老婆？」（下里巴人：《夢魘》）

6.莫實舌頭似乎打了結說：「什……什麼話，看老……老子揍你！」他實在不勝酒力……。（龍文薇：《漩渦》）

7.驚恐萬分的問出：「誰？……誰人？」沒有回答。卻聽到含含糊糊的聲音，不知道在唸些什麼，聽不清楚。「誰？誰人在那裡？」更是驚恐，又上氣不接下氣追問一次，「我」終於有聲音了，但是只有一個音，恍惚間聽不真切，不敢肯定那是人聲，「你，你，你是誰人？」（洪醒夫：《牛姑婆站在黑暗中》）

(四)錯別

1.晶子的家只有爸爸媽媽，爸爸常看書，媽媽常坐在晶子一旁做針線或打編物，爸爸甩下書時，必來抱晶子到窗口扶著欄杆向外望，他告訴她對面一堆一團的東西是「山」、「河」、「樹」，讓晶子跟著說一遍，又道：「山上有樹，河裏有魚，樹上有鳥。」他說完還要晶子學說，晶子跟著學倒也一字一字慢慢的叫出來，不過鳥字聲是那麼怪好玩的，鳥……鳥……好像隔壁老貓叫聲，晶子學時就笑著說不出來。

「喂，晶子，來問一問你……」爸爸一把抱過小女兒來放在膝上，「你說，山上有——什麼？」

「有四。」晶子歪頭睜著一雙長睫毛的大眼鄭重答道。

爸爸含笑點頭又問道：「河裏有——？」

「有驢。」她的小嘴捲成小喇叭樣答道。

「有驢？」爸爸反學她的嬌細聲說一遍，「算你對了吧。樹上有什麼？有——」「有妙……妙……」晶子學著貓聲，說完便伏在爸爸的懷裏笑，因為說了多次都被爸媽笑到她支不起來，要趴到懷裏去，這一回她是預先伏到懷裏去了。（凌叔華：《生日》）

案：晶子答說「有四」、「有驢」，是「錯別」的「記錄」；爸爸反學「有驢」則是「錯別」的「反學」：皆屬「飛白」。至於「有妙」，是借貓的叫聲代貓，與「飛白」無涉。

2. 沁西亞道：「不，因為她還沒有。在上海，有很少的好俄國人。英國人、美國人也少。現在沒有了。德國人只能結婚德國人。」（張愛玲：《年輕的時候》）

案：「有很少的好俄國人」為「好俄國人很少」的錯誤敘述；最後一句為「德國人只能跟德國人結婚」的錯誤敘述。

3. 「你不明白的事情多著呢！上學去吧，我的灑丫頭！」

媽的北京話說得這麼流利了，但是，我笑了：

「媽，是傻丫頭，傻，ㄕㄚ傻，不是ㄙㄚ灑。我的灑媽媽！」說完我趕快跑走了。（林海音：《我們看海去》）

案：「灑丫頭」是「記錄」；「灑媽媽」是「反學」。

4. 宋媽是順義縣的人，她也說不好北京話，她說成「惠難館」，媽說成「灰娃館」，爸說成「飛安館」，我隨著胡同裏的孩子說「惠安館」，到底哪一個對，我不知道。（林海音：《惠安館傳奇》）

案：「惠安館」是對的，其他三個都是受方音影響而誤。

5. 阿巧不能算是通文墨，但也會歪歪倒倒寫幾個字……。「先生：枕套上我秀了花，你看喜歡不喜歡？秀

的不好，請原亮。」（彭歌：《道南橋下》）

6. 你這個文盲喜歡背大姊學校要考的「梨梨圓上草，一歲一哭絨」（離離原上草，一歲一枯榮）。你就背吧。（子敏：《小太陽》）

7. 道學者講的口頭式的薄愛，於是他們就排斥這種濃濃的愛。（丁穎：《傳鐘下的投影》）

8. 「是呀！瘋……馮老師，你在這裏幹什麼呀！」（季季：《屬於十七歲的》）

9. 林玉雪妳自〇月〇日與惡人黃百川拿錢逃走我憤怒生氣若再沒有見報速回會告訴法律以追究望速回解決者夫黎敬祖敬啟。（張毅：《警告逃妻》）

10. 丁先生：你有說你比較好良心，只有愛我一個人，現在我們有知道你有愛好多人。你壞心肝，你的血有送我，送她，一定還有送好多人。你的血，我們不要，回給你。我們沒有愛你，不要再來玩，沒見笑！阿英阿珠上。（鄒人傑：《阿丁》）

案：「有」字用法多屬錯誤。

11. 韋小寶聽他口氣有些鬆動，忙又磕頭道：「皇上鳥生魚湯，賽過諸葛之亮；奴才盡心為主，好似關雲之長。」（金庸：《鹿鼎記》）

案：「鳥生魚湯」，是「堯舜禹湯」錯別的「記錄」。「諸葛之亮」、「關雲之長」，誤把「亮」、「長」當作形容詞。

12. 美麗的嘴。美、沒，美有課。啊，其實有，下午有，可是我沒去上。（陳燦生：《闌干拍遍》）

13. 他還不能接受去報呈警局的意志，那好像大凶噩，他未敢去逢晤牠。他一直希望能避免跟牠會逢。（王文興：《家變》）

案：「報呈」為「呈報」之錯。《家變》中不少這種倒置的複詞，歐陽子在《論〈家變〉之結構形式與文字句法》一文中指出的有：

父親的去向續惑困著他（困惑）——B

他並常常望希著下雪（希望）——65

你也不要太傷自己體身了（身體）——113

行路上的女婦均把彼等的胳臂流露出來（婦女）——120

於街道的邊邊還有一些個賣菜蔬的（蔬菜）——M

大凡一切的人一般其所無可忍受的不僅獨有辱侮（侮辱）——152

將之待看做相互二者不相熟的人（看待）——152

因為住得較比遠了一些（比較）——N

認得的友朋的家裏邊（朋友）——N

是他自己認為這個湯味滋不ㄍㄡ好喝的（滋味）——156

14. 秋芸丫！你千萬不要鵝，千萬不要呀，人她是正正當當的正經大好人，你千萬千萬千萬不可以這樣的去冤栽人家……（王文興：《家變》）

案：「鵝」是別字。「正正當當的正經大好人」是一種累贅的用法。歐陽子在《論〈家變〉之結構形式與文字句法》一文中指出下列句子都是「累贅之重疊、冗長的句子」：

一時化為行得通了的那樣子的情形那麼個樣(153)〔一時好像行得通〕

在這一個時候的平靜的該一段時間的裏面(0)〔在這一段平靜的時間〕

他病了這一病病得的有一個星期那麼長的時間那麼冗長(157)〔他病了一星期之久〕

你的確比起他們起來都還比他們還不如(123)〔你的確還不如他們〕

在今天臺灣的社會上家庭中其所以互相無法藹然相處的原因以我的觀察所得來看至少抓得出兩個原因是主要最要的原因而來(152)〔今日臺灣社會上，一家人所以無法藹然相處，據我觀察主因有二〕

(五) 特殊語言

包括「校園語言」、「網路語言」等。

先說「校園語言」。

所謂「校園語言」，在此是指二十世紀七十年代以來流行於臺灣大中學校園內，中含特殊語彙，代代相傳的語言。由於學生們關切的對象大體上局限於學業與愛情，所以這些語彙流傳並不廣，鮮能通行於社會大眾，因此不能看作「俗語」或「俚語」，反而接近「行話」或「黑話」。下例可以看出這種語言的特質與局限。

據說臺北某大學校長室，某日闖進一位學生家長，一進門就嚷著說：「我的兒子千辛萬苦考進你們這所有名的大學，是來讀書的，怎麼你們的老師卻把我兒子殺傷了？」校長一頭霧水，主任秘書忙趕來解圍。只見學生家長拿出一信遞給校長說：「你自己看！你自己看！」校長接了信，看完後仍不明究竟，把信交給主秘，並說：「怎麼回事？我完全沒聽說啊！」主秘接信一下，原文如下：

老爸：心理學教授凶性大發，連殺多人，兒不幸亦挨一刀，暑期必須留校療傷補身，請老爸快寄療補費一萬元來！

主秘看完，不覺笑了起來，對校長、家長兩人說：「他兒子『心理學』一門沒及格，但還可以補考。暑期要留校補習，補考通過後就算及格了，不需要下學年重修啦！」以下再舉些校園語言的例子：

1.「這學期死當了一科，活當了二科，真篤爛。那個老師，不要看他笑嘻嘻的，其實是個殺人王。」「我啊，比你稍好一點，可也只是低空飛過而已；說實在的，學校課程的安排好菜。體育課全部是透早，星期六下午還有課，透早出門，透晚回家，真陽萎，亂沒有道理一把的。」（黃宣範：《談大學校園語言》）

2.「上了大學誰沒翹過課？有些人混得兇，成天泡馬子，吊凱子，壓馬路，擦地板；要不就在寢室練武功，搬磚頭，只要期考K他個一星期，結果總能歐扒，高竿者甚至能高空飛過。當然有些亂K的傢伙，點名必到，堂堂不缺，天天跑K館。有些人真鮮，選課只懂得尋找營養學分，翻遍考古題，安穩地度過四年絕不成問題。最慘的是一些在社團當家的，從小骨頭、中骨頭到老骨頭，碰到殺人王，一陣心焦，『死了死了。』譫語連連，運氣好的勉強滑壘成功，差些的，活當的還得參加期初戰鬥營，如果慘遭死當，對不起，明年再見。」（黃宣範：《談大學校園語言》）

3.「昨天看的那片子挺正典的。」「你當然正典啦！帶著馬子看。對了，你的G.F.亂正的，進展如何？通不通電啊？」「還不是那樣嘛！」「不對吧，你不要蓋我。對了，你說有什麼舞會，你說說看？」「前天早開過了，馬子都蠻上道的，好泡。本來想準備爽一下；可惜剛開始，條子就來啦，真衰。」（黃宣範：《談大學校園語言》）

案：黃文附校園語言簡註，如下：

死當：成績50分以下。

活當：成績在50–59分之間，可以補考。

篤爛：令人氣惱。

低空飛過：勉強及格。
透早：很早。
壓馬路：逛街。
練武功：看武俠小說。
搬磚頭：打麻將。
歐扒：全部及格(all pass)。
K館：圖書館。
營養學分：容易及格的課程。
老骨頭：大四學生。
期初戰鬥營：補考。
爽：高興。
條子：警察。
衰：倒楣。

4. 「名花有主了，打退堂鼓吧。」熹文說：「學校雖小，女老師卻多，有幾個還正典呢。」（王關仕：《山水塵緣》）

5. 「這是水彩畫。」小唐心想，「你懂之乎者也，別班門弄斧。」口頭則說：「畫得很菜。」（王關仕：《山水塵緣》）

6. 「那正好，你回學校就去跟他們現，我們今年一路玩了三天都沒遇見風雨，包準幹死他們了。」（龍瑞

如：《夜遊》

案：「現」為炫耀之意；「幹死」，美滿得使別人氣死。

以下各條，亦為校園流行語：

1. 沒營養：白搞了。
2. 秀斗：大腦短路，有夠笨啊！
3. 泡麵哲學：速戰速決。
4. 撞牆：踢到鐵板了吧！
5. 七先生：你看他那副德行。
6. 搞你不過：真被你打敗了。
7. 一號表情：你就不能換一下啊！
8. 來一片思迪麥吧：消消氣，別太激動！
9. 恐怖分子：不能失戀的人。
10. 打卡：每節下課，報到一次。
11. 全壘打：小心奉兒女之命！
12. 缺水：沒有達到水平。
13. 金莎：討人喜歡的人。
14. 芝麻：教人厭煩的人。

以下校園語言，正言若反：

1.天才：天生蠢才。
2.有夠天才：不是普通的笨啊！
3.氣質：孩子氣，神經質。
4.帥哥：嘿嘿！就少個美女配對！
5.偶像：嘔吐的對象。
6.你真可愛啊：可憐得沒人愛！

以下青少年流行語，利用英文字母諧音構成：

1.CBA：酷斃了！CBA是中華職籃的英文縮寫，其標誌就是一個叫Cubila的人物，諧音就是酷斃了。
2.LKK：臺語「老可可」的諧音，指老掉牙的悖時人物。
3.SPP：臺語「聳比比」的諧音，指土里土氣的人。

以下青少年密碼傳情意，利用數目字諧音構成：

1.559：我鬱卒。
2.734：請三思。
3.886：拜拜囉。
4.4430：時時想你。
5.04551：你是我唯一。
6.13179：一生一起走。
7.670620：又氣你又愛你。

8.0594184：你我就是一輩子。

9.3854335：三不五時想想我。

下句近乎黑話，但在校園也時有所聞：

10.我已經沒做大哥很久了：你來付帳吧！

至於「網路語言」是指在BBS（Bulletin Board System，即「電子布告欄」）上聊天、抬槓、說笑的語言。如：

前一陣子，很多「英英美代子」的「菜籃族」聽了總統的信心喊話投入股市，誰知大盤從此一洩千里，買的股票都變成「水餃股」，害大家都住進「總統大套房」，直到昨天股市大漲三百多點，大家才和「鬱卒」的心情說聲「886」。（張錦弘：《兩岸流行語被網路統一》）

案：「英英美代子」是臺語「閑閑沒代誌」的諧音，刻意仿擬日本女子名字的形式。「菜籃族」是利用「借代」方式創造的流行語，指家庭主婦。「水餃股」是價格低得像一個水餃的股票。「總統大套房」，意為聽了總統信心喊話，買進股票，卻被套牢，賣不出去。「鬱卒」是臺語，憂鬱的意思。「886」是「拜拜囉」的諧音，由God be with ye→goodbye→bye-bye演變成。本意「上帝與你同在」，今已變為「再見」的意思。

丙、原　則

(一)消極的原則

(1)科學或哲學作品，不可使用「飛白」。

科學或哲學作品，以「說明」為主，所求者，為「真」為「善」。固然文中可以用一些「術語」，句法也可能因求精密，求周延而「冗長」些，但，絕不可使用「飛白」。

(2)文學作品以慎用「飛白」為原則。

文學作品中「對話」部分，為了存真記實，自然可以使用「飛白」；「敘述」部分，當特意「援用」時，或者借文中某一角色的觀點來敘述故事時，也可以使用「飛白」。不過，使用時要注意：語氣筆觸的「統一」。你不可讓一位智識程度不高的婦女一會兒講著「進去了，棺材進去了。」（見王文興：《家變》）等似通非通的話；一會兒又說出「萬劫不復」（同上）這樣文縐縐的道白來。一個角色講話的格調要前後統一，一篇文章的敘事的筆觸也要如此。一方面使用了「不數年」、「因是之故」、「無下刀處」等半文不白的文字，同時又夾雜許多像「我得當心勿讓悲哀吞失了我的聲音」這樣歐化的句子（見隱地：《評王文興的〈龍天樓〉》），就破壞了作品的統一。

(3)不可以「飛白」作「文別飾非」的藉口。

在臺灣一次競選活動中，對手攻擊宋楚瑜曾在美國置產。宋楚瑜面對群眾作公開否認：

我向各位坦白報告，楚瑜在美國沒有「別墅」，連「別野」也沒有！

這是「飛白」，當時曾贏得上萬聽眾如雷的掌聲。

又有一位資深立委，為一件立法院中派系紛爭，向記者表示：

各位放心，我會出來「幹旋」，反彈一定很快會平息！

聽得記者一楞一楞的，什麼是「幹旋」？話再聽下去，原來這位立委把「斡旋」說成「幹旋」了。這是實際的唸別字，不可以「飛白」來文飾錯誤。

我建議：在中小學語文教育中，不必說到「飛白」，以免學生明明讀錯、寫錯，還賴說「飛白」。一九八六年，我為臺灣編譯館撰寫《文法與修辭》教科書，就刻意略去「飛白」不寫。

(4)避免傷人或下流。

有些校園語言，頗有時下飆車族舞刀亂砍的作風，如：

公共汽車：誰都可以上。

飛機場：你的上衣最好穿寬點。

互助：閒著也是閒著，你孤單，我寂寞，湊合，湊合。

這些語言，用來描繪下流壞胚子的醜惡嘴臉是可以的；要是青年學子嘴邊也掛著，那標誌著你的觀念、品格都出了問題，不僅是沙豬而已！

(三)積極的原則

(1)必須具有刺激讀者感官的能力。

張健在「家變座談會」中說：「我們知道流利的文學不一定是好文學，而且往往第一流的文學不是用最流利的文字寫出來的。」又說：「讀者往往發現太流利的文章給人一種太浮泛，太淺的感覺。」從心理學的觀點來看，人類對刺激往往因習慣而缺少反應。張健的話有他的理由。歐陽子在《論〈家變〉之結構形式與文字句法》一文中指出：「為什麼選用這些怪異的助詞？除了標新立異外，是否還有其他目的？我認為有。我認為王文興意在訴諸視覺與聽覺；也就是說，他企圖以異於尋常之字，刺激我們的眼睛，而視覺一旦受到刺激，聽覺也就銳利起來。」上文提及釋惠洪《冷齋夜話》：「句法欲老健有英氣，當間用方俗言為妙，如奇男子行人群中，自有脫穎不可干之韻。」也正是正意。所有的「飛白」都必須具有此種刺激讀者感官的能力才行。

(2)必須能強調文中角色的身分。

這兒的「角色」一詞，是就「小說」而言，包括小說中的普通角色以及「敘述角色」兩種。假如你用「童稚觀點」說故事，你不妨滿紙「童話」，林海音的《城南舊事》，是個好例子；假如你用「瘋狂觀點」寫小說，你不妨整篇「囈語」，魯迅的《狂人日記》，更是膾炙人口。假如你描寫的是「草地郎」，你不妨來點村言俚語。張菲菲的《傾慕》，用一個泥水工人的觀點說故事，全文使用的語言便全是泥水工人的語言。張毅的《警告逃妻》中的「啟事」，鄒人傑的《阿丁》中豆腐西施跟獎券之花給阿丁的絕交信，都是好例。這種「飛白」可以給讀者一種「真實感」，從而對作品產生「信服」的心理。

(3)必須能逼真地再現當時的情境。

文學原是由人生片段的行為中捕捉住永恆的人性，藉文字而使之再現。「飛白」往往能造成這種再現的逼真感。例如，《史記》記載周昌「期期以為不可」的話，便把當時氣氛的急迫，周昌的盛怒，表現得維妙維肖。試再以《家變》為例，假如為了刻劃范曄心情的困惱或他母親盼望父親的殷切，說話語無倫次，或是帶上土音，倒是一種技巧。

(4)必須能配合甚至造成某種氣勢或氣氛。

對於遊記一類文章，可以用輕鬆的筆調；對於戰爭的敘述，可以用沉重的筆調；對於俚俗之類的描寫，可以用飛白的方法。歐陽子在《論〈家變〉之結構形式與文字句法》一文中指出：「我們要問：為什麼？為什麼王文興故意寫出這種連小學生都會得丙的句子？最重要的，我想，王文興企圖以這麼冗長迂迴的句子，象徵范曄心中對父母的感情糾葛與牽絆，以及他那愈積愈重，欲擺脫而不能的自囿心情。」正是這個意思。

(5)必須使語言既具親和力，同時兼具異樣情調。

方言俚語，對熟習此種語言的人，有種親切感，可以拉近發話人和聽話人間，或作者和讀者間的距離。校園語言的熟悉，對教師而言，尤有必要。可以更了解學生的心聲，而和學生打成一片，隨機輔導。即使對不熟悉此種語言的人，也能產生一種新穎的感受，顯現出引人發噱的異樣情調。而就語言本身而言，也能匯合新詞，而益發活潑、生動、豐富、多樣。

(6)運用飛白的逗趣功能，以降低傳統語言的嚴肅與嚴重。

據說民國初期，山東省主席韓復榘在齊魯大學演講，中有：「你們來得很茂盛，敝人也實在是感冒。」之語，把「感激」誤說成「感冒」。韓演講文顯係後人杜撰，但「感冒」一詞之「飛白」用法卻流傳下來。今人常以「感冒」作「感慨」、「憤慨」之義，如美國CBS六十分鐘節目主持人華萊士訪問江澤民，旁白中有：

他反對我們使用「獨裁者」這個字眼，他對「獨裁者」稱呼很感冒。（譯文採自《聯合報》）

宋楚瑜在競選期間，反駁對手批評時，也多次使用「感冒」一詞，利用「飛白」的逗趣性質，沖淡了問題的嚴重性，並消除可能的衝突。

第八章 析字

甲、概說

文字是表達心意，紀錄語言的圖形符號。因為它是表達心意的，所以文字必須有意義；因為它是紀錄語言的，所以文字必須有聲音；因為它是圖形符號，所以文字必須有形體。在講話行文時，刻意就文字的形體、聲音、意義加以分析，由此而創造出修辭的方式來，叫作「析字」。

我國文字，以形體言：有「依類象形」的「文」，是獨體的；有「形聲相益」的「字」，是合體的，可以「離合」。以聲音言：我國字音僅四百十九種，乘上四聲及輕聲讀法，也不過一千二百種左右。(有些音四聲不全，或沒有輕聲讀法。)而我國文字，《中華大字典》所收單字，計四萬四千九百零八字，平均每個讀音有三十七個字，不能避免有許多同音字可以「借音」。字音的構成，粗率地說，有聲母與韻母。可以用二個字「反切」而「合音」。以意義言：字與字間，或意義相似，或意義相反，足可由聯想而「牽附」。加上意之引申，義相假借，更可產生「演化」的現象。文字的「離合」為「化形析字」；文字的「借音」、「合音」為「諧音析字」；文字的「牽附」、「演化」為「衍義析字」。所以「析字」實在是一種建立在文字形音義三要素基礎之上的修辭方法。

析字格在我國文學發展史上，有其悠久的歷史。

先說「化形析字」——離合。

所謂「離合」就是依文字形體加以離析或合併。

史傳中頗有有關文字離合的故事：

1. 獻帝踐祚之初，京師童謠曰：「千里草，何青青；十日卜，不得生！」（《後漢書・五行志》）

案：《五行志》接云：「案：千里草為董，十日卜為卓，凡別字之體，皆從上起，左右離合，無有從下發端者也。今二字如此者，天意若曰：『卓自下摩上，以臣陵君也。』青青者，暴盛之貌也；不得生者，亦旋破亡。」據此：「別字」、「離合」同義，皆「析字」之原始形式。

2. 延夢頭上生角，以問占夢趙直；直詐延曰：「夫麒麟有角而不用；此不戰而賊欲自破之象也。」退而告人曰：「角之為字，刀下用也。頭上有刀，其凶甚矣。」（《三國志・魏延傳》）

案：俗體角字作「⿱刀用」，所以可以拆開而成「刀用」。在文字學上，角屬獨體象形，是不可以拆開的。

3. 晚抗忠言，無救王敦之逆；初慙智免，竟斃山宗之謀。（《晉書・郭璞傳》）

案：《晉書・郭璞傳》：「璞每言殺我者，山宗。至是果有姓崇者構璞於敦，敦將舉兵，又使璞筮，璞曰無成。乃問璞曰：『卿更筮吾壽幾何？』答曰：『思向卦，明公起事，必禍不久；若往武昌，壽不可測。』敦大怒曰：『卿壽幾何？』曰：『命盡今日。』日中，敦怒收璞，詣南岡斬之。」山宗為崇字的離合。

4. 寶曆二年，（裴）度請入朝。（李）逢吉黨大懼，（張）權輿作偽謠云：「非衣小兒坦其腹，天上有口被驅逐。」以（裴）度平（吳）元濟也。（《新唐書・裴度傳》）

案：非衣為裴，天上有口為吳。皆離合也。

小說中也有這種有關文字離合的記載：

5. 邇後嘗夢父告曰：「殺我者，車中猴，門東草。」又夢夫告曰：「殺我者，禾中走，一日夫。」……

余曰：「若然者，吾審詳矣。殺汝父是申蘭，殺汝夫是申春。且車中猴，車字去上下一畫，是申字；又申屬猴，故曰車中猴。草下有門，門中有東，乃蘭字也。又禾中走是穿田過，亦是申字；一日夫者，夫上更一畫，下有日，是春字也。殺汝父是申蘭；殺汝夫是申春，可足明矣。」（李公佐：《謝小娥傳》）

案：蘭在文字學上，門中為柬，非東字。

6. 黃文炳道：「『耗國因家木』，耗散國家錢糧的人，必定是『家』頭著個木字，明明是個『宋』字。第二句『刀兵點水工』，興起刀兵之人，水邊著個『工』字，明是個『江』字。這個人姓宋名江。」（《水滸傳》第三十九回）

7. 處世須存心上刃；修身切記寸邊而。（《西遊記》第二十六回）

8. 張俊民道：「鬍子老官，這事憑你作法便了。做成了，少不得言身寸。」王鬍子道：「我那個要你謝……。」（《儒林外史》第三十二回）

詩詞中偶亦用之：

9. 漁父屈節，水潛匿方。
與時進止，出寺弛張。
呂公磯釣，闔合渭旁。
九域有聖，無土不王。
好是正直，女回子臧。
海外有截，隼逝鷹揚。
六翮將奮，羽儀未彰。

龍蛇之蟄，俾它可忘。

玟璇隱曜，美玉韜光。

無名無譽，放言深藏。

按轡安行，誰謂路長。（孔融：《郡姓名字詩》）

案：依宋葉夢得《石林詩話》的解說，為「魯國孔融文舉」六字的離合。

10. 狂風吹古月，竊弄章華臺。（李白：《司馬將軍歌》）

11. 日月明朝昏，山風嵐自起。石皮破仍堅，古木枯不死。可人何當來，意若重千里。永言詠黃鶴，志士心未已。（劉一止：《苕溪集》）

案：《苕溪集》存於《宋百家詩存》，在卷八。清人趙翼《陔餘叢考》引此，稱之為「拆字詩」，「拆字」、「析字」，義同。

12. 何處合成愁？離人心上秋。（吳文英：《唐多令》）

而用得最多的是「聯語」，略取數例：

13. 阮元，何故無雙耳？

伊尹，自古只一人！

案：說者謂上句為乾隆所問，下句為阮元之對。

14. 或入園中，拖出老袁還我國；

余行道上，不堪回首問前途。

案：袁世凱竊國，梁啟超詠句諷之，久無人能對。後袁世凱事敗，楊度失意，竟出語對出下聯。「園」

字中去「袁」字，代以「或」字，乃成「國」字；「道」字去「首」字，代以「余」字，乃是「途」字。

15. 清斯濯纓，奚取乎水？
倩兮巧笑，旁若無人。
案：某名士為歌伎「青青」所作嵌名聯，清字去水，倩字去人，皆青也。

16. 寸土建寺，寺旁言詩，詩曰：風月來帆歸古寺；
雙木成林，林下示禁，禁曰：斧斤以時入山林。（《紀曉嵐外傳》）

有利用「離合」作酒令的，《全唐詩》卷八七九錄有：

17. 白玉石，碧波亭上迎仙客；
口耳王，聖明天子要錢塘！
案：上句為吳越王言，下句為北宋使陶穀對。

有利用「離合」說笑話的，如：

18. 順治中，吳中有尹姓者，得罪於友，友作「尹子謠」嘲之曰：
「伊無人；羊口是其群；斬頭笋；滅口君；縮尾成丑，直腳半開門；一根長轎槓，抬個死尸靈。」（佚名）

謎語裡也有很多「離合」的謎格：

19. 佯。打四書一句。
案：謎底為「何可廢也，以羊易之。」

20.蟲入鳳中飛去鳥，七人頭上一把草，大雨落在橫山上，半個朋友不見了。

案：謎底為「風花雪月」。

再說「諧音析字」。

其一是「借音」。二字字形不同，因諧音的關係而借用的，叫作「借音」。如：

1.隋侯白，州舉秀才，至京畿，辯捷時莫與之比。嘗與僕射越國公楊素並馬而言話。路旁有槐樹顦顇死，素乃曰：「侯秀才理道過人，能令此樹活否？」曰：「能。」素云：「何計得活？」曰：「取槐樹子於樹枝上懸著，即當自活。」素云：「因何得活？」答曰：「可不聞《論語》云：『子在，回何敢死？』」素大笑。（《啟顏錄》）

案：《啟顏錄》，今題隋侯白撰。但是所錄侯白事，均不用第一人稱，而用第三者口氣稱為「侯白」。而且敘及唐人李勣、令狐德棻、崔行功、長孫玄同等人，恐非侯白所作。或云宋朝劉壽所撰，亦有疑問。所引借「回」為「槐」，屬「借音」。

2.咸通中，優人李可及者，滑稽諧戲，獨出輩流。雖不能託諷匡正，然智巧敏捷，亦不可多得。嘗因延慶節緇黃講論畢，次及倡優為戲。可及乃儒服險巾，褒衣博帶，攝齊以升講座。自稱「三教論衡」。其隅坐者問曰：「既言博通三教，釋迦如來是何人？」對曰：「是婦人。」問者驚曰：「何謂也？」對曰：「《金剛經》云：『敷坐而坐。』若非婦人，何煩夫坐，然後兒坐也！」上為之啟齒。又問曰：「太上老君何人也？」對曰：「亦婦人也。」問者益所不喻。乃曰：「《道德經》云：『吾有大患，以吾有身。及吾無身，吾復何患？』倘非婦人，何患乎有娠乎？」上大悅。又問：「文宣王何人也？」對曰：「婦人也。」問者曰：「何以知之？」對曰：「《論語》云：『沽之哉，沽之哉，吾待賈者也。』倘非

婦人，待嫁奚為？」上意極歡，寵錫甚厚。翌日，授環衛之員外職。（吳兢：《唐闕史》卷下）

案：借「敷坐而坐」之音為「夫坐兒坐」；借「有身」之音為「有娠」；借「待賈」之音為「待嫁」。都屬「借音」。

3. 談笑有鴻儒，往來無白丁。（劉禹錫：《陋室銘》）

案：「鴻儒」與「白丁」本來非工對；因為「鴻」借音為「紅」，才能與「白」工整地對起來。舊詩中這一種對仗的方式，是利用「借音」來達成的。嚴羽《滄浪詩話》就名之為「借對」。

4. 季葦蕭笑說道：「你們在這裏講鹽獃子的故事？我近日聽見說：『揚州是六精。』」辛東之道：「是五精罷了，哪有六精？」季葦蕭道：「是六精的很！我說與你聽。他轎裏坐的債精，擡轎的是牛精，跟轎的是屁精，看門的是謊精，家裏藏著的是妖精：這是五精了。而今時作，這些鹽商頭上戴的是方巾，中間定是一個水晶結子，合起來是六精。」說罷，一齊笑了。（《儒林外史》第二十八回）

「諧音析字」除「借音」外，還有「合音」。所謂合音是把二個字的聲音拼合在一起，只說一個聲音，只寫一個文字，古人或稱為「切腳」。洪邁《容齋三筆》云：

世人語音，有以切腳而稱者。亦聞見之於書史中。如以蓬為勃籠，槃為勃闌，鐸為突落，叵為不可，團為突欒，鉦為丁寧，頂為滴顭，角為矻落，蒲為勃盧，精為即零，螳為突郎，諸為之乎，旁為步廓，茨為疾藜，圈為屈攣，錮為骨露，窠為窟駝，是也。

而「何不」合音成「盍」，「奈何」合音成「那」，「之於」合音成「諸」，「而已」合音成「耳」，「之焉」合音成「旃」，也屢見於古籍。

《鏡花緣》第十九回有這麼一個合音的故事：

多九公道：「林兄且慢取笑，我把來路說說。當時談論切音，那紫衣女子因我們不知反切，向紅衣女子輕輕笑道：『若以本題而論，豈非「吳郡大老，倚閭滿盈」麼？』那紅衣女子聽了，也笑一笑，這就是當時說話光景。」林之洋道：「這話既是談論反切起的，據俺看來，他這本題兩字自然就是甚麼；你們只管向這反切書上找去，包你找得出。」多九公猛然醒悟道：「唐兄，我們被這女子罵了。按反切而論：『吳郡』是個『問』字，『大老』是個『道』字，『倚閭』是個『於』字，『滿盈』是個『盲』字。他因請教反切，我們都回不知，所以他說：『豈非問道於盲麼？』」

《紅樓夢》第四十回也有：

黛玉道：「我最不喜歡李義山的詩，只喜他這一句：留得殘荷聽雨聲。偏你們又不留著殘荷了。」寶玉道：「果然好句！以後偺們別叫拔去了。」

其實「偺」為「自家」的合音；「別」為「不要」的合音。

史書中還有「雙反」的例子，如：

1. 先是文惠太子立樓館於鍾山下，號曰東田；東田，反語為顛童也；武帝又於青溪立宮，號曰舊宮，反之窮廄也。至是鬱林果以輕狷而至於窮。（《南史．鬱林王紀》）

2. 或言後主名叔寶，反語為少福，亦敗亡之徵也。（《南史．陳後主紀》）

然後說到「衍義析字」。

其一為「牽附」，就是隨著別人的話，故意由甲字牽出乙字來。

《紅樓夢》中最多此法：

1. 寶玉道：「正經叫『晦氣』也罷了，又『蕙香』咧！你姐兒幾個？」蕙香道：「四個。」寶玉道：「你

第幾？」蕙香道：「第四。」寶玉道：「明日就叫『四兒』，不必什麼蕙香蘭氣的了。」（第二十一回）

案：蘭氣為牽附。

2.「你愛過那裏去，就過那裏去，從今咱們兩個人擱開了，省的雞爭鵝鬪，叫別人笑話，橫豎那邊膩了，過來這邊，又有什麼四兒五兒伏侍你！」（第二十一回）

案：五兒為牽附。

3.黛玉道：「你的那些姑娘們，也該教訓教訓，只是論理，我不該說。今兒得罪了我的事小，倘或明兒寶姑娘來，什麼貝姑娘來，也得罪了，事情豈不大了？」（第二十八回）

案：寶姑娘是薛寶釵，貝姑娘卻無其人，為牽附。

4.寶玉道：「太太不知道。林妹妹是內症，先天生的弱，所以禁不住一點兒風寒。不過吃兩劑煎藥，疎散了風寒，還是吃丸藥的好。」王夫人道：「前兒大夫說了個丸藥的名字，我也忘了。」寶玉道：「我知道那些丸藥，不過叫他吃什麼人參養榮丸。」王夫人道：「不是。」寶玉又道：「八珍益母丸。左歸，右歸，——再不就是八味地黃丸。」王夫人道：「都不是。我只記得有個『金剛』兩個字的。」寶玉拍手笑道：「從來沒聽見有個什麼金剛丸！若有了金剛丸，自然有菩薩散了！」說的滿屋裏人都笑了。寶釵抿嘴笑道：「想是天王補心丹。」王夫人笑道：「是這個名兒。如今我也糊塗了。」（第二十八回）

案：寶玉說的「金剛丸」，是順著王夫人的話；至於「菩薩散」就是牽附了。

5.宋嬤嬤聽了，心下便知鐲子事發。因笑道：「雖如此說，也等花姑娘回來，知道了，再打發他。」晴雯道：「寶二爺今兒千叮嚀萬囑咐的，什麼花姑娘草姑娘的，我們自有道理。」（第五十二回）

案：花姑娘指花襲人，草姑娘為牽附。

《兒女英雄傳》也有：

6.「這個話，你們姊兒倆竟會明白了？難道這個左傳右傳的，也會轉轉清楚了嗎？」（第三十三回）

案：《左傳》指左丘明的《春秋傳》，右傳為牽附。

「衍義析字」除「牽附」外，還有「演化」，由字義推演變化而成。如：

開皇中，有人姓出名六斤，欲參素，齎名紙至省門，遇侯白，請為題其姓，乃書曰「六斤半」。名既入，素召其人，問曰：「卿姓六斤半？」答曰：「是出六斤。」曰：「何為六斤半？」曰：「向請侯秀才題之，當是錯矣。」即召白至，謂曰：「卿何為錯題人名姓？」對云：「不錯。」素曰：「若不錯，何因姓出名六斤，請卿題之，乃言六斤半？」對曰：「白在省門，倉卒無處覓稱，既聞道是出六斤，斟酌只應是六斤半。」素大笑之。（《啟顏錄》）

我國文字，一形或不止一音，或不止一義。凡套用古語，而其中某字或義異乎原文，或音義均異原文，亦屬字義之「演化」。古人文中每有之：

1. 芸問曰：「今日之遊樂乎？」眾曰：「非夫人之力不及此！」大笑而散。（沈復：《浮生六記・閑情記趣》）

案：「今日之遊樂乎？」出蘇軾《後赤壁賦》。「非夫人之力不及此」出《左傳・僖公三十年》為晉文公語。但晉文公所謂「夫人」猶言「那人」，指秦穆公，夫音ㄈㄨˊ。而眾曰「夫人」，卻指沈復的夫人陳芸，夫音ㄈㄨ。音義都改變了。

2. 有人將虞永興手寫《尚書》典錢。李尚書選曰：「經書那可典？」其人曰：「前已是《堯典》《舜典》。」

（朱揆：《諧噱錄》）

案：「經書那可典」之「典」是「典當」意；《堯典》、《舜典》之「典」則為「典籍」意。形同音同而義異。

最後說到「綜合析字」。

析字格中，或有所用不限於化形、諧音、衍義一種，而用二種或二種以上的，叫作綜合析字，如：

1.魏武嘗過曹娥碑下，楊修從，碑背上題作「黃絹幼婦外孫齏臼」八字。魏武謂修曰：「解不？」答曰：「解。」魏武曰：「卿未可言，待我思之。」行三十里，魏武曰：「吾已得。」令修別記所知。修曰：「黃絹，色絲也，於字為絕；幼婦，少女也，於字為妙；外孫，女子也，於字為好；齏臼，受辛也，於字為辤；所謂『絕妙好辭』也。」魏武亦記之，與修同。乃嘆曰：「我才不及卿，乃覺三十里。」（《世說新語．捷悟》）

案：由「黃絹」演化為「色絲」，再離合而成「絕」字。其下「妙」、「好」、「辭」三字類此。此條兼具「化形析字」、「衍義析字」二者。

2.槀砧今何在？山上復有山。何當大刀頭？破鏡飛上天。（古詩）

案：宋王觀國在《學林新編》卷八解釋說：「槀砧者，鈇也；槀砧今何在者，問夫何在也。山上復有山者，出也；言夫已出也。大刀頭者，鐶也；何當大刀頭者，何日當還也。破鏡者，月半也；破鏡飛上天者，言月半當還也。」由「槀砧」衍義得「鈇」，再諧音得「夫」；由「山上復有山」離合得「出」。此條兼具「化形」、「諧音」、「衍義」三法。

3.長老大驚道：「徒弟啊！這半山中，是那裏甚麼人叫？」行者上前道：「師父只管走路，莫纏甚麼『人

轎』、『騾轎』、『明轎』、『睡轎』。這所在，就有轎，也沒個人擡你！」（《西遊記》第四十回）

案：由「人叫」變成「人轎」是諧音，再牽附出「騾轎」、「明轎」、「睡轎」來。

4.眾人都看時，原來是「唐寅」兩個字，都笑道：「想必是這兩個字，大爺一時眼花了，也未可知。」薛蟠自覺沒趣，笑道：「誰知他是『糖銀』是『菓銀』的！」（《紅樓夢》第二十六回）

案：先把「唐寅」諧音作「糖銀」，再牽附出「菓銀」來。

乙、舉　例

現代文藝作品中，「析字」用法不多。可見此法漸為時代所淘汰。偶見數例，錄在下面，聊備一格而已。

(三)化形析字

以「離合」為多，如：

1.田字下面一個力，這明明是告訴你男人是在田裏出力氣的，你跟他們談感情呀！（康芸薇：《佳偶》）

2.一眼看到「君子不器」那句話，皇帝突有靈感：「師傅！這句話怎麼講？」李鴻藻擦一擦眼淚，定睛細看，只見皇帝一隻手掩在書上，把「器」字下面那兩個「口」字遮住了，成了「君子不哭」四字；不由得破涕為笑，差一點沒罵出來：淘氣。（高陽：《玉座珠簾》）

3.不過，我對醉月公的印象，還是相當深刻。因為我曾是「醉記」裏的「小點王」——小點王者，主也。那是家鄉人們稱呼上的拆字法。（許長樂：《醉月公》）

4.幾年前我徒步在廣東北部一條公路上，碰到一個逃亡的士兵。他形容枯槁，衣服破了，皮鞋爛了，卻還苦苦地踅步奔走，我們攀談起來。當我問他為什麼要逃亡時，他睒了睒無神的眼，幽默然而沉痛的說：「官字兩個口，他們當官的會吃兵糧，我們兵字兩隻腳，就會逃走！」幽默是幽默透了，然而叫人顫慄。我又碰到過一個工人，他說：「咱們工字不出頭，你敢強出頭呀！你就得變成土！」同樣的，有一個稍識之乎的老農啣著旱煙半閉著眼睛給我解釋過「農」字的意義，慘然地說：「種田人，佃農兩字就是生歪了時辰八字呀！」意即農字是「曲」「辰」兩字合成。那種痛苦的風涼話，聽了真叫人起雞皮疙瘩。（秦牧：《含淚的幽默》）

5. 麗江在清初凡奴隸階級的都被改姓為和，取意為「木」家的人，給他一頂斗笠（丿），一口籃子（口），讓他下田去工作。（劉震慰：《滇北風情》）

6. 「自大加一點是什麼字？」教授問。

「臭字嘛！」一位同學迅速答。

「既然知道是臭字，那麼做人就不要犯了自大過分又加了一點的毛病，懂嗎？孩子！」教授解釋著。

（錄自《明道文藝》，未題作者及篇名）

7. 有些酒吧，居然刊登廣告標榜「無卡裝」。（費禮：《聲色滋味在香港》）

案：不便直截了當稱為無上無下裝，把上下二字合併為「卡」了。

8. 不久他教我一些比較複雜的字。「女」字旁加一個掃帚的「帚」字，就變成一個已婚婦人的「婦」字；「女」字和「少」字併在一起，就成了佳妙的「妙」字。和睦的「和」字是禾旁加一個「口」，中國人認為在他們那個謀生艱難的國土，如果有飯吃，天下就太平了。很多合體字的意思非常恰當。「人」與「言」合在一起是「信」。一個言行相符的人自然是個有信用的人。「奴」字和「心」字連在一起成了「怒」字。一個人失掉了理智才會生氣，這時他確已變成了內心情感的奴隸。（曼紐爾・科門羅夫：《最

難忘的人——我的中文導師》

9. 偉大的「聖甲蟲」已屈服於祭壇上

偉大的光閃耀其甲殼中

犂那神聖的土地並將蠶繭早日拉枝成絲

顯（龐德：詩章第七十四）

案：鄭臻《中國文字與龐德》：「詩中安插的顯字分別以『日』、『絲』、『頭』三部份構成。太陽和絲都是發射亮光的物體。」

10. ・太

在中文裡

「太」的

意思是「過份」，

但是

什麼是過份的

過份呢？

「太——太」

一個太太是也！

・忙

「忙」
在中文裡
結合了
「心」
與
「亡」。

這該不會是古人
想告訴我們
一些什麼吧？

・心

「心」到處都是
甚至在「思想」這個詞裡也是
三點血滴
提醒我們
所謂的邏輯到頭來還是一個
心的問題

・休・安

兩個都在休息

都在平安的歇息

一男一女倆個人

他休息

在一棵樹下

她歇息

在屋頂之下

（James Hatch作，羅青譯：《管窺中文有感》）

英文中亦有類似離合之法，附錄於此：

11. 我們有一項「挽救世界」（Save Our World）的使命。我們選擇這個名字是因為這幾個字的英文縮寫是SOW。這個字的含意之一是播種。（美國維吉尼亞州瑞契蒙市聖伯納迪小學六年級學生：《致全球公民書》）

12. 國家領導人就是要能帶領國家向前進步，而"LEADERSHIP"（領導能力）是最重要的。將LEADERSHIP十個英文字母逐一拆解，則有：愛(Love)、效率(Effeciency)、能力(Ability)、方向(Direction)、辯才(Eloquence)、尊重(Respect)、真誠(Sincerity)、勤奮(Hardworking)、操守(Integrity)和抗壓力(Pressure)，國家領導人應具備這些特質或能力，才能帶領國家往前發展。（宋楚瑜：《選有魄力的領導人》）

口語中偶爾也有：

13. 水昆兄，你敢再摸魚，等一下我就叫你倒大楣！

案：據說這是成功嶺教育班長的口頭禪。取「混水摸魚」成語，而將「混」字析為「水昆」。簡媜《夢遊書》亦有《水昆兄》一文，說是「阿Q」的子孫。

14. 那人啊好可怕，長得一付「刀巴相」。

案：刀巴析色字。

15. 他姓張，弓長張；他也姓章，不過是音十章。

16. 一不小心，踩上了「米田共」。

廣告中也曾出現：

17. 半個月就減胖！

消除贅肉，正宗中醫減肥方，深獲肯定——快打減肥專線……。

電腦打字風行後，一種新的化形析字法流行於電腦族間，電腦盲可得小心了！

18. 你真是「一人十大日」啊！

案：請自用「倉頡輸入法」，在電腦鍵盤上敲敲這五個鍵，看螢幕上出現什麼字！假如你連這都不會，

那真是豬了！

㈢諧音析字

先說「借音」。

1. 哈哈！梅庭過，梅庭過，「沒聽過」，好一個沒聽過。果然我是沒聽過。上當了！上當了！（小野：《蛹

之生》

案：吳霜為了向秦泉打聽些趙一風對自己的批評，撒謊說自己名叫梅庭過。這只是「沒聽過」的諧音；於「沒聽過」之外，沒有其他含意。

2. 珠簾乍響，卻是爾珍，這才恍然記起請她吃小荳包的事，她壓根兒忘得乾乾淨淨的了，心裡抱歉，嘴上調笑道：「喲，給個棒錘當個針，果然來了，我還把這事忘了呢……」（鍾曉陽：《停車暫借問》）

案：借「給個棒錘當個針」的「針」音，而作「真」解。

3. 他們二個，姓何的嫁給姓鄭的，鄭何氏！（電視劇）

案：借音作「正合適」解。

4. 甲：我每天做兩百次仰臥起坐。

乙：你少蓋了！

甲：我每天喝八大杯水補充水分。

乙：你少蓋！

丙：你少鈣？那麼請喝加鈣的健酪！（電視廣告）

案：「蓋」、「鈣」同音。

有些日常用品，喜歡用數目字的諧音取名，如：

5. 耐斯烏溜溜，請用耐斯566洗髮精！（電視廣告）

6. 八五〇，八五〇，八五〇就是百服寧，百服寧就是八五〇。（電視廣告）

有些外文譯音，只是諧音，別無他意。

7.絞盡腦汁的將那些「狗盜貓奶」之類的句子和「您早」聯在一起。（張毅：《警告逃妻》）

案：「狗盜貓奶」為英語早安的借音，並沒有狗偷吃貓奶等含意。

8.前面快到那兒了？

巴的摩爾！

什麼？「爸的木耳」？（費禮：《驚魂記》）

9.矮冬瓜，能退火，人家叫我everyday。（電視廣告）

案：此條須以閩南方言讀之。瓜、火、day押韻，而everyday為「矮肥嘞短」的諧音。但與「每天」無關。

「合音」方面，只有合二音為一音的例子，卻沒有析一音為二音的例子。

1.女人回回頭問：「你說嗎？小子的爹。」男人好容易抬抬臉，只說句：「有嗎好說的！」（子于：《高粱地裏大麥熟》）

案：下「嗎」字是「什麼」的合音。

2.一時貪快，乜都冇晒！（香港交通安全標語）

案：「乜」是「什麼」的合音；「冇」是「沒有」的合音。

此外如江浙人把「勿曾」合為「朆」音；北京人把「不用」合成「甭」音：都屬「合音」。只是把它當作修辭現象，倒不如把它當作語言現象研究為好。

㈢衍義析字

現代文學中此種用法很少。

1.又有人叫她「真理」，因為據說「真理是赤裸裸的」。鮑小姐並未一絲不掛，所以他們修正為「局部的真理」。（錢鍾書：《圍城》）

2.朋友之間能蓋得投機，也是人生一大樂事。比如喜歡考據那種「硬東西」的人，他們「硬」在一起，真快樂得很。喜歡尼采的朋友，「尼」在一起，也是趣味無窮。（黃菊：《書香》）

3.他是位標準的「鼻特靈」，在家沒事就尖起鼻子東聞西聞，一副尋釁的神情。（琦君：《我也是緊張大師》）

案：「鼻特靈」是成藥名，取治鼻特別靈驗的意思，此處作鼻子的嗅覺特別靈敏解。

4.真是「羞死了」！

少女好事被撞破

回家上吊自殺了（某報新聞標題）

案：「羞死了」通常並不意味真的死去，此係別解。

5.兵變！燒情敵機車釀禍，軍人落網。（《聯合報》新聞標題）

案：「兵變」，此指男友服役當兵，女友感情生變。

可算「演化」。又如：

1.開口西方長，閉口西方短，根本就沒把國粹放在眼裏。（司馬中原：《血彈子》）

2.管他什麼豬太郎，牛大郎的！（繁露：《向日葵》）

3.只聽那婦人聲音說道：「老婆子連這裏叫什麼峰，都不知道，那會知道什麼雲門峰。霧門峰？」（東方玉：《七步驚龍》）

可算「牽附」。

(四) 綜合析字

口語中由「妙不可言」諧音「妙不可鹽」，再牽附「妙不可醬油」，可看作綜合析字法。戲稱「假」為「西貝」，稱「豈有此理」為「豈有此外」，稱「莫名其妙」為「莫名其土地堂」，稱「謝」為「請問三圍」：也都是綜合析字法。回答「怎麼辦？」說「涼拌」；回答「真的嗎？」說「還煮的呢」：仍是綜合析字法。

記得一九七八年母校臺東師範三十周年校慶，我曾應邀回去參加慶祝。級友徐君那時已棄教從政，當選了臺東縣議員。他盛情邀我去菜市場附近一家大眾化的食堂和許多老同學餐敘。當我們到達時，菜市場許多人笑著喊：「魚丸肉丸攏來了！」「魚丸」是「議員」的諧音，「肉丸」則屬牽附。

又有一次，我用半生不熟的閩南話向正在搬家的鄰居說：「你搬家（音ㄍㄟ）啊？」只聽鄰居回答說：「還搬鴨咧！阮是搬厝啦！」諧音再牽附，又是綜合析字。

茲從現代文學作品中更舉數例於後。

1.「他給女人迷昏了頭，全沒良心，他不想想不靠我們周家的栽培，什麼酥小姐，糖小姐會看中他！」周太太並不知道鴻漸認識唐小姐，她因為「芝麻酥糖」那現成名詞，說「酥」順口帶說了「糖」，信口胡扯，而偏能一語道破，天下未卜先知的預言家都是這樣的。

案：方鴻漸是《圍城》的主角，受準岳家資助赴歐留學，但留歐時未婚妻周淑英因傷寒症去世了。鴻漸回國後，仍住在準岳家，卻和蘇文紈、唐曉芙表姐妹倆有些感情糾葛。周太太只知道鴻漸和蘇文紈的交往，並不知道唐曉芙的事。「酥小姐」指蘇文紈，「糖小姐」順口牽附而已，沒想到竟無意說中了！

2.「老王，她是個白俄，值得我們同情。」我對老王說。

3.「我管她什麼白鵝、灰鵝，我就是討厭洋人！」老王固執地回答。（墨人：《白雲青山》）

「你姓戚？」二馬問。

「我還姓八呢！」那個人說，自己點著香烟，把煙霧吐得遠遠的。（段彩華：《酸棗坡上的舊墳》）

4.「今天要講的這位音樂家的名字，叫做巴哈。我們且聽他小的時候是怎麼用功，才成為大音樂家。」

底下已有幾位吃吃地笑著說：

「那位音樂家叫做爸爸！哈哈！巴哈爸爸！爸爸哈哈！」

「是的，這位音樂家就叫爸爸，他是音樂的爸爸。但是一般都不這樣講。大家都稱他為音樂之父。」

（黃春明：《小巴哈》）

案：由「巴哈」諧音並重疊為「爸爸！哈哈！」，再演化為「音樂的爸爸」與「音樂之父」。

5.原該具有「宇宙」(Universal)精神的「大學」(University)卻被矮化為「千部一腔，千人一面」的「制服」(Uniform)樣板。（康來新：《讓人文成為臺灣的生命力》）

案：由「宇宙」、「大學」、「制服」三個名詞英語拼音的增損變化，意味著臺灣人文生命的衰弱與墮落。

丙、原　則

(一)消極的原則

(1)不可使析字變成一種文字遊戲。

文學活動原是人類一種嚴肅的行為。即使是一幕鬧劇，隱藏在嘲弄後面的，仍是一顆對人類滿懷了解與同情的心。假如析字格只停留在滑稽的文字遊戲的層次，那是不能成為一種文學活動的。韋禮克在其《文學論》

(R. Wellek & Warren: Theory of Literature)中謂擬聲語（相當於諧音析字）的問題已被近代語言學者竭力貶抑，其故在此。

⑵避免使用牽強附會的析字。

例如《魏延傳》析「角」為「刀用」，這違背了角為獨體象形的事實，而且含有迷信成分，簡直不足為訓！又如龐德運用語源學巧喻(Etymological Conceits)的技巧，似通而實不通地把中國字中的「顯」字硬拆開為「日」、「絲」、「頭」，作為詩句，也嫌「牽強」，我們同樣不贊成。我們僅能同意那些符合我國文字構造的，自自然然的析字。

㈢積極的原則

⑴要發揮我國文字的特性。

我國文字，在形體上可以離合；在聲音上可以借音，可以合音；在意義上可以牽附，可以演化。這種種方法的所以可能，是由於我國六書文字形音義密切緒合的特性。在音標文字中，雖然可能有「諧音析字」，如藍孫姆(J. C. Ransom)模仿丁尼生(A. L. Tennyson)的詩句：murmuring of innumerable bees（群蜂營營）為murdering of innumerable beeves（群牛之屠宰）。甚至可能有「化形析字」，比方說：「smiles（笑）是英文最長的字，因為第一個字母跟最後一個字母的距離有一哩(mile)遠」。但相對於中文，到底少些。因此，我們對我國文字的這種特性更要加以發揮。蘇軾可能是最擅長此道的人。像王安石作《字說》，講「以竹鞭馬為篤」，「波者水之皮」；蘇軾就問他：「然則以竹鞭犬，有何可笑？」還詎說：「九鳥為鳩。」王安石不解，蘇軾就舉《詩經・鳲鳩》：「鳲鳩在桑，其子七兮。」為證，說：「連爹帶娘，豈不為九？」又黃庭堅請蘇軾吃魚，請帖上寫了「半魯候教」。後來蘇軾也寫了「半魯候教」的請帖，回請黃庭堅，來了只在院子裡曬太陽。蘇軾說：「你請我吃上半魯，我請你吃下半魯。」謔而不虐，也非純為文字遊戲，充分發揮了我國文字的特性。

⑵要發揮民間及口語中析字的用法。

「離合」的析字法，多來自民間；「諧音」及「牽附」多見於口語。文學不應專屬於廟堂的，也不能脫離口語。所以文學作品必須繼承這種民間及口語上的用法，並加以改進。像以「鄭何氏」諧「正合適」，以「寶姑娘」牽出「貝姑娘」，以及現代成年人笑不喝酒的人患有「氣管炎」（妻管嚴），戲稱家人全在國外，自己獨留臺灣的人為「臺獨」，還有「內在美」、「外在美」種種說法，青少年把「偶像」說成「嘔吐的對象」等等，都充分顯示出我們同胞們的風趣，引起讀者親切的感受。

⑶進一步由「析字」發展出「析詞」法。

詩人羅門在《麥當勞午餐時間》有句：

吃完不大合胃的漢堡

怎麼想也想不到

漢朝的城堡那裏去

我自己也經常聽到有人說：

活動，活動，人想活，就得動！

心得，心得，用心始得，不用心，如何得？

困難，困在家裡就難；出路，走出家門就有路！

大陸也流行著一些特殊詞彙：

寄託：就是考GRE和托福(TOFEL)。

老闆：指的是沒有笑容，老是扳著一張臉。

總裁：就是「總是裁人」，老闆讓員工走路。

以上所說「漢堡」、「活動」、「心得」、「困難」、「出路」、「寄託」、「老闆」、「總裁」，都是複音詞，而非「成語」，把上述詞彙析為「漢朝的城堡」等等，不能視為「引用」中的「化用」，可否當作「析字」的延伸——「析詞」呢？在唐松波、黃建霖主編的《漢語修辭格大辭典》，就有「拆詞」一格，亦稱「析詞」，定義是：「把一個結構固定的詞語拆開來，中間插進一些詞語，或者顛倒原來詞語的次序，把不能獨立運用的詞素當作詞來獨立運用。」例子有「紅樓非夢」（隔離），「古而怪之，怪而古之」（顛倒），「高是絕對沒有的，清倒是實質。」（拆開「清高」而拈用）等。是很有參考價值的意見。

第九章 轉品

甲、概說

一個詞彙，改變其原來詞品而在語文中出現，使含意更新穎豐富，意義表達得更靈活生動，叫作「轉品」。「品」指的就是文法上所說的詞的品類。「轉品」，有些文法學家，如王力，稱之為「變性」。所著《中國文法學初探》就說：

> 詞有本性、有準性、有變性。所謂本性，是指不靠其他各詞的影響而能有此詞性的；所謂準性，是為析句的便利起見，姑且準定為此詞性的。所謂變性，是因位置關係，受他詞之影響，而變化其原有的詞性的。

修辭學所說的「轉品」，實際上就是文法學所說的「變性」。不過文法學家所說的「變性」是漢語語法自然現象；修辭學家所說的「轉品」卻是作文者刻意為之。

在漢語中，轉品的現象可以遠推至甲骨文時代。卜辭中「雨」字，作「」、「」、「」，象落下的雨點之形。就其為雨點而言是名詞，所以卜辭中有「大雨」、「遘雨」、「茲雨」、「東來雨」。就其為落下動作而言是動詞，所以卜辭中有「不雨」、「其雨」、「允雨」、「今夕雨」。要明瞭其原因，必須由漢語的特質說起。人類的主要語言大別有四：

一、孤立語

又稱詞根語。這類語言的特徵是：一個詞常常只有詞根，很少詞頭、詞尾等變化，因此各種詞類在形態上缺乏明顯的標誌。句子裡詞與詞之間的關係，常由詞序、輔助詞等語法手段來表示。漢藏語系的漢語、洞臺語、苗傜語、越南語、藏緬語，都是孤立語。

二、黏著語

又稱接合語。黏著語的語詞，由表示詞彙意義的語根和表示語法意義的附加成分黏合而成。詞根和附加成分的形式都很固定，而且有相當大的獨立性。例如日語：

先週，わたしたちは、教室で　日本の歌のテープを聞きました。

（上個星期，我們在教室裡聽了日本歌曲的錄音帶。）

這個日語句子中，表示複數的たち，表示主語的は，表示處所的で，表示領屬關係的の，表示賓語的を，表示過去時敬體的連用形＋ました等等都是黏著成分，它們表示各種語法意義。黏著語除屬阿爾泰語系的日語、朝鮮語、蒙古語、通古斯語以及突厥語外，還有班圖語系、芬蘭—烏戈爾語系諸語言。

三、屈折語

又稱變形語。屈折語的語詞，由表示詞彙意義的詞根和表示語法意義的附加成分緊密結合而成。詞的語法形式由詞根音位的替換或附加成分的變化而形成。詞根音位替換的例子，如英語的foot，由一個詞根構成，是單數的「足」；元音u用i來替換，變成feet，是複數的「足」。又如德語的dich，也由一個詞根構成，是「你自己」的意思；輔音d用s來替換，變成sich，便是「他自己」的意思了。詞根附加成分變化，一般是指詞尾變化。在拉丁語裡，動詞出現大約一百二十五個屈折形式。例如amāre是「愛（不定式）」，amō是「我愛」，amās是「你愛」，amat是「他愛」，amāmus是「我們愛」，amem是「我可能愛」，amor是「我被愛」等等。又如英語中relax（放鬆）、

resolute（堅決的）原為動詞與形容詞，加上附加成分-tion即變為名詞relaxation（鬆弛）、resolution（決意）；nation（國家）、person（人）原為名詞，加了附加成分-al即變更為形容詞national（國家的）、personal（個人的）；若再加上-ly則又變更為副詞nationally（全國性的）、personally（親自的）。印歐語系的印度語、斯拉夫語、日耳曼語、羅曼語，和閃含語系的阿拉伯語、埃及語，大致上都屬屈折語。

四、複綜語

又稱多式綜合語。複綜語常在動詞詞根上加進各種附加成分，可以表達類似句子的完整的意思。例如南美洲阿爾共金語的akuo-pi-n-am（他從水中拿起它），包含詞根akua-（拿），後加成分-(e)pi-（水）和-(e)n-（用手），以及表示「它」的詞尾-am；又如北美印第安的契努克語的I-n-i-a-l-u-d-am（我把它交給了她），-d-是中心詞根，表示動作「給」，六個前附成分順序表示：I——過去時，n——第一人稱施事「我」，i——直接受事賓語「它」，a——受事賓語「她」，l——表示前面的a是間接賓語，u——表示後面的d是施動，後附成分-am表示動作的目的。美洲印第安語系的各種語言，和古代亞細亞語中的部分語言，屬於複綜語。

綜上所述，黏著語以黏著成分來表示語根的語法功能和詞性；屈折語以詞根音位替換和詞尾變化來表示意義和詞性；複綜語以動詞為主要成分，附加其他成分以表達各種意思，是詞是句，幾乎分不清楚了。這三種類型，綜合的程度容或有異，但綜合的性質是很明顯的。只有孤立語，不是「綜合」的，而是「分析」的。一個詞彙很少因為在語句上功用的不同而產生形式上的變化；而多從其在語句中的位置判別詞性。漢語屬於一種孤立語，所以漢語中決定詞性的不是字形變化，而是詞序。換句話說，漢語中的同一詞彙，由於在句中位置次序的不同，可以作名詞、動詞、形容詞使用，而不需改變字形。漢語自古多轉品，語言學上的基礎在此。

古代漢語中的轉品現象，馬建忠寫的中國第一本講文法的書《馬氏文通》，就已提到，而稱之為「假借」或

「用如」，分見於各卷。茲彙舉其目並選錄其例句，條列於後：

一、通名（普通名詞）往往假借靜字（形容詞）、動字（動詞）、狀字（副詞）。

1.夫心之精微，口不能言也；言之微眇，書不能文也。（《漢書・張敞傳》）

「精微」與「微眇」皆靜字，今用為通名矣。

2.冀足下知吾之退，未始不為進；而眾人之進，未始不為退也。（韓愈：《答侯繼書》）

「進」、「退」，動字也，而用作通名。

3.天之蒼蒼，其正色耶？（《莊子・逍遙遊》）

「蒼蒼」重言，本狀字也，今假借為名。

二、有以公名、本名（專有名詞）、代字（代名詞）、動字、狀字用如靜字者。

1.如：「王道」、「臣心」之類，「王」、「臣」二字本公名也，今先於其他公名，則用如靜字矣。

2.「堯服」、「舜言」之屬，「堯」、「舜」皆本名，今則用如靜字。

3.「吾國」、「其行」諸語，「吾」、「其」皆代字也，今則用如靜字。

4.「饑色」、「餓莩」諸語，「饑」、「餓」本動字也，今則用如靜字。

5.「款款之愚」、「拳拳之忠」，凡重言皆狀字也，今則用如靜字。

三、靜字單用如名者。

1.以小易大，彼惡知之？（《孟子・梁惠王上》）

「小」、「大」兩靜字，今單用如名。

2.故用兵者，不以短擊長，而以長擊短。

「長」、「短」靜字單用，承上文「兵」字而言。

四、名字狀動字（用名詞當副詞去描述動詞）。

1. 銅鐵則千里往往山出棊置。（《史記・貨殖列傳》）

言「如圍棊之置」也。「棊」，名字，先於「置」字，以狀其布置之式，「置」字用為受動詞。

2. 項莊拔劍起舞；項伯亦拔劍起舞；常以身翼蔽沛公。（《史記・項羽本紀》）

「翼」，名字，先「蔽」字，以狀其左右遮蔽之容。「蔽」，外動字也。

五、動字其為體也無方，名字、代字、靜字、狀字，皆假借焉。

1. 樹吾墓檟，檟可材也，吳其沼乎！（《左傳・哀公十一年》）

「樹」、「材」、「沼」三字皆名字也，假為動字。「樹」字假為外動字；「材」與「沼」假為受動字。

2. 且也相與吾之耳矣，庸詎知吾所謂吾之乎？（《莊子・大宗師》）

「吾之」者，各成為「吾」也；「吾」，代字也，而外動矣。

3. 大學之道，在明明德。（《禮記・大學》）

「明」本靜字，第一「明」字，明之也，為外動字。

4. 賢者以其昭昭使人昭昭；今以其昏昏使人昭昭。（《孟子・盡心下》）

兩言「使人昭昭」，「昭昭」重言，本狀字也，今用如內動字。

5. 甚矣吾衰也！（《論語・述而》）

「甚」本狀字，合「矣」字，其為表詞（指表態句中之表語）也明甚。

六、狀字本無定也，有假借名字、靜字、動字為狀字者。

1.庶民子來。（《孟子・梁惠王上》）

「子來」者，如子之來也。「子」，名字，先乎動字而成狀字。

2.是以十九年而刀刃若新發於硎。（《莊子・養生主》）

「新」字本靜字也，今先「發」字而為狀字。

3.且方其時，上使立誅之則已。（《史記・張釋之列傳》）

「立」，動字也，今假以狀「誅」字而先焉。

王力於此，也有所討論。在《古漢語通論》第十一：「詞類的活用」一節所述，約有五種，略如下述：

一、名詞用如動詞

1.晉軍函陵，秦軍氾南。（《左傳・僖公三十年》）

案：軍用如動詞。

2.曲肱而枕之。（《論語・述而》）

案：枕用如動詞。

3.吾見申叔，夫子所謂生死而肉骨也。（《左傳・襄公二十二年》）

案：生由普通動詞變為使動動詞；肉係名詞的使動用法。

4.夫人之，我可以不夫人之乎？（《穀梁傳・僖公八年》）

案：夫人係名詞的意動用法。

二、名詞用如副詞

1.其後秦稍蠶食魏。（《史記・魏公子列傳》）

案：鼈用來描繪動作之方式。

2. 今而後知君之犬馬畜伋。(《孟子‧萬章下》)

案：犬馬用來表示動作的態度。

3. 舜勤於民而野死。(《國語‧魯語》)

案：野用來表示動作發生的處所。

4. 田單兵日益多，乘勝，燕日敗亡。(《史記‧田單列傳》)

案：兩「日」字皆表示情況的逐漸發展。

三、動詞用如名詞

1. 有不虞之譽；有求全之毀。(《孟子‧離婁》)

案：譽、毀二字都由動詞變為名詞。

四、動詞用如副詞

1. 廣殺其二人，生得一人，果匈奴射雕者也。(《史記‧李將軍列傳》)

案：生用如副詞，修飾動詞得字。

2. 爭割地而賂秦。(賈誼：《過秦論》)

案：爭修飾動詞割字。

五、形容詞用如動詞

1. 冉有曰：「既庶矣，又何加焉？」曰：「富之。」(《論語‧子路》)

案：富本為形容詞，此為使動用法。

2. 甘其食，美其服，安其居，樂其俗。（《老子》）

案：甘、美、安、樂本來都是形容詞，此均用作意動動詞。

在《漢語詩律學》中，王力指出唐詩中更有如下的轉品現象：

六、名詞用作形容詞

1. 雲霞出海曙，梅柳渡江春。（杜審言：《和晉陵陸丞早春游望》）

案：「曙」、「春」本名詞，此作形容詞。

2. 孤雲獨鳥川光暮，萬井千山海色秋。（李嘉祐：《同皇甫冉登重玄閣》）

案：「暮」、「秋」為名詞作形容詞用。「川光」王書引作「千山」，蓋涉下文「萬井千山」而誤，茲據《全唐詩》正。

七、動詞用作形容詞

1. 祖席依寒草，行舟起暮塵。（王維：《送孫二》）

案：動詞「祖」、「行」用作形容詞。祖，餞也。

2. 淚逐勸杯下，愁連吹笛生。（杜甫：《泛江送客》）

案：動詞「勸」、「吹」用作形容詞。

八、形容詞用如名詞

1. 紅入桃花嫩，青歸柳葉新。（杜甫：《奉酬李都督表文作》）

案：形容詞「紅」、「青」用作名詞。

2. 寵光蕙葉與多碧，點注桃花舒小紅。（杜甫：《江雨有懷鄭典式》）

案：「碧」、「紅」均轉品為名詞。

九、形容詞用作副詞

1. 微升古塞外，已隱暮雲端。（杜甫：《初月》）

案：「微」用如下句「已」字，由形容詞變作副詞。

2. 菱蔓弱難定，楊花輕易飛。（王維：《歸輞川作》）

案：「難」、「易」均為形容詞用如副詞。

在《中國文法學初探》中，王力對古代漢語變性（轉品）的定律，更有所歸納，略如下述：

一、動詞

(1) 外動詞後無目的格者，變受動詞。

1. 舜有臣五人而天下治。（《論語・泰伯》）

2. 吾不試故藝。（《論語・子罕》）

(2) 內動詞後加目的格者，變外動詞。

1. 小子鳴鼓而攻之可也。（《論語・先進》）

2. 太史公讀秦記至犬戎敗幽王。（《史記・六國年表》）

(3) 名詞、形容詞、內動詞、在代名詞之前者，皆變外動詞。

1. 睹其一戰而勝，欲從而帝之。（《戰國策》）

2. 人潔己以進。（《論語・述而》）

3. 求也退，故進之；由也兼人，故退之。（《論語・先進》）

(4)介詞「於」(于)字前只有名詞而無動詞時，則此名詞變動詞。

1.欒黶士鲂門於北門。(《左傳・襄公九年》)

2.甲戌，師於氾。(《左傳・襄公九年》)

(5)「不」字後之名詞變動詞。

1.何以不地？(《公羊傳》)

2.君子不器。(《論語・為政》)

(6)「所」字後的名詞或形容詞或副詞，變動詞。

1.何至一旦便易此情於所天。(晉武帝詔)

2.其所厚者薄，而其所薄者厚。(《大學》)

3.誠投以霸王為志，則戰功非所先。(《齊策》)

二、名詞

(1)「其」字後僅有形容詞而無名詞，則此形容詞變名詞。

1.其知可及也，其愚不可及也。(《論語・公冶長》)

2.抑之欲其奧，揚之欲其明。(柳宗元：《答韋中立書》)

(2)「之」字後僅有形容詞而無名詞，則此形容詞變名詞。

1.不有祝鮀之佞，而有宋朝之美。(《論語・雍也》)

2.不知鞍馬之勤、道途之遠也。(韓愈：《上于相公書》)

三、形容詞

凡兩名詞相連，前者變形容詞。

1. 夫顓臾，昔者先王以為東蒙主。（《論語・季氏》）
2. 割雞焉用牛刀？（《論語・陽貨》）

四、副詞

凡動詞前的名詞，不能認為主格者，變副詞。

1. 有席卷天下，包舉宇內，囊括四海之意。（賈誼：《過秦論》）
2. 天下雲集而響應，贏糧而景從。（賈誼：《過秦論》）

以至於今日，世界語言在語法上趨向省簡。一個詞彙若是形式變化過多，有礙記憶；由於形式變化使詞的音節加長，更使學習困難；何況像名詞與形容詞或動詞性數相合等等是累贅而沒有必要的。不如讓語詞的語尾變化脫離語詞本身而獨立，用語詞的邏輯次序代替語尾變化來表示詞性，使語句有一定次序，組織固定，容易表達意思。因此包括「複綜語」、「變化語」、「接合語」在內的多音節的「綜合語」，逐漸向單音節的「孤立語」，即「分析語」靠近。從古代的梵語到稍後的希臘語、拉丁語，再到更後的法語、義大利語，從古代英語到近代英語，兩兩比較，這種趨於「分析」的軌跡是十分明顯的。所以近代英語中有這種句子出現：

Could you bear that a man for a bare living shouldbear a bear on his bare back?

意思是「你能忍心見一個單衣薄食的人而必須背著一隻熊在他的瘦背上嗎?」句中第一個 bear，第二個 bear 都是動詞，第三個 bear 是名詞；二個 bare 都是形容詞。可以從全句的邏輯次序上看出各詞的詞性，而意義絕不會相混。文化的交流總是相互激盪的，現代英語這種傾向於漢語的分析現象又影響到漢語。再加上漢語由單音節趨向於多音節的結果，詞類的界限不像從前那樣清楚，於是現代漢語轉品現象就更為活躍。文法學家也普遍承認漢語「依句辨品」之必要。黃貴放在《國文句式研究》中，便以「健康」一詞為例，把它用作句子的各種成分，來比較其詞性。凡三十條，謹錄於後：

1. 健康就是幸福。
「健康」是名詞作主語。

2. 他很健康。
「健康」是形容詞作述語。

3. 他健康了自己的身體。
「健康」是外動詞作述語。

4. 他重視健康。
「健康」是名詞，作「重視」的賓語。

5. 這叫作健康。
「健康」是名詞，作「叫作」的補足語。

6. 他是非常健康。
「健康」是形容詞，作「是」的補足語。

7. 我讚美他健康。
「健康」是形容詞，作「讚美」的補足語。

8. 他誤認肥胖為健康。
「健康」是名詞，作「認」的補足語。

9. 他是健康的孩子。
「健康」是形容詞，帶詞尾「的」，作「孩子」的形附。

10. 他懂得健康的意義。
「健康」是名詞，由介詞「的」介作「意義」的形附。

11. 他很健康地生活著。
「健康」是副詞，帶詞尾「地」，作「生活著」的副附。

12. 他因健康而得獎。
「健康」是名詞，由介詞「因」介作「得」的副附。

13. 這就是人生的最大財富——健康。
「健康」是名詞，作「財富」的重加語。

14. 健康！健康！多少病人，在呼喚著你，在盼望著你。
「健康」是名詞，作獨立成分。

15. 他把健康忽略了。
「健康」是名詞作賓語，提到外動詞「忽略」之前。

16. 健康，他向來很重視。
「健康」是名詞作賓語，提到主語「他」之前。

17. 他把健康認作財富。
「健康」是名詞作賓語，提到外動詞「認」之前，補足語「作財富」留在原位。

18. 健康，人們把它認作財富。
「健康」是名詞作賓語，提到主語「人們」之前，重加語「它」又提到外動詞「認」之前。

19. 健康，被人們認作財富。
「健康」是名詞，由賓語變為主語，形成被動式句子。

20. 保持健康，是自己的責任。
「健康」是名詞，在用作主語的短語「保持健康」中作賓語。

21. 他認不健康為恥辱。
「健康」是形容詞，在用作賓語的短語「不健康」中作散動詞。

22. 他以健康學生的身心為己任。
「健康」是使動式外動詞，在用作賓語的短語「健康學生的身心」中作散動詞。

23. 他的缺點就是忽視了健康。
「健康」是名詞，在用作補足語的短語「忽視了健康」中作賓語。

24. 他是很注意健康的青年。
「健康」是名詞，在用作形附的短語「很注意健康」中作賓語。

25. 他為喪失了健康而悲傷。
「健康」是名詞，在用作副附的短語「喪失了健康」中作賓語。

26. 身體健康是最大的幸福。
「健康」是形容詞，在用作主語的子句「身體健康」中作述語。

27. 我知道他很注意健康。

「健康」是名詞，在用作賓語的子句「他很注意健康」中作賓語。

28. 他的優點就是身心都很健康。

「健康」是形容詞，在用作補足語的子句「身心都很健康」中作述語。

29. 去年是我失去健康的一年。

「健康」是名詞，在用作形附的子句「我失去健康」中作賓語。

30. 我為他恢復健康而喜悅。

「健康」是名詞，在用作副附的子句「他恢復健康」中作賓語。

從上述三十條句式不同的句子中，我們可以發現「健康」一詞，可以作「名詞」、「外動詞」、「使動式外動詞」、「形容詞」、「副詞」，以及充當句子的各種成分。漢語詞性之靈活，由此可見一斑。

乙、舉　例

以下各例，都採自現代口語及文學作品。

(一)以名詞為動詞

1. 古代政治思想中的節儉教訓都總括在這一個公式裏，直接的範圍了中國財政二千年之久。(胡適：《中古思想史長編》六五五頁)

案：名詞「範圍」用作動詞。「這一個公式」指「量入為出」。

2. 有一天，我和一位新同事閒談，我偶然問道：「你第一次上課，講些什麼?」他笑著答我：「我古今

中外了一點鐘！」（朱自清：《〈海闊天空〉與〈古今中外〉》）

案：古今中外，此用為動詞。以下各例，讀者自行分析。

3.不如說是嗅得出，或者雷達得出——那一個有味道。（朱西寧：《冶金者》）

4.席夢思吐魯番著我們。（余光中：《吐魯番》）

5.據說回國以後，這人不酒不菸，甚至也不太詩了。（葉珊：《酒壺》）

6.四季人滑鐵盧之後又紐倫堡了一季。（張健：《四季人》）

7.有錢便當歸鴨去，一生莫曾口福得這等！（王禎和：《嫁粧一牛車》）

8.我們都已滄海桑田過，磨盡性格內的劣質，正是渴求恆常寧靜，布施善美的時刻。（簡媜：《夢遊書》）

(三)以名詞為形容詞

1.最為紀念碑的，是《中國音韻學研究》對中國中古音韻及今方言的縱橫衍變，作了極系統研究。（胡秋原：《中國之語言與文字》）

案：名詞「紀念碑」用如形容詞。《中國音韻學研究》，瑞典漢學家高本漢(Bernhard Karlgren)著，趙元任、李方桂合譯。

2.母親撫著她的肩說：「你放心吧：女大十八變，變張觀音面，你越長大，雀斑就越隱下去了。」（琦君：《月光餅》）

案：以名詞「觀音」轉品為形容詞來形容「面」。兩名詞相連，在前者如果既不是表態句之主語，又不是偏正詞組之修飾語，則成形容詞。如「花香」、「月明」中的「花」、「月」，仍為名詞；「花容」、「月貌」中的「花」、「月」，則已轉品為形容詞。不過「花容」、「月貌」已為熟語，非作者刻意為之，視之為修辭轉品之例，仍不甚妥。以下各例，讀者自行分析。

3. 姑仰臥在此，氣候非常夏天。（余光中：《馬金利堡》）

4. 我是很拉丁的

每年，有一次文藝復興（余光中：《我是很拉丁的》）

5. 當所有的大國小國都在排斥外貨以保障自己的利益時，我們還睜大眼睛夢大同世界。我愈來愈覺得大同世界很鏡花水月。（江玲：《坑裏的太陽》）

6. 八成是個運動健將罷？噢，還有小提琴，和那副悅耳的Bass，倒是挺「人物」的啊，就不禁多看他兩眼。（劉慕沙：《春心》）

7. 回顧新店溪，在這裏，見得更清晰了，一片玻璃的顏色，在陽光下閃爍，一如冰河。（蕭白：《山道》）

8. 曹金鈴，那個好吉普賽的姑娘。（陳怡真：《美的旋律》）

(三)以名詞為副詞

1. 今年的笑聲黏死在那棵忍冬樹上

風吹海那麼華爾滋（沈臨彬：《浮蘭德》）

案：名詞「華爾滋」轉品為副詞。

2. 成簇的／一束白的長裙女／蝶遊和蝶遊於／櫻族的花行樹（鄭愁予：《四月圖畫》）

案：名詞「蝶」轉品為副詞。

3. 聽風呼，聽海嘯，一隻低飛的海鳥便很尼采的棲立觀音竹高呼：我是漂泊者。（陳紹磻：《觀音竹的歲月》）

4.右邊是音樂系的教室，一些穿得很高貴的女生很韻律地走過，代表他們系裏的風貌。

(四)以動詞為名詞

1.且念一些渡，一些飲，一些啄，且返身再觀照。（鄭愁予：《梵音》）

案：「渡」、「飲」、「啄」均作名詞用。以下各例，讀者自行分析。

2.天空還是我們祖先飛過的天空，廣大虛無如一句不變的叮嚀，我們還是如祖先的翅膀。（白萩：《雁》）

3.總愛作踐自己，盲目的，逐透明的享受，飲朦朧的幻想。（江玲：《困》）

4.憐憫已醒，初長夜，醒來的都是憐憫。（王蓬：《聞笛》）

5.你常常航到我的夢中來，現在，你又航到我的醒中來，我的醒是我更深的夢。

(五)以動詞為形容詞

1.生活的秘密不是做你喜歡的事，而是喜歡你所做的事。（古錚：《孤雲．會哭的樹》）

案：「喜歡」為動詞，「喜歡的」為形容詞。此條雖非刻意轉品，但深豐理趣。以下各例，讀者自行分析。

2.低頭沉思讓風雨隨意鞭打／他委棄的暴猛／他風化的愛（楊牧：《孤獨》）

3.有人送給你羨慕的秋波呢！（宣建人：《抒情小品》）

4.你的臂彎圍一座睡城／我的夢美麗而悠長（敻虹：《懷人》）

(六)以動詞為副詞

1.讓蝴蝶死吻夏日最後一瓣玫瑰（周夢蝶：《囚》）

案：「死」由動詞轉品為副詞。以修飾「吻」。

2.氣候極似臺灣的德州海岸，又已是躑躅花飄香，鳳凰木怒放的季節。（芳子：《夕陽山外山》）

案：「怒放」的「怒」，與其說是修辭上的「轉品」，不如視之為文法上的「詞類活用」，因為這已是自然語，而非刻意加工的藝術語言。

(七)以形容詞為名詞

1.讓我咀嚼那濃黑，那甘美的苦澀，

向東方，吼醒那使渾沌笑出淚來的日出。（周夢蝶：《十二月》）

案：形容詞「濃黑」、「苦澀」用作名詞。

2.所謂真正的藝術，不僅要反映現代精神，是必須要把現代的凌亂，提鍊成藝術的和諧。（孟瑤：《飛燕去來》）

案：「凌亂」、「和諧」已轉品。以下各例，讀者自行分析。

3.夏已瀕死，甄甄，這是最後的一次，一次陣雨，在你的傘上敲奏淒愴。（余光中：《訣》）

4.此外，便只有一片藍濛濛的虛無，名字叫大西洋，從此地一直虛無到歐洲。（余光中：《望鄉的牧神・南太基》）

5.用「隨風飄蕩的柳絮」來形容她的輕盈。（於梨華：《白先勇筆下的女人》）

6.當秋天所有的美麗被電解，煤油與你的放蕩緊緊膠著，我的心遂還原為鼓風爐中的一支哀歌。（瘂弦：《芝加哥》）

7.若是碰上我孤寂無奈，再加上點點滴滴的鄉思病，瑜！那時我就不忍面對這美麗。（鍾玲：《恐懼》）

8.凡是敲門的，銅環仍應以昔日的煊耀，弟兄們俱將來到，俱將共飲我滿額的急躁。（洛夫：《石室之死

亡》

9.別問我怎樣為你塑像，你的塑像，實在說就是你的詩，你的孤獨。（吳宏一：《兩朵雲》）

10.我的手緊握著一街的寧靜
緊握著一己的孤獨（秀陶：《夜歸》）

(八)以形容詞為動詞

1.如果談到中國語言文字之改進，必須在充分顧及中國語文特質和傳統原則下，確定合理的目標。例如：淘汰陳腐的成分，整理容易混淆的地方，豐富語文內容……。（胡秋原：《中國之語言與文字》）

案：形容詞「豐富」用如動詞。以下各例，讀者自行分析。

2.心裏的憂悶，像雨後遙山一般，濃釅釅的又翠深了一層。（蘇雪林：《綠天》）

3.山靜著公元前的靜，湖藍著忘記身世的藍。（余光中：《咦呵西部》）

4.雲只開一個晴日，虹只駕一個黃昏，蓮只紅一個夏季，為你，當夏季死時，所有的蓮都殉情。（余光中：《訣》）

5.豆青色，又從鼓肚往下淡，到底兒淡成乳白。（子于：《磁瓶》）

6.那些已經去遠了嗎？你永恆的詩人啊，那些純樸的舊事，濃密了我的靈犀，只要我回到那竹林山結環抱的綠湖，我就能從水影中看到了自己。（葉珊：《綠湖的風暴》）

7.秋東漂西盪的（真好看，醉的像個孩子），猛的一把就抱住了我，他也不管他是赤條條的。就知道緊緊抱著我，叫我也蕭瑟了起來。（管管：《秋色》）

8.我以火樣的熱情來溫暖你，使你永遠活躍在春天裏。（宣建人：《抒情小品》）

9.由耳根中抹去了臺北嘈雜的市聲，心胸中突然空靈起來。（般穎：《山居一日》）

丙、原 則

在「概說」節，我們曾從漢語特質方面探討轉品的理論基礎；引用中國文法學具代表性的名著以說明轉品的種類及其演進；並且就世界語言走向分析的共同趨勢，以及漢語複音化的影響，指出轉品大行其道的原因。從而我們可以發現：轉品是一種合乎漢語特質，有其歷史背景，而且是符合語言潮流的修辭法。

但是，對於轉品的非難也不是沒有，我們知道：晚明「竟陵派」文人為求文章的「幽深孤峭」，頗刻意於轉品之法。而最激烈的抗議聲也便發自對「竟陵體」的攻擊。朱彝尊《靜志居詩話》曰：

禮云：「國家將亡，必有妖孽。」非必日蝕星變，龍漦雞禍也，惟詩有然。萬曆中，公安矯歷下、婁東之弊，倡淺率之詞，以為浮響；造不根之句，以為奇突；用助語之辭，以為流轉。著一字務求之幽晦；構一題必期於不通。取名一時，流毒天下，詩亡而國亦隨之矣。

朱氏把「詩亡而國亦隨之」的大責任往往「用助語之辭以為流轉，著一字務求之幽晦，構一題必期於不通」身上一推，所以轉品便變成亡國的妖孽了！朱氏的話也許說得太誇大一些，但是不合口語習慣的「轉品」，隨著「竟陵派」不久就灰飛煙滅，禁不起時代的考驗，卻也是一件不爭的事實啊！

如何使轉品符合語言潮流而不致過分超前，反為時代所淘汰？這兒提出幾點意見。

(一)消極的原則

(1)不可造成意義的晦澀。

轉品原是語法趨向省簡後的產物，如果文學作品中違反語言習慣，刻意轉品而失去分寸，因而造成意義的晦澀，那就有背語言溝通心意的目的。韓愈《原道》中有這樣的句子：

周道衰，孔子沒。火於秦，黃老於漢，佛於魏晉梁隋之間。

「黃老」、「佛」作動詞，已覺不倫。到了晚明，竟陵派作品的句子更有：

1.春黃淺而芽，綠淺而眉，深而眼；春老絮而白。（劉侗：《白石莊》）

2.有臺而亭之，以極望，以遲所聞者。（劉侗：《三聖庵》）

3.然當斯際也，以遊則山澹澹而不至於癯；水岩岩而不至於嬉。（譚之春：《自題秋冬之際草》）

「春」如何「黃淺」、「綠淺」與「深」？如何「而芽」、「而眉」、「而眼」、「而白」？「芽」、「眉」、「眼」、「白」的詞性，又如何判定呢？「有臺而亭之」的「亭之」，名詞「亭」轉品為外動詞，作「於茲建亭」解呢？還是轉品為意謂動詞，作「視臺如亭」解呢？又「以遲所聞者」的「遲」由副詞轉為致使動詞嗎？意思又是什麼？「水」如何「岩岩」？名詞「岩」重疊成「岩岩」，可以像「澹澹」一樣成為形容詞嗎？雖然也可勉強代為解釋，但總嫌有背語法，教人不能心服。現代文學作品也有類似之例，如：

她頂多二十歲，屬於一種跑過去在她臉上咬一口，也不會鬧進警察局的文靜女人，把我們全校女生集攏來，也挑不出一個像她那樣，誰見了都會「弗洛伊德」的。

「弗洛伊德」(Sigmund Freud, 1856–1939)是奧地利心理分析大師，以為藝術源於「性欲的昇華」。可是這兒「都會弗洛伊德的」卻是什麼意思呢？也許是「性欲」吧，也許是「昇華」吧！這種晦澀的轉品適足引起讀者反感，無法造成文學上共鳴的目的。

(2)不可產生意義的分歧。

例如：

太陽舔完一條街，所有的煙囪，都在虛無主義起來了。

「虛無主義」四字，是指「煙囱」無煙？還是「煙囱」有了「虛無縹緲」的炊煙呢？這種轉品可能產生「歧義」，還是不用為妙。

(3)不要用作辭窮的補救。

文學要以對宇宙人生的深入觀察為先務。文字只是用作媒介物，是無法代替作者對客觀事物的觀察的。試看下例：

> 張德功驀然露身在這許多他景服的大人物灼灼目光下，頓不覺說話也不是，不說也不是，只會那樣張德功的笑著。

「張德功……只會那樣張德功的笑著。」簡直是廢話嘛！這表示作者對「張德功」的「笑容」缺乏深入的觀察，無法作恰當的描寫！「轉品」決不可以如此地作為「辭窮」時的萬能急救藥品的！

(三)積極的原則

(1)豐富語言意蘊，使之簡鍊。

一個詞，由於轉品，於是在原有詞性所含的意思之外，又多了一種新詞性所擁有的意義。這就使這個詞兼具兩種詞性的意蘊，顯得更為簡鍊。王力早就看出這個道理。在《中國文法學初探》中說過：

> 自唐以後，古文家利用詞性變化的定律以求文字之簡鍊，為甚麼文字能因此而簡鍊呢？因為這些變性的詞在變性之後往往仍兼本性，例如「帝之」等於說「以之為帝」，「帝」字雖加上了動詞性，然「皇帝」的本義仍在其中。因此，詞性變化的定律竟似成為古文家的祕訣。

玆再舉數例說於後。先以

老吾老以及人之老；幼吾幼以及人之幼。（《孟子．梁惠王上》）

來說：第一個「老」和「幼」都由形容詞轉為動詞。我個人竟想不出有更確當的動詞來替代！「老」的意蘊很豐富，包括：尊敬、侍養、順從等等意念在內。因此，如果換上「尊敬」等動詞，僅能表達其意蘊的一部分。要是改用「孝」，似乎又不好，因為對於「人之老」很少用孝字的。「幼」字之妙同此。至於第二個「老」、「幼」，和第三個「老」、「幼」，詞性由形容詞轉為名詞，較為平常，非刻意轉品，就不多說了。再舉

況吾與子漁樵於江渚之上，侶魚蝦而友麋鹿。（蘇軾：《赤壁賦》）

為例。「漁」、「樵」本具名詞、動詞兩種詞性，此處更兼寓隱逸之意。「侶」、「友」非但兼具名詞、動詞兩種詞性；作動詞用，又有「侶於魚蝦」、「友於麋鹿」，和「視魚蝦為侶」、「視麋鹿為友」兩種意義，也就是說具有普通動詞和意謂動詞雙重含意。意蘊是十分豐富的。又如：

一個人太科學的時候即使面目不可憎，說出話來也會像蠟似的枯燥。（江玲：《燃燒的月亮》）

這兒的「科學」二字，依據上文「證明過了」，下文「呆呆板板的公式」來看，可能有「講求證據」、「呆呆板板」、「公式化」等等含意。在一九八九年初版，唐松坡、黃建霖主編的《漢語修辭格大辭典》中，有「轉品格」一目，例句中有：

她不大清楚什麼是心理學，但是談談「科學」，這個眼下紅得發燙的字眼兒，似乎自己也就顯得「科學」起來，語氣裡，免不了有些小小的賣弄。（張潔：《沉重的翅膀》）

這個「顯得科學起來」的「科學」，又別有一種意蘊。看來名詞「科學」轉品為動詞之後，意思十分豐富。而所有轉品，都要注意「豐富語言意蘊」這條原則。

(2)靈活驅遣方式，增其神味。

這一點，馬建忠也先我說到了。《馬氏文通》卷三《靜字》云：

夫字無定類，是惟作文者有以驅遣之耳。

「作文者有以驅遣之」，即此言「靈活驅遣方式」之所本。又卷五《動字假借》云：

《莊・庚桑楚》：「今以畏壘之細民，而竊竊然欲俎豆予於賢人之間，我其杓之人邪？」《穀・僖八》：「言夫人必以其氏姓；言夫人而不以氏姓，非夫人也，立妾之辭也，非正也。夫人之，我可以不夫人之乎？夫人卒葬之，我可以不卒葬之乎？」——「夫人」、「卒葬」四字，用如外動，奇創。《公・僖三十三》：「其謂之秦何？夷狄之也。」韓《原道》：「諸侯用夷禮則夷之，進於中國則中國之。」《史・魏其武安侯列傳》：「何為首鼠兩端？」〔又〕：「魏其武安俱好儒術，推轂趙綰為御史大夫。」〔又〕：「及魏其侯失勢，亦欲依灌夫引繩批根生平慕之後棄之者。」又《貨殖列傳》：「故齊冠帶衣履天下。」又《田單列傳》：「王蠋布衣也，義不北面於燕。」——所引「俎豆」、「夫人」、「卒葬」、「夷狄」、「中國」、「首鼠」、「推轂」，皆雙名而假為外動。至「引繩批根」四字，乃外動與其止詞，合之用如外動。而「冠帶衣履」四名，并之亦為外動。「北面」則一靜字一名字，合成而為內動。古人用字之神，有味哉，有味哉！

所謂「古人用字之神，有味哉，有味哉！」又為「增其神味」之所本。「神味」者，不妨解作「神妙而有趣味」，或「神韻興味」，用種種不同角度作詞性分析，靈活詮釋其豐富的意蘊。

至於實例，除《文通》已舉古文外，我再借重王力在《漢語詩律學》中所舉近體詩變性的例子：

因為動詞可作副詞用，所以動詞可與副詞為對仗，尤其是表示精神行為的動詞。例如杜甫《喜達行在》：「猶瞻太白雪，喜遇武功天」；《吹笛》：「胡騎中宵堪北走，武陵一曲想南征」。

動詞「喜」所以能跟副詞「猶」對仗，動詞「想」所以能跟副詞「堪」對仗，正因為「喜」、「想」可以轉品為副詞的緣故。

以上所說古文和近體詩一些例子，可見漢語文字驅遣之靈活性，並顯示其神妙而富興味。

(3)開拓感受面向，求其新穎而具體。

一個詞，不用其原來詞性，卻轉用其變性，每令人耳目一新。尤其是某些形容詞作名詞或動詞使用，所描述的事物情況，常益見其具體清新。

王安石膾炙人口的《泊船瓜洲詩》：

> 京口瓜洲一水間，鍾山祇隔數重山。
> 春風又綠江南岸，明月何時照我還？

宋洪邁《容齋續筆》卷八「詩詞改字」條云：

> 吳中士人家藏其草，初云「又到江南岸」，圈去「到」字，注曰「不好」。改為「過」，復圈去，而改為「入」，旋改為「滿」。凡如是十許字，始定為「綠」。

王安石本人對「綠」字活用，顯然也很得意，在《送和甫寄女子詩》：「除卻春風沙際綠，一如看汝過江時。」還把這轉品「綠」字再用一次。雖然他也許不知道這些用法，唐人李白《侍從宜春苑賦柳色聽新鶯百囀歌》：「東風已綠瀛洲草。」常建《閒齋臥病行藥至山館稍次湖亭二首之二》：「主人門外綠。」都已用過了。「又綠江南岸」之「綠」為什麼比「到」、「過」、「入」好？因為「到」字等都只是單純動詞用法；「滿」字雖從副詞、形容詞轉品為動詞，但仍不如「綠」之能開拓視覺感受之面向，更不如「綠」能予人具體的形象。

前面說的「綠」，是形容詞轉品為動詞，至於形容詞轉品為名詞，如：

> 你祇能循著那錦帶似的林木，想像那一流清淺。（徐志摩：《我所知道的康橋》）

形容詞「清淺」轉作「名詞」用。於是想像中康河的水色，也益發鮮明了！

豐富語言的意蘊，靈活驅遣的方式，開拓感受的面向，使語言簡鍊、風趣、新穎、具體；而力求避免語意晦澀、分歧、空洞，也許正是「轉品」的正確方向罷！

第十章 婉曲

甲、概說

說話或作文時，不直講本意，只用委婉閃爍的言詞，曲折地烘托或暗示出本意來，叫作「婉曲」。一件東西隱藏得愈嚴密，人們愈有興趣去尋覓發掘。所以措辭愈委婉曲折，便愈能引起對方的注意和研究的興趣。而看出一組文字表面上所沒有的意義，正是讀者快樂的來源，「婉曲」辭格的心理基礎在此。何況，在效果方面，婉曲的言辭比直接的訴說更容易感動人心，而不致傷害別人的感情呢。由於婉曲在理論上和實用上雙方面的堅強基礎和卓越效果，我們就應該細心去分析研究它了。

黃永武《字句鍛鍊法》中，相當於「婉曲」一類的辭格，計有：曲折、微辭、含蓄三種，對文學作品中含意婉曲的語句，有頗為透澈之分析，茲節引於下：

(一)曲 折

用紆徐的言辭來代替直截的表達，故意使文句與含義紆曲的修辭法，叫作「曲折」。如《詩經・鄭風・叔于田》：

> 叔于田，巷若無人，豈無人居，不如叔也，洵美且仁。

說叔出去田獵，巷里中就沒有人了。巷里中那裡真的沒有人呢？是沒有人比得上叔的美和仁罷了。這樣用紆曲的文筆，比直截的頌揚要高妙得多。

(三)微　辭

把不願直陳的話，避開正面，用側面來表達，使人在隱微婉曲的文辭中，體味那隱藏不露的巧意，這種句法，叫作「微辭」。如《左傳・僖公十五年・秦晉韓之戰》：

秦伯使公孫枝對曰：「君之未入，寡人懼之；入而未定列，猶吾憂也；苟列定矣，敢不承命！」

公孫枝不必直接指斥晉公：「出因其資，入用其寵，饑食其粟，三施而無報」，也不簡截地宣布應戰，只用婉遜的語氣來回答，使取笑之意，都在言外。

(三)含　蓄

以撇開正面，不露機鋒的句子，從側面道出，但不說盡，使情餘言外，要讀者自去尋繹，方感到意味深長的，叫作「含蓄」。含蓄語是辭婉意微，不迫不露，多少帶有溫厚的情味，而沒有強行自抑的氣氛，沒有諷嘲尖刻的意思，所以和「微辭」不同。如吳文英《浣溪沙》：

落絮無聲春墮淚，
行雲有影月含羞，
東風臨夜冷於秋。

不寫懷人，但寫春墮淚；不寫隔面，但寫月含羞；結句只寫東風臨晚吹來，比秋天還冷，而懷人隔面的寂寞愁緒，更是含蘊不盡了。

黃君對婉曲格的分析，十分仔細，而所舉的例子，也可看出我國古典文學作品中，在婉曲方面的工夫和成績。

乙、舉　例

以下，我參考黃君的分類，並從現代文學作品中舉例，說明如下。

(一)曲　折

使用轉折、因果、假設、選擇、比較、擒縱等句法，曲折地說明或暗示心中的意思。

1.「拜那一個菩薩呢?」蘇東坡說。

「咦!拜觀世音菩薩呀!」

「這是怎麼回事?她是觀音菩薩，為什麼要拜自己呢?」

「咦!」佛印說：「你知道求人不如求己嘛!」（林語堂：《蘇東坡傳》）

案：杜撰了觀世音拜觀世音的故事，曲折說出「求人不如求己」。附帶說明：觀世音，唐人避太宗諱略稱觀音。今塑畫觀音，都作婦人相；但唐宋名家所畫觀音，俱不飾婦人冠服。若究其因，觀世音為自性正法輪身，原無男女之別，說「他」說「她」，皆可皆無不可。

2.英國人是不輕易開口笑的人，但是小心他們不出聲的皺眉!也不知有多少次河中本來優閑的秩序叫我這莽撞的外行給搗亂了。（徐志摩：《我所知道的康橋》）

案：利用轉折句法曲折道出自己外行的莽撞，使英國人皺眉。

3.假如醫藥廣告所說的話，完全可以兌現，現有的疾病，實不足以為害人類。（孫如陵：《墨趣集》）

案：利用假設句法曲折指出醫藥廣告之不足信。

4.如果碧潭再玻璃些

就可以照我憂傷的側影
如果舴艋舟再舴艋些
我的憂傷就滅頂（余光中：《蓮的聯想・碧潭》）
案：曲折道出自己的多愁，用的也是假設句法。

5. 他顧盼之間，富於名士風味，雖未深入希癖之境，對於理髮業的生意，亦殊少貢獻；我的生活，相形之下，就斯巴達得多。（余光中：《焚鶴人・在水之湄》）
案：曲折道出蓄珊之蓄長髮，用的是擒縱句法。

6. 為什麼日本人一天到晚總有些或大或小的發明，給世界或大或小的震驚？我猜想這跟他們教授帶便當在學校研究室午飯有點關係。聽說他們還有些教授一星期只回家一次——而我們（包括我自己在內）是「爸爸回家吃晚飯」的信徒。（顏元叔：《成就與舒適》）
案：使用因果、比較、轉折等句法，點出日本人做學問之認真與成就，並較論我們中國人太講求舒適的弱點。

7. 對一個中國人而言，煙嵐是山的呼吸；而拉拉山，此刻正在徐緩的深呼吸。（張曉風：《常常我想起那座山》）
案：利用三段推理，知道拉拉山圍繞在一大片一大片的煙嵐中。

㈢微　辭

1. 有些道貌岸然的朋友，看見我就要脫離苦海，不免悟出許多佛門大道理，臉上愈發嚴重，一言不發，愁眉苦臉，對於這朋友我將來特別要借重，因為我想他於探病之外還適於守屍！（梁實秋：《雅舍小

品・病》

案：對探病者的態度有所譏刺。

2.炸死了你，我的故事就該完了。炸死了我，你的故事還長著呢。（張愛玲：《傾城之戀》）

案：這是白流蘇對范柳原說的話，譏刺對方用情不專。

3.這個民族，本來是以自己的鼻子為宇宙感的重心。一百年前，這鼻子像是給鴉片的火災燒焦了。不過，焦鼻子到底是焦鼻子，嗅覺已經不那樣精確，所以只要是遙遠的氣味，尤其是西風裏嗅來的，聞到什麼就喜歡什麼，沒有選擇；而自己腳下踩著的土壤和這土壤上的一切，倒愈聞愈像有股霉腐味了。（余光中：《在中國的土壤上》）

案：對崇洋而自賤的心理有所譏刺。

4.在川端橋下多喝了兩口水，身上長出了幾條里肌肉，他便以為自己是男子漢了，有些地方便跟他爸爸一鼻孔出氣。（林海音：《冬青樹》）

5.一入夜，單身宿舍又成了市場，業餘的音樂家們、賭徒們、輿論家們等等，在「老梁，好點了罷？」之後，熱烈地開始他們的業餘。而他們之中沒有誰肯業餘的送一杯開水過來。（朱西寧：《三千年的深》）

6.我們的孩子惡補藥補，兩面夾補的結果，被夾成了乾，成了精，稍曬太陽便發暈昏倒。長此以往，小孩們有一天恐怕只好跟藥丸一樣，「須置於陰涼乾燥處」才能保存。（丹扉：《搬弄集》）

7.女人和女孩子的分別，後者有好潔之癖，前者卻一切不在乎。（雲菁：《天的這邊》）

8.世上甚多藏書甚富之人，嚴格說來，只是收藏家，寢饋其間的反是蠹；倒是分工合作，各得其所。（吳魯芹：《我和書》）

9. 陳甡，你不打算把自己的頭骨也串在她的項鍊上吧！（叢甦：《在樂園外》）

案：意指把自己的生命奉獻給別人作玩物。

㈢含　蓄

1. 賽因河的柔波裏掩映著羅浮宮的倩影，它也收藏著不少失意人最後的呼吸。（徐志摩：《巴黎鱗爪》）

案：後句指許多人跳賽因河自殺。

2. 我並沒有失去我的故鄉，當年離家時，我把那塊根生土長的地方藏在瞳孔裏，走到天涯，帶來天涯。

（王鼎鈞：《瞳孔裏的古城》）

案：意指眼中永遠留有故鄉的印象，於此可以體會什麼是文學語言。

3. 就這麼一個長長的白晝又接著一個美麗的夜消逝了，茉莉花香淡了，蟬聲也沉寂了，竹榻涼的生寒。

（艾雯：《石榴花》）

案：不言夏天逝去，而用有關景象去描述。

4. 我正要掏出手帕為他擦淚時，從車窗的反照裏，看到我自己，我的臉早已模糊了。（王尚義：《失戀》）

案：意指「自己也哭了」。

5. 妹妹上了天堂

現在我才理會

也有少女之神

相思樹梢上的

小星星呀

妳是不是我的妹妹？（詹冰：《有一天的日記》）

案：委婉道出「妹死」與「思妹」。

6.「你在尋什麼？」

「尋找我頰邊失落的顏色。」（張秀亞：《幻思篇》）

案：何等含蓄的道出「老」字。

7.幕府的幕已落，鼓樓的鼓已破。華宴早散，劍歌不再。（劉慕沙：《櫻之海》）

案：世事滄桑，盡在不言之中。

8.順風，音浪從靠西的窗口流溢出來，使得隔壁的丁家整棟房子都淹沒在「藍色多瑙河」裏。（吳凝：《夕陽秋花》）

案：然則喧嘩之甚可知。

9.你帶白麻子，去把今天他挖的坑填起來。記住，我只准你一個人回來。（何曉鐘：《活埋》）

案：意為把白麻子活埋掉。

10.走出大門，還聽到方老師高聲的說：「這些孩子真是長大了，以前到我家來，總是弄得天翻地覆，現在一句話也不講了，一句話也不講了……。」（夏烈：《白門，再見！》）

案：白門是一群青年純潔、美麗、和希望的象徵，一旦這個象徵破滅，他們心中千頭萬緒的感慨就不用說了。所以只用後面幾句話淡淡描過，其中的含義真是耐人再三尋味。

11.一葉扁舟划游在我的眸中，呼吸淡水河鬱鬱的空氣。（李覓：《我還沒見過長江》）

案：意即「我看到淡水河上划游的一葉扁舟」。

丙、原　則

在這一節中，我打算談談：婉曲使用的原則，及可收的效果。

(一)使用的原則

(1)宜於抒情較不宜於寫景。

抒情不妨婉曲；寫景卻求鮮明。所以婉曲辭格較適合抒情，不適合寫景。歐陽修《六一詩話》嘗引梅聖俞的話：

> 狀難寫之景如在目前，含不盡之意見於言外。

就是看到這番道理。朱光潛在開明本《詩論》（案：朱氏寫了二本《詩論》，即「開明本」和「正中本」。前者集九篇論詩的文章而成，內容較淺；後者是在北大、武大教詩學的講稿，較深而有系統。）中《詩的隱和顯》一文曾舉例發揮此意：

> 寫景不宜隱，隱易流於晦；寫情不宜顯，顯易流於淺。謝朓的「餘霞散成綺，澄江靜如練」，杜甫的「細雨魚兒出，微風燕子斜」，以及林逋的「疏影橫斜水清淺，暗香浮動月黃昏」諸詩在寫景中為傑作，妙處正在能「顯」，如梅聖俞所說的「狀難寫之景如在目前」。秦少游的水龍吟首二句「小樓連苑橫空，下窺繡轂雕鞍驟」，蘇東坡譏誚他說：「十三個字祇說得一個人騎馬樓前過」。它的毛病也就在不顯。言情的傑作如古詩：「步出城東門，遙望江南路，前日風雪中，故人從此去。」「河漢清且淺，相去復幾許？盈盈一水間，脈脈不得語！」李白的「玉階生白露，夜久侵羅襪，卻下水晶簾，玲瓏望秋月。」以及晏幾

道的「昨夜西風凋碧樹，獨上高樓，望盡天涯路。」諸詩妙處亦正在「隱」，如梅聖俞所說的，「含不盡之意見於言外」。深情都必纏綿委婉，顯易流於露，露則淺而易盡。

試再以前人論詩詞為例。李清照有《鳳凰臺上憶吹簫》詞：

香冷金猊，被翻紅浪，起來慵自梳頭。任寶奩塵滿，日上簾鉤。生怕離懷別苦，多少事，欲說還休。新來瘦，非干病酒，不是悲秋。　休休！者回去也，千萬遍陽關，也則難留。念武陵人遠，煙鎖秦樓。唯有樓前流水，應念我，終日凝眸。凝眸處，從今又添，一段新愁。

李攀龍曰：

寫其一腔臨別心神，新瘦新愁，真如秦女樓頭，聲聲有和鳴之奏。

沈天羽曰：

懶說出，妙，瘦為甚的，尤千萬遍痛甚。

陳亦峰曰：

新來瘦三語，婉轉曲折，終是妙絕。

異口同聲讚美「新來瘦」三語，就因為它是「抒情的」。馬位《秋窗隨筆》：

雲溪子曰：「杜舍人牧楊柳詩云：『巫娥廟裏低含雨，宋玉堂前斜帶風。』滕郎中邁云：『陶令門前罥接羅，亞夫營裏拂旌旗。』俱不言楊柳二字，最為妙也。」如此論詩，詩了無神致矣。詩人寫物在不即不離之間，「昔我往矣，楊柳依依。」只依依兩字，曲盡態度。太白「春風知別苦，不遣柳條青。」何等含蓄道破柳字，益妙。若雲溪所論，則是晚唐人詠蜻蜓云：「碧玉眼睛雲母翅，輕於粉蝶瘦於蜂。」石曼卿紅梅詩：「認桃無綠葉，辨杏有青枝。」亦得謂好詩耶！

馬位認為不是「好詩」，正是那些用婉曲語寫景的句子。婉曲語的使用時機，於此可見一斑。

(2)宜於詩文而較不宜於論辯。

穆勒說過：

詩和雄辯都是情感的流露而卻有分別。雄辯是「讓人聽到的」，詩是「無意間被人聽到的」。

朱光潛在《詩的隱或顯》中引此而加以闡說：

我們可以說，雄辯意在「衒」，詩雖有意於「傳」，而卻最忌「衒」。「衒」就是露才，就是不能「隱」。我們可以舉一個例來說明這個分別。秦少游踏莎行中「郴江幸自遶郴山，為誰流下瀟湘去」二語最為蘇東坡所賞識，王靜安在人間詞話裏卻說：——

「少游詞境最為淒惋，至『可堪孤館閉春寒，杜鵑聲裏斜陽暮』，則變為淒厲矣。東坡賞其後二語，猶為皮相。」

專就這一首詞說，王的趣味似高於蘇，但是他的理由卻不十分充足。「可堪孤館閉春寒」二句勝於「郴江幸自遶郴山」二句，不僅因為它「淒厲」，而尤在它能以情御才而才不露。「郴江」二句雖亦具深情，究不免有露才之玷。「前日風雪中，故人從此去」，「平疇交遠風，良苗亦懷新」，「但屈指西風幾時來，又不道流年暗中偷換」，都是不露才之語；「樹搖幽鳥夢」，「桃花亂落如紅雨」，「大江東去，浪淘盡千古風流人物」，都是露才之語。這種分別雖甚微而卻極重要。

我要補充的是：論辯是討論一件事理，當然以暢達為上，似乎無需講求「婉曲」；但是例外情況還是有的。例如沈謙《修辭學》在《婉曲》章「微辭」節有例句云：

馬可仕說：「治理菲律賓的國家大政，需要有能力、有經驗的領袖人才。我們豈能將國家大事付託給一個毫無經驗的婦人女子？」他說得也沒全錯。我的確是欠缺經驗，尤其是對於貪污、弄權和暗殺的種種卑鄙手段，我更是毫無經驗。在這些方面，我確實比馬可仕差得太遠啦！（艾奎諾夫人柯拉蓉女士競選菲律賓總統演說辭）

借力使力，四兩撥千斤，便是值得深思的例子。如果是規勸，對象不僅是事，而且是人，一個值得規勸的人，仍以「婉曲」出之為是。

(3)宜於含蓄而較不宜晦澀。

婉曲語以含蓄為上，但不可流於晦澀。吳曾祺《涵芬樓文談》論「含蓄」云：

文有不肯一說而盡，而詘然輒止，使人自得其意於語言之外者，則以含蓄為妙。然語盡於此而意見於彼，凡使人思索而不得者非善含蓄也。使人不待思索而即得者亦非善含蓄也。

指出「思索而不得」和「不待思索而即得」皆「非善」。就因為前者有「晦澀」之嫌，後者有「露淺」之病。試舉正反二例來說明。

德人雷馬克有一部轟動文壇的小說：《西線無戰事》。他以士兵的口吻描寫戰場種種可怕而又瘋狂的情景，使人體驗到戰爭是世間最不幸、最悲慘的事件，人類一切的幸福和快樂，因為戰爭而破壞殆盡。本書的結局是：這位反戰的士兵被槍殺了，當時西線並無戰事。經過一番思索，我們就可發現：這位士兵是因逃亡而被自己的軍隊槍斃了。這是一種頗具藝術水準的婉曲語。

再舉鄭愁予的《壩上印象》為例：

殞石打在粗布的肩上
水聲傳自星子的舊鄉

而峰巒　蕾一樣地禁錮著花
在我們的跣足下
不能再前　前方是天涯

陳芳明在《秩序如何生長》一文中引此而加以析評：

此詩主要在敘述登山的經過。詩中的星與花都是烏有的，因詩裏說得很清楚，爬山的時間是在早晨，「水聲傳自星子的舊鄉」只不過形容水聲從昨夜就一直傳過來，在早晨已見初陽，何嘗看到星子？同時，他以「蕾一樣地禁錮著花」來比喻腳底下的山巒，並沒有真的「花」存在。一個人在爬山時，是不可能進入出神的意識狀態的，如果出神的話，恐怕要跌入極樂世界了。

如非陳君的說明，筆者雖經思索而仍不知鄭詩的含義。不知是鄭詩晦澀呢？還是筆者「詩盲」呢？

(三)使用的效果

(1)可使語意婉轉。

《論語．公冶長》記孔子回答孟武伯之問：

孟武伯問：「子路仁乎？」子曰：「不知也。」又問。子曰：「由也，千乘之國，可使治其賦也，不知其仁也。」「求也何如？」子曰：「求也，千室之邑，百乘之家，可使為之宰也，不知其仁也。」「赤也何如？」子曰：「赤也，束帶立於朝，可使與賓客言也，不知其仁也。」

「不知其仁也」是一句「婉曲」語，意思就是「不仁」，就是「未達仁的標準」。假如孔子贊許自己的學生個個已達「仁」的標準，那麼「仁」似乎並不怎樣了不起；假如孔子承認自己的學生個個「不仁」，那又不免傷害了學生的自尊。所以孔子只有在其他方面贊美一番後，再用「不知其仁也」一語作為結束。

賈誼《新書・階級》有云：

古者，大臣有坐不廉而廢者，不謂不廉，曰簠簋不飾；坐汙穢淫亂，男女無別者，不曰汙穢，曰帷薄不修；坐罷軟不勝任者，不曰罷軟，曰下官不職。故貴大臣定有其辠矣，猶未斥然正以呼之也，尚遷就而為之諱也。

所謂「簠簋不飾」、「帷薄不修」、「下官不職」也都是婉曲語。

(2)可使語意增強。

「婉曲」語往往加添字數，變化句法，使語句曲折，含義深婉。如：《論語・先進》：「顏淵死，子哭之慟，從者曰：『子慟矣！』曰：『有慟乎？非夫人之為慟而誰為！』」孔子先自問一句「有慟乎？」呈露出一種不知不覺中哀傷過度的神情，然後從感情的震盪中作理智的回省，孔子肯定了自己之「慟」是應該的，因此補上「非夫人之為慟而誰為！」的反問句。於是「天喪斯文」、「但恨不見可傳之人」的悲傷，就益發沉痛。要是刪去「有慟乎」，下句改成「余當為之痛也」，就索然無味了。

(3)可使語意鮮明。

幾何學上說：「兩點之間，直線最近。」文學上卻不一定如此。有時，婉曲的言語反而使對方更能了解你的意念。《左傳・哀公十一年》記載吳王夫差賜伍子胥死之事，子胥將死，曰：「樹吾墓檟，檟可材也，吳其亡乎？」這是何等意象化的語言，使「吳不久也會亡國」這一抽象概念，變成連續活動著的具體現象。又《左傳・僖公三十二年》記載蹇叔哭師，秦穆公生氣了，使人告訴蹇叔說：「爾何知？中壽，爾墓之木拱矣。」也比「你老糊塗了！」要鮮明得多。

(4)可使語意詼諧。

見到事物的乖訛，一味謔浪笑傲以取樂的態度，叫作詼諧。婉曲的言詞有時可以使語氣詼諧，例如清張南莊《何典》：

扛喪鬼看見，嚇得面如土色，忙問道，「這是什麼鬼？為著何事？被誰打死的？」有認得的說道，「這是前村催命鬼的酒肉兄弟，叫做破面鬼。正詐酒三分醉的在戲場上耀武揚威，橫衝直撞的罵海罵山，不知撞了荒山裏的黑漆大頭鬼，恰好釘頭碰著鐵頭，兩個牛頭高，馬頭高，長洲弗讓吳縣的就打起來了。可笑這破面鬼枉自長則金剛大則佛，又出名的大力氣，好拳棒，誰知撞了黑漆大頭鬼，也就經不起三拳兩腳，一樣跌倒地下，想拳經不起來了。」

所謂「跌倒地下，想拳經不起來了」，就是說死了。我們常聽人說：「海龍王的女兒好漂亮啊」、「別向閻羅王報到」，也都是詼諧的「婉曲」語。

(5)可使語意稠密。

婉曲語常「含不盡之意見於言外」，是一種富有稠密度的語言。司馬光《溫公詩話》：

古人為詩，貴於意在言外，使人思而得之，近世詩人惟杜子美最得詩人之體，如《春望詩》，「國破山河在，城春草木深。感時花濺淚，恨別鳥驚心。」「山河在」，明無餘物矣。「草木深」，明無人矣。花鳥，平時可娛之物，見之而泣，聞之而恐，則時可知矣。他皆類此，不可徧舉。

就是指出杜甫《春望》的言外之意。大致說來，這種語意稠密的婉曲語，在詩詞中使用尤為普偏。

(6)可以避免犯忌。

先舉一例。《漢書・丙吉傳》：

望氣者言長安獄中有天子氣。於是上遣使者分條中都官詔獄繫者，亡輕重，一切皆殺之。內謁者令郭穰夜到郡邸獄。吉閉門拒使者不納。曰：「皇曾孫在，他人無辜死者猶不可，況親曾孫乎？」相守至天明，不得入。穰還以聞，因劾奏吉。武帝亦寤曰：「天使之也！」因赦天下。郡邸獄繫者獨賴吉得生，恩及四海矣。

夏宇眾的《修辭學大綱》引此而加以說明云：

只贊丙吉之恩及四海，而武帝方面，不著一字，一任讀者自得於言外。今試一設想，使無丙吉之堅拒，則武帝之「禍及四海」，自在意中。所謂「思則得之」，此即工於用含蓄者也。

其實此種婉曲語最大功用在避免犯忌。班固是漢朝人，他怎能直率地對漢武帝加以指責呢？

第十一章 夸飾

甲、概說

言文中誇張鋪飾，超過了客觀事實，使其所表達的形象益發凸顯，情意更為鮮明，藉以加深讀者或聽眾的印象的，叫作「夸飾」。

「夸飾」的主觀因素是作者要「出語驚人」；「夸飾」的客觀因素是讀者的「好奇心理」。遠在戰國時代，莊周對於情緒之於語言的影響，便有所覺察。《莊子．人間世》有：

> 兩喜必多溢美之言，兩怒必多溢惡之言。

之語，因而主張：「傳其常情，無傳其溢言。」到了東漢，王充在《論衡．藝增》更指出：

> 世俗所患，患言事增其實；著文垂辭，辭出溢其真。稱美過其善，進惡沒其罪。何則？俗人好奇；不奇，言不用也。故譽人不增其美，則聞者不快其意；毀人不益其惡，則聽者不愜於心。聞一增以為十，見百益以為千，使夫純樸之事，十剖百判；審然之語，千反萬畔。墨子哭於練絲，楊子哭於歧道。蓋傷失本，悲離其實也。

認為「事增其實，辭溢其真」的現象，乃由於「俗人好奇」的緣故。近代心理學家也告訴我們：

假如有兩種或多種刺激同時出現時，其中之大者（面積或體積）、強度高者（如聲音）、反覆出現者（如霓虹燈）、輪廓明顯者、顏色鮮明者，以及與其他刺激成對比者（如在很多白棋子中夾放一顆黑棋子覺其特別明顯），皆易惹人注意。（張春興、楊國樞合著：《心理學》）

因此作者如想使讀者注意其作品，就非「出語驚人」以滿足讀者的「好奇心理」不可。而「夸飾」就是在作者和讀者此種心理傾向的基礎上而成立的。

夸飾的對象，有空間的、時間的、物象的、人情的種種。在我國古典文學作品中，存在著不少夸飾的例子。

在空間方面的夸飾有：

1. 湯湯洪水方割，蕩蕩懷山襄陵，浩浩滔天。（《尚書・堯典》）

案：形容浩浩蕩蕩的洪水正在為害，圍繞著高山，淹沒了丘陵，滿上了天。

2. 嵩高維嶽，駿極于天。（《詩經・大雅・崧高》）

3. 西北有高樓，上與浮雲齊。（《古詩十九首》）

以上是高度的夸飾。

4. ……誰謂宋遠？跂予望之。……誰謂宋遠？曾不崇朝。（《詩經・衛風・河廣》）

案：極言衛國與宋國之近。

5. 白髮三千丈，緣愁似箇長。（李白：《秋浦歌》）

6. 霜皮溜雨四十圍，黛色參天二千尺。（杜甫：《古柏行》）

以上是長度的夸飾。

7. 誰謂河廣？一葦杭之。……誰謂河廣？曾不容刀。……（《詩經・衛風・河廣》）

案：極言黃河河面之狹小。刀，小船。

8. 千山鳥飛絕，萬徑人蹤滅。孤舟簑笠翁，獨釣寒江雪。（柳宗元：《江雪》）

9. 燭天燈火三更市，搖月旌旗萬里舟。（楊公濟：《甘露上方書》）

以上是面積的夸飾。

10. 北冥有魚，其名為鯤，鯤之大不知其幾千里也。化而為鳥，其名為鵬，鵬之背不知其幾千里也。怒而飛，其翼若垂天之雲。（《莊子・逍遙遊》）

11. 戴晉人曰：「有所謂蝸者，君知之乎？」曰：「然。」「有國於蝸之左角者曰觸氏，有國於蝸之右角者曰蠻氏；時相與爭地而戰，伏尸數萬，逐北旬有五日而後返。」君曰：「噫！其虛言歟？」（《莊子・則陽》）

12. 瀚海闌干百丈冰，愁雲黲淡萬里凝。（岑參：《白雪歌送武判官歸京》）

以上是體積的夸飾。

在時間方面的夸飾有：

1. 彼采葛兮，一日不見，如三月兮。
彼采蕭兮，一日不見，如三秋兮。
彼采艾兮，一日不見，如三歲兮。（《詩經・王風・采葛》）

2. 武王克殷反商，未及下車而封黃帝之後於薊，封帝堯之後於祝，封帝舜之後於陳。（《禮記・樂記》）

3. 對酒當歌，人生幾何？譬如朝露，去日苦多。（曹操：《短歌行》）

4. 朝辭白帝彩雲間，千里江陵一日還。兩岸猿聲啼不住，輕舟已過萬重山。（李白：《早發白帝城》）

5. 愁腸已斷無由醉，酒未到，先成淚。（范仲淹：《御街行詞》）

6.「請」字兒不曾出聲，「去」字兒連忙答應；可早飛去鶯鶯跟前，「姐姐」呼之，喏喏連聲！（王實甫：《西廂記・請宴》）

在物象方面的夸飾有：

1. 甲子昧爽，受（紂）率其族若林，會于牧野。罔有敵于我師，前徒倒戈，攻于後，以北，血流漂杵。（《尚書・武成》）
2. 周原膴膴，菫荼如飴。（《詩經・大雅・綿》）
3. 翩彼飛鴞，集于泮林。食我桑黮，懷我好音。（《詩經・魯頌・泮水》）
4. 虎嘯而谷風至；龍舉而景雲屬。（《淮南子・天文》）
5. 敘溫郁則寒谷成暄，論嚴酷則春叢零葉。（劉孝標：《廣絕交論》）
6. 班聲動而北風起，劍氣沖而南斗平。（駱賓王：《為徐敬業以武后臨朝移諸郡縣檄》）
7. 彈破莊周夢，兩翅駕東風，三百座名園一採一箇空。難道是風流孽種？嚇殺尋芳的蜜蜂。輕輕搧動，把賣花人搧過橋東！（王鼎：《醉中天・大蝴蝶》）

在人情方面的夸飾有：

1. 千祿百福，子孫千億。（《詩經・大雅・假樂》）
2. 周餘黎民，靡有孑遺。（《詩經・大雅・雲漢》）
3. 增之一分則太長，減之一分則太短。（宋玉：《登徒子好色賦》）
4. 力拔山兮氣蓋世，時不利兮騅不逝。（《史記・項羽本紀》）
5. 北方有佳人，絕世而獨立。一顧傾人城，再顧傾人國。寧不知傾城與傾國，佳人難再得。（李延年：《佳

人歌》）

6. 相送勞勞渚，長江不應滿，是儂淚成許。（《古今樂府・華山畿》）

7. 孫興公作《天台賦》成，以示范榮期云：「卿試擲地，要作金石聲！」（《世說新語・文學》）

8. 每思欲遐登蓬萊，極目四海，手弄白日，頂摩青穹，揮斥幽憤，不可得也。（李白：《暮春江夏送張承祖之東都序》）

9. 昔年有狂客，號爾謫仙人。筆落驚風雨，詩成泣鬼神。（杜甫：《寄李十二白二十韻》）

10. 千呼萬喚始出來，猶抱琵琶半遮面。（白居易：《琵琶行》）

前述夸飾的對象，所列有空間的、時間的、物象的、人情的四種，是舉其重要者而言，事實上夸飾有此四者所不能範圍或兼具此四者中多種的情形存在。至於夸飾的方式，有放大的，有縮小的；有超前的，有延緩的；有單純的，有與其他辭格合用的。分析過細，反令學者生厭；而思慮縝密的讀者，也自有能力嘗試分辨，在此就不一一說明了。

關於夸飾，古人曾有一番意見紛紜的討論。首先認識古書有夸飾現象的似乎是孔子，《大戴禮・五帝德》：

宰我問於孔子曰：「昔者予聞諸榮伊，言黃帝三百年。請問黃帝者人邪？抑非人邪？何以至於三百年乎？」孔子曰：「……生而民得其利百年；死而民畏其神百年；亡而民用其教百年；故曰三百年。」

黃季剛先生《文心雕龍札記・夸飾第三十七》引此，以為：「由孔子之言論之，黃帝三百年，飾詞也。」黃先生又說：「殷辛暴虐，書有明文，而孔子（案：當是子貢，見《論語・子張》。）曰：『紂之不善，不如是之甚也。』由此言之，狀殷辛之惡者，亦多飾詞也。」可見孔子及其弟子早已發現古書中有夸飾現象。

繼孔子、子貢之後談到「夸飾」的是孟子。《孟子・萬章上》記載孟子答咸丘蒙之問云：

說詩者，不以文害辭，不以辭害志；以意逆志，是為得之。如以辭而已矣，《雲漢》之詩曰：「周餘黎民，靡有孑遺。」信斯言也，是周無遺民也。

孟子以為：不可以因為文采的修飾而誤解辭句的意思，也不可以拘於辭句的意思而誤解了作者的本意，要自己設身處地去推測體會作者的本意，這才可能得著作品真正的意旨。如果只是照著辭句的表面解釋，那麼《雲漢》這篇詩所說：「周餘黎民，靡有孑遺。」難道周朝真的連一個遺民也沒有了嗎？

王充《論衡》於《語增》、《儒增》、《藝增》等篇對夸飾現象大加抨擊，《藝增》云：

蜚流之言，百傳之語，出小人之口，馳閭巷之間，其猶是也；諸子之文，筆墨之疏，人賢所著，妙思所集，宜如其實，猶或增之；儻經藝之言，如其實乎？言審莫過聖人，經藝萬世不易，猶或出溢，增過其實，（增過其實，皆有事為，不妄亂誤。）以少為多也。然而必論之者，方言經藝之增，與傳語異也。

對於蜚言傳語、諸子、經藝「增過其實」，頗多批評。可惜有點矯枉過正，所以黃季剛先生《文心雕龍札記．夸飾》引王充的話後，有非常正確的論斷：

如仲任言，意在檢正文詞，一切如實，然後使人不迷。其辨別妖異禨祥之言，駁正帝王感生天地感變諸說，誠足以開蔽曚矣。至謂文詞由此當廢增飾，則謬也。

王充所論，尚非針對文學作品而言。針對文學作品「淫浮之病」作出有體系的批評的，首推晉人摯虞。他在《文章流別論》中說：

賦者，敷陳之稱，古詩之流也。古之作詩者，發乎情，止乎禮義。情之發，因辭以形之；禮義之旨，須事以明之。故有賦焉，所以假象盡辭，敷陳其志。前世為賦者，有孫卿、屈原，尚頗有古詩之義，至宋玉則多淫浮之病矣。《楚辭》之賦，賦之善者也。故揚子稱賦莫深于《離騷》。賈誼之作，則屈原儔也。

古詩之賦，以情義為主，以事類為佐；今之賦，以事形為本，以義正為助。情義為主，則言省而文有例矣；事形為本，則言當而辭無常矣。文之煩省，辭之險易，蓋由于此。夫假象過大，則與類相遠；逸辭過壯，則與事相違；辯言過理，則與義相失；麗靡過美，則與情相悖：此四過者，所以背大體而害政教。是以司馬遷割相如之浮說；揚雄疾「辭人之賦麗以淫」。

他所提出的「四過」，對辭賦過度追求鋪張夸飾巧辯麗藻的弊病，有相當中肯的論斷。而對「夸飾」討論得最詳細的是《文心雕龍》，玆錄其《夸飾》全文於下：

夫形而上者謂之道，形而下者謂之器。神道難摹，精言不能追其極；形器易寫，壯辭可得喻其真；才非短長，理自難易耳。故自天地以降，豫入聲貌，文辭所被，夸飾恆存。雖詩書雅言，風俗訓世，事必宜廣，文亦過焉。是以言峻則嵩高極天，論狹則河不容舠，說多則子孫千億，稱少則民靡孑遺。襄陵舉滔天之目，倒戈立漂杵之論，辭雖已甚，其義無害也。且夫鴞音之醜，豈有泮林而變好；荼味之苦，寧以周原而成飴；並意深褒讚，故義成矯飾。大聖所錄，以垂憲章。孟軻所云「說詩者不以文害辭，不以辭害意」也。

自宋玉景差，夸飾始盛，相如憑風，詭濫愈甚。故上林之館，奔星與宛虹入軒；從禽之盛，飛廉與鷦鷯俱獲。及揚雄《甘泉》，酌其餘波，語瓌奇，則假珍於玉樹，言峻極，則顛墜於鬼神。至《東都》之比目，《西京》之海若，驗理則理無可驗，窮飾則飾猶未窮矣。又子雲《校獵》，鞭宓妃以饟屈原；張衡《羽獵》，困玄冥於朔野。孌彼洛神，既非罔兩；惟此水師，亦非魑魅；而虛用濫形，不其疎乎！此欲夸其威而飾其事，義睽剌也。至如氣貌山海，體勢宮殿，嵯峨揭業，熠燿焜煌之狀，光采煒煒而欲然，聲貌岌岌其將動矣。莫不因夸以成狀，沿飾而得奇也。於是後進之才，獎氣挾聲，軒翥而欲奮飛，騰擲而羞跼步，辭入煒燁，春藻不能程其豔；言在萎絕，寒谷未足成其凋；談歡則字與笑並，論慼則聲共泣偕，信可以發蘊而飛滯，披瞽而駭聾矣。

然飾窮其要，則心聲鋒起，夸過其理，則名實兩乖。若能酌詩書之曠旨，翦揚馬之甚泰，使夸而有節，飾而不誣，亦可謂之懿也。

贊曰：夸飾在用，文豈循檢。言必鵬運，氣靡鴻漸。倒海探珠，傾崑取琰。曠而不溢，奢而無玷。

總觀全文，共分三段。首段說明詩書不廢夸飾：中又分三節，先說夸飾對象是「形器」，「壯辭」有「喻真」的效果；再舉詩書六例證明夸飾無害於義；後又舉例說明「矯飾」之理由在強調「褒讚」。第二段敘述兩漢賦家用夸飾的得失，中又分二節：先說濫用之失，後說善用之得。末段是結論，說明過分夸飾的弊端，並指出夸飾的要領在「夸而有節，飾而不誣」。

近代學者之論夸飾，可以黃季剛先生作代表。黃先生的話見於《文心雕龍札記》：

近世汪中知古人文詞有曲，有形容。說祖之充（王充），而不能明其故。以為但欲暢其意而已。是終不得為明清之言。謹求其故，有五說焉。一曰，言有不能斥其事，則玄言其理也。《書》敘堯之德，「欽明」以下，四十餘言。若欲歷敘其事，則繁而不殺，數百千言而仍不能盡。故括以「欽明恭讓」，而堯之德可知；表以「既睦」、「昭明」、「於變」，而堯之所以親九族辨百姓和萬邦者可知。此一事也。二曰，言有不能指其數，則渾括其事也。《書》言禹「九山刊旅」、「九川滌原」、「九澤既陂」。此不得歷言九州山澤，禹皆畢至。言此而禹功所被之廣可知，歷指則反於文為害。此二事也。三曰，言有不能表其精微，而假之物象。《易傳》曰：「聖人有以見天下之賾，而擬諸形容，象其物宜。」言「龍戰于野」，而陰陽鬥爭之理寓焉。但言陰陽鬥爭，義不晰也。言「黃裳元吉」，而得中居職之理寓焉。但言得中居職，義不晰也。

此三事也。四曰，言有不能斷限，而模略以為詞。曰欲至萬年，此非真欲萬年。然云欲至某千某百年，則不詞也。詩曰「子孫千億」，此亦非謂真能眾多如此。然云子孫某百某十人，則亦不詞也。此四事也。五曰，言有質而意不顯，文而意顯者。如云「晏子一狐裘三十年」，一裘誠不必經一世之長，然但云晏子狐裘久而不易，則其久如何不可知，而晏子之儉德不顯。如云「積甲與熊耳山齊」，甲多誠不能與山比峻，然但云收甲甚多，則其多如何不可知，而光武之武功不著。此五事也。總而言之，文有飾詞，可以傳難言之意；文有飾詞，可以省不急之文；文有飾詞，可以摹難傳之狀；文有飾詞，可以得言外之情。古文有飾，擬議形容，所以求簡，非以求繁。降及後世，夸張之文，連篇積卷，非以求簡，祇以增繁。仲任所譏，彥和所誚，固宜在此而不在彼也。

業師高仲華先生是黃先生的學生，所著《高明文輯》有《修辭總論》一文，曾作深入而顯明的解說：

黃先生這段話，把修辭可以盡言的道理，真是發揮得極其透闢。我們寫文章，有時事實太多了，不能直接地列舉出來；會修辭的用一兩句抽象的話，就能把他說盡。《尚書》敘述堯的德行，如果列舉事實，寫幾千字也說不完；《尚書》祇用「欽明恭讓」四字，便把堯的一生說盡；祇用「克明俊德，以親九族，九族既睦，平章百姓，百姓昭明，協和萬邦，黎民於變時雍」這幾句話，便把堯的功業說盡。所以黃先生說：「言有不能斥其事，則玄言其理也。」我們寫文章，有時不能指實那些事去著筆；會修辭的用一兩句渾括的話，就能把他說盡。要說禹走過些什麼地方，開過些什麼山嶽，濬過些什麼河流，治過些什麼湖澤，因為他的足跡實在走得太遠，事業實在做得太多，真有不知從何說起的樣子；勉強說來，一定是掛一漏萬。《尚書》祇用「九山刊旅，九川滌原，九澤既陂」這幾句渾括的話，便把禹的足跡和事業說盡。所以黃先生說：「言有不能指其數，則渾括其事也。」我們寫文章，有時精微的義蘊表達不出來，會修辭的用一些具體的物象，就能把他說盡。《易傳》說：「聖人有以見天下之賾，而擬諸形容，象其物宜。」就是用的這種手法。譬如說陰氣太盛，必和陽氣鬪爭，結果都受到傷害，這是何等精微的道理；《周易．坤卦》衹用「龍戰于野，其血玄黃」這個具體的物象，便把他說盡。所以黃先生說：「言有不能表其精微，而假之物象。」我們寫文章，有時遇到數目多，年代久的情形，常常不曉得怎樣寫纔好；會修辭的衹要約莫地一說，就把他說盡。《詩．大雅．假樂》：「子孫千億。」要說子孫衆多，如果說孫幾百人、幾十人，就不成話；約莫地說「子孫千億」，並不一定確確實實是「千億」，但衆多的情形卻說盡了。杜甫《夢李白》：「千秋萬歲名，寂寞身後事。」要說名聲歷久不衰，如果說幾年、幾十年，就不成話；約莫地說「千秋萬歲」，並不一定確確實實是「千年」、是「萬年」，但長久的情形卻說盡了。所以黃先生說：「言有不能斷限，而模略以為詞。」我們寫文章，有時老老實實地說，不能教人得到顯明的印象；會修辭的衹要略耍一點花樣，就能把他說盡。《尚書．武成》：「血流漂杵。」傷亡者所流的血，能夠漂去舂杵，誠然是未必有的事。但衹說傷亡衆多，又不能使人得到深刻而顯明的印象。說「血流漂杵」，可就使人怵目驚心，印象深刻了。所以黃先生說：「言有質而意不顯，文而意顯者。」黃先生衹舉出五點，來說明修辭「可以傳難言之意」、「可以省不急之文」、「可以摹難傳之狀」、「可以得言外之情」；我們如能「舉一隅而以三隅反」，對「修辭可以盡言」的這一事實，就更能徹底地明瞭了。

由以上的敘述，我們可以了解夸飾的定義與其心理基礎，夸飾的對象與在中國古典文學作品中使用的情形，以及前人對夸飾是非功過的認識。

乙、舉　例

(二)空間的夸飾

1. 雅舍的蚊風之盛，是我前所未見的。「聚蚊成雷」，真有其事。每當黃昏時候，滿屋裏磕頭碰腦的全是蚊子，又黑又大，骨骼都像是硬的。(梁實秋：《雅舍》)

2. 柔嘉雖然比不上法國劇人貝恩哈脫(Sarah Bernhardt)，腰身纖細得一粒奎寧丸吞到肚子裏就像懷孕，但瘦削是不能否認的。(錢鍾書：《圍城》)

3. 廣闊的額是大陸，從歐羅巴到亞細亞，
聳起的鼻是高原，從帕米爾到喜馬拉雅，
兩頰一明一暗，是亞美利加與阿非利加……(鍾鼎文：《仰泳者》)

案：這是把整個地球上的陸地看作「仰泳者」。不禁令人想起李賀《夢天詩》：「遙望齊州九點煙，一泓海水杯中瀉。」把中國九州看作九點煙，而海洋也不過杯中之水而已。

4. 整夜我搖著扇子與「驅逐機」作戰，桌面與窗臺上也有「坦克車」的「零星部隊」時來偷襲。就這樣，抗戰期中，為了趕火車，我曾度過好幾個「最長的一夜」。(鍾梅音：《火車之戀》)

5. 往常碰到她胃口不好，媽媽總要嘀咕：「不吃怎麼行？瞧你，臉蛋兒都只剩下兩個指頭大了。」如今，怕連兩個指頭大都沒有了。(劉慕沙：《春心》)

6. 哪像自己的嘴，薄得像刀子劃了一刀，閉著嘴看不見唇。(王令嫻：《哭在冷冷的月色裏》)

7. 你不那麼愛說爛話，嘴巴哪會像西子灣那麼闊？(楊青矗：《在室男》)

8.今晚成功嶺有月，相思林上薄薄的一彎，利得會割手。（黑野：《月》）

9.草莓由指間長起，與雲並高。（王憲陽：《窄門》）

10.把你的手掌伸為五嶽啊：一面看是成峰，一面看是成谷。（彭邦楨：《方城之歌》）

㈢時間的夸飾

1.要認取斜陽最後的生命，
在鴉頭燕尾間的一閃；
要認取朝露最後的生命，
在花梢葉杪間的一閃！

人生也不過這麼一閃嗎——
斜陽朝露，
還有明朝，
人生底明朝呢？（劉大白：《一閃》）

2.苦總是長的。樂總是短的。一天的苦往往比一萬年還長，一萬年的樂卻常常像一分鐘，還不待你看清楚，它就消失了。我和黎薇享樂感情，不知不覺已過了兩年。這兩年過得比兩秒鐘還快。（無名氏：《塔裏的女人》）

3.生命是有限的，孩子，一千年也同短暫的一場夢，知道把握住每一分從你指間溜去的光陰，使成為有益人類的力量，你便是一個最智慧者。（華嚴：《智慧的燈》）

4. 說是春筍出了土還是一股勁的日夜長大，從四鄉運筍來，船都祇裝七八成，還要用雙櫓划得飛快飛快，稍微慢一點的話，船就被筍漲破了。（艾雯：《夢入江南煙水路》）

5. 夏夜雖短，但每次呼吸都要用上千鈞之力的時刻，卻顯得那樣漫長，長得好像黑夜永無盡頭。（鍾梅音：《我祇追求一個圓・希望之光》）

6. 是西風錯漏出半聲輕歎，秋葭一夜就愁白了頭啦！（陸蠡：《秋》）

7. 「下雨了，」溫柔的灰美人來了，她冰冰的纖手在屋頂拂弄著無數的黑鍵啊灰鍵，把晌午一下子奏成了黃昏。（余光中：《聽聽那冷雨》）

8. 當臺北市的鬧區西門町一帶華燈四起的時分，夜巴黎舞廳的樓梯上便響起了一陣雜沓的高跟鞋聲，由金大班領隊，身後跟著十來個打扮得衣履風流的舞孃，綽綽約約的登上了舞廳的二樓來，才到樓門口，金大班便看見夜巴黎的經理童得懷從裏面竄了出來，一臉急得焦黃，搓手搓腳的朝她嚷道：「金大班，你們一餐飯下來，天都快亮嘍。客人們等不住，有幾位早走掉啦。」（白先勇：《金大班的最後一夜》）

9. 左邊的鞋印才下午，右邊的鞋印已黃昏了。（洛夫：《煙之外》）

10. 雨仍落，似乎已這樣無奈地落了許多世紀。（張曉風：《雨之調》）

(三) 物象的夸飾

1. 猛不防，一陣疾風吹來，松濤像萬馬奔騰，鼓樂齊奏，使你聽了好像覺得天地在旋轉，萬物在歡唱，在狂舞，這時候，你根本忘記了自身的存在，只覺得大自然的偉大、神秘。（謝冰瑩：《愛晚亭》）

2. 義大利的麵包倒不黑，可是硬得像鞋底。有些父母喜歡在飯桌上教訓兒女，在義大利可不妥當。萬一愈說愈氣，拿起麵包當戒尺，非把小嫩肉打出血來不可。（鍾梅音：《生活與生存》）

3.室外的雨勢越來越大，群馬奔騰，眾鼓齊擂，整個世界籠罩在一陣陣激越的殺伐聲中。（洛夫：《一朵午荷》）

4.寒意愈來愈濃，空氣冷凝得像半透明的玻璃液，浮在低空。車子衝過去，把空氣盪開，如同在水中破浪而行一般。（白先勇：《上摩天樓去》）

5.四周只有一面平平的海，然後下弦月也熄滅，海上漆黑如墨，跟閻王爺的陰間地府差不多。（王文興：《海濱聖母節》）

6.要到街上兜一轉，那高熱一下子就把你體內的水份蒸發乾淨。（艾雯：《太陽．月亮》）

7.熱帶的陽光像火燄那樣焚燒著西貢廣場。（趙雲：《沒有故鄉的人》）

8.山上的草香得那麼濃，讓我想到，要不是有這樣猛烈的風，恐怕空氣都會給香得凝凍起來呢！（張曉風：《到山中去》）

9.一朵比一朵潔色地開放，直到照亮了沒有觀眾的池畔。（陳芳明：《水仙》）

10.太陽升起來
把這天空
染成血淋淋的盾牌（芒克：《天空》）

(四)人情的夸飾

1.幾天不見肉，他就喊「嘴裏要淡出鳥兒來」，若真個三月不知肉味，怕不要淡出毒蛇猛獸來！有一個人半年沒有吃雞，看見了雞毛帚就流涎三尺。（梁實秋：《男人》）

2.奏著奏著，我覺得自己的肉體與靈魂整個解放了。我變成一隻最神秘的鳥，從青雲飛上青雲，從大氣層飛上大氣層。我的翅膀充滿了全部蒼穹，擁抱了所有雲彩，它忽然膨脹了，膨脹了，膨脹得和氣球一樣大，忽然又縮小了，縮小了，縮小得像一粒星子。（無名氏：《塔裏的女人》）

案：此係形容拉小提琴的感受。

3. 他的亮晶晶的大眼睛，眨也不眨的，嘴唇抿得緊，嘴角勾起淺笑，一副提得起整個地球的氣度。（華嚴：《智慧的燈》）

4. 等在大門口的三個直歎氣，說他是：「老虎追來了，還得回頭看看是公的還是母的。」真沉得住氣。（琦君：《我的另一半》）

5. 情人的血特別紅，可以染冰島成玫瑰。（余光中：《情人的血特別紅》）

6. 直到有一天我死去，
像尾魚睡眠於微笑的池沼，
我才會熄燈休息，
我，才有個美好的完成，
如一冊詩集；
而那覆蓋著我的大地，
就是那詩集的封皮。（楊喚：《我是忙碌的》）

7. 那怕你眼睛朝天望出血來，那天上的人未必知曉。（白先勇：《一把青》）

8. 前進啊！兄弟們，握一個宇宙，握一顆星。（白萩：《羅盤》）

9. 我無須仰望雲霓

只從你深深的眼色
就能汲取潤我的甘霖。
若你以淚灑我
我就長為不凋花
在時空外
綻放一朵永恆。（溫健騮：《星河無度》）
10. 小喇叭的尖音劃破我的皮膚。（吳望堯：《與永恆做一次拔河》）
11. 別說陳家，就連整個縣城來講，大爺跺跺腳，四個城門樓子都搖晃。（何曉鐘：《活埋》）
12. 或者以我的一顆貝齒去震撼一座山，去轟動一個海洋。（朵思：《沉寂以後》）
13. 站在大武山的奇巖上，
高唱威猛的獵歌。
……
讓我們的憤怒變成雷電，
照亮靜默的部落；
讓我們的眼淚變作春雨，
滋潤山芋和小米田；
讓我們的交臂變成彩虹
給山地人架上一座

通往故鄉的
美麗的橋樑。（莫那能：《來，乾一杯！》）
14. 踏著崎嶇山道，薄霧中凝視那遠方閃爍的燈火，我像是漫步在迷茫的天河，輕揮兩袖，散落繁星無數。（王鼇高：《傍晚的華岡》）
15. 過了紅磚道，一群挾書的男女擋住了他，不知談到什麼新鮮事，大家哄地笑起來，笑得陽光碎成千萬金片。（李赫：《煙火》）

丙、原　則

文學並不是客觀真實的紀錄，它訴之於主觀的感覺。修辭學上所謂「修辭立其誠」，也只對主觀感覺之誠負責，而不對客觀真實負責。就客觀真實言，一日就是一日，蚊子就是蚊子。就主觀感覺言，「一日不見」，可以說成「如三秋兮」；「夏蚊成雷」，可以私擬「群鶴舞空」。前者見於《詩經・王風・采葛》，後者見於沈復《浮生六記・閑情記趣》。劉師培《美術與徵實之學不同論》云：「蓋美術以靈性為主；而實學則以考覈為憑。若於美術之微，而必欲責其徵實，則於美術之學，反去之遠矣。」正是這番意思。「夸飾」一格與「修辭立其誠」，是互相調和而不是敵對矛盾。這是必須首先認清的。

在「概說」節中，曾對古人有關「夸飾」的意見擇要敘述。從中也可以汲取使用「夸飾」應注意的一些原則。

從《大戴禮》所引孔子的話，可以看出「夸飾」有時代表「衷心感念」。說「黃帝三百年」基於此；說孔子是「萬世師表」亦復如此。

從孟子「以意逆志」說，了解「夸飾」應以讀者能夠意會為其標準。

從莊子「溢美溢惡」說，提醒我們於「喜怒為用」時，要更注意自己的言語是否偏頗了？

《論衡》所言，已有黃季剛先生的論斷，此無須再贅一詞。

摯虞的「四過說」，重點不在抽象的「過大」、「過壯」、「過理」、「過美」；而在下面的「與類相遠」、「與事相違」、「與義相失」、「與情相悖」，這就替「四過」提出了具體的標準，使使用者知所節制。

《文心雕龍》則對「夸飾」正負兩面，都作出評論。

先說負面，劉勰對「理無可驗，飾猶未窮」的「虛用濫形」、「事義睽剌」現象，嚴加抨擊，所舉文例有：

> 於是乎離宮別館，彌山跨谷。……奔星更於閨闥，宛虹拕於楯軒。（司馬相如：《上林賦》）
>
> 於是乎背秋涉冬，天子校獵。……椎蜚廉，弄獬豸，……捷鵷鶵，揜焦明。（同前）
>
> 翠玉樹之青蔥兮。（揚雄：《甘泉賦》）
>
> 鬼魅不能自逮兮，半長途而下顛。（同前）
>
> 揄文竿，出比目。（班固：《西都賦》）（案：劉書作「東都」，蓋誤記也。）
>
> 海若游於玄渚。（張衡：《西京賦》）
>
> 鞭洛水之宓妃，餉屈原與彭胥。（揚雄：《羽獵賦》）
>
> 困玄冥於朔野。（嚴可均輯《全後漢文》有張衡《羽獵賦》殘文，無此句。）

再說正面。劉勰對於「因夸以成狀，沿飾以得奇」，可以「發蘊而飛滯，披瞽而駭聾」的文學作品，大加讚賞。不過未指明作品名稱。可能是當時已膾炙人口的某些賦和詩，如後來《昭明文選》所選錄「遊覽」、「宮殿」、「江海」、「物色」、「鳥獸」、「志」、「哀傷」、「音樂」之類的「賦」；或「公讌」、「祖餞」、「詠史」、「遊仙」、「招隱」、「遊覽」、「詠懷」、「哀傷」、「贈答」、「行旅」之類的「詩」而言。可能也包括些其他文類，如劉峻的《廣絕交論》。

總結來說，劉勰肯定「飾窮其要，則心聲鋒起」，主張夸飾要盡量發揮所描述事物的要點特質，使意象心聲無比銳利地呈現出來。劉勰所舉揚馬諸賦的毛病，不僅在「理無可驗」，尤在於「飾猶未窮」：並舉出這些賦中有些句子未能掌握事物的本質特徵而極盡夸飾之能事，亦即不能「發蘊而飛滯」。而劉勰所讚賞的「披瞽而駭聾」，則是「心聲鋒起」的效果顯示。劉勰反對的是「夸過其理」，也就是「理無可驗」、「事義睽刺」的作品，那樣「虛用濫形」會導致「名實兩乖」的。所以關於「夸飾」，劉勰接受了莊子以迄摯虞的兩溢四過之說而提出消極原則：不可虛用濫形，名實兩乖。另一方面，卻又提出積極原則：成狀得奇，飾窮其要。這積極原則，才是劉勰超越前人的卓見。

劉勰對「夸飾」的正面評論，經黃季剛先生的發揮，更舉出四條積極標準：「傳難言之意」，「省不急之文」，「摹難傳之狀」，「得言外之情」。

近代修辭學大師陳望道先生的《修辭學發凡》則扼要地提出原則二條：

一、主觀方面須出於情意之自然的流露；如《古文苑》裏名為宋玉作的《大言賦》、《小言賦》，完全出於造作，可說毫無意義。

二、客觀方面須不致誤為事實，如「白髮三千丈」，倘不說「三千丈」而說「三尺」，那便容易使人誤認為事實，那便不是修辭上的鋪張，只是實際上的說謊。

前人所說，已很周延，我就不再費詞補充了。

第十二章 示現

甲、概說

人類的想像力，真是一種奇妙的機能，甚至比「光」更快速，更曲折，更神奇。它可以不受時間的限制，超越過去、現在及未來；可以不受空間的限制，把遠方的情景播映在眼前。語文中利用人類的想像力，把實際上不聞不見的事物，說得如見如聞的修辭方法，就叫作「示現」。

對於示現，《文心雕龍・神思》曾加以生動的描述：

古人云：「形在江海之上，心存魏闕之下。」神思之謂也。文之思也，其神遠矣。故寂然凝慮，思接千載；悄焉動容，視通萬里；吟詠之間，吐納珠玉之聲；眉睫之前，卷舒風雲之色：其思理之致乎！

劉勰首先暗用《莊子・讓王》「身在江海之上，心居乎魏闕之下」的話，指明一個人的身體，雖然受到物質條件的約束，局限於某一種環境之中；但想像力卻能突破時空的限制，到達自己希望到達的領域。從而劉彥和贊歎著文思此一精神作用的神奇，可以無遠弗屆。於是進一步對神思之功能加以分析：「寂然凝慮，思接千載」是說明神思在時間方面的超越能力；「悄焉動容，視通萬里」是說明神思在空間方面的超越功能。基於神思在時間、空間雙方面的超越功能，所以文學工作者就可以在「吟詠之間，吐納珠玉之聲」，使現實生活中不實際存在的聲響呈現於語言文字；也可以在「眉睫之前，卷舒風雲之色」，使現實生活中不實際存在的景象放映在讀者的眼前。而這正是「神思」的效用啊！

《詩經》中已有許多示現的手法，如《豳風・東山》。茲取此詩第四章，錄其原文於上欄，並附裴溥言教授《先民的歌唱——詩經》中的語譯於下欄。

原文	譯文
我徂東山，慆慆不歸。	我往東山去打仗，好久不得回家鄉。
我來自東，零雨其濛。	如今我從東山還，濛濛細雨下不完。
倉庚于飛，熠燿其羽。	黃鶯鳥兒在飛翔，翅膀閃閃好漂亮。
之子于歸，皇駁其馬。	那天你做新嫁娘，拉車的馬兒白赤又白黃。
親結其縭，九十其儀。	親娘為你繫佩巾，拜來拜去成了親。
其新孔嘉，其舊如之何？	新婚歡樂似蜜糖，久別重逢又該怎麼樣？

這首詩敘事的時空原設定在自東山打完仗，濛濛細雨的回家路上；但從「倉庚于飛」以下，卻是追憶當年新婚的情景；「其新孔嘉，其舊如之何?」，更是設想回家再見面時的滋味。而無論追憶從前、設想未來，都只是回家路上的想像，寫得如在目前一樣，這就是示現了。董季棠教授《修辭析論》曾舉《東山》析其示現手法，十分詳盡，請讀者參看。

而更成功地採用示現的手法寫作的，要推偉大的愛國詩人屈原，試以《離騷》為例。上欄是原文，下欄語譯採用繆天華教授《離騷九歌九章淺釋》的譯文。

原文	譯文
靈氛既告余以吉占兮， 歷吉日乎吾將行。	靈氛已經告訴我遠去安吉的卜語， 我選定了好日子將要遠行。

折瓊枝以為羞兮，
精瓊爢以為粻。

為余駕飛龍兮，
雜瑤象以為車。
何離心之可同兮，
吾將遠逝以自疏。

邅吾道夫崑崙兮，
路修遠以周流。
揚雲霓之晻藹兮，
鳴玉鸞之啾啾。

朝發軔於天津兮，
夕余至乎西極。
鳳凰翼其承旂兮，
高翱翔之翼翼。

我折來瓊枝當作路菜，
擣細玉屑當作乾糧。

替我駕上飛龍啊，
把寶石和象牙裝飾著我的車子。
不是一條心的人們怎麼可以相合？
我將要離開了他們獨自遠去。

我把我的路線轉向崑崙山，
路途遙遠地周行著。
雲霓的旗幟悠悠地飄揚，
玉製的鸞鈴啾啾地響著。

早上從天河的渡口出發，
傍晚我到了西方的盡頭。
鳳凰莊敬地圍繞著龍旗，
高高而安和地飛翔著。

忽吾行此流沙兮，
遵赤水而容與。
麾蛟龍使梁津兮，
詔西皇使涉予。

我忽然到了這流沙，
沿著赤水而遊戲。
我指揮蛟龍橫駕在渡口做橋梁，
告訴西皇要他渡我過去。

路修遠以多艱兮，
騰眾車使徑待。
路不周以左轉兮，
指西海以為期。

道路是遙遠又十分難走，
我吩咐從車抄近路過去等候。
路繞著不周山向左轉彎兒，
指定西海作會合的地點。

屯余車其千乘兮，
齊玉軑而並馳。
駕八龍之婉婉兮，
載雲旗之委蛇。

聚集著我的車有一千輛，
嵌玉的輪子並排著一齊馳驅。
駕了八龍蜿蜒地飛騰著，
載著雲旗飄飄地披拂著。

抑志而弭節兮，
神高馳之邈邈。
奏九歌而舞韶兮，

我按著壯志勒住轡繩慢慢地遊行，
我的精神卻遼遠地高馳著。
奏著九歌又舞著九韶，

聊假日以婾樂。　　暫且利用這些日子自尋歡樂。

陟陞皇之赫戲兮，　　我在光曜的天空中升騰著，
忽臨睨夫舊鄉。　　忽然看見了下界的故鄉。
僕夫悲余馬懷兮，　　我的車夫悲傷，我的馬也思歸，
蜷局顧而不行。　　蜷縮回顧不肯向前走。

亂曰：已矣哉！　　（尾聲）：算了吧！
國無人莫我知兮，　　國家裏沒有人，沒人知道我啊，
又何懷乎故都？　　又為甚麼思念著故都呢？
既莫足以為美政兮，　　既然沒人可以共同推行善政，
吾將從彭咸之所居。　　我將投入那彭咸所居住的深潭。

這種上天下地涉水登山的懸想的示現，是何等深刻地表達了這苦悶靈魂對理想的追求及其幻滅啊！

唐詩中頗多示現佳例，最膾炙人口的可能是杜甫的《月夜》和李商隱的《夜雨寄北》。先錄《月夜》：

今夜鄜州月，閨中祇獨看。
遙憐小兒女，未解憶長安。
香霧雲鬟溼，清輝玉臂寒。
何時倚虛幌，雙照淚痕乾。

安史之亂，杜甫帶著妻小逃到鄜州（今陝西富縣），及肅宗即位於靈武（今屬寧夏），杜甫隻身北上共赴國難。途中為叛軍所虜，被押解到長安。時在肅宗至德元年（七五六）八月。《月夜》首聯不說自己在長安望月思家，偏猜想妻子今夜也正獨看著鄜州的月亮。「今夜」之「獨看」，不僅暗示著昔日總是夫妻共賞，而更重要的是頷頸所說的「小兒女未解憶長安」，這更撩起詩人憐憫之心。頸聯「香霧雲鬟溼，清輝玉臂寒」，更是作者想像中的情景，為一種懸想的示現手法。尾聯「何時倚虛幌，雙照淚痕乾」，時間跳接到未來，「淚痕乾」暗示今夜有淚，「雙照」也與「獨看」有微妙的呼應，為預言式的示現。

再錄《夜雨寄北》：

君問歸期未有期，巴山夜雨漲秋池。
何當共翦西窗燭，卻話巴山夜雨時。

這是一首李商隱寄給妻子的詩。首句一問一答，顯示了詩人歸期未定的無奈。次句寫當時當地景，隱隱約約透露夜雨惱人，愁緒漲滿。三、四兩句由眼前情景跳脫出來，書寫出對未來歡聚的憧憬：今夜的愁苦正是未來剪燭夜話的材料。這又是預言式的示現。沈謙《神話．愛情．詩》曾對這兩首詩作出精彩的析評，請參看。

論者每言李商隱學杜甫，這當然是事實；而《夜雨寄北》步武者更多，錄二首於下。其一為宋代邵博《題智水上人瀟湘夜雨圖》：

曾繫扁舟湘水西，夜間聽雨數歸期。
歸來偶對高人畫，卻憶當年夜雨時。

另一為楊萬里《聽雨》：

歸舟昔歲宿嚴陵，雨打疏篷聽到明。

昨夜茅簷疏雨作，夢中喚作打篷聲。

而分析就留給讀者你了！

宋詞中也多生動的示現寫法。有追憶往事，歷歷如在目前，如：

記得小蘋初見，兩重心字羅衣，琵琶絃上說相思，當時明月在，曾照彩雲歸。（晏幾道：《臨江仙》）

有設想以後情況，恍然縈迴腦際，如：

為憶芳容別後，水遙山遠，何計憑鱗翼？想繡閣深沉，爭知憔悴損，天涯行客？（柳永：《傾杯》）

也有只是一種懸想，無關乎過去或未來，如：

夜來幽夢忽還鄉，小軒窗，正梳妝。相顧無言，惟有淚千行。（蘇軾：《江城子》）

韻文中如此，散文中亦然。遠者如：

今王棄忠信之言，以順敵人之欲，臣必見越之破吳，豸鹿游於姑胥之臺，荊榛蔓於宮闕。（《吳越春秋記伍子胥語》）

近者有：

好猴，你看他瞑目蹲身，將身一縱，便跳入瀑布泉中。（《西遊記》第一回）

伍子胥說「臣必見」，其實他何嘗「見」！吳承恩要讀者「你看」，事實上我們並不曾看到。這些都是示現寫法。文學，原就是作者將自己對宇宙人間相的卓越新穎的觀感及想像，通過文字的媒介，以優美的、適當的形式使之再現。文學活動注重觀察與想像，訴之於感官，要求情緒上的效果。而「示現」恰好是把作者感官的觀察及想像所得，活神活現地描述一番，使讀者感官上也似有所見，似有所聞，而產生情緒上的共鳴。所以「示現」之為一種重要的文學手段，至為明顯。

再從心理學方面來觀察，最能引起人之注意力的，不是過去的事，不是未來的事，也不是遠方的別人的事；而是現在自己跟前正在發生的事情。「示現」又恰好滿足了這種心理要求。「示現」格就在這種「文學」及「心理學」雙重基礎上建立起來的。

乙、舉　例

示現依其性質，可分為「追述的」、「預言的」、「懸想的」三種，玆分別說明於下：

(一)追述的示現

就是把過去的事跡說得彷彿還在眼前一樣。例如：

1. 在初夏陽光漸煖時你去買一支小船，划去橋邊蔭下躺著，念你的書或是做你的夢，槐花香在水面上飄浮，魚群的唼喋聲在你的耳邊挑逗。（徐志摩：《我所知道的康橋》）

案：讀者讀此，不可能人人都在康橋。但是作者卻要「你」去買一支小船，去康橋躺著，念「你」的書，做「你」的夢，鼻子去聞槐花香，耳朵去聽魚群唼喋聲。其實只是作者追述自己的經驗罷了。這是「觸覺」、「視覺」、「嗅覺」、「聽覺」多方面的示現。以下各例，讀者自行分析。

2. 「吹面不寒楊柳風」，不錯的，像母親的手撫摸著你。風裏帶來些新翻的泥土的氣息，混著青草味，還有各種花的香，都在微微潤溼的空氣裏醞釀。鳥兒將窠巢安在繁花嫩葉當中，高興起來了，呼朋引伴地賣弄清脆的喉嚨，唱出宛轉的曲子，與輕風流水應和著。牛背上牧童的短笛，這時候也成天在嘹亮地響。（朱自清：《春》）

3. 每個秋天，當露水落下來的時候，淚水濕透了我的襟袖，在淚光中，我似乎又看到了故鄉的湖水，湖

邊我常坐的青石，石邊更有那凌亂的菖蒲，如同英雄銹了的青劍……。（張秀亞：《秋日小札》）

4. 他一想起這油畫就彷彿能聞到南法耳地方灼熱的，帶有烤焦了泥土芳香的風，彷彿能看到巨大無比，旋轉不息的生命之火焰——太陽，充滿伸展於整個畫面裏，震懾懊喪淫猥的心靈。（葉石濤：《獄中記》）

5. 現在，將來，我永遠能夠清清楚楚看見，那一方陽光鋪在我家門口，像一塊發亮的地毯。然後，我看見一只用麥稈編成、四周裹著棉布的坐墩，擺在陽光裏。然後，一雙謹慎而矜持的小腳，走進陽光，停在墩旁，腳邊同時出現了她的針線筐。一隻生著褐色虎紋的狸貓，咪嗚一聲，跳上她的膝蓋，然後，一個男孩蹲在膝前，用心翻弄針線筐裏面的東西，玩弄古銅頂針和粉紅色的剪紙。那就是我，和我的母親。（王鼎鈞：《一方陽光》）

6. 一下了超級大道，才進市區，嵯峨峻峭的山勢，就逼在街道的盡頭，舉起那樣沉重的蒼青黛綠，俯臨在市鎮的上空，壓得你抬不起眼睫。（余光中：《丹佛城》）

7. 你看，那平野，打自遙遠的天邊開始，便閃爍著大大小小繁得如早春杜鵑叢上密密的花朵。（梅濟民：《北大荒》）

8. 華盛頓之秋有撼人的美，閉上眼睛，我似乎又看見白色大理石砌成的林肯紀念堂前，那一片色彩繽紛的林子。當一陣清風揚起，你的前方、後方、近處、遠處飃落起陣陣金雨。每一片葉尖上，似乎都顫動著秋天的旋律，悠悠地旋向空隙，溶入雪白柱子上的秋陽裏。（鍾玲：《旅美尷尬集》）

9. 而沿路，陳有蘭溪一直在你的右側相伴，水聲繞著山路轉，忽隱忽顯。（陳列：《永遠的山》）

10. 記得昨夜，薰薰酒醉，不知道為了誰，一路上模模糊糊街燈明滅。（流行歌詞）

(三)預言的示現

就是把未來的事情說得彷彿已經發生在眼前一樣。例如：

1. 桃樹、杏樹、梨樹，你不讓我，我不讓你，都開滿了花趕趟兒。紅的像火，粉的像霞，白的像雪。花裏帶著甜味；閉了眼，樹上髣髴已經滿是桃兒、杏兒、梨兒。（朱自清：《春》）

案：「閉了眼」之後，全為「預言的示現」。

2. 綠葉叢中紫羅蘭的囁嚅，芳草裏鈴蘭的耳語，流泉邊迎春花的低笑，你聽不見麼？我是聽得很清楚的：她們打扮整齊了，只等春之女神揭起繡幕，便要一個個出場演奏。現在她們有點浮動，有點不耐煩，春是準備的，等待的。（蘇雪林：《屠龍集・青春》）

3. 早晨的光是那麼清新，那麼瑰麗。你仔細注視那閃耀在松針上的露珠，當旭光照過時，你會直覺它突然充沛了新的生命。乳白色的霧消失了，你看到窄窄的山道上，晨光為你剪下一條瘦瘦長長的影子，和樹影一樣長，貼在綴滿了露珠的草地上。這時候你可以坐下來，迎著朝日，打開你帶來的書，讀上幾頁。（殷穎：《山林小徑》）

4. 若非殘梗絆住目光

夏，想必想不起來了

一張宣紙苦等顏色

顏色苦等成荷葉荷花

葉是摺在箱底的扇子

花是相簿裡跳舞的女孩（大荒：《冬日南海園獨坐》）

5.我安心的坐著，開始構想一幕好戲。花匠再也跑不動了，我還能快速的奔跑，像一個矯健的山林女神，一面還回過頭來嘲笑她的愛慕者。在這個時候，花匠該有怎樣的一張臉孔呵！那必是為情慾激盪而扭曲了的，我這樣想。（李昂：《花季》）

6.雖然雪在飄落著，但我知道這是多麼寶貴，多麼寶貴的時刻呀！我已經透過雪霧，看到了那真正的春天，百花燦爛的春天，一切智慧、一切潛力都將噴射出來的春天。（劉白羽：《新世界的歌》）

7.於是——我沉醉了，我看見了千山萬壑的高而整齊的森林，向人們伸出了柔和的臂膀，發出陣陣歡快的呼嘯聲，同大地的脈搏互相應和，譜成和諧而壯麗的樂章；我看見一座座現代化的城市緊挨著豐美的森林，蓊蔥鬱勃的森林連接著富饒的城市和鄉村。這時，人類創造的文明正在結出全新的果實。（秦似：《幼林》）

㈢懸想的示現

把想像的事情說得像真在眼前一般，同時間的過去、未來一點兒也沒有關係。例如：

1.哦！不！不需要。你只要拿過一張紙，在頂端寫了「短歌」兩字，於是便這樣開始：「哎嗳啦！我的命運呀！……」或者類似的東西，便完成了。付印，出版。小俄羅斯人讀了它，將低下頭來，埋在掌裏，眼淚便真誠地汩汩湧出，原是善感的靈魂呵！（屠格涅夫：《羅亭》）

案：「小俄羅斯人讀了它，將低下頭來，埋在掌裏，眼淚便真誠地汩汩湧出，原是善感的靈魂呵！」只是想像中的情形，與過去、未來全然沒有關係。以下各例，取自現代文學作品，請自行分析。

2.我給您沏的這一壺茉莉香片，也許是太苦了一點。我將要說給您聽的一段香港傳奇，恐怕也是一樣的苦。香港是一個華美的但是悲哀的城。您先倒上一杯茶，當心燙！您尖著嘴輕輕吹著它。在茶烟繚繞

中，您可以看見香港的公共汽車順著柏油山道徐徐的駛下山來。（張愛玲：《茉莉香片》）

3.在那虛幻的另一個世界裏，人們想像著一群餓癟了肚皮的鬼魂。十殿圖裏一群群罪惡的人已在被虐待。十八層地獄的最底層永不可超渡的鬼們在號泣、在叫喊、在跺腳，雙手舉向虛空。長長地垂下的蒼黑的髮絲，長長地垂下的失血的舌頭。誰說十八年後又是好漢一條？（鍾肇政：《中元的構圖》）

4.你看：螞蟻，這辛勞的歷史學者，奔波於我的軀體，循年輪做考證；你看：蜂、鳥，這些歌者要從我的枝葉間，探索自然的美音。（覃子豪：《詩的解剖．樹》）

5.想想，城市該是什麼樣兒？屋瓦連著屋瓦，街道通著街道，萬丈的紅塵，萬丈的黑烟，人群，車浪就在紅塵與黑烟裏熙攘著，翻騰著，忙什麼？忙什麼？（王文漪：《山林一瞬》）

6.我彷彿曾經上溯歷史的河流，看見了古代的詩人、農民、思想家、志士，看到他們的舉動，聽到他們的聲音，然後又穿過歷史的隧洞，回到陽光燦爛的現實。啊，做一個歷史悠久的民族的子孫是多麼值得自豪的一回事！（秦牧：《社稷壇抒情》）

7.這個世界已成了畢加索的畫，天翻地覆，一塌糊塗。科學家與詩人們卻走向另一個世界去。那裏的山青，那裏的水綠，那裏的鶯飛，那裏的草長，流連忘返是理有固然的。（陳之藩：《科學與詩》）

8.手把一支橫笛，在臺上幽幽地吹起古調來，大廳上剎時安靜了；我們像是由燈光幻影的現代舞臺，回溯到星光下的古典世界，湖畔有垂柳；雲破月來，一園花的精靈舞弄著影子。高樓上，還有雅客吹笛到天明。他吹完說：「第二首曲子是『揚子江』，若是你們沒有看過長江，運用你們的想像力罷。」我便在音樂匯同文學的領域裏，輕而易舉地神遊起來。嗚嗚清越的笛聲，時而是一瀉千里的大江境界，時而是李白筆下的「兩岸猿聲啼不住，輕舟已過萬重山」，或是「孤帆遠影碧空盡，唯見長江天際流」，

時而是諸葛亮的八陣圖，後來竟出現酈道元筆下的水經注，時而重巖疊嶂，時而湍流清激。（鍾玲：《夢斗塔湖畔》）

9.想像中，它應該生長在冷冷的山陰裏，孤獨地望著藍天，並且試著用枝子去摩挲過往的白雲。在離它不遠的地方有山泉的細響，泠泠如一曲琴音，漸漸的，那些琴音嵌在它的年輪裏，使得桐木成為最完美的音樂木材。（張曉風：《愁鄉石·林木篇》）

10.閉起眼，許多神話中的王子們，便騎著馬，從遙遠的波斯來誘我，誘我去參觀愛情市場。我於是輕靈的隨他們而去，去那熱鬧而又神秘的波斯，看那些古董的舊式東方市集，看那些馱在駱駝背上的冶艷女奴，聽那些呢喃著身帶的環珮，以及那些色彩斑爛的毯子。（李默：《樂之超昇》）

11.想像中，妳抽雨絲為紗，以朝霞染色，風絮編織，再用枝椏剪裁，然後小小心心地將那千片萬匹的錦緞，疊在一塊兒，再以銀線銀鉤串起來。（劉墉：《櫻花》）

12.遙見妳在我的呢喃裡，已悄然地滑入無憂的夢境，正細釀著一個甜美的神話。（趙衛民：《道情》）

13.春天已經破冰了。當我這麼想時，彷彿看到無邊際的透明冰河上，一名瘦女子悠閒地散步。在她的步履起落之間，冰層脆聲而裂露出水，晃動雲影天光。（簡媜：《女兒紅》）

丙、原　則

(一)儘可能訴之於讀者的感官，引起鮮明的印象

先看徐志摩《我所知道的康橋》一段文字：

康橋的靈性全在一條河上。康河，我敢說，是全世界最秀麗的一條河水。河身多的是曲折。上游是有名

的拜倫潭，當年拜倫常在那裏玩的。有一個老村子叫格蘭騫斯德，有一個果子園，你可以躺在纍纍的桃李樹蔭下吃茶，花果會吊入你的茶杯，小雀子會到你桌上來啄食，那真是別有一番天地。這是上游。下游是從騫斯德頓下去，河面展開，那是春夏間競舟的場所。上下河分界處有一個壩築，水流急得很。在星光下聽水聲，聽近村晚鐘聲，聽河畔倦牛芻草聲，是我康橋經驗中最神秘的一種：大自然的優美寧靜，調諧在這星光與波光的默契中，不期然的淹入了你的性靈。

在這一段文字中，作者用了許多的「你」，好像跟讀者是老朋友，一向以「你我」相稱，構成熱情的活潑的筆調。同時，作者把自己在康橋的經驗，拿來貢獻給讀者，讀者讀了更覺得歡喜高興，彷彿陶醉在康橋景色的正是自己。這就是「示現」了。而且文字強烈地訴之於讀者的感官，讓「你」的鼻嗅著花果的香，舌品著吊入花果的茶，眼看著在「你」桌上啄食的小雀子，耳聽著水聲、鐘聲、倦牛芻草聲，週身接觸著大自然的優美寧靜。於是「你」也覺得那裏真是花木繁盛，魚鳥忘機的去處，真是個怡情適志，大可心醉的去處。所有優美的「示現」法都必須這樣引起讀者鮮明的印象。

(三)儘可能訴之於讀者的想像，激起共鳴的情緒

我想舉莎士比亞《朱利阿斯・西撒》中安東尼對羅馬公民演講詞的一段為例：

如果你們有眼淚，現在準備流吧。你們都認識這件袍子：我記得西撒第一次穿上這件袍子，那是在一個秋天的晚上，在他的帳篷裏，他戰勝奈維愛人的那一天。看！凱西阿斯的刀就是從這裏戳進去的，看兇狠的喀司客弄了多麼大的一個裂縫；大家愛戴的布魯特斯是從這個地方戳進去的，他拔出那把兇惡的刀子的時候，你們看西撒的血是怎樣的跟著流了出來，就好像是急急的竄出門外，看看究竟是不是布魯特斯來下這樣的毒手；因為布魯特斯，你們知道，乃是西撒的護身天使；啊，天神！祢們來判斷西撒愛他

是多麼深。這是令他最傷心的一擊；因為高貴的西撒看到他也來戳刺，這忘恩負義的行為比叛徒們的武器還要鋒銳，使得他完全不支了；於是他的偉大的心碎了；袍子蒙著臉，偉大的西撒倒下去了，就倒在龐沛像座下面，一直在那裏流著血。啊，我的同胞們，那是多麼嚴重的一個損失；兇惡的叛變在我們頭上如此猖獗，便等於是你、我、大家，一同遭受毀滅。啊！現在你們哭了，我看見你們感覺到慈悲心的刺激了；這是慈悲的眼淚。好心腸的人們，怎麼，剛看到西撒的袍子受了創傷就哭起來了？你們看看這個，這才是他自己，被叛徒們傷害得這個樣子。

安東尼運用「示現」的修辭法，訴之於聽眾的想像力，終於搧起羅馬公民的憤怒情緒，這是最能表明「示現」效果的一個有名的例子。

(三)儘可能使所示現的情境與現實的情境形成強烈對比

以卡繆的《瘟疫》為例：

剛查耳斯遺憾地表示道：像這樣的天氣，既不太熱，又不下雨，對於球賽真是十全十美。然後他開始儘其可能的從事於想像：——更衣室中那股熟悉的藥油氣味，觀眾擁塞的看臺，球員們的綠色球衣在褐色土地上襯得鮮明奪目。休息時間的檸檬，以及那能以萬點清涼而爽潤焦喉的成瓶檸檬水。

試想：「俄蘭」城當時正因「鼠疫」被完全封鎖了。現實的情境：寂寞、淒涼、悲慘。於是由於補償作用(Compensation)，人只能「儘其可能的從事於想像」，而所想像的「球賽」情況，適足以顯示現實生活的死寂。同樣的，諸如陶淵明的《桃花源記》等等文學作品，我們也可以視為一種對社會混亂的抗議，只有從作者當時實際生活的對比下，我們才能更深入地了解作者冥構「烏托邦」時的悲哀絕望的心情。

(四)不妨綜合使用各種示現法

示現有追述的、預言的、懸想的，可以綜合使用。《詩經・豳風・東山》，杜甫《月夜》，早已如此使用。玆更舉鄭愁予《賦別》：

這次我離開你，是風，是雨，是夜晚；
你笑了笑，我擺一擺手
一條寂寞的路便展向兩頭了。
念此際你已回到濱河的家居，
想你在梳理長髮或是整理濕了的外衣，
而我風雨的歸程還正長；
山退得很遠，平蕪拓得更大，
哎，這世界，怕黑暗已真的成形了……

此章首三行是追述的示現；「念此際」二行是懸想的示現；「而我」二行是預言的示現。三種示現手法全用上了，而銜接得十分自然。

第十三章 譬喻

甲、概說

譬喻是一種「借彼喻此」的修辭法，凡二件或二件以上的事物中有類似之點，說話、作文時運用「那」有類似點的事物來比方說明「這」件事物的，就叫「譬喻」。它的理論架構，是建立在心理學「類化作用」(Apperception)的基礎上——利用舊經驗引起新經驗。通常是以易知說明難知；以具體說明抽象。使人在恍然大悟中驚佩作者設喻之巧妙，從而產生滿足與信服的快感。

我國古書上討論到「譬喻」一詞的意義的，似乎以《墨子・小取》：「辟也者，舉也物而以明之也。」為最早。「辟」就是譬喻，「也物」即他物。墨子以為譬喻就是以他物說明此物。其後，《荀子・非相》云：「談話之術，矜莊以莅之，端誠以處之，堅彊以持之，分別以喻之，譬稱以明之。」西漢劉向《說苑・善說》云：

> 客謂梁王曰：「惠子之言事也善譬，王使無譬，則不能言矣。」王曰：「諾。」明日見，謂惠子曰：「願先生言事則直言耳，無譬也。」惠子曰：「今有人於此而不知彈者，曰：『彈之狀何若？』應曰：『彈之狀如彈。』喻乎？」王曰：「未喻也。」「於是更應曰：『彈之狀如弓而以竹為弦。』則知乎？」王曰：「可知矣。」惠子曰：「夫說者固以其所知，喻其所不知，而使人知之。今王曰無譬則不可矣。」王曰：「善。」

東漢王符《潛夫論・釋難》云：「夫譬喻也者，生於直告之不明，故假物之然否以彰之。」對譬喻的意義及功用，都有所補充。

劉勰著《文心雕龍》，有《比興》一篇，「比」就是「譬喻」。劉勰在這篇文章中，除說明「比興」之意義及異同外，還說明了「比」的內容、沿革及原則：

夫比之為義，取類不常：或喻於聲，或方於貌，或擬於心，或譬於事。宋玉《高唐》云：「纖條悲鳴，聲似竽籟。」此比聲之類也；枚乘《菟園》云：「猋猋紛紛，若塵埃之間白雲。」此比貌之類也；賈生《鵩鳥》云：「禍之與福，何異糾纆。」此以物比理者也；王襃《洞簫》云：「優柔溫潤，如慈父之畜子也。」此以聲比心者也；馬融《長笛》云：「繁縟絡繹，范蔡之說也。」此以響比辯者也；張衡《南都》云：「起鄭舞，繭曳緒。」此以容比物者也。若斯之類，辭賦所先，日用乎比，月忘乎興，習小而棄大，所以文謝於周人也。至於揚班之倫，曹劉以下，圖狀山川，影寫雲物，莫不纖綜比義，以敷其華，驚聽回視，資此效績。又安仁《螢賦》云：「流金在沙。」季鷹《雜詩》云：「青條若總翠。」皆其義者也。故比類雖繁，以切至為貴，若刻鵠類鶩，則無所取焉。

於是，對「譬喻」的研究又邁前一步。

宋陳騤著《文則》一書，更分「譬喻」為十類，錄之於下：

一曰直喻。或言猶，或言若，或言如，或言似，灼然可見。《孟子》曰：「猶緣木而求魚也。」《書》曰：「若朽索之馭六馬。」《論語》曰：「譬如北辰。」《莊子》曰：「淒然似秋。」此類是也。

二曰隱喻。其文雖晦，義則可尋。《禮記》曰：「諸侯不下漁色。」《國語》曰：「歿平公軍無秕政。」又曰：「雖蝎譖，焉避之？」《左氏傳》曰：「是豢吳也夫。」《公羊傳》曰：「其諸為其雙雙而俱至者與？」此類是也。

三曰類喻。取其一類，以次喻之。《書》曰：「王省惟歲，卿士惟月，師尹惟日。」歲、月、日，一類也。賈誼《新書》曰：「天子如堂，群臣如陛，眾庶如地。」堂、陛、地，一類也。此類是也。

四曰詰喻。雖為喻文，似成詰難。《論語》曰：「虎兕出於柙，龜玉毀於櫝中，是誰之過歟？」《左氏傳》曰：「人之有牆，以蔽惡也，牆之隙壞，誰之咎也？」此類是也。

五曰對喻。先比後證，上下相符。《莊子》曰：「魚相忘乎江湖，人相忘乎道術。」《荀子》曰：「流丸止於甌臾，流言止於智者。」此類是也。

六曰博喻。取以為喻，不一而足。《書》曰：「若金，用汝作礪；若濟巨川，用汝作舟楫；若歲大旱，用汝作霖雨。」《荀子》曰：「猶以指測河也，猶以戈舂黍也，猶以錐飡壺也。」此類是也。

七曰簡喻。其文雖略，其意甚明。《左氏傳》曰：「名，德之輿也。」揚子曰：「仁，宅也。」此類是也。

八曰詳喻。須假多辭，然後義顯。《荀子》曰：「夫耀蟬者，務在乎明其火，振其樹而已。火不明，雖振其樹，無益也。今人主有能明其德，則天下歸之若蟬之歸明火也。」此類是也。

九曰引喻。援取前言，以證其事。《左氏傳》曰：「諺所謂『庇焉而縱尋斧焉』者也。」《禮記》曰：「『蛾子時術之』，其此之謂乎。」此類是也。

十曰虛喻。既不指物，亦不指事。《論語》曰：「其言似不足者。」《老子》曰：「飂兮若無所止。」此類是也。

嚴格地說，陳騤譬喻十法，其中有些不是譬喻；但依據經傳諸子各種譬喻句，作有系統的分類，有類名，有說明，有例句，是相當值得肯定與重視的。其後，或化繁就簡，如夏宇眾《修辭學大綱》，第二章《比喻》僅分「顯比」、「隱比」兩種而已；或踵事增華，如一九九〇年浙江省修辭研究會編著《修辭方式例解詞典》分為暗喻、博喻、補喻、倒喻、等喻、對喻、反喻、反客為主的比喻、互喻、回喻、較喻、詰喻、借喻、類喻、明喻、強喻、曲喻、弱喻、同位喻、物喻、詳喻、虛喻、音喻、引喻等二十四種。分析之瑣細，令人歎為觀止了。

漢語中譬喻的使用，為時頗早，為數也多。《尚書・商書・盤庚》篇記盤庚遷都於殷，告訴其民說：

若顛木之有由蘖，天其永我命于茲新邑，紹復先王之大業，底綏四方。

以仆倒的樹木重生枝條，來比方說明自己能紹復先王大業，就是譬喻的說法。《詩經》中譬喻更多，如：

1. 未見君子，惄如調飢。（《周南・汝墳》）
2. 白茅純束，有女如玉。（《召南・野有死麕》）
3. 何彼襛矣？華如桃李。（《召南・何彼襛矣》）
4. 心之憂矣，如匪澣衣。（《邶風・柏舟》）
5. 瞻望弗及，泣涕如雨。（《邶風・燕燕》）
6. 誰謂荼苦？其甘如薺。（《邶風・谷風》）

三百篇中，各種譬喻要以百計。無怪乎《禮記・學記》篇要說：「不學博依，不能安詩」了。而呂珮芳所輯《經言明喻篇》於十三經中總得譬喻七千三百九十一條，譬喻於古代漢語中使用之普遍，於此可見。先秦諸子，個個都是譬喻能手。孔子「歲寒松柏」之喻，孟子「緣木求魚」之譬，後人歸之於十三經，固無論矣。其他如：

1. 故枸木必待檃栝烝矯然後直；鈍金必將待礱厲然後利；今人之性惡，必將待師法然後正，得禮義然後治。（《荀子・性惡》）
2. 眾人煦煦，如享太牢，如登春臺；我獨泊兮其未兆，如嬰兒之未孩。（《老子・道德經上》）
3. 君子之交淡若水；小人之交甘若醴。（《莊子・山木》）

4.古者聖王為五刑，請以治其民。譬若絲縷之有紀，罔罟之有綱。（《墨子・尚同上》）

5.下令如流水之原，使民於不爭之官。（《管子・牧民》）

6.故立尺材於高山之上，下臨千仞之谿，材非長也，位高也；桀為天子，能制天下，非賢也，勢重也。（《韓非子・功名》）

7.兵無常勢；水無常形。（《孫子・虛實》）

都設喻精妙，發人深思。自此以後，佳喻善譬，真是不勝枚舉。姑錄數條，暗香疏影，亦可見文學園林之美。

1.太山不讓土壤，故能成其大。河海不擇細流，故能就其深。王者不卻眾庶，故能明其德。（李斯：《諫逐客書》）

2.狡兔死，走狗烹；高鳥盡，良弓藏；敵國破，謀臣亡。（《史記・淮陰侯列傳》）

3.林宗曰：「奉高之器，譬諸汎濫，雖清而易挹；叔度汪汪，如千頃陂；澄之不清，淆之不濁，不可量也。」（范曄：《後漢書・黃憲傳》）

4.世稱庾文康為豐年玉，王稚恭為荒年穀。（《世說新語・賞譽》）

5.而將軍魚游於沸鼎之中，燕巢於飛幕之上。（丘遲：《與陳伯之書》）

6.范詩清便宛轉，如流風回雪。丘詩點綴映媚，似落花依草。（鍾嶸：《詩品・評范雲丘遲》）

7.不知細葉誰裁出，二月春風似剪刀。（賀知章：《詠柳》）

8.夫天地者，萬物之逆旅；光陰者，百代之過客。（李白：《春夜宴桃李園序》）

9.今朝為此別，何處還相遇？世事波上舟，沿洄安得住！（韋應物：《初發揚子寄元大校書》）

10.辭嚴義密讀難曉，字體不類隸與蝌。年深豈免有缺畫？快劍斫斷生蛟鼉。鸞翔鳳翥眾仙下，珊瑚碧樹

交枝柯。金繩鐵索鎖紐狀，古鼎躍水龍騰梭。（韓愈：《石鼓歌》）

11. 停車坐愛楓林晚，霜葉紅於二月花。（杜牧：《山行》）

12. 觀花匪禁，吞吐大荒。由道返氣，處得以狂。天風浪浪，海山蒼蒼。真力彌滿，萬象在旁。前招三辰，後引鳳凰。曉策六鼇，濯足扶桑。（司空圖：《二十四詩品・豪放》）

13. 雁來音信無憑，路遙歸夢難成。離恨恰如春草，更行更遠還生。（李煜：《清平樂》）

14. 菊，花之隱逸者也；牡丹，花之富貴者也；蓮，花之君子者也。（周敦頤：《愛蓮說》）

15. 欲把西湖比西子，淡妝濃抹總相宜。（蘇軾：《飲湖上初晴後雨》）

16. 自在飛花輕似夢，無邊絲雨細如愁。（秦觀：《浣溪沙》）

17. 山河破碎風拋絮，身世飄搖雨打萍。（文天祥：《過零丁洋》）

18. 馬東籬如朝陽鳴鳳；張小山如瑤天笙鶴；白仁甫如鵬摶九霄；李壽卿如洞天春曉；喬孟符如神鰲鼓浪；費唐臣如三峽波濤；宮大用如西風鵰鶚；王實甫如花間美人；張鳴善如彩鳳刷羽；關漢卿如瓊筵醉客；鄭德輝如九天珠玉；白無咎如太華孤峰；貫酸齋如天馬脫羈。（涵虛子：《論曲》）

19. 渴虎、奔猊，不足為其怒也；神呼、鬼立，不足為其怪也；秋水、暮煙，不足為其色也；顛書、吳畫，不足為其變幻詰曲也。（袁宏道：《西湖雜記・飛來峰》）

20. 清瘦兩竿如削玉，首陽山下立夷齊。（金農：《題揚州汪士慎寫竹》）

下面，我就由中國語文中集例並分類以說明譬喻。

乙、舉　例

「譬喻」句式，是由「事物本體」和「譬喻語言」兩大部分構成。所謂「事物本體」，是所要說明的事物本身，簡稱「本體」。所謂「譬喻語言」，是譬喻說明此一事物本體的語言，又包括：「喻體」，拿來作比方的另一事物；「喻詞」，是連接本體和喻體的語詞；有時更增添「喻旨」，把譬喻的意義所在也點出了。由於喻詞有時可以改變，甚至可以省略，本體、喻旨之或省或增，喻體之或少或多，所以譬喻也就可分：明喻、隱喻、較喻、略喻、借喻、詳喻、博喻等等，分別舉例說明於下。

(一)明　喻

凡「本體」、「喻詞」、「喻體」三者具備的譬喻，叫作「明喻」。如：

問君能有幾多愁，恰似一江春水向東流！（李煜：《虞美人》）

「問君能有幾多愁」為本體；「恰似」是喻詞；「一江春水向東流」是「喻體」。喻詞除了「恰似」外，也有用：像、好像、就像、真像、竟像、如、就如、有如、恍如、真如、似、一似、酷似、好似、若、有若、彷彿、好比、猶、猶之……等。

下面，我想從現代中國語文中，舉些明喻的例子，讀者試自己指出何者為「本體」，何者為「喻詞」，何者為「喻體」。

1. 極樂寺的高塔，只像是一頂黃色的笠帽。（郁達夫：《檳城三宿記》）

2. 聖約翰學院的草像一片海，而那堆樓倒像海上航行的古船；克來爾學院的草像一片雲，而那座橋像雲堆裏浮出的新月。耶穌學院的草地剪得那麼圓，像一個鋪滿了綠藻的湖面；愛德華學院的草地，裁得

那麼正，又像一個鑑開百畝的方塘。（陳之藩：《明善呢，還是察理呢》）

3. 現在是秋夜的鬼雨，嘩嘩落在碎萍的水面，如一個亂髮盲睛的蕭邦在虐待千鍵的鋼琴。（余光中：《鬼雨》）

4. 雨呀，密密的落著像森林，

我呀，匆匆地走著像獵人。（楊喚：《雨中吟》）

5. 當牌局進展激烈的當兒，尹雪艷便換上輕裝，周旋在幾個牌桌之間，踏著她那風一般的步子，輕盈盈地來回巡視著，像個通身銀白的女司祭，替那些作戰的人們祈禱和祭祀。（白先勇：《永遠的尹雪艷》）

6. 這的確是一雙令人難以了解的眼睛，像太空裏的星辰閃爍著寂寞的光芒。（逯耀東：《揮手》）

7. 我的心像一座噴泉，在陽光下湧溢著七彩的水珠兒。（張曉風：《地毯的那一端》）

8. 她的心是荒涼的，那像是永遠長不出東西的沙漠。（鄭煥：《異客》）

9. 雨水在銅面上劃出綠銹的紋路，一條一條像是歷盡滄桑的淚痕。（許台英：《水軍海峽》）

10. 就在湖心，驀地，我一股腦兒地想念起臺北街頭的落日，黃澄澄的，像盞暖和的吊燈。（鍾玲：《赤足在草地上》）

11. 快樂總像點水蜻蜓，煩惱卻如結網蜘蛛。（鄭明娳：《葫蘆再見》）

12. 一路雨勢不減，全世界像一座正在嘩嘩換水的金魚缸。（鍾曉陽：《流年》）

13. 我被釘在監獄的牆上，黑色的時間在聚攏，像一群群烏鴉。（江河：《沒有寫完的詩》）

(三)隱　喻

凡具備「本體」、「喻體」，而「喻詞」由「繫詞」及「準繫詞」如「是」、「為」、「成」、「作」等代替者，叫作「隱喻」，亦稱「暗喻」。如：

1. 飛流直下三千尺，疑是銀河落九天。（李白：《望廬山瀑布》）

「飛流直下三千尺」是本體；「疑是」是喻詞；「銀河落九天」是喻體。又如：

2. 如今人方為刀俎，我為魚肉。（《史記・項羽本紀》）

喻詞用「為」來替代。附帶說一下，古詩中許多「願為」型的，例如：「願為雙黃鵠，高飛還故鄉。」之類，都屬隱喻。

3. 餘霞散成綺，澄江靜如練。（謝朓：《晚登三山》）

上句用「成」，為暗喻；下句用「如」，為明喻。

4. 君當作磐石，妾當作蒲葦。蒲葦紉如絲，磐石無轉移。（《孔雀東南飛》）

喻詞用「作」來替代。

以下隱喻之例，摘自近代文學作品。

1. 那河畔的金柳，是夕陽中的新娘。（徐志摩：《再別康橋》）

「那河畔的金柳」為本體；「是」為繫詞；「夕陽中的新娘」是喻體。

2. 你是天上的月，我是那月邊的寒星；
你是山上的樹，我是那樹上的枯藤；
你是池中的水，我是那水上的浮萍。（田漢：《夜半歌聲》）

3. 對於二喬四美，玉清是銀幕上最後映出的雪白耀眼的「完」字，而她們則是精彩的下期佳片預告。（張愛玲：《鴻鸞禧》）

案：玉清是待嫁新娘，二喬、四美是她的儐相。

4. 車子開了一整天才到北部的大城裏，臉對著四面洶湧的燈火，桂枝自覺心裏發緊，緊捏包袱的手，不自禁的抖索起來，城市的黑夜是一種大海，……燈火是波浪，車輪和人群是游魚，疊疊層層的建築，是海底的岩石，……（司馬中原：《逃婚》）

5. 我在那裏？既非鷹隼，甚至也不是鮫人
我是蟑螂！祭養自己以自己底肉血。（周夢蝶：《六月之外》）

6. 每一顆銀亮的雨點是一個跳動的字，
那狂熱起來的閃電是一行行動人的標題。（楊喚：《期待》）

7. 在此地，在國際的雞尾酒裏，
我仍是一塊拒絕融化的冰（余光中：《我之固體化》）

8. 詩是我心靈的故鄉。（黃永武《詩與美》自序）

9. 我是山脈
劃出風的道路（黃國彬：《狂吟》）

10. 極目四眺，群山都隱藏在鬱黑深重的幕幃裏，潮湧的霧浪是她座旁的薰香，而遠山明滅的燈火，便是她床前搖曳的燭光了。（何宗坤：《五日遊》）

11. 這是梅花，有紅梅、白梅、綠梅、還有朱砂梅，一樹一樹的，每一樹梅花都是一樹詩。（楊朔：《茶花賦》）

12. 淚是珍珠，滴碎在夕陽西天紅的寂寞裏。（沈懷君：《孤燕》。《師大青年》第一四二期）

以下四條，轉錄自《讀者文摘》，雖非漢語作品，卻也是優美的隱喻。

13. 金絲雀是無孔的簫。(Sofocleto)

14. 山是大自然的鎮紙。(Senén Guillermo Molleda, *Mientras pasan los dias*)

15. 鳥是樹之聲。(Senén Guillermo Molleda, *Mientras pasan los dias*)

16. 舞蹈是腳的詩。(John Dryden)

以上喻詞都用繫詞「是」；下條用「成」，更饒變化的趣味。

17. 去欣賞舞蹈和書法吧——不管是舞者把自己揮灑成行草隸篆，或是寸管把自己飛舞成騰躍旋挫，那其間的狂喜和收斂都是我。（張曉風：《矛盾篇之一》）

(三)較　喻

凡具備「本體」、「喻體」，而「喻詞」由差比詞（通常由形容詞加介詞構成）替代的，叫作「較喻」。如：

故與人善言，煖于布帛；傷人之言，深于矛戟。（《荀子・榮辱》）

此由相連的二個較喻構成。「與人善言」、「傷人之言」是本體；「布帛」、「矛戟」是喻體；喻詞用差比詞「煖于」、「深于」來替代。

1. 一切都和我疏闊，連自己在明月中的影子看起來也朦朧得甚於煙霧。（俞平伯：《西湖的六月十八夜》）

2. 露珠最晶瑩了，和依娌一比就乾了。
星星最玲瓏了，和依娌一比就暗了。
木棉花最映眼了，和依娌一比就失色了。
孔雀的尾巴最好看了，和依娌一比就收斂了。（韋其麟：《百鳥衣》）

3. 不知怎的，這兒的空氣竟如此清新，明澈，直賽水晶，一塵不染！（曹靖華：《紅豆寄相思》）

4. 愛這種東西最能壞事，它壞起事來的力量遠超過一頭撞進磁器店裡的蠻牛，連最貴重的東西都會撞個稀爛的。（柏楊：《曠野》）

5. 白玉蘭花兒略微有點殘，嬌黃的迎春卻正當時，那一片春色啊，比起滇池的水來不知還要深多少倍。（楊朔：《茶花賦》）

（四）略　喻

凡省略「喻詞」，只有「本體」、「喻體」的譬喻，叫作「略喻」。如：

舊恨春江流不盡，新恨雲山千疊。（辛棄疾：《念奴嬌》）

這是兩個「略喻」。第一句中，「舊恨」是本體；「春江流不盡」是喻體；而喻詞「似」字省略。第二句中，「新恨」是本體；「雲山千疊」是喻體；而喻詞「似」字省略。又如：

濃妝呵嬌滴滴擎露山茶；淡妝呵顫巍巍帶雨梨花。（喬吉：《揚州夢》）

這兩句也都是在本體「濃妝呵」、「淡妝呵」下省略喻詞，只存喻體的略喻。

以下各例，摘自近代文學作品，讀者試自行分析。

1. 不像我們之善於口角，乾打雷不下雨。（梁實秋：《雅舍小品・運動》）

2. 當一切都被剝奪的時候，沉默，一個多麼可愛而無法被剝奪的好武器。秋瑾決定使用它：用得徹底，用得勇敢！（孟瑤：《鑑湖女俠秋瑾》）

3. 橋，搭築在兩岸之間；友情，聯繫於兩心之間。（張秀亞：《北窗下》）

4. 我站在巍巍的燈塔尖頂，

俯視著一片藍色的蒼茫。
在我的面前無盡地翻滾
整個太平洋洶湧的波浪。
一萬匹飄著白鬣的藍馬，
呼嘯著，疾奔過我的腳下，
這匹銜著那匹的尾巴，
直奔向冥冥，寞寞的天涯。（余光中：《鵝鑾鼻》）

5. 歌聲，一排排的麥浪，悠揚的湧過。（葉維廉：《野花的故事》）

6. 車的輪，馬的蹄，閃爍的號角，狩獵的旗，
不疲憊的意志是向前的。
為什麼要抱怨那無罪的鞋子呢？
你呀！熄了的火把，涸池裏的魚。（楊喚：《路——詩的噴泉之二》）
7. 中年，人生的分水嶺。（趙雲：《沒有故鄉的人》）

8. 時間，愛情的試金石。（呼嘯：《家園戀》）

9. 愛，一粒深藏在心中的種子，必須用包容、忍耐、盼望、信任以及淚水來灌溉，它才能發芽、茁壯。
（佚名）

俗諺中有很多略喻，如：

1. 少女心，海底針。
2. 人善被人欺，馬善被人騎。
3. 好鐵要打釘，好男要當兵。
4. 人怕出名豬怕肥。
5. 人要衣裝，佛要金裝。
6. 人急造反，狗急跳牆。
7. 人老筋出，樹老根出。
8. 天不出無用之人，地不長無用之草。
9. 金憑火煉方知色，人與財交便見心。
10. 做賊的心虛，放屁的臉紅。
11. 善惡不同途，冰炭不同爐。
12. 強摘的瓜果不甜，強撮的姻緣不賢。
13. 快織無好紗，快嫁無好家。
14. 憨祖母疼外孫，憨雞母孵草墩。
15. 吃飯，武松打虎；做事，桃花過渡；要錢，三戰呂布。

(五)借　喻

凡將「本體」、「喻詞」省略，只剩下「喻體」的，叫作「借喻」。如：

歲寒，然後知松柏之後彫也。（《論語・子罕》）

這是一個借喻，「借」歲寒松柏後彫，「喻」亂世君子的守正。本體「世亂然後知君子之守正也」省略了；喻詞「猶」也省略了，只剩下喻體「歲寒，然後知松柏之後彫也」。「後彫」是「不彫」的意思。

又如：

寧與燕雀翔，不隨黃鵠飛。黃鵠遊四海，中路將安歸？（阮籍：《詠懷詩》）

四句全為「喻體」。至於「本體」是什麼？「喻旨」又是什麼？就留給讀者「以意逆志」了。

以下各例，讀者試琢磨琢磨本意是什麼？

1. 我們也不知道風向那一個方向吹，可是狂風過去之後，我們的天空變慘淡了，變寂寞了，我們才感覺我們的天上的一片最可愛的雲彩，被狂風捲去了，永遠不回來了。（胡適：《追悼志摩》）

2. 我不願在果樹園裡任意採擷，我也不願完全不理那些甘芳。總不能說我不吃園門裡第一個果子便是我的錯誤。更不能說，我不吃盡所有的果子是不應該。我愛這一園果子，更不是壞事！我一個不吃，總比一個咬一口強！我審視其中每一個，我輕聲的向她問好。她也帶笑的回答我，問我路上辛苦。（鹿橋：《懺情書．你不能恨我》）

3. 也許在讀一些書的時候，你雖盡力誦記，末了卻是忘掉了。但是不必以為無所獲得，「入過寶山的人，絕不會空回的。」（張秀亞：《書》）

4. 月宮裡的明鏡
不幸失落人間
一個完整的圓形
被分成了三片。（艾青：《西湖》）

5. 他買了門票，帶他們進園。孩子們一進來，快樂得像小天使，在水泥路上奔跑，在草地上打滾。「我不知道你歡不歡喜他們？所以特地帶來給你看看。」杜紫娟先指草地上打滾的孩子，打量他說。「歡喜，歡喜！」羅秋圃連忙點頭：「我不知道他們這樣可愛。」
「你不怕增加負擔？」
「船到橋頭自然直，別人能負擔，我自然也能負擔。」
「我們母子臍帶相連，不知道你會不會把他們當親生子女看待？」杜紫鵑兩眼靜靜地望著他。
「手掌也是肉，手背也是肉，我決不偏心。」羅秋圃肯定地回答。（墨人：《秋圃紫鵑》）

6. 小壯子在我肩頭輕輕拍一下：「你只管在外頭找發財，卻真把個天鵝肉給癩蛤蟆吃掉了。」這話真刺耳，我為著顯出我的自尊，不屑地說：「這樣的女人，誰希罕呢！」
「一朵鮮花插在牛糞上，小鳳子大概是貪財。」七癩子說了一句中聽的話。（下里巴人：《夢魘》）

7. 根據本世紀文評家布祿克司(Cleanth Brooks)的研究，當時英人所用比喻，隨手拈來的多，刻意經營的少；用我上面的話來說，就是「散裝」的多，「套裝」、「精裝」的少。（黃維樑：《喻林擷英》）
案：「散裝」指「隨手拈來」的譬喻；「精裝」指「刻意經營」的譬喻。「套裝」指連串成套的「套喻」，也就是陳騤《文則》所說的「類喻」。

8. 每個季節，有它不同的應時蔬菜。——卜波夫暗喻中蘇關係發展步驟，要從經濟交流開始。（《聯合報》報導標題）
案：卜波夫是前蘇聯時代的莫斯科市市長，所言係俄羅斯諺語，一九九〇年訪臺時如此說。

9. 泥水中怎能養魚？——亞洲大都會面臨空氣污染威脅（一九八八年二月九日《中國時報》「生活環境」）

俗諺中有很多借喻，如：

1. 一山不能藏二虎。
2. 一個巴掌拍不響。
3. 一日打柴一日燒。
4. 一人得道，雞犬升天。
5. 一把扇子遮不住太陽。
6. 一朵鮮花插在牛糞裏。
7. 一顆老鼠屎，攪壞一鍋湯。
8. 一朝被蛇咬，三年怕草繩。
9. 刀快不怕脖子粗。
10. 三天打魚，兩天晒網。
11. 下雨先爛出頭椽。
12. 小洞裏爬不出大蟹來。
13. 不到黃河心不死。
14. 不看僧面看佛面。
15. 不怪自家麻繩短，只怪他人古井深。
16. 天塌了自有高個子頂。
17. 手背也是自己的肉，手心也是自己的肉。

18.自己的頭髮要別人來理。
19.羊毛出在羊身上。
20.樹頭若是種乎穩，就唔驚樹尾作風颱。

㈥詳　喻

「本體」、「喻詞」、「喻體」之外，更直接說出「喻旨」，叫作「詳喻」。如：

謝混云：「潘詩爛若舒錦，無處不佳；陸文如披沙簡金，往往見寶。」（鍾嶸：《詩品》）

「潘（岳）詩爛」、「陸（機）文」是本體；「若」、「如」是喻詞；「舒錦」、「披沙簡金」是喻體；「無處不佳」、「往往見寶」是喻旨。又如：

臨風杪秋樹，對酒長年人。醉貌如霜葉，雖紅不是春。（白居易：《醉中對紅葉》）

此詩於本體「醉貌」，喻詞「如」，喻體「霜葉」外，更續以喻旨「雖紅不是春」。又如張炎在《詞源》中論「詞要清空，不要質實」。舉姜夔、吳文英為例云：

姜白石詞如野雲孤飛，去留無迹；吳夢窗詞如七寶樓臺，眩人眼目，碎拆下來，不成片段。

亦於「本體」、「喻詞」、「喻體」外，並把「喻旨」：一個是「去留無迹」，一個是「眩人眼目，碎拆下來，不成片段。」全說出來了。

以下諸例，取自近代文學作品，請讀者察看「喻旨」是什麼？

1. 她如同獅子滾繡球一般，無一時不活動。（冰心：《我的學生》）
2. 哪個年青女子不是玲瓏矯健得像一隻燕子，跳動得那麼輕靈？（梁實秋：《雅舍小品．中年》）
3. 我的寂寞是一條長蛇，靜靜地沒有言語。（馮至：《蛇》）

4. 我是天空裏的一片雲，

偶爾投影在你的波心。

你不必訝異，更無須歡喜，

在轉瞬間消滅了踪影。（徐志摩：《偶然》）

5. 回首從前，恍如做了一場悽慘的惡夢，怎不叫我傷心？（謝冰瑩：《秋意》）

6. 我想女性本身也許就可以象徵美。世間沒有女性，就如庭園中沒有姹紫嫣紅的花朵，怎能襯托出綠葉扶疏之美。（琦君：《談美》）

7. 《紅樓夢》裏有許多瑣碎的敘述，真虧曹雪芹記得的——他一定是和利瑪竇一樣的人物，整個人就是一架照相機，看過的東西都留下一張底片在腦子裏。（思果：《細節》）

8. 他將自己比作一隻難過的畫眉，若是不准他歌唱，他將會被難過悶死。（邱燮友：《惠特曼和自然》）

9. 恍惚間，以為自己就是當年桃溪尋幽的武陵人，那些殷紅的野杜鵑就是夾岸繽紛的桃花，眼前或許會出現一片桃源仙境？（王熙元：《鷓鴣潭去來》）

10. 愁，好像味精，少放一點，滋味無窮；多放了，就要倒盡胃口。（吳怡：《愁》）

11. 時間是甘美的果汁，

生命是五月的和悅的南風，

詩是一隻百靈鳥，在你流動的窗口不斷地唱著

那讚美現實之歌。（張默：《現代詩的投影》）

12. 花是無聲的音樂，

果實是最動人的書籍，
當它們在春天演奏，秋天出版。（楊喚：《花與果實》）

13. 子午線是一串暗藍的珍珠，
當你思念時即為時間的分隔而滴落。（鄭愁予：《如霧起時》）

14. 菲律賓是一杯魔幻的酒，讓人不斷在醉意中沉湎於亦幻亦真的世界，看不清夢境與現實的疆界。這個曾經是亞洲最先進的國家，卻走進一個迷宮似的天地，在歷史與未來之間徘徊。（邱立本：《似曾相識燕歸來》）

15. 十九歲是一個美妙的音符，迸奏出的是生命最美妙的聲音。（孟浪：《金色的十九歲》）

16. 五月的風簡直是一枝畫筆。東一塗，西一抹，便出現了一幅瑰麗的畫面。（殷穎：《歸回田園・五月的旋律》）

17. 日子是一匹奔跑的斑馬
白日　總是間雜著
夜　蹄如風。
……
灰是唯一的顏色（戴天：《日子是一匹奔跑的斑馬》）

18. 秘密像夏天櫥窗中的美味，根本無法長久保留。（金華：《箭鏃》）

19. 現實裡，時間與空間對我們不夠友善。你的晝是我的夜，每回謀面，亦如湍流上兩艘急舟，忽然船身相近，又翻濤而去，終於只看到壯闊河面上的小閃光，舟中人的喊聲也被波瀾沒收了。（簡媜：《夢遊

書》）

20.我如果愛你——

絕不像攀援的淩霄花

借你的高枝炫耀自己；

……

我必須是你近旁的一株木棉

做為樹的形象和你站在一起。（舒婷：《致橡樹》）

(七)博喻

「本體」只有一個，卻用許多「喻體」來形容說明，叫作「博喻」。至於「喻詞」或有或無，就無需計較了。

如：

試問閑愁都幾許？一川烟草，滿城風絮，梅子黃時雨。（賀鑄：《青玉案・春暮》）

此喻採提問方式，本體只有一個「閑愁」，喻體卻有三個：「一川烟草」、「滿城風絮」、「梅子黃時雨」。

又如：

其得於陽與剛之美者，則其文如霆，如電，如長風之出谷，如崇山峻崖，如決大川，如奔騏驥；……其得於陰與柔之美者，則其文如升初日，如清風，如雲，如霞，如煙，如幽林曲澗，如淪，如漾，如珠玉之輝，如鴻鵠之鳴而入廖廓。（姚鼐：《復魯絜非書》）

陽剛美之文，「喻體」有六；陰柔美之文，「喻體」更至十。

以下各例，採自現代文學作品，分析的工作，留給讀者。

1. 過去的日子如輕烟，被微風吹散了，如薄霧，被初陽蒸融了；我留著些什麼痕迹呢？我何曾留著像游絲樣的痕迹呢？（朱自清：《匆匆》）

2. 詩中那股蔥蘢撲人的青春氣息，像花的嫩紅，像樹的新綠，像初昇的朝暉，像乍漲的春水。（蘇雪林：何錡章《荷葉集・序》）

3. 我如何能審視出你內在的虛無？有感覺如手掌撫觸著叢叢的火焰，無傷肌膚，像珊瑚樹藏於海底一片深沉的碧綠；有感覺觸及意志，如鶴嘴鋤觸及金石，鏘然有聲。（覃子豪：《金色面具》）

4. 從圖解上看文章的文法結構，就好像從地圖上看山河城鎮的星羅棋布，從藍圖上看建築工程的間架配置。（黃貴放：《國語文法圖解》前言）

5. 啊！太美了！那山谷中蒸騰著的一片雲海，像海洋中浩瀚洶湧的波濤；像草原上成群蜷伏的綿羊；像柔軟的輕絮在冉冉飄浮，一層層舒卷自如。（王熙元：《合歡山上》）

6. 海在我們腳下沉吟著，詩人一般。那聲音彷彿是朦朧的月光和玫瑰的晨霧那麼溫柔，又像是情人的蜜語那樣芳醇；低低地，輕輕地，像微風拂過琴弦，像落花飄零在水上。（魯彥：《聽潮》）

7. 不廣泛地吸收，是談不到博大精深的。一條大河總得容納無數的小溪、小澗的流水，一座幾千米的高山總得以一個高原作為它的基座。小小的水源，最多只能形成一個湖沼；蕩蕩平川，也不會有什麼戴著冰雪帽子的高峰。（秦牧：《蜜蜂的讚美》）

8. 而我永遠是匹黑馬，是夾在他們中間的未知數，我是零，也是無限大。（張系國：《解鈴者》）

9. 立法院如政治馬戲班、媒體金舞臺、利益分贓所、權力競技場和正義焚化爐。（呂秀蓮：當選桃園縣長告別立法院演說）

10. 它是黑夜的火把，雪天的煤炭，大旱的甘露。人們含著歡喜的眼淚聽這首歌。（吳伯蕭：《歌聲》）

11. 滿是高過馬頭的野花，紅、黃、藍、白、紫，五彩繽紛，像織不完的織錦那麼綿延，像天邊的彩霞那麼耀眼，像高空的長虹那麼絢爛。（碧野：《天山景物記》）

前述七種譬喻，有明有隱，或詳或略，都是真實在打比方。此外還有一種假喻，實在不是譬喻，它沒有本體，也沒有喻體；雖然也用「譬如」、「比方」、「好像」等詞，但只表示「舉例」或「不確定」，也不能算喻詞。如：

西裝是有一定的標準的。譬如：做褲子的材料要厚；可是我看見過有人在光天化日下穿夏布西裝褲，光線透穿，真是駭人。（梁實秋：《雅舍小品・衣裳》）

這是一句假喻。其中「譬如：做褲子的材料要厚」只是「舉例說明」的性質。

有時用「似」、「像」、「好像」以表示「未確定」的語氣，也屬假喻。如：

路上只我一個人，背著手踱著。這一片天地好像是我的；我也像超出了平常的自己，到了另一世界裏。（朱自清：《荷塘月色》）

以下各例，摘自近代文學作品，全是假喻。

1. 我愛熱鬧，也愛冷靜；愛群居，也愛獨處。像今天晚上，一個人在這蒼茫的月下，什麼都可以想，什麼都可以不想……。（朱自清：《荷塘月色》）

2. 凡屬畫之上乘者，其精神旨趣，都不在畫面上所繪的景色物體，而是在由此景物所透露的情趣和意境。譬如畫人，自是要繪其體貌，狀其所為，但這只是人事的寫照，而不是藝術。（張起鈞：《老子的影響》）

3. 我就想，為什麼立功者偏不居功，像愛因斯坦之於相對論，像我祖母之於我家。（陳之藩：《謝天》）

4. 社會上的任何活動，可說無一不是需要合作的。像影劇的映演，藝術的展覽，需要觀眾……。（沉櫻：《一位陌生女子的來信十版後記》）

5. 還有一種例外，就是別有懷抱的傷心人。譬如我的一位好友，因為沒能夠與她真心相愛的男孩結婚，覺得世上除了那個男孩，其他的「都沒有什麼了不起」，只要父母合意，她也就「為結婚而結婚」了。（鍾梅音：《戀愛與結婚》）

6. 為什麼要死？為什麼？我們不知道，不過我們可以假設，譬如：破產、失戀，最好什麼原因也沒有，只是厭倦，對生感到窒息。（林懷民：《鬼月》）

7. 沿著濕漉漉的岸灘走過去，總可以找到一些有趣的東西，像海螺、海貝、小蟹、石魚、蛤、鋼盔、佛手等。（葉凡：《波斯菊園・傘》）

8. 最近兩年來，幾乎每一個周末，他都跑到臺北去，事前也常有一些打算，就譬如看看胖鵝什麼的。（楊蔚：《昨日之怒》）

9. 我不知道媽是否像羔羊一般被爸宰割過？自我記事以後，媽每次跟爸爭吵，都是爸先俯首認罪，但，對我來說，媽的話像似沒錯。（康芸薇：《佳偶》）

10. 種種聲音在我執筆的時候，由東面窗口侵入，想在我的稿紙上留下或深或淺的溝紋，好像這麼一來，我的稿紙會變成唱片似的。（思果：《一天的刑罰》）

丙、原　則

譬喻可以用作「說明」。意義難於了解的，可以易知的比方說明它；意義抽象的事理，也可以具體的事物來比方說明。譬喻還可以用來「形容」。一片景色，一種聲音，某些情緒，都可以用譬喻的方法來形容。由於譬喻可以作多方面的應用，所以無論在文學作品上，甚至在科學、哲學作品上，都大量在使用著。下面，就談談使用譬喻的一些原則。

㈡消極的原則

⑴不可太類似。

本體跟喻體太相近的譬喻，往往給人平淡的感覺。如：「柳橙像橘子」、「荔枝像龍眼」、「酒瓶像醬油瓶」，在通常的情形下，都不算好的譬喻。

⑵不可太離奇。

太離奇的譬喻，使人無法了解本體與喻體間的關聯何在，也不算好的譬喻。如「月兒像檸檬」之類是。

⑶不可太粗鄙。

粗鄙破壞美感，除非為了「寫實」或「嘲弄」，以避免粗鄙為宜。《墨子．耕柱》有這樣一則笑話：

> 子墨子曰：「君子無鬬。」子夏之徒曰：「狗豨猶有鬬，惡有士而無鬬矣！」子墨子曰：「傷矣哉！言則稱於湯文，行則譬於狗豨，傷矣哉！」

用「狗豨」喻士，太粗鄙了，所以給墨子反擊的機會。

於梨華《白駒集》代序——《歸去來兮》中有：

> 臺北對於我的誘惑猶如一個曾經同床過的蕩婦對已離她而去的男人一樣。他懷念她，他懷念那段肌膚相親的日子。

也給人粗鄙的感覺。

(4)避免晦澀的譬喻。

凡是「本體」與「喻體」間很難發現甚至沒有「類似點」的譬喻，都是「晦澀」的譬喻。茲舉曾國藩《聖哲畫像記》中句子為例：

自浮屠氏言因果禍福，而為善獲報之說，深中於人心，牢固而不可破。士方其佔畢咿唔，則期報於科第祿仕；或少讀古書，窺著作之林，則責報於遐邇之譽，後世之名。纂述未及終編，輒冀得一二有力之口，騰播人人之耳，以償吾勞也。朝耕而暮穫，一施而十報，譬若沽酒市脯，喧聒以責之貸者，又取倍稱之息焉。

「譬若沽酒市脯」喻「纂述未及終編」；「喧聒以責之貸者」喻「輒冀得一二有力之口」；「又取倍稱之息焉」喻「騰播人人之耳」。由於「本體」與「喻體」的「類似點」不顯明，加上中間隔了「朝耕而暮穫，一施而十報」兩句，所以許多人都弄不清楚喻意。連《古今文選》、《大學國文選》的編者都誤以為「貸者」屬下句，而不知其句讀。這種誤解，作者曾國藩應負「譬喻晦澀」之責的。

(5)避免「牽強的類比」(Forced Analogy)。

類比推理是一種依據特殊道理而推知特殊道理的推論方法，係以類似為推理的基礎。這種論法只有可能性而沒有必然性。例如：

地球上有生物。
月亮好像地球。
所以月亮上也有生物。

這顯然是錯誤的類比推理。因此，在科學或哲學的論辯中，應該避免使用本體跟喻體間缺乏類比關係的譬喻。

遺憾的是，自古到今，許多哲人因為用此種「類比推理」作為論辯的主體，以至於無法探討事理的真相。

古代的著名例子見於告子和孟子的人性之辯：

告子曰：「性，猶湍水也：決諸東方則東流，決諸西方則西流。人性之無分於善不善也，猶水之無分於東西也。」孟子曰：「水信無分於東西；無分於上下乎？人性之善也，猶水之就下也；人無有不善，水無有不下。今夫水：搏而躍之，可使過顙；激而行之，可使在山，是豈水之性哉，其勢則然也。人之可使為不善，其性亦猶是也。」

告子「人性之無分於善不善也，猶水之無分於東西也」固然是一種牽強的類比，所以孟子可以用「水信無分於東西，無分於上下乎」來反駁。可是孟子「人性之善也，猶水之就下也」仍然是一種牽強的類比。我們只要用孟子的譬喻作一個與其意義恰好相反的類比，如「人性之惡也，猶水之就下也」，便可以發現「人性」與「水」之間沒有一定的關聯，而揭穿了這種牽強類比的錯誤本質。

近代的例子見於胡適跟馮友蘭關於老子年代的論辯。胡適之的話見於《評論近人考據老子年代的方法》一文：

近十年來，有好幾位我最敬愛的學者很懷疑老子這個人和那部名為「老子」的書的時代。我並不反對這種懷疑的態度；我只盼望懷疑的人能舉出充分的證據來，使我們心悅誠服的把老子移後，或把《老子》書移後。但至今日，我還不能承認他們提出了什麼充分的證據。馮友蘭先生說的最明白：

不過我的主要的意思是要指明一點：就是現在所有的以《老子》之書是晚出之諸證據，若只舉其一，則皆不免有邏輯上所謂「丐辭」之嫌。但合而觀之，則《老子》一書之文體、學說，及各方面之旁證，皆可以說《老子》是晚出，此則必非偶然也。(二十年六月八日《大公報》)

這就是等於一個法官對於階下的被告說：「現在所有原告方面舉出的諸證據，若逐件分開來看，都『不免有邏輯上所謂丏辭之嫌』。但是合而觀之，這許多證據都說你是有罪的，『此則必非偶然也』。所以本法庭現在判決你是有罪的。」

積聚了許多「邏輯上所謂丏辭」，居然可以成為定案的證據，這種考證方法，我不能不替老子和《老子》書喊一聲「青天大老爺，小的有冤枉上訴。」聚蚊可以成雷，但究竟是蚊不是雷；證人自己已承認的丏辭，究竟是丏辭，不是證據。

馮友蘭的答辯見於《中國哲學史補》中《讀評論近人考據老子年代的方法答胡適之先生》一文：

我與胡先生不同的就是：我以為這些證據，若只舉其一，則不免有丏辭之嫌，但合而觀之，則不然了。胡先生以為這樣主張，這種考據方法，是錯誤的。至於為什麼是錯誤的，胡先生並未說明，只舉了一個比喻好像這種錯誤，什麼人都可以看得出來，所以不必細說。實則以文學的譬喻，替代邏輯的辯論，是很危險的。如果我也可以舉譬喻的話，我想胡先生關於這一點的辯論，就如說：第一個人舉不起一百斤，第二個人舉不起一百斤，第三個人也舉不起一百斤，既然三人分開來都舉不起一百斤，所以他們合起來也一定舉不起一百斤。又如說：第一根竹竿站不起來，第二根竹竿站不起來，第三根竹竿也站不起來；既然三根竹竿分開來都站不起來，所以三根竹竿聯起來搭成架子以後，也一定站不起來。

這又是一個「牽強類比」的趣例，可以使我們警惕著「以文學的譬喻替代邏輯的辯論」的危險。當然，我並不是完全抹殺譬喻在哲學科學的說明上的可行性。勞伯・蕭勒士在《如何使思想正確》一書中說得好：「在解釋任何比較抽象事題的過程中，為了要使你的見解能夠顯明清晰的表達出來，使用實例譬喻以幫助說明，是一種有用的方法，因為抽象的事物，其所具的性質狀況並非耳所能聞，目所能見的。用抽象言詞來描述，不易使人理解得恍如目睹。若能用眼所見的事物作譬喻，則必可使聽者明確理解。……一幅心意上的圖畫，要比一組文字容易使人瞭解。」我只是建議避免使用「牽強的類比」而已。

(三)積極的原則

(1)必須是熟悉的。

譬喻的目的，本在以易知說明難知。如果喻體不是熟悉的，就難能完成這個目的。因此，良好的譬喻必須利用讀者熟悉的舊經驗，引起對新事物的認識。例如：

1. 人生中，即使是最得意的人們，有過英雄的叱咤，有過成功的殊榮，有過酒的醇香，有過色的甘美；而全像瞬時的燭光，搖曳在子夜的西風中，最終埋沒在無垠的黑暗裏。（陳之藩：《寂寞的畫廊》）

2. 退休後靜享桑榆美景，就該像一齣好戲劇，愈接近尾聲，愈步上巔峯；又該像一株好的瓜籐，愈接近收梢，愈想結大瓜。（黃永武：《我看外星人》自序）

3. 如果在文學作品中完全停止採用譬喻，文學必將大大失去光彩。假使把一雙雄孔雀的尾羽拔去一半，還像個什麼樣子呢？雖然它仍舊可以被人叫做孔雀！（秦牧：《藝海拾貝‧譬喻之花》）

都是利用讀者熟悉的事情作喻體的好譬喻。不過，相反的例證也不是沒有，如王維《山中與裴迪秀才書》：「深巷寒犬，吠聲如豹。」犬吠，人人盡知；豹聲，卻難得一聞。王維偏用「如豹」來喻「犬吠」，那是為了引起讀者對山居一種「神秘」的聯想，第三條原則將會談到。

(2)必須是具體的。

以具體說明抽象，是譬喻的目的之一。像聲音、情緒等等抽象的現象，如用文字描寫，似乎全要靠譬喻。例如白居易的《琵琶行》，描寫琵琶的聲音：

> 絃絃掩抑聲聲思，似訴平生不得志。低眉信手續續彈，說盡心中無限事。輕攏慢撚抹復挑，初為霓裳後六么。大絃嘈嘈如急雨，小絃切切如私語；嘈嘈切切錯雜彈，大珠小珠落玉盤。間關鶯語花底滑，幽咽流泉水下灘。水泉冷澀絃凝絕，凝絕不通聲漸歇。別有幽愁闇恨生，此時無聲勝有聲。銀瓶乍破水漿迸，鐵騎突出刀槍鳴，曲終收撥當心畫，四絃一聲如裂帛。

便是用一連串的明喻、略喻、借喻說明其聽覺感受。又如劉鶚《老殘遊記》第二回描寫在明湖居聽王小玉唱歌：

> 唱了十數句之後，漸漸的越唱越高。忽然拔了一個尖兒，像一線鋼絲，拋入天際，不禁暗暗叫絕。那知她於那極高的地方，尚能迴環轉折；幾轉之後，又高一層，接連有三、四疊，節節高起，恍如由傲來峰西面攀登泰山的景象：初看傲來峰削壁千仞，以為上與天通；及至翻到傲來峰頂，才見扇子崖，更在傲來峰上；及至翻到扇子崖，又見南天門更在扇子崖上；愈翻愈險，愈險愈奇。那王小玉唱到極高的三、四疊後，陡然一落，又極力騁其千迴百折的精神，如一條飛蛇，在黃山三十六峰半中腰裏盤旋穿插，頃刻之間，周匝數遍。

先用一線鋼絲拋入天際形容聲音突然拔尖；再用登泰山的景象形容聲音節節高起；最後又用黃山飛蛇形容聲音的盤旋周匝，都非常具體。

(3)必須富於聯想。

這條原則包括二層意思：一方面是說作者必須以其豐富的想像力以創造譬喻；另一方面是指良好的譬喻必須能引起讀者正確的聯想。我很欣賞鍾玲在《旅美尷尬集》中描寫「泰國先生」的一句譬喻：

> 他的笑容很特殊，像是一片朝陽蕩漾在褐色的田野裏。

從「朝陽」可以聯想到這位「泰國先生」年輕、個性爽朗、為人光明正大。而「蕩漾」表示出他在前述陽剛本質之外卻有其溫柔和藹的一面。「褐色」代表健康、成熟，是熱帶人民的膚色。「田野」正象徵著富有生命力、有發展可能，和一片遼闊的世界。這是一個好譬喻。

⑷必須切合情境。

當然，我們希望譬喻都充滿美的聯想；但是，我們也要求譬喻切合情境。為了切合情境，有時故意把醜的、可怕的事物作為喻體。如司馬中原的《髑髏地》：

> 太陽在黃雲後沉落，血紅帶紫，像開了膛的人心。

就跟殘酷恐怖的戰場情境很切合。又如王文興的《黑衣》：

> 餐巾便一份份像春捲樣的捲在玻璃杯裏。

就跟餐室的情境很切合。「切合情境」還可以指喻體能切合本體。《世說新語・言語》：

> 謝太傅寒雪日內集，與兒女講論文義，俄而雪驟，公欣然曰：「白雪紛紛何所似？」兄子胡兒曰：「撒鹽空中差可擬。」兄女曰：「未若柳絮因風起。」公大笑樂。

「撒鹽空中」所以「未若柳絮因風起」，就在於前者不如後者之切。

⑸本體與喻體在本質上必須不同。

本體跟喻體，本質上不妨截然不同，但其中必須有一個維妙維肖的類似點。你只要捕捉住這維妙維肖的類似點，把本質截然不同的兩件事物綰合在一起，便可能是一個良好的新喻。菸酒公賣局曾刊過這麼一則廣告：

> 菸酒之於人生，猶如標點之於文字。

這真是神來之筆！好譬喻！因為菸酒人生跟標點文字本質上完全不同；但人生之須菸酒調劑，恰跟文字需要標點間隔一樣。短短的一句話，還頗有點雅意呢。

(6)必須是新穎的。

常言道：第一個把花比作女人的是天才；第二個把花比作女人的是庸才；第三個把花比作女人的是蠢才。我們不能老用「如流水一般」以喻「時間」，也不能看見「眼淚」就說「斷了線的珍珠」。這些老掉了牙齒的譬喻實在不能給人新穎的感覺，再也不能予人意外的驚喜。有些譬喻，原來的意思可能很貼切，所含的意象可能很豐富，只因為襲用多了，失去了新鮮感，變成引不起反應的死喻。張漢良在《淺談〈家變〉的文字》一文中曾指出：「事實上，像『白駒過隙』這個修飾時間快的意象語相當不錯，白駒本身就已經是光的暗喻，以光速來說明時間之快，相當合理，相當精確，相當科學。尤有進者，白駒作太陽的象徵，更是一個宇宙性的神話（如希臘神話的Pegasus），這使得『白駒過隙』這個意象不但精確，且具普遍性。但問題是今天有誰用這個意象語時會像最初《莊子》那樣，經過一段美感或思維活動？在這種情形下，為了使文字生動，使意象鮮明，作者必須要創新。」充分說明了譬喻創新的必要。

(7)各種譬喻不妨穿插變化地使用。

譬喻種類繁多，使用時必須就情、境、狀況，選擇最適當的譬喻方式；情、境往往變動不居，因此譬喻方式也必須隨時變化。如楊喚的《小樓》：

當風和雨在暗夜裡突然來訪，
這小樓乃如一株落盡了葉子的窗；
那憂鬱的夢啊，是枚白色的殼，
我呀，就是馱著那白的殼的蝸牛。

第二句用「乃如」是明喻；三、四兩句用「是」、「就是」卻是隱喻。再讀汪靜之《做詩之序次》：

經驗有如一粒種子，想像卻是一朵花了；

經驗有如一縷縷的絲，想像卻是有花紋的綾羅錦繡了；

經驗有如泥土木石，想像卻是莊嚴燦爛的巍巍的宮殿了；

經驗有如筋骨皮肉，想像卻是閉月羞花的美人了。

我們知道，在文藝創作上，「經驗」只是素材，需要「想像」作藝術加工。汪靜之於是使用比較淺顯的「明喻」來說明「經驗有如」種子、絲、泥土木石、筋骨皮肉；而對「想像」，就使用把「本體」和「喻體」結合得更親密的「隱喻」，說「想像卻是」花、綾羅錦繡、宮殿、美人。四組八句，明隱間隔，長短有致，不失為好譬喻。

又如蘇軾《記承天寺夜遊》：

庭中如積水空明，水中藻荇交横，蓋竹柏影也。

短短十來個字包括了兩個譬喻。第一個譬喻是「庭中如積水空明」。本體「庭中」在前，喻體「積水空明」在後，中間用「如」字連繫，為「明喻」。第二個譬喻是「水中藻荇交横，蓋竹柏影也」。喻體「水中藻荇交横」提前了，本體「竹柏影也」反而在後，中間用「蓋」字連繫，為「隱喻」，而且是倒裝的。所以兩個譬喻，非但一正一反，語次不同，而且一明一隱，方式也不同。「庭中」的月色是實在的、真的；「如積水空明」是幻覺的、假的；「水中藻荇交横」也是假的，只是幻象；最後點出「蓋竹柏影也」，是對真相的頓悟。這樣，視覺印象由「視非」到「而是」，又具有「懸疑」的效果，而給人一種「真相大白」後的意外喜悅。真是了不起的好譬喻！

第十四章　借　代

甲、概　說

白先勇寫過這麼一篇小說：是用第一人稱主角觀點，訴說一位不被人了解的高中男生內心的寂寞。題目就叫作《寂寞的十七歲》。後來白景瑞導了一部影片，敘述一位高中女生暗戀他的表哥的故事。雖然內容跟白先勇的小說毫無關係，片名卻也叫作「寂寞的十七歲」。自此以後，報紙社會新聞版常有「血腥的十七歲」、「荒謬的十七歲」等標題出現。為什麼白先勇不說「年輕人」或「高中生」，偏說「十七歲」？為什麼白景瑞跟一些編輯先生也突然鍾情起「十七歲」這個名詞來？

以「修辭學」的觀點來回答這些問題，答案是：為了「借代」。所謂「借代」，就是指在談話或行文中，放棄通常使用的本名或語句不用，而另找其他與本名密切相關的名稱或語句來代替。除了使文辭新奇有趣之外，還可以凸顯事物的特徵，使要表達的命意更為適切、細膩、深刻。

人類對於一些經常出現的刺激，常產生「消極適應」。初到一個大城市，可能對飛機汽車所發的噪音感到無法忍受；但是住慣大城市的人卻可能會聽而不聞。偶爾三五好友同去郊遊，可能對於青山、綠水所構成的美景發出由衷的贊歎；但是住慣鄉村的人，卻也可能視而不見。所以古人說：「如入蘭芷之室，久而不聞其香；如入鮑魚之肆，久而不聞其臭。」《大戴禮記・曾子疾病》、《說苑・雜言》、《孔子家語・六本》、《顏氏家訓・慕賢》都有類似的記載。《老子》甚至更感慨地指出：「五色令人目盲，五音令人耳聾。」充分說明了人類對經常刺激的麻木。要想使刺激有效的引起人類的反應，便必須講究刺激的新穎性。心理學上的實驗也證明，新穎的刺激遠較經常的刺激更易引起「注意」。「借代」一法，就是在這種心理基礎上架構而成。何況，就言辭修飾，文藝加工的立場說，借代可以使語文更具體，更貼切，該強調時強調，該含蓄時含蓄：擁有種種便利和多方面的功能。這些，就留在「原則」一節中再詳細討論了。

在我國古典文學作品中，借代的使用極其悠久與普遍。例如：以「陛下」代「皇帝」；以「千秋」代「死亡」；以「杜康」代「美酒」；以「布衣」代「平民」，真是不勝枚舉。詩詞中借代尤多。李白《贈孟浩然詩》中有：

紅顏棄軒冕，白首臥松雲。

二句十字，「紅顏」、「軒冕」、「白首」、「松雲」八字四詞都屬「借代」。辛棄疾《鷓鴣天》中有：

千載後，百篇存，更無一字不清真。若教王謝諸郎在，未抵柴桑陌上塵。

「千載」、「百篇」、「王謝」、「柴桑」均是「借代」。可見「借代」用法廣泛之一斑。

「借代」跟「譬喻」很相近。譬喻是拿甲事物比方說明乙事物；借代是拿甲事物代替乙事物。尤其「借代」和「譬喻」中的「借喻」，差別更為微細。黎運漢、張維耿合著的《現代漢語修辭學》曾指出：

借代和借喻相像，都是用乙事物去代替甲事物，而本體事物全不出現，但借代憑借的是甲乙兩事物之間的相關性，甲乙實質上是一事物；借喻憑借的是甲乙兩事物之間的相似性，甲乙是不同的兩事物。因此，借代的格式中不能加上「像」、「是」之類的比喻詞，而且一般也不能把本體事物補出來。

李若鶯《論「借喻」與「象徵」、「借代」之異同》更舉例：

我從海上來，你有海上的珍奇太多了……

迎人的編貝，嗔人的晚雲
和使我不敢輕易近航的珊瑚的礁區（鄭愁予：《如霧起時》）

在菩提樹下，一個只有半個面孔的人
抬眼向天，以歎息回答
那欲自高處沉沉俯向他的蔚藍（周夢蝶：《菩提樹下》）

桃花源淪陷後
是一個盛情難卻的春天（楊文慶：《叛》）

並加辨別說：

鄭詩第二、三行是借喻，可改寫為「迎人的如編貝般的美齒」，「嗔人的如晚雲般的秀髮」，「和使我不敢輕易近航的如珊瑚的礁區般的軀體」。周詩以「蔚藍」借代天空，但可改寫為「蔚藍的天空」。楊詩的「桃花源」是借代理想夢土，但只能換名，若改寫成譬喻，意義就不一樣了。

析論入微，使人能很方便地判斷「借喻」與「借代」之不同。但「借喻」之外，有些「譬喻」，與「借代」仍有交集，如：《論語・子路》有：「魯衛之政，兄弟也。」可以說它是「譬喻」中的「略喻」，也可以說它是「借代」中的「具體代抽象」，用具體的「兄弟」代抽象的「相像」。我個人的看法是：修辭學上的辭格只是為了說明和學習的方便而作的大致的區分，像這樣的兩屬現象很多，是毋需強分的。在陳介白的《修辭學講話》中，「借代」就全歸入「譬喻」，名為「提喻」與「換喻」。提喻包括：「總名喻特稱」、「特稱喻總名」、「具體喻抽象」、「抽象喻具體」四種；換喻包括：「基於記號與實物的關係」、「基於持主與持物的關係」、「基於原因與結果的關係」、「基於原料與作物的關係」四種。本書分借代為十一類，前八類，是採用陳望道《修辭學發凡》上的分類法。

乙、舉　例

(二)以事物的特徵或標誌代替事物

如《戰國策・趙策・觸讋說趙太后》：

老臣賤息舒祺，最少，不肖；而臣衰，竊愛憐之。願令得補黑衣之數，以衛王宮。

「黑衣」是當時趙國王宮衛士的服色標誌，即借以代替「衛士」。又如陶淵明《桃花源記》：

黃髮垂髫，並怡然自樂。

「黃髮」是老年人的特徵，借以代「老年人」；「垂髫」是小孩的標誌，借以代「小孩」。以下各例，取自現代文學作品：

1. 征途中，看見掛一條大辮子的姑娘，曾經想過：紅頭繩兒也該長得這麼高了吧？看見由儐相陪同、盛妝而出的新婦，也想過：紅頭繩兒嫁人了吧？自己也曾經在陌生的異鄉，摸著小學生的頭頂，問長問短，一面暗想：「如果紅頭繩兒生了孩子……」（王鼎鈞：《紅頭繩兒》）

案：「紅頭繩兒」是校長的女兒，小說敘述主角的初戀情人，頭上紮紅繩，故以「紅頭繩兒」名之。

2. 怕嗎？小嫩皮。（司馬中原：《髑髏地》）

案：以「小嫩皮」來代「未經世面的小孩子」。

3. 這個房子，車房裏三輛車，這些排場，都靠我這個忙字掙來的。（於梨華：《也是秋天》）

案：「忙字」借代「忙」這件事實。

4. 尹雪艷站在一旁，叼著金嘴子的三個九，徐徐地噴著煙圈。（白先勇：《永遠的尹雪艷》）

案：「三個九」，指"999"香菸。

5. 阿波羅已道別，他在忙碌地收拾

那樹隙間漏下的小圓暉。（林泠：《菩提樹》）

6. 此刻正是浸晨，想你們也都起身了吧？真想看看你們睜開眼睛時的樣子呢！六個人，剛好有一打亮而圓的紫葡萄眼珠兒，想想看，該有多可愛——十二顆滴溜溜的葡萄珠子圍著餐桌，轉動著，閃耀著，真是一宗可觀的財富啊！（張曉風：《綠色的書簡》）

7. 船隻剛趁著秋風和夜霧，升帆遠去，沈二爺就轉臉交代說：「老王五，你選十支短傢伙，編成一隊跟我走……。」（臧冠華：《硬漢》）

8. 「齊天大聖，你看看！」笑面虎舉起手裏的幾條熱帶魚說：「明天會有希望了。」（楊御龍：《希望》）

9. 眼鏡聽著想，憋不住將心裏一串翻滾的笑抖了出來，惹得那群清湯掛麵直往他瞪。（林懷民：《兩個男生在車上》）

10. 為何老想把手貼在河面，讓溫暖流過海峽，慰藉那秋色的海棠？（李覓：《我還沒見過長江》）

11. 日子翻轉身來面對她

驚覺百孔千瘡的是

淨洗雅芳和嬌蘭後的

真實（李若鶯：《浮世男女》）

案：「雅芳」、「嬌蘭」皆化粧品名。

㈡以事物的所在或所屬代替事物

如杜甫《春望詩》：

白頭搔更短，渾欲不勝簪。

「白頭」是白髮所在處，用來代替「白髮」。又如范仲淹《岳陽樓記》：

居廟堂之高，則憂其民；處江湖之遠，則憂其君。

「廟堂」指在朝廷當官的人；「江湖」指地方官和平民。以下各例，取自現代文學作品：

1. 一連五六個春夜，每次寫到全臺北都睡著，而李賀自唐朝醒來。（余光中：《逍遙遊後記》）

案：「臺北」指「住在臺北的人」。

2. 那天晚上你送我回宿舍，當我們邁上那斜斜的山坡，你忽然駐足說：「我在地毯的那一端等你！我等著你；曉風，直到你對我完全滿意。」（張曉風：《地毯的那一端》）

3. 有一次，我離開營區的時候，崗哨給我敬了一個禮，我才猛然想起我是軍人。（葉凡：《那個櫻草花的下午》）

4. 我蘑菰老人，生在老爺嶺，長在老爺嶺，吃著老爺嶺，穿著老爺嶺，我的兩隻腿踏遍了老爺嶺。（曲波：《林海雪原》）

㈢以事物的作者或產地代替事物

如：以「杜康」代「酒」；因為杜康是造酒的人。以「麻豆」代替「文旦」，因為文旦以產在麻豆的最好吃。

又如：

有龍泉之利，乃可以議於斷割。（曹植：《與楊德祖書》）

私家收拾，半付祝融。（連橫：《臺灣通史序》）

「龍泉」，指龍泉所產之劍；「祝融」，黃帝時掌火之官，死後為火神，因以借代為火。以下各例，取自現代文學作品：

1. 談到白話文學，他的程度就不如我了。因為他提周作人，我就背段周作人，他提魯迅，我就背段魯迅，他提老舍，我就背段老舍……。（陳之藩：《在春風裏》）

案：「背段周作人」是指「背一段周作人的作品」。

2. 最後，躺在床上，筋疲力盡，我還看了幾頁太史公。（王鼎鈞：《人頭山》）

3. 從密密麻麻的莎翁鬍子裏，從迴旋著牧歌、情歌、輓歌的伊麗莎白朝泳了出來。（余光中：《莎誕夜》）

4. 我的怒中有燧人氏，淚中有大禹。（余光中：《五陵少年》）

5. 你記得第一次我介紹《湖濱散記》給你的時候嗎？你眼裏迸出欣悅的火花，使我認為我是最佳的梭羅推銷員。（葉凡：《爬籐的葉子》）

6. 習字初期不外以顏柳二家為範本，現在只記得「顏真卿長了肉，柳公權只有骨頭」，但是沒有骨頭怎麼有肉？（亮軒：《習字樂》）

7. 茶在沉思，咖啡在默想，文學在高談，藝術在闊論，
時間在筆下奔馳，空間在稿紙上展開，
「明星」曾是一輛光的列車，坐滿了文學與藝術。（羅馬：《都市的變奏曲》）

8. 攝影者濫拍照片，一般稱是「謀殺菲林」，那麼如果有人濫用文字，就該說是「侮辱倉頡」了。（阿盛：

《不要侮辱倉頡》

9. 你不是練過少林寺嗎？怎麼趴下來了？（王兆軍：《盲流世家》）

10. 李堅彈蕭邦，彈李斯特，彈莫札特，也彈中國樂曲，他的琴聲使熱愛音樂的歐洲聽眾如痴如醉。（趙麗宏：《團圓鳴奏曲》）

11. 她的女同學們，似乎更積極些，一進門先抱著婚禮照片逐一審視，有值得參考的取景，一律登記加洗，也不管柯達彩色照片一張要用多少臺灣銀行產品去換。

(四)以事物的材料或工具代替事物

如曹植《與楊德祖書》：

豈徒以翰墨為勳績，辭賦為君子哉？

「翰墨」是寫作的工具，借以代「寫作」。又如方苞《左忠毅公軼事》：

公閱畢，即解貂覆生。

「貂」是皮衣的材料，這兒代替「皮衣」。以下各例，取自現代文學作品：

1. 因為當初我們都曾夢想成為文學家，而且還說過酸溜溜的話：要握莎士比亞的筆，不舞拿破崙的劍。（逯耀東：《三人行》）

案：「握莎士比亞的筆」代「寫出與莎翁媲美的作品」。

2. 我為什麼便不能投身到那數千度的熔爐前作一名工人，而定要躲在陰暗的書房裏磨鋼筆尖呢？（王敬義：《自己的解釋》）

3. 在早年，弓馬刀劍本是比辯論修辭更重要的課程。（楊牧：《延陵季子掛劍》）

4.祖父為什麼會那般沉默地被抬進看起來不太舒適的「木箱子」裏頭。（顏崑陽：《關於人生的故事》）

㈤部分和全體相代

如范仲淹《岳陽樓記》中「錦鱗游泳」，「錦鱗」只是魚體表皮，卻借以代表整條「魚」；又蘇東坡《赤壁賦》中「舳艫千里」，「舳艫」只是船的一部分，卻用來代替「船」。以下各例，取自現代文學作品：

1.「你教的是『子曰詩云』麼？」我覺得奇異，便問。

「自然。你還以為教的是ＡＢＣＤ麼？」（魯迅：《在酒樓上》）

案：「子曰詩云」只是古書習見的語詞，此借代「古書」；「ＡＢＣＤ」也只是英文字母開頭部分，此借代「英文」。

2.中國已經夠狗屎的了，偏偏朝廷要把狗屎朝臉上當粉搽，那個婦人，不只殺了新黨，還殺了他的兒子——光緒帝。（陳慧劍：《弘一大師傳》）

案：以「那個婦人」來代「慈禧太后」。

3.湯姆只用眼角掃他一下，不當他一回事。「喂，我問妳，中國娃娃，……。」「不許你這樣叫我！」（於梨華：《變》）

4.我為了明天的麵包及昨日的債務辛勞地工作。（紀弦：《存在主義》）

5.亮著汗水的胸膛退去了，他們背上全是泥沙，貴賓全都很滿意。（張曉風：《十月的陽光》）

6.青春早已自油鹽柴米中一點一滴的剝損殆盡。（紫雲：《逝去的年華》）

7.夏季裏，曾企盼遠海的角帆會是暫時的歸宿。可是過了夏季，仍沒見著角帆。（葉凡：《乘在歌聲的翅膀》）

㈥特定和普通相代

如魏徵《諫太宗十思疏》：「竭誠則胡越為一體，傲物則骨肉為行路。」「胡越」本是二個族名：胡人居北方，越人居南方。此借以指南北遙隔，關係疏遠的人。又如辛棄疾的《永遇樂詞》：「憑誰問：廉頗老矣，尚能飯否？」中的「廉頗」，是特定的一個人，此指一切「不服老的人」。以下各例，取自現代文學作品：

1. 湖南是中國的斯巴達。（蔣夢麟：《西潮》）

案：以「斯巴達」來代「居民富有尚武精神的地區」。

2. 你殺死一個李公樸，會有千百萬個李公樸站起來。（聞一多：《最後一次演講》）

案：李公樸是抗日戰爭期間在昆明被刺殺的大學教授，此指稱所有具道德勇氣的知識分子。

3. 女人善變，多少總有些哈姆雷特式，拿不定主意；問題大者如離婚結婚，問題小者如換衣換鞋，都往往在心中經過一讀二讀三讀，決議之後再覆議，覆議之後再否決。（梁實秋：《女人》）

4. 有一次參加一個「國文系的人」很多的宴會，滿座的杜甫、李白、韓愈、柳宗元、歐陽修、司馬光、蘇軾、李清照，都是會喝酒的。一個個透明的玻璃杯裏，斟滿了美麗的橘色液體。（子敏：《我的〇〇七》）

5. 穿過晨霧籠罩的茫茫的遠方

我們是哥倫布第二，握一個宇宙握一顆星。（白萩：《羅盤》）

6. 不是沒有人才，是沒有識人才的眼睛。不是沒有良馬，而是一些根本未見過馬的人，自欺為伯樂而已。（陳之藩：《第五封信——紀念適之先生之亡》）

7. 對方用百分之一秒的時間將滿臉的不耐煩收起；然後用同樣迅速的時間，堆下一臉笑來。（於梨華：《又

見棕櫚》）

8. 思想走著甲骨文的路
陪繆斯吃鼎中煮熟的小麥（瘂弦：《在中國街上》）

9. 我當然也沒那麼阿Q，以為一雙粗手就代表幸福，但是我的確能深深體會到他所說「忙就是幸福」的真義。（喻麗清：《時勢造英雄》）

10. 到底讀了幾年人之初，這字寫得多秀氣、多有勁。（馬憶湘：《朝陽花》）

11. 當初我的母親何嘗料到我會懂這一切，但這一天終會來的，伊甸園的籬笆終會傾倒。（張曉風：《愁鄉石》）

12. 只願來生變成張英武，也千萬不要做拿破崙或晏嬰。（《矮個子苦經》）

13. 我是讀書不成，學劍不成，屠格涅夫筆下的「羅亭」，辜負了幾許期望。（楊子專欄）

(七)具體與抽象相代

阮籍《詠懷詩》有句：

如何金石交，一旦更離傷！

以「金石」為「堅固」之意，是以「具體」代「抽象」。又如：

試問捲簾人，卻道海棠依舊。知否？知否？應是綠肥紅瘦。（李清照：《如夢令》）

以「綠」為「葉」，以「紅」為「花」，卻是以「抽象」代「具體」。以下各例，取自現代文學作品：

1. 你向女人猛然提出一個問句，她的第一個回答大約是正史；第二個就是小說了。（張愛玲：《流言》）

案：「正史」代替事實；「小說」代替編造的故事。

2. 夜夜夢回舊地，
看多少種花謝花開，
幼年的已經長成，
中年的已經老衰。（徐訏：《歸來》）
案：以具體的「花謝花開」代抽象的「歲時更換」。

3. 這是蛇與蘋果最猖獗的季節
太陽夜夜自黑海泛起
伊壁鳩魯痛飲苦艾酒
在純理性批判的枕下
埋著一瓣荼花（周夢蝶：《五月》）
案：以「蛇」與「蘋果」代「誘惑」。

4. 所以機器一佔領這城市，綠色的共和國就完了。（余光中：《伐桂的前夕》）

5. 被花朵擊傷的女子
春天不是她真正的敵人（瘂弦：《棄婦》）
案：以「花朵」代「愛情」。

6. 窗外就是銀白，皚皚的銀白，沁寒的銀白。（邵僩：《雪之舞》）

7. 你不是那怕失望而到魚塭釣魚的紳士，你是那到大海釣魚的漁夫。（許達然：《如你在遠方》）

8. 她以一根扁擔，擔著兩筐子花。……一筐在前，一筐在後，她便夾在兩筐璀璨之間。半截青竹剖成的

扁擔微作弓形，似乎隨時都準備要發射那兩筐箭鏃般的待放的春天。（張曉風：《愁鄉石》）

9. 沒發覺到圳叔的槍已瞄準一隻最婀娜的鷺鷥，就這樣地打落了一兜的傷感。直到那年冬天，我還一直惦記著鷺鷥白翅上的鮮紅。（顏崑陽：《關於人生的故事》）

10. 為了爭奪你在文學史上
所坐的那張沙發
現代詩人紛紛用晦澀的語言
勾心鬥角
死傷慘重（渡也：《戲贈杜甫》）

(八)原因和結果相代

如《古詩十九首》中「相去日已遠，衣帶日已緩。」「衣帶日已緩」是相思的結果，此代「相思」。又如袁枚《祭妹文》：「逾三年，予披宮錦還家。」「披宮錦」是考中進士的賞賜，即用以代「中進士」。以下各例，取自現代文學作品：

1. 老太太發誓說，她偏不死，先要媳婦直著出去，她才肯橫著出來。（張愛玲：《五四遺事》）
案：「直著出去」是「離婚」的結果；「橫著出來」是「死了」的結果。

2. 我也沒有妳們那樣餓嫁，個個去捧棺材板。（白先勇：《金大班的最後一夜》）
案：「去捧棺材板」是結果，而嫁給年老而壽命不長的丈夫是原因，此以結果代原因。

3. 既然怕鉛字為禍，為什麼不好好整理一下？（余光中：《左手的繆思》）

4. 紐約的老同學真夠義氣，他們家中長備一張行軍牀，專接待過往的舊友，我睡在他們兩家的小牀上，

尚有餘溫。（張伯敏：《重逢的時候》）

5. 婀婷偶而看到他丈夫有點不開心，她立刻特別安靜地坐在他的身旁，一面愛撫著他，一面向他耳邊低聲說笑話，使他那眉心的皺紋展平。（《婀婷》）

6. 路仍鋪石子，路旁仍是那條溪，但你們的腳步已不再是那年的沉重了。陌生的是那喧嘩，親切的是那潺潺。（許達然：《如你在遠方》）

7. 相簿放下，起身巡視梳粧臺及衣櫥，看到那顆小得不能再小的鑽戒，總是問些令我腦充血的問題。臨走了，回頭向我要一份結婚費用明細表，說是她表姊要的。

以上八目，是較常見的借代。《修辭學發凡》把前四目稱為「旁借」，後四目稱為「對代」。臺灣師範大學曾忠華教授於此八目之外，更增三目，見其著《作文津梁》，錄附於後：

(九) 借作用代實體

1. 策扶老以流憩。（陶淵明：《歸去來辭》）

案：「扶老」是枴杖，枴杖的作用是扶持老人，所以就拿它的作用代替本體。如改作「枴杖」、「扶杖」，便不如原文典雅。

(十) 借動作代本體

1. 垂拱而治。

案：以垂衣拱手的動作，代無為。

2. 仰藥自殺。

案：以「仰藥」代「服藥」之意。服藥時頭須仰起，故以代服藥。

3.慷慨傾囊。

案：「傾囊」是捐錢的動作，故以代捐款之意。如作「慷慨捐錢」，便覺俗氣。

(十一)借代價代本體

1.吾不能為五斗米折腰事鄉里小兒。《晉書・陶潛傳》

案：「五斗米」是彭澤令小官的代價。如寫作：「吾不能為彭澤令之小官而折腰事鄉里小兒」，便太囉嗦。

2.日食萬金。

案：「萬金」是昂貴佳餚的代價。

此外，《漢語修辭格大辭典》，把「旁借」分為八小類：工具代、材料代、處所代、作者代、特徵代、別稱代、所屬代、標誌代。把「對代」分為六小類：具體代抽象、抽象代具體、局部代、整體代、特例代、定數代不定數。這就分得更詳細了。修辭方式不斷推陳出新，是不可能一一列舉的，讀者必須自己舉一反三，嘗試創造才好。

丙、原　則

「借代」全棄陳言，另鑄新詞，原是不可厚非的，只可惜古人「借代」太濫，以「月」來說，不必廣蒐，只要翻翻《詩韻集成》，就可舉出下列各種「借代」的名稱：

銀界　養魄　金鏡　丹桂　應潮　玉盤　飛光　玉壺　素娥　離畢　破鏡　璧彩　學扇

蓂落　透竹　上弦　珠胎　磨鐮　桂殘　映階　蟾華　潘室　練絮　桂影　庾樓　波寒

地鏡　水鏡　金魄　金輪　波奴　玉鉤　陰兔　銀兔　玉羊　清蟾　金娥　桂魄　銀蟾
金兔　玉輪　玉蟾　掌罰　曀曀　司時　銀丸　圓道　為刑　詹諸　昱夜　纖阿　望舒
臣象　曆莢　棲檐　對飲　朏月　日濕　黃光　瑞氣　嬋娟　姨事　砐雲　後天　智光
弦期　夜光　畢聚　銀鉤　誤拜　影斜　破環

七子鏡　綠烟滅　九秋霜　素暈低　閑金餅　山眼白　銀河洗　金鏡滿　爛銀盤　海心明
玉斧修　玉壺清　吳牛喘　眉尖巧　魏鵲飛　指甲新　白玉盤　千里燭　魚腦減　蠃蠬膲
行中道　合地統　有九行　朔西陂　出丹淵　常儀占　焯群星　希逸賦　滿如規　紀時節
用彈況　作闕几　晨皃飛　望舒荷　度南端　出東嶺　萬里輝　巫山夕　隨行屨　金波淺
桂影偏　月華滿

百星不如　水氣之精　方諸為水　蛤蟹珠龜　隨灰運闕　穆穆金波　蟁蝱宵見　土地之精
姮娥託身　陰精之宗　進退牛前　圓舒循晷　照察幽情　微雲點綴　彌節大道　牛渚誦詩
長詠申旦　高樓流光　投光柯間　筵於源潮　籠連池竹　眾水咸見　握卷升屋　藥資王母
雲中照外　形圓質清　三弦半魄　交絡黃道　乘舟衣錦　正交中交　如繩繞木　終歲不暈
遡日為光　玉鉤冰盤　下瑠璃宮　歸功於日　受符復行　兩弦合精　乾體盛滿　其寒悽愴
濤隨盛衰　君子之光　作曲室語　纖纖玉鉤　娟娟蛾眉　烏鵲南飛　桂五百丈　吳剛伐樹
閶扶影入　蟾桂地影　空處水影　七寶合成　下弦月子　倚華山樹　登樓清嘯　隱山成陰

假如你再翻《子史精華》等書，那更可抄錄好多頁數來。其泛濫可見一斑，因此惹起有識者的反感。王國維在《人間詞話》中說：

詞忌用替代字，美成《解語花》之「桂華流瓦」，境界極妙，惜以桂華二字代月耳。夢窗以下，則用代字更多，其所以然者，非意不足，則語不妙也。蓋意足則不暇代，語妙則不必代，此少游之「小樓連苑，繡轂雕鞍」所以為東坡所譏也。

沈伯時《樂府指迷》云：「說桃不可直說破桃，須用紅雨劉郎等字。詠柳不可直說破柳，須用章臺灞岸等字。」若惟恐人不用代字者。果以是為工，則古今類書俱在，又安用詞為耶！

對詞家「好用代詞」，痛下針砭。自胡適提倡「文學革命」運動後，以「借代」多為「狹義之典」，也主張不用。胡適的話見於《文學改良芻議》：

狹義之典，吾所主張不用者也。吾所謂用「典」者，謂文人詞客不能自己鑄詞造句以寫眼前之景，胸中之意，故借用或不全切，或全不切之故事陳言以代之，以圖含混過去：是謂用「典」。狹義之用典，則全為以典代言，自己不能直言之，故用典以言之耳。此吾所謂用典與非用典之別也。狹義之典亦有工拙之別，其工者偶一用之，未為不可，其拙者則當痛絕之。

不過「借代」若能運用得當，也別有一番新趣，是不可一筆抹殺的。茲述其原則如下：

(二)用語要有貼切感

借代用得好，非但不會「含混」，而且能比原詞更加貼切。如李頎《登首陽山詩》：

古人已不見，喬木竟誰遇。

「古人」是指「伯夷叔齊」，為以普通代特定的借代用法。但是「古人」一詞在此比「夷齊」更貼切，因為如用「夷齊」二字，反有使人誤會李頎是跟夷齊同一時代人物的可能。

(三)使意念具體化

借代大多為形相文字(Visual Language)，譬如以「朱門」代替「富貴人家」，便能在讀者眼前浮現一幅朱漆大門的富貴氣象圖，要比「富貴人家」更具體。又如杜甫《哀江頭詩》：

明眸皓齒今何在？

「明眸皓齒」比「美人」更能引起讀者具體的視覺印象。

(三) 鑄詞要新穎

借代的目的，是去舊趨新，已見上文。所以好的借代必須具新穎面，有新鮮感，富吸引力。記得一九八五年三月十二日《中國時報》有一篇蘇起寫的《契爾年柯死後蘇聯外交動向試探》，中有句：

對統治蘇聯數十年的其他老人來說，契爾年柯之死或許代表著一個句點。對長期生活在極權統治下的蘇聯人民，這不過是個小小的逗點。但對關心蘇聯外交動向的人來說，契氏卻為我們留下了太多的問號。

覺得文中「句點」、「逗點」、「問號」用得很新穎別緻。後來，媒體報導一件事之結束，每說「畫下圓滿的句點」，這就跟批評對方意見總是用「了無新意」一樣地「了無新意」了。

(四) 必須富稠密度

借代大部分屬意象語，這種語言經由作者意識活動，把事物的形相加以選擇，而使形相在聽眾或讀者腦海中再生。本身意義既有深度，同時由於聯想作用而更延伸其廣度，二者相乘，因而借代就有其豐富的稠密度了。

胡適是反對「用典」的，但也自承：

吾十年前嘗有《讀十字軍英雄記》一詩云：「豈有酖人羊叔子？焉知微服趙主父？十字軍真兒戲耳，獨此兩人可千古。」以兩典包盡全書，當時頗沾沾自喜。

見《文學改良芻議》，以為「用典之工者」，「用字簡而涵義多」，這就是承認借代的富稠密度了。

北師大《修辭學大綱》的作者夏宇眾說得更好。他先舉嚴又陵《挽郭筠仙聯》為例：

平生蒙國士之知，如今鶴翅氋氃，激賞真慚羊叔子。

入世負獨醒之累，到處蛾眉謠諑，離憂何必屈三閭！

而「說明」云：

作者本意要表現兩點：第一點，欲說明當郭任英公使時，本人適留學英國，深被期許。卒業返國後，終不克將所學貢獻於國家，痛感愧對知己。第二點，欲說明在當日朝士中，郭為通曉外情一人，嘗馳書國內友人，力言英國學制風俗之美。當時朝士不知外事，至詆之為漢奸。郭卒以此抑鬱以終。此兩點內所蘊事實與感想，若據事直書，恐累千言不能盡。加之彼時環境，既不便於直言；又因楹聯體製，字數究屬有限。在此種場合，「借代」遂成為適應之方式。

今就聯文言之。上聯前半「國士」二字，見《趙策・豫讓答趙襄子》語。後半所用故事，見《世說新語》：「劉遵祖少為殷中軍所知，稱之於庾公，庾公甚忻，便取為佐。既見，坐獨榻上與語。劉爾日殊不稱，庾小失望。遂名之為『羊公鶴』。昔羊叔子有鶴善舞，嘗向客稱之。客試使驅來，氋氃而不肯舞。故稱比之。」借此二事，以代替第一點所欲言者。下聯前半語出《漁父》中「眾人皆醉我獨醒」，後半語出《離騷》中「眾女嫉余之蛾眉兮，謠諑謂予以善淫。」屈原當日在朝士中，外交立場是親齊派，為親秦派所排擠，致被放逐，自沉汨羅以死。與郭之遭際，有若干切合。故借此以替代第二點所欲言者。共計全聯，不過用四十字組成，而所欲言之兩點，均能如量表現，且又可避免直言本事之困難。此皆「借代式」之功用也。

分析精密透澈，足以說明借代的稠密度，故全錄於此。

(五)有含蓄美

藝術的最大秘訣在隱藏藝術，借代拋棄本名，而用代字，正符合此一原則。試看「衣帶日已緩」句，是何等的含蓄地說明「瘦」字。此外，像以「大去」、「百歲」、「千秋」代「死」，都有含蓄之美，而無犯忌之弊。

(六)帶強調性

在事物與特徵相代，普通與特定相代，部分與全體相代等借代方式中，常常含有強調的作用在內。如《左傳・文公十三年》記繞朝語：

子無謂秦無人，吾謀適不用也。

這裡的「人」，事實上指「有識之人」，含有強調必須「有識」，方可稱為「人」的意思。又如：

「這是什麼，auntie?」莉莉撫弄著李彤手上戴著的一枚鑽戒問道。「這是石頭，」李彤笑著說。（白先勇：《謫仙記》）

把「鑽石」叫作「石頭」，強調了對這種會閃光的碳素的輕視。

(七)留意避免忌諱

人的喜惡，無論是古往今來，東西南北，都一樣的。總是好面子，喜恭維，怕挨人罵、怕說到死。所以《戰國策・趙策》記載觸讋說趙太后，把自己的死說作「填溝壑」，把太后的死說成「山陵崩」。硬是不說一個「死」字。臺灣各醫院沒有「四號」病房；把「四位」說作「三位加一位」，也是由於「四死」同音，避免犯忌。除了死為古今中外共同的忌諱之外，各地還有各地特殊的忌諱。明陸容《菽園雜記》：

民間俗諱，各處有之，而吳中為甚。如舟行諱住諱翻，以箸為快兒，幡布為抹布；諱離散，以梨為圓果，傘為豎笠；諱狼籍，以榔槌為興哥；諱惱躁，以謝竈為謝歡喜。

便指出「吳中」人許多的忌諱。山東人把「醋」叫作「忌諱」，河北人把「蛋」叫作「雞子」，福建人把「茄」叫作「紫菜」，廣東人把「舌」叫作「脷」。這些「避忌」的措辭法，都是利用「借代」來完成的。

(八)不妨綜合使用各種「借代」方法

試自行分析以下二例，看看用了哪些借代法？

1. 啤酒、高粱、大麴、紹興、竹葉青，在我嚐來一體沒有分別，總是辛辣嗆喉難以下嚥……（柯翠芬：《隨意小札》）

2. 拔掉太陽旗之後，我們在二二八的數字中驚魂。在一九四九年的震撼中，傾聽海峽的哭泣。文學就這麼長成一棵大樹，見證著變遷的港灣，以開放之心擁抱蔚藍海洋。而在風中，我們以滔滔雄辯，昂首迎向二十一世紀璀燦的陽光。（文訊雜誌社：《臺灣文學出版研討會邀請卡題辭》）

我把發現答案的樂趣留給讀者您了！

第十五章　轉　化

甲、概　說

描述一件事物時，轉變其原來性質，化成另一種本質截然不同的事物，而加以形容敘述的，叫作「轉化」。在早期的修辭學書籍論文中，「轉化」或稱為「比擬」，或稱為「假擬」，都容易與「譬喻」混淆。所以這兒採用于在春創造的名詞：「轉化」。于作名《〈轉化〉論——修辭現象論之一》，刊於對日抗戰時期西南聯大師範學院國文系主編的《國文月刊》第七十二期。

轉化的第一種是「人性化」。

《莊子・秋水篇》上有這麼一則故事：

莊子與惠子遊於濠梁之上。

莊子曰：「鯈魚出遊從容，是魚樂也。」

惠子曰：「子非魚，安知魚之樂？」

莊子曰：「子非我，安知我不知魚之樂？」

惠子曰：「我非子，固不知子矣；子固非魚也，子之不知魚之樂全矣。」

莊子曰：「請循其本。子曰女安知魚樂云者，既已知吾知之，而問我。我知之濠上也。」

這個故事中，惠施把鯈魚視為一個獨立的客體，他的心靈與天地萬物是分開的，因此他不能肯定或否定「魚之樂」，可以說代表一種科學精神。莊子卻把自己「出遊從容」的「樂」趣，投射到魚的身上，他的心靈是與天地萬物並生合一的，所以他能肯定了「魚之樂」，可以說代表一種哲思與文學精神。所謂「人性化」就是把人類的心情投射於外物，把外物都看成人類一樣，而加以描述。例如：

波滔滔兮來迎；

魚鄰鄰兮媵予。（屈原：《九歌・河伯》）

有生命的「魚」固知「媵予」——陪著我；無生命的「波」也會「來迎」。這種「擬物為人」的方法，使得「魚」、「波」都轉化為人了。

轉化的第二種是「物性化」。

仍先從《莊子》中摘出一則故事。《齊物論》中有：

昔者莊周夢為蝴蝶，栩栩然蝴蝶也。自喻適志與，不知周也。俄然覺，則蘧蘧然周也。不知周之夢為蝴蝶與，蝴蝶之夢為周與。周與蝴蝶，則必有分矣，此之謂物化。

文學作品中，也常常把人當作其他動物、植物，甚至無生物來描述。例如：

世溷濁而莫余知兮，

吾方高馳而不顧。（屈原：《九章・涉江》）

「高馳」兩字，便是把人轉化成馬而加以敘述，這種「擬人為物」的方法，使得人都「物性化」了。

轉化的第三種是「形象化」。

「人性化」是「擬物為人」；「物性化」是「擬人為物」。形象化則是「擬虛為實」，使抽象的觀念具體化。它與「人性化」、「物性化」之不同在於：「擬人為人，擬物為物」，例如：

徘徊於桂椒之間；
翱翔於激水之上。（宋玉：《風賦》）

首句用「徘徊」二字，擬物為人，是「風」的人性化；次句用「翱翔」二字，擬物為物，是「風」的形象化。

乙、舉　例

㈠人性化——擬物為人

或稱「人格化」或「擬人格」。以下再依詞性分類。

⑴名詞法。

1.屏風有意障明月，燈火無情照獨眠。（江總：《閨怨》）

案：以名詞「意」將屏風人性化，名詞「情」將燈火人性化。

2.但蜂媒蝶使，時叩窗槅。（周邦彥：《六醜》）

案：「媒」、「使」使「蜂」、「蝶」人性化。又案：《離騷》已有「吾令鴆為媒兮」句。

3.粉紅的海棠，含著幸福的微笑。（謝冰瑩：《愛晚亭‧秋戀》）

案：「微笑」是人的表情，此句用「微笑」把海棠比擬為人。

4.《新青年》正在鼓吹德先生和賽先生，以求中國的新生。（蔣夢麟：《西潮》）

案：德先生指民主(Democracy)，賽先生指科學(Science)，名詞「先生」使民主、科學人性化了。蔣君語本陳獨秀《本誌罪案之答辯》：「要擁護德先生又要擁護賽先生，便不得不反對國粹和舊文學。」篇題中「本誌」正指《新青年》。

5.在這樣黑暗之下，所有一切，盡懾伏在死一般的寂滅裏，只有風先生的慇懃、雨太太的好意，特別為他倆合奏著進行曲。（賴和：《前進》）

6.改革開放就是改革開放，不存在姓社姓資的問題，改革開放的目的是要完善具有中國特色的社會主義，如要分什麼姓社姓資，只會徒亂人心。（一九九二年一月二日《中國時報》所刊鄧小平語）

7.柳絲也垂垂地披下綠色的長髮了。（陳慧劍：《弘一大師傳》）

8.太陽從灰色的雲隙間露出半個蒼白的面容。（胡品清：《最後一曲圓舞》）

9.風的手指撩撥蘆葦的琴鍵，雨的脣吻撫弄林葉的管絃。（王聿均：《人生寄語‧獻詩》）

10.那枝蠟燭挺神氣，修長的身體，穿著雪白的長衣；漿洗得那麼清潔，熨燙得多麼挺刮，一點縐褶也沒有。（季薇：《燭花》）

11.既然散文妹妹的那根「辮子」應該剪掉，試問：小說哥哥的這堆「長髮」，是否也應該理掉呢？（關雲：《漫談〈家變〉中的遣詞造句》）

12.小說若不能從「志怪」發展成「志人」，便永遠無法壯闊其生命。（孟瑤：《中國小說史》）

(2)代名詞法。

1.嗟爾幼志，有以異兮！獨立不遷，豈不可喜兮！（屈原：《橘頌》）

案：用代名詞「爾」將橘樹擬人化。

2.鳳姐兒……指著賈母素日放錢的一個木箱子，笑道：「……這一吊錢，頑不了半個時辰，那裏頭的錢就招手兒叫他了。只等把這一吊也叫進去了。牌也不用鬬了，老祖宗氣也平了，又有正經事差我辦去了。」（《紅樓夢》第四十七回）

案：用代名詞「他」將「這一吊錢」人性化。又如：

3. 我大清早起，
站在人家屋角上，
呀呀的啼。（胡適：《老鴉》）

案：代名詞「我」使「老鴉」人性化。

4. 愛晚亭，我真太愧對你了！（謝冰瑩：《愛晚亭》）

案：「你」使「愛晚亭」人性化了。不過這種人性化和「呼告」連在一起，通常是把它歸入「呼告」的修辭格中。

5. 但我覺得像楊花，格外確切些。輕風起時，點點隨風飄散，那更是楊花了。——這時偶然有幾點送入我們溫暖的懷裏，便倏的鑽了進去，再也尋她不著。（朱自清：《綠》）

案：代名詞「她」使「瀑布的水花」人性化了。

6. 請你暫充畫幅的框子吧，
讓藍天鑲上新月，
全宇宙只有寒梅未醒，
她對著月光嘆息。（徐訏：《對窗吟》）

案：用「你」稱窗子；用「她」稱寒梅。

7. 我們是一列樹，立在城市的飛塵裏。（張曉風：《行道樹》）

案：「我們」使「行道樹」人性化。

8. 那些白色的精靈們
他們為山峰織了一冬天的絨帽子（瘂弦：《春日》）
案：「他們」指「白色的精靈們」——雪。

(3)動詞法。

1. 江漢朝宗于海。（《尚書・禹貢》）
案：動詞「朝宗」使「江漢」與「海」人性化。
2. 去年今日此門中，人面桃花相映紅。人面不知何處去？桃花依舊笑春風！（崔護：《題都城南莊》）
案：動詞「笑」使「桃花」人性化。王之渙《出塞》：「羌笛何須怨楊柳，春風不度玉門關！」，「怨」字手法同此。
3. 草的和暖的顏色，自然的喚起你童稚的活潑。（徐志摩：《翡冷翠山居閒話》）
案：由動詞「喚起」使「顏色」人性化了。以下各例，請自行分析。
4. 桃花聽得入神，禁不住落了幾點粉淚，一片片凝在地上。（許地山：《春的林野》）
5. 正義被綁著示眾，真理被蒙上眼睛。（艾青：《在浪尖上》）
6. 夜雨在你簾下留戀，
殘秋在你衣袖裡嘆息。（徐訏：《似聞簫聲》）
7. 這樣大的一所房子，樓下是鋼琴、電視、宮燈、壁爐、雕花的大收音機，厚絨的沙發，沉重的桌椅，點綴得典雅而大方，每件東西全在訴說它們的過去的光榮，與而今的蕭瑟。（陳之藩：《在春風裏》）
8. 我們沒有理由把「篇章的結構」從文法的領域中驅逐出境！（黃貴放：《國語文法圖解・前言》）

9. 春，踏著芭蕾舞女的碎步，潛入了我的廳堂。（胡品清：《最後一曲圓舞》）

10. 有時候，海上風起，一片藍色的波濤在舞蹈，船帆欹斜，白雲起飛。天空、浮雲、大海合演一齣壯麗的戲劇。（張秀亞：《牧羊女》）

11. 已經是九點多鐘了，還有好多紅頂白牆的漂亮樓房，賴在深邃的榆蔭裏不出來曬太陽。（余光中：《南太基》）

12. 右面就是浩然的密西根湖，……如今它躺在嚴寒裏，僵硬得連一條波紋都沒有。（於梨華：《變》）

13. 宜蘭這小城，以淒涼而帶有苦味的雨迎接我。（楊喚：《詩的歷程》）

14. 讓星光把我擊出回聲
奏響窗外的數峰青蔥（張健：《畫中的霧季》）

15. 我常常揣度著出現小街的來者，而夜又往往在我不想去數一城蠱惑的燈火間響起腳步。（蕭白：《六月・夜之獨步》）

16. 最先觸目的是藍淨的天空，藍淨到幾乎雲都捨不得踏過的天空。（鍾玲：《赤足在草地上》）

17. 頭頂上有一棵不知名的樹，葉子不多，卻都很青翠，太陽的影像從樹葉的微隙中篩下來。暖風過處，滿地圓圓的日影都欣然起舞。（張曉風：《畫晴》）

18. 道路兩旁的棕櫚弱不禁風，曲折的倒影蜿蜿蜒蜒寫著我的心情。（陳芳明：《飛幡》）

(4) 形容詞法。

1. 顛狂柳絮隨風舞，輕薄桃花逐水流。（杜甫：《絕句漫興》）

案：「顛狂」、「輕薄」使「柳絮」、「桃花」人性化。

2. 我見青山多嫵媚，料青山見我應如是。情與貌，略相似。（辛棄疾：《賀新郎》）

案：「嫵媚」本是對人的形容詞，此處將「青山」人性化。

3. 漫遊的雲從這峰飛過那峰，有時稍停一會兒，為的是擋住太陽，教地面的花草在他的蔭下避避光燄的威嚇。（許地山：《春的林野》）

案：形容詞「漫遊的」三字使「雲」人性化了。以下各例，讀者試自行分析。

4. 「這一品鍋裏的物件，都有徽號，你知道不知道？」老殘說：「不知道。」他便用筷子指著說：「這叫怒髮衝冠的魚翅，這叫百折不回的海參，這叫年高有德的雞，這叫酒色過度的鴨子，這叫恃強拒捕的肘子，這叫臣心如冰的湯。」說著，彼此大笑了一回。（劉鶚：《老殘遊記》）

5. 嫵媚的康河也望不見踪跡，你只能循著錦帶似的林木想像一流清淺。（徐志摩：《我所知道的康橋》）

6. 好像一株被毒日渴得半枯的樹，忽然接受了一陣甘霖的潤澤，垂頭喪氣的枝葉又回過氣兒來了。（蘇雪林：《綠天・島居漫興》）

7. 這一列清貧的火車穿過山洞，經過綠野，在一片秋光裏慢慢停下來。（陳之藩：《劍河倒影》）

8. 山這麼年輕，水這麼年輕，這麼多年輕人陶醉在山水的懷抱裏。（王熙元：《再遊鸕鶿潭》）

9. 雨好寂寞，這個世界好寂寞。（桑品載：《寂寞雨》）

10. 在看不見的枝椏間，有一隻淘氣的鳥兒在叫。（張曉風：《愁鄉石》）

11. 我將拉開窗幃，趁這雨後初晴，我要欣賞一個多星的夜，請甜蜜的星光再為我重訴一個忘了的神話吧。（黃錦堂：《雨》）

12. 悲哀的霧，

覆蓋著補釘般錯落的屋頂。（北島：《結局或開始》）

(5)副詞法。

1.春雨入時，草木怒生。（《莊子：外物》）

案：用副詞「怒」使「草木」人性化。又如：

2.但屈指西風幾時來，又不道，流年暗中偷換。（蘇軾：《洞仙歌》）

案：用副詞「偷」將「流年」人性化。

3.一條清澈的小溪蜿蜒著自山坡流下，在細雨的日子裏，終日伴著山上竹林哀怨的調子，竊竊私語地經過我的窗前。（逯耀東：《初來的時候》）

案：副詞「竊竊私語地」把「小溪」和「竹林」人性化了。以下各例，讀者試自行分析。

4.在這萬山環抱的桃林中，除了那班愛鬧的孩子以外，萬物把春光領略得心眼都迷濛了。（許地山：《春的林野》）

5.石碑立在山坡上，無限哀怨地凝視著路過的行人。（蔣夢麟：《西潮》）

6.一個幽冷的冬夜，寒月的銀輝偷偷地爬入窗檻，灑滿魚鱗般的碎影。（王聿均：《人生寄語・銀夢》）

7.當我走到園子裏的時候，卻赫然看見那百多株杜鵑花，一毬堆著一毬，一片捲起一片，全部爆放開了。好像一腔按捺不住的鮮血，猛地噴了出來，灑得一園子斑斑點點都是血紅血紅的。我從沒有看見杜鵑花開得那樣放肆，那樣憤怒過。（白先勇：《那片血一般紅的杜鵑花》）

8.說著說著春來了，人們都由屋裏鑽出來嗅嗅空氣裏的暖意和陽光，第二天它就會狠狠地給你飄上一天雪花。（鍾玲：《赤足在草地上》）

9. 偶低頭，一隻尚未脫皮的蟬正笨拙的走向相思林。（張曉風：《愁鄉石》）

(6) 詞綴法。

所謂「詞綴」，是指在詞裡附加在「詞根」（即詞的基本成分）前面、中間或後面的成分。在詞根前面的，如「阿姨」的「阿」，叫「前綴」；在中間的，如「酸不溜溜」的「不」，叫「中綴」；在後面的，如「石頭」的「頭」，叫「後綴」。有些前綴略帶人性化的意味，如「阿狗阿貓」的「阿」；又「老林」、「老兄」的「老」，常是表示親暱的前綴，類化而有「老天」，王實甫《西廂記》就有「老天不管人憔悴」之句，把詞根「天」人性化了。至於利用後綴造成人性化的，則有「們」。通常用在人稱或人稱代名詞之後。但：

1. Ade，我的蟋蟀們！Ade，我的覆盆子們和木蓮們！（魯迅：《從百草園到三味書屋》）

案：用後綴「們」使詞根「蟋蟀」、「覆盆子」、「木蓮」人性化。Ade，德語「再見」的意思。

2. 雁子們也不在遼夐的秋空

寫牠們美麗的十四行了（瘂弦：《秋歌》）

(7) 綜合用法。

1. 絲桐感人情，為我發悲音。（王粲：《七哀》）

案：動詞「感」，介詞「為」使「絲桐」人性化；又形容詞「悲」使「音」人性化。

2. 數峰清苦，商略黃昏雨。（姜夔：《點絳脣》）

案：形容詞「清苦」作「數峰」的表語，使「數峰」人性化；動詞「商略」更使「數峰」與「黃昏雨」都人性化。

3. 不久這火球終於從波濤中掙扎出來，它憤怒地一躍而出。（謝冰瑩：《海上黎明》）

案：用動詞「掙扎」和副詞「憤怒地」使「火球」人性化了。以下各例，讀者試自行分析。

4. 月亮在昏黃裏上粧，
太陽心慌地向天邊跑。（徐志摩：《車眺》）

5. 爬在榆幹上的薜荔，也大為喜悅，上面沒有遮蔽，可以酣飲風霜了；他臉兒醉得楓葉般紅，陶然自足，不管垂老破家的榆樹在他頭上欷歔地悲嘆。（蘇雪林：《禿的梧桐》）

6. 還有那裡的喜鵲專報平安，
燕子的愛情繫繞著舊樑，
岸堤上都有柳絲的纏綿，
長春籐留戀著半圮的紅牆。（徐訏：《安詳地睡》）

7. 塘的中央有一朵白蓮，仰著聖潔的玉頸，亭亭獨立，皎美的容顏素如霜雪，比紅蓮另具一種清冷的神韻。（呂大明：《聽雨小蓮塘》）

8. 樹的愛情是忠實的，
她不能離開泥土和鄉村；
雷的生活是懶散的，
只知道悠閒的散步，愉快的旅行。（楊喚：《載重》）

9. 我每天讀那條江如讀一厚冊哲理，同時我讀你如讀那條江。我拼命探索你說過的每一句話，詮釋你的每一個表情，審問你的細微的動作所揚動的灰塵，重數你臨風昂首時的頭髮，溫習你微笑時眼中閃耀的光線。我想像你的一生。一如那條江，我相信你是統一的。可是讀江不易，讀你更難。（王鼎鈞：《讀

江》

10. 大地的脈搏在跳動，把血液引入大樹的導管裏，小草的毛細管裏，葉子在呼吸，花蕾在餐霞吐露，遠山和近樹遂浮起了晴嵐。（陳曉薔：《萬籟》）

11. 花氈的底端襯的是柔嫩的草，它們歷經冬天冰雹的突襲，正猖狂的朝遠方滋蔓，綠野上星羅棋佈的散著綺麗的春梅，枝椏在輕風裏顫抖。（歐陽承新：《五月劍河》）

12. 雲是有腳的，它們漫山地跑著，我愛看它們成群地向綠色山嶺輕逸地舞上去。（鍾玲：《赤足在草地上》）

13. 在羅曼蒂克的夏天，每當冰雪一融化，就有無數小花搶先著開放。（梅濟民：《長白山之夏》）

14. 來自海上的雲說海的沉默太深，
來自海上的風說海的笑聲太遼闊。（鄭愁予：《山外書》）

15. 當春風輕伸纖細的手，揭開那一層沉重的冬之絨幕，春的腳步乃悄悄而來，邁過叢林、山谷、原野、溪流，予大地覆蓋一床新的翡翠綠的棉被，於是百鳥乃有齊唱之奏鳴曲，百花乃有絢麗的彩姿之舞。（孟浪：《孤獨城的獨白》）

16. 當太陽從地平線上剛探出頭來，總不忘帶給草原一地閃亮的珠寶。而當太陽趕著牛羊回家的時候，又習慣性的留下一點神秘給人們去感受。（旻黎：《北大荒》）

17. 故鄉也需要休息。當夜幕垂下的時候，讓故鄉躺在草地與草堆上休息吧！讓她用紅綢似的晚霞和金子般的月光揩乾一天流下的熱汗吧！（劉再復：《故鄉也需要休息》）

18. 樹林傳來揉葉子的聲音，那是秋天的手指。陽光把牆壁刷暖和了，夜把它吹涼。（簡媜：《下午茶》）

(三)物性化——擬人為物

(1)名詞法。

1.丈夫生世會幾時，安能蹀躞垂羽翼？（鮑照：《擬行路難》）

案：不言「垂頭」，而言「垂羽翼」，是「羽翼」一詞使「丈夫」物性化。

2.求食搖尾，見吏垂頭。（張說：《獄箴》）

案：人有頭有手，可以搖頭搖手；但人無尾，說「搖尾」，把獄囚轉化為犬了。

3.尹雪艷有她自己的旋律。尹雪艷有她自己的拍子。絕不因外界的遷異，影響到她的均衡。（白先勇：《永遠的尹雪艷》）

4.滑落於你眸子之深淵，
迷失於你髮茨之莽林。（胡品清：《深淵．莽林》）

5.在這分秒必爭的年代中，除非你能善意地把你的品質和包裝展示給你的對方，讓他能儘快地在你身上做個評斷：「沽乎不沽？」要不然很可能飲憾終生。（林建山：《自我推銷的時代》）

6.不知道有誰在撕毀著我的翅膀，使我不能飛揚。（楊喚：《楊喚詩簡集》）

7.心靈的雨季再也不會來。（旻黎：《感情的花朵》）

(2)動詞法。

1.南風知我意，吹夢到西洲。（《樂府古辭．西洲曲》）

案：「南風」能「知我意」，是人性化；「夢」能被「南風」「吹」「到西洲」，卻是物性化。簡言之：「吹」這個動詞使人的「夢」物性化了。

2.剪不斷，理還亂，是離愁。（李煜：《相見歡》）

案：「離愁」是人的情緒，用動詞「剪」、「理」便將它物性化了。

3. 把我們向來粗浮的腦筋，著實磨鍊它。（梁啟超：《為學與做人》）

4. 我到了自家的房外，我的母親早已迎著出來了，接著便飛出了八歲的姪兒宏兒。（魯迅：《故鄉》）

5. 秋風和秋雨打碎了你的睡夢；迷茫和惆悵的網，卻織滿了你的心胸。（徐志摩：《仄徑》）

6. 天天在心裏建起七寶樓臺，天天又看到前天架起的燦爛的建築物消失在雲霧裏，化作命運的獰笑。（梁遇春：《破曉》）

7. 誰知那一句閒談在腦海中迸出智慧的火花？又誰知那一個故事在心海中掀起滔天的風浪？（陳之藩：《劍河倒影》）

8. 在這樸素的毛織物裏，編織著我終生難忘的故事。（張秀亞：《牧羊女》）

9. 於是所有的漁郎都失戀了，網仍在他們手裏，但網不住柔情一般的水，水一般的柔情。（王鼎鈞：《夏歌》）

10. 陸正明使勁地把頭搖了兩下，搖落那些傷心回憶。（於梨華：《也是秋天》）

11. 踩碎寂寞的往往是一列自己的足音。（蕭白：《雨季》）

12. 原來可以自由連接、任意變化的詞句，逐漸流入一條條既成的軌迹，凝固成狹窄有限而缺乏新鮮想像的陳句。（黃永武：《反常合道與詩趣》）

13. 即使當時你胸中摺疊著一千丈的愁煩，及至你站在瀑布面前也會一瀉而盡了。（張曉風：《到山中去》）

14. 對於遙遠不可期的未來，我很恐懼，我怕愛情會用完，會變淡。（蘇玄玄：《天鵝》）

15. 把忍耐種植在心田，其根雖苦，其果卻甜。（善鎮：《忍耐》）

16.在非洲或在西班牙
我埋掉自己的故事
埋掉一條屬於中國的河（周鼎：《巒大山》）
17.你必然驚異，異日的遊伴，將十年的冷漠，在你家的門環下搖落。（林泠：《造訪》）
18.披滿身的寂寞，挑一肩的痛苦，再向空茫的人生捕捉些夢的歲月。（孟浪：《孤獨城的獨白》）
19.那條街上的所有人的微笑，都貼在我們的背影上。（閻純德：《謝鐸山之春》）
20.青番公的喜悅，漂浮在六月金黃的穗浪中。（黃春明：《青番公的故事》）

(3)形容詞法。

1.春心莫共花爭發，一寸相思一寸灰！（李商隱：《無題》）
案：數量形容詞「一寸」使人的「相思」物性化。
2.休問離愁輕重，向個馬兒馱也馱不動。（董解元：《西廂記》）
案：形容詞「輕重」使人的「離愁」物性化。
3.日子一久，仲達和孩子們都知道了在黃昏時她的「黑色情緒」。仲達每天過了黃昏才回來，而孩子們也在這段時間內走得遠遠的。（於梨華：《變》）
案：形容詞「黑色」使「情緒」物性化了。以下各例，讀者試自行分析。
4.不是失眠，
我是在透明的夢裏醒著。（楊喚：《島上夜》）
5.這時，我乍見窗外

有客騎驢自長安來
背了一布袋的
駭人的意象
人未至，冰雹般的詩句
已挾冷雨而降（洛夫：《與李賀共飲》）

6.童大經理，你這一籮筐話是頂真說的呢？還是鬧著玩的？（白先勇：《金大班的最後一夜》）

7.我老覺得我們的小屋快要炸了，快要被澎湃的愛情和友誼撐破了。（張曉風：《地毯的那一端》）

8.廉價的頌辭和蒼白的樂觀主義已經絕跡，而代之以現實生活的切實和恰如其分的謳歌。（謝冕：《面對一個新世界——一批青年詩人作品讀後》）

(4)綜合用法。

1.楊花落盡子規啼，聞道龍標過五溪。我寄愁心與明月，隨風直到夜郎西。（李白：《聞王昌齡左遷龍標遙有此寄》）

案：「愁心」屬人，動詞「寄」，介詞賓語「與明月」及「隨風」，副詞「直」，動詞「到」使之物性化。

2.重門不鎖相思夢，隨意繞天涯。（趙令畤：《錦堂春》）

案：「相思夢」屬人，上面動詞「鎖」，下面述賓結構「繞天涯」使之物性化。

3.她的記憶之門，終於開了一條縫，有光亮照進去了。（《斷夢》）

案：名詞「門」、動詞「開」使「記憶」物性化了。以下各例，讀者自行分析。

4.請你用友情做一枚銀色的封筒，

把鈴子一樣的笑聲盛入，寄回給我。（楊喚：《給阿品》）

5. 記憶的閣樓裏昇起了不少小時候祖母把葡萄供月神，然後又讓我們分啖的日子。（胡品清：《水仙的獨白》）

6. 一層層的不安覆蓋著她，這激盪的心靈的小河，此時奔騰起來了，一起在過去的時日裏波動的浪花，再度緩緩地揚起。（季季：《泥人與狗》）

7. 透過荔枝樹林，我望著遠遠的田野，那兒正有農民立在水田裡，辛勤地分秧插秧。他們正用勞力建設自己的生活，實際也是在釀蜜——為自己，為別人，也為後世子孫釀造著生活的蜜。（楊朔：《荔枝蜜》）

(三)形象化——擬虛為實

(1) 擬人為人。

1. 出門萬里客，中道逢嘉友。未言心先醉，不在接杯酒。（陶淵明：《擬古九首之一》）

案：「心」是人的內在心思，「醉」是人的外在表徵，「醉」使人的內在心思在外表呈現，形象化了。

2. 水調數聲持酒聽，午醉醒來愁未醒。（張先：《天仙子》）

案：「醉」、「愁」能「醒」或「未醒」，很形象化。

3. 你的嘆息，

應該被快樂絞殺，

面對著明天歌唱。（楊喚：《短章一》）

案：「嘆息」和「快樂」只是人的情緒活動，而動詞「絞殺」使它們形象化。以下各例，讀者試自行分析。

4. 我自亂花地上醒轉，蹂躪酒後大宇宙的鄉愁。（葉珊：《水之湄》）
5. 小手臥在父親煖和的大手裏。（王文興：《家變》）
6. 那沉鬱，似風，默默的死亡！（翱翱：《第三季。那沉鬱，似風，默默的死亡！》）
7. 我也曾竚立水榭，遙望一葉輕舟，浮漾於廣遼無際的水面，輕舟上彷彿載滿了詩和夢想。（呂大明：《心箋一束》）
8. 我睡著，鎖滿心的渴望於我的體內。（方思：《春醒》）
9. 懷鄉病極莊嚴地躺在那片草上。（余中生：《在秋的雙翼上》）
10. 浮人，希望我遲來的祝福能趕得上你凌亂的腳步。（《臺大人的十字架》）
11. 我讀過希望的意義，所以等待，你的名字不是焦急；我讀過愛情的意義，所以生命，你的名字不是空虛。
12. 你好！哀愁，又在那裡把我守候。（阿城：《你好！哀愁》）
13. 於是，我熱戀創作。啊！不是我在寫，是那些思想的精靈永無休止地衝撞我的腦門，它們向我要求更寬闊的天空，它們嚮往生之飛揚跋扈。（簡媜：《月碑》）

(2) 擬物為物。

1. 詩情也似并刀快，剪得秋光入卷來。（陸游：《秋思》）

案：全句可視為譬喻中的詳喻。本體「詩情」，喻詞「也似」，喻體「并刀快」，喻旨「剪得秋光入卷來」。但「秋光」是抽象之物，用「剪」字將它形象化了。

2. 舞榭歌臺，風流總被雨打風吹去。（辛棄疾：《永遇樂・序北府事》）

案：風流指「舞榭歌臺」之舊事，是抽象的，在此用「雨打風吹去」將它形象化了。

3. 我們的日子，滴在時間的流裏，沒有聲音，也沒有影子。（朱自清：《匆匆》）

案：「日子」能「滴」，「時間」成「流」，都是擬物為物，形象鮮明凸顯。

4. 這樣才可用一枝畫筆攝取湖光的滉漾，樹影的參差，和捕捉朝暉夕陰。（蘇雪林：《綠天・島居漫興》）

案：「畫筆」只能描繪，此句用「攝取」把「畫筆」比擬成照相機，使繪畫更具真實性了。

5. 日月逝於上，體貌衰於下，在時光的魔杖下，這小小的悲劇，我們之中誰又能避免呢？（張秀亞：《人魚》）

6. 那就折一張闊些的荷葉
包一片月光回去
回去夾在唐詩裏
扁扁地，像壓過的相思（余光中：《滿月下》）

7. 離開了師院，到國語日報擔任編輯古今文選的工作，整天鑽在舊書堆裏，飽飫了古典文學的芬芳。（方祖燊：《散文結構・小序》）

8. 聽列車載著夜
向金色的黎明。（楊喚：《島上夜》）

9. 我們仍固執地製造不被珍惜的清新（張曉風：《行道樹》）

10. 那日，一個清涼得沁人心肺的夏日黃昏，我和兩位中國同學到湖上釣魚，魚是一條也沒有上鉤，我卻網住了一輪溶溶的落日。（鍾玲：《夢斗塔湖畔》）

11.且莫問日落幾株樹
雁鳴哪家秋
總歸是你我揮刀鞘作戰，踞守現代
好不慘然（菩提：《大悲咒》）

12.立即，窗外撒進一窗淡淡的下弦月，夜是很美的。（姜穆：《柯藍溪》）

13.像某些短命的花屍會每天飄落一樣，黃昏也飄落了。（季季：《屬於十七歲的》）

14.握一手濃綠，披一髮細雨，攏一眼迷濛，鐫一季心契。（劉玉華：《新鮮人》）

(四)轉化的綜合法

1.無言獨上西樓，月如鉤。寂寞梧桐深院、鎖清秋。（李煜：《相見歡》）

案：形容詞「寂寞」使「梧桐」人性化；動詞「鎖」使「清秋」形象化。有些學者把前者視為「移就」，把後者視為「拈連」，見解甚好，只是分得太瑣細了。

2.天外的雲彩為你們織造快樂。（徐志摩：《拜獻》）

案：「雲彩為你們」是人性化；「織造快樂」是物性化。以下各例，讀者試自行分析。

3.你一個人漫遊的時候，你就會在青草裏坐地仰臥，甚至有時打滾，因為草的和暖的顏色，自然地喚起你童稚的活潑；在靜僻的道上，你就會不自主的狂舞，看著你自己的身影幻出種種詭異的變相，因為道旁樹木的陰影在他們于徐的婆娑裏暗示你舞蹈的快樂；你也要得信口的歌唱，偶爾記起斷片的音調，與你自由隨口的小曲，因為樹林中的鶯燕告訴你春光是應得讚美的；更不必說你的胸膛自然會跟著漫長的山徑開拓，你的心地會看著澄藍的天空靜定，你的思想和著山壑間的水聲，山罅裏的泉響，有時一澄到底的清澈，有時激起成章的波動，流，流，流，流入涼爽的橄欖林中，流入嫵媚的阿諾河去……（徐志摩：《翡冷翠山居閒話》）

4. 雙翅一翻，
把斜陽掉在江上，
頭白的蘆葦，
也妝成一瞬的紅顏了。（劉大白：《秋晚的江上》）

5. 棄婦的隱憂堆積在動作上，
夕陽之火不能把時間之煩悶
化作灰燼（李金髮：《棄婦》）

6. 帶三分醉意七分豪情，快速地奔下賓館前的臺階。跫音像突起的高調，驚擾了梨山的酣夢，我不覺放慢了腳步，而多情的山霧卻化作無形的網，徹頭徹尾地把我罩住了。（何宗坤：《五日遊》）

7. 繼母嘴不停歇地說著，眼裡也滾著眼淚。風在颳著，開著一片白花花的菅草起著一道道騷動的波浪，風聲颯颯。大料崁的流水嗚咽地應和著。（鍾肇政：《大料崁的嗚咽》）

8. 那時古城已淪陷了三年，荒冷得像是埋葬在地下的龐培城，芳草上有異邦人在牧馬，櫻花在揶揄著千年的古柏，故都日暮，半天燃著了一片鬱紫的晚霞，成群的昏鴉，圍著淒涼的老樹哀鳴，似是喚著睡去了的國魂，那聲音是如此的淒咽。（張秀亞：《牧羊女》）

9. 昨天，曇。關起靈魂的窄門，
夜宴席勒的強盜，尼采的超人。

今天，晴。擦亮照相機的眼睛，
拍攝梵．谷訶的向日葵，羅丹的春。（楊喚：《日記》）

10. 我們就在這裏殺死，
殺死整個下午的蒼白。（瘂弦：《酒吧的午後》）

11. 我們蹲下來
天空與山也蹲下來
看我們用石片
對準海平面
削去半個世紀
一座五十層高的歲月
倒在遠去的炮聲裏　沉下去（羅門：《漂水花》）

12. 風的手指撩撥蘆葦的琴鍵，雨的脣吻撫弄林葉的管絃，吹奏起烏雲片片，也吹奏起繁星點點。（王聿均：《人生寄語．獻詩》）

13. 遠處的風景向兩側閃避，近處的風景，躲不及的，反向擋風玻璃迎面潑過來，濺你一臉的草香和綠。（余光中：《咦呵西部》）

14. 如果我有一根釣竿，我就釣那些花，我就釣那些水中的雲影，我就釣那些失去了的閒情。（張曉風：《愁鄉石》）

15. 露珠在竹葉尖上墮下淚，陽光在灑著金色的噴泉，還有白雲慵懶的舒捲，落花輕輕地嘆息，都隨著微風的節拍，徐疾，抑揚。（陳曉薔：《萬籟》）

丙、原　則

轉化跟譬喻有些相似，都由兩件不同的事物間求取修辭的法則。從性質方面來看，譬喻就本體和喻體間的相似點著筆，用喻體來譬方說明本體，是觀念內容的修飾；轉化就兩件不同事物的可變處著筆，將甲事物獨有的稱謂、動作、性態等，用來描繪乙事物，是觀念形態的改變。試比較下面各句：

眉黛有如萱草色，

裙紅好似石榴花。

——就眉黛跟萱草色，以及裙紅跟石榴花間的相似點著筆，為譬喻。

眉黛奪將萱草色，

裙紅妒煞石榴花。

——就眉黛跟人以及石榴花跟人之可變處著筆，化物為人，是轉化中的人性化。

愛情就像鳥兒飛走了。

——就愛情飛走與鳥兒飛走間的相似點著筆，為譬喻。

愛情飛走了。

——就愛情與鳥的可變處著筆，為轉化中的物性化。

臺中的陽光像盛開的花朵。

——就陽光跟花朵間的相似處著筆，為譬喻。

讓我獻給你一兜兜一束束臺中的陽光。

——就陽光及一切可兜可束之物間的可變處著筆，為轉化中的形象化。

從形式方面來看，譬喻的喻體一定會在語言文字中出現；但轉化被轉用來描繪乙事物（如前數例子中之眉黛、石榴花、愛情、陽光）的甲事物（如人、鳥兒、可兜可束物品之名稱）卻不會在語言文字中出現，而僅由甲特具之動作、性質、量名或單位名（如奪將、妒煞、飛走、一兜兜、一束束）來顯示。再比較下列句子：

你不妨搖曳著一頭的蓬草，不妨縱容你滿腮的苔蘚。（徐志摩：《翡冷翠山居閑話》）

「蓬草」指「像蓬草一樣的頭髮」，「苔蘚」指「像苔蘚一樣的鬍鬚」，都是只存「喻體」的「借喻」，不是「轉化」。

她，那銀白色水潭泛濫了，串串銀色水珠，羸羸滾落地上。（李喬：《桃花眼》）

「銀白色水潭泛濫了」譬喻「眼中滿含淚水」；「串串銀色水珠」譬喻「串串淚珠」。但譬喻的「本體」省略了；「喻體」卻必須在語言文字中出現。所以是「借喻」不是「轉化」。

你？有了本事啦！你尾巴翹上了天！（張天民：《路考》）

「尾巴翹」是貓狗之類動物神氣時的動作，拿來描繪「人」神氣的樣子，是「轉化」中的「物性化」，但「狗貓」之名卻不在文字語言中出現。

由於轉化與譬喻的基礎，同是建立在兩件不同事物之上，所以譬喻的原則，如消極的：「不可太類似」、「不可太粗鄙」、「不可太離奇」和「避免牽強的類比」。積極的：「必須是熟悉的」、「必須是具體的」、「必須富於聯想」、「必須切合情境」、「本體和喻體在本質上必須不同」、「必須是新穎的」，幾乎都可以移作轉化的原則。

下面，再談談各種轉化的個別原則。

㈢人性化的原則

人性化是訴諸人類情感的修辭法。其基礎是建立在「移情作用」上。

朱光潛在《文藝心理學》第三章中論「移情作用」說：

> 移情作用有人稱為「擬人作用」(Anthroponorphism)。拿我做測人的標準，拿人做測物的標準，一切知識經驗都可以說是如此得來的。把人的生命移注於外物，於是本來祇有物理的東西可具人情，本來無生氣的東西可有生氣，所以法國心理學家德臘庫瓦教授(H. Delacroix)把移情作用稱為「宇宙的生命化」(Animation de l'univers)。從理智觀點看，移情作用是一種錯覺，是一種迷信。但是如果沒有它，世界便如一塊頑石，人也祇是一套死板的機器，人生便無所謂情趣，不特藝術難產生，即宗教亦無由出現了。詩人，藝術家和狂熱的宗教信徒大半都憑移情作用替宇宙造出一個靈魂，把人和自然的隔閡打破，把人和神的距離縮小。

把移情作用的意義及功用說得很清楚。初民們相信「風伯」、「雷公」、「雹母」；小孩子跌倒了，用手拍地以出氣，認為風雷電地都是有生命的，便是把自己的生命投射到外物的緣故。文學作品依據移情作用，而有「人性化」的修辭法，除遵照上文所說「消極」、「積極」等等大原則外，還必須把握以下兩個原則：

⑴儘可能創造一個親切的世界。

試以徐志摩《再別康橋》詩為例，說明於下：

《再別康橋》，一開始就是「輕輕的我走了，正如我輕輕的來；」此代表始終如一的不忍干擾天地的愛心。接下是「我輕輕的招手，作別西天的雲彩。」這是「轉化」格中的「人性化」。在作者的意識形態裡，並不把「雲彩」當作「異類」，他是與我交好的朋友。就像宋儒張載在《西銘》中所說的：「民，吾同胞；物，吾與也。」由於這種意念，作者不為「人」、「物」嚴立界線，所以第二章會說：「那河畔的金柳，是夕陽中的新娘；」而吾心即物理，物理即吾心。是故「波光裡的艷影」，亦能「在我的心頭蕩漾」，形成此心物交融，內外混同的境界。第三章：「在康河的柔波裡，我甘心做一條水草！」為作者與自然混同的決心；第四章：「是天上虹，揉碎在浮藻間，沉澱著彩虹似的夢。」為作者與自然交融的極致。誰還有比這更美麗的夢呢？第五章：「向青草更青處漫溯」，漫溯，顯示出忘機與無心；「在星輝斑斕裡放歌」，又別是一番天人交通的歡喜氣象。於是乎，我心動處，天地萬物亦動；我心靜時，天地萬物亦靜。自然體驗出「悄悄是別離的笙簫」，而「夏蟲也為我沉默」了！從人性化的「作別西天的雲彩」始，到人性化的「夏蟲也為我沉默」，徐志摩創造了一個與天地萬物相參為一的親切的世界。

(2)儘可能創造一個生動的世界。

俄國詩人、童話作家愛羅先珂(В. Я. Ерошенко, 1889–1952)的《童話集》，魯迅譯的，中有《魚的悲哀》一篇，文中有如下一段：

> 那春天實在很愉快。從早晨起，黃鶯和杜鵑這些音樂高強的先生們便獨唱，蜜蜂小姐們和胡蜂姑娘們是合唱，胡蝶的姐兒們是舞蹈，到晚上，青蛙堂兄的詩人們便開詩社，開演說會，一直熱鬧到深夜。這些集會裏，鯽魚也到場，用了可愛的口吻，去談那個國土的事。

在這段文字裡，黃鶯、杜鵑、蜜蜂、胡蜂、胡蝶、青蛙、鯽魚，全人性化了。唱歌的唱歌，舞蹈的舞蹈，演說的演說，創造了一個生動的世界。

(三)物性化的原則

物性化是訴諸人類想像的修辭法。其基礎建立在「聯想作用」上。

姚一葦在《藝術之奧秘》第二章《論想像》中介紹柯立芝(Samuel Taylor Coleridge)的理論說：

在柯氏的觀念中想像力具有複雜的意義：第一為自我合成的能力，亦即合成事物的能力與變成其他任何事物的能力，或一種連接的能力。第二為自我變化的能力，想像乃其自身的具體化的能力，一如海神(Proteus)之具有自我變化之才能。「可以變成任何事物，而仍然是他自己，成為可變的神，可在水中、獅子與火焰中感到。」第三為化可能為真實之能力。想像可以把可能化為真實，把本質化為存在。

對「想像」的意義及想像力的組成，有透澈的分析。

人類雖然是「萬物之靈」；但是，人類仍是不以自己為「萬物之靈」而自足。形骸的蔽固，生命的局限，氣稟的拘束，環境的制約，常使我們要求突破這些既存的拘蔽與限制，創造生命永恆的再生。於是，轉化中的物性化又有二條重要的原則：

(1)儘可能顯現一個自由的人生。

這是就人類要求突破既存的拘蔽與限制而說的。例如《紅樓夢》第五十七回中，賈寶玉希望：

這會子立刻我死了，把心拿出來你們瞧；瞧見了，然後連皮帶骨一概都化成灰；灰還有形跡，不如再化一股烟；烟還有凝聚，人還看的見；須得一陣大風吹的四面八方都登時散了，這纔好。

法國女小說家喬治桑(George Sand)在她的《印象和回憶》裡說：

我有時逃開自我，儼然變成一棵植物，我覺得自己是草，是飛鳥，是樹頂，是雲，是流水，是天地相接的那一條橫線，覺得自己是這種顏色或是那種形體，瞬息萬變，去來無礙。我時而走，時而飛，時而潛，時而吸露。我向著太陽開花，或棲在葉背安眠。天鷚飛舉時我也飛舉，蜥蜴跳躍時我也跳躍，螢火和星光閃耀時我也閃耀。總而言之，我所棲息的天地彷彿全是由我自己伸張出來的。

原來賈寶玉，喬治桑，追求的都是一個絕對自由的，完全隨心所欲的，綜合幻想與理想的想像中的人生。而修辭上的物性化正根據這種理想，也滿足了這種想像。

(2)儘可能顯現一個權威的人生。

這是就人類要求創造生命永恆的再生而說的。我國古籍中，有許多變形神話的記載，如《山海經・海內經》末節之所記：

洪水滔天，鯀竊帝之息壤以堙洪水，不待帝命；帝令祝融殺鯀於羽郊。鯀復生禹，帝乃命禹卒布土，以定九州。

注引《歸藏・啟筮》：

鯀死，三歲不腐，剖之以吳刀，化為黃龍，是用出禹。

《楚辭・天問》洪興祖補註引《山海經圖》云：

犂丘山有應龍者，龍之有翼也。……夏禹治水，有應龍以尾畫地，即水泉流通。

把這些資料綜合起來，原來是鯀治水未竟而被殺，化為黃龍而生禹，禹用應龍以尾畫地，因而治水成功。代表一個受挫的生命，經過轉化，終於完成志業的動人故事。

再如《山海經・北三經》

發鳩之山……是炎帝之少女名曰女娃，女娃遊於東海，溺而不返，故為精衛，常銜西山之木石以堙於東海。

《述異記》亦云：

昔炎帝女溺死東海，化為精衛，偶海燕而生子，生雌狀如精衛，生雄如海燕，今東海有精衛誓水處，曾溺此川，誓不飲其水，一名誓鳥，一名寃禽，又名志鳥。

這則變形神話，透露著人對自然永恆的反抗。

又如《搜神記》有：

宋康王舍人韓憑娶妻何氏，美，康王奪之。憑怨。王囚之，論為城旦。俄而憑乃自殺。其妻乃陰腐其衣。王與之登臺，妻遂自投臺，左右攬之，衣不中手而死。遺書於帶曰：「王利其生；妾利其死。願以屍骨賜憑合葬。」王怒弗聽，使里人埋之，冢相望也。王曰：「爾夫婦相愛不已，若能使冢合，則吾弗阻也。」宿昔之間，便有大梓木生於二冢之端，旬日而大盈抱，屈體相就，根交於下，枝錯於上。又有鴛鴦雌雄各一，恆棲樹上，晨夕不去，交頸悲鳴，音聲感人。宋人哀之，遂號其木曰相思樹。相思之起於此也。南人謂此禽即韓憑夫婦之精魂。

韓憑夫婦化為相思樹上的鴛鴦，「千年長交頸，歡慶不相忘。」成為後世賦客詩人吟詠的對象。如嵇康、徐陵、庾信、陳子昂，都曾為牠寫出感人詩章。至於梁祝化蝶，「生不成雙死不分」的故事，膾炙人口，自無須多說了。韓憑和梁祝實已創造了生命永恆的再生。

(三)形象化的原則

形象化是訴諸人類官能的修辭法。其基礎建立在「形相直覺」上。

朱光潛在《文藝心理學》第一章論《形相的直覺》說：

無論是藝術或是自然，如果一件事物叫你覺得美，它一定能在你心眼中現出一種具體的境界，或是一幅新鮮的圖畫，而這種境界或圖畫必定在霎時中霸佔住你的意識全部，使你聚精會神地觀賞它，領略它，以至於把它以外一切事物都暫時忘去。這種經驗就是形相的直覺，形相是直覺的對象，屬於物；直覺是心知物的活動，屬於我。

指出「在你心眼中現出一種具體的境界，或是一幅新鮮的圖畫」的，才是「美」。文學家依據這個道理從事創作，產生了形象化的修辭法。就必須注意下面二個原則：

(1)儘可能使抽象的人事物化為具體。

試以席慕蓉詩《試驗之一》為例：

他們說　在水中放進
一塊小小的明礬
就能沉澱出　所有的
渣滓

那麼　如果
如果在我們的心中放進
一首詩
是不是　也可以
沉澱所有的　昨日

「往事」本是很泛泛的，其中是、非，得、失，善、惡，美、醜，很難一一辨明。「昨日」使時間有個著落，「沉澱」更使往事如天光雲影，清晰呈現；而「一首詩」可「放進心中」，加以與明礬淨水作對比，於是詩之能靜、定、慧，意象便很具體了。

(2)儘可能使感覺器官產生鮮明印象。

沈尹默《生機詩》：

刮了兩日風，又下了幾陣雪。
山桃雖是開著卻凍壞了夾竹桃的葉。
地上的嫩紅芽，更殭了發不出。
人人說天氣這般冷，
草木的生機恐怕都被摧折；
誰知道那路旁的細柳條，
他們暗地裏卻一齊換了顏色！

詩裡有風之聲，有雪之冷，有新芽的嫩紅，有柳條才換的顏色。而原怕已被摧折的「生機」，就這樣鮮明地呈現：在耳，在膚，在眼！

第十六章 映襯

甲、概 說

在語文中，把兩種不同的，特別是相反的觀念或事實，貫串或對列起來，兩相比較，互為襯托，從而使語氣增強，使意義明顯的修辭方法，叫作「映襯」。

映襯格之所以成立，有其主觀與客觀的因素。

映襯的客觀因素在於我們人性內在的矛盾和宇宙內在的矛盾。人性是相當複雜的。對於某些哲學家以「善」或「惡」對人性作全盤斷定，我只能佩服他們的勇氣。人，有感情的時候，也有理智的時候；受理想的驅使，也受欲望的支配；有時心腸冷，有時心腸熱；一會兒快樂，一會兒痛苦；一會兒興奮，一會兒沮喪；時而勇敢，時而膽怯；擁有崇高與卑污，進取與墮落，驕傲與謙虛等等矛盾的人格。而我們所處的世界，其複雜不下於人性。天空的深邃；大地的遼闊。其間山川動植，大大小小，輕輕重重，長長短短，形形色色。有誰能開一張詳盡的清單？白天，或日麗景明，或風雨如晦；黑夜，或星河皎潔，或月黑風高。春天萬物萌生，夏天烈日炎炎，秋天是收穫的季節，冬天另有一番蕭條的氣象。空間與時間的相乘，宇宙是何等的複雜矛盾，變動不居！面對著人性與宇宙內在的矛盾，文學家又怎能無動於衷呢？

映襯的主觀因素，在於人類的「差異覺閾」(Difference Threshold)，人類對於不同程度的兩種刺激，先後或同時出現時，只要其間的差異，達到某種程度，便能加以辨別，差異覺閾與參照刺激的強度，成一定比。德國生理學家韋勃(E. H. Weber, 1795–1878)用下面的公式表示：

$$K=\frac{\Delta I}{I}$$

在公式中，

I：代表參照刺激的強度。

ΔI：代表識別差異的最小刺激差度，即「差異覺閾」。

K：代表常數。

雖然這個公式在刺激太強或太弱時，所得結果不太正確；但人類差異覺閾之存在，卻不容否認的。而且一定是刺激強度差別愈大，人類識別也愈容易。

既然在客觀上，人性跟宇宙都存在著許多矛盾；而主觀上，人類的差異覺閾又足以辨認這些矛盾。那麼，作為反映人類對宇宙人生之感覺的文學作品，把這些矛盾排列在一起，使其映襯成趣，實在是很自然的事。因此，我國文學作品，很早就曾大量使用這種映襯修辭法。例如《詩經．小雅．采薇》有：

昔我往矣，楊柳依依；

今我來思，雨雪霏霏。

四句十六字中，季節的變遷、空間的轉移、人事的倥傯，藉映襯的文字，作冷靜的對比，於是征人久役於外的寂寞悲傷，也就從此相反情境的對照下，鮮明地表現出來了。

《詩經》中這種映襯寫法實在太多了，再舉《小雅．北山》為例：

或燕燕居息；或盡瘁事國。

或息偃在床；或不已於行。

或不知叫號；或慘慘劬勞。

或棲遲偃仰；或王事鞅掌。

或耽樂飲酒；或慘慘畏咎。

或出入風議；或靡事不為。

那種勞逸不均，苦樂異致的情形，在兩兩對比之下，是何等強烈地震撼著讀者的心靈？

當北方的隱名詩人用慷慨悲歌唱出心中的不平，南方的行吟者也繼起以纏綿的詠嘆調吐露著內心的困惑。讓我們的目光轉向古代的長江流域，讓我們的耳朵聽聽屈原的《卜居》：

吾寧悃悃款款，朴以忠乎？將送往勞來，斯無窮乎？

寧誅鋤草茅，以力耕乎？將遊大人，以成名乎？

寧正言不諱，以危身乎？將從俗富貴，以媮生乎？

寧超然高舉，以保真乎？將哫訾慄斯，喔咿嚅唲，以事婦人乎？

寧廉潔正直，以自清乎？將突梯滑稽，如脂如韋，以潔楹乎？

寧昂昂若千里之駒乎？將氾氾若水中之鳧，與波上下，媮以全吾軀乎？

寧與騏驥抗軛乎？將隨駑馬之迹乎？

寧與黃鵠比翼乎？將與雞鶩爭食乎？

種種相反的立身處世態度，雙雙對比，道出千古以來人類心靈的衝突與矛盾！

自此以後，無論是唐杜甫《自京赴奉先縣詠懷》「朱門酒肉臭，路有凍死骨」的對襯，明唐順之《董中峰侍郎文集序》「漢以前之文，未嘗無法，而未嘗有法。」的雙襯，或是南朝梁王籍《入若邪溪》「蟬噪林逾靜，鳥鳴山更幽」的反襯（陳之藩《劍河倒影・圖畫式的與邏輯式的》曾說到「禪詩」中有「花落春猶在，鳥鳴山更幽。」想係集句詩。「花落春猶在」為俞樾詩名句，俞因名其堂為「春在堂」。），真是勝例紛出，琳瑯滿目。

映襯不僅出現於語句，也出現在段落之間，范仲淹《岳陽樓記》中敘晴喜雨悲兩段是很好的例證：

若夫霪雨霏霏，連月不開；陰風怒號，濁浪排空；日星隱耀，山岳潛形；商旅不行，檣傾楫摧；薄暮冥冥，虎嘯猿啼；登斯樓也，則有去國懷鄉，憂讒畏譏，滿目蕭然，感極而悲者矣。

至若春和景明，波瀾不驚；上下天光，一碧萬頃；沙鷗翔集，錦鱗游泳；岸芷汀蘭，郁郁青青。而或長煙一空，皓月千里；浮光躍金，靜影沉璧；漁歌互答，此樂何極！登斯樓也，則有心曠神怡，寵辱偕忘，把酒臨風，其喜洋洋者矣。

不只是詩、賦、散文使用映襯，小說、戲劇尤其多用對比手法來映襯。杜光庭的《虬髯客傳》，以楊素映襯李靖，用李靖映襯虬髯，用虬髯映襯李世民，這是「人物的映襯」。《紅樓夢》中，一邊是榮國府吹吹打打賈寶玉跟薛寶釵結婚成大禮；一邊是瀟湘館哭哭啼啼林黛玉焚詩稿魂歸離恨天，這是「情境的映襯」。其他如繪畫、雕刻、音樂……之類，幾乎沒有一種藝術不曾運用映襯對比的手法，直接訴之於欣賞者的感覺作用的。

乙、舉　例

(一)對　襯

把兩種或兩組不同的人、事、物，放在一起，加以對比、烘托、形容、描寫的，叫作「對襯」。

先舉古典文學中的例子。

1.君子喻於義，小人喻於利。（《論語・里仁》）

案：「喻」，一般作「通曉」解，但更好的解釋是把「喻」認為「愉」字的假借。《論語・雍也》：「知之者不如好之者，好之者不如樂之者。」君子知義好義樂於義，小人知利好利樂於利。這便是「對襯」了。《莊子・齊物論》莊周夢蝶一節（已見本書《轉化》）中的「自喻適志與」，莊周說自己很愉快，實現自己志願了，此「喻」亦假借為「愉」。

2.親賢臣，遠小人，此先漢所以興隆也；親小人，遠賢臣，此後漢所以傾頹也。（諸葛亮：《出師表》）

3.諸公袞袞登臺省，廣文先生飯獨冷；甲第紛紛厭粱肉，廣文先生飯不足。（杜甫：《醉時歌》）

4.綠窗明月在，青史古人空。（崔顥：《題沈隱侯八詠樓》）

案：以自然界之永恆與人生之短暫及徒勞相對襯。《紅樓夢》第八十九回記載林黛玉所寫窗聯，本崔詩成句。

5.夜長春夢短，人遠天涯近。（歐陽修：《千秋歲・春恨》）

案：夜長與春夢短，人遠與天涯近對襯。王實甫《西廂記》：「繫春心情短柳絲長，隔花陰人遠天涯近。」脫化於此。

6.白馬秋風塞上　杏花春雨江南（徐悲鴻：集句楹聯）

案：「白馬秋風塞上」，似由陸游《書憤》：「樓船夜雪瓜洲渡，鐵馬秋風大散關」句脫化而出，朱光潛《文藝心理學》第十五章作「駿馬秋風冀北」，代表雄渾之美。「杏花春雨江南」，則是元代詩人虞集《風入松・寄柯敬仲》詞中的名句，朱光潛引此代表婉約之美。（參李元洛《詩美學》第八章《論詩的陽剛美與陰柔美》。）

再舉現代文學中的例子。

1. 一邊簫鼓聲中，一雙新夫婦在那兒嫁—娶；一邊拳腳聲中，一雙夫婦在那兒打—哭；難為他新新舊舊，冤冤親親，熱鬧煞這「望衡對宇」！（劉大白：《鄰居的夫婦》）

2. 弘一法師與印光法師並肩而坐，正是絕好的對比：一個水樣的秀美，飄逸；而一個是山樣的渾樸，凝重。（葉紹鈞：《兩法師》）

3. 燕子去了，有再來的時候；楊柳枯了，有再青的時候；桃花謝了，有再開的時候。但是聰明的，你告訴我，我們的日子為什麼一去不復返呢？（朱自清：《匆匆》）

案：以燕子去了再來，楊柳枯了再青，桃花謝了再開這一系列事實，和日子一去不復返作對襯。

4. 我進過各式各樣的劇院，見過各式各樣的舞臺，東方的、西方的、古典的、新式的。富麗堂皇的建築，描金點彩的壁飾，妙曼優美的頂畫，凝重生動的雕塑。升降旋轉的戲臺，傳情刻意的場景，變幻如夢的照明，垂垂若深藏人生秘密的絨幕。但使我魂牽夢縈的，卻是故鄉鎮上古樸的廟臺，村口河邊臨時搭成的戲棚。（柯靈：《無名氏》）

5. 比如我的叔婆吧，她既矮小又乾癟，頭髮掉了一大半，卻用黑炭劃出一個四方方的額角，又把樹皮似的頭頂全抹黑了。洗過頭以後黑炭全沒有了，亮著半個光禿禿的頭頂，只剩後腦勺一小撮頭髮，飄在背上，在廚房裡搖來晃去幫我母親做飯，我連看都不敢衝她看一眼。可是母親烏油油的柔髮卻像一匹緞子似的垂在肩頭，微風吹來，一綹綹的短髮不時拂著她白嫩的面頰。（琦君：《髻》）

6. 渭水橋頭的流水依然長流如昔，終南山的林木亙古如斯；然而不見上林苑的宮女羅衣翠袖，阿房宮的十里簷鈴已成灰燼，獨留下華清淒冷的秋霜。（鄧文來：《咸陽古道》）

7. 這兩個老大學，似乎把學生當成生物，讓生物生長；別的大學，似乎把學生當成礦物，讓礦物定型。（陳之藩：《古瓶》）

8. 兩人待了半晌，細聽沒有動靜，同時探頭，一張玉顏如湘江上芙蓉，一張老臉似洞庭湖橘皮，兩張臉相距不到半尺，兩張臉同時變色。（金庸：《射雕英雄傳》）

9. 與其在收割後的麥田中拾穗，何如及早插下青秧。（余光中：《四面楚歌談文學》）

10. 現在，都市進入夢鄉，這兩個人反而完全清醒了。（劉非烈：《喇叭手》）

11. 遇見送親的心熱，遇見送葬的心冷。（朱西寧：《冶金者》）

12. 在男女們的心中種下偉大的愛情，卻在他們的眼前擺著俗不可耐的飯盌。（黃娟：《柳儀與纖纖》）

13. 你有個活蹦活跳的身體，而我是個長年臥病的妹妹。（劉慕沙：《春心》）

14. 他的父親沉默，沉默得一天講不上三句話；他的母親卻十分健談，健談得一天閑不了三秒鐘。（於梨華：《也是秋天》）

15. 尹雪艷總也不老。十幾年前那一班在上海百樂門舞廳替她捧場的五陵年少，有些天平開了頂，有些兩鬢添了霜；有些來臺灣成了鐵廠、水泥廠、人造纖維廠的閒顧問，但也有少數卻升成了銀行的董事長、機關裏的大主管。不管人事怎麼變遷，尹雪艷永遠是尹雪艷，在臺北仍舊穿著她那一身蟬翼紗的素白旗袍，一逕那麼淺淺的笑著，連眼角兒也不肯皺一下。（白先勇：《永遠的尹雪艷》）

16. 他的死，是我復活的觸媒劑。我所忽略了的他生前的作為，在他過世後，都像一盞盞引路燈似地點起，把我引向一生中決定性的覺醒。（鍾玲：《輪迴》）

17. 我們的經濟從來沒有富裕過，我們的日子卻從來沒有貧乏之過。（張曉風：《地毯的那一端》）

18. 這個世界頗為奇怪，有許多人寫小說，有更多人讀小說。對於寫小說的人，大家不斷要求他們創新，成為有獨特風格的作者；而對於讀小說的人，卻極少有人說甚麼話，也不要求他們成為有獨創性的讀者。彷彿凡是作者，就是想像力豐富喜好思索的人；而讀者，只是一塊一塊的石頭。（西西：《永不終止的大故事》）

㈢雙襯

把同一個人、事、物的雙重性質，相對現象，放在一起，使之凸顯的修辭法，叫作「雙襯」。

先舉古典文學中的例子。

1. 道常無為而無不為（《老子》第三十七章）

案：「無為」與「無不為」是相對的，凸顯出道之常順其自然而萬物無不得其化育的性質來。

2. 吾力足以舉百鈞，而不足以舉一羽；明足以察秋毫之末，而不見輿薪。（《孟子・梁惠王上》）

案：從兩個不合常理的事實，說明「吾」所言之「力」與「明」，皆不可信。

3. 吾見世中文學之士，品藻古今，若指諸掌；及有試用，多無所堪。（顏之推：《顏氏家訓・涉務》）

案：以能議論而不能實務，凸顯「文學之士」言行之落差。

4. 然則何時而樂耶？其必曰：先天下之憂而憂，後天下之樂而樂乎。（范仲淹：《岳陽樓記》）

案：先憂後樂者，實為同一位具有「古仁人之心」的人。

再舉現代文學中的例子。

1. 我是個極空洞的窮人，我也是一個極充實的富人——我有的只是愛。（徐志摩：《愛眉小札》）

案：用「極空洞的窮人」與「極充實的富人」來形容同一個「我」，故為「雙襯」。

2.香港是一個華美的但是悲哀的城。（張愛玲：《茉莉香片》）

案：「華美」、「悲哀」，一褒一貶，來形容同一城市。

3.他，康懇。

三十五歲剛剛到。有三十五歲以上中年人的穩健沉著，但沒有過於老成持重的暮氣；有三十五歲以下小夥子的青春衝力，卻在適度收斂中透露著成熟。（王藍：《長夜》）

4.他是一久經風霜的老者，卻又像一未經風雨的孩童，外面是雷電襲於上也好，是泰山崩於前也好，他好像總是像他小屋裏所掛的那條橫幅：「胸中常養一分春。」（陳之藩：《把酒論詩》）

5.我愛在門裡沉思，在門裡細想，更愛門裡那分溫暖，那分安謐。可是我又嫌門，是門造成了人與人之間的隔閡，是門造成了狹隘自私的心胸，是門把人摒棄於大自然之外。（熊崑珍：《門裡門外》）

6.美其名曰「大器晚成」，事實上只是「晚不成器」。美其名曰「老驥伏櫪」，事實上無非「馬齒徒增」。（余光中：《迎七年之癢》）

7.她這種拍上欺下的功夫卻做得天衣無縫，只有錢從良一人能將她看穿，說她是兼有男性的雄心而不夠才智，女性的虛榮而不夠容貌的女人。（於梨華：《變》）

8.他是一個活著沉默，但卻死得勇敢的人。（逯耀東：《揮手》）

9.在沉思中，我覺得老人有一股莫名其妙的活力，憂鬱中帶著某種成分的喜悅，喜悅中又有著高度的激昂，種種摻雜，使我感到他具有不可思議的氣質，像衰老又像年輕，像頹廢又像振奮。（翱翱：《黑色落於黃昏》）

10.這其中似乎包涵了甚麼生命的訊息，燦爛與平淡，豐美和枯槁，似乎傳遞著一種哲理，關於勞動、收

穫、虛無、美等等問題，似乎是抽象的，也許很實際，關於激越的感情、冷漠、追求、遺忘、和美。（楊牧：《野櫻》）

11. 以後在課堂上偶一回頭，一定會觸及他眼鏡後一雙又凝住、又游移的目光。（鍾玲：《輪迴》）

12. 這樣的男孩子，總是見他獨來獨往的，總是見他和和氣氣的，然而孤獨中他也合群，和氣中他還是透出冷傲。（蔣芸：《陽光下的少年》）

13. 她是這樣的人：常在個人生活的小溪小河裡擱淺，卻在洶湧著政治波濤的大江大河裡鼓浪揚帆。（古華：《芙蓉鎮》）

14. 搬家那天，陽光摻了幾絡涼意；初秋適合用來道別，戀戀不捨中又有幾分爽朗。（簡媜：《女兒紅》）

15. 分明是少數總統，卻常有超乎現實的權力幻覺；分明是民進黨總統，卻自以為凌駕政黨；分明是受制國會，卻自以為凌駕國會；分明是少數政府，卻自以為全民政府；分明是雙首長制，卻自以為總統制。權力幻覺始終凌駕政黨現實，政黨政治當然只會向下沉淪。（郭正亮：《政黨的甦醒vs.權力的幻覺》）

16. 我是生意人　生意人必須要有銳利明確的眼光，因此我選擇了最熱門的房地產生意。生意人更要懂得掌握顧客心理與好惡，因此必須通曉銷售竅門與宣傳技倆。何況現在我擁有的又是一塊最令人眼紅的寶貝地，只要我靈巧應變，迎合大眾口胃，必能事半功倍，財源滾滾！

我是理想家　既然我比別人幸運，終於取得敦化南路最珍貴的這一塊地，因此我應加倍珍惜，一定要聘請最傑出的建築專家，精選最可靠的建築材料，以最進步的施工設備，最完密的結構設計，以周密完善的規劃、嚴謹踏實的態度，為所有嚮往居住於此的人士，興建一座無懈可擊，盡善盡美的住宅大廈，這樣才不會辜負這一塊好土地，才不會辜負購屋者的深深企盼，以及我自己的良知與理想。（廣告：

(三)反 襯

對於一種事物，用恰恰與這種事物的現象或本質相反的語詞加以描寫，叫作「反襯」。

先舉古典文學中的例子。

1. 天下莫大於秋毫之末，而太山為小。(《莊子・齊物論》)

案：以「秋毫之末」形容「大」；以「太山」形容「小」。

2. 兵法不曰：「陷之死地而後生，置之亡地而後存。」(《史記・淮陰侯列傳》)

3. 夫無力之力，莫大於變化者也。(郭象：《莊子・大宗師注》)

4. 無相之相，名為實相。(《涅槃經・四十》)

5. 攀援而登，箕踞而遨，則凡數州之土壤，皆在衽席之下。其高下之勢，岈然洼然，若垤若穴，尺寸千里，攢蹙累積，莫得遯隱；縈青繚白，外與天際，四望如一。(柳宗元：《始得西山宴遊記》)

案：以「尺寸」形容「千里」。

6. 逝者如斯，而未嘗往也；盈虛者如彼，而卒莫消長也。(蘇軾：《赤壁賦》)

7. 法寓於無法之中，故其為法也，密而不可窺。(唐順之：《董中峰侍郎文集序》)

8. 蕭金鉉道：「今日對名花、聚良朋，不可無詩，我們即席分韻何如?」杜慎卿笑道：「先生，這是而今詩社裏的故套。小弟看來，覺得雅的這樣俗，還是清談為妙。」(《儒林外史》第二十九回)

案：「雅的這樣俗」為反襯。「雅」是一種現象，卻用與這種現象完全相反的「這樣俗」去形容。

9. 寶玉道：「我呢?你們也替我想一個。」寶釵笑道：「你的號早有了，『無事忙』三字恰當得很。」(《紅

樓夢》第三十七回）

案：以「無事」來形容「忙」，為反襯。

再舉現代文學中的例子。

1.道一聲珍重，道一聲珍重，

那一聲珍重裡有蜜甜的憂愁——

沙揚娜拉！（徐志摩：《沙揚娜拉——贈日本女郎》）

案：用「蜜甜」去形容「憂愁」。

2.至於不幸的光緒皇帝是否在這美麗的監獄裏，樂而忘憂，那恐怕只有光緒皇帝自己和跟隨他的人才知道了。（蔣夢麟：《故都的回憶》）

案：光緒皇帝住的「監獄」可能真的很美麗，但這裡「美麗的監獄」仍然是反襯。雖然有點諷刺的意味，但與「倒反詞」仍有些出入。

3.每次論戰，對象一定得是一個可敬的敵人。（余光中：《掌上雨》）

案：用形容詞「可敬的」來形容「敵人」，也是反襯。

4.無論從愛情、宗教、社會與個人，「都柏林人」都是一批活著的死者。（顏元叔：《現代英美短篇小說的特質》）

5.她看見他的第一個感覺是沒有感覺的。（於梨華：《也是秋天》）

6.然而，你有輕輕的哨音啊！

輕輕地——

撩起沉重的黃昏。（鄭愁予：《黃昏的來客》）

案：說起反襯，大家都會想起鄭愁予《錯誤》一詩中的名句：

我達達的馬蹄是美麗的錯誤

我不是歸人，是個過客

但這位江南過客在《黃昏的來客》中有更耐人尋味的形象化的反襯。

7. 整條街上往往只有我一個人，只有我傾聽一街震耳欲聾的寂靜。（張菱舲：《聽、聽那寂寞》）

8. 如果作者缺乏自覺性，很可能產生評者自評，寫者自寫的現象，至於讀者們也就看者自看了，這樣的現象，簡直可以說是「文明的野蠻」。（邱文福：《文學批評的分工》）

9. 當滿山紅葉詩意的懸掛著，是多少美麗的憂愁啊！（張曉風：《林木篇》）

10. 誰知道那太陽及其家族正奔向何處

飽食之後的胃餓得想塞進一個宇宙

一個純粹饑荒的年代在我的迴腸之間展開（楚戈：《年代》）

11. 那麼我就有藉口可以和她吵吵，咒罵那個溼淋淋的太陽。（李昂：《婚禮》）

12. 牆上貼著一幅水跡未乾的葡萄，一團濃濃淡淡的紫，是豐收的憂愁，是成熟的悲痛。（陳修雙：《楓盧主人》）

13. 啊！何等生動的死亡，她謝時正值盛放。（敻虹：《金蛹》）

14. 所以說，無是真正的有，失落是最崇高的獲得。（李默：《樂之提昇》）

15. 想起那寒假在阿里山看雲海和日出，那剎那的印象是可以留存到恆久的。（余中生：《想起頭城》）

16. 女人點著燈交給他，說：「你瞧瞧，你這師傅，要說壞他也壞，要說好他也好。」天狗說：「師傅是壞好人。」（賈平凹：《天狗》）

17. 初戀的秘密是種藏不住的秘密，它怕被人知道，又喜歡被人知道；它還是一種甜蜜的痛苦，折磨人的快樂。（馮驥才：《愛之上》）

18. 那我呢？我的聲音具備了什麼樣的容貌？朋友笑著說：你是超低音，用極端靜默來掩飾極端激動的那種。（張啟疆：《導盲者》）

19. 人們給他的定位是：無所不能的廢人。（游喚：《闊仔伯》）

20. 地獄裏的天使；天堂上的幽魂。（流行歌詞）

丙、原　則

(一)內容方面

(1)對比越是強烈，印象越是鮮明。

前面說過，映襯辭格的依據在人類感覺作用上的差異覺閾。人類對差異的辨別力，與差異的強度是成正比的；低於差異覺閾，人就無法辨別了。所以越強烈的對比，越能給人鮮明的印象。莎士比亞在《羅蜜歐與茱麗葉》中有這麼一段道白：

所以吵鬧的愛呀！親愛的仇！
啊！任何事物，真是無奇不有！
啊！沉重的輕浮！嚴肅的虛妄！

勻稱的體形之歪曲的混亂！

鉛鐵鑄成的羽毛，

亮的煙，冷的火，病的健康！

永遠醒著的睡眠，名實全然不符！

我覺得我在愛，卻得不到滿足。

把許多兩極詞彙綰結在一起，給人印象何等的深刻！

另外一位詩人，一九二三年諾貝爾文學獎得主愛爾蘭人葉慈(William Butler Yeats)，他的詩也常環繞著一些相反而對立的範疇：肉體和靈魂、善美和醜惡、喜悅和憂愁、死亡和永恆、世代更替的人間和拜占庭不朽的藝術品、紫色的霧氣和人行道的灰色……種種映襯也留給讀者深刻的印象。

(2)事實不妨誇大，言詞卻要含蓄。

好的映襯，只須把兩極端的事實或觀點湊在一起，人們自然能從其中領略作者的用心。敘述事實不妨誇大，例如泰戈爾的《吉檀迦利》第一節：

你的無窮的賜予只傾入我小小的手裏。時代過去了，你還在傾注，而我的手裏還有餘量待充滿。

「小小的手」如何能承受「無窮的賜予」？而且「時代過去了」，「手裏」又怎樣能「還有餘量」？這顯然是違反事實的命題，但文學上並不排斥這種內在的矛盾語，而名之曰「夸飾」。映襯歡迎這種夸飾！而泰戈爾對神的禮讚與感激，自在其中，就無須再贊一詞，這又是何等含蓄。映襯保留這種含蓄。

(三)形式方面

(1)何妨運用綜合的映襯。

映襯細分有對襯、雙襯、反襯，可以單用一種，也可以綜合運用。例如韓愈《柳子厚墓誌銘》：

其召至京師而復為刺史也，中山劉夢得禹錫亦在遣中，當詣播州。子厚泣曰：「播州，非人所居，而夢得親在堂。吾不忍夢得之窮，無辭以白其大人；且萬無母子俱往理。」請於朝，將拜疏，願以柳易播，雖重得罪，死不恨。遇有以夢得事白上者，夢得於是改刺連州。嗚呼！士窮乃見節義。今夫平居里巷相慕悅，酒食遊戲相徵逐，詡詡強笑語以相取下，握手出肺肝相示，指天日涕泣，誓生死不相背負，真若可信；一旦臨小利害，僅如毛髮比，反眼若不相識，落陷穽不一引手救，反擠之又下石焉者，皆是也。此宜禽獸夷狄所不忍為，而其人自視以為得計，聞子厚之風，亦可以少愧矣！

這一段文字，先就柳子厚與劉夢得之「士窮節見」，拿來跟一般人之「落穽下石」作「對襯」；再就一般人「平居……握手出肺肝相示，指天日涕泣，誓生死不相背負，真若可信；一旦臨小利害，僅如毛髮比，反眼若不相識。」將同一個人前後不同的態度，放在一起，凸顯出人情之冷暖，為「雙襯」；最後再以「此宜禽獸夷狄所不忍為，而其人自視以為得計」，即「以禽獸所不忍為者為得計」作「反襯」。三種映襯全用上了。特別聲明：這樣分析，也有些瑣細；籠統說這一段中有三個映襯也可以的。

(2)採用譬喻、象徵的方式來表達。

例如屠格涅夫在《羅亭》中，借列茲堯夫的話批評羅亭這個人說：

呵，他的口舌就是他的仇敵，雖則也是他的得力的僕人。

便用隱喻的方式表達。又如劉禹錫《烏衣巷詩》：

舊時王謝堂前燕，飛入尋常百姓家。

作者僅僅藉一隻燕子作為象徵，而家國的興亡，人事的滄桑，盡在不言中了。

(3)採用對偶、排比的句法來構造。

映襯既然必須用兩件或兩件以上相反的事實或觀念構成，所以義不孤行，辭多儷語，往往採用對偶排比的句法。例如高適的《燕歌行詩》：

壯士軍前半死生，美人帳下猶歌舞。

用的是「對偶」句法。又如莎士比亞的《朱利阿斯・西撒》中，布魯特斯對羅馬公民的演說辭：

西撒愛我，我為他哭；
他幸運，我為他歡欣；
他勇敢，我尊崇他；
但是，他野心勃勃，我殺了他。
為了他的友愛，有熱淚；
為了他的幸運，有喜悅；
為了他的勇敢，有尊崇；
為了他的野心，只有死。

便是用「排比」的句法構成。

(三)效果方面

(1)形成文字的張力。

先錄梅新的詩《小貓》為例：

踱過我的南窗

你在我的南窗下踱過
而你就應該扯高前足
一躍而入
將我獵獲、將我品味，將我舔之再舔
或者在我的身上饕餮一頓
包管你不傷胃
或者
來個獅子抱球般的自私將我窒息
雖然你溫柔得像淑女
乖巧得像我最美好的記憶的村婦
高潔得連蜂后都不敢再在花間婀娜多姿
但是我是在你的全旅程中、全觸覺中
以及密密層層的森林中，滿山滿野的草叢中
唯一僅有被太陽蒸發再蒸發，被海水洗滌再洗滌
簡直香味芬芳，膾炙人口，絕世的珍品
你在我的南窗下踱過
又踱回來
可見你也是懂得

這是失之不可復得的獵物了
我繼續靠窗近些
你看我衣冠楚楚修剪得多麼整齊呀

顏元叔在《梅新的風景》一文中評論這首詩說：

「來個獅子抱球般的自私將我窒息」，確實神來之筆。「獅子抱球」，「自私」，「窒息」，是非常恰當的配合——那隻「小貓」似乎把梅新愛得悶死了。於此，我想一提新批評的另一觀念，即是「張力」(Tension)。張力產生於相衝突又相配合的成份之間：「來個獅子抱球般的自私將我窒息」是充滿張力的一行詩。實際上，《小貓》的全篇主題，便是建築在一個張力之上。一方面是詩人與小貓之相互依偎；另一方面詩人卻是小貓的獵物，自願讓小貓吃掉。這兩個觀念是相衝突的，因為一種是愛戀，一種是毀滅；但是，戀愛而毀滅（自我之毀滅），誰說不是相輔相成的呢？這種生命中的矛盾局面，最是形上詩人喜歡發掘的題材。

我們不難發現，《小貓》一詩中的「張力」是用修辭學上「映襯」方式形成的，只是它的形式不若上面所舉各例簡單，我們必須讀完全詩才能了然；同時它所表達的意念十分蘊藉，抽象成分遠超過實體成分，為一種「抽象的映襯」罷了。無論「抽象的映襯」或「具體的映襯」，都必須以形成文字的張力為上。

(2)營造烘托的氛圍。

試讀朱自清的散文《綠》：

梅雨潭閃閃的綠色招引著我們，……我的心隨潭水的綠而搖蕩。那醉人的綠呀！彷彿一張極大的荷葉鋪著，滿是奇異的綠呀。……這平鋪著，厚積著的綠，著實可愛。……我曾見過北京十剎海拂地的綠楊，脫不了鵝黃的底子，似乎太淡了。我又曾見過杭州虎跑寺近旁高大而深密的「綠壁」，叢疊著無窮的碧草與綠葉的，那又似乎太濃了。其餘呢，西湖的波太明了，秦淮河的也太暗了。……大約潭是很深的，故能蘊蓄著這樣奇異的綠；彷彿蔚藍的天融了一塊在裏面似的，這纔這般的鮮潤呀。——那醉人的綠呀。

……我第二次到仙岩的時候，我不禁驚詫於梅雨潭的綠了。

朱自清以另外四個地方的「綠」，和浙江仙岩梅雨潭之「綠」作對比，烘托出梅雨潭之「綠」，濃淡明暗能恰到好處。

(3)發揮抑揚的功能。

抑揚，也可以獨立成為一種辭格。《漢語修辭格大辭典》所列一五六種辭格中，第一一九種便是「抑揚」。定義為：

把要貶抑否定的方面和要肯定的方面同時說出來，只突出強調其中的一個方面，以達到抑此揚彼或抑彼揚此的目的。

本書把「抑揚」併入「映襯」，而映襯也具有抑揚的功能。如韓少華《記憶》：

「記憶麼，是灰燼。」有人曾這樣說，「它燃燒過，可總歸要熄滅的。」

「記憶是流水。」有人曾這樣說，「它奔湧而來，可也總要消失到地平線之外去。」

「記憶是落花。」有人還曾這樣說，「它吐過芳香，煥發過光彩，卻總不免無可奈何地同春天永別。」

其實呢，即便是灰燼，不也儘可以化入泥土，去催發新芽麼；即便是流水，到了天盡頭，不還能解一解遠行人的乾渴麼；即便是落花，紛紛在飄散之間，不恰好透露果實正在孕育的消息麼……

以「灰燼」、「流水」、「落花」三者都具雙面性質，於是先抑後揚，襯托出「記憶」正面的價值來。

(4)製造嘲弄的效果。

嘲弄(Irony)一詞，我採用了姚一葦所下的定義，姚著《藝術的奧秘》一書《論對比》章談到「自對比產生嘲弄」，定義如下：

> 嘲弄係屬於一種理性的活動，是理智之遊戲。一般人以為凡屬理性的活動往往游離於情感之外，諸如機智(Wit)、詭語(Paradox)、幽默(Humour)、譏笑(Ridicule)、愚弄(Mockery)、諷刺(Sarcasm)、諷諫(Satire)、誇飾(Over Statement)、抑低的敘述(Under Statement)……等活動，主要均屬理智的遊戲。在它們理性活動之中，有的是善意的，有的則懷有惡意；有的強烈到足以傷人，有的溫和中帶有好感；有的作弄他人，有的嘲笑自己；有的含有規諫之意，有的只在訕笑別人；其間形形色色，不一而足；我們非在從事字辨的工作，毋庸細述。但是我需要指出的，此間所謂的「嘲弄」，不同於上述各種，它是上述各種活動之總稱；它可以包含上述各種，亦可以包含其中的某幾項；亦可以只有一項；亦即是說它可以是機智的、幽默的、譏笑的、愚弄的、諷刺的、諷諫的……，或其中某幾項之和，或專指其中的某一項。

映襯格既訴之於事物之對比，本身就具有一種嘲弄的效果。我個人很欣賞「丹頂髮腊」的一則電影廣告短片：一對新人攜手走進教堂，神父正等著為他倆證婚，忽然，新郎的頭髮翹了起來，神父作出怪樣笑了。這時觀眾總是也被逗笑。這令人發噱的效果實在是映襯的原理造成的。文學作品中不乏類似的例子。試讀張愛玲的《半生緣》：

> 「喏，就是那個笑起來像貓，不笑像老鼠的那個人。」曼楨不由得噗嗤一笑，道：「胡說！一個人怎麼能夠又像貓，又像老鼠。」

曼楨所以「不由得噗嗤一笑」，理由就在「貓」與「鼠」這個滑稽不調和的對比上。作者只要把類此的對比排列在一起，嘲弄之意自顯，就不必再贅一詞。試讀蔣夢麟的《西潮》：

它（西潮）一面是要人廢除迷信，一面是勸人求上帝；一面是拆毀寺廟，一面是建造教堂。

或者讀顯克微支(Henryk Sienkiewicz, 1846–1916)短篇小說《酋長》中的一段：

正義完全勝利，卻跋多燒成灰燼，住民不分男女老小，都砍殺了。……一眨眼間，在那卻跋多蠻村舊址上，已經建設了文明的羚羊鎮，五年之內，居然有兩千個鎮民了。……每禮拜教會裏的牧師說教，教訓人應該愛他的鄰居，尊重別人的產業，以及一切文明社會必要的道德。有一個旅行演說家，曾朗誦過一篇論文，名曰《論各國國民之權利》。

幽默的諷刺、冷靜的控訴，真叫人為之擊節哩！

第十七章　雙關

甲、概說

在沒有說明什麼是雙關之前，先介紹三則小幽默：

第一則，見於《傳記文學》：

中央研究院院士淩鴻勳的姓是三點的淩，不是兩點的凌。許多人問他，你和凌某某是不是一家？他總以詼諧的口吻回答說：「我們差一點。」有些朋友知道他是姓三點的淩以後，常向他道歉說：「真對不起，我以前寫信給你，總是把你的姓寫作兩點的凌。」他就回答說不要緊，「我不在乎這一點」。

第二個是一首竹枝詞，作者據說是劉禹錫：

楊柳青青江水平，聞郎江上唱歌聲；

東邊日出西邊雨，道是無晴還有晴。

第三個又是一則故事，見於《三國演義》第四十九回《七星壇諸葛祭風，三江口周瑜縱火》：

孔明曰：「連日不晤君顏，何期貴體不安？」瑜曰：「『人有旦夕禍福』，豈能自保？」孔明笑曰：「『天有不測風雲』，人又豈能料乎？」瑜聞失色，乃作呻吟之聲。孔明曰：「都督心中似覺煩積否？」瑜曰：「然。」孔明曰：「必須用涼藥以解之。」瑜曰：「已服涼藥，全然無效。」孔明曰：「須先理其氣；氣若順，則呼吸之間，自然痊可。」瑜料孔明必知其意，乃以言挑之曰：「欲得順氣，當服何藥？」孔明笑曰：「亮有一方，便教都督氣順。」瑜曰：「願先生賜教。」孔明索紙筆，屏退左右，密書十六字曰：「欲破曹公，宜用火攻；萬事具備，只欠東風！」

第一則故事中，「差一點」、「不在乎這一點」的「點」字，除當單位量詞解外，還兼指文字筆劃上的「點」。這是字義的雙關。

第二則竹枝詞中：「晴」字除指「日出」外，還雙關到感情的「情」。這是字音的雙關。

第三則故事中，表面上談的是周瑜的病情，實際上暗示著天氣的可能變化。這是語意的雙關。

像這樣一語同時關顧到兩種事物的修辭方式，包括字義的兼指，字音的諧聲，語意的暗示，都叫作「雙關」，常富有言在此而意在彼的趣味效果。

《文心雕龍》卷三《諧讔》曾談到雙關：

讔者，隱也；遯辭以隱意，譎譬以指事也。昔還社求拯于楚師，喻眢井而稱麥麴；叔儀乞糧于魯人，歌佩玉而呼庚癸；伍舉刺荊王以大鳥，齊客譏薛公以海魚，莊姬託辭于龍尾，臧文謬書於羊裘，隱語之用，被于紀傳。大者興治濟身，其次弼違曉惑。蓋意生於權譎，而事出於機急，與夫諧辭，可相表裏者也。

「喻眢井而稱麥麴」事出於《左傳．宣公十二年》：

楚子伐蕭，遂傳於蕭。還無社（蕭大夫名，《文心雕龍》作「還社」者，與下文「叔儀」對仗也。）與司馬卯言，號申叔展（二人皆楚大夫。）叔展曰：「有麥麴乎？」曰：「無。」「有山鞠窮乎？」曰：「無。」（麥麴、鞠窮所以禦濕，欲使無社逃泥水中。）「河魚腹疾，奈何！」曰：「目於眢井而拯之。」「若為茅絰，哭井則已。」（若，指你。展叔又教結茅以表井，須哭乃應，以為信。）

「歌佩玉而呼庚癸」事見於《左傳．哀公十三年》：

吳申叔儀乞糧於公孫有山氏，曰：「佩玉縈兮，余無所繫之！旨酒一盛兮，余與褐之父睨之！」對曰：「粱則無矣，粗則有之。若登首山以呼曰：庚癸乎！則諾。」杜注：「軍中不得出糧，故為私隱，庚西方，主穀；癸北方，主水。」

「大鳥」事見於《史記・楚世家》：

莊王即位三年，不出號令，日夜為樂，令國中曰：「敢諫者死。」伍舉入諫曰：「願有進隱。曰：有鳥在於阜，三年不蜚不鳴，是何鳥也？」莊王曰：「三年不蜚，蜚將沖天；三年不鳴，鳴將驚人。舉退矣，吾知之矣。」

「海魚」事見於《戰國策・齊策》：

靖郭君將城薛，客多以諫。靖郭君謂謁者無為客通。齊人有請者曰：「臣請三言而已矣，益一言，臣請烹。」靖郭君因見之，客趨而進曰：「海大魚。」因反走。君曰：「客有於此。」客曰：「鄙臣不敢以死為戲。」君曰：「亡，更言之。」對曰：「君不聞大魚乎？網不能止，鉤不能牽，蕩而失水，則螻蟻得意焉。今夫齊，亦君之水也，君長有齊，奚以薛為？失齊，雖隆薛之城到於天，猶之無益也。」君曰：「善！」乃輟城薛。

「龍尾」事見《列女・辨通傳・楚處莊姪》：

莊姪見楚頃襄王曰：「大魚失水，有龍無尾，牆欲內崩，而王不視。」王問之。對曰：「大魚失水者，王離國五百里也；樂之於前，不思禍之起於後也。有龍無尾者，年既四十，無太子也。國無強輔，必且殆也。牆欲內崩，而王不視者，眼亂且成而王不改也。」（孫君蜀丞曰：「案《列女傳》姪作姬，《渚宮舊事》三引《列女傳》作姪，姬字定誤。」）

「羊裘」事見於《列女・仁智傳・魯臧孫母》：

> 臧文仲使於齊，齊拘之而興兵，欲襲魯。文仲陰使人遺公書，謬其辭曰：「斂小器，投諸臺。食獵犬，組羊裘。琴之合，甚思之。臧我羊，羊有母。食我以同魚。冠纓不足帶有餘。」臧孫母泣下襟曰：「吾子拘有木治矣！斂小器，投諸臺者，言取郭外萌，（臺，地名，萌同氓。）內之於城中也。食獵犬，組羊裘者，言趣饗戰鬬之士而繕甲兵也。琴之合，甚思之者，言思妻也。臧我羊，羊有母者，告妻善養母也。食我以同魚，同者，其文錯。（同，合會也，合會有交錯之義。）錯者，所以治鋸，鋸者，所以治木也。是有木治係於獄矣，冠纓不足帶有餘者，頭亂不得梳，飢不得食也。故知吾子拘而有木治矣。」

劉勰指出這些雙關的「讔語」，在功能方面，「大者興治濟身，其次弼違曉惑」。而雙關的心理基礎在：「蓋意生於權譎，而事出於機急」。

關於雙關的功效，在「原則」節再談。這兒先討論雙關的心理基礎——權譎機急。

正和「譬喻」、「借代」、「映襯」一樣，雙關的原理，也正是將兩種通常屬於不同範疇的觀念，藉其中隱藏的類似之點，而加出人意表的替換或聯繫。於是，像注視一件新奇的事物，或傾聽一種陌生的聲音，讀者驚奇錯愕地接受了作者機智的挑戰。劉勰所謂「權譎機急」，意當指此。

桑塔耶那（George Santayana, 1863–1952）在《美感》（*The Sense of Beauty*）一書中《滑稽》篇裡曾指出：

> 一句雙關語（a pun）就等於一隻會蹦出妖怪來的盒子（jack-in-the-box），毫無來由地跳進到我們那心事重重的思緒中去。意外的打岔（interruption）之活潑性及其無濟於事性，常使人感到愉快。

在《機智》篇裡更進一步說明：

> 機智通常似乎有些惡意，因為在發現一般特徵與普通原則之分析中，每能觸及事實之痛癢；它能將神學

信條套用在烹飪上，也能在人心中發現一種支點與槓桿的例子。蓋我們平常都將經驗之各部門嚴加區分；我們認為各部門之不同原則各自為疇，因此精神之莊嚴不宜以物質的類似來作相提並論之解釋，而且物質之低下也復不配做各種精神事實之證例示範。愛情不可以歸類到生理渴慾（Physical cravings）之下，信仰也不可視作催眠（Hypnotization）。因此，當一個特出的心靈跳出了這些界限，並且重綰了各種範疇——混淆了我們的原先分類——時，我們就覺得，種種事物之價值也一起被混亂了。不過這些價值事實上植基在一個更深入的關係上，植基在它們對人類各種需要與欲望之反應上。藉智力之運用所能改變的，不過是我們對這個世界所有的統一性與均質性（Homogeneity）之感覺而已。我們不妨對某一個思想客體持比較不獨尊的敬重，而對另一個持比較不輕率的嘲諷；但是我們自這些客體所取得之愉快，或整個的快樂與欣賞，卻很少會受抑損。因為這種原故，機智之惡意或破壞性質，並不是根本上的。

桑塔耶那認為「機智」「重綰了各種範疇，混淆了我們的原先分類」，事實上是可能的。《史記・殷本紀》記載伊尹負鼎俎，以滋味說湯，致于王道。《老子》更說：「治大國若烹小鮮。」便把烹飪和政治扯在一起。以及男女間的三角習題，婆媳情結與槓桿原理，都是習見的例子。這種種正好用作劉勰「權譎機急」的闡釋。

乙、舉 例

(一)字音雙關

一個字除本字所含的意義外，又兼含另一個與本字同音的字的意義，叫字音雙關。例如：

秦失其鹿，天下共逐之。（《史記・淮陰侯列傳》所記蒯通語。）

《史記集解》引張晏曰：「以鹿喻帝位。」《史記會注考證》云：「鹿祿音通。」此處「鹿」是一個雙關語，除本字所含麋鹿的意思外，兼含「天祿」之「祿」的意思。

古樂府及傳奇小說中頗多字音雙關的例子。

先說古樂府及民歌中的例子。謝榛《四溟詩話》：

古詞曰：「黃蘗向春生，苦心隨日長」。又曰：「霧露隱芙蓉，見蓮不分明」。又曰：「石闕生口中，銜碑不得語」。又曰：「桑蠶不作繭，晝夜長懸絲」。又曰：「理絲入殘機，何悟不成匹」。又曰：「桐枝不結花，何由得梧子」。又曰：「殺荷不斷藕，蓮心已復生」。此皆吳格，指物借意。

其中「芙蓉」雙關「夫容」，「蓮」雙關「憐」，「碑」雙關「悲」，「絲」雙關「思」，「桐」雙關「同」，「梧子」雙關「吾子」，「藕」雙關「偶」，都是字音雙關。此外，古樂府中還有：「蓮、連」，「蓮子、憐子」，「題、啼」，「題碑、啼悲」，「蹄、啼」，「隄、啼」，「走、咒」，「博子、薄子」，「油、由」，「荻、敵」，「梧子、晤子」，「棊、期」，「籬、離」，「梳、疏」，「星、心」，「琴、情」，「髻、計」等等字音雙關的用法。

再說傳奇小說中的例子。如：

于是五嫂遂向菓子上作機警曰：「但問意如何，相知不在棗。」

十娘曰：「兒今正意蜜，不忍即分梨。」

下官曰：「忽遇深恩，一生有杏。」

五嫂曰：「當此之時，誰能忍㮈。」（張文成：《遊仙窟》）

其中「棗」雙關「早」，「梨」雙關「離」，「杏」雙關「幸」，「㮈」雙關「耐」。

詩詞歌曲中也有用字音雙關的。如：

自從元老登庸後。天下諸胡悉帶鈴。（溫庭筠：《戲令狐相》）

《全唐詩》錄此，並註云：「令狐綯為相。以姓氏少。族人有投者。不吝其力。由是遠近皆趨之。至有姓胡冒令者。故庭筠戲之云云。」

一尺深紅勝麴塵，天生舊物不如新。合歡桃核終堪恨，裏許原來別有仁。

井底點燈深燭伊，共郎長行莫圍棋。玲瓏骰子安紅豆，入骨相思知不知。（溫庭筠：《新添聲楊柳枝辭》）

其中「仁」即雙關「人」，「圍棋」雙關「違期」，皆字音雙關。至於「入骨相思」則為字義雙關，另詳於下。

《豳》詩漫與，笑籬落呼燈，世間兒女。寫入琴絲，一聲聲更苦。（姜夔：《齊天樂詞》）

其中「籬」雙關「離」；「琴絲」雙關「情思」。

不寫情詞不寫詩，一方素帕寄心知。心知接了顛倒看，橫也絲來豎也絲，這般心事有誰知。（馮夢龍：《山歌》）

其中兩個「絲」字即雙關「思」。

以下各例，都取自《紅樓夢》與現代文學作品。

1. 警幻道：「此茶出在放春山遣香洞，又以仙花靈葉上所帶的宿露而烹，此茶名『千紅一窟』。……此酒乃以百花之蕊，萬木之汁，加以麟髓之醅，鳳乳之麴釀成，因名為『萬豔同杯』。」（曹雪芹：《紅樓夢》）

案：《紅樓夢》中，最多雙關語，為紅學家津津樂道。第一回回目《甄士隱夢幻識通靈，賈雨村風塵懷閨秀》，即字音雙關「真事隱」、「假語存」。又賈寶玉四姐妹：元春、迎春、探春、惜春，亦雙關「原應歎息」。此引警幻所言：「千紅一窟」、「萬豔同杯」，雙關「一哭」、「同悲」。

2. 「你知道我一向是不肯妥協的呀！在目前的環境裏，我只有安分守己，我所以肯拉緊褲帶，挨餓到老。」

「這叫做『安貧潦倒（樂道）』呀！」（繆天華：《五柳先生》）

3.「參不透鏡花水月，畢竟總成空。」一個女同學這樣唱一句。
「參不透淨華水越，畢竟總成空。」秦同強唱。（華嚴：《智慧的燈》）
案：「淨華」「水越」為《智慧的燈》書中的男女主角。

4.美國近年來女權運動鬧得如火如荼，他們取三個字的字首P.O.W.（Power of Women）為號誌，真厲害得像咱們象棋中的一個「砲」。（丹扉：《浮塵集》）

5.「詩、劇本、散文、小說，都不合規定。我們要的是『學術著作』。」
「瞎說豬炸？什麼是——」
「正正經經的論文。譬如說，名著的批評、研究、考證等等，才算是瞎說豬炸。」（余光中：《給莎士比亞的一封信》）
案：作者原註：「他把『學術』兩字特別加強，但因為他的鄉音很重，聽起來正像說『瞎說豬炸』。」

6.然而儘管夢斗塔湖美得那麼令人心折，心裏總覺得有層「隔」，每次我與友人通訊，下筆總不是寫「寄自梅迪生城」，而是「寄自陌地生城」。（鍾玲：《夢斗塔湖畔》）

7.我回說我們若是能把自己的心掏出來，用利刃括去所有可怕而牢固的斑痕，使它不沾掛一毫回憶的苦絲，重回復初生時的清明如水般的潔淨。（《春蠶》）
案：「絲」即雙關「思」。

8.她說：「秀兒，出來吧，聽外面賣桃子的來了，口裏直喊著桃呵，桃呵！」（《讀書》）
案：「桃」即雙關「逃」。

9.台灣雖沒有華山，但獅頭山和阿里山同樣可以避暑，唉！可惜我被「枷」鎖住了我，如何走得開呢？

案：「枷」即雙關「家」。

10.學生多四眼，勤讀成「進士」。（《中國時報》新聞標題）

案：「進士」即雙關「近視」。

11.「這兒的好？還是臺北的好？」

「臺北的葉大些，可惜蒙塵；這裡的清香明潔。」

「也寫一篇《愛蓮說》吧。」

「我正想做個現代的濂（戀）溪先生。」

溪吟耳尖，雙目半閉，避開他的視線，笑說：「濂是第二聲。你還教國文呢。」

樵雲說：「這裡當動詞，唸第四聲。」

「咬文嚼字。」

「應該是含英咀華。」一手搭在她肩頭，怕她掉入水。

她放了荷葉，水珠溜失了。「你學以致用，原來專門對付我。快放手，有人來了。」（王關仕：《山水塵緣》）

案：一個星期天，樵雲約溪吟去散步，看到自己勸農夫種的蓮荷，花已盛開。於是兩人都想起臺北植物園的蓮花，而有這一番對話。「濂」、「戀」音近雙關。

(三)詞義雙關

一個詞在句中兼含二種意思的，叫作詞義雙關。例如：

齊人蒯通知天下權在韓信，欲為奇策而感動之，以相人說韓信曰：「僕嘗受相人之術。」韓信曰：「先生相人如何？」對曰：「貴賤在於骨法，憂喜在於容色，成敗在於決斷，以此參之，萬不失一。」韓信曰：「善。先生相寡人何如？」對曰：「願少間。」信曰：「左右去矣。」通曰：「相君之面，不過封侯，又危不安；相君之背，貴乃不可言。」（《史記・淮陰侯列傳》）

《史記集解》引張晏曰：「背畔則大貴。」所以「背」字在本句中，除「身之背面」的意思外，兼含「背叛」的意思。史書中如此之例甚多，更舉二例於下。

靈帝中平中，京都歌曰：「承樂世，董逃；遊四郭，董逃；蒙天恩，董逃；帶金紫，董逃；行謝恩，董逃；整車騎，董逃；垂欲發，董逃；與中辭，董逃；出西門，董逃；瞻宮殿，董逃；望京城，董逃；日夜絕，董逃；心摧傷，董逃。」案：董謂董卓也。言雖跋扈，縱其殘暴，終歸逃竄，至於滅族也。（《後漢書・五行志》）

《風俗通》曰：「卓以董逃之歌，王為己發，大禁絕之，死者千數。」案：「董桃」擬鑼鼓之聲，而意雙關。

（栢年）見宋明帝，帝言次及廣州貪泉，因問栢年：「卿州復有此水不？」答曰：「梁州唯有文川、武鄉、廉泉、讓水。」又問：「卿宅在何處？」曰：「臣所居廉讓之間。」（《南史・范栢年列傳》）

樂府詩集中，每以「匹」雙關布匹和匹偶，「關」雙關關門和關心，「道」雙關道路和道說，「苦」雙關苦味和苦情，「消」雙關消融和消瘦，「散」雙關藥散和離散，都屬於此類。茲更舉一例：

陽春二三月，楊柳齊作花。春風一夜入閨闥，楊花飄蕩落南家。含情出戶腳無力，拾得楊花淚沾臆。秋去春還雙燕子，願銜楊花入窠裏。（《樂府詩集・雜曲歌辭・楊白花》）

據宋郭茂倩《樂府詩集》載：「《梁書》曰：楊華，武都仇池人也。少有勇力，容雄偉。魏胡太后逼通之，華懼及禍，乃率其部曲來降。胡太后追思之不能已，為作《楊白花》歌辭，使宮人晝夜連臂蹋足歌之，聲甚悽惋。故《南史》曰：楊華本名白花，奔梁後名華，魏名將楊大眼之子也。」又案：查《梁書》、《南史》俱無此記載，疑是後人偽託。楊花雙關楊華其人。

詩詞中偶亦用此法。如：

高節人相重，虛心世所知。（張九齡：《詠竹》）

「高節」「虛心」雙關「竹」與「人」。又如：

蠟燭有心還惜別，替人垂淚到天明。（杜牧：《贈別》）

其中「燭心」即雙關「人心」。至如：

月落烏啼霜滿天，江楓漁火對愁眠；姑蘇城外寒山寺，夜半鐘聲到客船。（張繼：《楓橋夜泊》）

李勉民主編，讀者文摘遠東有限公司出版的《中國名城古都》介紹寒山寺云：「寒山寺位於蘇州西郊，古時運河由西北往東南流經寺前，離寺數米處建有江村橋，在寺西北運河交叉口築有楓橋，相距百米。寒山寺曾稱楓橋寺，寺門內又有楓江樓和張繼題詩，都可為佐證。有趣的是，距寺西三百米處，舊時還有一座烏啼橋。寒山寺前大約二公里處，有兩座山，一是獅子山，另一是愁眠山。愁眠山和江、楓兩座橋，古時位置成一三角形，當地的漁船、行旅和進香的客船，泊於江、楓橋畔過夜，正好對著愁眠山。月落烏啼橋，江楓橋下漁船燈火對著愁眠山閃耀，如此景色，是何等醉人。」則「烏啼」、「江楓」、「愁眠」詞義皆雙關。日本漢學界多人持此說，為李文之所據。但愁眠山名，烏啼、江、楓橋名，究在張繼詩之前已然，或好事者於張繼詩作之後命名，大有可商。李文但云「古時」、「舊時」，亦未確指何時。宋詞亦有此類雙關，如：

玄入參同契，禪依不二門。靜看斜日隙中塵。始覺人間何處、不紛紛。　病笑春先老，閒憐懶是真。百

般啼鳥苦撩人。除卻提壺此外、不堪聞。（辛棄疾：《南歌子》）

提壺，鳥名。王禹偁《初入山聞提壺鳥詩》：「遷客由來長合醉，不煩幽鳥道提壺。」是其證。今多作鵜鶘。王詩辛詞中「提壺」均由鳥名雙關「提著酒壺」之意。

以下各例，都取自現代文學作品。

1.「玉米田，多耳朵。有祕密，莫要說。」

我也笑起來。

「這是雙關語，」他笑道。「我們英語管玉米穗叫耳朵。好多笑話都從它編起。」（余光中：《望鄉的牧神》）

2.榮華富貴——可是我只活過一次、——冤孽、冤孽、——天——天——（吳師傅，我的嗓子。）就在那一刻，啞掉了——天——天——天——「五阿姐，該是你『驚夢』的時候。」（白先勇：《遊園驚夢》）

案：「驚夢」雙關戲名，及錢夫人的「懸想」被竇夫人驚破。

3.「聽說你們有一種新貨色，叫作愛情。」「是的，那是一種洗衣機。」癲者默然垂首。「沒有人將多餘的愛放在這裏寄售嗎？」「多餘？」女店員尖聲叫了起來，「我們人人自己都缺貨呢！」（張曉風：《癲者》）

案：「愛情」雙關一種洗衣機的名字（聲寶牌），以及男女之間的愛情。

4.一陣喧天動地的鑼鼓聲，突然令人猝不及防地自度天宮的廟門前響起來，「輕郎！狂！輕郎！狂！」的。「痛！痛！痛痛痛！」的皮鼓節奏中，率領著神的儀隊向山下行去。

弄獅人的臉上現出一片莊嚴的神色，在鑼鼓「痛愴！痛愴！」的節奏中緩緩地拜到地上。

狂郎狂狂郎！「來喲，大家趕緊來！來看變魔術耍把戲打拳術！」狂郎狂郎狂郎！

狂郎狂郎的鑼響裏，還拖曳著一聲聲軟弱的「悽情悽情」的尾音。

海灘上的鑼鼓聲喧囂地向空中揚佈，「情！痛！狂！情！痛！狂！」

鑼鼓的音響，狂悽狂悽地捶擊八斗子正午的陽光。（以上均取自王拓：《吊人樹》）

案：以上各句中的摹聲詞均帶有意義上的雙關。

5. 第二天一早，我便搭平快車「空洞、空洞」坐了一整天，才算挸到台北。（李藍：《那一點點蝕去的歲月》）

案：「空洞、空洞」雙關火車發動的聲音以及人內心的空洞。

6. 今夜這位詩人沒有回來，柳儀感到冷……。（田原：《柳儀與纖纖》）

案：「冷」雙關天氣的冷和人情的冷。

7. 人一到西非，氣氛就有點不同。團中人自我解嘲的說：「漸入差境。」因為以往所到各國都是非洲的黃金地帶，此後要開始嘗試非人生活了。（郭敏學：《非洲七十日》）

案：「非人生活」雙關非洲人的生活以及非人類的生活。

8. 是夏夜，卻找不到半片靜寂。星已疏，月已高，滿耳「寂！寂！」似乎來自星月間幽幽的深淵。眼前一道白光劃上黑幕，停在右側，一雙綠眼溜溜轉。（山根：《野人之歌》）

案：「寂！寂！」雙關蟬鳴聲「唧！唧！」以及人內心的空寂。

9. 珍縈在樵雲肩上拍了一下，「這次期考是你出題。」

「好。」樵雲應著，手仍在改本子。

揚雄笑道：「山老師愛出複選題。」

珍縈一時悟過來，想起昨夜阿吟給她的電話。「可不是嗎？人家昨天下午還客串，演《白蛇傳》裡的許仙。」

岑霞信以為真，「在哪裡演的？」

珍縈說：「吊橋。」（王關仕《山水塵緣》）

案：揚雄暗戀溪吟；吳瓊華對山樵雲也頗有好感。瓊華探望樵雲，樵雲打傘相送。事聞於溪吟，溪吟向珍縈訴說。客串許仙即指此事。揚雄所言「複選題」，暗諷樵雲周旋於溪吟、瓊華之間。

10. 沒錯，這市長不是人幹的，是馬幹的。（馬英九：臺北市長任內訪港答記者問）

案：「這市長不是人幹的」，是臺北市前任市長陳水扁當選市長不久之後說的。「是馬幹的」，是馬英九自喻，因為他姓「馬」，並取馬能負重致遠之意。

11. 戴萬青到講台上跟全班說名嘴都是「千錘百鍊」，結果大家笑起來，只有陳國卿不知道。我們平常說一個人「千錘百鍊」，就是說他「欠搥敗類」的意思。（張大春：《大頭春的生活週記》）

(三) 語意雙關

語意雙關是指一句話，或是一段文字，雙關到兩件事物。例如：

深耕溉種，立苗欲疏，非其種者，鋤而去之。（劉章：《耕田歌》。見《史記・齊悼惠王世家》。）

「非其種者，鋤而去之」雙關非劉姓之諸呂，諸侯應該共擊之。劉章，即朱虛侯。

詩歌中最多此種雙關，如：

1. 新裂齊紈素，皎潔如霜雪；裁成合歡扇，團團似明月。出入君懷袖，動搖微風發。常恐秋節至，涼飈

敓炎熱。棄捐篋笥中，恩情中道絕。（班婕妤：《怨歌行》）

案：用秋扇雙關棄婦。

2.欲濟無舟楫，端居恥聖明。坐觀垂釣者，徒有羨魚情。（孟浩然：《臨洞庭上張丞相》）

案：用舟楫雙關進身之階。

3.錦城絲管日紛紛，半入江風半入雲。此曲祇應天上有，人間能得幾回聞？（杜甫：《贈花卿》）

案：《舊唐書・肅宗紀》：「上元二年四月，梓州刺史段子璋反，襲東川節度使李奐於緜州，自稱梁王，改元黃龍，以緜州為黃龍府，置百官。五月，成都尹崔光遠，率將花驚定攻拔緜州，斬子璋。」花卿，即花驚定，杜甫《戲作花卿歌》，中有句云：「成都猛將有花卿，學語小兒知姓名。……緜州副使著柘黃，我卿掃除即日平。子璋髑髏血模糊，手提擲還崔大夫。」記實之作也。然花卿恃功大掠，又僭用天子禮樂。楊慎曰：「花卿在蜀，頗用天子禮樂。子美諷之，意在言外。最得詩人之旨。」詩中「天上」雙關皇帝；「人間」雙關民間。

4.洞房昨夜停紅燭，待曉堂前拜舅姑，妝罷低聲問夫壻，畫眉深淺入時無。（朱慶餘：《近試上張水部》）

案：《全唐詩話》：「慶餘遇水部郎中張籍，張籍因索慶餘新舊篇什，擇二十六章，置之懷袖而推贊之。時人以籍重名，皆繕錄諷詠，遂以登科。慶餘作是詩以獻，籍酬之曰：『越女新妝出鏡心，自知明艷更沉吟；齊紈未足時人貴，一曲菱歌敵萬金。』由是朱之名流於海內矣。」

《宋史・呂誨傳》有段諷刺王安石的文字，也屬於此種語意雙關：

臣本無宿疾，偶植醫者用術乖方，不知脈候有虛實，陰陽有逆順，診察有標本，治療有後先，妄投湯劑，率任情意，差之指下，禍延四肢，寖成風痺，遂難行步，非徒惲跖盭之苦，又將虞心腹之變，勢已及此，為之奈何？雖然一身之微，固未足惜；其如九族之托，良以為憂。是思逃祿以偷生，不俟引年而還政。

案：此藉引疾以刺安石之新政。《宋史》所錄表文有刪削，傅隸樸先生《修辭學》據《道山清話》補正，此自傅書轉錄。

以下各例摘自《紅樓夢》及現代文學作品。

1. 這裏寶玉又說：「不必燙暖了，我只愛喝冷的。」薛姨媽道：「這可使不得，喫了冷酒，寫字手打顫兒。」寶釵笑道：「寶兄弟，虧你每日家雜學旁搜的，難道就不知道酒性最熱？要熱喫下去，發散的就快；要冷喫下去，便凝結在內，——拿五臟去暖他，豈不受害？從此還不改了呢？快別喫那冷的了。」寶玉聽這話有理，便放下冷的，令人燙來方飲。黛玉磕著瓜子兒，只管抿著嘴兒笑。可巧黛玉的丫鬟雪雁走來，給黛玉送小手爐兒。黛玉因含笑問他說：「誰叫你送來的？難為他費心，哪里就冷死了我？」雪雁道：「紫鵑姐姐怕姑娘冷，叫我送來的。」黛玉接了抱在懷中，笑道：「也虧你倒聽他的話！我平日和你說的，全當耳邊風，怎麼他說了，你就依的比聖旨還快呢？」（《紅樓夢》第八回）

案：黛玉和雪雁的幾句問答，都是雙關喫冷酒和送手爐兩件事，所以「寶玉聽這話便知是黛玉借此奚落他」。

2. 黛玉聽見寶玉奚落寶釵，心中著實得意，才要搭言，也趁勢取個笑兒，不想靚兒因找扇子，寶釵又發了兩句話，他便改口說道：「寶姐姐，你聽了兩齣什麼戲？」寶釵因見黛玉面上有得意之態，一定是聽寶玉方才奚落之言，遂了他的心願，忽又見他問這話，便笑道：「我看的是李逵罵了宋江，後來又賠不是。」寶玉便笑道：「姐姐通今博古，色色都知道，怎麼連這一齣戲的名兒也不知道，就說了這麼一套？這叫做『負荊請罪』。」寶釵笑道：「原來這叫『負荊請罪』！你們通今博古，才知道『負荊請罪』；我不知什麼叫『負荊請罪』！」一句話未說了，寶玉黛玉心裏有病，聽了這話，早把臉羞紅了。鳳姐這些上雖不通，但只看他三人的情景，便知其意，也笑問道：「這麼大熱的天，誰還吃生薑呢？」眾人不解，便道：「沒有吃生薑的。」鳳姐故意用手摸著腮，詫異道：「既沒人吃生薑，怎麼這麼辣辣的呢？」寶玉黛玉二人聽見這話，越發不好意思了。寶釵再欲說話，見寶玉十分羞慚，形景改變，也就不好再說，只得一笑收住。別人總沒解過他們四個人的話來，因此，付之一笑。（《紅樓夢》第三十回）

案：「負荊請罪」雙關前兩天寶玉跟黛玉吵架，又向黛玉賠不是。「辣辣」由生薑的辣雙關講話的辣。

3. 美國是一個黃金的國家，對的，但黃金不是灑在地上，灑在地上的黃金任何人都可以蹲下去拾，而是吊在半空中的，長得高的人才拿得到，我不是指形體上的高，而是指才能高過別人的。（於梨華：《變》）

4. 我乃庸俗的人，我的旋律單調而乏味，僅能供自己欣賞，我只是個「拉單弦的人」。（孟浪：《孤獨城的獨白》）

案：「拉單弦」雙關弦的孤單和自己生活的孤單。

5. 「胡先生是有志氣的，要嘛，準是盼個單吊自摸雙，不求人。」另一位太太再趣上一句，牌場術語都按在他身上了。（端木方：《摸夢》）

案：意指胡先生要自找愛人，不要別人介紹。

6. 門外喚賣花，嬌聲風送入窗紗，愛花莫待花有主，惜花總在花開時……。（流行歌詞）

案：「花」雙關花和女人。

7. 「我在臺大醫院住了五個月，他們又給我開刀，又給我電療，東搞西搞，愈搞愈糟，索性癱掉了。我太太也不顧我反對，不知那裏弄了一個打針灸的郎中來，戳了幾下，居然能下地走動了！」余教授說著，很無奈的攤開手笑了起來，「我看我們中國人的毛病，也特別古怪些，有時候，洋法子未必奏效，還得弄帖土藥秘方來治一治，像打金針，亂戳一下，作興還戳中了機關——。」說著，吳柱國也跟著搖搖頭，很無奈的笑了起來。（白先勇：《冬夜》）

案：「毛病」雙關人體上的疾病，以及國家社會的問題。

8. 當年百樂門的丁香美人任黛黛下嫁綿紗大王潘老頭兒潘金榮的時候，她還刻薄過人家：我們細丁香好本事，釣到一頭千年大金龜。……可是那天在臺北碰到任黛黛，坐在她男人開的那個富春樓綢緞莊裏，風風光光，赫然是老闆娘的模樣，一個細丁香竟發福得兩隻膀子上的肥肉吊到了櫃檯上，搖著柄檀香扇，對她說道：玉觀音，你這位觀音大士還在苦海裏普渡眾生嗎？她還能說什麼？只得牙癢癢的讓那個刁婦把便宜撈了回去。（白先勇：《金大班的最後一夜》）

案：「釣到一頭千年大金龜」和「還在苦海裏普渡眾生」都意有雙關。

9. 祇要我們有根，縱然沒有一片葉子遮身，仍舊是一株頂天立地的樹。（王蓉芷：《祇要我們有根》）

10. 無論如何，我們這城市總得有一些人迎接太陽！（張曉風：《行道樹》）

丙、原　則

對於雙關，尤其是字音雙關跟字義雙關，許多西方文評家都以為是一種「文字遊戲」，屬「低級趣味」。例如：韋禮克（R. Wellek）跟華倫（A. Warren）合著的《文學論》（*Theory of Literature*）第十五章即曾指出：雙關語自十八世紀愛迪生所作的《文辭分類》即被貶為假聰明（False Wit）；十九世紀以來更被視為低級趣味。

桑塔耶那的《美感》中《滑稽》一篇，也同樣認為：雙關語裡面天然地有一種低落無趣（Vulgar）成分，為一種惹人生厭的低格調（Undertone）。

就西方文學作品而言，這些話不無道理。試以莎士比亞劇作而論，如《羅蜜歐與朱麗葉》第二幕第一景末尾，羅蜜歐的朋友墨酷修的調侃之詞：

現在他一定是坐在一棵枇杷樹下，願他的情人是一顆枇杷，小姐們私下笑談時喚這種菓子為騷貨。啊羅蜜歐！真願她是啊！真願她是爛熟的裂開的「那話兒」，你是一隻生硬的大青梨。羅蜜歐，再會：我要上牀去睡；這露天的牀太冷，我不能睡：來，我們走罷？

梁實秋譯本在「枇杷樹」、「那話兒」、「大青梨」分別加以注釋，云：

枇杷樹（medlar tree），按medlar學名為mespilus germanica係亞洲產的一種蘋果科植物，其果於爛熟時方可食用，頂上平坦而裂縫，象徵pudendum「陰戶」。

et cetera係「陰戶」之委婉語。

poppering pear是比利時產的一種梨，poppering是地名Poperingue之轉，耶魯大學本注云：「可能是雙關語，暗指『陽物』；參看Kökeritz, *Shakespeare's Pronunciation*, pp.136–8」。

其實，類似這種帶色的雙關語，在中國戲劇中也是有的，你看《女起解》中崇公道調戲蘇三那段插科打諢，不也如此嗎？「雙關」之被視為低級趣味，正指此類。但莎翁戲劇中雙關語也有真聰明高格調的，如《朱利阿斯·西撒》第三幕第一景安東尼和布魯特斯、凱西阿斯等血手相握時對著西撒屍首說的話：

我愛你，西撒，啊！那是真的：那麼，如果你的幽靈現在能看到我們，看到你的安東尼就在你的屍首面前巴結敵人，握敵人的血腥的手，高貴的人喲，你心裡悲傷恐怕比死還難過罷？縱然我的眼睛和你的傷口一般多，流淚和你淌血一般快，那也總比跟你的敵人作朋友要好得多。饒恕我，朱利阿斯！你就是在這個地方受困的，勇敢的鹿；你就是在這個地方倒下去的；追逐你的獵人們現在站在這個地方，帶著屠殺你的標幟，因殺害你而弄得一身猩紅。啊世界！對於這隻鹿你就是森林；這個，老實說，啊世界！就是你的心。你躺在這裡，多麼像是一隻鹿，被許多位公子王孫所射殺了！

在「啊世界！就是你的心。」下，梁譯本注釋說：

hart（鹿）與heart（心）二字音同，雙關語。

同書同幕同景，安東尼還有一段台詞，說：

對於奧台維阿斯還不是一個安全的羅馬。

「安全的羅馬」即「安全的地方」，是雙關語，因為Rome與Room從前讀法一樣。像這樣的雙關語，實在不能視之為無趣的低格調！

個人認為：雙關修辭法既然在史傳、戲劇、詩詞、民歌中普遍存在，正代表人類的一種天真活潑的語言形態。我們不應鄙視它們，而應研究如何改進它們。事實上，雙關有佳者也有鄙者。我十分同意《文心雕龍・諧讔》的結論：

古之嘲隱，振危釋憊。雖有絲麻，無棄菅蒯。會義適時，頗益諷誡。空戲滑稽，德音大壞。

如何使「雙關」能「振危釋憊」而不致「德音大壞」，似應注意以下原則：

(一)要蘊藉

雙關原是一語兼含二意，而把「相關義」隱藏在「母題」中。要是「相關義」太露的話，那就有違雙關的目的了。民歌中以「絲」雙關「思」，以「藕」雙關「偶」，毛病決不在於「低級趣味」，而在雙關義太露了。試看下例：

宣和中，童貫用兵燕薊，敗而竄。一日內宴，教坊進伎為三四婢，首飾皆不同。其一，當額為髻，曰：「蔡太師家人也。」其二，髻偏墮，曰：「鄭太宰家人也。」又一人滿頭為髻如小兒，曰：「童大王家人也。」問其故。蔡氏者曰：「太師覲清光，此名朝天髻。」鄭氏者曰：「吾太宰奉祠就第，此懶梳髻。」至童氏者曰：「大王方用兵，此三十六髻也。」（周密：《齊東野語》卷十三）

以「三十六髻」雙關「三十六計」，而藏住了「走為上計」，來諷刺童貫的「敗而竄」，就蘊藉多多了。這是「傳達方式」的蘊藉，此外還有內容方面的「蘊藉」，就是雙關語要有禁得起讀者思考和分析的深意，呂誨的《求致仕表》和白先勇《冬夜》中的雙關語，都含有一番治國的大道理，便是內容含義的蘊藉。

(三)要風趣

風趣是雙關語的最大特色，巧妙的雙關，應該是一種不傷感情的諷嘲。試看下例：

章宗元妃李氏勢位熏赫，與皇后侔。一日宴宮中，優人玳瑁頭者戲於上前。或問上國有何符瑞。優曰：「汝不聞鳳凰見乎？」曰：「知之而未聞其詳。」優曰：「其飛有四，所應亦異：若嚮上飛則風雨順時；嚮下飛則五穀豐登；嚮外飛則四國來朝；嚮裏飛則加官進祿。」上笑而罷。（《金史・后妃傳》）

其中「嚮裏飛」即雙關「嚮李妃」，由「上笑而罷」四字可以發現雙關奇妙的效果，而這效果正建立在風趣的基礎上的。

余光中有一首《貼耳書》：

萬無一失

密語要輕輕傳送

向穠邃的髮叢
向一隻暖象牙的雕刻
左鬢精巧，右鬢更玲瓏
幽徑有一曲暗通

「密語」與「蜜語」字音雙關；「曲」字義雙關曲折和曲語，也十分風趣。

㈢要鮮活

雙關是一語兩意，通常都以具體的事物去雙關抽象的事物。如《詩經・豳風・鴟鴞》：

鴟鴞！鴟鴞！既取我子，無毀我室！恩斯勤斯，鬻子之閔斯。
迨天之未陰雨，徹彼桑土，綢繆牖戶。今女下民，或敢侮予。
予手拮据，予所捋荼，予所蓄租，予口卒瘏，曰予未有室家。
予羽譙譙，予尾翛翛，予室翹翹，風雨所漂搖。予維音嘵嘵。

北京師範大學《修辭學大綱》一書的作者夏宇眾對此詩加以說明：

此詩相傳為周公所作。當武王崩，成王立，周公相之，而管蔡以武庚叛，且流言謂公將不利於孺子。周公痛念家國之阽危，與自身之冤抑，乃作此詩以貽王，冀其感悟。此詩託為護巢之鳥，忽遭鴟鴞之襲擊，乃述其艱難締造之經過，及禦侮圖存之苦衷。全詩共分四章：

1. 開口即用呼告式口氣，使情景緊張活現，而又不使氣怒詬；只用「恩斯勤斯，鬻子之閔斯」等真摯字句，以冀感動敵人，真所謂溫柔敦厚之旨也。

2. 「迨天之未陰雨……侮予」五句，已充分表現其高居巢上，有備無患之自負氣概。而「未雨綢繆」四字，竟成為千古之寶典。故孔子贊之曰：「為此詩者，其知道乎！能治其國家，誰敢侮之！」

3.上章既表示自負氣概，至此又不禁痛定思痛。回思已往之千辛萬苦，捋荼蓄租，致手口交瘁，皆為此未完成之巢室也。誠不勝厚自矜憐之至。

4.言我之勞瘁，雖至羽譙尾敝，而巢猶未安，風雨又從而漂搖之。則我之哀鳴，安得而不急哉！然雖表示力竭聲嘶，而氣仍不餒。只用「譙譙」、「翛翛」、「翹翹」、「嘵嘵」等適切協和音調，讀者只須按字歌之，而不怨不尤，再接再厲之情感，自然歌出。

全篇修辭，純用化寄法。將國家之瀕危，概託為鳥巢之遭難。藉修辭之作用，使一幅鳥巢急難圖，宛然湧現於讀者之目前。詩中運用若干意象，組成一明晰之境界；使人讀之，莫不為之迴腸盪氣，此真千古有數之佳什也。

彼所謂「化寄」，就是本書所謂「雙關」，而「雙關」之能提供具體生動之事實，使文字鮮活，也由此例而可知了。

(四)要切時

雙關語如能切合時機，那就更有意味了。

葉昌桐在《追悼李國鼎先生》文中，敘述與李國鼎同遊，經過一座高爾夫球場，李國鼎說：

你看！在發球台上，擊球者必須低頭、哈腰、兩腿半彎，此乃擊球標準姿態。如果抬頭仰視、腰桿直挺，而腿直伸，則永遠打不好球，這就是政治人物在官場上所需要的姿態。

把高爾夫球和政治連在一起，妙語雙關，而不致突兀，正因為講話切合時機。我個人在臺灣師範大學任教時，有一次出席教務會議。由當年教務長黃堅厚主持。會議預定中午十二時結束，但發言踴躍，欲罷不能。黃教務長只好宣佈延長到十二時半，準時結束。沒料到到時地理系系主任石再添仍舉手表示有話要說，只聽黃教務長大吼一聲：

時間已到，不能讓石主任再添一段精彩討論，非常抱歉。現在宣佈：會議結束！

四座掌聲如雷！

第十八章　倒　反

甲、概　說

「倒反」是「反諷」(Irony)的一種。要給反諷下一周延的定義，是十分困難的。繆克(D. C. Muecke)在《反諷》一書中，曾經這樣開玩笑地說：「如果有人發現自己真有那麼份雅興想讓人在心理和造句上混淆發窘時，最妙的方法莫過於請他當場寫寫反諷的定義。」粗略地說：反諷指表象和事實的對比。包括：表面上講的是一件事，骨子裡指的是另外一件相反的事；以及事與願違的矛盾事實。前者即言辭的反諷(Verbal Irony)；後者名場景的反諷(Situational Irony)。例如：扒手的錢袋被人扒了；郎中的假藥害死自己的兒子；或者越幫越忙等等：都是場景的反諷。修辭學上的「倒反」，若採狹義，則僅指言辭的反諷，而把場景的反諷留給「篇章學」；若採廣義，則二者皆包含其中。所以「倒反」主要指的是言辭表面的意義和作者內心真意相反的修辭法。表面讚賞，其實責罵；表面責罵，其實讚賞。

反諷既指表象與事實的對比，倒反既指意與言反的言辭，所以它們的客觀基礎也就跟「映襯」一樣，在於宇宙內在矛盾以及人性內在矛盾。只是「映襯」把這種矛盾雙雙呈現出來；而反諷中的倒反僅呈現其一而意指其相反的另一。這兒要特別強調「相反的另一」。因為修辭方式中另有所謂「雙關」，是指一語同時關聯到兩件事物。「雙關」重點在兩件事物的「相似」；「倒反」重點在兩件事物的「相反」。弗烈德立・舒勒戈爾(Friedrich Schlegel)以為反諷是種「對世界本質的真相是自相矛盾的承認，因為只有藉著一種矛盾的態度才能瞭解世界矛盾的本體」；李查士(I. A. Richards)把反諷解釋成「兩種相反相輔欲望的湊合」：都是由於對反諷這種「矛盾」的客觀基礎的認識。

「倒反」的主觀條件為語言。「倒反」只存在於語言與文學作品中。這一點跟映襯手法可存在於所有藝術：如繪畫、建築、音樂等等之中不同。我們幾乎不曾看過一幅表示「倒反」的繪畫，除非加上文字；也不曾聽過一闋表示「倒反」的音樂，除非配上歌詞。語言與文學作品比繪畫、建築、音樂等等可以更方便的處理人們所說的、所想的、所感覺的，以及所相信的；尤其是可以更方便的處理人們所說跟所想之間的矛盾，以及想像和事實之間的矛盾。這些矛盾當然就是「反諷」以及「倒反」可以自由馳騁的領域。所以語言與文學，主觀上就有一種促成「倒反」表現的因素在。

「倒反」可分倒辭與反語兩種。

倒辭是把正面的意思倒過來說，中間不太含有諷刺別人的意思。如：莎士比亞《朱利阿斯・西撒》中安東尼對羅馬公民演講詞中的一段：

> 朋友們，我來此不是為要爭取你們的同情；我不是雄辯家，布魯特斯才是；你們都曉得我是一個坦白粗率的人，我愛我的朋友；准我為他公開演說的那幾位，他們也完全曉得我是這樣的一個人。因為我沒有智巧，不善措詞，沒有特長，也不會擺姿勢，也沒有口才，根本不會演說，所以不可能激動大家的情緒。

除了「布魯特斯才是」一句略有諷刺之意，此外幾乎句句都是自謙性的「倒辭」，這些倒辭，並不意味著諷刺。

反語非但把正面意思反過來說，而且其中含有諷刺的意思。仍舉安東尼演講中四段話為例：

> 朋友們，羅馬公民，同胞們，請聽我言；我是來埋葬西撒的，不是來稱讚他的。人之為惡，在死後不能被人遺忘；人之為善，則常隨同骸骨被埋在地下；所以西撒有什麼好處也不必提了。高貴的布魯特斯已

經告訴你們西撒野心勃勃；果真如此，那是嚴重的錯誤，西撒已經嚴重的付了代價。今天，在布魯特斯及其他諸位准許之下，——因為布魯特斯是一位尊貴的人，所以他們也當然都是尊貴的人，——我來到此地在西撒的葬禮中演說。他是我的朋友，對我忠實而公正，但是布魯特斯說他野心勃勃；而布魯特斯是個尊貴的人。他曾帶許多俘虜到羅馬來，其贖款充實了我們的國庫；在這一點上西撒可像是野心勃勃麼？窮苦的人哭的時候，西撒為之流淚；野心應該是較硬些的東西做成的，但是布魯特斯說他是野心勃勃；而布魯特斯是個尊貴的人。你們全都看過在「盧帕克斯節」那一天我三次獻給他一頂王冕，他三次拒絕接受：這是野心麼？但是布魯特斯說他野心勃勃；而當然布魯特斯是一個尊貴的人。我不是要說布魯特斯所說的不對，我只是來此說出我所知道的事。你們全都曾經愛戴過他，不是毫無理由的；那麼，有什麼理由令你們不為他悲傷呢？啊，判斷力喲！他已經奔到畜牲群裏去了，人類已經失卻他們的理性。請原諒我，我的心是在那棺材裏陪著西撒呢，我必須停下來，等它回來。

就在昨天，西撒的一句話可以抵抗全世界；現在他躺在那裏，無論多麼卑賤的人也不肯向他致敬了。啊諸位！如果我有意激動你們的心情，起來叛變作亂，我對不起布魯特斯，也對不起凱西阿斯，你們知道他們全都是尊貴的人。我不肯作對不起他們的事；我寧願對不起死者，對不起我自己，對不起你們，我也不願對不起這樣尊貴的人。這裏有一張羊皮紙，上面蓋了西撒的印章，是我在他的寢室裏找到的，是他的遺囑。一般人民若是聽到了這遺囑的內容——對不起，我不打算宣讀——他們會要去吻西撒的傷口，把他們的手絹浸在他的神聖的血液裏，甚至要乞討他的一根頭髮作紀念品。將來在命終的時候，還會在遺囑裏提到它，給子孫作為寶貴的遺產。

不要著急，朋友們；我實在不可以讀給你們聽，不應該讓你們知道西撒是如何的愛你們。你們不是木石，你們都是有血性的人，一聽了西撒的遺囑，必定會激動你們，使得你們發狂。最好你們不知道你們是他的遺產繼承人，如果你們知道了，啊！不知要有什麼樣的後果。

你們能不能別著急？你們能不能等一下？我一時失言，竟把這件事透露了給你們。我恐怕對不起用刀殺死西撒的那些高貴的人，我真是怕對不起他們。

這四段演講辭中，共用了九次「尊貴的（高貴的）人」，這不是演講者的真意；演講者實際上諷刺這些人並非尊貴的正人君子。所以民眾丁接著要說：

他們是叛徒；什麼高貴的人！

道出了安東尼自己想說的以及想要大家也說的話。

在我國典籍中，倒反辭的使用很早也很普遍。

先說倒辭：

1. 子之武城，聞弦歌之聲。夫子莞爾而笑曰：「割雞焉用牛刀。」子游對曰：「昔者偃也聞諸夫子曰：『君子學道則愛人，小人學道則易使也。』」子曰：「二三子，偃之言是也，前言戲之耳。」（《論語・陽貨》）

2. 黛玉聽了，睜開眼起身，笑道：「真真你就是我命中的『魔星』，請枕這一個。」說著，將自己枕的推給寶玉，又起身將自己的再拿了一個來枕上。二人對著臉兒躺下。（《紅樓夢》第十九回）

再說反語：

1. 冬十二月，狄人伐衛，衛懿公好鶴，鶴有乘軒者，將戰，國人受甲者皆曰：「使鶴，鶴實有祿位，余焉能戰？」（《左傳・閔公二年》）

2.莊宗好畋獵，獵於中牟，踐民田。中牟縣令，當馬切諫為民請。莊宗怒，叱縣令去，將殺之。伶人敬新磨知其不可。乃率諸伶走追縣令，擒至馬前，責之曰：「汝為縣令，獨不知我天子好獵耶？奈何縱民稼穡以供稅賦，何不飢汝縣民而空此地，以備吾天子之馳騁？汝罪當死！」因前請亟行刑。諸伶共唱和之。莊宗大笑，縣令乃得免去。（《五代史．伶官傳》）

3.孫定為人最鯁直，……只要週全人，……轉轉宛宛，在府上說知就裏，稟道：「此事果是屈了林冲，只可週全他。」府尹道：「他做下這般罪，高太尉批仰定罪，定要問他『手執利刃，故入節堂，殺害本官』，怎週全得他？」孫定道：「這南衙開封府不是朝廷的，是高太尉家的？」（《水滸傳》第八回）

4.日前掐死了一個丫鬟，尚未結案，今日又殺了一個家人。所有這些喜慶事情，全出在尊府。（《三俠五義》第三十七回）

由以上的例子，可見我們祖先使用倒反語的一斑。

至於古典文學中「場景反諷」的例子，在此也略舉三例。

第一例見於宋郭茂倩編次的《樂府詩集》，在卷二十六《相和歌辭》，首列《相和六引》的《箜篌引》，並說明其緣起：

一曰《公無渡河》。崔豹《古今注》曰：「《箜篌引》者，朝鮮津卒霍里子高妻麗玉所作也。子高晨起刺船，有一白首狂夫，被髮提壺，亂流而渡。其妻隨而止之，不及，遂墮河而死。於是援箜篌而歌曰：『公無渡河，公竟渡河；墮河而死，將奈公何。』聲甚悽愴，曲終亦投河而死。子高還以語麗玉。麗玉傷之，乃引箜篌而寫其聲，聞者莫不墮淚飲泣。麗玉以其曲傳鄰女麗容，名曰《箜篌引》。」

《公無渡河》此一樂府詩，短短四句十六字，呈現的是：一方面是狂夫之妻主觀上希望著、呼喊著「公無渡河」，另一方面客觀現實是被髮提壺的狂夫竟然亂流而渡，墮河而死。全首的張力就在這主客觀的矛盾上。楊牧在《傳統的與現代的》中，周英雄在《結構主義與中國文學》中，都對這首樂府詩作出了深入的分析。可以參閱。

第二例為王安石的《傷仲永》，見於《臨川文集》：

> 金谿民方仲永，世隸耕。仲永生五年，未嘗識書具，忽啼求之；父異焉，借旁近與之。即書詩四句，并自為其名；其詩以養父母收族為意。傳一鄉秀才觀之。自是指物作詩，立就，其文理皆有可觀者。邑人奇之，稍稍賓客其父；或以錢幣乞之。父利其然也，日扳仲永環謁於邑人，不使學。
>
> 余聞之也久。明道中，從先人還家，於舅家見之，十二三矣。令作詩，不能稱前時之聞。又七年，還自揚州，復到舅家問焉，曰：「泯然眾人矣！」
>
> 王子曰：「仲永之通悟，受之天也。其受之天也，賢於材人遠矣；卒之為眾人，則其受於人者不至也。彼其受之天也，如此其賢也，不受之人且為眾人；今夫不受之天，固眾人；又不受之人，得為眾人而已耶？」

從「邑人奇之，或以錢幣乞之（其詩）」，以至「十二三矣。令作詩，不能稱前時之聞」，終於「泯然眾人矣」：這又是何等的反諷！關鍵所在王安石自己已點破，未留給讀者詮釋的空間，有些可惜。

第三例是李清照的《如夢令・春晚》：

> 昨夜雨疏風驟，濃睡不消殘酒。試問捲簾人，卻道海棠依舊。知否，知否？應是綠肥紅瘦。

女主人和「捲簾人」對綠葉紅花的關懷和認知的差異，也可視為「場景反諷」的好例。

說完了「倒反」一格的定義，客觀基礎跟主觀基礎、分類以及在中國古典文學作品中發展情形之後，我想進一步說明「倒反」的哲學意義。

首先，我們必須揭示「倒反」和一切「反諷」一樣，其目標乃是舉發剛愎的無知、自以為是的愚蠢、驕傲、浮華與偽善等等。它的形上理論，源於人類對於自己「無知」的覺醒。這種「無知」包含對宇宙的無知與對生命的無知。宇宙怎樣起源的？目的何在？生命來自何處？為上蒼的安排抑為生物學上的巧合？各種生命為何終有死亡的現象？人類的理性、感情和本能間，自由意志和命運間，客觀與主觀間，社會和個人間，絕對和相對間，人性與科學間，種種衝突究應如何調和？在在都縈迴於我們的腦際。我們所了解的宇宙，僅限於我們觀測所及的宇宙；我們所了解的人性，僅限於露出水面部分的冰山。甚至如《史記‧范雎列傳》所述：魏須賈使於秦，見秦相張祿，但須賈並不知道張祿就是當年在魏受其醉溺之辱的范雎。或者如《舊約‧創世記》所述，約瑟夫(Joseph)在埃及款待他的兄弟，但他們並不知道款待他們的大人物就是被他們出賣為奴隸的兄弟。面對著宇宙的冷漠，生命的無常，以及想通曉萬事而不能的基本矛盾，人類再不能不作深思。於是曠達之士如莊子，覺得：「吾生而有涯，而知也無涯；以有涯隨無涯，殆已。」因而對全面知識的可能性予以否定。而「知其不可為而為」的儒家，以為：「知之為知之，不知為不知，是知也。」卻肯定了知識的全部：包括知己之所「知」與知己之所「不知」在內。孔子與莊子都能意識到知識的矛盾對立的本質，使人類超越了對宇宙對人生的希望感和失望感，對自己本身能力達到完全的認識。而「反諷」及所屬的「倒反」正是嘗試探討這些矛盾對立的本質的一種手段。了解了這種關於「反諷」及「倒反」的形上理論，我們對於諾凡利斯(Novalis)把反諷稱作「真正的意識，真正的心智顯現」，也就不會有太突兀的感覺。而由渾噩到善感，從不思到深思，從無意識到創造性意識，反諷這些形上性質，也許正是叔本華和尼采所以認為「生命只有作為美學現象時才是有意義的」原因所在吧！

乙、舉　例

以下各例，均取自現代文學作品。

(二)倒　辭

沒有諷刺他人成分的倒反語，但可以自嘲。

1. 我那時真是聰明過分，總覺得他說話不大漂亮，非自己插嘴不可。但他終於講定了價錢；就送我上車。他給我揀定了靠車門的一張椅子；我將他給我做的紫毛大衣鋪好坐位。他囑我路上小心，夜裏要警醒些，不要受涼。又囑託茶房好好照應我。我心裏暗笑他的迂，他們只認得錢，託他們直是白託！而且我這樣大年紀的人，難道還不能料理自己麼？唉，我現在想想，那時真是太聰明了。（朱自清：《背影》）

案：其實作者那時「笨」得連父親的關懷都不能領略，「太聰明」有自嘲成分。

2. 我掩卷凝思了半天，我想在中國找不出這樣一個「笨」人來。也就是說，在這種笨人不能產生之前，我們的科學，還是抄襲的，短見的，……。（陳之藩：《實用呢，還是好奇呢？》）

案：所謂「笨人」實指不急功好利的人，對「笨人」作者並無諷刺之意。

3. 「傻仔！」他望望對面樓上，厚厚的紫黑色的闊嘴又動了動，這回是在罵他的兒子，但隨著罵聲，他的老臉上卻泛起了笑容。「還不肯教我來呢，這麼要緊的事情！」（林海音：《要喝冰水嗎？》）

4. 我總是拙於流露情感，除了在你面前，啊！又是你，只有你，我無法扼殺掉，真是一種災禍。（胡品清：《告別讀者》）

5. 天磊惱得也顧不得任何禮貌，搶著說：「謝謝你這樣稱讚我的未婚妻。」說著，接著意珊走了兩步。

（於梨華：《又見棕櫚．又見棕櫚》）

6. 她看到裝金門高粱的那個細頸瓶子，拿起來，重又把蓋子旋開，「是的，水不肯熄火，是的，這種酒不肯醉人！」酒喝光了，空瓶子留在手中，他重又躺下，閉上眼睛。（楚卿：《酒不醉人》）

7. 她選擇了一個英雄。我不恨她，過去的事，只當是一場春夢就算了。那只是一段尚未展開的感情，是不是？我不應該有痛苦的，是不是？我很快樂，因為我所暗中喜歡的人獲得了這樣美好的歸宿。……我不必擔心，我不嫉妒，我不難過，真的，我絕對不難過。

「小虎，」母親忽然地說：「你究竟要放多少糖在稀飯裏呀？你已經放了八九顆方糖了！」（馮馮：《微曦》）

8. 「輸呀，輸得精光才好呢！反正家裏有老牛馬墊背，我不輸也有旁人替我輸！」（白先勇：《永遠的尹雪艷》）

案：「輸呀，輸得精光才好呢」是倒辭，其實心中不想輸。

9. 當星期天別人都出去，我們兩人卻扛著圓鍬上山，在寂靜的山頭上，僅有我們兩個打著赤膊挖土，我看看他在烈日下流汗的臉，後來又聽見他在竊笑。我問他笑什麼？他說：「如果這是為自己挖的，那才有意思呢，人就是這樣蠢。」（逯耀東：《揮手》）

10. 分局長倒看得開，一時海闊天空起來，心想跟這種人一般見識未免那個。但心裏仍不甘地嘀咕著，真想再問阿番哥一句：「你吃夠了沒有？如果沒吃夠，我家還有一頭獅子狗。」可是，就沒能豪爽出口。（林柏燕：《阿番哥的真假團魚》）

11. 「你說我不在乎嗎？」

「我就是有這種感覺！」

「好，我是不在乎，你滿意吧？」（林佛兒：《離別擁抱》）

12. 你是我前世的冤家，無端端叫我心牽掛，聽得你說了幾句知心話，願來世不再遇見冤家。（流行歌詞）

13. 南來北往只有一條橋呀，為什麼那麼不湊巧，難得遇上哥兒也來到，四周沒有人呀靜悄悄。（流行歌詞）

14. 新婚的賴小姐向她的朋友說：「我燒的菜相當成功，我先生已決定要請女傭了。」（《讀者文摘》）

(三)反　語

含有諷刺他人成分的倒反語。

1. 不知是受了哪一位大人先生的恩典，這一條臭水溝被改為地下水道，上面鋪了柏油路，從此這條水溝不復發生承受垃圾的作用，使得附近居民多麼不便。（梁實秋：《雅舍小品》）案：「水溝」不是倒「垃圾」的地方。諷刺居民的缺乏清潔的習慣。

2. 流蘇氣到了極點，反倒放聲笑了起來道：「好，好，都是我的不是，你們窮了，是我把你們吃窮了。你們虧了本，是我帶累了你們。你們死了兒子，也是我害了你們傷了陰騭！」（張愛玲：《傾城之戀》）

3. 先生，你下的定義絲毫不武斷，

是真的，每個詩人全像是傻蛋。

可是由你看起來，也可以證明：

每個傻蛋不見得全能作詩人。（吳興華：《致某批評家》）

4. 「那末妳這樣做，真是一個義舉了，救了我，又助了他。」

「還解決了我自己的問題。」（於梨華：《移情》）

案：愛無甩掉自己的男友正剛，搶走二姐的男友吳經，反以為是救了二姐，助了正剛。二姐反脣相譏，「義舉」云云，全屬「反語」。

5. 「你討厭美國人嗎？」

天磊朝他望著，心裏微微感嘆。年輕人自然可愛，因為青春本身是很可愛的。年輕人的單純也是一種可愛的品質，但可惜的是，年輕單純的人往往問些愚蠢的問題，他對美國人的感情，豈是「討厭」兩個字所能表達的？「不，美國人是我的衣食父母，我怎麼會討厭他們？」意珊瞪著他，不知道是不懂他的bitterness呢，還是氣他的刻薄。（於梨華：《又見棕櫚．又見棕櫚》）

6. 飯後，母親把我叫到她房裏，第一句話就說：「孩子，你太任性了。你媳婦表面上是醜了一點，可是她的心並不醜。」

「美，美，美的像天仙！」本來胸中就積滿了委屈，聽了母親的讚語，並發增加了我的憤懣。「不然你會娶她作兒媳婦？」（汪洋：《換眼記》）

7. 「就為等你這孝順的好兒子。」娘的聲音很不自然。（下里巴人：《夢魘》）

8. 「你實在是一個很難得的女孩子，全身上下都充滿了靈性，我們兩個和你比起來，簡直是不學無術，俗不可耐。」說完我忍不住惡作劇地笑了一笑。（王溢嘉：《霧之男》）

9. 如今學人演講的必要程序之一便是講幾句話便忽然停下來，以優雅而微赧的聲音說：「說到Oedipus Complex——唔，這句話該怎麼說？對不起，中文翻譯我也不太清楚，什麼？伊底柏斯情意綜，是，是，唔，什麼？戀母情結，是，是，我也不敢Sure，好，Anyway，你們都知道Oedipus Complex，中文，唉，中文翻譯真是……。」

當然，一次演講只停下來抱怨一次中文是絕對不夠光采的，段數高的人必須五步一樓十步一閣，連講到Brother-in-law也必須停下來。「是啊，這個字真難翻，姐夫？不，他不是他的姐夫。小舅子？也不是小舅子，什麼？小叔子——小叔子是什麼意思？丈夫的弟弟？不對，他是他太太的妹妹的丈夫，連襟，連襟是這個意思嗎？好，他的Brother-in-law，他的連，連什麼，是，是，他的連襟，中文有些地方真是麻煩，英文就好多了。」

我對這種接駁式的演說真是企慕之至。試觀他眉結輕綰，兩手張攤的無奈，細賞他搖頭嘆息，嘴角下撇的韻味，真是儒雅風流，深得摩登才子之趣，細腰的沈約，白臉的何晏萬萬不能與之相比，而我輩一口標準中文的人更不敢望其項背。「思果」先生竟然不合時宜地大談起「翻譯」來，真正應該閉門「思過」了。萬一我們把英文都翻成了流利的中文，以致失去這些美好的、俏皮的、充滿異國風情的旖旎的演講，豈不罪莫大焉。好在思果先生的謬論只是這偉大潮流中的一小股逆流，至少目前還未看出對學術的不良影響。（桑科：《我恨我不能如此抱怨》）

案：張曉風用「桑科」筆名發表的文章，幾乎都採反諷語氣。

最後，再順便說說現代文學中「場景反諷」的例子。

先說現代詩，以鄭愁予的《錯誤》為例：

我打江南走過

那等在季節裏的容顏如蓮花的開落

東風不來，三月的柳絮不飛

你底心如小小的寂寞的城
恰若青石的街道向晚
跫音不響，三月的春帷不揭
你底心是小小的窗扉緊掩

我達達的馬蹄是美麗的錯誤
我不是歸人，是個過客……

就像劉半農一九二〇寫於倫敦的《教我如何不想她》的「她」指的是祖國，鄭愁予的《錯誤》蘊含的，也可能是家國之思。一邊是春去秋來，花開花落，江南寂寞小城的等待和企盼；一邊是漂泊遊子偶爾打江南走過。「美麗的錯誤」正建立在這場景反諷上。

大陸詩刊《原上草》第二期有一首青年工人寫的《從前》：

從前
他指著寶座上的皇帝說：
「這是個壞蛋！」
大家揭竿而起，
就把皇帝推翻。
如今，一轉眼
他又坐到寶座上邊，

還傳旨說：

「要保江山萬萬年。」

也以場景反諷寫成，只是詩旨太露了。

再說散文，先摘錄余秋雨《文化苦旅・道士塔》中一節：

真不知道一個堂堂佛教聖地，怎麼會讓一個道士來看管。中國的文官都到哪裏去了，他們滔滔的奏摺怎麼從不提一句敦煌的事由？

其時已是二十世紀初年，歐美的藝術家正在醞釀著新世紀的突破。羅丹正在他的工作室裏雕塑，雷諾阿、德加、塞尚已處於創作晚期，馬奈早就展出過他的《草地上的午餐》。他們中有人已向東方藝術投來歆羨的目光，而敦煌藝術，正在王道士手上。

王道士每天起得很早，喜歡到洞窟裏轉轉，就像一個老農，看看他的宅院。他對洞窟裏的壁畫有點不滿，暗乎乎的，看著有點眼花。亮堂一點多好呢，他找了兩個幫手，拎來一桶石灰。草紮的刷子裝上一個長把，在石灰桶裏蘸一蘸，開始他的粉刷。第一遍石灰刷得太薄，五顏六色還隱隱顯現，農民做事就講個認真，他再細細刷上第二遍。這兒空氣乾燥，一會兒石灰已經乾透。什麼也沒有了，唐代的笑容，宋代的衣冠，洞中成了一片淨白。道士擦了一把汗憨厚地一笑，順便打聽了一下石灰的市價。他算來算去，覺得暫時沒有必要把更多的洞窟刷白，就刷這幾個吧，他達觀地放下了刷把。

當幾面洞壁全都刷白，中座的塑雕就顯得過分惹眼。在一個乾乾淨淨的農舍裏，她們婀娜的體態過於招搖，她們柔美的淺笑有點尷尬。道士想起了自己的身分，一個道士，何不在這裏搞上幾個天師、靈官菩薩？他吩咐幫手去借幾個鐵錘，讓原先幾座塑雕委屈一下。事情幹得不賴，才幾下，婀娜的體態變成碎片，柔美的淺笑變成了泥巴。聽說鄰村有幾個泥匠，請了來，拌點泥，開始堆塑他的天師和靈官。泥匠說從沒幹過這種活計，道士安慰道，不妨，有那點意思就成。於是，像頑童堆造雪人，這裏是鼻子，這裏是手腳，總算也能穩穩坐住。行了，再拿石灰，把它們刷白。畫一雙眼，還有鬍子，像模像樣。道士吐了一口氣，謝過幾個泥匠，再作下一步籌劃。

今天我走進這幾個洞窟，對著慘白的牆壁、慘白的怪像，腦中也是一片慘白。我幾乎不會言動，眼前直晃動著那些刷把和鐵錘。「住手！」我在心底痛苦地呼喊，只見王道士轉過臉來，滿眼困惑不解。是啊，他在整理他的宅院，閒人何必喧嘩？我甚至想向他跪下，低聲求他：「請等一等，等一等……」但是等什麼呢？我腦中依然一片慘白。

在本章概說中，我曾揭示「倒反」和一切「反諷」一樣，其目標乃是舉發剛愎的無知、自以為是的愚蠢、驕傲、浮華與偽善等等。它的形上理論，源於人類對於自己「無知」的覺醒。試以此來靜察余秋雨筆下的王道士，當有深一層的體會。另外要提醒讀者的是：「老僧已死成新塔，壞壁無由見舊題。」（蘇軾：《和子由澠池懷舊》）余文題名正是《道士塔》，王道士是死了。文中：「眼前直晃動著那些刷把和鐵錘。」和「只見王道士轉過臉來，滿眼困惑不解。」都是「示現」的寫法。

小說方面，我想起了白先勇《臺北人》中的《冬夜》，歐陽子有一篇：《〈冬夜〉之對比反諷運用與小說氣氛釀造》，後來收錄在《王謝堂前的燕子》中，於《冬夜》的場景方面對比反諷論之已詳。茲更以人物為軸，從《冬夜》中摘出他們當年參加五四運動和後來行事，略作比較如下：

余嶔磊：當年是第一個疊羅漢爬進曹汝霖家裏去的學生，把鞋子擠掉了。打著一雙赤足，滿院子亂跑，一邊放火。後來在臺大教書，教拜崙。一隻腿卻被學生騎著一輛機器腳踏車過來，一撞，便撞斷了。

吳柱國：五四那天領隊遊行扛大旗的那個學生，跟警察打架，把眼鏡也打掉了！並且領頭打駐日公使。後來在美國教了二十年的書，教的卻是中國唐史。真是像唐玄宗的白髮宮女，拚命在向外國人吹噓天寶遺事了。有一年東方歷史學會在舊金山開會，他去參加。一個哈佛大學剛畢業的美國學生，宣讀論文，題目是：《五四運動的重新估價》，一上來便把「五四」批評得體無完膚。

邵子奇：當年參加「勵志社」，頭一條誓言是：「二十年不做官。」那天宣誓，還是邵子奇帶頭宣讀的呢！現在他正在做官，又是個忙人。

賈宜生：五四遊行，賈宜生割開手指，在牆上寫下了「還我青島」的血書。在臺大教書時，環境困得厲害，太太又病在醫院裏。那晚他還去兼夜課，到了學校門口，一跤滑在陰溝裏，便完了。

陳雄：五四運動時，陳雄穿了喪服，舉著「曹陸章遺臭萬年」的輓聯，在街上遊行。抗日戰爭勝利，他是給槍斃了的日本大漢奸。

陸沖：當年是個打倒「孔家店」的人物。後來留在北京大學教書。共產黨「百花齊放」，北大學生清算陸沖，說他那本《中國哲學史》為孔教作倀，要他寫悔過書認錯。陸沖的性格還受得了？當場在北大便跳了樓。

在《冬夜》裡，我們看到五四時代那些年輕人浪漫的、追求理想的情懷，如何在時代的考驗過程中，一步一步向逼迫他們的現實退讓（余、吳），或者背叛了過去的理想（邵、陳），甚至倒下去（賈、陸）。所以《冬夜》中，吳柱國唏噓地跟余嶔磊道：

「只是人生的諷刺也未免太大了。」

丙、原　則

《周易・乾文言》：「子曰：君子進德修業。忠信，所以進德也；脩辭立其誠，所以居業也。」倒反辭格，就表面看來，跟「脩辭立其誠」似乎有所違背。但是事實上，恰當地使用倒反辭，並不是抹殺「真意」，只是設法促使對方進一步去反省，去尋找這個隱藏在文字反面的「真意」，並且享受發現後的愉悅與痛苦罷了。倒反辭格所以成為一種可行的修辭方法，其道德哲學上的基礎在此。下面，我要談談此一辭格使用的原則。

(一)消極的原則

(1)倒反不應太過尖刻。

這是一條重要的原則。拿倒反辭作為一種刺傷對方感情的武器，那是不足為訓的。史衛夫特(Swift)的《謙虛建議》(*Modest Proposal*)裡建議愛爾蘭的清教徒地主得買食失業貧窮的天主教徒的嬰兒，其中有如是的句子：

> 說到我們都柏林市的屠宰場倒是達到這目的的最佳場所。而至於屠夫的人數，我想是不會缺少的。不過，我還是推薦能夠買下活生生的嬰孩，然後把他們穿得嶄新嶄新的好上刀場，就跟我們烤豬一樣。

雖然《反諷》一書的作者繆克批評這一段文字：

> 一種本來可以形之於痛苦和失望哀號的感情，在這兒就已經轉變成了一種有理而簡潔的辯論句，並且帶上了建議者的謙虛與自以為是的口吻；史衛夫特算是能夠控制自己感情衝動，並不直口說出自己的感受；其中，有的是語氣的停頓，距離化，理智化，到了後來，便沒有什麼特別情感上的衝激了。

但是，我個人仍覺得它仍是過於尖刻。《荀子・榮辱》云：「與人善言，煖於布帛；傷人之言，深於矛戟。」可不慎歟！

(2)倒反不宜流於煽動。

把倒反辭跟二元邏輯(Two-valued Logic)湊在一起，再加上籠統的表達，那真是夠煽動性的宣傳辭令。上文所引安東尼的演講辭就是一個例子。首先，安東尼暗示著「不是好人就是壞人」的二元邏輯，二分了「尊貴的人」和「叛徒」；再把布魯特斯和他的朋友牽扯在一起。於是，聽眾便得到一如下述的印象：凱西阿斯等因私人怨恨而殺西撒，凱西阿斯不是尊貴的人；布魯特斯是凱西阿斯的朋友，布魯特斯也不是尊貴的人。既不是尊貴的人，所以就是叛徒。這種有著嚴重的邏輯謬誤的煽動性言詞，對真正尊貴的布魯特斯是太不公平了。倒反辭用作諸如此類的煽動性的辭令，那真是一幕悲劇。

(3)倒反不宜過於低俗。

胡耀邦逝世，北京一批擁胡的群眾，寫了一副對聯：

開西風，槓，槓白板，眾歎未開花；

聽紅中，碰，碰四條，莊說胡詐胡。

橫批則是：

胡了白胡

此事曾在臺灣媒體流傳，未審確否。但以麻將牌牌名和用語反諷時局，似乎低俗些。

(三)積極的原則

(1)注意事實和表象間的對比。

依照哈肯・傑弗利(Haakon Chevalier)的說法，「反諷的最基本特徵就是一件事實和一種表象之間的對比。」

傑氏之言包括兩點意思：一、反諷必須是表象和事實之間的相反或不相稱；二、對比愈明顯，反諷的本身也就愈明顯。以哈代(Thomas Hardy)的《黛絲姑娘》(*Tess of the d'Urbervilles*)為例。黛絲為了一家生計，初受辱於小東愛來克(Alec)；再見棄於丈夫克來爾(Clare)。一身擔負著人間之悲慘，最後還被處死刑。作者用這樣的句結束全文：

「正義」總算有了，因為套用艾斯奇魯斯的話頭，諸神的總主宰業已結束祂對黛絲姑娘的玩弄。

在「正義」一詞背後，含有多少辛酸！這種表象和事實間的天南地北，使讀者在一掬同情之淚之餘，更有無限悲憤！

(2)要同時使人悲戚與愉快。

湯姆遜(A. R. Thompson)在《乾諷》(*Dry Mock*)一書中主張反諷的對比必須同時使人心裡難過和愉快：

在反諷裏，人們的情感互相摩擦，……而在任何文學裏所表現的是同時既是情感的也是知識的。……我們所屬意的人和事正被殘忍地玩弄著，我們看出玩笑所在，但是我們卻因此而心戚然。

以古希臘悲劇家梭浮克里斯(Sophocles, 495–405 B.C.)的名作《伊底帕斯王》(*Oedipus the King*)為例：伊底帕斯為命運所玩弄，早已犯上了弒父娶母的滔天大罪，一方面卻對此茫然無知。且看他娶母之後尋找殺父兇手時的誓言：

這是我嚴肅的祈禱，對那個未查出的謀殺者，與他的共犯，將因可恥的行為，永遠烙上羞恥的烙印，而且終生不再有人引以為友。

在觀眾及讀者因發覺伊底帕斯的「無知」而好笑的同時，當有一股更強烈的悲哀感覺在心頭吧！

(3)必須表現一種幽默感。

幽默是什麼？還是先從《生活的藝術》中抄一段幽默大師林語堂的話：

幽默一定和明達及合理的精神連繫在一起，再加上心智上的一些會辨別矛盾、愚笨、和壞邏輯的微妙力量，使之成為人類智能的最高形式。

倒反辭的基礎正在「明達及合理的精神」跟「會辨別矛盾、愚笨、和壞邏輯」的能力之上，所以應該是一種具有十足幽默感的修辭法。林語堂曾建議：在大戰的前夕，不妨讓蕭伯納代表愛爾蘭，史梯芬・李可克代表加拿大，伍德・好司代表英格蘭，勞勃・本區雷代表美國，那麼：

可以聽見蕭伯納在大喊愛爾蘭是錯誤的，一位柏林的諷刺畫家說一切錯誤都是我們的。勃郎宣稱大半的蠢事應由美國負責。可以看見李可克坐在椅子上向人類道歉，溫和地提醒我們說，在愚蠢和愚憨這一點上，沒有一個民族可以自譽強過其他民族。在這種情形之下，大戰又何至於引起呢？

這正是倒反辭的幽默處。談笑國際大事，那是成名了的幽默大師們的專利；咱們升斗小民，不敢奢談。不過，當你在家，孩子們正在扭亮電視，你不妨幽默一下：

電視機這玩意兒真不賴，閉上眼睛，它簡直跟收音機同樣美妙，要是再塞上耳朵，那就更像面對一個寧靜的世界了！

出門買橘子，你也不妨吩咐水果行的姑娘一聲：

可別一斤稱出了十七兩來！

華爾・波爾(Horace Walpole)有這麼一句銘言：

對於那些用思想的人，世事莫非一場喜劇；
但對於那些用感覺生活的人來說，生命是一場悲劇。

每一個人都要三思此言！

(4)必須具有使人反省的效果。

《晏子春秋・內篇・諫上》記載這樣一個故事：

景公使圉人養所愛馬，暴病死，公怒，令人操刀，解養馬者。是時晏子侍前，左右執刀而進，晏子止之，而問于公曰：「古時堯舜支解人，從何軀始？」公瞿然曰：「從寡人始。」遂不支解。

在「公怒」之時，晏子要是直言勸諫，那保證倒楣。因此晏子故意說了一句反語，點醒景公，於是達到了勸諫的目的。上乘的倒反辭必須具有這種效果。

最後，我願再引湯瑪斯・曼(Thomas Mann)的話以為本文結：

言詞實在太嚴肅而叫人興奮了！也惟其太嚴肅了，所以必使之帶點輕鬆味。朋友，輕鬆、佻巧、逗笑等等真是上帝賜予人的最佳禮物，這也是我們在複雜多端的人生中所擁有的最深奧的知識，上帝既然把它給了人類，那麼也許人生的那張道貌岸然的嚴肅臉孔才會被迫換成笑臉。

願我們大家都有張會說倒反話的嘴，和一張笑臉！

第十九章 象徵

甲、概說

任何一種抽象的觀念、情感、與看不見的事物，不直接予以指明，而由於理性的關聯、社會的約定，從而透過某種具體形象作媒介，間接加以陳述的表達方式，名之為「象徵」。

詳細點說：

象徵的對象是任何一種抽象的觀念、情感、與看不見的事物。例如：在暴風雨中飛行的海燕象徵英勇，英勇就屬於一種「觀念」；以熊熊烈火象徵男女間的情愛，情愛便屬於一種「情感」；以花朵的凋零象徵死亡，死亡便屬於一種事實。查爾斯・查特徵克(Charles Chadwick)在其《象徵主義》(*Symbolism*)一書中指出象徵是「使用具體的意象以表達抽象的觀念與情感」；韋氏(Webster)英文字典以為象徵是「以一種看得見的符號來表現看不見的事物」。都特別強調「抽象的」、「看不見的」。以上文所舉例子而論：英勇、情愛、死亡確實都是抽象而看不見整體的。

象徵的媒介是某種具體的形象，例如前述之飛行在暴風雨中的海燕、熊熊燃燒的烈火、花朵之凋零，都為具體的，或看得見的。

象徵的構成必須出於理性的關聯，社會的約定。例如：以獅子象徵勇敢屬理性的關聯；以十字架象徵基督教屬社會的約定。不過這種關聯與約定並沒有必然性。因此，象徵雖然是一種符號，但並不等於數學上的符號。

數學上的符號如：$c^2=a^2+b^2$。c為直角三角形之斜邊；ａｂ為其餘二邊，有一定的意義。但是象徵之為符號，除以國旗象徵國家，十字架象徵基督教等特例之外，通常卻無必然性。同一事物可能象徵不同的意念。例如「柏舟」，在《詩經・邶風》裡暗示賢人之不見用；在《詩經・鄘風》裡卻暗示貞女之不動心。「桃花」，在《詩經・周南・桃夭》象徵豐沛的生命力；在陶淵明《桃花源記》卻象徵逃脫亂世的美好人間。又如：水，象徵清潔、贖罪、豐饒等，也可作為「潛意識」的象徵。海洋，代表一切生命之母，也可以作為心靈的神秘性和無限量，死與再生，時間之無限等等的象徵。非但同一事物可能象徵不同的意念，有時同一意念可用種種不同事物來象徵。如《詩經・豳風・九罭》，首章：「九罭之魚，鱒魴。」孔穎達疏云：「鱒魴是大魚，處九罭之小網，非其宜；以興周公是聖人，處東方之小邑，亦非其宜。」次章：「鴻飛遵渚。」鄭玄箋云：「鴻，大鳥也。不宜與鳧鷖之屬飛而循渚，以喻周公今與凡人處東都之邑，失其所也。」同樣是「純潔」，你可以用百合花，我可以用蓮花去象徵。同樣是「和平」，他可以用鴿子或橄欖枝去象徵。黃季剛先生早見及此，在《文心雕龍札記・比興》便曾說過：「原夫興之為用，觸物以起情，節取以託意，故有物同而感異者，亦有事異而情同焉，循省六詩，可榷舉焉。」

象徵的表達方式必須是間接陳述而非直接指明。象徵主義大師馬拉梅(Stéphane Mallarmé)曾說過：「指明一物件，便剝奪了一首詩的最大樂趣；因為詩的樂趣在逐漸流露。」後人把這兩句話約為：「說出是破壞，暗示才是創造。」成為象徵主義的名言。這一點也正是象徵與譬喻不同之所在。譬喻所含的意念，容易尋找，也容易確定；但象徵卻表現出高度的曖昧。

對「象徵」的定義有了初步認識之後，必須進一步說明：「象徵」不僅是語言上的一種修辭方式；也是文學藝術創作中一種表現手法。前者屬於修辭學；後者屬於文學理論中的方法論。作為語言上的修辭方式，「象徵」

可用於表意方法的調整；也可用於篇章結構的經營。前者屬狹義的修辭學；後者屬廣義的修辭學。尤須注意的是：「象徵」不等於「象徵主義」。「象徵主義」是十九世紀在法國興起的文藝思潮和流派。主張通過細致複雜的一剎那感覺，來探測心靈深處最隱密的意念，並以具象的形式加以表達，來溝通可視世界和不可視世界，物質世界和精神世界，有限世界和無限世界。這種種義界，在基本區別中又有千絲萬縷的密切連繫，必須明辨，卻不可拘泥。

以下我想進步一探象徵的本質。如此，就必須稍稍了解「天人合一」的觀念，以及弗洛伊德(Sigmund Freud, 1856–1939)的潛意識(the Unconscious)說，和柯立芝(T. S. Coleridge)對幻想力與想像力(Fancy and Imagination)的論述。

關於「天人合一」觀念，在中國，可以上溯到《周易》。《周易》主要部分，由「六十四卦」組成。而其他文字，包括「卦爻辭」(即《易經》)和「十翼」(即《易傳》)，皆環繞此六十四卦而試作「占斷」或「解釋」。六十四卦由「八卦」重疊而成；八卦又由陽爻、陰爻三疊而成。大概古人看到男女交合而生人，推諸自然，以為宇宙間也有陰陽二原理。原始的《周易》既然由「人身」而推之於「自然」，當然也可由「自然」而反觀「人身」。這一點，很合儒家的胃口。子在川上，看見逝者如斯，不舍晝夜，不是也有一番感慨，由「不是倫理界的事實」中，吸取「倫理的教訓」嗎？所以儒門所著的《周易・象傳》，就會由「天行健」，而悟「君子以自強不息」；由「地勢坤」，而悟「君子以厚德載物」。《周易・文言傳》更說：「夫大人者，與天地合其德，與日月合其明，與四時合其序，與鬼神合其吉凶，先天而天弗違，後天而奉天時，天且弗違，而況於人乎？況於鬼神乎？」這種「天人合一」的意識形態，表現在文學作品中，就是《詩經》中「觸物以起情，節取以托意」的「興」，就是「象徵」。不過「天人合一」的觀念，並不是只有中國人才有，在西方也相當普遍。德國哲學家康德（Immanuel

Kant）的名言：「臨我頭上者，星空；律我內心者，道德。」這曾使音樂家貝多芬深受感動而時常引用的兩句話，不正是「天人合一」的意思嗎？而法國象徵主義詩人波特萊爾(Pierre Charles Baudeaire)的《呼應》(*Correspondances*)：

大自然是座宇宙，有生命的柱子，
不時發出隱約的歌聲。
人走過那裏，穿越象徵的森林，
森林望著他，投以熟悉的眼神。

如同悠長的回聲，遠遠匯合在
一個幽暗深邃的統一體中，
廣闊得有如黑暗連接著光明，
香味、顏色和聲音交相呼應。

有的香味新鮮如兒童的肌膚，
柔和有如洞簫，翠綠有如草場，
別的香味呢？腐敗、濃郁而不可抵禦。
像無極無限的東西四處飛揚。

如龍涎香、麝香、安息香和乳香，
那呼應歌唱心靈和感應的熱狂。

在這首有名的十四行詩中，詩人表達了：感覺不僅是單純的感覺，嗅、視、聽、味、觸、意恆相互感通、密切連繫，呈現出情緒和思想。物件也不僅僅是孤獨的物件，森林是宇宙神殿的柱子；天籟是自然的歌聲，地上及其一切物都和上蒼相呼應，背後隱藏著理想的神祕。

弗洛伊德是精神分析運動的創始人。他認為：決定我們思想、感覺與行動的最具權威的力量是生物的「原慾」——性。性的感覺可以追溯到嬰兒時代。由於個人和團體的禁忌，性受到許多抑制。這些被抑制的性慾、性記憶、性偏愛都被保留和隱藏在潛意識裡。時時以社會所允許的偽裝形式而掙扎到生活表面來。夢和藝術就都是習見的偽裝形式。就藝術而言，通過藝術（包括文學）所表現的「意識」，來查驗作者的「潛意識」；從而發現作者的潛意識，如何經由自由聯想(Free Association)、昇華(Sublimation)、自衛機轉(Defense Mechanism)、合理化(Rationalization)等等歷程，成為藝術品所表現的意識。這種本質、這種歷程，便是「象徵」了。換句話說：象徵的本質是以意識隱藏潛意識；象徵的歷程是把潛意識化為意識。一個流傳久遠的「美人與野獸」的故事，也許可以更清楚說明「性」壓抑與昇華：一位商人有三個女兒，最幼的女兒美麗又善良，大家都叫她「美人」。有回商人到遠方作買賣，兩個大女兒要他帶回珠寶衣飾，小女兒卻只要一朵玫瑰。商人回程經過一座花園，摘了一朵玫瑰。忽然出現一隻野獸，要他償命，除非他的女兒前來嫁給牠。美人因此到野獸那兒去，雖然因野獸的慇懃與溫柔而感動，但是拒絕牠的求婚。後來美人的父親在家生病，美人回家探視，臨行答應野獸一週內會回到花園。但一向妒忌美人的兩個姊姊卻設計拖延美人的歸期，直到美人夢到野獸因她而瀕臨死亡。美人匆忙趕回花園，發現牠倒地垂死，於是向野獸吐訴自己對牠的愛。立刻一位王子出現，原來王子因受巫婆詛咒而變成野獸，必須有一位美麗的處女答應嫁牠，牠才會恢復王子的原形。在這故事裡，「性」被壓抑為形同野獸。母親或保母，正是最早禁止兒童作性探索的人。只有神聖的婚約才能使禁忌的、動物的「性」轉化而被社會接受，使得野獸變回英俊的王子。故事還隱約透露戀父情結與婚姻之間的槓桿現象。而這個多重象徵的性壓抑的故事也昇華化為不朽的美麗童話。

柯立芝對幻想力和想像力的討論，見於他所寫的《文學傳記》(*Biographia Literaria*)。此書副題為「我的文學生活和觀感雜記」(*Biographical Sketches of My Literary Life and Opinions*)，表明它決非純理論的陳述。以下所述，則係據白萊特(R. L. Brett)撰，陳梅音譯《幻想力與想像力》一書節引：「象徵」可說是打開柯立芝批評原理的鑰匙。在他看來，藝術作品是自然世界與思想世界之間的媒介。而審美行為與藝術創作行為都是藉想像力把經驗象徵化。象徵與概念抗衡，然而人的心智必須靠此二者的相互作用才能達成最高成就。由於概念表達法的不足，心智經常用象徵形式傳揚它自己的經驗意義。而概念化作用的理解力也試著說明藝術的象徵。藝術家的任務在於利用象徵把經驗具體表現出來；而批評家的職責則是把象徵轉譯成推理式的思想。所以藝術上的象徵結構與抽象思想家的形上學體系十分類似。象徵與概念的交互作用也增進了人對自己以及所居住的世界的認識。

從文學發展史上觀察，象徵首先以神話的形式出現。如果說夢是個人潛意識的象徵，那麼神話就是集體潛意識的象徵了。神話折射出人類對大自然的觀感以及對自身生命的希望。盤古開天，女媧補天，是初民宇宙觀的象徵；共工與顓頊爭帝，折天柱，絕地維，天傾西北，地陷東南，是初民地理觀的象徵；后羿射日，夸父逐日，是人類征服自然的希望和失望的象徵；嫦娥奔月，是人要求自由和不死的欲望的象徵。在希臘神話裡，納西瑟斯(Narcissus)是自戀情意綜(Narcissism)的象徵；伊底帕斯(Oedipus the King)是戀母情意綜(the Oedipus

Complex)的象徵。

由神話到寓言，是文學作品由無意之象徵一變而為有意的象徵。所謂寓言，是虛構而有寓意的故事。故事的角色可以是人類本身，但更普遍的情形卻是動物、植物、甚至無生物。藉這些人的或非人的角色的行為，把作者的意念透露出來。我國諸子史書，寓言很多。如《孟子》中的「齊人有一妻一妾」，《莊子》中的「庖丁解牛」，《列子》中的「愚公移山」。《戰國策》中的「畫蛇添足」、「鷸蚌相爭」、「狐假虎威」，都是眾所熟知的例子。佛教和基督教經典中也有不少寓言。如基督教《新約》中有：

你們聽啊，有一個撒種的，出去撒種。撒的時候，有落在路旁的，飛鳥來吃盡了。有落在土淺石頭地上的，土既不深，發苗最快。日頭出來一曬，因為沒有根，就枯乾了。有落在荊棘裏的，荊棘長起來，把他擠住了，就不結實。又有落在好土裏的，就發生長大，結實有三十倍的，有六十倍的，有一百倍的。又說，有耳可聽的，就應當聽。（《馬可福音‧三：三—九》）

這個寓言的意思是：

撒種之人所撒的，就是道。那撒在路旁的，就是人聽了道，撒旦立刻來，把撒在心裏的道奪去了。那撒在石頭地上的，就是人聽了道，立刻歡喜領受，但他心裏沒有根，不過是暫時的。及至為道遭了患難，或是受了逼迫，立刻就跌倒了。還有那撒在荊棘裏的，就是人聽了道，後來有世上的思慮，錢財的迷惑，和別樣的私慾，進來把道擠住了，就不能結實。那撒在好地上的，就是人聽道，又領受，並且結實，有三十倍的，有六十倍的，有一百倍的。（《馬可福音‧三：十四—二十》）

佛教的《佛說譬喻經》也有：

時有一人，遊於曠野，為惡象所逐，怖走無依，見一空井，傍有樹根，即尋根下，潛身井中。有黑白二鼠，互齧樹根。於井中四邊，有四毒蛇，欲螫其人，下有毒龍。心畏龍蛇，恐樹根斷，樹根蜂蜜，五滴墮口，樹搖散蜂，下螫斯人。野火復來，燃燒此樹。……

據經文的解釋：象為無常，井係生死，險岸之樹根為命，黑白二鼠為晝夜，齧樹根為急念滅，四毒蛇為地水火風四大，蜜為色聲香味觸五欲，蜂為邪思，火指老病，毒龍喻死。總之，喻人畏生老病死，使真性障礙，為四大五欲所困。

這些寓言，象徵的意義或顯或晦，但都是有意經營的。

無論神話或者寓言，都是把整個故事作為象徵；因此，象徵幾乎可視為一種體裁，而不純為一種方法。把象徵當作一種修辭的方法，在漢語文學作品中以詩最普遍。《詩經》六義中有「興」一法。《文心雕龍・比興》說得好：

觀夫興之託諭，婉而成章，稱名也小，取類也大。關雎有別，故后妃方德；尸鳩貞一，故夫人象義。義取其貞，無從于夷禽；德貴其別，不嫌於鷙鳥。明而未融，故發注而後見也。

把「貞一」「有別」等抽象概念，透過「關雎」「尸鳩」等具體意象而表達，這種「興」，就是我們所說的象徵了。劉勰認為「興」是「明而未融，故發注而後見」，表明了象徵具有高度的曖昧性。

試從《詩經》實例來觀察，《詩經》，尤其是《國風》，常可分割為兩部分：一是屬於本事的，可稱之為本事意象；一是屬於景物的，可稱之為景物意象。所謂「興」就是景物意象，多為象徵。如《詩經・關雎》：首二句「關關雎鳩，在河之洲」，《毛傳》：「興也。」是作為象徵的「景物意象」；次二句「窈窕淑女，君子好逑」是「本事意象」。「關關雎鳩」不僅是描寫一片風景而已；它是經過詩人選擇並且賦以「關關求偶」的主題概念而形成文學上的「象徵」。《詩經》中的「興」大多具有象徵作用，再以《桃夭》為例：

> 桃之夭夭，灼灼其華；之子于歸，宜其室家。
> 桃之夭夭，有蕡其實；之子于歸，宜其家室。
> 桃之夭夭，其葉蓁蓁；之子于歸，宜其家人。

每章首二句都是景物意象，都是興，都是象徵。作者以桃花、桃果、桃葉的具體意象，來表達美麗、成熟、茂盛之抽象概念，並且與下面所敘本事意象融而為一。

從《詩經》發展到古詩，在形式上，景物意象和本事意象不再像《詩經》那麼地涇渭分明；在象徵意義上，也遠比《詩經》為豐富而曖昧。以《古詩十九首其一》為例：

> 行行重行行，與君生別離。相去萬餘里，各在天一涯。道路阻且長，會面安可知。胡馬依北風，越鳥巢南枝。相去日已遠，衣帶日已緩。浮雲蔽白日，遊子不顧返。思君令人老，歲月忽已晚。棄捐勿復道，努力加餐飯。

把「胡馬依北風，越鳥巢南枝」插入本事之中，其分割不再像《詩經》之露斧痕，而此二句的含義，也極豐富。依李善《文選注》引《韓詩外傳》云：

> 詩曰：「代馬依北風，飛鳥棲故巢。」皆不忘本之謂也。

我們可以認為它是遊子思鄉念舊的象徵。依《吳越春秋》所言：

> 胡馬依北風而立，越燕望海日而熙。

則取「雲從龍，風從虎」之意。我們可以認為它是同聲相應同氣相求的象徵。紀昀則以：

> 此以一南一北申足「各在天一涯」意，以起下相去之遠。

那麼，又可認為它是南北睽隔的象徵了。下面「浮雲蔽白日，遊子不顧返」雖仍一景物，一人事，但意涵稠密。

李善《文選注》云：

浮雲之蔽白日，以喻邪佞之毀忠良。

以為此首是「逐臣」之詩。「浮雲」指邪佞之人，「白日」或指被蒙蔽的君王，或指被讒毀放逐的賢臣。但張玉穀《古詩十九首賞析》卻說：

此思婦之詩……浮雲蔽日，喻有所惑；遊不顧返，點出負心。

葉嘉瑩據此，再度引申說：

「白日」乃指遊子；「浮雲」則指遊子在外面所遇到的誘惑。

而象徵意涵之豐富曖昧，由此可知。

自漢魏的古詩發展到唐宋的近體詩，詩人對「象徵」也加強其注意力，而技巧也益發地圓融了。唐司空圖著《詩品》二十四則，其一為「雄渾」，中有八字：「超以象外，得其環中。」這兩句話，我們可以如此地引申：無論詩的創作或欣賞，都要在表面的意象之外，闡發或領會其潛存的旨趣。宋梅聖俞《續金針詩格》說得更清楚：「詩有內外意，內意欲盡其理，外意欲盡其象，內外意含蓄，方入詩格。」這就與柯立芝所說「象徵與概念之交互作用」相似了。

這些有關象徵的認識，表現在實際作品中，使詩的象徵意義越來越豐富。王昌齡的《長信怨》，被王漁洋推許為唐人七絕「壓卷」之作，其佳處就在於詩的豐富的象徵性：

奉帚平明金殿開，暫將團扇共徘徊。
玉顏不及寒鴉色，猶帶昭陽日影來。

朱光潛在《談美》一書中指出：

這首詩裏的「昭陽日影」便是象徵皇帝的恩寵。「皇帝的恩寵」是內意，是「理」，是一個空泛的抽象概念，所以王昌齡拿「昭陽日影」一個具體的意象來代替它，「昭陽日影」便是「象」，便是「外意」。

唐詩中象徵佳例甚多，像：

白日依山盡；黃河入海流。欲窮千里目，更上一層樓。（王之渙：《登鸛鵲樓》）

千山鳥飛絕；萬徑人蹤滅。孤舟蓑笠翁，獨釣寒江雪。（柳宗元：《江雪》）

向晚意不適，驅車登古原。夕陽無限好，只是近黃昏。（李商隱：《登樂遊原》）

岐王宅裡尋常見；崔九堂前幾度聞。正是江南好風景，落花時節又逢君。（杜甫：《江南逢李龜年》）

朱雀橋邊野草花；烏衣巷口夕陽斜。舊時王謝堂前燕，飛入尋常百姓家。（劉禹錫：《烏衣巷》）

一路經行處，莓苔見屐痕。白雲依靜渚；芳草閉閑門。遇雨看松色；隨山到水源。溪花與禪意，相對亦忘言。（劉長卿：《尋南溪常道士》）

相見時難別亦難，東風無力百花殘。春蠶到死絲方盡；蠟炬成灰淚始乾。曉鏡但愁雲鬢改；夜吟應覺月光寒。蓬萊此去無多路，青鳥殷勤為探看。（李商隱：《無題》）

或詩中某句有象徵意，或全首有象徵意，都留給讀者參詳了。

宋人以理入詩，象徵的意味也更濃厚，以朱熹的《觀書有感》為例：

半畝方塘一鑑開，天光雲影共徘徊。
問渠那得清如許？為有源頭活水來。

「半畝方塘」是我們心性的象徵。「天光」象徵虛靈不昧的本體；「雲影」象徵物欲的蒙蔽。「源頭活水」則是博學之意。由此源頭再經審問、慎思、明辨、篤行，正是「自明誠」的歷程。所以這詩題作《觀書有感》。朱熹

《答江端伯書》云：

為學不可以不讀書。而讀書之法，又當熟讀沉思，反覆涵泳。銖積寸累，久自見功；不惟理明，心亦自定。

正好移作此詩象徵意義的注腳。

以下更從詞、曲中各舉一例。

先舉「詞」：

林花謝了春紅，太匆匆，無奈朝來寒雨晚來風。

胭脂淚，相留醉，幾時重？自是人生長恨水長東。（李煜：《相見歡》）

葉嘉瑩在《唐宋詞名家論集》舉此詞並加研析，略云：

通篇只從「林花」著筆，卻寫盡了天下有生之物所共有的一種生命的悲哀。開端的第一句「林花謝了春紅」，短短的六個字，卻已把生命凋謝之可悲哀與生命美好之可珍惜，完全表現出來了。「太匆匆」三字，已是把生命的短暫無常之可悲寫到極致的三個字。然而生命之可悲還不僅只是無常而已，於是後主遂又接寫了下面的「無奈朝來寒雨晚來風」一個九字的長句，更表現了在無常之生命中所遭受的摧毀挫傷的痛苦。

「胭脂淚」三字已是花與人泯合的開始。「胭脂」二字原當是承首句之「春紅」而來，同時是花之美好生命之象喻，也同時是人之美好生命之象喻了；下面的「淚」字，就花而言自是指朝暮風雨侵襲的雨滴，而就人而言則又豈非流年憂患哀傷的淚點。「胭脂淚」，是所有無常之生命的美好與悲苦之總合的象徵；「相留醉」，則是對此無常與悲苦之生命的不免於沉醉癡迷的情意；「幾時重」，則是對上一句之沉醉癡迷的當頭棒喝，於是無常乃如一巨大的陰影無情地籠罩下來，於是而「胭脂淚」所象喻的生命、「相留醉」所表現的情意，遂都為這一面陰影所吞沒，只剩下一片滔滔滾滾的無盡無休的長恨而已。「自是人生長恨水長東」九個字乃形成了一種二、四、三之頓挫的音節，有一波三折之感。

再舉「曲」：

天將暮、雪亂舞，半梅花半飄柳絮。

江上晚來堪畫處，釣魚人一蓑歸去。（馬致遠：《雙調壽陽曲・江天暮雪》）

曲中首句點明時間，次句點明景色，第三句更作具體的譬喻。三句象徵著日暮亂象與淒冷。後面二句則把一蓑歸去的釣魚人融入雪景成為圖畫，增添距離之美。試與上引柳宗元《江雪》相較：《江雪》是靜態的，像浮雕，表現出詩人的寂寞、孤獨與堅貞；《江天暮雪》是動態的，像影畫，表現出詩人在混亂時代避世歸隱中的冬梅春絮之思。柳詩馬曲，同中有異。同的是性格，異或不同時代使然。

當我們的注意力從有韻的詩歌轉向無韻的小說，更可發現象徵在文學作品中使用之普遍。這裡，我僅僅選擇杜光庭的《虬髯客傳》和施耐庵的《水滸傳》，作為例子加以說明。

先說《虬髯客傳》。錄其中一節如下：

如期至，即道士與虬髯已到矣；俱謁文靜。時方弈棋；揖而話心焉。文靜飛書迎文皇看棋。道士對弈，虬髯與公傍侍焉。俄而文皇到來，精神風采驚人，長揖而坐，神氣清朗，滿坐風生，顧盼煒如也，道士一見慘然，下棋子曰：「此局全輸矣！於此失卻局哉！救無路矣！復奚言！」罷弈而請去。既出，謂虬髯曰：「此世界非公世界，他方可也。勉之，勿以為念！」因共入京。

「下棋」在這裡是一種象徵，這是十分明顯的，無須我多加解釋。

但是，《水滸傳》中有許多象徵，卻遠為曖昧。韓國學人李慧淳在《水滸傳研究》一書中指出：「於尋求中，飲酒與氣力，為兩主象徵。」玆錄其原文如下：

> 壹、飲酒：酒於希臘神話，具有兩意。希臘酒神戴奧尼薩斯（Dionysus，或稱巴古斯Bacchus），以一身而具兩面特性。即自由極樂之思想及殘忍之思想是也。前者被稱為「快樂之神」：「用金捆紮頭髮的他，紅潤的巴古斯，米娜的夥伴，他的歡樂的火炬輝耀著。」後者被稱為「殘忍、橫蠻、獸性之神」：「帶了嘲笑的他搜索他的犧牲者，和巴古斯信徒，誘惑和帶引那犧牲走向死亡」。《舊約聖經》中，挪亞自洪水見救，後栽葡萄園，「他喝了園中的酒便醉了，在帳棚裏赤著身子。」故其飲酒，釋為靈魂墮落之象徵。然於《新約》，葡萄酒象徵基督對人類之愛，耶穌於其最後之晚餐，命使徒每位劈餅飲葡萄酒：餅乃耶穌為人類所捨之身也；酒乃其於十字架上所流之血也。酒於中國，所喻不一。如魏晉人士視飲酒為失意之歸宿，以之忘卻現實，補償欲求之不滿。故阮籍胸中塊壘，須以酒澆之也。或以暴飲為詩才之源者，斗酒詩百篇，其李白之謂乎！
>
> 《水滸》所示之酒，亦具兩意。作者曾言「酒能成事，酒能敗事」。酒於梁山好漢，迺活力之源泉，兼為紛爭之始端也，然兩者皆非精神或肉體墮落之陰影。梁山好漢，皆好大飲大食。阮小五慕王倫梁山泊云：「他們不怕天，不怕地，不怕官司；論秤分金銀，異樣穿紬錦，成甕喫酒……」故各種冒險，與飲酒特有關涉。且其超人之力，取之於酒，正如參孫之大力，源自其髮。魯智深云：「洒家一分酒只有一分本事，十分酒便有十分的氣力。」武松亦言：「你怕我醉了沒本事？我若喫了十分酒，這氣力不知從何而來，若不是酒醉後了膽大，景陽岡上如何打得這隻大蟲？那時節，我須爛醉了好下手，又有力，又有勢。」李逵往取其母，路逢朱貴。朱貴問：「我遲下山來一日，又先到你一日，你如何今日才到這裏？」李逵

言：「便是哥哥分付，教我不要喫酒，以此路上走得慢了。」酒為活力之源泉，亦為冒險之障礙也。魯智深出家，為五臺山文殊院僧，大鬧兩次，均出飲酒。然由酒入難者，以武松、李逵兩人為最甚。故武松往二龍山入夥，宋江言「入夥之後，少戒酒性」。又言：「兄弟休忘了我的言語：『少戒酒性』。」其所以寄身於柴進者，「因酒後醉了，與本處機密相爭，一時間怒起，只一拳打得那廝昏沉」故也；而於柴進莊，頗受慢待，其理亦「但喫醉了酒，性氣剛，莊客有些管顧不到處，他便要下棒打他們」。武十回中二回，有及酒焉：題為《武松醉打蔣門神》，《武行者醉打孔亮》。李逵之酒性，不亞於武松。戴宗評李逵於宋江曰：「為他酒性不好，人多懼他」。故其下山，人屢戒酒性。宋江吟反詩，亦乘酒興：「小子不才，一時間酒後狂言……」故戴宗往東京，蕭讓、金大堅兩人入夥，戴宗傳假信，梁山泊好漢劫法場，取無為軍，李俊、張順上山等，諸多故事，遂踵繼焉。

其他好漢如史進之始為放浪，與酒不無關連，王四醉而失信，乃事發之始端也，潑皮牛二，因其「喫得反醉」，終喪命於楊志。故楊志判配，與索超比武，送生辰綱等，與酒之母題，相涉甚緊。劉唐之登場，始以「醉臥靈官殿」。後雷橫、吳用、晁蓋之仗義，隨之而來。宋江逢石勇，得家信，奔喪，受捕，判配於江州等，事本出酒店，婆惜與張文遠，金蓮與西門慶，巧雲與裴如海之姦情，亦借酒以成。

與酒有關者，乃蒙汗藥也，其曾使梁山好漢受害者，書中不一而足。英雄如楊志、武松、宋江等，已識其然，但除武松一人外，餘者均曾被欺而幾乎喪命。楊志送生辰綱，阻軍官購酒曰：「你這村鳥……全不曉得路途上的勾當艱難！多少好漢被蒙汗藥麻翻了」。宋江於李逵酒店語公人：「如今江湖上歹人多，有萬千好漢著了道兒的：酒肉裏下了蒙汗藥，麻翻了，劫了財物……」然楊志終為所欺，飲之，「軟身體掙扎不起」。宋江亦「頭暈眼花撲地倒了」。遭遇最危者，以戴宗、宋江、魯智深為首。魯智深於十字坡酒店，「險些兒被個酒店婦人害了性命」。宋江亦被「倒拖了，入去山巖邊人肉作房裏，放在剝凳上」。戴宗於朱貴酒店，曾入於「殺人作房」。

然此手法，後為梁山好漢所喜愛用：李逵被捕，李雲押送，朱富朱貴以蒙藥麻翻李雲而救李逵；柴進入禁苑，先以藥酒使王觀察失神，借其衣而行事，征方臘時，攻潤州，先除陳將，亦賴蒙藥。前此之障礙物遂變成武器焉。

貳、力氣：並與飲酒，「力氣」顯為循環象徵，遂為尋求之主題，其他作品，罕有其匹，實為《水滸》成功之一因。夫英雄者，必有非常之面，此所以與凡人異也。如所羅門王之智慧，參孫之力氣等是。《水滸》英雄，特性蓋在武藝及體力，此可謂為好漢之第一條件也。魯達「三拳打死鄭屠」，於五臺山二打倒金剛，於東京相國寺倒拔柳樹；武松之力，人稱「神力」：於景陽岡打虎，醉打蔣門神；李逵打死四虎。力氣勃勃，支配全篇。好漢之嫌色，亦助其力：史進每日「只是打熬氣力，亦且壯年，又沒老小，半夜三更起來演習武藝，白日裏只在莊後射弓走馬」；盧俊義不親女色，「平昔只顧打熬氣力」。

然而力之使用，非指道德倫理之腐敗，而猶為「道德本能」所生，即由冒險，英雄確立其特有之「道德秩序」。阮氏兄弟言：「這腔血只要賣與識貨的」；武松以「只打天下硬漢，不明道德的人」，為平生所任；石秀路見不平，「便要去相助」，彼一生所執意者，固在茲焉。

除了這兩個主象徵外，《水滸傳》一書還有許多副象徵，例如：楔子《張天師祈禳瘟疫》，「瘟疫」當然是中外古今同用的「罪惡」的象徵。又如：第三回《魯智深大鬧五臺山》，描寫魯智深「扒上禪床，解下絛，把直裰、帶子，都咇咇剝剝扯斷了」。也可看作他要從個我禁閉中，自壞正果，衝向外界的勁力。樂蘅軍有《梁山泊的締造與幻滅——論水滸的悲劇嘲弄》一文，對這些曾有十分精彩的敘述，原文刊在《中外文學》第八期，今已收在

《古典小說散論》中，讀者可以自行閱讀。

於略介象徵在我國古典文學作品中直線發展之後，我應該對象徵的內涵作橫的解剖。這一部分，要借重顏元叔教授論《現代英美短篇小說的特質》一文中的意見。顏君認為：「依我個人的觀察，象徵可以分為三類：一類是象徵結構；一類是象徵人物；一類是象徵事物。」分述於下。

(一)象徵結構

顏君認為：

> 小說中的象徵結構，大體把人生視為一個旅程或尋求，正如亞瑟王的騎士尋求聖杯或荷馬的優利西斯追求故鄉依色卡。不過，現代小說的追尋目標，似乎都集中於對生命的了解。這種追尋的結構可能佔據一個短篇小說的全部或部份。而肉體的行動，總是反應內心的變化。

顏君先以康拉德(Joseph Conrad)的《黑暗心地》(*Heart of Darkness*)為例，說明主人翁馬羅在剛果河溯流而上的冒險歷程，便象徵了人類追求智慧的不變過程。再以美國作家彭華侖(Robert Penn Warren)的《黑莓冬》(*Blackberry Winter*)為例，全篇也是一個旅程，不過具體而微罷了。《黑莓冬》中的旅程，也許沒有引導主人翁走向智慧；但是，至少引導他走向更遼闊，更複雜的人生。其他如：焦易士(James Joyce)的《阿拉伯商展》(*Araby*)，曼殊菲爾(Katherine Mansfield)的《前奏曲》(*Prelude*)，故事的一部分也為象徵的旅程。

(二)象徵人物

顏君認為：

> 我們可以耶穌式人物與撒旦式人物作為兩個極致，其間紛陳著聖性與魔性參差不等的人物。西洋文學作品中常有所謂的耶穌人物與撒旦人物，原因是耶穌與撒旦所代表的人性與經驗，最為遼闊，最為深刻。

現代作家認為人性是複雜的，所以很少寫出單純的聖性或魔性的人物。即使如此，許多的小說人物，仍可以較近聖性或魔性，加以分別。

顏君曾舉福克納(William Faulkner)的《斑駁的馬群》(“*Spotted Horse*”*s*)為例，指出主角傅雷姆‧史諾普為撒旦式人物；而旅店老闆娘小約翰太太則頗具幾分聖性。

顏君又認為：

在很多的短篇小說中，人物的塑造不僅止於「個性」(Individuality)，而趨向於表現「通性」(Generality)。

而以史坦貝克(John Steinbeck)的《逃亡》(*Flight*)為例，指出：主人翁貝貝受到多數人的迫害以及他的死，令我們想起耶穌的相似遭遇。代表著一切受多數迫害的少數人，他的死是一種精神的勝利。

(三) 象徵事物

顏君以為：

談到象徵事物，大別可分兩種：獨立的象徵事物與不獨立的象徵事物。前者如十字架或納粹的鐵十字，各具其獨立的象徵含義，不受故事的上下文的控制。但是，大多數的象徵事物的含義是不獨立的，是受上下文控制的。

顏君曾舉例說明：安德森(Sherwood Anderson)的《紙丸》(*Paper Pills*)中的紙球象徵各自隔絕的人生關係。《阿拉伯商展》中的博覽會象徵著夢寐以求的愛情幻境；《斑駁的馬群》中的斑駁的馬，象徵人類的貪婪。

顏君以為「象徵可以分為三類」當然不是站在修辭學立場而說，但是正好可作修辭學上對象徵分類的參考。在下節「舉例」中我分象徵為三，依據的正是顏君的分類。不過，「結構方面的象徵」已入篇章修辭學的範疇；「人物方面的象徵」、「事物方面的象徵」則仍屬狹義語句修辭。這是特別要說清楚，講明白的。

以上，我已歷述象徵的定義、本質、歷史發展，和內容類別。下一節，我將就現代中國作品中舉些象徵的例子。

乙、舉　例

(一)結構方面的象徵

象徵結構表現在文學的原始類型上。文學的原始類型，據戈林(Wilfred L. Guerin)等所編的《文學批評手冊》(*A Handbook of Critical Approaches to Literature*,臺北《幼獅譯叢》徐進夫譯本稱《文學欣賞與批評》)所列，略如下述：

1.尋求(Quest)：英雄或拯救者，經過漫長的流浪生活，完成極艱鉅的任務。如與怪物決鬥，解不易解之謎，排除一切障礙，或決勝沙場以救國救民等等。

2.涉世(Initiation)：英雄由忍受一連串的嚴酷考驗，從無知，幼稚而變為理智，合群的成人。這過程通常分為三個步驟：分離、改造、回歸。

3.犧牲(the Sacrificial Scapegoat)：英雄與國民福利是同一的，所以必須自我犧牲以贖民族之罪愆。耶穌之死於十字架便是典型的例子。

現代文學頗有用這種原始類型形成其象徵結構的。最為大眾熟悉的例子是朱西寧的《狼》。作者用「旁觀敘述者第一身觀點」的視角，借孤兒的口來敘述二嬸的故事。茲析其結構如下：

(1)尋求：《狼》全篇可看作「二嬸」尋求子嗣的過程。全文由二嬸因孤兒不肯改口叫娘而虐待小孤兒開始，到孤兒低低迸出一聲「娘」結束。中間敘述二嬸跟長工通姦；以及障礙物「狼」的除去，全可看作「尋求」的歷程。

(2)涉世：《狼》中的二孀和孤兒，都經過了一番痛苦的經驗。結果二孀由慾性轉變為母性，孤兒由幼稚趨向成熟。孀侄兩人正好經歷了分離、改造、回歸的歷程。

(3)犧牲：在《狼》中，小孤兒是一隻替罪的羔羊。他飽受二孀的虐待，最後，還「低低迸出一聲『娘！』隨即我像犯了不知多大的過錯，膝頭一軟，也跪倒在地上。」小侄兒的一聲「娘」，的「跪」，把分離的孀侄變成相愛的母子。「像犯了不知多大的過錯」的「像」字頗值注意。

(4)「狼」的象徵：作者把陰狠的二孀和狡黠的狼穿插著寫。最後，讓「狼」死在獵狼名手「大轂轆」之手；又讓「二孀」的姦情敗露，在大轂轆的責備下而悔改。「狼」在這裡是人類原始的獸性的象徵。

張永祥的電影腳本《秋決》，象徵結構與朱西寧的《狼》有異曲同工之妙，讀者試自行分析。

(三)人物方面的象徵

人物除了可以象徵上帝與魔鬼之外，也可用以象徵某一時代，某一國度。

首先我要以《秋決》中的人物為例。《秋決》是中國人「傳宗接代」、「自我犧牲」、「春生秋殺」等傳統意識下的產物。敘述兇手裴剛從殺人至處決之間的一年中，心靈由暴戾趨向祥和的尋求歷程。何懷碩《從文學及藝術觀點分析〈秋決〉》一文中指出：

> 在《秋決》中，書生與小偷，強烈的對照，如善惡兩極，而裴剛則是兩極中由惡趨善的人物。這三個人物，正如耶穌受刑時與另外兩個強盜一起，一個是靈魂終將得救，一個是永遠沉淪。前者是裴剛，後面是小偷，而耶穌就是「書生」。

充分說明了「書生」「裴剛」「小偷」之為象徵人物。《秋決》一書，有名有姓的只有裴剛、裴順。有名無姓的有蓮兒、春桃。其他都是沒名沒姓的。故事的時間地點也未交代。作者在這裡要表現的，不是某時某地某一個人，而是沒有時間局限的，普天下的人類代表：奶奶象徵「大地之母」，牢頭卻是父性的象徵；蓮兒象徵使生命正向發展的力量；春桃象徵使生命負向發展的力量。縣太爺代表清官，刑曹象徵污吏。裴順與二大爺也正好相反，忠奸分明。他們或近於聖性，或近於魔性，都用作象徵的人物。

白先勇《梁父吟》中的人物象徵卻是另一類型。在這篇短篇小說中，白先勇以「客觀敘事觀點」，把中國近代史壓縮在短短一兩小時的故事中。他以不具人格的目擊者的口氣，冷靜地報導著。不說明什麼，不解釋什麼，不分析什麼，也不批評什麼。故事中的「翁樸園」、「王孟養」代表上一代；「雷委員」「王家驥」代表這一代；「翁效先」代表下一代。上一代的，揮著一柄馬刀，站在黃鶴樓頭，呼喊著：「革命英雄在此！」打了一輩子的仗，殺孽重，臨去的時候，也不免心神不寧，許願手抄一卷《金剛經》。而這一代的，「大概在外國住久了，中國人的人情禮俗，他不甚了解。」「行事有時卻不由得不叫人寒心」又「都是信基督教的，不肯舉行佛教的儀式。」與上一代存有明顯的代溝。下一代的，「是在美國生的，剛回來的時候，一句中國話也不會說，簡直成了小洋人！現在跟著我唸點書，卻也背得上幾首唐詩了。」白先勇有意讓上一代象徵革命建國，這一代象徵全盤西化；而預言下一代重新肯定民族文化。祖孫三代，恰恰雄辯地表明了黑格爾(Georg Wilhelm Friedrich Hegel, 1770–1831)正反合辯證法的過程。

如果我們再研討一下徐鍾珮的《露莎的姑母》，我們便發現：這位老姑母實際上是沒落中的大不列顛的象徵。這個短篇小說一開頭，作者就一再提醒讀者：「姑母是故事裏的人物。」中間，先用「英國實行糧食配給，去人家用茶用飯，客人總愛自己帶些東西去，省得吃掉別人家的口糧。」點出大英帝國今天的寒傖；然後以「一進鐵門，我不禁兩眼圓睜，天知道，這個花園大得有如公園，中間一片碧油油的大草地，草地中間，一個噴水池，噴水池四圍，盛開著五顏六色的花卉，遠看去倒好像一張天然地毯。」「在會客室裏，觸眼處盡是紅色絲絨和金色的家具。如果我有時間打聽，我相信她會逐一告訴我那一張椅子是屬於什麼時代，那個櫃子是屬於什麼皇朝的。」表明了大英昔日的富強。而轉捩點便在「『這本來是我的書室，』她指著一片瓦礫說：『希特勒把它改造成這副樣子，炸彈下來時我和剛才一樣正在客廳用茶，我震得從沙發裏跳起來，滿身灰塵。三分鐘後，我站起來，拍拍我的頭髮，出去吩咐僕人給我做茶，希特勒以為炸彈能唬人，那就錯了。』」這裡也顯示不列顛民族的高傲。當訪客告辭，發現包蛋糕的舊報一行大字標題：「英國技術人員撤出伊朗。」徐鍾珮描寫的，決不僅是一位英國的老婦人；她象徵著整個大英帝國：昔日的繁華，大戰中的破碎，以及今天的沒落！

(三)事物方面的象徵

文學作品中對某些事物的描寫，常常有「象徵」的意義。詩、散文中如此；小說尤然。

以「詩」來說，我願先以李有成：《余光中詩裏的火焰意象》作一個抽樣品。李君指出：在余光中《想起那些眼睛》一詩中，火「除了供給暖熱之外，亦且是智慧之火，不停地自焚，不停地付出，不停地放射光芒。」在《如果遠方有戰爭》一詩中，「火葬」意象「包含著對戰爭的否定及對自我的肯定。」「象徵著不斷燃燒的希望，與乎脫胎換骨的新生。」在《弄琴人》中，「自焚象徵著一種投入，一種歷煉，一種淨化，一種再生，也是一扇通向永恆的門。」《乾坤舞》一詩「同樣是在自焚，同樣在奮力超越，追求藝術生命的永恆！」在《火浴》中，「通過自焚和淨化，詩人終於獲得了新生。」因此李君的結論是：「余光中作品裏的火焰意象，在象徵意義上是具備著一致性的。……它們的意義都是肯定的。這肯定的意義即構成火焰意象的一致性。」

然後，我再抄錄兩首詩：

其一

遺忘語言的鳥
也遺忘了啼鳴
趾高氣揚地只一隻
飛高又飛高
飛到太陽那麼高

離開巢穴遙遠
離開父母兄弟姊妹
也遙遠地離開了祖先
能遠飛才能心滿意足似的
像不知回歸的迷路的孩子

固陋的心　遺忘了一切
遺忘了自己的精神習俗和倫理
遺忘了要講的語言
鳥　已不能歌唱了
什麼也不能歌唱

被太陽燒焦了的舌尖

傲慢的鳥

遺忘了語言的悲哀的鳥呀（巫永福：《遺忘的語言》）

其二

百步蛇死了

裝在透明的大藥瓶裡

瓶邊立著「壯陽補腎」的字牌

逗引著在煙花巷口徘徊的男人

神話中的百步蛇也死了

牠的蛋曾是排灣族的祖先

如今裝在透明的大藥瓶裡

成為鼓動城市慾望的工具

當男人喝下藥酒

挺著虛壯的雄威探入巷內

站在綠燈戶門口迎接他的

竟是百步蛇的後裔

——一個排灣族的少女（莫那能：《百步蛇死了》）

巫永福詩中「遺忘語言的鳥」是什麼意思？「太陽」又象徵什麼？排灣族詩人莫那能詩中的「百步蛇」含有多少意思？就都留給讀者自己琢磨了。

以「散文」來說，許家鸞在《背影的欣賞》中指出：朱自清在《背影》中，以「紫皮大衣」象徵「父愛的溫暖」；以「朱紅的橘子」象徵「父愛的光輝」。紫皮大衣是「他給我做的」，表示「人不可忘記父母的恩惠」；朱紅橘子「一股腦兒放在我的皮大衣上」，代表「父親給兒子的愛是完完整整，毫無保留的！」舉此一文為例，我們可以以三隅反，並錄反隅材料於下。

其一

我心中一直有一對手鐲，是軟軟的十足赤金的，一隻套在我自己手腕上，另一隻套在一位異姓姐姐卻親如同胞的手腕上。

她是我乳娘的女兒阿月，和我同年同月生，她是月半，我是月底，所以她就取名阿月。母親告訴我說：週歲前後，這一對「雙胞胎」就被擁抱在同一位慈母懷中，揮舞著四隻小拳頭，對踢著兩雙小胖腿，吮吸豐富的乳汁。是因為母親沒有奶水，把我托付給三十里外鄰村的乳娘，吃奶以外，每天一人半個鹹鴨蛋，一大碗厚粥，長得又黑又胖。一歲半以後，伯母堅持把我抱回來，不久就隨母親被接到杭州。這一對「雙胞姊妹」就此分了手。臨行時，母親把舅母送我的一對金手鐲取出來，一隻套在阿月手上，一隻套在我手上，母親說：「兩姊妹都長命百歲。」

……。

阿月已很疲倦，拍著孩子睡著了。鄉下沒有電燈，屋子裏暗洞洞的。只有牀邊菜油燈微弱的燈花搖曳著。照著阿月手腕上黃澄澄的金手鐲。我想起母親常常說的，兩個孩子對著燈花把眼睛看鬪了的笑話，也想起小時回故鄉，母親把我手上一隻金手鐲脫下，套在阿月手上時慈祥的神情，真覺得我和阿月是緊緊扣在一起的。我望著菜油燈燈盞裏兩根燈草心，緊緊靠在一起，一同吸著油，燃出一朵燈花，無論多麼微小，也是一朵完整的燈花。我覺得和阿月正是那朵燈花，持久地散發著溫和的光和熱。（琦君：《桂花雨・一對金手鐲》）

其二

終於，我摩到了窗臺。這是我的眼睛，我最初就在這兒開始打量世界。母親憐惜地看著成日扒在窗口的兒子，下決心卸去沉重的窗板，換上兩頁推拉玻璃。玻璃是託人從縣城買來的，路上碎了兩次，裝的時候又碎了一次，到第四次才裝上。從此，這間屋子和我的眼睛一起明亮。窗外是茅舍、田野，不遠處便是連綿的群山。於是，童年的歲月便是無窮無盡的對山的遐想。跨山有一條隱隱約約的路，常見農夫挑著柴擔在那裏蠕動。山那邊是什麼呢？是集市？是大海？是廟舍？是戲臺？是神仙和鬼怪的所在？我到今天還沒有到山那邊去過，我不會去，去了就會破碎了整整一個童年。我只是記住了山脊的每一個起伏，如果讓我閉上眼睛隨意畫一條曲線，畫出的很可能是這條山脊起伏線。這對我，是生命的第一曲線。（余秋雨：《文化苦旅・老屋窗口》）

在「小說」方面，事物象徵更是被經常使用的技巧。楊海宴的《兩截壓癟的黃瓜》象徵百無一用的知識分子的高不成低不就，以及生命的脆弱。於梨華的《雪地上的星星》象徵遠看閃閃誘人，接近時除了徹骨冰寒之外一無所有的愛情。水晶的《沒有臉的人》，面對的是一面破碎的鏡子。張系國的《香蕉船》，載的是黃皮白心容易腐爛的貨色。張愛玲的《留情》，開頭是：

他們家十一月裏就生了火。小小的一個火盆，雪白的灰裏窩著紅炭。炭起初是樹木，後來死了，現在，身子裏通過紅隱隱的火，又活過來，然而，活著，就快成灰了。它第一個生命是青綠色的，第二個是暗紅的。——

水晶在《象徵與橫徵》一文中認為：

和整篇小說「怨偶」的題旨配起來讀，這一段的象徵意味，是亟其明顯的。米堯晶和敦鳳都是再婚（它第一個生命是青綠色的，第二個是暗紅的）。兩人第一次的婚姻都不美滿（炭起初是樹木，後來死了）；第二次的婚姻還不錯——「敦鳳守了十多年的寡方才嫁的米先生。現在很快樂，但也不過分，因為總是經過了那一番的了。」而米先生呢？「這一次他並沒有冒冒失失衝到婚姻裏去，卻是預先打聽好、計劃好的，晚年可以享一點清福艷福，抵補以往的不順心。」（所以作者告訴我們：「現在，身子裏通過紅隱隱的火，又活過來」。）兩人雖然彼此找到了好的歸宿，卻是「夕陽無限好」。年紀都不小了；尤其米先生，算命的說：「還有十年陽壽。」（「然而，活著，就快成灰了。」）

結尾是：

出了弄堂，街上行人稀少，如同大清早上。這一帶都是淡黃的粉牆，因為潮濕的緣故，發了黑，沿街種著的小洋梧桐，一樹的黃葉子，就像迎春花，正開得爛漫，一棵棵黃樹映著墨灰的牆，格外的鮮艷。葉子在樹梢，眼看它招呀招的，一飛一個大弧線，搶在人前面，落地還飄得多遠。

水晶說：

我認為這一張張落葉，是象徵這一對夫婦的過去，它們雖然已屬陳迹，卻是詞裏所說的「憶往事，空陳迹」，所以它們會「招呀招的，一飛一個大弧線，搶在人前面，落地還飄得多遠。」換句話說：這些往事都是他們忘不了的。就像敦鳳早上在家中織的那種絨線，是「灰色的，牽牽絆絆許多小白疙瘩。」

更有名的例子也許是海明威的長篇小說《戰地春夢》(*A Farewell to Arms*)，故事安排在第一次世界大戰期間，茲先介紹內容梗概。

亨利中尉是個年輕的美國人，隸屬於一個救護車大隊，派在義大利前線。認識英國籍護士凱撒玲。亨利在戰壕裏用膳，一顆奧地利砲彈在頭頂上炸開來。亨利腿部受了重傷。手術後，亨利在米蘭療養，由凱撒玲侍候。晚上亨利孤獨無法入眠，凱撒玲常到醫院幽會，並且懷孕。亨利回到前線，義大利軍得悉德軍增援奧軍後，開始從卡波雷特撤退。厭戰氣氛彌漫。兵士丟下武器，軍官把袖子上的識別章割掉。亨利利用夜色得以脫逃，跳入河中，抱著一塊浮木求生。在史特瑞沙亨利找到了正在休假的凱撒玲。一條小船，使亨利和凱撒玲得以逃到瑞士。凱撒玲的分娩期近了。在醫院裏，凱撒玲劇痛，她流產了，出血過多。亨利走進病房裏，伴著她到氣絕。一切都完了，他無事可做，無人可與交談，無處可去。他離開醫院，在暮色中走回旅館。雨下著。

回頭再來看這本小說第一章開頭第一段的後半段：

部隊從房子前面循道走過去，他們所激起的灰塵像替樹葉上了粉一樣，樹幹上也盡是土。那年葉子落得早，我們見到部隊沿著路行軍，塵土飛揚，樹葉被微風吹動紛紛落下，部隊繼續前進，後來路上白白的，空闃無人，祇有落葉。

你是否發覺：這短短幾行，把全書四十一章，中譯本近四十萬字的情節，早已全部暗示出來了？

最後，我還要抄一段白先勇《梁父吟》中的文字：

蘭花已經盛開過了，一些枯褐的莖梗上，只剩下三五朵殘苞在幽幽的發著一絲冷香。可是那些葉子卻一條條的發得十分蒼碧。

讀者看看，它們到底什麼意思？

丙、原則

(二)結合意象，使象徵有足夠的可信度

象徵很像譬喻，尤其像譬喻裡的借喻。二者分別在：借喻省去本體和喻詞，只留下喻體。本體和喻體是兩個獨立而不同的意象，因而可以添加喻體和喻詞還原成明喻。這個喻體也不必為眼前正在發生或存在的事實。象徵則和意象合而為一，不可改換成明喻，而作為象徵的人、事物必然是情節中存在的。試看下例：

這話未免太重太狂，太傷害人的自尊，火山的爆發，溶岩飛漿，四濺傷人。破壞了美的印象。發怒是心虛的表示。你心虛。祈綏音也心虛。（水晶：《沒有臉的人》）

「火山的爆發，溶岩飛漿，四濺傷人。」是一個借喻；與「羅亦強發怒」是二個獨立的意象。作者借前者來譬喻後者。可以還原成明喻：「像火山的爆發，溶岩飛漿，四濺傷人，羅亦強生氣了，口不擇言，重傷了祈綏音。」而且「火山爆發」事實上並沒發生。再看下例：

「這是兩條鳳尾的——」王雄一把抓住了麗兒一隻膀子，把那缸金魚擎到麗兒臉上讓她看。

「放開我的手。」麗兒叫道。

「你看一看嘛，麗兒——」王雄乞求道，他緊緊的揑住麗兒，不肯放開她。麗兒掙了兩下，沒有掙脫，她突然舉起另外一隻手把那隻玻璃水缸猛一拍，那隻金魚缸便哐啷一聲拍落到地上，砸得粉碎。麗兒摔

開了王雄的手，頭也沒回便跑掉了。缸裏的水濺得一地，那兩條艷紅的金魚便在地上拚命的跳躍起來。王雄驚叫了一聲，蹲下身去，兩手握住拳頭，對著那兩條掙扎的金魚，不知該怎麼去救牠們才好。那兩條嬌艷的金魚最後奮身猛跳了幾下，便跌落在地上不能動彈了。王雄佝著頭，呆呆的望著那兩條垂死的金魚，半晌，他才用手拈起了那兩條金魚的尾巴，把魚擱在他的手掌上，捧著，走出了花園。（白先勇：《那片血一般紅的杜鵑花》）

小說中，麗兒所代表的是「過去」，是「靈」。麗兒把金魚缸拍落，砸得粉碎，代表著「過去」捨棄了王雄，「靈」即衰萎。這一點，歐陽子在《王謝堂前的燕子〈那片血一般紅的杜鵑花〉裡的隱喻與象徵》中已經指出。此外，玻璃缸是透明、純淨、脆弱的載體（心），盛載著金魚（生命）和金魚資以活命的水（感情）。當玻璃缸碎了，水濺得一地，金魚也就垂死了。暗示麗兒傷了王雄的心，捨棄了王雄含靈的感情，於是王雄走向死亡。這裡，「意象」和「象徵體」緊密結合，情節一步一步發展，有極合理的可信度。而且很難添加本體和喻詞，化作「明喻」。我們總不能說：「像過去像靈的麗兒，把像玻璃缸的王雄的心砸碎了，像水似的王雄的感情濺了一地，像金魚般的王雄也就垂垂欲死了。」

關於象徵結合意象，顏元叔曾有透澈的說明，見《短篇小說談——技巧與主題》一文：

「夏樹是鳥的莊園」這個題目，便是一個由意象昇華而成的象徵。這個短篇的主題，無非是從寧靜到破壞，從和平到混亂。「夏樹是鳥的莊園」一語便象徵了寧靜與和平的境界。後來，破壞與混亂出現，夏樹就不再是鳥的莊園，而群鳥驚散了。當然，所謂鳥，乃象徵著人；鳥的莊園象徵著人的世界。但是，鳥不僅為了人——它的象徵對象——而存在；鳥的自身作為一個意象，也是整個寧靜和平的世界的一份子——破壞與混亂來到，它實際地也象徵地驚散了。這是一個意象與象徵結合的例子；意象有足夠的可信度，象徵也因之有足夠的可信度。

這正是我寫象徵原則第一條的根據。

㈢濃縮文字，納深廣題旨於短幅之中

今日的社會，是工業的社會。人們忙著工作，忙著交際，忙著享樂。加上電影電視之普遍，相對的，欣賞文學的時間便減少了。長篇巨著越來越難找到讀者，短篇於是應運而起。而內容上，文學不再用風花雪月，奇情異節來取悅人類，而是用具體的人生經驗來講道理。要把深而廣的主題，壓縮在短幅小篇之中。象徵便成為一個重要的手法。海明威曾經說過，好的短篇像一座冰山，十之七八浸在水裡，露出水面不過十之二三。塞斯頓(Jarvis A. Thurston)說得更詳細：

如同現代詩，現代短篇小說的內容是濃縮的。它使用象徵以期籠括廣而深的主題；於是，在最佳的作家筆下，短篇小說幾可與長篇小說分庭抗禮。現代短篇小說使用象徵，既然能夠獲得主題上的廣度、深度，與戲劇化的力量。是以，現代短篇小說不再自甘於是一篇「故事」或一個「素描」而已。

對於象徵之能濃縮文字，有很精彩的說明。

㈢超越時空，呈現普遍而永恆的價值

我無意否定時空意識對於文學工作者的重要性；相反的，我認為只有具有充分歷史觀念的人，才能夠充分了解人類社會發展中顯露的人類的通性。只有具有強烈的民族觀念的人，才能夠清晰分別各民族的「族性」的異同。也只有認識了各時各地的個人之後，才能認識人類共同之性。文學作品不應以單純地反映現實，作一面時代的鏡子就滿足了；它必須發現人心內在的奧祕，用具體的形相把它表達出來，這正是「象徵」的特質或任務。無論古代或現代，東方或西方，人類的潛意識總是相同的。象徵既然發掘人心內在的奧祕——人類的潛意

識，又把它隱藏在一個文學作品之中。於是文學作品由於象徵，也就超越時空的限制，放射出普遍而永恆的價值。《伊蕾凱茱》(*Electra*)所以被認為「永恆的悲劇」；《秋決》中人物之所以多無名字，理由都在此。

(四)要有重心，一篇之中象徵不可太多

顏元叔在《短篇小說談》一文中曾說：

> 一個短篇之中，意象與象徵不可太多；太多則看來詞藻豐富，實際上會阻礙故事的發展——「局部字質」壓倒了「邏輯結構」——便不是短篇小說，而是散文詩了。大抵而言，一個短篇（假使你的短篇使用象徵）最好矗立一個中心象徵，而後一再重複而變化地使用這個象徵；另外可視情況的需要，使用一些能夠配合的附屬象徵與意象，則條理井然，這便形成了意象或象徵結構。重複而變化(Repetition through variation)使用一個中心象徵，也許是短篇中玩弄象徵的人要牢記的。

水晶也曾在《象憂亦憂．象喜亦喜——泛論張愛玲短篇小說中的鏡子意象》中引《紅樓夢．玩母珠賈政參聚散》作正副象徵的註解：

> 把那顆母珠擱在中間，將盤放在桌上，看見那些小珠子兒，滴溜滴溜的都滾到大珠子身邊，回來把這顆大珠子抬高了，別處的小珠子一顆也不剩，都黏在大珠上。

以為：這母珠便是中心象徵；小珠子便成了附屬象徵。試以水晶《沒有臉的人》為例。

> 未完成的東西總使人有不舒服的感覺。
>
> 未完成的東西看來總使人不舒服。
>
> 未完成的東西看來總使人不舒服。

這是中心象徵，三次重複而變化地使用著。

用熱水搵臉，對一面破鏡子。

左邊的鬍子要比右邊多。用勁點。糟糕，血流出來了。

白慘慘的冷粥蠟。殘炙與冷羹，到處潛辛酸。

大幅被單晾在竹竿上，襯出天井的狹窄湫隘。

竹竿不堪負荷，勉強支撐被單的重壓，四角滴出水來。

割碎了灰濛濛的天。

空襲後殘破相。

一陣風揚起撲面的塵土。

便是附屬象徵，配合著前述的中心象徵。

(五)避免淺俗，不可直接揭示作者用意

這一點，我採用了姚一葦《藝術的奧秘》第六章《論象徵》中的主張。姚君以為「象徵」(Symbol)與「象徵主義」(Symbolism)自技術的觀念言，不無相通之處。姚君指出：

他們不努力於事實感情思想之記述，而追求影像、音樂而生之暗示(Suggest)。馬拉梅有兩句名言：「說出是破壞，暗示才是創造。」因為不管他們所標榜的為何，他們所著重的不是外在的物質世界的表象，而是內在的心靈世界的顯露，而這一內在的心靈世界不是率直地明示出來，只能通過暗示流露出來。

王安石的《遊褒禪山記》，前半篇記遊，意象佳美豐富，原是極好的文章。可惜是後半篇：

於是予有歎焉：古人之觀於天地、山川、草木、蟲魚、鳥獸，往往有得，以其求思之深而無不在也。夫夷以近，則遊者眾；險以遠，則至者少。而世之奇偉瑰怪非常之觀，常在於險遠而人之所罕至焉，故非有志者不能至也。有志矣，不隨以止也，然力不足者，亦不能至也；有志與力，而又不隨以怠，至於幽暗昏惑而無物以相之，亦不能至也。然力足以至焉而不至，於人為可譏，而在己為有悔；盡吾志也，而不能至者，可以無悔矣。其孰能譏之乎？此予之所得也。

卻把意思說破了。此外，許多「明徵」，如：

客廳也很小巧，沒有什麼裝飾。除掉好些梭發之外，正中有一個小圓桌，陳著一盆雨花台的文石。這文石的寧靜、明朗、堅實、無我，似乎也象徵著主人的精神。（郭沫若：《梅園新村之行》）

如果用最濃最艷的朱紅，畫一大朵含露乍開的童子面茶花，豈不正可以象徵著祖國的面貌？（楊朔：《茶花賦》）

朋友，你能解釋我的希冀麼？屠格涅夫嘆息著說：「看那樹罷，它為自己豐盈的果實而壓倒了，天才底真實的象徵。」（林泠：《無花果》）

梅花堅忍象徵我們／巍巍的大中華。（歌詞：《梅花》）

看似「點睛」，實嫌「蛇足」。

(六)要求自然，創作欣賞切忌機械附會

所謂「自然」，是指「象徵」為故事發展所必須的；為人物的心理趨向，道德意識，以及人物所處的環境等條件下必然產生的意象。它的反面，對創作者來說，就是機械象徵。這一點，我仍然要借重顏元叔《短篇小說談》中的意見：

使用象徵，不可信手拈一件事物，硬是叫它擔當起象徵的任務。我以為一個自然的象徵（一個非機械的象徵），要有兩個條件：其一，在這篇小說之外（現實生活或外在世界），這件事必須有象徵所需的屬性

(譬如，鳥可以作為安寧和平的象徵)；其二，在小說之內，必須有足夠的情節或具體的描繪，使得這件事物有作為象徵的足夠理由。二者缺一不可。我們常在小說或戲劇中，看見作家把一副眼鏡作為透視世事的象徵——前者如《蒼蠅王》(*Lord of Flies*)，後者如《雞尾酒會》(*The Cocktail Party*)——實則，眼鏡在現實生活中，明明是近視散光的意象；如何能說是真知灼見的象徵呢。這不免太機械了。

對於自然象徵的條件，以及機械象徵的例子，有簡明的介紹。而讀者欣賞文學作品，也應避免穿鑿附會。宋江西詩派的祖師黃庭堅在《大雅堂記》早就指出：

彼喜穿鑿者，棄其大旨，取其發興，於所遇林泉人物，草木魚蟲，以為物物皆有所託，如世間隱語者，則子美之詩委地矣。

姚一葦《論象徵》也說：

於是有些人對於事物的象徵的意義的追求終於鑽進了牛角尖，把對於藝術品或文學品的解釋淪為一種解謎的工作。例如但丁(Dante)的神曲(*Divine Comedy*)是一個偉大的構架，它的「地獄」、「淨界」、「天堂」都是象徵的，卡萊爾(Thomas Carlyle)稱之為「巨大的遍及全宇宙的建築的象徵」(Architectual emblems)。自但丁的走進黑森林到最後的大光明天的玫瑰，其中的每一事物無不是象徵的。但是要把每一件事物的象徵的具體的意義指出來是不可能的。事實上吾人無法確定它的具體的意義是什麼，我們如果硬指定它所代表的意義永遠是一件勞而無功的工作。

一個以杜甫為例，一個以但丁為例，都指出欣賞象徵不是解謎。水晶在《象徵與橫徵》一文的結尾並且警告說：

近十年來的歐美作家，已有一種「反象徵」(Antisymbolism)的趨勢，那是因為批評家太歡喜「強作解人」、「望文生義」、「走火入魔」了。作家們被逼上梁山，衹好採取惡作劇手段，來開這批冬烘頭腦、酸文假醋文評家的玩笑。記得最明顯的一個例子是英國劇作家Harold Pinter。Pinter的戲*Caretaker*中，有一幕是說那患精神病的弟弟，舉起一尊磁製的菩薩，將它砸得爛稀，害得批評家無事忙一通，猜測這一舉動，背後可有什麼春秋之義？還是弦外之音？或者說，是否有什麼西化、傳統（東方）的衝突包含在內？結果，根據Pinter公開表示：這一舉動，是他故意安插在戲中的，根本毫無作用，其意無非是向批評家們，來一記當頭棒喝：要他們下次撰文時，先從基本的批評法則下手，別自作聰明，貽笑大方！

我願以此與讀者共勉，並作本文結。

第二十章　呼　告

甲、概　說

說話或作文中，先呼叫對方，以引起對方注意，再告訴他要說的事情；甚至突然撇開聽眾或讀者，直接對所敘的人或事物，呼名傾訴，以表達更為強烈的情感：都稱為「呼告」。

呼告通常是呼告面前的人。如《尚書・堯典》有：

咨，汝羲暨和。朞三百有六旬有六日，以閏月定四時成歲。

就是堯呼告在他面前的羲仲、羲叔、和仲、和叔等人的話。呼告通常表示告誡之鄭重或情緒的激動。《堯典》所載堯告誡羲、和的話，先呼後告，是為了鄭重。另外表示情緒激動的例子有：

力拔山兮氣蓋世，
時不利兮騅不逝，
騅不逝兮可奈何！
虞兮、虞兮，
奈若何！（項羽：《垓下歌》）

這也是通常呼告，項羽唱這首歌時，虞姬正在身旁，所以《史記・項羽本紀》記載項羽「悲歌忼慨」之後，說：「美人和之。」茲再舉二例：

1. 賊以刃脅降巡，巡不屈，即牽去，將斬之。又降霽雲，雲未應。巡呼雲曰：「南八！男兒死耳，不可為不義屈。」（韓愈：《張中丞傳後敘》）

2. 公怒曰：「庸奴！此何地也，而汝來前！」（方苞：《左忠毅公軼事》）

呼告的對象，不僅是面前的人，有時還會呼告不在面前的人。如《詩經・鄘風・柏舟》中有：

汎彼柏舟，
在彼中河。
髧彼兩髦，
實維我儀。
之死矢靡它。
母也天只！
不諒人只！

作者先敘述著：乘坐木船在黃河中漂浮，兩邊頭髮垂掛下來的人兒啊，真是我的好丈夫；一直到死，我也再不作其他的想法了。忽然語氣一變，呼喊著不在面前的：媽啊，爸啊！為什麼你們不能諒解呢？這種呼告，把不在面前的人當作在眼前一樣，帶著「示現」性質。

1. 嗟呼子卿，陵獨何心，能不悲哉！（李陵：《答蘇武書》）

2. 繄何人？繄何人？吾龍場驛丞餘姚王守仁也。（王守仁：《瘞旅文》）

或呼告遠方親友，或呼告已死之人，仍是呼人呼告。

不僅會呼告不在面前的人，有時甚至呼告「物」。如：

蘀兮蘀兮，
風其吹女。
叔兮伯兮，
倡予和女。（《詩經・鄭風・蘀兮》）

作者除了呼喊：「老三呀，老大呀，唱吧，我和著你們唱！」之外，還呼喊非人的落葉：「落葉呀，落葉呀，風吹著你！」這種呼物呼告，帶著「人性化」的性質，所以也叫「人化呼告」。

有時所呼雖是「物」，但此「物」卻是「人」的化身，具有譬喻性質，如：

楚狂接輿歌而過孔子曰：「鳳兮！鳳兮！何德之衰？往者不可諫，來者猶可追。已而！已而！今之從政者殆而！」（《論語・微子》）

楚狂接輿歌中所呼的「鳳兮」，事實上指的就是孔子。

古典文學中「呼物」之例甚多，更舉數例於後：

1. 上邪！我欲與君相知，長命無絕衰！
山無陵，江水為竭，冬雷震震，夏雨雪，天地合：
乃敢與君絕！（《漢鐃歌十八曲・上邪》）
案：「上邪」，猶今言「天啊」。

2. 舒州杓，力士鐺，李白與爾同死生。（李白：《襄陽歌》）

3. 杖兮，杖兮，爾之生也甚正直。慎勿見水踴躍學變化為龍，使我不得爾之扶持！（杜甫：《桃竹杖引贈章留後》）

4. 盃，汝前來！老子今朝點檢形骸：甚長年抱渴，咽如焦釜；於今喜瞌，氣似奔雷？汝說，劉伶古今達者，醉後何妨死便埋？渾如許，歎汝於知己，真少恩哉！（辛棄疾：《沁園春》）

5. 月兒！月兒！你團圓，我卻如何？（方壺：《水仙詞》）

6. 糠那！你遭礱，被舂杵，篩你，簸揚你！（高明：《琵琶記・糟糠自厭》）

這些都是人性化的呼物呼告。

就通常情形而言，疑問句要比直述句有力。直述句僅是作者意念的輸出，疑問句卻能引起讀者對問題作出省思。而呼告句又較疑問句出色。疑問句為普遍詢問，呼告句卻是指名挑戰！所以呼告句在語文表達的諸方式之中，是一種較能引起對方注意的方法。呼人呼告於呼告之外有些兼具示現之功能；呼物呼告於呼告之外也兼有人化的效果。它們都在親切的呼喚中顯示了一種神情的專注，引人發噱！呼告修辭法之所以成立，理由在此。

乙、舉　例

(一)呼　人

對面前或不在面前的人，甚至死人，呼名告訴，有時還可能兼具示現性質。

1. 女郎，單身的女郎，你為什麼留戀這黃昏的海邊？

——女郎，回家吧，女郎！（徐志摩：《海韻》）

2. 「好詩好詩，仲則！你到這時候還沒有睡麼？」仲則倒駭了一跳，回轉頭來就問他說：「稚存，你也還沒有睡麼？一直到現在在那裏幹什麼？」（郁達夫：《采石磯》）

3. 「二姐，二姐，可憐而可敬的二姐，你和吳經是不相配的，像他這樣一個人，是要我這樣的女人才能

駕馭的。」（於梨華：《移情》）

4. 笑吧！快樂的小姑娘！我自你的臉上看見我的「過去」，你卻不曾自我影子中看出你的「未來」。（張秀亞：《風雨中》）

5. 你張望什麼，你迎風立在船頭

操舟的漢子底　示意的神色？

十二月的港漲潮在午夜，

啊，你！　你該注意

我們渡船的兩盞紅綠燈在移近，

你該注意

我們渡船的方向在轉變……（林泠：《未竟之渡》）

以上數例，或呼告「女郎」，或呼告「仲則」，或呼告「二姐」，或呼告「小姑娘」，或呼告「你」，都是呼告面前的人。

6. 這過的是什麼日子！我這心上壓得多重呀！眉，我的眉，怎麼好呢！霎那間有千百件事在方寸間起伏，是憂，是瞻前，是顧後，這筆上那能寫出？（徐志摩：《愛眉小札》）

案：寫信時，陸小曼並不在徐志摩面前。下列方式同。

7. 康稔，康稔！我真寂寞死了，這裏沒有一個是我的朋友，沒有一個認識我的朋友真正的給我安慰和溫暖。（楊喚：《致歸人書》）

8. 落葉完成了最後的顫抖

荻花在湖沼的藍晴裏消失
七月的砧聲遠了
暖暖（瘂弦：《秋歌——給暖暖》）

9.朋友，讓我將春風摺成一枚信封，把這些花英草色、雲嵐煙光，都裝進去，郵寄與你共享。（王祿松：《致詞》）

以上數則，以書信方式，呼告不在面前的人。

10.直到今天，每當我拿起速寫簿，翻出自己一頁書，指導學生寫作業，或澆花剪草，學寫文章——甚至呵育兒女，懷抱小外孫，父親的影子始終在我眼前，鼓勵我，引導我。我可以看見他清朗的神態，關懷凝視，也能聽見他的笑聲，——安慰的笑，欣喜的笑——迴響長空！啊！父親！吾父！吾師！（梁丹丰：《吾父吾師》）

案：此為作者悼念亡父之作，以呼告結束全文。

11.瘦瘦怯怯的母親一直哀哀地哭著，每次她見到我們來就忍不住地哭，這次她啞著嗓子喊道：「阿明，阿明！你的同學來看你了，你聽見了嗎？……」（鍾玲：《輪迴》）

案：阿明已死，而呼之如生時。

在《水滸傳》中，頗多撇開面前眾人，直接對不在面前的人呼告的，如：

12.知客引了智深，直到方丈，解開包裹，取出書來，拿在手裏。……清長老讀罷來書……喚集兩班許多職事僧人，盡到方丈，乃云：「汝等眾僧在此，你看我師兄智真禪師好沒分曉！這個來的僧人，原來是經略府軍官。原為打死了人，落髮為僧。二次在彼鬧了僧堂，因此難安他。——你那裏安他不得，

卻來推與我！待要不收留他，師兄如此千萬囑咐，不可推故；待要著他在這裏，倘或亂了清規，如何使得？」（第五回）

案：「你那裏安他不得，卻來推與我！」的你指不在眼前的智真，是帶有示現性質的呼告。

13. 卻說那押生辰綱老都管並這幾個廂禁軍曉行午住，趕回北京；到得梁中書府，直至廳前，齊齊都拜翻在地下告罪。梁中書道：「你們路上辛苦，多虧了你眾人。」又問：「楊提轄何在？」眾人告道：「不可說！這人是個大膽忘恩的賊！自離了此間五七日後，行得到黃泥岡，天氣大熱，都在林子裏歇涼。不想楊志和七個賊人通同，假裝做販棗子客商。楊志約會與他做一路，先推七輛江州車兒在這黃泥岡上松林裏等候；卻叫一個漢子挑一擔酒來岡子上歇下。小的眾人不合買他酒喫，被那廝把蒙汗藥都麻翻了，又將索子綑縛眾人。楊志和那七個賊人卻把生辰綱財寶並行李裝載車上將了去。見今去本管濟州府呈告了，留兩個虞候在那裏隨衙聽候，捉拿賊人。小人等眾人星夜趕回來告知恩相。」梁中書聽了大驚，罵道：「這賊配軍！你是犯罪的囚徒，我一力抬舉你成人，怎敢做這等不仁忘恩的事！我若拿住他時，碎屍萬段！」（第十六回）

案：「這賊配軍！你是犯罪的囚徒，我一力抬舉你成人，」亦含示現意味。

現代文學作品中，亦有呼人而帶示現性質的，如：

14. 日落前我將死去
你打燈籠來尋訪誰？
長眠後　也許我能記起
曾燃你的癡情取暖

伸手給我啊！親親
我的淚是滿天的星（王渝：《今夜》）
案：「你打燈籠」是預言的示現。「親親」則為示現之呼告。

15.啊，鑑真
我從故國來
想問你一千年異鄉可寂寞
你緊閉著雙眼
那盲掉的雙眼
是什麼憂傷　使你不願再看
無論是故國　無論是異鄉
無論來世　無論此生（蔣勳：《給鑑真和尚》）
案：呼告千年前去日本傳佛教的鑑真和尚。詩中「想問你」、「你緊閉」、「使你」云云，則帶示現性質。

16.兵士，你可以長跪海灘，
潮漲潮退，
日昇月落；
兵士，你可以對著東瀛，
一步一叩首；
而當你仰望時——

是否仍感到緬甸人民水寒的敵意？（張錯：《ビルマの竪琴——致日本大兵水島》）

案：「水島」是詩中代表第二次世界大戰日本侵略軍的一個大兵名字。

(三)呼物

呼喚事物的名稱而有所傾訴，是一種帶有人性化或人格化的呼告。有呼喚具體之物的，如：

1. 寶玉忙忙來至怡紅院中，向襲人、麝月、晴雯笑道：「你們還不快著看去！誰知寶姐姐的親哥哥是那個樣子，他這叔伯兄弟形容舉止，另是個樣子，倒像是寶姐姐的同胞兄弟似的！更奇在你們成日家只說寶姐姐是絕色的人物，你們如今瞧見他這妹子，還有大嫂子的兩個妹子，我竟形容不出來了。老天！老天！你有多少精華靈秀，生出這些人上之人來。……」（《紅樓夢》第四十九回）

案：「老天」以下，是呼物呼告。

2. 一隻手拍著打呼的貓，

兩滴眼淚濕了衣袖；

「獅子，你好好的睡罷，——

你也失掉了一個好朋友。」（胡適：《獅子——悼志摩》）

案：「獅子」是徐志摩住在胡適家時最喜歡的貓。

3. 船呀！我知道你不問前途，儘直奔那逆流的方向。（康白情：《送客黃浦》）

4. 烏鴉，休吐你的不祥之言；畫眉，快奏你的新婚之曲。祝福，地上的樂園；祝福，園中的萬物；祝福這綠天深處的雙影。（蘇雪林：《綠天》）

5. 愛晚亭啊，十餘年來你已受過不知多少次劇烈的砲火洗禮，受過無盡的創傷，你是否也在日夜悲傷？

溪水嗚咽，蟬聲淒絕。（謝冰瑩：《愛晚亭》）

6.海呀！我瞭解你那憤怒的吼叫。海呀！我聽見了你那痛苦的呼吸。（《楊喚詩集・海》）

7.稻穗啊！願我能如你。……以綠色的兒童的歡樂開頭，以黃色的豐滿的成熟結尾；不像我的結尾是慘白和血液凝聚。（楚卿：《稻穗之歌和我歌稻穗》）

8.檳榔樹啊，你姿態美好地站立著，
在生長你的土地上，終年不動。
而我卻奔波復奔波，流浪復流浪，
拖著個修長的影子，沉重的影子，
從一個城市到一個城市，永無休止。（紀弦：《檳榔樹——我的同類》）

9.暴風雨中的海燕啊，
你為何不把倦翅暫停？（余光中：《海燕》）

10.在老師要你們試擬一篇最短的情書時，你曾很快地寫下這樣狡獪輕靈的句子：「霧：你使我迷惑了。相思林。」（鍾玲：《輪迴》）

11.溺為一朵
一朵水魂：憂傷的水蓮呵，
霧靄的湖中，千根植長
卻閉蕊不開，因那無端的宿命
那固執的憂傷（敻虹：《水戕》）

12. 當你走近
請你細聽
那顫抖的葉是我等待的熱情
而當你終於無視地走過
在你身後落了一地的
朋友啊　那不是花瓣
是我凋零的心（席慕蓉：《一棵開花的樹》）
案：「開花的樹」是詩人心靈的外射；再以「樹」的身分呼喚「朋友」。其中曲折，甚耐細參。
13. 錦藤呀，錦藤
依附在枯死的棕櫚樹上
借用棕櫚顯示自己虛假的身材
永遠無法超越僵化的極限
向天空探索風雲真實的面目（李魁賢：《盆景》）
具體的物固可呼而告之，抽象的事情或概念等等亦可呼告，如：
14. 判斷力啊！你跑到畜牲群裏去了！（莎士比亞：《西撒》）
15. 自由！自由！多少罪惡假汝名而行！（法國革命家羅蘭夫人上斷頭時語）
16. 偉大的夜
我起來頌揚你：

你消滅了世間的一切界限
你點燃了人間無數心燈（宗白華：《夜》）

17. 啊！思想，思想！你多像陳年的老酒溢散著清香。但那盛酒的盃盞是冰冷的。（王敬義：《嬰啼》）

18. 羌笛不怨　音符何往
何往　啊　夜渡關山的音符（余光中：《第七度》）

19. 中國啊中國！你全身的痛楚就是我的痛楚；你滿臉的恥辱就是我的恥辱。（余光中：《地圖》）

20. 則引我以昇，回首是悠宙
且信仰我們同存，或者同隕
且等我等待，於此長階
背景是亙古
我的神，請引我以昇
從迢迢的視漠中走出
啊　藍，請上我的階
紛繁的聲，在你之後（敻虹：《不題》）

案：所呼有二：「我的神」和「藍」，都人性化了。

丙、原　則

(二)必須以真實的情意為基礎

作者使用呼告，必須心中確有一種不得不說的重要事情，或一番不吐不快的激動的情緒在；在被呼告者說來，必須有被當頭一棒、突然警覺的感受。否則，不是流於感情泛濫，令人作嘔；就是變成頤指氣使，教人討厭。

試讀韓國詩人金素月（一九〇三—一九三四）的《招魂》首二節：

片片破碎的名字啊！
在虛空中破裂而遠颺的名字啊！
呼喊也沒有人回答的名字啊！
我高喊，雖死也要高喊的名字啊！

心中剩留的一句話，
終於說不盡了。
我親愛的情人哪！
我親愛的情人哪！

黃永武《字句鍛鍊法》引此詩而加以評論說：「假托情人之詞，遙喚故國之魂，喊出了韓國在日據時代人民悲痛的心聲，這種悲壯沉痛的聲音，真有教人『髮上指冠』的力量。」這首詩的震撼力，就是基於作者真實而強烈的愛國情緒。

(三)儘可能使用濃縮的語言

呼告之前，不妨把你的意見層層剖析；或將你的心情娓娓傾訴。但呼告時，你就必須把你的意見或心情用濃縮的語言表達出來，才能被聽眾或讀者所牢記，而且容易流傳出去。盧梭主義的複雜主張，絕不能像「自由、平等、博愛」的呼告那樣有效地導致了法國大革命。試舉孫中山先生《心理建設自序》為例。全文分四段：首段說明革命失敗由於黨人不能篤信三民主義、五權憲法與革命方略。次段指出傳統的「知之非艱，行之維艱」的錯誤思想妨礙了國家建設。三段更進一步說明心理為建設事業的基礎。本段結尾有這樣的呼告：

國民！國民！究成何心？不能乎？不行乎？不知乎？

先把問題窮根究柢地予以分析，終使問題的原因豁然呈現。這時，他自己的情緒已因發現「此敵」而生「畏」「恨」，所以激動地呼告並不在面前的「國民」。呼告的內容共四句，合起來僅十三個字，可說是極濃縮的語言；而國民聞此，自然有聞獅子吼的感覺，引起思想上的共鳴。

(三)呼物呼告要顯示一種專注或忘我的意境

茲以《紅樓夢》第八十一回寶玉釣魚為例加以說明：

寶玉掄著釣竿等了半天，那釣絲兒動也不動。剛有一個魚兒在水邊吐沫，寶玉把竿子一幌，又嚇走了。急得寶玉道：「我最是個性兒急的人，他偏性兒慢，這可怎麼樣呢？好魚兒！快來罷！你也成全成全我呢！」說得探春、岫烟、李紋、李綺四人都笑了。

這一段文字，在說者寶玉，是自己「半天」釣不到魚，「性兒急」，忘了魚兒是不懂人話的，竟然呼著「魚兒」，告其「快來」。口吻之間表現了一種著急的心情。在聽者探春等，卻感到他癡得可愛，所以「四人都笑了」。呼物呼告的使用時機與效果，由此可以發現。海明威《老人與海》中有：

「來來。」老人自言自語：「再兜一個圈子。你聞聞看，這沙丁魚可愛不可愛？好好地吃他們吧！不時還可以吃吃那條鮪魚。硬硬的，冷冷的，可愛的。魚！別怕難為情。吃吧！」

同樣是「人與魚語」。人類的思想言行，無論東方西方，總是大同小異的。所以中西文學作品修辭達意方法的相同，有如此者。

第三篇　本論下——優美形式的設計

《老子》四十二章有這麼幾句話：

道生一，一生二，二生三，三生萬物。萬物負陰而抱陽，沖氣以為和。

假如把「優美形式的設計」視為一種「道」，首先產生的是「整齊純一」，此之謂「道生一」。然後一分為二，於是有「對稱均衡」、「對比調和」，此之謂「一生二」。然後「三」出現了，這時有「比例得宜」、「節奏韻律」的講究，此之謂「二生三」。我們所設計的各種優美形式大抵由此而生，此之謂「三生萬物」。但是各種優美形式，無論如何變化，多麼複雜，卻總是由相對立的因素：大小、高低、長短、方圓、曲直，剛柔、強弱、輕重、榮枯，動靜、聚散、抑揚、進退，等等有機地呈現在某一具體的藝術作品上，形成和諧之美。此之謂「萬物負陰而抱陽，沖氣以為和」。

以這種觀點來看修辭學中優美形式的設計，「類疊」是同一語言成分，隔離或連接著使用。由於是同一語言成分，所以它是「純一」的；由於有秩序地隔離或重疊接連地出現，又具整齊之美。這種「整齊純一」正是「道生一」，故列為第一章。「對偶」，或基於「對稱均衡」，或基於「對比調和」；「回文」，則基於「迴環往復」：這是「一生二」的兩種修辭形式，故列為二、三兩章。「排比」、「層遞」都必須由三個或三個以上語言成分組成。不過，「排比」注重的是它們之間形式的相同與近似；「層遞」注重的是它們之間層次遞接；「頂真」有兩句的，也有兩句以上的，與「層遞」頗有類似處，重點在要求在上遞下接之間，有一個相同的詞語作關鍵。它們或講究「節奏韻律」，或講究「比例得宜」，都是「二生三」的成果，故列為四、五、六章。由齊一、勻稱、對比、往復、比例、韻律，趨向變化、複雜，首先要說「鑲嵌」，這是在詞語中刻意穿插配增，使形式有所變化；「錯綜」，更進一步追求語句形式的參差，詞彙的別異；「倒裝」，則特意顛倒了句子的語法順序；「跳脫」，使句子出現突接、岔斷、插語、脫略等情況；這四種修辭格，是「三生萬物」的代表作。總的說來，此十種修辭格，前六種重「齊一」、「勻稱」，後四種重「變化」、「複雜」。

當然，優美形式的設計，不會僅僅只有這十種，在本書第二篇開頭，我已說過：《漢語修辭格大辭典》中，「布置類」有四十七格。這四十七格都屬優美形式的設計，值得進一步去探討。而且，人類文明的日新，社會多元的發展，審美經驗越來越豐富，「三生萬物」，修辭學上優美形式的發掘、創造、整理，有的是無限遼闊的空間呢！

《周易・繫辭傳下》：「天下同歸而殊塗，一致而百慮。」修辭的優美形式，「齊一」、「勻稱」也罷，「變化」、「複雜」也罷；十分法也罷，四十七分法也罷，甚至萬分也罷：百慮一致，殊塗同歸，萬變不離其宗，總以「多樣的統一——和諧」為其最高境界。下面我就以義大利文藝復興時代畫家達文西(Leonardo da Vinci, 1452–1519)的名畫〈最後的晚餐〉(圖3·0·1) 為例說明：

這幅畫裡，有十三人坐在長條餐桌前面，具「齊一」之美；以耶穌為

圖 3·0·1（彩） 達文西，〈最後的晚餐〉。

中軸，左右均六位門徒，具「對稱」之美；但三、三成群，每人坐姿、表情都不相同，具「變化複雜」之美。而全畫莊嚴、肅穆，統一在「和諧」之中。我就以此畫作為《優美形式的設計》前言的結束罷！

第一章 類疊

甲、概說

同一個字、詞、語、句，或連接，或隔離，重複地使用著，以加強語氣，使講話行文具有節奏感的修辭法，叫作「類疊」。

當夜幕低垂，仰望滿天星斗，遠眺萬家燈火；或於晴天白日，只見城中車輛相連，鄉下阡陌縱橫。我們曾否覺察：我們生存的是一個怎樣「多數」的空間？太陽下山明早依舊爬上來；花兒謝了明年還是一樣的開。天體的律動，生命的延綿：又無一不在顯示出時間的連續！面對空間的多數與時間的連續，我們的心靈豈能一無所感？而世事滄桑，人生哀樂，又每每使我們一而再再而三地發出無窮的概歎。「類疊」格就是基於這種種現象而產生的。

而修辭上「類疊」之法，又有其心理學以及美學上的依據。

心理學上關於學習的理論，有一種叫作聯結論(Connectionism)的。主張此說的是美國心理學家桑代克(E. L. Thorndike)。桑氏認為：刺激與反應間的聯結就是學習，而聯結又受練習的多寡、個體自身的準備狀態、以及反應的效果所支配。這就是桑氏有名的學習三定律——練習律(Law of Exercise)、準備律(Law of Readiness)、與效果律(Law of Effect)了。根據練習律，刺激反應間的感應結，因刺激次數的增多而加強。換句話說：感應結的強度與練習的次數成正比。把這種學說移用到修辭上，我們可以體會：一個字詞語句，如果反復出現，會比單次出現更能打動聽者或讀者的心靈。勞伯・蕭勒士(Robert H. Thouless)在《如何使思想正確》(*How to Think Straight*)一書中甚至宣言：反復的斷言、堅定確信的口吻、與聲望，是使用暗示方法的演說家的三大法寶。

就美學方面來說：徐志摩的日記中對於「多數」曾有一段精彩的敘述：

> 「數大」便是美：碧綠的山坡前幾千個綿羊，挨成一片的雪絨，是美；一天的繁星，千萬隻閃亮的神眼，從無極的藍空中下窺大地，是美；泰山頂上的雲海，巨萬的雲峰在晨光裏靜定著，是美；絕海萬頃的波浪，戴著各式的白帽，在日光裏動盪著、起落著，是美；……數大便是美。數大了，似乎按照著一種自然律，自然的會有一種特殊的排列，一種特殊的節奏，一種特殊的式樣，激動我們審美的本能，激發我們審美的情緒。所以西湖的蘆荻，花塢的竹林，也無非是一種數大的美。

根據桑塔耶那(George Santayana)在《美感》(*The Sense of Beauty*)一書中的說法：構成無限的原始意象乃是空間，也就是劃一中的多數(Multiplicity in Uniformity)。這種意象，因為其刺激之幅度、體積、與全在(the Breadth, Volume, and Omnipresence)而具有一種有力的效果。視網膜中的每一個點都受到了同樣的刺激，而且在瞬間中同時感覺到了一切事物的位置信號，給了我們模糊懸宕但是赫然有力的感覺，使我們肅然而慴服。桑氏這番分析，對於「類疊」在美學上的基礎，有頗為清晰的說明。我們在此要補充的是：桑氏的立論，雖然僅由「構成無限的『原始』意象」，即「空間」而發；但是十分明顯地也適用於構成無限的「後起」意象，即「時間」。

說到這裡，我必須一述「類疊」的類型以及在漢語歷史上出現的情形。

就類疊的內容說：有單音詞（字）複音詞（複詞）的類疊；有語句的類疊。就類疊的方式說：有連接的類疊，有隔離的類疊。二者相乘，便有：

一、疊字：字詞連接的類疊。

二、類字：字詞隔離的類疊。
三、疊句：語句連接的類疊。
四、類句：語句隔離的類疊。

在漢語發展上，四者均歷史悠久。

先說疊字。

甲骨文已有疊字，第二字多作「〻」，如郭沫若《殷契粹編考釋》第一一〇片有

……上甲伐三人，王受又〻有祐。

惟「又〻」（又又）二字形同義異耳。

《詩經》時代，普遍運用疊字，如《鄭風・子衿》：「青青子衿，悠悠我心。」的「青青」、「悠悠」是。

顧炎武在《日知錄》卷二十一曾有縱的敘述：

> 詩用疊字最難。衛詩「河水洋洋，北流活活，施罛濊濊，鱣鮪發發，葭菼揭揭，庶姜孽孽」，連用六疊字，可謂複而不厭，賾而不亂矣。古詩「青青河畔草，鬱鬱園中柳。盈盈樓上女，皎皎當窗牖。娥娥紅粉妝，纖纖出素手」，連用六疊字，亦極自然。下此即無人能繼。屈原《九章・悲回風》「紛容容之無經兮，罔芒芒之無紀。軋洋洋之無從兮，馳逶迤之焉止。漂翻翻其上下兮，翼遙遙其左右。氾潏潏其前後兮，伴張弛之信期」，連用六疊字。宋玉《九辯》「乘精氣之摶摶兮，騖諸神之湛湛。驂白霓之習習兮，歷群靈之豐豐。左朱雀之茇茇兮，右蒼龍之躍躍。屬雷師之闐闐兮，通飛廉之衙衙。前輕輬之鏘鏘兮，後輜乘之從從。載雲旗之委蛇兮，扈屯騎之容容」，連用十一疊字。後人辭賦亦罕及之者。

雖然顧炎武以為《詩經》、漢代古詩、《楚辭》中連用疊字，後人罕及，但疊字之連用、獨用的現象，卻是

相當普遍的。如元雜劇《貨郎旦》中有：

我則見黯黯慘慘天涯雲布，萬萬點點瀟湘夜雨。正值著窄窄狹狹溝溝塹塹路崎嶇，黑黑黯黯彤雲布，赤留赤律瀟瀟灑灑斷斷續續出出律律忽忽魯魯陰雲開處，霍霍閃閃電光星注。正值著颼颼摔摔風，淋淋淥淥雨。高高下下凹凹答答一水模糊，撲撲簌簌濕濕淥淥疏林人物，卻便似一幅慘慘昏昏瀟湘水墨圖。（作者佚名）

一共用了三十四組疊字，更多於《日知錄》所舉。

還有一類疊字，是在一個單字後面另外重疊二個字的，如「好端端」、「靜悄悄」。茲再舉實例二條如下：

1.〔得勝令〕誰承望這即即世世老婆婆，著鶯鶯做妹妹拜哥哥。白茫茫溢起藍橋水，勃騰騰點著祆廟火，碧沉沉清波，撲剌剌將比目魚分破。急穰穰因何？扢搭的把雙眉鎖納合。（王實甫：《西廂記》）

2.鳳凰臺上月兒昏，忽地風生一片雲。淅零零夜雨更初盡，打梨花深閉門。冷清清沒箇溫存，他去了無消息，枉教人空斷魂，瘦臉啼痕。（王愛山：《雙調水仙子・怨別離》）

其中「白茫茫」、「勃騰騰」、「碧沉沉」、「撲剌剌」、「急穰穰」、「淅零零」、「冷清清」，都是這種重疊方式。

以下各例採自古典文學作品，請自己找出疊字，並作比較分析。

1.孔子於鄉黨，恂恂如也，似不能言者；其在宗廟、朝廷，便便言，唯謹爾。朝，與下大夫言，侃侃如也；與上大夫言，誾誾如也；君在，踧踖如也，與與如也。（《論語・鄉黨》）

2.孟子曰：「賢者以其昭昭使人昭昭；今以其昏昏使人昭昭。」（《孟子・盡心下》）

3.唧唧復唧唧，木蘭當戶織。（古樂府：《木蘭辭》）

4.夜夜夜半啼，聞者為沾襟。聲中如告訴，未盡反哺心。（白居易：《慈烏夜啼》）

5.庭院深深深幾許，楊柳堆煙，簾幕無重數。（歐陽修：《蝶戀花》）

6.端端正正人如月，孜孜媚媚花如頰。花月不如人，眉眉眼眼春。（毛滂：《菩薩蠻》）

7.尋尋，覓覓；冷冷，清清；悽悽，慘慘，戚戚。乍暖還寒時侯，最難將息。（李清照：《聲聲慢》）

8.一懷愁緒，幾年離索，錯！錯！錯！（陸游：《釵頭鳳》）

9.鶯鶯燕燕春春，花花柳柳真真。事事風風韻韻，嬌嬌嫩嫩，停停當當人人。（喬吉：《天淨沙》）

10.有有無無且耐煩，勞勞碌碌幾時閒？

古古今今多改變，貧貧富富有循環！

人心曲曲彎彎水，世事重重疊疊山。

將將就就隨時過，苦苦樂樂皆一般。（託名盧狀元：《勸世歌》）

再說類字。

殷商卜辭已多類字，如：

1.壬子卜又于茁。壬子卜又于伊尹。（郭沫若：《殷契粹編考釋》第一九七片）

案：其中「王子卜」、「又于」皆隔離重出。

2.貞出侑于茁。貞出于黃尹。（同前書・第一九八片）

案：其中「出于」也屬類字。

類字盛行於《詩經》時代，例如：

3.父兮生我，母兮鞠我，拊我，畜我，長我，育我，顧我，復我，出入腹我。（《小雅・蓼莪》）

4.如切如磋，如琢如磨。（《衛風・淇奧》）

以下自古典文學中更舉數例。

5.昔日寒山問拾得曰：「世間謗我，欺我，辱我，笑我，毀我，賤我，惡我，騙我，如何處治乎？」拾得云：「只是忍他，讓他，避他，耐他，敬他，不要理他。再待幾年，你且看他。」（《寒山拾得問對》）

6.是故無貴、無賤、無長、無少，道之所存，師之所存也。（韓愈：《師說》）

7.鳥去鳥來山色裏，人歌人哭水聲中。（杜牧：《題宣州開元寺水閣閣下宛溪夾溪居人》）

8.荷葉生時春恨生，荷葉枯時秋恨成。深知身在情長在，悵望江頭江水聲。（李商隱：《暮秋獨遊曲江詩》）

9.終日看山山不厭，買山終待老山間。山花落盡山長在，山水空流山自閒。（王安石：《遊鍾山詩》）

10.萬事雲煙忽過，百年蒲柳先衰。而今何事最相宜？宜醉，宜遊，宜睡。　早趁催科了納，更量出入收支。乃翁依舊管些兒：管竹，管山，管水。（辛棄疾：《西江月．示兒曹以家事付之》）

11.黃花深巷，紅葉低窗，淒涼一片秋聲。豆雨聲來，中間夾帶風聲。疏疏二十五點，麗譙門、不鎖更聲。故人遠，問誰搖玉佩，簷底鈴聲。　彩角聲吹月墮，漸連營馬動，四起笳聲。閃爍鄰燈，燈前尚有砧聲。知他訴愁到曉，碎噥噥、多少蛩聲。訴未了，把一半、分與雁聲。（蔣捷：《聲聲慢．秋聲》）

陳騤《文則》於「庚之一」對類字討論甚詳。他說：

文有數句用一類字，所以壯文勢，廣文義，然皆有法。韓退之為古文霸，於此法尤加意焉。如《賀冊尊號表》用「之謂」字，蓋取《易．繫辭》，《畫記》用「者」字，蓋取《考工記》，《南山詩》用「或」字，蓋取《詩．北山》，悉注于後，孰謂退之自作古哉？用一類字者，不可偏舉，采經子通用者志之，可觸類而長矣。

並舉例如下：

「或」法：

《詩・北山》曰：「或燕燕居息，或盡瘁事國，或息偃在牀，或不已于行，或不知叫號，或慘慘劬勞，或栖遲偃仰，或王事鞅掌，或湛樂飲酒，或慘慘畏咎，或出入風議，或靡事不為。」退之《南山詩》云：「或連若相從，或蹙若相鬪，或妥若弭伏，或竦若驚雊，或散若瓦解，或赴若輻輳，或翩若船游，或快若馬驟，」皆廣《北山》「或」字法而用之也。《老子》曰：「故物或行，或隨，或呴，或吹，或強，或羸，或載，或隳。」又一法也。

「者」法：

《考工記》曰：「脂者，膏者，羸者，羽者，鱗者。」又曰：「以脰鳴者，以注鳴者，以旁鳴者，以翼鳴者，以股鳴者，以胸鳴者。」《莊子》曰：「激者，謞者，叱者，吸者，叫者，譹者，宎者，咬者。」韓退之《畫記》云：「行者，牽者，奔者，涉者，陸者，翹者，顧者，鳴者，寢者，訛者，立者，齕者，飲者，溲者，陟者，降者。」凡此用「者」字，其原出於《考工記》及《莊子》法也。

「之謂」法：

《繫辭》曰：「富有之謂大業，日新之謂盛德，生生之謂易，成象之謂乾，效法之謂坤，極數知來之謂占，通變之謂事，陰陽不測之謂神。」韓退之《賀冊尊號表》云：「臣聞體仁以長人之謂元，發而中節之謂和，無所不通之謂聖，妙而無方之謂神，經緯天地之謂文，戡定禍亂之謂武，先天不違之謂法天，道濟天下之謂應道。」蓋取《易・繫辭》也。

「謂之」法：

《易・繫辭》曰：「闔戶謂之坤，闢戶謂之乾，一闔一闢謂之變，往來不窮謂之通，見乃謂之象，形乃謂之器，制而用之謂之法，利用出入，民咸用之謂之神。」凡經子傳記用此多矣，故不悉載。

「之」法：

《孟子》曰：「勞之，來之；匡之，直之；輔之，翼之。」《老子》曰：「故道生之，德畜之，長之，育之；成之，熟之；養之，覆之。」《易·說卦》曰：「雷以動之，風以散之，雨以潤之，日以烜之，艮以止之，兌以說之，乾以君之，坤以藏之。」此又一法也。

「可」法：

《考工記》曰：「故可規，可萬；可水，可縣；可量，可權。」《表記》曰：「事君可貴，可賤；可富，可貧；可生，可殺。」

「可以」法：

《論語》曰：「《詩》可以興，可以觀，可以群，可以怨。」《月令》曰：「可以登高明，可以遠眺望，可以升山陵，可以處臺榭。」《莊子》曰：「可以保身，可以全生，可以養親，可以盡年。」

「為」法：

《易·說卦》曰：「乾為天，為圜，為君，為父，為玉，為金，為寒，為冰，為大赤，為良馬，為老馬，為瘠馬，為駁馬，為木果。」《莊子》曰：「形就而入，且為顛，為滅，為崩，為蹶；心和而出，且為聲，為名，為妖，為孽。」此又一法也。

「必」法：

《考工記》曰：「容轂必直，陳篆必正，施膠必厚，施筋必數。」《月令》曰：「秫稻必齊，麴蘗必時，湛熾必潔，水泉必香，陶器必良，火齊必得。」

「不以」法：

《左氏傳》曰：「不以國，不以官，不以山川，不以隱疾，不以畜牲，不以器幣。」

「無」法：

《左氏傳》曰：「無始亂，無怙富，無恃寵，無違同，無敖禮，無驕能，無復怨，無謀非德，無犯非義。」

「而不」法：

《左氏傳》曰：「直而不倨，曲而不屈，邇而不偪，遠而不攜，遷而不淫，復而不厭，哀而不愁，樂而不荒，用而不匱，廣而不宣，施而不費，取而不貪，處而不底，行而不流。」

「其」法：

《易・繫辭》曰：「其稱名也小，其取類也大，其指遠，其辭文，其言曲而中，其事肆而隱。」《樂記》曰：「其哀心感者，其聲噍以殺；其樂心感者，其聲嘽以緩。其喜心感者，其聲發以散；其怒心感者，其聲粗以厲。其敬心感者，其聲直以廉；其愛心感者，其聲柔以和。」此雖每句用「其」字，而二句以見意，又一法也。

「焉」法：

《祭統》曰：「見事鬼神之道焉，見君臣之義焉，見父子之倫焉，見貴賤之等焉，見親疎之殺焉，見爵賞之施焉，見夫婦之別焉，見政事之均焉，見長幼之序焉，見上下之際焉。」《學記》曰：「藏焉，修焉，息焉，游焉。」《三年問》曰：「翔回焉，鳴號焉，蹢躅焉，踟躕焉。」此又一法也。

「于時」法：

《詩》曰：「于時處處，于時廬旅，于時言言，于時語語。」鄭康成云：「時，是也。」

「實」法：

《詩》曰：「實方，實苞；實種，實褎；實發，實秀；實堅，實好；實穎，實栗。」

「曾是」法：

《詩》曰：「曾是彊禦，曾是掊克，曾是在位，曾是在服。」

「侯」法：

《詩》曰：「侯主，侯伯；侯亞，侯旅；侯彊，侯以。」

「有若」法：

《書》曰：「有若虢叔，有若閎夭，有若散宜生，有若泰顛，有若南宮括。」

「未嘗」法：

《家語》曰：「未嘗知哀，未嘗知憂，未嘗知勞，未嘗知懼，未嘗知危。」

「斯」法：

《檀弓》曰：「人喜則斯陶，陶斯咏，咏斯猶，猶斯舞，舞斯慍，慍斯戚，戚斯歎，歎斯辟，辟斯踊矣。」

「於是乎」法：

《國語》曰：「上帝之粢盛於是乎出，民之蕃庶於是乎生，事之供給於是乎在，和協輯睦於是乎興，財用蕃殖於是乎始，敦龐純固於是乎成。」

「有」法：

《禮器》曰：「有直而行也，有曲而殺也，有經而等也，有順而討也，有摲而播也，有推而進也，有放而文也，有放而不致也，有順而摭也。」《樂師》曰：「有帗舞，有羽舞，有皇舞，有旄舞，有干舞，有人舞。」《左氏傳》曰：「名有五，有信，有義，有象，有假，有類。」又一法也。《孟子》曰：「父子有親，君臣有義，夫婦有別，長幼有序，朋友有信。」此又一法也。

「兮」法：

《荀子》曰：「井井兮其有條理也，嚴嚴兮其能敬己也，分分兮其有終始也，猒猒兮其能長久也，樂樂兮其執道不殆也，炤炤兮其用之明也，修修兮其用統類之行也，綏綏兮其有文章也，熙熙兮其樂人之臧也，隱隱兮其恐人不當也。」

「則」法：

《中庸》曰：「誠則形，形則著，著則明，明則動，動則變，變則化。」

「然」法：

《荀子》曰：「儼然，壯然，祺然，葬然，恢恢然，廣廣然，昭昭然，蕩蕩然。」

「奚」法：

《莊子》曰：「奚為？奚據？奚避？奚處？奚就？奚去？奚樂？奚惡？」

「而」法：

《莊子》曰：「而容崖然，而目衝然，而顙頯然，而口闞然，而狀義然。」《考工記》曰：「清其灰而盝之，而揮之，而沃之，而盝之，而塗之，而宿之。」

「方且」法：

《莊子》曰：「方且本身而異形，方且尊知而火馳，方且為緒使，方且為物絯，方且四顧而物應，方且應眾宜，方且與物化。」

「似」法：

《莊子》曰：「似鼻，似口，似耳，似枅，似圈，似臼，似洼者，似污者。」此言風吹竅穴動作之貌。

「乎」法：

《莊子》曰：「與乎其觚而不堅也；張乎其虛而不華也。邴邴乎其似喜乎！崔乎其不得已乎！滀乎進我色也；與乎止我德也。厲乎其似世乎！謷乎其未可制也；連乎其似好閉也；悅乎忘其言也。」《祭義》曰：「洞洞乎其敬也，屬屬乎其忠也，勿勿乎其欲其饗之也。」《莊子》蓋廣此法而用之。

「迺」法：

《詩》曰：「迺慰，迺止；迺左，迺右；迺疆，迺理；迺宣，迺畝。」

「以之」法：

《仲尼燕居》曰：「以之居處有禮，故長幼辨也，以之閨門之內有禮，故三族和也，以之朝廷有禮，故官爵序也，以之田獵有禮，故戎事閑也，以之軍旅有禮，故武功成也。」

「足以」法：

《易》曰：「體仁足以長人，嘉會足以合禮，利物足以和義，貞固足以幹事。」《中庸》曰：「聰明睿智，足以有臨也；寬裕溫柔，足以有容也；發強剛毅，足以有執也；齊莊中正，足以有敬也；文理密察，足以有別也。」此一法也。

「也」法：

《中庸》曰：「修身也，尊賢也，親親也，敬大臣也，體群臣也，子庶民也，來百工也，柔遠人也，懷諸侯也。」若《周易・雜卦》一篇，全用也字，又不可盡法。

「得其」法：

《仲尼燕居》曰：「宮室得其度，量鼎得其象，味得其時，樂得其節，車得其式，鬼神得其饗，喪紀得其哀，辯說得其黨，官得其體，政事得其施。」

「以」法：

《大司樂》曰：「以致鬼神，以和邦國，以諧萬民，以安賓客，以說遠人，以作動物。」《周禮》此法極多，今不備載。

「曰」法：

《洪範》曰：「一曰水，二曰火，三曰木，四曰金，五曰土。」《周禮》凡所次序，其事皆類，此一法也。《周禮・大師》曰：「曰風，曰賦，曰比，曰興，曰雅，曰頌。」《洪範》曰：「曰雨，曰霽，曰蒙，曰驛，曰克，曰貞，曰悔。」凡此類不言數，又一法也。《大宗伯》曰：「春見曰朝，夏見曰宗，秋見曰覲，冬見曰遇，時見曰會，殷見曰同。」《易・繫辭》曰：「天地之大德曰生，聖人之大寶曰位，何以守位曰仁，何以聚人曰財，理財正辭，禁民為非曰義。」凡此類又一法也。

「得之」法：

《莊子》曰：「狶韋氏得之，以挈天地；伏戲氏得之，以襲氣母；維斗得之，終古不忒；日月得之，終古不息；堪坏得之，以襲崑崙；馮夷得之，以游大川；肩吾得之，以處大山；黃帝得之，以登雲天；顓頊得之，以處玄宮。」云云。

「之以」法：

《禮記》曰：「慮之以大，愛之以敬，行之以禮，修之以孝養，紀之以義，終之以仁。」

「所以」法：

《禮運》曰：「祭帝於郊，所以定天位也；祀社於國，所以列地利也；祖廟，所以本仁也；山川，所以儐鬼神也；五祀，所以本事也。」

「存乎」法：

《易・繫辭》曰：「列貴賤者存乎位；齊小大者存乎卦；辯吉凶者存乎辭；憂悔吝者存乎介；震无咎者存乎悔。」

「莫大乎」法：

《易・繫辭》曰：「法象莫大乎天地；變通莫大乎四時；懸象著明莫大乎日月；崇高莫大乎富貴；備物致用立成器以為天下利，莫大乎聖人。」云云。

「知所以」法：

《中庸》曰：「則知所以修身；知所以修身，則知所以治人；知所以治人，則知所以治天下國家矣。」

「矣」法：

《六月詩序》曰：「《鹿鳴》廢，則和樂缺矣；《四牡》廢，則君臣缺矣；《皇皇者華》廢，則忠信缺矣；《棠棣》廢，則兄弟缺矣。」下皆類此，不能悉載。《板詩》曰：「辭之輯矣，民之洽矣，辭之懌矣，民之莫矣。」此雖每句用矣字，而上下之意相關。

我曾要求我的學生依據此等類字文例仿作，這種練習對文言文寫作能力之增進，相當有效。

《文則》在「丁之二」有如下一段話：

文有交錯之體，若纏糾然，主在析理，理盡後已。《書》曰：「念茲在茲，釋茲在茲，名言茲在茲，允出茲在茲。」《莊子》曰：「有始也者，有未始有始也者，有未始有夫未始有始也者。」又曰：「以指喻指之非指，不若以非指喻指之非指也。」《荀子》曰：「不利而利之，不如利而後利之之利也；不愛而用之，不如愛而後用之之功也；利而後利之，不如利而不利者之利也。」《國語》曰：「成人在始與善，始與善，善進善，不善蔑由至矣，始與不善，不善進不善，善亦蔑由至矣。」《穀梁》曰：「人之所以為人者，言也。人而不能言，何以為人？言之所以為言者，信也。言而不信，何以為言？信之所以為信者，道也。信而不道，何以為道？」此類多矣，不可悉舉，然取《莊子》而法之，則文斯邃矣。

陳望道《修辭學發凡》引此而稱之為「複辭」，列為「複疊」之一。我舊著因其為「交錯之體，若纏糾然」而歸之為「錯綜」。但與前引「類字」究有何區別？未照規律出現可能是區別之一，同一詞重出時詞品或許轉變可能是區別之二，但這些區別會造成學習上辨析困難，所以回頭仍依《發凡》定其為「類字」之一。《發凡》並舉四例，亦錄於後。

1. 知之為知之，不知為不知，是知也。（《論語・為政》）
2. 老吾老以及人之老，幼吾幼以及人之幼。（《孟子・梁惠王上》）
3. 君君，臣臣，父父，子子。（《論語・顏淵》）
4. 故有生者，有生生者；有形者，有形形者；有聲者，有聲聲者；有色者，有色色者；有味者，有味味者。（《列子・天瑞》）

然後說疊句。

「疊句」是由「疊字」一詞類比而得，陳望道《修辭學發凡》一書中把它叫作「連接反復」。

殷商卜辭已有疊句之例，如：

1. 乙丑貞□祭□。其雨。其雨。（郭沫若：《殷契粹編考釋》第七三一片）

又龜卜有重卜者，其辭常重複相類，如：

2. 甲寅卜尹貞．王賓叡．亡尤．
甲午卜尹貞．王賓歲．一牛．亡尤．在四月．
丁酉卜行貞．王賓叡．亡尤．（同前書・第五〇九片）

古代典籍中不乏疊句現象，如：

3. 殷其雷，在南山之陽。何斯違斯，莫敢或遑。振振君子，歸哉歸哉。（《詩經・召南・殷其雷》）
4. 歸與！歸與！吾黨之小子狂簡，斐然成章，不知所以裁之。（《論語・公冶長》）
5. 伯牛有疾。子問之，自牖執其手，曰：「亡之！命矣乎？斯人也，而有斯疾也！斯人也，而有斯疾也！」（《論語・雍也》）
6. 昔者有饋生魚於鄭子產，子產使校人畜之池。校人烹之，反命曰：「始舍之，圉圉焉；少則洋洋焉；悠然而逝。」子產曰：「得其所哉！得其所哉！」校人出，曰：「孰謂子產智？予既烹而食之，曰：『得其所哉！得其所哉！』」（《孟子・萬章上》）
7. 自周公卒，五百歲而有孔子；孔子卒後，至於今五百歲，有能紹明世，正《易傳》，繼《春秋》，本《詩》、《書》、《禮》、《樂》之際，意在斯乎？意在斯乎？小子何敢讓焉！（《史記・太史公自序》）
8. 顯譽成於僚友，德行立於己志。若致聲稱，亦有榮於所生。可不深念耶！可不深念耶！（鄭玄：《戒子益恩書》）
9. 少年不識愁滋味，愛上層樓，愛上層樓，為賦新詞強說愁。（辛棄疾：《醜奴兒》）

最後說到類句。

「類句」是由「類字」一詞類比而得。相當於《修辭學發凡》中的「隔離反復」。《殷契粹編考釋》已錄有類句，為數甚多，如：

1. 翌日壬，王其田，亡巛。　翌日壬，王其田隊，畢又有大逐。（第九三一片）

2. 戊午卜〔狄〕貞：王其田〔往〕來亡巛。〔庚〕申卜狄貞：王其田，往來亡巛。（第九三二片）

「王其田」隔離出現四次。古書「類句」之例也很多，略舉數例：

3. 其唯聖人乎！知進退存亡而不失其正者，其唯聖人乎！（《周易・乾文言》）

4. 關關雎鳩，在河之洲。窈窕淑女，君子好逑。參差荇菜，左右流之。窈窕淑女，寤寐求之。求之不得，寤寐思服。悠哉悠哉，輾轉反側。參差荇菜，左右采之。窈窕淑女，琴瑟友之。參差荇菜，左右芼之。窈窕淑女，鐘鼓樂之。（《詩・周南・關雎》）

5. 子曰：「予欲無言。」子貢曰：「子如不言，則小子何述焉？」子曰：「天何言哉？四時行焉，萬物生焉，天何言哉？」（《論語・陽貨》）

6. 隴頭流水，流離山下；念吾一身，飄然曠野。朝發欣城，暮宿隴頭；寒不能語，舌卷入喉。隴頭流水，鳴聲幽咽；遙望秦川，心肝斷絕。（樂府詩：《隴頭歌辭》）

7. 朝辭爺娘去，暮宿黃河邊。

不聞爺娘喚女聲，但聞黃河流水鳴濺濺！
旦辭黃河去，暮至黑山頭。
不聞爺娘喚女聲，但聞燕山胡騎聲啾啾！（樂府詩：《木蘭辭》）

8. 燕趙古稱多感慨悲歌之士。董生舉進士，連不得志於有司，懷抱利器，鬱鬱適茲土；吾知其必有合也。董生勉乎哉！

夫以子之不遇時，苟慕義彊仁者，皆愛惜焉，矧燕趙之士出乎其性者哉！然吾嘗聞風俗與化移易——吾惡知其今不異於古所云邪！聊以吾子之行卜之也。董生勉乎哉！（韓愈：《送董邵南序》）

9. 自入南口，城甃有天竺字、蒙古字。……

自入南口，流水齧吾馬蹄。……

自入南口，木多文杏、蘋婆、棠梨，皆怒華。

自入南口，或容十騎，或容兩騎，或容一騎。……

自入南口，多霧，若小雨。……

自入南口，四山之陂陀之隙，有護邊牆數十處。……（龔自珍：《說居庸關》）

從上面的例子，我們可以發現古代漢語中曾經大量地使用「類疊」。

乙、舉　例

(一)疊　字

(1)名詞。

1. 據說，殘羹賸飯的來源現在不甚暢了，大概是剩下來的雞毛蒜皮和一些湯湯水水的東西都被留著自己度命了。（梁實秋：《雅舍小品‧乞丐》）

2. 由於這些花，我自然而然的想起北平公園裏的花花朵朵，與這些簡直沒有兩樣，然而我怎樣也不能把童年時的情感再回憶起來。（陳之藩：《失根的蘭花》）

3. 傻瓜，無可救藥！ＢＡＲ，ＢＡＲ。你永遠不知道你做什麼，要什麼。（林懷民：《變形虹》）

4. 升得更高的太陽，繅成絲絲片片。（白辛：《山林之曉》）

5. 何年何月，何時何刻

這臉曾是大大的一張嫩葉

這臉曾是圓圓的一個月亮

如今是一個洩氣的球

讓時間踢來踢去

這臉臉臉臉臉的重疊

在煙的無去向的旅程中自焚（辛鬱：《臉的變奏》）

6. 青草湖一帶的山山水水都是十分明秀的，使人心曠神怡，留連忘返。（韋璇：《春遊記趣》）

(2) 稱代詞。

1. 「你，你要反了，短命鬼，路旁屍。」女人衝近阿蒙，抬手要打。（施叔青：《池魚》）

2. 如果妳不是我心愛的伊沙，我是絕不願講的，我……我很不願意說別人，尤其他。（方明漪：《心語集》）

3. 這些，這些短暫的生命怎不快樂呢？何況浮生若命，為歡幾何。（艾薇：《生命的樂章》）

(3)動詞。

1.會有誰呢？莊水吉？呸！要是他倒好，可以聊聊，順便一起上醉月樓。（于墨：《沙江夜》）

2.就看這店堂裏，熱鍋燒炒著那玩意，大家喫喫喝喝又是另回子事兒。（朱西寧：《劊子手》）

3.停下腳步來，扯下了一根蘆草，柔軟，輕盈，像一個小心行走在雲端的夢，而一抖開它，蘆花飛散了一地，在陽光下飛，飛，飛，才入夢境，立刻就醒來了。（蔣芸：《蘆葦的聯想》）

4.意芃掠掠頭髮，拉拉毛衣衣襟，自言自語地喃喃。（林懷民：《安德烈紀德的冬天》）

5.意思與情感的來來往往，可以在這上面一索即得。（方思：《詩十三行》）

6.與其在心身疲憊之時，復把身心投入更易憔悴的環境裏如狂舞通宵，雀戰達旦；倒不如聽聽唱片，種種花，下下棋，來得輕鬆，也有意義多了。（湘人：《情趣生活》）

7.聽聽鳥兒的歌唱，聞聞泥土的氣息，嗅嗅花兒的芬芳，看看浩瀚的大海，數數飄飄的浮雲。（蘇慶隆：《接近大自然》）

(4)形容詞。

1.厚敦敦的軟玻璃裏，
倒映著碧澄澄的一片晴空：
一疊疊的浮雲，
一隻隻的飛鳥，
一彎彎的遠山，
都在晴空倒映中。

湖岸上，葉葉垂楊葉葉風，
湖面上，葉葉扁舟葉葉蓬，
掩映著一葉葉的斜陽，
搖曳著一葉葉的西風。（劉大白：《西湖秋泛》）

案：「疊疊」、「隻隻」、「彎彎」、以及六個「葉葉」，都是形容詞，「厚敦敦」和「碧澄澄」也是。又案：本條在《仿擬》章已引用作「非仿擬」之例，請參閱。

2. 你瞧，你瞧，米先生有多好！多週到呀！雨淋淋的，還來接！（張愛玲：《留情》）

3. 不同種族的淑女紳士淑女，顫顫巍巍，在燈光變換前簇擁著別人也被別人簇擁著越過大街，把街景烘托得異常國際。（余光中：《登樓賦》）

4. 長長的鬚髮，長如長長的忍耐；短短的劍身，短如短短的生命。（羅青：《獨行劍客》）

5. 臺北的雨季濕漉漉，冷凄凄，灰暗暗的。（羅蘭：《那豈是鄉愁》）

6. 姐姐說：妳想些明明朗朗的事不好嗎？總是這麼古古怪怪的。（江玲：《坑裏的太陽》）

7. 小人物的回憶中，一樣可以窺見殷殷闐闐萬頭鑽動的大時代；就像一株小樹篩動的枝葉間，一樣可以窺測赫赫炎炎投影宛然的大太陽。（黃永武：《愛廬談心事・自序》）

(5)副詞。

1. 若是機緣再湊巧，再加上銓敘合格，連米貼房貼算在一起是夠兩個教授的薪水，他寫起信來便乾乾脆脆的稱兄道弟了！（梁實秋：《信》）

2. 曲曲掉過臉來向他道：「不，不，不，是我的錯，玩玩不打緊，我不該挑錯了玩伴。若是我陪著上司

玩，那又是一說了。」（張愛玲：《琉璃瓦》）

3. 她自己也有點「意意思思」地覺得，而肩荷的種種痛苦。（水晶：《張愛玲的處女作》）

4. 春喜兒悻悻地去了，極不情願似的。（朱西寧：《劊子手》）

5. 流浪漢像片雨雲，鬱鬱地向北，那雛菊正開放在南方。（曹介植：《南方的雛菊》）

(三)類　字

(1)名詞。

1. 房間裏有灰綠色的金屬品寫字枱，金屬品圈椅，金屬品文件高櫃。（張愛玲：《留情》）

2. 我不要這種結尾，寧可沒有結尾，現在談結尾也太早了，請你繼續廣播，天天廣播。（王鼎鈞：《土》）

3. 薰和的南風
解慍的南風
阜民財的南風
　　孟冬時分
　　耳語的時分
　　病的時分（葉維廉：《賦格》）

4. 上班要準時；吃飯要定時；趕車要及時；約會要守時：這是成功的一半！（寶島鐘錶行廣告）

(2)稱代詞。

1. 對方的頭上青筋暴露，黃豆般的汗珠一顆顆的在額上陳列出來，或哭喪著臉作慘笑，或咕嘟著作吃屎狀，或抓耳撓腮，或大叫一聲，或長吁短嘆，或自怨自艾口中念念有詞，或一串的噎膈打個不休，或

紅頭漲臉如關公……。（梁實秋：《雅舍小品·下棋》）

2. 但今日我們處境迥異，這是存亡絕續之秋，我們心情不能輕鬆，我們必須斤斤計量，我們必須錙銖必較，我們必須患得患失，我們必須堅定立場，我們必須把握原則，我們必須奮發圖強，這豈是國強民阜的太平盛世？我們已不能再丟棄任何一寸領土，我們已不能再容忍任何平白的誣衊。（張伯敏：《重逢的時候》）

3. 在我們相處的二十幾年來，我曾經恨過她，嫉妒過她，氣過她，惱過她，憐過她，也愛過她。（於梨華：《移情》）

4. 我總在努力使它們含有我的哭，我的笑，和我的愛，我是那樣真誠無飾。（白辛：《花林》）

5. 誰是那青山背後的冷？
誰是那樹蔭下的黑？
誰是那茫茫的影？
誰是她心中的懷念？
誰是她懷中的感激？
誰是她腦中的雲霞？
誰是她唇邊的潮汐？（菩提：《大荒山》）

(3) 動詞。

1. 關心石上的苔痕，關心敗草裏的鮮花，關心這水流的緩急，關心水草的滋長，關心天上的雲霞，關心新來的鳥語。（徐志摩：《我所知道的康橋》）

2. 一個人一生中有許多夢，有綺麗的，光明的，也有灰暗的，陰慘的，有印象深刻的，也有澹然若無的，有歡愉暢遂的，也有驚險恐怖的。（蘇雪林：《綠天》）

3. 不知在那兒見過的，也許是在想像之中，也許是在別的地方，也許是在前世，也許是在夢裏。（聶華苓：《月光・枯井・三腳貓》）

4. 在那遼遠的沙漠異邦裏，我將會懷戀祖國的青山綠水，我將會懷戀那無價可估的博物館，我將會懷戀親友的深厚溫情，我將會懷戀和我探討磋切人生義理的師友，我將會懷戀那些懇切求知的青年學子……這些懷戀，都會使我保持著從未動搖的對國家民族的自尊，自重和自信的心。（葉曼：《自尊自重和自信》）

5. 在歸途中，我翻來覆去的想；回到屋裏呆在桌前，翻來覆去的想；睡到床上還是翻來覆去的想。（陳之藩：《圖畫式的與邏輯式的》）

6. 夢見麥子在石田裏開花了。
夢見枯樹們團團歌舞著，圍著火，
夢見天國像一口小蔴袋。（周夢蝶：《六月》）

7. 觀音仰臥成觀音山，在對岸
雲裏看過，雨裏看過
隔一彎淺淺的淡水，看過（余光中：《蓮的聯想・觀音山》）

8. 我伏在娘背上，看見月光正灑在遠處披紗的山巒上，灑在輪廓模糊的城樓上，灑在我們娘兒倆身上，於是我摟緊娘的脖子，彷彿天地間祇有我們娘兒倆存在了。（逯耀東：《山城》）

9. 公寓有許多好處，沒有浪費的建築，沒有蟑螂，沒有老鼠，沒有灰塵，沒有漏雨，沒有人來推銷肥皂，沒有人來哭求他只差一張回南部的火車票錢，沒有……是的，我都知道，你忘記了一樣，它也沒有個性。加上到那沒有個性的公寓的行列去吧！（林海音：《二十年的回憶》）

10. 但是那天，我嚇得手抓著粗糙的樹皮，只會在那兒尖叫；我怕跌下來，我怕那高度，我怕那種孤立。（鍾玲：《恐懼》）

11. 然後是西風古道，細雨孤騎；然後是淚彈琵琶，回首千山，悲笳時動，紫塞已遠；然後是所有的花朵一齊開了，剎那間，又一朵一朵的凋謝下來……。（吳宏一：《笛聲》）

12. 遂是陰沉與幽暗，
遂是血同血的喧鬧，
遂是渾圓與均稱，
遂是汗毛與汗毛的糾結。（彩羽：《變異的光輝——致畢卡索》）

13. 俗人會並不像普通社團一樣，我們不收會費，也不以土風舞和郊遊之類作號召，我們沒有五光十色的海報來引誘各位的幻想，也沒有嬌麗的女會員可以結交，我們沒有會員證和豆腐乾大的圖章，也沒有連篇累牘的保證和標語。這裏不是教室，不分僑生和本地生；這裏不是同鄉會，不分廣東人或湖北人；這裏也不是校友會，不分建中或南一中。（《臺大人的十字架・俗文》）

14. 坐慣了轉圈椅，
辦起公來有規律。
左轉——翻翻報表，

右轉——品品茶味，
前轉——嘮嘮閑嗑，
後轉——訓斥幾句。
轉來轉去寸步不移。（高昱：《轉移》）

15. 聽聽風拂過麥浪的低吟，聽聽雨打過芭蕉的淒清，聽聽林間鳥兒的呢噥私語，聽聽遠方汽笛的吶喊歎息，並且聽聽內在那個直接無飾的你最深處告白的聲音。（彭樹君：《你需要一張火車票》）

(4)形容詞。

1. 這便是李後主，一個單純的個人主義者，一個東方唐璜，一個耽於逸樂的南面王，一個迷失在回憶中的後主。（胡品清：《李後主的詞》）
2. 會變臉譜的人，當面一副，背地一副，與己有利者一副，無利者一副。（陸珍年：《臉譜》）
3. 江南老了，野鷓鴣老了，水蠟燭老了，在異鄉的孩子也老了。（李藍：《母親的歌》）
4. 今夜，我將剪塊月光，題上你《還魂草》中的詩句，唸給冷冷的月聽，冷冷的風聽，冷冷的空白聽。（吳宏一：《兩朵雲》）
5. 遠遠的大唐，
遠遠的始皇，
遠遠的涿鹿，
遠遠的過五關斬六將擊鼓三鼕斬蔡陽。（管管：《太陽》）
6. 青青的草原青青的簾子映著青青的四月

青青的羽翼青青的流水舉著青青的天空
青青的象徵青青的神話壓著青青的碑石
青青的愛情青青的古典踩著青青的枝椏（張默：《菊花之癖》）

7. 柔柔的睡　如風
柔柔的燃燒　如花
柔柔的骨肉　如雪
柔柔的醒　如月（碧果：《作品》）

8. 現在歲月雖成了餘年，文章雖成了餘事，但讀書筆札尚多餘興，默察浮生尚多餘情，篋囊中猶多餘稿。（黃永武：《詩與情・自序》）

9. 五十六個民族五十六朵花，五十六個兄弟姐妹是一家。五十六種語言匯成一句話：愛我中華。（《愛我中華》歌詞）

10. 一場在錯誤時間，錯誤地點，對抗錯誤敵人的錯誤戰爭。（美前參謀總長布萊德雷論越戰）

(5)副詞。

1. 過去的實在，漸漸的澎漲，漸漸的模糊，漸漸的不可辨認；現在的實在，漸漸的收縮，逼成了意識的一線，細極狹極的一線，又裂了無數不相連續的黑點，黑點亦漸漸的隱翳。幻術似的滅了，滅了，一個可怕的黑暗的空虛。（徐志摩：《北戴河濱的幻想》）

2. 漸漸地，我也失去了那點性情中的真。不敢愛，不敢恨，不敢哭，也不敢笑。終於，也不會愛，不會恨，不會哭，不會笑了。（張秀亞：《真與美》）

3. 我將沉默的望望天，沉默的看看水，沉默的翻開經卷，沉默的喝杯苦茶……。（陳之藩：《出國與出家》）

4. 三十歲，花只開了一半，鳥只唱了半首歌，太陽只出了半天。（王文興：《龍天樓．命運的迹線》）

5. 小詹諦緩緩的走著，疾速的走著，時而安閒，時而匆遽，時而漠然，時而急切。（王聿均：《人生寄語》）

6. 雪在風中輕快地飄浮，有時散開，有時聚攏，有時濃似天鵝絨，有時薄如輕紗。（貝宜：《晨光》）

7. 我再將我的視線投向夜空，它仍然那麼深邃，那麼藍，那麼諱莫如深。（殷穎：《一鈎涼月天如水》）

(6) 關係詞。

1. 我覺得慘的是僕人大概永遠像莎士比亞《暴風雨》中那個卡力班，又蠢笨，又狡猾，又怯懦，又大膽，又服從，又反抗，又不知足，又安天命，陷入極端的矛盾。（梁實秋：《第六倫》）

2. 據說我們就淪陷給夏，就患得患失，就坐在背風的樹蔭用郵票的白齒咀嚼遠方。（余光中：《九月以後》）

3. 戴奧尼索斯站在火的藍燄裏

蓮花開放在透明的氣流上

芬芳到花之蕊

深遠到海之心

聳高到天之頂

遼闊到地之外（羅門：《升起的河流》）

4. 行到水窮處，不見山，不見水，卻有一片幽香，冷冷的在目，在耳，在衣。（吳宏一：《兩朵雲》）

5. 你如能側耳傾聽曇花的乍放，為什麼就聽不見青草在抽芽，陽光在放射，露珠在滾動，霧氣在升騰，白雲在舒卷，落花在嘆息呢？（陳曉薔：《萬籟》）

6. 從一片片舞落的枯葉，從一掇露珠輕彈於田田的荷香，從明亮而響滿鳥翼的雲彩，從溫暖而奔騰於我們體內的血液；我們極力去回憶，沉思著關於「開始」之前的故事。（羅珞珈：《創造》）

7. 想得開，看得破，拿得起，放得下，跑得動，睡得著，吃得消，受得了。（汪精輝：《養生八得》）

以下各例，舊著列在「錯綜」，今移於此。其中「類字」的位置和詞性，留給讀者分析了。

1. 他別誤會了，像她一樣地誤會了，不能一誤再誤……果真是誤會嗎？（張愛玲：《年輕的時候》）

2. 根據個人的教書經驗，我以為詩可以分做四類：

其一是易懂也易解的詩，如元稹的《上陽白髮人》，白居易的《新豐折臂翁》，這些詩不僅在字面上沒有生字難辭，可以使「老嫗都解」，就是在內容方面，對其所吟詠的情事，也是不難加以明白確指、極易解說的，這一類詩我們姑且把其藝術價值置而不論，至少以教書而言，我以為乃是最為容易講解的一類書。

其二是難懂而易解的詩，如韓愈的《南山詩》，盧仝的《月蝕詩》，這些詩中充滿了難字怪句，看起來非常難懂，要講這些詩，一定要費許多時間為那些生難的字句翻檢字典和辭書，可是在內容方面則並無什麼深意可資探尋和解說，這一類詩也許有某一些對奇險有偏好的讀者會認為也不失為藝術上另一方面之嘗試和成就，但就我個人而言，總以為講這一類詩費力甚多而所得甚少，好像頗不合算的樣子。

其三則是難懂也難解的詩，如李白的《遠別離》，李商隱的《燕臺詩》，這詩不僅在字句方面一看之下就使人覺得閃怪變化難於把捉，講解起來更是情思幽邈，歧義妙解，眾說紛紜，使人難以明言其意旨之究竟何在。這在教書而言，是很難講解的一類詩，然而尋幽探奇雖艱難曲折也自仍有其一份樂趣在，以我個人而言，對這一類詩也是頗有著一些偏愛的。

其四則是易懂而難解的詩，這一類詩，我以為也可以分別為兩種，從字面之明白淺顯言，其使人易懂雖是一樣的，可是在內容方面使人難解的原因就不盡相同了。一種使人難解的原因是由於內容所蘊蓄的深遠幽微，使人難以為其意蘊加以界說，則讀者縱使頗有會心，也難以言辭來解說表達，如陶淵明《飲酒詩・結廬在人境》一首的「此中有真意，欲辯已忘言」可以為代表；又一種使人難解的原因是由於語意與語法的含混不清，造成一種模稜兩可的現象，使人難以確指其含意究竟何在，如李後主《浪淘沙・簾外雨潺潺》一首之末二句「流水落花春去也，天上人間」之「天上人間」四字可以為代表，這二種易懂而難解的詩，都是看似淺明，而極難解說的，而以藝術價值言，則這一類易懂而難解的詩卻又往往有極高的成就，因為這一類詩以表現而言，其寫作態度往往最為真摯誠懇，絲毫沒有逞強立異，爭新取勝的用心，而意蘊方面則又深微豐美，使人有取之不盡，用之不竭的感受，《論語》有言曰：「仰之彌高，鑽之彌堅，瞻之在前，忽焉在後」，這是很值得我們研賞的一類詩。（葉嘉瑩：《一組易懂而難解的好詩》）

案：「易懂也易解」、「難懂而易解」、「難懂也難解」、「易懂而難解」中，「難、易、也、而」之排列，頗有講究。又余光中《朋友四型》有「高級而有趣」、「高級而無趣」、「低級而有趣」、「低級而無趣」之說，與葉文同一手法。

3. 我就引用了禪宗裏的一段話：「老僧三十年前（未參禪時，）見山是山，見水是水，（及至）後來（親見知識，有個入處，）見山不是山，見水不是水，而今（得個休歇處，依然）見山祇是山，見水祇是水。」（陳之藩：《在春風裏・方舟與魚》）

案：所引見《指月錄》卷二十八，是吉州青原惟信禪師告訴學僧的話。括弧中字，係筆者據原典所加。

4.空虛的空虛，空虛的空虛，一切都是空虛。（張秀亞：《懷念》）

5.在純然的藍裏浸了好久。天藍藍，海藍藍，髮藍藍，眼藍藍，記憶亦藍藍，鄉愁亦藍藍，復藍藍。（余光中：《望鄉的牧神》）

6.那眸光是更河水的河水，
那緋靨是更彩霞的彩霞，
泅水者，攀虹人，
你溺斃，你傾仆。（張健：《謎》）

7.海也相同，海灣也相同，海灣上的漁舟也相同。在遠處，我看它們靜止，海灣也靜止；而它並非靜止，海灣亦非靜止。（葉珊：《料羅灣的漁舟》）

8.不要站在自己的立場看自己，也不要站在自己的立場看別人；要站在別人的立場看自己，站在別人的立場看別人。（吳怡：《書寄吾弟》）

9.這是一個變動的世界，變動得令人覺得很美，但又什麼都把握不住；變動得令人覺得生命是那麼瞬息而不留痕跡，像是淌下玻璃窗的一滴雨。（鍾玲：《赤足在草地上》）

10.這一切都是必須的，但這一切的必須，都必須在我所在乎的必須之內。（江玲：《在樂園外》）

11.不成風景不入山
入山成風景
握住一山性向奔瀉如瀑布
是風景

我以漲潮繫住秋月
我不風景誰風景
昨日黃昏謁風景
今日黃昏謁風景
發現自己更風景
立也風景臥也風景
現在我正淋著黃梅雨
而明日入山的那位
跛腳僧
是我唯一的遊客（梅新：《風景》）

12. 一切在冷卻，夜也在冷卻；冷卻的街道，冷卻的心。（林懷民：《轉泣的榴槤》）

13. 那麼我每週都去，便是我需要在那裡獲得什麼；也就是我必須在廟裡以外的世界逃避一些什麼。那些什麼是什麼呢？我不知道。（季季：《屬於十七歲的》）

14. 怪我自己。不錯，逢甲的確風大了一點，校園小了一點，男生多了一點，環境鬧了一點。在女孩子面前提起了逢甲，自己頭就會低了一點。但這些一點一點的也不能掩蓋它的許多優點，實在說這是一座充滿生氣的學校。（施鵬賢：《美的歲月》）

15. 那位留短髮，幾乎光頭的佛學社代表說不定是我們的嬉皮的代表，是最不像西方嬉皮的嬉皮，也不一定是最不嬉皮的嬉皮。（廖偉竣：《紅樓舊事》）

案：廖偉竣是宋澤萊的本名。一九七五年我寫《修辭學》時，他是師大歷史系的同學。

㈢疊　句

1. 盼望著！盼望著！東風來了，春天的腳步近了。（朱自清：《春》）

2. 雁兒們在雲空裏飛，
看她們的翅膀，
看她們的翅膀，
有時候紆迴，
有時候匆忙。（徐志摩：《雁兒們》）

3. 我還能聽見大轂轆踏著霜屑的沉重的腳步，和那隻老狼在霜地上沙沙拖曳的聲音，緩緩的遠去，緩緩的遠去了。（朱西寧：《狼》）

4. 盧先生一邊走，兩隻手臂猶自在空中亂舞，滿嘴冒著白泡子，喊道：「我要打死她！我要打死她。」（白先勇：《花橋榮記》）

5. 喊我，在海峽這邊；喊我，在海峽那邊。（余光中：《春光遂想起》）

6. 你這糊塗的醉漢　咀嚼著時間　喀吱　碎裂　墓石像硬麪包殼　喀吱　碎裂　墓石像硬麪包殼　且下以天河之泉　然後　似淺淺地深睡著
我一直是一條蛔蟲　也學著　咀嚼著時間　喀吱　碎裂　墓石嚼我　我碎裂　喀吱　碎裂　墓石嚼我
我碎裂　且下以透明的胃液　然後　似深深地淺睡著（李文顯：《永恆》）

7. 雕龍的簷下，有鷓鴣在叫著，叫著：「秋風起了，秋風起了。」（吳宏一：《笛聲》）

8. 她的心靈總是充滿著微笑與希望，它常悄悄的對自己說：「忘了自我，忘了自我。」因此在這種嘗試中，慢慢獲得真正的快樂。（方良：《心靈之美》）

9. 猩紅熱撲滅之後，完人塚上坐著碎心的魔鬼。豈曰無衣，豈曰無衣，豈曰無衣，豈曰無衣！（方莘：《咆哮的輓歌》）

10. 「打開你的窗子，打開你的窗子。」是鳥兒張張惶惶的來報曉了。（陳曉薔：《萬籟》）

11. 要是沒有哭，沒有笑，也沒有愛，那麼，人生會是什麼樣子呢？會是什麼樣子呢？（白辛：《花林》）

12. 振豐還沒等老姑母講完，便衝動的，一下子跑到母親的靈堂，扒伏在棺木上，搥打痛喊著說：「我可以走大門，那麼就讓我媽連著我走一回大門吧！就這麼一回！就這麼一回！」（林海音：《金鯉魚的百襉裙》）

(四)類　句

1. 《四書》、《五經》不能滿足這個要求；《二十四史》與《通鑑》、《綱鑑》也不能滿足這個要求；《古文觀止》與《古文辭類纂》也不能滿足這個要求；但是，《三國演義》恰能供給這個要求。（胡適：《三國志演義序》）

案：「這個要求」指：作為使人了解通俗歷史、得到常識智慧、學會看書寫信作文的技能、做人與應世的本領、趣味濃厚、叫人不肯放手的教科書。

2. 我不知道風是在那一個方向吹，
我是在夢中，
在夢的輕波裏依洄。

我不知道風是在那一個方向吹，
我是在夢中，
她的溫存，我的迷醉。
我不知道風是在那一個方向吹，
我是在夢中，
甜美是夢中的光輝。
我不知道風是在那一個方向吹，
我是在夢中，
她的負心，我的傷悲。（徐志摩：《我不知道風是在那一個方向吹》）

3. 他思索了一會，又煩躁起來，向她說道：「我自己也不懂得我自己——可是我要你懂得我！我要你懂得我！」他嘴裏這麼說著，心裏早已絕望了，然而他還是固執地，哀懇似的說著：「我要你懂得我！」（張愛玲：《傾城之戀》）

4. 那年的秋季特別長，一直拖到感恩節，還不落雪。……那年的秋季，顯得特別長。草在漸漸寒冷的天氣裏，久久不枯。……那年的秋季特別長，像一段雛型的永恆。……這樣說，你就明白了。那年的秋季特別長。我不過是個客座教授，悠悠蕩蕩的，無掛無牽。……那年的秋季特別長，似乎，萬聖節來得也特別遲。……那年的秋季特別長，似乎可以那樣一直延續下去。……那年的秋季特別長，所以說，我一整夜都浮在一首歌上。那些尚未收割的高粱，全失眠了。這麼說，你就完全明白了，不是嗎？那年的秋季特別長。（余光中：《望鄉的牧神》）

5.在母親身邊，我學會了翦枝、摘葉，學會了澆水、施肥；在母親身邊，我學會了怎樣煎藤蘿餅，怎樣醅葡萄釀，怎樣把紅棗兒醉在酒罈兒裏；在母親身邊，我學會了怎樣悄悄地欣賞晨露之涓涓，落花之霏霏，怎樣凝視朝霞之灼灼，暮靄之蒼蒼！（王怡之：《不如歸》）

6.星子們都美麗
分佔了循環著的七個夜
而那南方的藍色的小星呢？
源自春泉的水已在四壁間盪著
那叮叮有聲的陶瓶還未下來。
啊！星子們都美麗
而在夢中也響著的，只有一個名字
那名字，美麗得像流水……（鄭愁予：《天窗》）

7.在一天之中，我有許多次快樂的時光。
清早起床，神清氣足，想到一天又告開始……
在一天之中，我有許多次快樂的時光；在不愉快的時候，我就等待著快樂的來臨。（畢璞：《生活隨筆》）

8.在純粹悲哀的草帽下
仕女們笑著
顫動著摺扇上的中國塔
仕女們笑著

笑我在長頸鹿與羚羊間
夾雜的那些什麼（瘂弦：《馬戲的小丑》）

9. 書只是書，汲取來的智慧與學識才是你的。書只是書，走出書房在大自然裏發現另一本無形的書你才真懂得了書。（喻麗清：《書》）

10. 「說說您的家鄉吧，老師，也說說您的家鄉吧。」「呵呵，沒有家鄉，沒有家鄉。」（白辛：《風樓．在永恆的路上》）

11. 大地，向我親切的招喚。
田園，向我親切的招喚。
人間，向我親切的招喚。（王聿均：《人生寄語》）

12. 他走著　雙手翻找著天空
他走著　嘴邊仍吱咕著砲彈的餘音
他走著　斜在身子的外邊
他走著　走進一聲急剎車裏去（羅門：《車禍》）

丙、原　則

在這一節裡，我想先就「類疊」的普遍原理作一綜合檢討，以建立此一辭格的總則；然後就疊字、類字、疊句、類句四種個別現象，擬訂一些細則。

在「概說」節，我曾指出：文學上的類疊源於宇宙人生現象的類疊，而類疊在心理學上，乃基於「練習律」

的學習定律；在美學上，又符合「數大便是美」的原理。但是，這並不表示，這一辭格沒有任何缺點，恰恰相反，伴隨其種種優良基礎而來的，是其種種固有的限制。

類疊的第一個固有的限制是單調。我們只要把一列士兵或一排長柱（圖3·1·1），和一群仕女或一座森林（圖3·1·2）作一比較，就會發現：前者固然以其「數大」給人強烈的印象，卻不能如後者那樣各具個相，以其多方面的深度長久地引起我們細加觀察的興味！

圖 3·1·1（彩） 雅典帕特儂神廟遺址

圖 3·1·2（彩） 臺北福山植物園，謝德瑩攝。

類疊的第二個固有的限制是使人官能怠倦。對同一刺激的持續注意，以及對同一反應的持續要求，常使人官能感到疲乏。而且，如果重複的刺激並非十分尖銳，那麼人們就對它逐漸失去感覺。利用「數羊」的方法催眠，以及對時鐘的滴答聲之聽而不聞，就是最好的事實說明。

類疊的第三個固有限制是可供聯想的容積太少。類疊是同一元素的無盡反復。由於其性質的明確與必然，因此相對地就缺少歧異與變化。我們無法自同一元素獲得可資比較的材料，也不易用同一元素作多種觀念的表達。這樣，就顯示出類疊可供聯想的容積的狹小來。

由於類疊一如上述的淵源，基礎以及其固定限制，使用類疊就應注意：

㈡類疊應利用其形式而再現宇宙人生之廣綿

類疊的修辭淵源於類疊的時空。對於空間之廣大，時間之延綿，如果能用類似的文學形式使之再現，豈不甚妙？

林亨泰有《風景》二首

No.1

農作物　的
旁邊　還有
農作物　的
旁邊　還有
農作物　的
旁邊　還有

No.2

防風林　的
外邊　還有
防風林　的
外邊　還有
防風林　的
外邊　還有

陽光陽光曬長了耳朵　　　　然而海　以及波的羅列
陽光陽光曬長了脖子　　　　然而海　以及波的羅列

白萩《流浪者》，中有句：

　　　　　　　　一
　　　　　　　　株
　　　　　　　　絲
在　地　平　線　上　杉　在　地　平　線　上

都是眾所熟知的好例。兩詩寫的是空間方面劃一的多數；在時間方面恆健的運行，也能用這種形式再現於文字的。

一九八六年，《中國時報》主辦的第十屆時報文學獎，劉滌凡《永恆的鄉愁》獲新詩優等獎。此詩描寫地球毀滅，人類飄流於星際永夜虛空，對地球一種「永恆的鄉愁」。詩分三部分：浩劫前、浩劫時、浩劫後。在「浩劫時」部分，有句排列如下：

　南極陸沉融解　　　　　灰
北極向南移　　　　　　　灰
我們的體溫　　　　　　　灰
隨地表垂直降下降下降下成灰
所有愛與恨愛恨愛恨愛恨成灰
　都市與文明　　　　　　灰
　　藝術與不朽　　　　　灰
　　　共同滅絕成灰　　　灰

詩中使用了許多「灰」字，許多「降下」，許多「愛恨」，文字排列，呈現核爆後的蕈狀雲的形象。而時間由此從一九八七過渡到星際紀元二〇一〇年。從浩劫前過渡到浩劫後。

胡其德的《泳》也許更具哲學的深度：

擺脫貼肉的汗衫
擺脫重重網羅
擺脫地之眼
擺脫風阻
擺脫火
縱身

大
化
幻影
泳於沂
泳於逍遙
泳於水中天
泳於原始的藍
泳於赤松子之鄉

前五句，由於「擺脫」，每行字數由七遞減至三，於是「縱身」、「大」、「化」，而「幻影」像孔子和弟子們「泳於沂」，像莊子般「泳於逍遙」，萬里無雲，千江有水，像禪師們「泳於水中天」，然後和大自然合而為一地「泳於原始的藍」，像神仙一樣「泳於赤松子之鄉」。事實上這仍舊是時間之旅，另一種迴異於《永恆的鄉愁》之渡。

歷史小說家二月河在《康熙大帝・驚風密雨》中，有如下一節描述：

伍次友左右顧盼，見一櫃上放著現成的文房四寶，便呵呵笑道：「既是壽辰，我卻無禮儀可敬，有兩首詩寫出來奉獻黃先生，願先生壽比南山！」說著便走過去，雨良也過來幫他鋪紙。伍次友援筆在手，抖擻精神一陣疾書寫了出來，眾人看時，第一首是：

八山疊翠詩——遊蘇州半山寺

山山
遠隔
山光半山
映百心塘
山峰千樂歸山
里四三忘已世
山近蘇城樓閣擁山
堂廟舊題村苑閒疑
竹禪榻留莊作畫實
絲新醉侑歌漁浪滄

另一首題頭是：

包山疊翠詩——遊西山靈光寺

山山
靈異
山鄰有山
擇後四神
山前山季遊山
遍訪都春是盡
山外野山山色映山
人至慕山山眼照山
樂因是歸光如鏡鏡
真尋俗世貪不身隨

雨良和保柱都傻了眼，看了半晌，竟讀不下來，正欲問如何讀時，卻聽李光地在低聲吟誦：

「《八山疊翠詩——遊蘇州半山寺》：山山遠隔半山塘，心樂歸山世已忘；樓閣擁山疑閬苑，村莊作畫實滄浪。漁歌侑醉新絲竹，禪榻留題舊廟堂；山近蘇城三四里，山峰千百映山光。

《包山疊翠詩——遊西山靈光寺》：山山靈異有山神，四季遊山盡是春；山色映山山照眼，山光如鏡鏡隨身。不貪世俗尋真樂，因是歸山慕至人；山外野山都訪遍，山前山後擇山鄰。」

其中有疊字，有類字，都用「山」字構成，再把詠山詩排列成山的形狀，倒也別出心裁，只是有些近於文字遊戲了。

(三)類疊應運用重複手法以加強聽眾或讀者的印象

這是依據「練習律」推得的一條原則。許多政治人物深諳此道，如嚴家淦的文告，就有：

多年艱苦奮鬥充分驗證：在艱彌厲，操之在我；風雨同舟，盡其在我；積極建設，成之在我。

蔣經國掛在嘴邊的，是：

做人要平凡，做事要平實，處世要平淡。

俞國華擔任閣揆，也曾強調推展憲政，須有非常時期認知，應當把握三個前提：

國家安全、社會安定、人民安康。

張京育當新聞局長時，指出「三民主義統一中國」是一項：

心所同然、理所當然、勢所必然

的解決中國問題的途徑。呂秀蓮在二〇〇一年接受「美國之音」訪問，呼籲：

「做良心人，講良心話，行良心事」，更希望台灣商人要「賺良心錢」。

媒體工作者也很喜歡使用類疊法，尤其在新聞標題方面：

花市花農花商・財力人力壓力

抗議之下政策搖擺　酒泉濱江利益獨得

和平請願尋求割捨　拜託也給一隅之地

這是《聯合報》的。下條則見於《中國時報》，報導的是經濟犯罪：

大頭玩人頭、猛開空頭；債信難取信、如何徵信！

宗教家有些使用類疊的言語深動我心，如聖法蘭西斯《祈禱文》：

主啊，求你使我成為和平的工具；

凡有憎恨之處，讓我散佈仁愛。

凡有損傷之處，讓我散佈寬恕。

凡有疑惑之處，讓我散佈信心。

凡有失望之處，讓我散佈希望。

凡有黑暗之處，讓我散佈光明。

凡有憂愁之處，讓我散佈喜樂。

格言中也多有使用類疊的，下條見《格言聯璧》：

大其心容天下物

平其心論天下事

虛其心受天下善

潛其心觀天下理

定其心應天下變
義正辭婉，理直氣和，每思篤行而自愧未逮。

不過我仍然要提請讀者回想一下「曾參殺人、曾母踰牆」的故事，在三個謊言與一個真理間宜慎思明辨，不可輕易畫上等號啊！

(三)類疊應憑藉其數大來傳達雄偉和諧之節奏感

這是根據類疊在美學上的基礎而得到的總則。類疊必須借聲音的同一，擴大語調的和諧；借聲音的反復，增添語勢的雄偉。進而造成語言的節奏感。

《左傳》僖公三十二年記《秦晉殽之戰》，由晉卜偃「將有西師過軼我」的「師」字開始，帶出以下杞子言「潛師」，蹇叔言「勞師」、「師勞」、「師之所為」，然後秦穆公「出師」，蹇叔哭「吾見師之出而不見其入」，其子「與師」，蹇叔告「禦師必於殽」，「秦師」遂東。三十三年，「秦師」過周北門，王孫滿言「秦師」輕而無禮，及滑，弦高「犒師」，云「步師出於敝邑」，晉「伐其師」，「敗秦師於殽」，秦伯「鄉師而哭」。「師」字貫串全文，形成文章主軸，尤其先有蹇叔哭師，後有秦伯「鄉師而哭」，更哭出戰爭之荒謬淒慘。

法國大文豪雨果說過一段話：

對於那些自信其能力，而不自介意於暫時的成敗的人，沒有所謂失敗！
對於懷著百折不撓的意志，堅定目標的人，沒有所謂失敗！
對於別人放手，而他仍然堅持；別人後退，而他仍然前衝的人，沒有所謂失敗！
對於每次傾跌，立刻站起來；每次墜地，反會像皮球一樣跳得更高的人，沒有所謂失敗！

在排比整齊的四句話中，每句都以「沒有所謂失敗」作結，當我們朗讀時，在整齊和諧的語調中，自覺有一股堅定雄偉的氣勢。

「主婦聯盟・淡水河小組」曾集體創作一齣《淡水河神話》詩劇，其中好幾段採用了類疊手法，極富震撼力：

啊，天縱英明的河神！

你是何其堅忍，忍怒了半個世紀而不發天威！

任意地，你兩旁林立的工廠，宣洩他們未經處理的廢水，企圖毒化你的神經；

任意地，小市民缺乏衛生下水道，不斷排放家庭污水，無知地窒息你的肺腑；

任意地，商人在沒有嚴格管制計劃下挖取砂石，企圖改變你的水理河性；

任意地，早該遷移的養豬戶，沖豬糞於河中，居心使你病菌叢生、臭氣纏身；

任意地，幾層樓高的垃圾山，滲透出醬色的有機水，企圖醜化你的容貌、滅絕你的生機；

任意地，煤礦業者將含苯、酚的洗煤廢水倒進河裡，黑心毒殺你的蝦兵蟹將；

任意地，建築商一車車傾洩廢土於河中，有意堵塞你的命道，混濁你的氧氣命根；

任意地，盜林者在你的源頭砍伐山林、破壞土壤，企圖乾涸你的寶庫，氾濫你的神國；

任意地，遊客享樂後不屑的垃圾，更是漂浮河中央，污辱你的神格與尊嚴。

咳，命啊！賴你為生的百姓，居然任意蹂躪你如娼如妓，而你竟然無語！竟然無語！

啊，天縱英明的河神！你是何其公正，正視萬千蒼民，而處以天理；

開始了，人們的神經，自食其果地遭到中毒錯亂；

開始了，人們的皮膚，自食其果地遭到病變惡瘤；
開始了，人們的骨骼，自食其果地遭到軟化酸痛；
開始了，人們的血液，自食其果地遭到侵蝕破壞；
開始了，人們的肺喉，自食其果地遭到氣喘不適；
開始了，人們的眼耳，自食其果地遭到聾瞎傷害；
開始了，人們的肝臟，自食其果地遭到硬化腫大。

已然，水裡的魚兒不再產卵；
已然，空中的鳥兒不再生蛋；
已然，大地的母親默默哭泣，流產、畸形兒處處。唉，正是劫數已到！污辱你的百姓報應地感染了梅毒，

而你大江西去！大江西去！

詩劇語言震撼力，顯然由：九個「任意地」、結以一個「任意」，二個「竟然無語」；接著更以七組「開始了，人們的××，自食其果地遭到××××」唱出天地反撲之理；於是逼出三個「已然」，二個「不再」；而終結於兩個重疊的「大江西去」：由這些類疊語句構成。

許多詩篇，具有音樂的節奏，和詩中類疊手法有密切關係。

余光中的《昨夜你對我一笑》：

昨夜你對我一笑，

到如今餘音嫋嫋，
我化作一葉小舟，
隨音波上下飄搖。

昨夜你對我一笑，
酒渦裏掀起狂濤；
我化作一片落花，
在渦裏左右打繞。

昨夜你對我一笑，
啊！
我開始有了驕傲：
打開記憶的盒子，
守財奴似地，
又數了一遍財寶。

早已被周藍萍譜成歌。

瘂弦的《如歌的行板》：

溫柔之必要

肯定之必要
一點點酒和木樨花之必要
正正經經看一名女子走過之必要
君非海明威此一起碼認識之必要
歐戰，雨，加農砲，天氣與紅十字會之必要
散步之必要
溜狗之必要
薄荷茶之必要
每晚七點鐘自證券交易所彼端
草一般飄起來的謠言之必要。旋轉玻璃門
之必要。盤尼西林之必要。暗殺之必要。晚報之必要
穿法蘭絨長褲之必要。馬票之必要
姑母遺產繼承之必要
陽臺、海、微笑之必要
懶洋洋之必要

而既被目為一條河總得繼續流下去的

世界老這樣總這樣：——

觀音在遠遠的山上
罌粟在罌粟的田裡

為什麼有人說這首詩「有敲打樂器的節奏溶入詩中」？

楊喚的《夏夜》末段：

睡了，都睡了！
朦朧地，山巒靜靜地睡了！
朦朧地，田野靜靜地睡了！
只有窗外瓜架上的南瓜還醒著，
伸長了籐蔓輕輕地往屋頂上爬。
只有綠色的小河還醒著，
低聲地歌唱著溜過彎彎的小橋。
只有夜風還醒著，
從竹林裡跑出來，
跟著提燈的螢火蟲，
在美麗的夏夜裡愉快地旅行。

四個「睡了」和三個「還醒著」有著「漁歌互答」的美感。

一九八六年七月一日，我在《中國時報・人間副刊》看到李壽全的《我的志願》：

很小的時候，爸爸曾經問我：
　你長大後要做什麼？
我一手拿著玩具，一手拿著糖果，
　我長大後要做總統。
六年級時候，老師也曾問我：
　你長大後要做什麼？
愛迪生的故事，最讓我佩服，
　我長大要做科學家。
慢慢慢慢慢慢慢長大以後，
　認識的人愈來愈多，
慢慢慢慢慢慢慢我才知道，
　總統只能有一個，
慢慢慢慢慢慢慢我才知道，
　科學家也不太多。

中學的時候，作文的題目：
　你的志願是什麼？
耳邊又響起母親的叮嚀，

醫生、律師都不錯。
大學聯考時候，作文題目又是，
「我的志願」是什麼？
回想報名時候，心裡毫無選擇，
志願填了一百多。
慢慢慢慢慢慢慢長大以後，
認識的人愈來愈多，
慢慢慢慢慢慢慢我才知道，
每個人都差不多，
慢慢慢慢慢慢慢我才知道，
我的志願——

沒有煩惱，沒有憂愁，
唱出我心裡的歌，
告訴給孩子，每個人都需要，
平平靜靜的生活。
慢慢慢慢慢慢慢長大以後，
認識的人愈來愈多，

慢慢慢慢慢慢慢慢你會知道，
　每個人都差不多，
慢慢慢慢慢慢慢你會知道，
　人生就是那麼過。

我把這首詩剪下夾在教本裡。次年教學的時候，我把它唸給學生聽。我說在詩中我聽見了歌的旋律。學生告訴我：它早已是一首歌了，還唱給我聽。我不知該為自己的「寡聞」而慚愧，或為自己的「知音」而高興！以上這些詩，最主要的修辭方法全是「類疊」。我親愛的讀者，我可以請你們把詩中「類疊」之處一一指出嗎？

㈣類疊應綜合而有變化地使用以避免單調固定之弊病

類疊誠然單調，但並不是無法突破；類疊的確有枯燥固定之病，但這些毛病也能夠避免。我們只要在類疊詞句的上下或中間，穿插一些有變化的詞句，或綜合各種類疊相間使用，就能突破單調，治好了它枯燥固定的毛病！這兒先舉鍾梅音《屬於詩人的》為例：

不過，愛天然韻致的，儘管日間去；愛妝成風儀的，不妨夜晚去。然而，不管你日間看，夜晚看，晴天看，雨天看，燈下看，月下看，近看，遠看，橫看，側看，仰看，俯看，你總無法把這上帝的傑作看完全，你仍然祇有拿感情去接受，接受造化之偉大這一事實：去讚美，讚美上帝愛這世界有多深！

在這一段話中，作者先承接上文用了「日間看夜晚看」兩個「看」，接著再連下十個「看」字。先是三字一句，後是兩字一句：而兩句兩句又各自成對。有統一，有對稱，有變化，何嘗有單調之感？何嘗有枯燥固定之病？我們只覺得其文字浩蕩跳躍，一似所述尼亞哥拉瀑布激濺出的水珠！

茲更舉數例於後，而分析從略。

1. 自別後遙山隱隱，更那堪遠水粼粼。見楊柳飛綿滾滾，對桃花醉臉醺醺。透內閣香風陣陣，掩重門暮雨紛紛。　怕黃昏忽地又黃昏，不銷魂怎地不銷魂。新啼痕壓舊啼痕，斷腸人憶斷腸人。今春，香肌瘦幾分，摟帶寬三寸。（王實甫：《十二月過堯民歌．別情》）

2. 微風中有簌簌的松林低語；亂石之間有潺潺的溪流低語；夏之夜有嚶嚶的草蟲低語；我心湖中有繾綣的愛的低語。（胡品清：《愛的低語》）

3. 一遍又一遍，他吹出那有厚度的聲音，有磁力的聲音。一遍又一遍，號聲裏綜合了簫的聲音，琴的聲音，母親的聲音，愛人的聲音。

一遍又一遍，他簡直要把月光吹熄。

一遍又一遍，他終於把一塊塊化石吹醒。（王鼎鈞：《號聖的傳人》）

4. 又漂亮又漂泊，又迷人又迷茫，又優遊又優秀，又傷感又性感，又不可理解又不可理喻。（李敖說胡茵夢）

5. 總統的自以為是，不服輸，不認錯，看不遠，想不開，搞不懂，常使民進黨人感嘆「只有執政者，沒有執政黨」。……總統已經愈來愈像寡人，不但寡友，而且寡聞。（郭正亮：《政黨的甦醒VS.權力的幻覺》）

6. 雖說這月亮從來不急不躁，不言不語，可古往今來，世上有多少私情，多少冤屈，多少罪孽，多少秘密，都瞞不住它，可它從不羞你逼你，它只是讓你悄悄照鏡子，自己照自己……。（張一弓：《那個好月亮》）

(五) 類疊務求語文之生動具體或表達親切叮嚀的意味

《穀梁傳》成公元年有一條記載：

季孫行父禿，晉郤克眇，衛孫良夫跛，曹公子手僂，同時而聘於齊。齊使禿者御禿者，使眇者御眇者，使跛者御跛者，使僂者御僂者。

朱光潛在《談文學．具體與抽象》中說：

這段文字的重複是有意的，重複纔能著重當時情境的滑稽。劉知幾在《史通》裏嫌它太繁，主張在「齊使禿者御禿者」句下只用「各以其類逆」一句總括其餘。這就是把具體的改成抽象的，雖較簡賅，卻沒有原文的生動和幽默。

朱光潛並為「簡賅」與「生動」的抉擇定下一條原則：

文學在能簡賅而又生動時，取簡賅；在簡賅而不能生動時，則無寧取生動。

《禮記．中庸》有：

有弗學，學之弗能弗措也；
有弗問，問之弗知弗措也；
有弗思，思之弗得弗措也；
有弗辨，辨之弗明弗措也；
有弗行，行之弗篤弗措也。

《般若波羅蜜多心經》有：

色不異空，空不異色；色即是空，空即是色。受想行識，亦復如是。

我曾想：把《中庸》中句子，改成：

有弗學，學之弗能弗措也。問思辨行，亦復如是。

或把《心經》中句子，改成：

色不異空，空不異色；色即是空，空即是色。

受不異空，空不異受；受即是空，空即是受。

想不異空，空不異想；想即是空，空即是想。

行不異空，空不異行；行即是空，空即是行。

識不異空，空不異識；識即是空，空即是識。

總覺不妥。一是《中庸》「學」的目標是「能」，而「問思辨行」的目標分別在「知得明篤」，並不是「能」，因之用「亦復如是」不能概括周延。更重要的是那種親切叮嚀的意味也失去了。而《心經》中用「亦復如是」卻能概括其意而不致產生歧義，如一一詳言，不見親切，反覺嚕嗦。

以下四條，我再分別談談疊字、類字、疊句、類句的細則。

(六) 疊字的細則

名詞的重疊或表示事之繁富，如「方方面面」，非一方一面；或表示物的眾多，如「花花朵朵」，非一花一朵；或表示時間之延續，例如「朝朝暮暮」，非一朝一暮。如前引辛鬱《臉的變奏》，在名詞「臉」的重疊中竟然有時間的變奏，那就更值得學習了。稱代詞的重疊，常具有強調的功能。例如「他他他」之強調「他」，「誰誰誰」是強調「誰」。動詞的重疊表示動作的進行。例如「行行重行行」，從四個行字的重疊，構成一片離別的基本動態；而五個平聲字恰好又能給人一種遠揚不返的聲音感受。形容詞的重疊也別有一些用意。如「小小者耳」的「小小」是小而又小的意思，「多多益善」的「多多」是儘量多的意思。副詞的重疊如「每每」、「各各」，也有加強語氣的作用。附帶說明一下：雙音節動詞的重疊方式大致是「甲乙甲乙」，如「研究研究」、「考慮考慮」；雙音節形容詞與副詞的重疊方式大致是「甲甲乙乙」，如「漂漂亮亮」、「整整齊齊」。

(七)類字的細則

類字的目的，是試圖用一連串重複出現的詞語，或似「移山倒海」，造成語文雄偉壯闊的氣勢，如前引張伯敏《重逢的時候》；或似「春蠶吐絲」，造成語文聯綿不絕的感覺，如張默《菊花之癖》；或似「驚鴻屢現」，造成語文輕快空靈的節奏，如蔣捷《聲聲慢・秋聲》：使文義更加明暢，感受格外深切。作者使用類字，必須把握這些原則。在句子的形式上，類字常常用在「排比」句中，這一點，在談到排比時，還會談到。

(八)疊句的細則

人於事物有熱烈深切的感觸時，往往不免一而再，再而三地反復申說。所以疊句必須以「於事物有熱烈深切的感觸」為前提。例如司馬遷為李陵辯護，致遭蠶室之禍，感觸深刻，於是在《報任少卿書》中，大呼：「嗟乎！嗟乎！如僕，尚何言哉？尚何言哉？」要是沒有熱烈的情緒，深切的感觸，同樣一句話又何必說上多遍呢！

(九)類句的細則

古人行文，或以同一句子帶起各段，例如前引龔自珍的《說居庸關》，四、五、六、七、八、九這六段，都用「自入南口」起。或以同一句子結束各段，例如韓愈的《送董邵南序》一、二兩段，都用「董生勉乎哉」結。這二種類句，都能像繩子似地緊緊地貫穿著全文。

夏菁的詩集《山》中，有一首《每到二月十四——為情人節而寫》，全文如下：

每到二月十四，
我就想到情人市，

想到相如的私奔，
范倫鐵諾的獻花人。
每到二月十四
想到獻一首歌詞。
那首短短的歌詞，
十多年還沒寫完：
還沒有想好意思，
更沒有譜上曲子。
我總覺得慚愧不安，
每到二月十四

每到二月十四
我心裡澎湃不停，
要等我情如止水，
也許會把它完成。

全詩分二節，第一節以「每到二月十四」起；也以「每到二月十四」結，首尾呼應；中間更穿插同樣一句，共有三句。烘托出題目，也強調了題目。第二節仍以「每到二月十四」起，但全節四句不再重複此句，於是未「完成」的意思益發耐人尋味了。

第二章　對偶

甲、概說

把字數相等，語法相似，意義相關的兩個句組、單句或語詞，一前一後，成雙成對地排列在一起，就叫「對偶」。嚴格的「對偶」，更講究上下兩語言成分平仄相對，而且避用同字。

對偶，在客觀上，源於自然界的對稱；在主觀上，源於心理學上的「聯想作用」，和美學上「對稱」的原理。而漢語的孤立與平仄之特性，又恰好能滿足這種客觀現象與主觀作用之表達。玆分述於後。

自然界各種事物的奇偶對稱，為修辭上「對偶」法之淵源。《文心雕龍・麗辭》開宗明義就指出：

> 造化賦形，支體必雙；神理為用，事不孤立。夫心生文辭，運裁百慮，高下相須，自然成對。

可見劉勰已經明白：文辭之對偶源於自然事物之對偶。我們在「映襯」、「倒反」諸辭格的討論中，曾經反復說明宇宙人生的相對現象。小至原子中的質子與電子必然陰陽相配；大至宇宙，晚近正宇宙反宇宙之說逐漸獲得實證。自然界中，蝴蝶、蜻蜓、對生的樹葉，楓樹的翅果成二裂片（圖

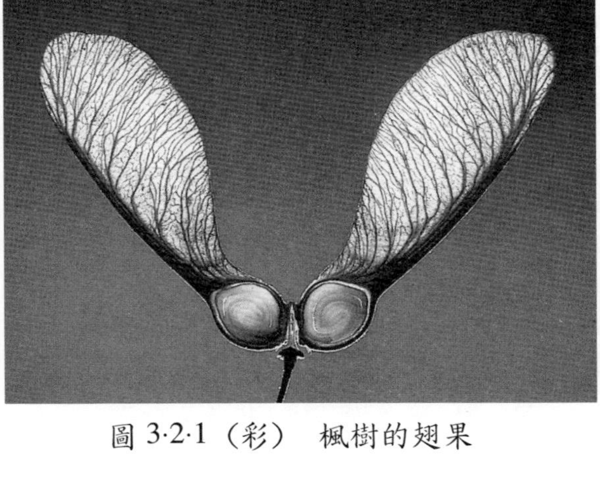

圖 3·2·1（彩）　楓樹的翅果

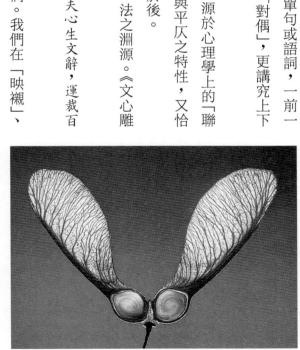

3·2·1）：它們都是在一直線上成左右對稱(Bilateral Symmetry)。太陽、雪片（圖3·2·2）、花朵，以及某些水中生物(圖3·2·3)都是在圓心四周成放射勻稱(Radial Symmetry)。人體的奇偶相稱；人性的善惡相負：在在都成為修辭「對偶」法無窮無盡的資料。

就心理學而言，對偶起於觀念聯合之作用。張仁青《駢文探源》一文於此有頗為精闢之分析。他說：

一觀念之起，每以某種關係引起其他觀念者，在心理學上謂之觀念聯合 (association of ideas，一作聯想)。其大別為類似聯想(association by similarity)、接近聯想(association by contiguity)與對比聯想(association by contrast)三類。類似聯想起於種類之近似。如言「狗」則思及「貓」，以其同為家畜故也。又如言「菊花」則思及「向日葵」，以其同為黃色之花，在性質上有類似點故也。接近聯想則因經驗之某某諸觀念，於時間上或空間上本互相接近，如言「櫻花」則思及「日本」，言「梅花」則思及「林逋」；以至言「關盼盼」則思及「燕子樓」，言「李香君」則思及「桃花扇」，甚至言「鍾儀幽而楚奏」，則思及「莊舄顯而越吟」，言「項羽之魂斷烏江」，則思及「謝安之凱奏淝水」等。兩種對象雖不同，而在經驗上則曾相接近，此皆接近聯想也。對比聯想係以兩種殊異之事物對立，如「黃」與「白」，「粗」與「細」，乃至「春花」與「秋

圖 3·2·2 雪片

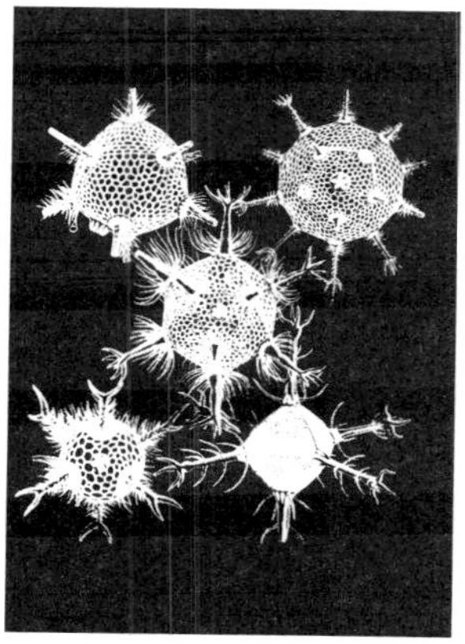

圖 3·2·3 水中生物

月」，至「香草」與「美人」等，而使其特徵更加明顯者也。夫麗辭之起，亦猶是也，亦出於人心之能聯想也。既思「青山」，類及「綠水」，既思「才子」，類及「佳人」，此正對也。既思「光明」，類及「黑暗」，既思「驕矜」，類及「謙遜」，此反對也。正反雖殊，其由於聯想一也。推而廣之，至於「天香國色」，「春華秋實」等，或意義相聯，或輕重悉稱，皆因人心有能聯偶之自然趨勢而構成者也。

所論甚是，筆者無須贅言。

就美學而言，早期的美學概念，比較傾向於：對比(Contrast)、調和(Harmony)、均衡(Balance)、對稱(Symmetry)。尤其是「對稱」，有時它兼攝「對比」、「調和」、「均衡」諸特性，而為三者之綜合。根據煩瑣哲學(Scholastic Philosophy)的說法，個體的統一性與單純性皆植根於其各元素之韻律與呼應上，所以個體常以對稱性線條，或對稱性的音程為其界限。桑塔耶那在《美感》一書《對稱》章中對此有更詳細的發揮。他說：如果客體的安排情狀不能使眼睛肌肉亢奮得到平衡，而使視覺重心勉強注視著某一點，那麼視覺會因左右搜索其對稱的界限而造成激動與不安。當感官在迷惘混亂中藉著對稱性而認識了個體，其快樂滿足，尤勝於乾渴的喉嚨之得水。再者，當客體是按某種規律間隔出現時，心意中就會起一種期待。這時，如果繼續出現的果然按照原來的規律，便會帶給人快樂的完整狀態，使人回復一種內在的平靜。總之：對稱是一種個體化原則，有助我們去辨認各種客體。對稱的辨認，帶給人舒適快樂。對稱的有規律呈現，帶給人滿足平靜。

既然人事和物情有許多是自然成對的，而人心理方面的聯想作用能把這些成對的現象聯結起來；生理方面的肌肉活動也因辨認這些成對的現象而獲快樂。職是之故，古代一些建築、器物、圖案花紋、圖形文字，每採對稱形式。以建築言，中國的宮殿，希臘的廟宇，羅馬的教堂，其正面總是採取對稱的形式，常給人莊嚴堂皇的感受，而且印象鮮明深刻。器物方面，我國商、周時代一些彝器，如：鼎（圖3·2·4）、尊（圖3·2·5）、斝、簋、豆、彝、卣、壺，都對稱美妙。器物上的圖案花紋，也常採取對稱形式，如：饕餮紋（圖3·2·6）、夔紋（圖3·2·7）、雷紋（圖3·2·8）、環帶紋（圖3·2·9）等。甚至文字也有以對稱圖形表出的，如[圖形字]：（天黿，即軒轅）、[圖形字]（吉羊，即吉祥）、[圖形字]（和）、[圖形字]（樂）等。[圖形字]之左右似不對稱，但左邊之[圖形字]，右邊之[圖形字]，卻是對稱的。

作為語言藝術的文學，也有對稱的講究，所以無論中外，都有許多對偶的語言。例如下面所引英諺：

1. To see is to believe.
2. Out of sight, out of mind.

以及以下所引英詩人拜倫的句子：

3. The smiles that win, the tints that glow.
4. My boat is on the shore,
   And my bark is on the sea.

便是很好的例子。不過，漢語由於其「單音」、「平仄」的特性，所以對仗起來可以一字對一字，一音對一音，要比別的語言更整齊。英語雖然有輕重音，拉丁語雖然有長短音，但是要想作到上下兩句音節數目相同，本句輕重長短

圖 3·2·4（彩）商代晚期，史鼎。

圖 3·2·5（彩）商代晚期，四羊方尊。

圖 3·2·6　饕餮紋

圖 3·2·7　夔紋

圖 3·2·8　雷紋

圖 3·2·9　環帶紋

相間排列，上下句輕重長短兩兩互異，如漢語中「仄仄平平仄，平平仄仄平，平平平仄仄，仄仄仄平平」者然，到底是十分困難的呀！

漢語由於上述「單音」、「平仄」的特性，所以無論韻文或散文，對偶的語句就非常普遍。

在殷虛卜辭中，可以發現初民們已有使用駢語的習慣，那就是甲骨文學家所謂的「對貞」了。例如《殷虛文字丙編》頁一：

1. 癸丑卜爭貞：自今至于丁子，我災冑？
   癸丑卜爭貞：自今至于丁子，我弗其災冑？

又如《鐵雲藏龜》二四四・二：

2.己酉卜，貞：王正（征）吾方，下上若，受我又（佑）？

貞：勿正（征）吾方下上弗若，不我其受又（佑）？

就是其例。至於古書中的儷辭，那就更多了。

3.就其深矣，方之舟之；

就其淺矣，泳之游之。（《詩經・邶風・谷風》）

4.剛而無虐，簡而無傲。（《尚書・舜典》）

5.選賢與能，講信修睦。（《禮記・禮運》）

6.乘馬班如，泣血漣如。（《周易・屯上六爻辭》）

7.天而既厭周德矣，吾其能與許爭乎？（《左傳・隱公十一年》）

8.草木暢茂，禽獸繁殖。（《孟子・滕文公上》）

不過卜辭和春秋之前古籍上的對偶，都出於自然，不勞經營。戰國時代，對偶開始有意迴避同字：

9.佇中區以玄覽，頤情志於典墳。

遵四時以歎逝，瞻萬物而思紛。

悲落葉於勁秋，喜柔條於芳春。

心懍懍以懷霜，志眇眇而臨雲。

詠世德之駿烈，誦先人之清芬。

這種傾向，到了漢、魏，就更為明顯。

游文章之林府，嘉麗藻之彬彬。
慨投篇而援筆，聊宣之乎斯文。（陸機：《文賦》）

其中除「之，而，以，於」等虛字外，兩句之中，再也不用同字了。由自然成對到有意經營；由不避同字到避同字，中國文學上終於有一種刻意要求句句對偶的文體出現，這就是「駢文」了。不過，對偶規律的發展並未就此登峰造極而停頓。我們知道，駢文以及古體詩並不嚴格要求對句的平仄相對。例如：

10. 夫百節成體，共資榮衛；
萬趣會文，不離辭情。（《文心雕龍・鎔裁篇》）

11. 著論準《過秦》，作賦擬《子虛》。（左思：《詠史》）

上下句並沒有平對仄，仄對平地對起來。可是到了「律詩」，如：

12. 獨有宦遊人，偏驚物候新。
雲霞出海曙，梅柳渡江春。
淑氣催黃鳥，晴光轉綠蘋。
忽聞歌古調，歸思欲沾襟！（杜審言：《和晉陵陸丞早春游望》）

13. 岧嶢太華俯咸京，天外三峰削不成。
武帝祠前雲欲散，仙人掌上雨初晴。
河山北枕秦關險，驛路西連漢畤平。
借問路旁名利客，何如此處學長生！（崔顥：《行經華陰》）

首、尾二聯不用對仗；頷、頸二聯則對仗工整。全詩四聯，嚴格地講究本句的平仄相間和上下句的平仄相對了。

下面，再談談「排律」、「對聯」中的對偶。

排律是十句以上的律詩。多五言，也有七言的，各引一首：

14. 御苑春何早，繁華已繡林！
笑迎明主仗，香拂美人簪。
地接樓臺近，天垂雨露深。
晴光來戲蝶，夕景動棲禽。
欲托凌雲勢，先開捧日心。
方知桃李樹，從此別成陰。（崔護：《花發上林苑》）

15. 台州地闊海冥冥，雲水長和島嶼青。
亂後故人雙別淚，春深逐客一浮萍。
酒酣懶舞誰相拽？詩罷能吟不復聽。
第五橋東流恨水，皇陂岸北結愁亭。
賈生對鵩傷王傅，蘇武看羊陷賊庭。
可念此翁懷直道，也霑新國用輕刑。
禰衡實恐遭江夏，方朔虛傳是歲星。
窮巷悄然車馬絕，案頭乾死讀書螢！（杜甫：《題鄭十八著作虔》）

二詩首、尾二聯不對仗，中間各聯都是對仗的。

「對聯」起源甚早，漢磚中有並刻著「千秋萬歲，長樂未央」兩行八字的。《宋史・西蜀孟氏世家》：「祖在蜀，……每歲除，命學士為詞題桃符置寢門左右。末年，學士幸寅遜撰詞，昶以其非工，自命筆題云：『百年納餘慶，嘉節號長春。』」想來是春聯也是門聯。《水滸傳》第三十八回寫《潯陽樓宋江吟反詩，梁山泊戴宗傳假信》，說那潯陽樓前門邊朱紅華表柱上兩面白粉牌，各有五個大字，寫道：「世間無比酒」，「天下有名樓」，則純是門聯，與回目都用對偶的聯語。此外，喜慶、哀輓、小說插詩等，亦多有用聯語的，再舉數例於下。

16. 願天下有情人，都成了眷屬；
是前生註定事，莫錯過姻緣。（劉鶚：《老殘遊記》第十七回錄西湖月老祠聯）

17. 生而多福，酣接千紅。夢裡怡情醇醲，渾覺世澤長存，寗識殘紅貽戚。於江左大觀官園華屋怡紅院中，適志乘時，秉痴結侶，暱草寵花，悵離愜聚，無故尋愁覓恨嗜吃胭脂之餘，旖旎風光迭出；無非陶醉榮華、綺境、姹伴、眷情。迷津未盡，不知樂業。
奈何遭殃，憯臨全白。醒來悼意慘惻，始驚天恩已絕，竟艱浮白來歡。在京西黃葉山村敝廬悼紅軒裡，感今憶昔，發憤著書，懷鄉思舊，慟玉悲金，隨時茹苦含辛頻添血淚之際，坎坷境遇紛來；未免嗟吁悴薄、荒墟、孤踪、漠象。覺路雖開，難耐淒涼。（翁同文：《曹雪芹紅樓一夢》）
案：作者自註云：「將書中『怡紅』與『悼紅』兩詞嵌入上下聯發揮，分別表示曹雪芹以象徵寫意法提示其本人一生所歷境遇迥異的夢中怡紅夢醒悼紅前後兩期，亦即其自道的紅樓一夢。上聯乃依據賈家財產抄沒以前賈寶玉的經歷而加概括，同時亦據考證肯定雍正六年曹家財產抄沒時，曹雪芹已達十三歲或十四歲，有自覺的怡紅之感，且怡紅院地址即在江寗織公署內，曾充康熙帝玄燁行宮的西園所在，使引起聚訟的大觀園地址南北拉鋸戰以及私園官園之爭導致定論。至於下聯，則根據學者考證所得，雍正六年曹雪芹北遷歸旗以後在西山悼紅軒中著書時期生涯。旨在表示始怡終悼，有命無運。」

18\. 志於道，據於德，依於仁，止於至善。

踐其位，行其禮，奏其樂，敬其所尊。（宗孝忱：題臺灣師範大學禮堂）

案：此為「集句聯」。「志於道」三句見《論語．述而》，「止於至善」見《禮記．大學》，下聯「踐其位」四句並出《禮記．中庸》。師大是培植師資的學府，禮堂為行禮奏樂集會論道的所在，此聯集《四書》中句，貼合情境，文義雙美，倍增親切。再案：集句於晉已有之，傳咸有《七經詩》，王羲之寫。今尚存六經，中《毛詩詩》之一：「無將大車，維塵冥冥。濟濟多士，文王以寧。顯允君子，大猷是經。」「無將」二句出《無將大車》，「濟濟」二句出《文王》，「顯允」句出《湛露》，「大猷」句出《小旻》。至宋石曼卿集句大盛。集句聯始於王安石。沈括《夢溪筆談》云：「古人詩有『風定花猶落』之句，以謂無人能對。王荊公以對『鳥鳴山更幽』。『鳥鳴山更幽』本宋王籍詩，元對：『蟬噪林逾靜，鳥鳴山更幽』。上下句只是一意。『風定花猶落，鳥鳴山更幽』，則上句乃靜中有動，下句動中有靜。」關於集句的評價則頗兩極。嚴羽《滄浪詩話》曾謂王安石《胡笳十八拍》：「混然天成，絕無痕迹，如蔡文姬肺肝間流出。」而黃庭堅則譏集句為「百家衣」。

19\. 「五百里滇池奔來眼底，披襟岸幘，喜茫茫空闊無邊！看東驤神駿，西翥靈儀，北走蜿蜒，南翔縞素；高人韻士，何妨選勝登臨，趁蟹嶼螺洲，梳裹就風鬟霧鬢，更蘋天葦地，點綴些翠羽丹霞，莫孤負四圍香稻，萬頃晴沙，九夏芙蓉，三春楊柳。

數千年往事注到心頭，把酒凌虛，嘆滾滾英雄誰在？想漢習樓船，唐標鐵柱，宋揮玉斧，元跨革囊；偉烈豐功，費盡移山心力，儘珠簾畫棟，卷不及暮雨朝雲，便斷碣殘碑，都付與蒼烟落照，只贏得幾杵疎鐘，半江漁火，兩行秋雁，一枕清霜！」（孫髯翁：《昆明大觀樓聯》）

案：此聯共一百八十字，有「天下第一長聯」之稱。光緒十四年（一八八八）「大觀樓」重修完成，雲貴總督岑毓英乃命書法家趙藩書此聯舊句立樓門兩側。附圖 3·2·10，可見門聯由兩側向中書寫之慣例。

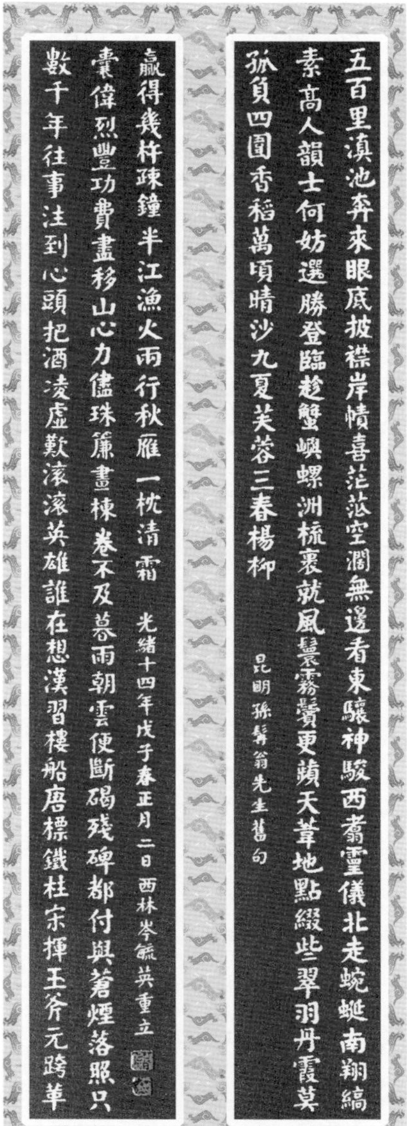
五百里滇池奔來眼底披襟岸幘喜茫茫空闊無邊看東驤神駿西翥靈儀北走蜿蜒南翔縞素高人韻士何妨選勝登臨趁蟹嶼螺洲梳裹就風鬟霧鬢更蘋天葦地點綴些翠羽丹霞莫孤負四圍香稻萬頃晴沙九夏芙蓉三春楊柳
昆明孫髯翁先生舊句
數千年往事注到心頭把酒凌虛歎滾滾英雄誰在想漢習樓船唐標鐵柱宋揮玉斧元跨革囊偉烈豐功費盡移山心力儘珠簾畫棟卷不及暮雨朝雲便斷碣殘碑都付與蒼煙落照只贏得幾杵疏鐘半江漁火兩行秋雁一枕清霜
光緒十四年戊子春正月二日 西林岑毓英重立

圖 3·2·10（彩） 天下第一長聯

古典小說中有些對偶句別開生面，如：

20. 春，春。柳嫩，花新。梅謝粉，草鋪茵。鶯啼北里，燕語南隣。郊原嘶寶馬，紫陌廣香輪。日煖冰消水綠，風和雨嫩煙輕。東閣廣排公子宴，錦城多少賞花人。（《警世通言・定山三怪》）

案：此對偶句先以單字「春」、「春」相對，然後依次為二字對、三字對、四字對、五字對、六字對、七字對。《定山三怪》中，除此「春」之外，更有「酒」、「山」、「松」、「莊」、「夏」、「月」、「色」、「風」，共九則，形式均同。

以上是對偶在漢語史上的實際發展，以下我要談談對偶句在理論上的分類。

劉勰《文心雕龍・麗辭》指出對偶有：言對，事對，正對，反對四種。他說：

故麗辭之體，凡有四對：言對為易，事對為難，反對為優，正對為劣。言對者，雙比空辭者也；事對者，並舉人驗者也；反對者，理殊趣合者也；正對者，事異義同者也。長卿《上林賦》云：「修容乎禮園，翱翔乎書圃。」此言對之類也；宋玉《神女賦》云：「毛嬙鄣袂，不足程式；西施掩面，比之無色。」此事對之類也；仲宣《登樓賦》云：「鍾儀幽而楚奏，莊舄顯而越吟。」此反對之類也；孟陽《七哀》云：「漢祖想枌榆，光武思白水。」此正對之類也。

日本金剛峰寺禪念沙門遍照金剛所撰《文鏡秘府論》東卷有《論對》及《二十九種對》，是根據元兢《詩髓腦》、皎然《詩議》、崔融《唐朝新定詩格》所論對句的形式而集大成之作，茲節錄於下，以見對句之各種方式。

1. 的名對

又名正名對，正對，切對。凡作文章正正相對，上句安天，下句安地之類。如：

東圃青梅發，西園綠草開。砌下花徐去，階前絮緩來。

2. 隔句對

第一句與第三句對，第二句與第四句對。如：

昨夜越溪難，含悲赴上蘭。今朝逾嶺易，抱笑入長安。

3. 雙擬對

一句之中，假令第一字是秋，第三字亦是秋，下句亦然。如：

夏暑夏不衰，秋陰秋未歸。炎至炎難卻，冷消冷易追。

4. 聯綿對

一句之中，第二字第三字是重字，即名為聯綿對。但上句如此，下句亦然。如：

看山山已峻，望水水仍清。聽蟬蟬響急，思卿卿別情。

5. 互成對

天與地對，日與月對之類。兩字若上下句安，名的名對；若兩字一處用之，是名互成對，言互相成也。如：

天地心間靜，日月眼中明。麟鳳千年貴，金銀一代榮。

6. 異類對

上句安天，下句安山；上句安雲，下句安微，非是的名對異同比類，故言異類對。如：

天清白雲外，山峻紫微中。鳥飛隨去影，花落逐搖風。

7. 賦體對

或句首重字，或句首疊韻，或句腹疊韻，或句首雙聲，或句腹雙聲，如此之類，似賦之形體，故名。如：

裊裊樹驚風，麗麗雲蔽月。皎皎夜蟬鳴，朧朧曉光發。

8. 雙聲對

詩曰：颼颼歲陰曉，皎潔寒流清。結交一顧重，然諾百金輕。

颼颮疊韻，皎潔雙聲，是以雙聲得對疊韻。

9. 疊韻對

詩曰：放暢千般意，逍遙一個心。漱流還枕石，步月復彈琴。

放暢雙聲，逍遙疊韻，是以疊韻得對雙聲。

10. 迴文對

詩曰：情親由得意，得意遂情親。新情終會會，故故亦經新。

雙「情」著於初、九，兩「親」繼於十、二，又「新」頭「新」尾，文已周迴，因以名云。

11. 意對

詩曰：歲暮望空房，涼風起坐隅。寢興日已寒，白露生庭蕪。

「歲暮」、「涼風」，非是屬對；「寢興」、「白露」，罕得相酬。事理相因，文理無爽，故名。

12. 平對

平對者，若青山綠水，此平常之對，故曰平對也。他皆効此。

13. 奇對

奇對者，若馬頰河，熊耳山，此馬熊是獸名，頰耳是形名，既非平常，是為奇對。他皆効此。

14. 同對

同對者，若大谷廣陵，薄雲輕霧，此大與廣，薄與輕，其類是同，故謂之同對。

15. 字對

字對者，若桂楫荷戈，荷是負之義，以其字草名，故與桂為對。

16. 聲對

聲對者，若曉路秋霜，路是道路，與霜非對，以其與露同聲故。

17. 側對

元氏曰：側對者，若馮翊龍首，此為馮字半邊有馬，與龍為對；翊字半邊有羽，與首為對。

18. 隣近對

詩曰：死生今忽異，歡娛竟不同。

又曰：寒雲輕重色，秋水去來波。

大體似「的名」，「的名」窄，「隣近」寬。

19. 交絡對

賦詩曰：出入三代，五有餘載。

或曰：此中「餘」屬於「載」，不偶「出入」，古人但四字四義皆成對，故偏舉以例焉。

20. 當句對

賦詩曰：薰歇燼滅，光沉響絕。

21. 含境對

詩曰：悠遠長懷，寂寥無聲。

22. 背體對

詩曰：進德智所拙，退耕力不任。

23. 偏對

詩曰：蕭蕭馬鳴，悠悠旆旌。

謂非極對也。全其文彩，不求至切。

24. 雙虛實對

詩曰：故人雲雨散，空山來往踈。

此對當句義，了不同互成。

25. 假對

詩曰：不獻胸中策，空歸海上山。

26. 切側對

詩曰：浮鐘霄響徹，飛鏡曉光斜。

「浮鐘」是鐘，「飛鏡」是月，精異粗同，理別文同。

27. 雙聲側對

詩曰：花明金谷樹，葉映首山薇。

「金谷」與「首山」字義別，同雙聲側對。

28. 疊韻側對

詩曰：平生披黼帳，窈窕步花庭。

「平生」與「窈窕」字義別，聲同疊韻。

29. 總不對

如：平生少年日，分手易前期。及爾同衰暮，非復別離時。勿言一罇酒，明日難共持。夢中不識路，何以慰相思！

此總不對之詩，如此作者，最為佳妙。

對於「對偶」的方式，所說似乎太過繁複瑣碎了。個人認為：對仗的名目雖多，但從句型上分類，不外乎「句中對」、「單句對」、「隔句對」、「長對」、「排對」五種，下節「舉例」，就依此五分之法。

乙、舉　例

(二)句中對

亦名「當句對」。唐天寶、貞元間杭州靈隱寺僧釋皎然所撰《詩議》，論「詩對」有「六格」、「八對」，在「八對」中，「三曰當句對」，為上引《文鏡秘府論》論《二十九種對》中「第二十當句對」之所本。李商隱《玉谿生詩集》卷三有《當句有對》：

密邇平陽接上蘭，秦樓鴛瓦漢宮盤。
池光不定花光亂，日氣初涵露氣乾。
但覺遊蜂饒舞蝶，豈知孤鳳憶離鸞！
三星自轉三山遠，紫府程遙碧落寬。

詩中「平陽」對「上蘭」，「秦樓」對「漢宮」，「池光」對「花光」，「日氣」對「露氣」，「遊蜂」對「舞蝶」，「孤鳳」對「離鸞」，「三星」對「三山」，「紫府」對「碧落」，句中有對，曰「當句有對」。宋洪邁《容齋續筆》卷三《詩文當句對》云：

唐人詩文或於一句中自成對偶，謂之當句對。蓋起於《楚辭》「蕙蒸」、「蘭藉」，「桂酒」、「椒漿」，「桂櫂」、「蘭枻」，「斲冰」、「積雪」。自齊梁以來，江文通、庾子山諸人亦如此。如王勃《宴滕王閣序》一篇皆然。謂若「襟三江」、「帶五湖」，「控蠻荊」、「引甌越」，「龍光」、「牛斗」，「徐孺」、「陳蕃」，「騰蛟」、「起鳳」，「紫電」、「青霜」，「鶴汀」、「鳧渚」，「桂殿」、「蘭宮」，「鐘鳴」、「鼎食」之家，「青雀」、「黃龍」之舳，「落霞」、「孤鶩」，「秋水」、「長天」，「天高」、「地迥」，「興盡」、「悲來」，「宇宙」、「盈虛」，「邱墟」、「已矣」之辭是也。……杜詩「小院迴廊春寂寂，浴鳧飛鷺晚悠悠」，「清江錦石傷心麗，嫩蕊濃花滿目斑」，「書籤藥裹封蛛網，野店山橋送馬蹄」，「戎馬不如歸馬逸，千家今有百家存」。……如是者甚多。

是「當句對」之名起源甚早，沿用已久。不過我個人普通話不標準，常「ㄢ」(an)、「ㄤ」(ang)不分。為了使「當句對」和「單句對」聲音上區隔更清楚，便名之為「句中對」。茲更舉例於下。

1. 月明星稀，烏鵲南飛，繞樹三匝，無枝可依。（曹操：《短歌行》）

案：「月明」、「星稀」皆已成句，但曹詩中合為一句，故視為句中對。猶「襟三江而帶五湖」之例也。

2. 兩世一身，形單影隻。（韓愈：《祭十二郎文》）

案：「一身」對「兩世」，「影隻」對「形單」。

3. 岸芷汀蘭，郁郁青青。（范仲淹：《岳陽樓記》）

案：「汀蘭」對「岸芷」，「青青」對「郁郁」。

4. 況吾與子漁樵於江渚之上，侶魚蝦而友麋鹿。（蘇軾：《赤壁賦》）

案：「友麋鹿」對「侶魚蝦」。

5. 吹了燈兒，捲開窗幕，放進月光滿地。
對著這般月色，教我要睡也如何睡！
我待要起來遮著窗兒，推出月光，又覺得有點對他月亮兒不起。
我終日裏講王充，仲長統，阿里士多德，愛比苦拉斯，……幾乎全忘了我自己！
多謝你殷勤好月，提起我過來哀怨，過來情思。
我就千思萬想，直到月落天明，也甘心願意！

怕明朝，雲密遮天，風狂打屋，何處能尋你！（胡適：《四月二十五夜》）

案：「吹了燈兒」、「捲開窗幕」相對，「遮著窗兒」、「推出月光」相對，「過來哀怨」、「過來情思」相對。「千思」、「萬想」，「月落」、「天明」，「甘心」、「願意」，「雲密遮天」、「風狂打屋」對得尤其緊密工整。全詩七句，五句中有「句中對」，合計凡七對。

6. 我想他們看著身上的毛一塊塊的脫落，真的要變成為「有板無毛」的狀態，蕉風椰雨，晨夕對泣，心裏多麼淒涼！（梁實秋：《駱駝》）

案：「無毛」對「有板」，「椰雨」對「蕉風」。以下分析從略。

7. 久久溯洄不到

來時的路。

欲就巍巍之孤光，照亮

遠行者的面目之最初

而波搖千里，風來八面

未舉步已成鄉愁。（周夢蝶：《蛻》）

8. 花開，葉落；雨霽，霞明，……那些美妙無比的佈景，原是為了使你的心靈恬適，多觀賞自然，它自會啟發你無窮的智慧。（張秀亞：《曼陀羅・寄山山》）

9. 接著，該是牡丹、芍藥驕矜的稱王稱后了，讚美的眼波，歌頌的詩句，一一飛向花壇。（王怡之：《綠》）

10. 尼亞哥拉大瀑布……從一片大平原上奔流而至，令人神為之懾，氣為之奪！（鍾梅音：《屬於詩人的》）

11. 有一次，我陪父親遊明孝陵，天藍雲白，我指給父親看遠處一樹如火的楓葉。（段永瀾：《我的父親》）

12. 白雲蒼狗，故交舊知，天各一方，生死未卜。（丁穎：《南窗小札》）
13. 他們以大無畏的精神，沐風櫛雨，胼手胝足，就這樣轟著、唱著、前進著。（葉蟬貞：《大路之歌》）
14. 自然界雖不刻意顯山露水，但不管是大刀闊斧的簡單粗糙，或暗含機智的雜亂無章，其中都蘊藏一種秩序，一種崇高。（瘂弦：《從造園想到寫作》）
15. 我們遊過千花萬樹，遠水近灣，我們就可了解世界麼？（葉維廉：《賦格》）
16. 那靉靉的雲朵，無邊的夕照在波濤上輝煌：流水的奔流，石頭間迸生的野草，唱歌的星子，和永遠不變的河汊。（葉珊：《自然的悸動》）
17. 有千軍萬馬的奔騰，也有高山深水的雅音，一曲將終，淚眼含笑，是多麼和諧而不朽的旋律。（孟浪：《人生頌》）
18. 此時風平浪靜，天和海是同樣的顏色。（吳宏一：《故園心》）
19. 人世間不論多麼悲痛的事，禁不住幾回日落月升，終得成為陳跡的。那些當事人生命裏的刻骨銘心，頃多成為旁人茶餘飯後的雲淡風清。

寫到此處，我必須補插一段話：修辭法中，有「拼字」一法，是把兩個雙音節的複詞拆開，重新穿插拼合，如把「驚動」、「天地」兩個複詞拆開，重新穿插拼合成「驚天動地」，便是「拼字」。我舊著《修辭學》把它當作「詞的錯綜」，也有些修辭學著作把它歸於「鑲嵌」，現在仔細想想，把它看作「驚天」、「動地」相對，不是也很恰當嗎？通常它以句子成分的方式出現，如：

20. 這是一溝絕望的死水，

清風吹不起半點漪淪。

不如多扔些破銅爛鐵，

爽性潑你的剩菜殘羹。（聞一多：《死水》）

21. 又得見《水經注》，所記奇山異水，或令我驚心動魄，或讓我游目騁懷。（朱自清：《山野掇拾》）

22. 祇是這種輕巧的路，祇能在行到山重水複之際，方才准許柳暗花明一番，然後又回到自己的路上去跋涉。（水晶：《出差散記》）

23. 在那車水馬龍的繁華世界裏，有多少追名逐利的人，在鑽營奔走？有多少痴情兒女在扮演著悲歡離合的故事？（王艷高：《傍晚的華岡》）

此四例中出現的：

破銅爛鐵　奇山異水　驚心動魄　山重水複　追名逐利

與前十九例出現的：

形單影隻　岸芷汀蘭　千思萬想　甘心願意　蕉風椰雨　故交舊知　沐風櫛雨　胼手胝足　顯山露水

大刀闊斧　千花萬樹　遠水近灣　千軍萬馬　高山深水　風平浪靜　日落月升　茶餘飯後

等，實出同一機杼。

但是，有些一共四個字的句中對也可能不由「拼字」法構成。如：「月明星稀」，不能說是由「月星明稀」拆開重組而成。「郁郁青青」也非由「郁青郁青」拼成。前面各條中如此之例很多，留給讀者自行分析。

以下許多四字成語，都屬「句中對」：

鸞飛鳳舞　繁絃急管　窮鄉僻壤　輕言細語　陰錯陽差　羞花閉月　崇山峻嶺　高人逸士　胡思亂想

眉清目秀　待人接物　南腔北調　采風問俗　忠肝義膽　求田問舍　山清水秀　心浮氣躁　神呼鬼嚎
花態柳情　海闊天空　舞文弄墨　山窮水盡　天崩地圻　經年累月　爭長競短　隱姓埋名　如膠似漆
長嗟短歎　此起彼落　光宗耀祖　奇山異水　龍爭虎鬪　刀來劍去　你爭我奪　伶牙俐齒　標新立異
胡說亂道　高談闊論　天打雷劈　生吞活剝　街談巷議　招財進寶　振聾發聵　稱心如意　肥頭胖耳
吞雲吐霧　呼風喚雨　捕風捉影　筋疲力盡　口乾舌燥　天誅地滅　節衣縮食　含英咀華

讀者如有雅興，不妨像把「驚天動地」改回「驚動天地」那種方式，把這些句中對還原為兩個雙音節複詞。看看那些可以，那些勉強，那些不能。多多練習，才能記憶得更深刻，了解得更透澈。

(三)單句對

上下兩句對偶的，就叫「單句對」。

1. 樹欲靜而風不止，子欲養而親不待。（韓嬰：《韓詩外傳》）

案：此二句之下，《說苑・敬慎》作：「往而不來者，年也；不可得再見者，親也。」《孔子家語・致思》作：「往而不來者，年也；不可得見者，親也。」《後漢書・桓榮傳》「求謝師門」句下李賢注引《韓詩外傳》作：「往而不可追者，年也；去而不見者，親也。」由於「年」之「往而不來」，所以有「樹欲靜而風不止」之嘆；由於「親」之「不可得見」，所以有「子欲養而親不待」之泣。樹欲靜而風不止，意指：人雖希望長生不老，而時光卻一去不回；絕不是用來譬喻「子欲養而親不待」的！今本《韓詩外傳・皋魚之泣》下文作：「往而不可得見者親也！」有脫文，遂致譬喻失義，意不可解。

2. 芳草鮮美；落英繽紛。（陶淵明：《桃花源記》）

3. 既無叔伯；終鮮兄弟。（李密：《陳情表》）

4. 海內存知己，天涯若比鄰。（王勃：《送杜少府之任蜀州》）

5. 錦江春色來天地，玉壘浮雲變古今。（杜甫：《登樓》）

6. 樹椿扯破了我的衫袖，
荊棘刺傷了我的雙手。（胡適：《上山》）

7. 所以一陣騷動，胡亂穿起，有的寬衣博帶如稻草人，有的細腰窄袖如馬戲丑。（梁實秋：《雅舍小品・衣裳》）

8. 有如畫的江山可以遊覽；有知心的朋友可以清談。（繆天華：《春睡》）

9. 為輕舟激水的人生找一駐腳；
為西風落葉的時代找一歸宿。（陳之藩：《童子操刀》）

10. 然而他對於他所受的種種折磨，不是出之於呼號、憤慨，而把它歸之於嫻靜、和美。（姚一葦：《夜讀雜抄》）

11. 鼻孔仰在背上，眼皮垂在地上
曇或風，鹹或澀
去年的鞭痕，明日的呻吟（周夢蝶：《折了第三隻腳的人》）

12. 千古的明月，萬里的旅客，
今夜裏，一時同在褒城。
寂寞的孤城，似甕，
一城的月色，如銀。（鍾鼎文：《褒城月夜》）

13. 海風吹拂著，溪流嗚咽著，飛螢點點，輕煙縹緲，遠山近樹，都在幽幽的蟲聲裏朦朧地睡去，
等待著另一個黎明的到來。（鍾梅音：《鄉居閑情》）

14. 我來，是人情；不來，是本份。（白先勇：《金大班的最後一夜》）

15. 我感覺到彩虹的無聊和多餘，我體會到春雨的沉悶和喧鬧。（葉珊：《作別》）

16. 都市，白晝纏在你頭上，黑夜披在你肩上。（羅門：《都市之死》）

17. 河水的語言，彩霞的畫意
一尊神端坐在
少女的眉心。（張健：《謎》）

18. 渾樸的胸襟海洋般闊壯，美麗的憧憬海鷗般翱翔。（曹介甫：《海上進軍》）

19. 說著，說著它就來了
奪繁響
摧朝花
薄弱的慾望依稀似那年（葉維廉：《愁渡——第一曲》）

20. 我彷彿能聽見那悠揚的音韻，我彷彿能嗅到那沁人的玫瑰花香！而尤其讓我神往的，是那幾行可愛的
祝詞：「願婚禮的記憶存至永遠，願你們的情愛與日俱增。」（張曉風：《地毯的那一端》）

21. 在最初流水一般的流韻裏，彷彿有一古裝少女從笛聲中走出來；步步生蓮，扇扇似月，在暮春三月，
群鶯亂飛的時節，婆娑起舞，時抑時揚，像風那樣飄忽。（吳宏一：《笛聲》）

22. 一彎柔美的淺笑，

一燭不謝的凝視。（夐虹：《藍珠》）

23. 風亂天低猿嘯哀，
渚渾沙黑鳥暈栽。
你的手僵直，
你的腿發抖。（大荒：《泰山石不敢當》）

24. 孤高何用，朦朧已經植根眼睫，
前瞻似海，是海，
後顧似山，是山，
這不是踏雪尋梅的冬。（向明：《野菠蘿》）

25. 的確，目前一般人大多昧於私欲，沉醉於物質的享受，缺乏了心靈的灌溉。（丁穎：《南窗小札》）

26. 「揚怒髮於千里長風中，踏壯懷於萬重波濤上。」我們的意志昇起，自大地，自大地的海疆與神嶼昇起，擎一座爍金的城，「招展天地無垠的壯闊，抖落日月星辰的神奇。」（高歌：《海的圖騰》）

(三)隔句對

皎然在《詩議》中說「詩對有六格」：

三曰隔句對。詩曰：「始見西南樓，纖纖如玉鉤；末映東北樓，娟娟似蛾眉。」

是第一句與第三句對，第二句與第四句對，為隔句對。

隔句對又稱扇對。梅堯臣《續金鍼詩格》、胡仔《苕溪漁隱詩話》都提到「扇對格」。嚴羽《滄浪詩話・詩體》：

有扇對，又謂之隔句對。如鄭都官「昔年共照松溪影，松折碑荒僧已無。今日還思錦城事，雪銷花謝夢何如？」等是也。蓋以第一句對第三句，第二句對第四句。

鄭都官名谷，字守愚，曾任都官郎中。「昔年」四句，在其《寄裴晤員外詩》中。此再舉隔句對之例於下：

1. 昔我往矣，楊柳依依；今我來思，雨雪霏霏。（《詩經．小雅．采薇》）

2. 漢之西都，在於雍州，實曰長安。左據函谷二崤之阻，表以太華終南之山；右界褒斜隴首之險，帶以洪河涇渭之川。眾流之隈，汧涌其西；華實之毛，則九州之上腴焉；防禦之阻，則天地之隩區焉。是故橫被六合，三成帝畿……。（班固：《西都賦》）

案：「左據」句與「右界」句對；「表以」句與「帶以」句對。「華實」二句與「防禦」二句亦隔句對。再案：隔句對之「句」不以語法學上完整句為準，而以「句讀」論。所謂「句讀」，指文章中休止和停頓之處，黃公紹《韻會舉要》：「凡經書成文語絕處，謂之句；語未絕而點分之，以便誦詠，謂之讀。」是也。

3. 海陵紅粟，倉儲之積靡窮；江浦黃旗，匡復之功何遠！（駱賓王：《為徐敬業討武曌檄》）

4. 得罪台州去，時危棄碩儒；移官蓬閣後，穀貴歿潛夫。（杜甫：《哭台州鄭司戶蘇少監》）

5. 其嶔然相累而下者，若牛馬之飲於溪；其衝然角列而上者，若熊羆之登於山。（柳宗元：《鈷鉧潭西小丘記》）

6. 是故狂夫之言，聖人擇之；芻蕘之微，先民詢之。（劉開：《問說》）

7. 處處盡責任，便處處快樂；時時盡責任，便時時快樂。（梁啟超：《最苦與最樂》）

8.辛苦的工人，在樹下乘涼；
聰明的小鳥，在樹上歌唱，
那斫樹的人到那裏去了？（胡適：《樂觀》）
案：胡適等人主筆的《每週評論》被禁，胡適作此詩以示樹雖被斫，種子卻能再生。此引一、二兩行為隔句對。

9.我們是一個講究學歷和資格的民族：在科舉的時代，講究的是進士；在科學的時代，講究的是博士。（余光中：《給莎士比亞的一封信》）

10.佛家言：「欲知前世因，今生受者是；欲知來世果，今生作者是。」（周夢蝶：《悶葫蘆居尺牘》）

11.四圍的山，有一股撲人眉宇的秀氣；湖中的水，有一片沁人心脾的清氣。（王熙元：《雲水蒼茫翠湖邊》）

12.馬蹄留下踏殘的落花
在南國小小的山徑
歌人留下破碎的琴韻
在北方幽幽的寺院（瘂弦：《秋歌——給暖暖》）

13.在銀杉與芙蓉之間，你是那昇躍的星；在龍華與向日葵之間，我是一方沉思的古石，讓星光把我擊出回聲，奏響窗外的數峰青葱。（張健：《星子的呼吸》）

14.她看不見，因為世界上已沒有彩虹；她聽不見，因為宇宙已沒有歌聲。（鄭慶慈：《流浪者之歌》）

15.傳來一聲鳥鳴，似身後撒下的音符，
聽見一陣細浪，如歌聲散落的串珠。（黃翔：《月光照著陌生的山路》）

16. 曲闌迴干，流轉著風聲；玉堦碧池，流瀉著月光。（吳宏一：《笛聲》）

17. 有人說：山是靜的，代表永恒；水是動的，代表遽變。（陳曉薔：《溪水》）

18. 過去，我曾描繪了秋天的蒼白；如今，我要畫下春天的彩虹。過去，我寫下了「詩的憂鬱」；今天，我看見了「詩的微笑」。（丁穎：《南窗小札》）

案：此可視為連接著的兩個隔句對。

19. 讓我們奔躍，浣一朵江灣裏玲瓏的浪花；讓我們旋舞，譜一抹原野上翠碧的芬芳。（高歌：《海的圖騰》）

20. 乾道難知　惟誠立命
坤德未毀　斯土安身（林安梧：《神州初訪》）

21. 百人走路，難逢一人帶頭；千人過水，不見一個行先。（諺語）

22. 十載湊雙簧，無詞今後難成曲；數人弱一個，叫我如何不想他！（趙元任：《輓劉半農聯》）

案：劉半農，名復，與趙元任都是我國著名的語言學家，並曾與林語堂、錢玄同、黎錦熙、汪怡等六人，發起「數人會」，討論國語羅馬字的拼音法。劉、趙二人對音樂亦有同好，名曲《教我如何不想他》，即為劉作詞，趙作曲。

23. 店小土家風味足，苦辣酸甜當一品；樓新楚地景色多，神奇幽野可重遊。（湖南張家界銀都土家風味飯店門聯）

(四)長　對

三對六句以上的對偶句，奇句對奇句，偶句對偶句，稱為長偶對，又稱長對。

1. 富與貴，是人之所欲也，不以其道得之，不處也；

貧與賤，是人之所惡也，不以其道得之，不去也。（《論語・里仁》）

2.盜愛其室，不愛異室，故竊異室以利其室；

賊愛其身，不愛人身，故賊人身以利其身。（《墨子・兼愛上》）

3.可以賞，可以無賞，賞之過乎仁；

可以罰，可以無罰，罰之過乎義。（蘇軾：《刑賞忠厚之至論》）

4.西漢文章，如子雲、相如之雄偉，此天地遒勁之氣，得於陽與剛之美者也；此天地之義氣也。劉向、匡衡之淵懿，此天地溫厚之氣，得於陰與柔之美者也；此天地之仁氣也。（曾國藩：《聖哲畫像記》）

5.開萬古得未曾有之奇，洪荒留此山川，作遺民世界。

極一生無可如何之遇，缺憾還諸天地，是創格完人。（沈葆楨：《題延平郡王祠聯》）

6.斷簡殘篇，蒐羅匪易；郭公夏五，疑信相參：則徵文難。

老成凋謝，莫可諮詢；巷議街談，事多不實：則考獻難。（連横：《臺灣通史・序》）

7.都是平常經驗，

都是平常影象，

偶然湧到夢中來，

變幻出多少新奇花樣！

都是平常情感，

都是平常言語，

偶然碰著個詩人，
變幻出多少新奇詩句！（胡適：《嘗試集・夢與詩》）
8.酒，蕩漾在玻璃杯裏，瑚珀般的艷紅；笑，蕩漾在她的唇邊，紅梅般的動人。（張秀亞：《懷念》）
9.傘是叢林，繁茂時，有汹汹的血慾，奔行其下；寒意如酒，將飲前，有襲人的快感，噬臍而上！（方莘：《咆哮的輓歌》）
10.到渭水濱，那水，是我從來沒有看過的，我只感到新奇，並不感覺陌生；到咸陽城，那城，是我從來沒有看過的，我只感到它古老，並不感覺傷感。（陳之藩：《失根的蘭花》）
11.當編輯《新青年》時，全仗帶情感的筆鋒，推翻那陳腐文章，昏亂思想；曾仿江陰《四句頭山歌》，創作活潑清新的《揚鞭》、《瓦釜》。回溯在文學革命旗下，勳績弘多；更於世道有功，是痛詆乩壇，嚴斥「臉譜」。
自首建「數人會」後，親製測語音的儀器，專心於四聲實驗，方言調查；又纂《宋元以來俗字譜》，打倒繁瑣謬誤的《字學舉隅》。方期對國語運動前途，貢獻無量；何圖哲人不壽，竟禍起蟣虱，命喪庸醫。（錢玄同：《輓劉半農聯》）
案：此用白話撰寫的輓聯。劉復是「數人會」中一員。曾在《新青年》發表《我之文學改良觀》等論文，繼以白話著《揚鞭集》、《瓦釜集》等詩集，又編印《宋元以來俗字譜》。
12.早開風氣，是一代宗師，吾道非歟？浮海說三千弟子。
忍看銘旌，正滿天雲物，斯人去也，哀鴻況百萬蒼生。（臺大全體員生輓傅孟真校長）
案：此聯聞出自王叔珉先生手筆，仍以文言撰寫。

13. 頗有幾文錢，你也求，我也求，給誰是好？
不作半點事，朝也拜，夕也拜，教我如何！（財神爺廟聯）

14. 東勢古莊，佳餚美酒，醉盡遐邇饕餮客；
北台新店，貴客佳賓，坐滿南北性情人。（東勢牛稼莊新店分店門聯）

(五)排　對

由兩個以上的對偶句排列而成。亦稱排偶對或排比對。

1. 青絲為籠係，桂枝為籠鉤。頭上倭墮髻，耳中明月珠。緗綺為下帬，紫綺為上襦。行者見羅敷，下擔捋髭鬚。少年見羅敷，脫帽著帩頭。耕者忘其犂，鋤者忘其鋤。（古詩：《陌上桑》）

案：此是四對單句對和一對隔句對構成的排對。

2. 嗚呼！汝病吾不知時，汝歿吾不知日；生不能相養以共居，歿不得撫汝以盡哀；斂不憑其棺，窆不臨其穴。吾行負神明，而使汝夭；不孝不慈，而不得與汝相養以生，相守以死。一在天之涯，一在地之角；生而影不與吾形相依，死而魂不與吾夢相接。吾實為之，其又何尤？彼蒼者天，曷其有極！（韓愈：《祭十二郎文》）

案：「汝病」以下有三對單句對；「相養以生，相守以死」為句中對；「一在」以下有二對單句對。中雜有散句。

3. 明年春，草堂成。三間兩柱，二室四牖；廣袤豐殺，一稱心力。洞北戶，來陰風，防徂暑也；敞南甍，納陽日，虞祁寒也。木，斲而已，不加丹；牆，圬而已，不加白。墄階用石，冪窗用紙；竹簾紵幃，率稱是焉。（白居易：《廬山草堂記》）

案：「三間」兩句為單句對；「洞北戶」以下為一長對；「木斲而已」下亦為長對；「堿階」兩句為單句對，中亦雜散句。以下各例不贅。

4. 嗟乎！草木無情，有時飄零；人為動物，惟物之靈。百憂感其心，萬事勞其形。有動於中，必搖其精。而況思其力之所不及，憂其智之所不能；宜其渥然丹者為槁木，黟然黑者為星星。奈何以非金石之質，欲與草木而爭榮？念誰為之戕賊，亦何恨乎秋聲！（歐陽修：《秋聲賦》）

5. 余自錢塘移守膠西，釋舟楫之安，而服車馬之勞；去雕墻之美，而蔽采椽之居；背湖山之觀，而適桑麻之野。（蘇軾：《超然臺記》）

6. 這中間住過英雄，住過盜賊，或據險自豪，或縱橫馳驟，也曾熱鬧過一番。現在卻無精打彩，任憑日晒風吹，一聲兒不響。（朱自清：《萊茵河》）

7. 「害怕？有什末可怕呢？」我接著問。

「怕山鬼，怕毒蛇。——怕霧染了你的眼睛，怕霧濕了你的頭髮。」（李廣田：《山之子》）

8. 北海如艷妝的美女，南海如洒脫的名士；

北海多朱欄翠閣，南海多老樹枯藤；

北海紅藥欄邊，宜喁喁清談，南海鷓鴣聲裏，宜沉思假寐；

北海漪瀾堂的彩燈，雙虹榭的雪藕，惹人遐思，南海卍字廊的岑寂，流水音的清爽，滌人塵懷；

賞北海紅蓮，如靜觀少女曼舞，玩南海煙月，如諦聽老僧談禪。（王怡之：《不如歸》）

9. 看，他一手高擎五彩的色板，一手緊握神奇的畫筆；以朱紅賦予朝日，以蔚藍賦予晴空，以銀白染明月，以金黃點群星。之後，他更以最絢爛艷麗的色彩，去勾勒人間百花，塗抹天邊落霞。（王怡之：《綠》）

丙、原　則

對偶在漢語性質上，有其特殊的便利；在漢語發展上，有其悠久的歷史。而對偶之受詩人墨客之重視與喜愛，亦遠超過其他辭格。但是對於對偶一些批評的聲音，還是有的。胡適在《文學改良芻議》提出「八事」，「七曰」就是「不講對仗」。先錄其文於下：

> 排偶乃人類言語之一種特性，故雖古代文字，如老子孔子之文，亦間有駢句。如「道可道，非常道；名可名，非常名。無名天地之始，有名萬物之母。故常無，欲以觀其妙；常有，欲以觀其微。」此三排句也。「食無求飽，居無求安。」「貧而無諂，富而無驕。」「爾愛其羊，我愛其禮。」——此皆排句也。然此皆近於語言之自然，而無牽強刻削之迹；尤未有定其字之多寡，聲之平仄，詞之虛實者也。至於後世文學末流，言之無物，乃以文勝；文勝之極，而駢文律詩興焉，而長律興焉。駢文律詩之中非無佳作，然佳作終鮮。所以然者何？豈不以其束縛人之自由過甚之故耶？（長律之中，上下古今，無一首佳作可言也。）今日而言文學改良，當「先立乎其大者」，不當枉廢有用之精力於微細纖巧之末：此吾所以有廢駢廢律之說也。即不能廢此兩者，亦但當視為文學末技而已，非講求之急務也。

細讀胡文，反對的只是「定其字之多寡，聲之平仄，詞之虛實」，「束縛人之自由過甚」的駢文律詩中的非佳作；而能「近於語言之自然而無牽強刻削之迹」的排句，則認為合乎「人類言語之一種特性」，仍予肯定。事實上，胡適詩作中，於「句中對」、「單句對」、「隔句對」、「長偶對」，都嘗試過，還寫得蠻緊密工整的。假如有人只抓住胡適文中「不講對仗」的標題，而反對一切對偶，那恐怕非胡適本意。

關於對偶原則的討論，也特別的多。《文心雕龍．麗辭》已有：

凡偶辭胸臆，言對所以為易也；徵人資學，事對所以為難也。幽顯同志，反對所以為優也；並貴共心，正對所以為劣也。又以言對事對，各有反正，指類而求，萬條自昭然矣。

陳新雄《景伊師論律詩對仗體用及其實踐》引此有所辯正：

彥和所舉四對，實僅言對與事對之反正變化而已，蓋正對、反對皆包括於言對、事對之內，彥和嘗曰：「言對為易，事對為難，反對為優，正對為劣。」律詩形成後，雖未明言四對，但屬對用意，亦不能越此範圍，其例俯拾可得。言對者，如李義山「永憶江湖歸白髮，欲迴天地入扁舟。」事對者，如杜子美「籬邊老卻陶潛菊，江上徒逢袁紹杯。」反對者，如李義山「管樂有才原不忝，關張無命欲何如。」正對者，如溫飛卿「石麟埋沒藏春草，銅雀荒涼對暮雲。」至於詩中配辭作偶，自不外言對與事對，若反正變化，則大有講究。正對之句，在古代大家之中，亦佔十之七八，鋪陳故事，極情壯勢，亦未必為「劣」，如李太白「吳宮花草埋幽徑，晉代衣冠成古邱」，岑嘉州「花迎劍佩星初落，柳拂旌旗露未乾」，杜子美「江山故宅空文藻，雲雨荒臺豈夢思」，「織女機絲虛夜月，石鯨鱗甲動秋風」等，不勝枚舉，實為詩人屬對之常法。至若反對之法，理殊趣合，用之於詩，虛實相生，陰陽迭見，斡旋變化，神明莫測，開後世無窮法門。

至於《文心雕龍》而降，詩品詩話諸書，論及對偶者，更不勝徧舉。綜合前人之說，對偶最重要的原則應為下列三點：

(一)工　整

對偶應以工整為第一原則。王力在《漢語詩律學》一書中講到「對仗的講究和避忌」，對於「工對」的利弊有很客觀的意見：

對仗可分三類：第一類是工對，例如以天文對天文，以人倫對人倫，等等；第二類是鄰對，例如以天文對時令，以器物對衣服，等等；第三類是寬對，就是以名詞對名詞，以動詞對動詞（甚或對形容詞），等等。詩人之所以不處處用工對，自有其修辭上的理由。近體詩受平仄的拘束已經不少，如果在對仗上也處處求工，那麼，思想就沒有回旋的餘地了。再者，求工太過，就往往弄到同義相對，如「室」對「房」，「別」對「離」，「懶」對「慵」，「同」對「共」等，兩句話差不多只有一句的意思。意簡言繁，是詩人所忌；所以工對最好是「妙手偶得之」，其次是在不妨礙意境的情形下，儘可能求其工。

王力指出，下列各句均係工對：

1. 東風千嶺樹，西日一洲蘋。（于武陵：《南遊有感》）
2. 雪蓋青山龍臥處，日臨丹洞鶴歸時。（劉禹錫：《麻姑山》）
3. 雲帶歌聲颺，風飄舞袖翻。（張謂：《早春陪崔中丞宴》）
4. 鶯聲誘引來花下，草色勾留坐水邊。（白居易：《春江》）
5. 敏捷詩千首，飄零酒一杯。（杜甫：《不見》）
6. 雖無舒卷隨人意，自有潺湲濟物功。（羅鄴：《題水簾洞》）
7. 無邊落木蕭蕭下，不盡長江滾滾來。（杜甫：《登高》）
8. 苜蓿隨天馬，葡萄逐漢臣。（王維：《送劉司直赴安西》）
9. 寄身且喜滄州近，顧影無如白髮何。（劉長卿：《江州重別薛六》）

(三)自　然

嚴羽《滄浪詩話》有這樣一段話：

詩者，吟詠情性也。盛唐諸人惟在興趣。羚羊掛角，無跡可求，故其妙處，透徹玲瓏，不可湊泊。嚴羽這番話，雖說的是詩的內容，但未嘗不可移用到對偶的形式方面。好的對偶，應該是自自然然，看不出詩人運斤施鑿的痕跡來的。例如：

1. 白日依山盡；黃河入海流。欲窮千里目，更上一層樓！（王之渙：《登鸛鵲樓》）
2. 浮雲一別後，流水十年間。（韋應物：《淮上喜會梁州故人》）
3. 無可奈何花落去，似曾相識燕歸來。（晏殊：《浣溪沙・春恨》）
4. 惟漢室上繼三代之盛，而班史自成一家之書。（歐陽修：《謝賜漢書表》）

語意一貫，而字字相對，最為自然。古人論對，有「流水對」一目，大致上都具自然之妙。

(三)意　遠

意涉合掌，是對偶大病。反過來說，對偶上下句以意遠為原則。《文心雕龍・麗辭》所說「反對為優」、「正對為劣」，想來也是這番意思。吾師林景伊先生講詩屬對之法，有「剛柔」、「大小」、「有無」、「晦明」、「人我」、「遮表」、「時空」、「高下」、「正反」、「抑揚」、「今昔」對比之說。陳新雄《景伊師論律詩對仗體用及其實踐》云：

反對之法，……前人詩話，論者無多，先師特為摘舉古人詩句，以為證明，示後學以屬對之法。茲錄於次：

剛柔　溪雲日起日沉閣，山雨欲來風滿樓。——許丁卯
　　　水聲粗悍如驕將，山色淒涼似病夫。——王靜安
大小　松排山面千重翠，月點波心一顆珠。——白樂天

有無　見說騎鯨遊汗漫，亦曾捫虱話酸辛。——蘇東坡
縱使有花兼有月，可堪無酒又無人。——李義山
晦明　詞客有靈應識我，霸才無主始憐君。——溫飛卿
野徑雲俱黑，江船火獨明。——杜子美
瘴雨欲來楓葉黑，火雲初起荔支紅。——許丁卯
人我　我已無家尋弟妹，君今何處訪庭闈。——杜子美
詩句對君難出手，雲泉勸我早抽身。——蘇東坡
遮表　復有樓臺銜暮景，不勞鐘鼓報新晴。——杜子美
幸不折來傷歲暮，若為看去亂鄉愁。——杜子美
時空　鳥道一千里，猿聲十二時。——王摩詰
三春時有雁，萬里少人行。——王摩詰
高下　魚行潭樹下，猿挂島藤間。——孟襄陽
近淚無乾土，低空有斷雲。——杜子美
正反　到門不敢題凡鳥，看竹何須問主人。——王摩詰
花徑不曾緣客掃，蓬門今始為君開。——杜子美
抑揚　白髮悲花落，青雲羨鳥飛。——岑嘉州
得相能開國，生兒不象賢。——劉夢得
今昔　此日六軍同駐馬，當時七夕笑牽牛。——李義山

回日樓臺非甲帳，去時冠劍是丁年。——溫飛卿

以上論對偶之原則，大抵取近體詩為例，這是因為近體詩最講究對仗的緣故。其實，像工整、自然、意遠等，即使在現代漢語的對偶修辭法中，仍然是一種值得尊重的原則。

第三章　回　文

甲、概　說

上下兩句或句組，詞彙部分相同，而詞序大致相反的辭格，叫作「回文」，也稱「迴文」或「迴環」。自然與人生，有時是周而復始，循環不息的。日月的麗天，星辰的運行，晝夜的交替，四時的來往，人事的滄桑，情緒的週期：都是很好的例子。我們的先民老早就發覺這些現象。《周易》六十四卦，次第非反即覆，所謂「否極泰來」，「剝極而復」，就是對宇宙人生循環律的確認。有時又是兩兩相關，互為因果的。先有雞蛋，還是先有雞，這是一個頗難解決的問題。而宇宙人生的循環、相關、因果等等現象，也就形成語文上「回文」辭格的淵源。

回文與圓形頗有相似之處，這一點，可從下面兩首回文詩而得知。

《紗扇銘》　梁簡文帝蕭綱

風發曜光，空月照霜；霜照月空，光曜發風。

發曜光空，月照霜風；風霜照月，空光曜發。

如此逐字迴環讀之，可得回文詩八首，共三十二句。

回文詩　佚名

悠雲白雁過南樓，雁過南樓半色秋，
秋色半樓南過雁，樓南過雁白雲悠。

圓是平面上對於一定點有等距離之各點所環成的「軌跡」。就美學觀點而論，圓形被認為具有純粹簡單之美，以及連續不斷之妙。由於純粹簡單，所以能節省注意力；由於連續不斷，所以有圓滿的感覺。這種情緒上的性質，又成為回文在美學上的基礎。

回文在古代漢語中出現頗多，略引數例，以明其發展：

1.帝曰：「吁！臣哉鄰哉！鄰哉臣哉！」……帝庸作歌，……曰：「股肱喜哉，元首起哉，百工熙哉！」皋陶拜手稽首，……乃賡載歌曰：「元首明哉，股肱良哉，庶事康哉！」（《尚書・皋陶謨》）

案：「臣哉鄰哉」與「鄰哉臣哉」迴環成文。「鄰」，是親近的意思。又下文「股肱、元首」與「元首、股肱」亦回文，可見君臣之間彼此之尊重。

2.既成我服，我服既成。（《詩經・小雅・六月》）

3.日往則月來，月往則日來。寒往則暑來，暑往則寒來。（《周易・繫辭下》）

4.學而不思則罔，思而不學則殆。（《論語・為政》）

5.知者不言，言者不知。（《老子·五十六章》）

信言不美，美言不信。（《老子·八十一章》）

6.所惡於上，毋以使下；所惡於下，毋以事上。所惡於前，毋以先後；所惡於後，毋以從前。所惡於右，毋以交於左；所惡於左，毋以交於右：此之謂絜矩之道。（《禮記·大學》）

7.仁者以其所愛及其所不愛；不仁者以其所不愛及其所愛。（《孟子·盡心》）

8.庸詎知吾所謂天之非人乎？所謂人之非天乎？……（孔子）故曰：「天之小人，人之君子；人之君子，天之小人也。」（《莊子·大宗師》）

9.子又生孫，孫又生子。（《列子·湯問·愚公移山》）

10.故物賤徵之貴，貴之徵賤。（《史記·貨殖列傳·序》）

11.夫綴文者情動而辭發，見文者披文以入情。（劉勰：《文心雕龍·知音》）

12.江畔何人初見月，江月何年初照人。（張若虛：《春江花月夜》）

13.是故弟子不必不如師，師不必賢於弟子。（韓愈：《師說》）

14.由儉入奢易，由奢入儉難。（司馬光：《訓儉示康》）

15.夫意其必來而縱之，是上賊下之情也；意其必免而復來，是下賊上之心也。（歐陽修：《縱囚論》）

16.味摩詰之詩，詩中有畫；觀摩詰之畫，畫中有詩。（蘇軾：《東坡題跋·書摩詰藍田煙雨圖》）

17.我見青山多嫵媚，料青山見我應如是。……不恨古人吾不見，恨古人不見吾狂耳！（辛棄疾：《賀新郎》）

18.將咱兩個，一齊打破，用水調和。再捏一個你，再塑一個我。我泥中有你，你泥中有我。（管道昇：《我

儂》

19. 我相思為他，他相思為我，從今後兩下裏相思都較可，酬賀間禮當賀酬，俺母親也好心多。（王實甫：《西廂記・賴婚》）

20. 就淵明歸去來，怕鶴怨山禽怪，問甚功名在。酸齋是我，我是酸齋。（貫雲石：《殿前歡》）

21. 欠伊周濟世才，犯劉阮貪杯戒，還李杜吟詩債。酸齋笑我，我笑酸齋。（張可久：《殿前歡・次酸齋韻》）

22. 幻者而同於真邪？真者而託於幻邪？（薛福成：《巴黎觀油畫記》）

23. 颯颯，蕭蕭，
蕭蕭，颯颯，
我掩卷傾聽你的獨語，
而淚是徐徐地落下。（紀弦：《檳榔樹》）

從上面例子，可見經史子集詩文詞曲中都曾使用過「回文」的修辭法。

「回文」本是修辭的一種方式，但是，由於好奇，有人刻意創作一種順讀倒讀都可成文的文體，就叫「回文體」。《四庫全書總目・總集類》著錄：

《回文類聚四卷補遺一卷》，宋桑世昌編。考劉勰《文心雕龍》曰：『回文所興，則道原為始。』梅庚註謂：『原當作慶，宋賀道慶也。』蓋其時《璇璣圖詩》未出，故勰云然。世昌以蘇蕙時代在前，故用為託始。且繪像於前卷首，以明刱造之功。其說良是。然《藝文類聚》載曹植《鏡銘》八字，回環讀之，無不成文，實在蘇蕙以前，乃不標以為始，是亦稍疎。又蘇伯玉妻《盤中詩》，據《滄浪詩話》，自《玉臺新詠》以外，別無出典。

依據這一節話，提到「回文」四種出處：

一為曹植《鏡銘》說。今本《藝文類聚》及《曹子建集》均無此銘，惟有不知撰人之《鏡銘》「象物徵神朗月澄真」，可從任何一字起順讀倒讀，共有十六種讀法，未悉是否即曹植所作。《藝文類聚》卷七十三《雜器物部・盤》錄有晉殷仲堪《酒盤銘》：

禮節有宜，體悅酒為；為酒悅體，宜有節禮。
節有宜體，悅酒為禮；禮為酒悅，體宜有節。
有宜體悅，酒為禮節；節禮為酒，悅體宜有。
……

八字如此迴環讀之，亦無不成文。

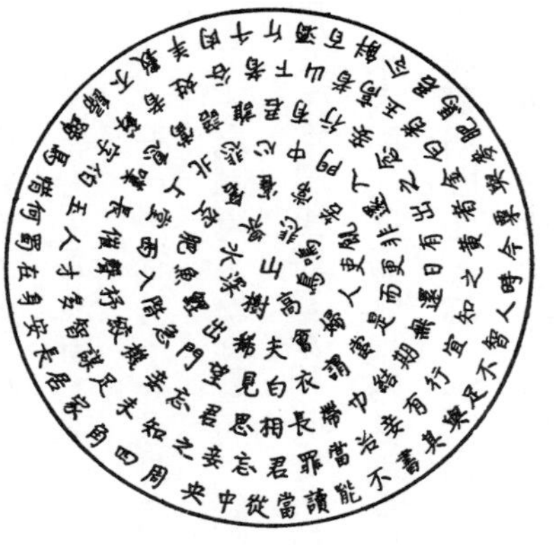

圖 3·3·1　盤中詩

二為蘇伯玉妻《盤中詩》（圖3·3·1）說。《盤中詩》是蘇伯玉妻因伯玉出使在蜀，久不回家，特地寫在盤中寄給伯玉的詩。從中央回旋以至四周，含宛轉迴環的意思。據說伯玉讀後，就感悟回家。徐陵《玉臺新詠》列此詩於晉傅休奕（玄）詩後，則蘇伯玉當為晉朝人。詩如上圖。讀法如下：

山樹高，鳥鳴悲。泉水深，鯉魚肥。空倉雀，常苦飢；吏人婦，會夫稀。出門望，見白衣。謂當是，而更非。還入門，中心悲。北上堂，西入階。急機絞，杼聲催。長嘆息，當語誰？君有行，妾念之。

出有日，還無期。結巾帶，長相思。君忘妾，未知之；妾忘君，罪當治。妾有行，宜知之。黃者金，白者玉。高者山，下者谷。姓者蘇，字伯玉。人才多，智謀足。家居長安身在蜀，何惜馬蹄歸不數。羊肉千斤酒百斛，令君馬肥麥與粟。今時人，智不足。與其書，不能讀。當從中央周四角。

三為蘇蕙〈璇璣圖詩〉（圖3·3·2）說。據《晉書·列女傳》：「竇滔妻蘇氏，始平人也。名蕙，字若蘭，善屬文。滔苻堅時為秦州刺史，被徙流沙，蘇氏思之，織錦為迴文旋圖詩以贈滔，宛轉循環以讀之，詞甚悽惋。」後來大周天冊金輪皇帝武則天還曾為此圖作序，寫蘇蕙與竇滔間妬、忿、絕、悔、復合事更詳。丁福保編《全漢三國晉南北朝詩》錄武則天《序》、蘇若蘭《璇璣圖詩》及《讀圖內詩括例》。茲錄其彩色圖，並略舉其讀法數例於左。李汝珍《鏡花緣》第四十一回也曾錄圖並說明，文長不贅，讀者請自檢讀。

外　經

仁智懷德聖虞唐。貞妙顯華重榮章。臣賢惟聖配英皇。倫匹離飄浮江湘。回讀

傷慘懷慕增憂心。堂空惟思詠和音。藏摧悲聲發曲秦。商絃激楚流清琴。

中　經

欽岑幽巖峻嵯峨。深淵重涯經網羅。林陽潛曜

圖 3·3·2（彩）　蘇蕙，〈璇璣圖詩〉。

翳英華。沉浮異逝頹流沙。回讀

何如將情纏憂殷。多患生艱惟苦身。加兼愁悴少精神。遐幽曠遠離鳳麟。

內　經

詩情明顯。怨義興理。辭麗作比。端無終始。回讀

始終無端。比作麗辭。理興義怨。顯明情詩。

四角之方

仁智懷德聖虞唐。貞志篤終誓穹蒼。欽所感想妄淫荒。心憂增慕懷慘傷。回讀

四角之間窈窕成文

嗟嘆懷所離經。遐曠路傷中情。家無君房幃清。華飾容朗鏡明。回讀

四角在中者一例橫讀

念是舊愆。誰為獨居。賤女懷歎。鄙賤何如。反讀窈窕成文

愆舊是念。誰為獨居。歎懷女賤。鄙賤何如。

四旁相對成文文皆六言

讒人作亂闈庭。佞凶害我忠貞。禍源消受難明。所恃恣極驕盈。

四旁相向橫讀而成五言

寒歲識凋松。貞物知終始。顏喪改華容。仁賢別行士。反讀窈窕成文

士行別賢仁。容華改喪顏。始終知物貞。松凋識歲寒。

交手成文文皆四言

讒奸佞凶。害我忠貞。禍因所恃。恣極驕盈。反讀

以下「用色分章」略。

四為賀道慶說。道慶為南朝宋人，《藝文類聚》卷五十六《雜文部・詩》有賀道慶《離合詩》一首。又《迴文詩》，或以為齊王融作。詩曰：「枝分柳塞外，葉暗榆關東，垂條逐絮轉，落蘂散花叢。池蓮照曉月，幔錦拂朝風；低吹雜綸羽，薄粉豔妝紅；離情隔遠道，歎結深閨中。」詩可倒讀。

南北朝更有親友相和的回文詩：

1.斜峰繞徑曲，聳石帶山連；花餘拂戲鳥，樹密隱鳴蟬。（梁湘東王蕭繹：《後園作》）

案：回讀成：「蟬鳴隱密樹，鳥戲拂餘花；連山帶石聳，曲徑繞峰斜。」以下倣此，不贅。

2.枝雲間石峰，脈水侵山岸；池清戲鵠聚，樹秋飛葉散。（梁簡文帝蕭綱：《和湘東王後園迴文詩》）

3.燭華臨靜夜，香氣入重帷；曲度聞歌遠，繁絃覺舞遲。（梁劭陵王蕭綸：《和湘東王後園迴文詩》）

4.旱蓮生竭鑊，嫩菊養秋隣；滿池留浴鳥，分橋上戲人。（周庾信：《和湘東王後園迴文詩》）

5.危臺出岫迴，曲磵上橋斜；池蓮隱弱芰，徑篠落藤花。（梁定襄侯：《和湘東王後園迴文詩》）

宋代回文詩大盛，以迄民國，作者仍不乏其人。如：

6.碧天臨迥閣，晴雪點山屏，夕煙侵冷箔，明月斂閑亭。（宋・錢惟治：《春日登大悲閣詩》）

案：此詩二十字，連環讀，反覆成詩四十首。嚴羽《滄浪詩話・詩體》論詩雜體有「反覆」一目，言：

「舉一字而誦，皆成句，無不押韻，反覆成文也。」

7.星淡月華豔，島幽椰樹芳，晴岸白沙亂，繞舟斜渡荒。（民國・周策縱：《妙絕世界・字字迴文詩》）

案：此詩可從任何一字起，向任一方向讀。

葉維廉《中國古典詩中的一種傳釋活動》（見東大圖書公司印行的《歷史、傳釋與美學》）並把這首詩的四十種讀法排列如左：

①②③④⑤　⑥⑦⑧⑨⑩　⑪⑫⑬⑭⑮　⑯⑰⑱⑲⑳

。。。。。　。。。。。　。。。。。　。。。。。

①星淡月華豔，島幽椰樹芳，晴岸白沙亂，繞舟斜渡荒。

②淡月華豔島，幽椰樹芳晴，岸白沙亂繞，舟斜渡荒星。

③月華豔島幽，椰樹芳晴岸，白沙亂繞舟，斜渡荒星淡。

④華豔島幽椰，樹芳晴岸白，沙亂繞舟斜，渡荒星淡月。

⑤豔島幽椰樹，芳晴岸白沙，亂繞舟斜渡，荒星淡月華。

，，，，，　，，，，，　，，，，，　，，，，，

⑥島幽椰樹芳，晴岸白沙亂，繞舟斜渡荒，星淡月華豔。

⑦幽椰樹芳晴，岸白沙亂繞，舟斜渡荒星，淡月華豔島。

⑧椰樹芳晴岸，白沙亂繞舟，斜渡荒星淡，月華豔島幽。

⑨樹芳晴岸白，沙亂繞舟斜，渡荒星淡月，華豔島幽椰。

⑩芳晴岸白沙，亂繞舟斜渡，荒星淡月華，豔島幽椰樹。

，，，，，　，，，，，　，，，，，　，，，，，

⑪晴岸白沙亂，繞舟斜渡荒，星淡月華豔，島幽椰樹芳。

⑫岸白沙亂繞，舟斜渡荒星，淡月華豔島，幽椰樹芳晴。

⑬白沙亂繞舟，斜渡荒星淡，月華豔島幽，椰樹芳晴岸。

⑭沙亂繞舟斜，渡荒星淡月，華豔島幽椰，樹芳晴岸白。

⑮亂繞舟斜渡，荒星淡月華，豔島幽椰樹，芳晴岸白沙。

，，，，，　，，，，，　，，，，，　，，，，，

⑯繞舟斜渡荒，星淡月華豔，島幽椰樹芳，晴岸白沙亂。

⑰舟斜渡荒星，淡月華豔島，幽椰樹芳晴，岸白沙亂繞。

⑱斜渡荒星淡，月華豔島幽，椰樹芳晴岸，白沙亂繞舟。

⑲渡荒星淡月，華豔島幽椰，樹芳晴岸白，沙亂繞舟斜。

⑳荒星淡月華，豔島幽椰樹，芳晴岸白沙，亂繞舟斜渡。

㉑㉒㉓㉔㉕　㉖㉗㉘㉙㉚　㉛㉜㉝㉞㉟　㊱㊲㊳㊴㊵

以下三首，雖亦為回文詩，但僅能倒讀：

8. 碧蕪平野曠，黃菊晚村深；
客倦留甘飲，身閑累苦吟。（王安石：《回文詩・碧蕪》）

案：倒讀即成：

吟苦累閑身，飲甘留倦客；
深村晚菊黃，曠野平蕪碧。

9. 春晚落花餘碧草，夜涼低月半枯桐；
人隨遠雁邊城暮，雨映疏簾繡閣空。（蘇軾：《題織錦圖上迴文三首之一》）

案：倒讀即成：
空閣繡簾疏映雨，暮城邊雁遠隨人；
桐枯半月低涼夜，草碧餘花落晚春。
10. 枯眼望遙山隔水，往來曾見幾心知？壺空怕酌一杯酒，筆下難成和韻詩。
途路阻人離別久，訊音無雁寄回遲。孤燈夜守長寂寥，夫憶妻兮父憶兒。（李禺：《尋妻回文詩》）
案：倒讀則成尋夫詩：
兒憶父兮妻憶夫，寥寂長守夜燈孤。遲回寄雁無音訊，久別離人阻路途。
詩韻和成難下筆，酒杯一酌怕空壺。知心幾見曾來往，水隔山遙望眼枯。
回文詩之外，又有回文詞，如：
11. 細細風清撼竹，遲遲日暖開花。香幃深臥醉人家。媚語嬌聲婭姹。
姹婭聲嬌語媚，家人醉臥深幃。香花開暖日遲遲。竹撼清風細細。（黃庭堅：《西江月·用惠洪韻》）
案：下片由上片倒讀構成。
12. 晚紅飛盡春寒淺。淺寒春盡飛紅晚。尊酒綠陰繁。繁陰綠酒尊。
老仙詩句好。好句詩仙老。長恨送年芳。芳年送恨長。（朱熹：《菩薩蠻·回文》）
案：偶句為奇句之回文。
13. 客中愁損摧寒夕，夕寒摧損愁中客。門掩月黃昏，昏黃月掩門。
翠衾孤擁醉，醉擁孤衾翠。醒莫更多情，情多更莫醒。（納蘭性德：《菩薩蠻》）
案：回文方式與朱熹相同。

14. 孤樓綺夢寒燈隔，細雨梧窗逼。冷風珠露撲釵蟲，絡索玉環圍鬢鳳玲瓏。
膚凝薄粉殘妝俏，影對疏欄小。院空蕪綠引香濃，冉冉近昏黃月映簾紅。（朱杏孫：《虞美人》）

案：倒讀則為：

紅簾映月黃昏近，冉冉濃香引。綠蕪空院小欄疏，對影俏妝殘粉薄凝膚。
瓏玲鳳鬢圍環玉，索絡蟲釵撲。露珠風冷逼窗梧，雨細隔燈寒夢綺樓孤。

如每七字斷句，則成七律回文詩。

下面是一首回文曲：

15. 難離別，情萬千，孤枕眠，愁人伴。閑庭小院深，關河傳信遠，魚和雁天南，看明月，中腸斷。
斷腸中，月明看。南天雁，和魚遠。信傳河關深，院小庭閑伴。人愁眠枕孤，千萬情，別離難。（佚名：《捲簾雁兒落》）

至於回文聯語，如：「客上天然居，居然天上客。」「君賢居上樓，樓上居賢君。」「人過大佛寺，寺佛大過人。」「僧遊雲隱寺，寺隱雲遊僧。」「霧鎖山頭山鎖霧，天連水尾水連天。」稗官多所記載，出處未能確考，姑錄此數條，以饗讀者。

回文應用到工藝上，更有字字迴環的回文形式出現。茶壺與印章都有。見於茶壺上的，短者有：

可以清心也

長者有清同治御窰製茶壺上書的循環詩：

落雪飛芳樹幽紅雨淡霞薄月迷香霧流風舞艷花

前者五字，每字都可視為句首，順讀計有五種方式。後者二十字，可從任何一字起讀，順讀倒讀各成五絕二十首，共得詩四十首。

見於印章上的，有《說文解字詁林》所載丁福保藏的古印：

人不可得率解

無論自何字起讀，都可成句。

但是「回文」之怪不僅止此。《回文類聚》卷三把「以意寫圖，使人自悟」的「神智體」也當作「回文」。

蘇東坡有一首神智體《晚眺》，如下圖：

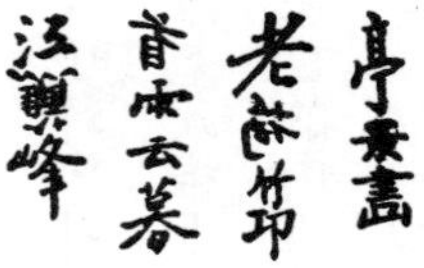

長亭短景無人畫，
老大橫拖瘦竹笻。
回首斷雲斜日暮，
曲江倒蘸側山峰。

據《回文類聚》言：

神宗熙寧間，北朝使至，每以能詩自矜，以詰翰林諸儒。上命東坡館伴之，北使乃以詩詰東坡。東坡曰：「賦詩，亦易事也；觀詩稍難耳。」遂作晚眺詩以示之。北使惶愧莫知所云，自後不復言詩矣。

「回文」發展到此，可算蔚為大觀。不過，自「盤中詩」以至「神智體」，我們只認為是文人好奇的文字遊戲，不承認它是修辭的方法。所以以下舉例，就把這類文字遊戲的作品放棄了。

從任何一字開始，順讀倒讀都成句的回文詩，只有詞性靈活，容易轉品的漢語最容易作到。但是，字母或讀音迴環往復，在英語、日語、朝鮮語中還是有的。

著名的克寧奶粉，KLIM便是milk的回文。又美國大選標語"Rise to vote, sir."，也刻意求其字母的迴環。下例字母倒轉時，句子發生變化：Dog as a devil deified.—Deified lived as a god.

日語タケヤガヤケタ，是「竹鋪燒掉了」的意思。讀如：ta ke ya ga ya ke ta，語音順讀倒讀全一樣。

朝鮮語소주만병만주소，是「給我萬瓶燒酒吧」的意思。讀如：so ju may byong may ju so，語音亦迴環往復。

蘇聯諾貝爾文學獎得主蕭洛霍夫的長篇小說《靜靜的頓河》中，有下列一節：

「只有帝制才能挽救俄羅斯。只有帝制！預言指示著我們祖國的這一條道路。蘇維埃政權的標誌——是斧頭和鐮刀，對吧？」卡帕林在砂土上，用木棒畫出了「斧頭和鐮刀」幾個字，後來把熱烈地閃動著的眼睛盯到葛利高里臉上來了：「請反過來讀。讀過了嗎？明白嗎？只有靠『帝位』才能結束革命和布爾雪維克政權！……。」

原來兩個逃亡的白軍玩味俄共黨旗上的「槌子молот，鐮刀серп」，發現這兩個俄語字倒過來讀，正好是「帝位престолом」一詞的第五格。回文，在蘇俄，在諾貝爾文學獎作品，竟然也曾出現。

音樂上也有類似現象，下例取自兒童鋼琴練習曲：

一個把戲

（前後看這都是個好曲子）

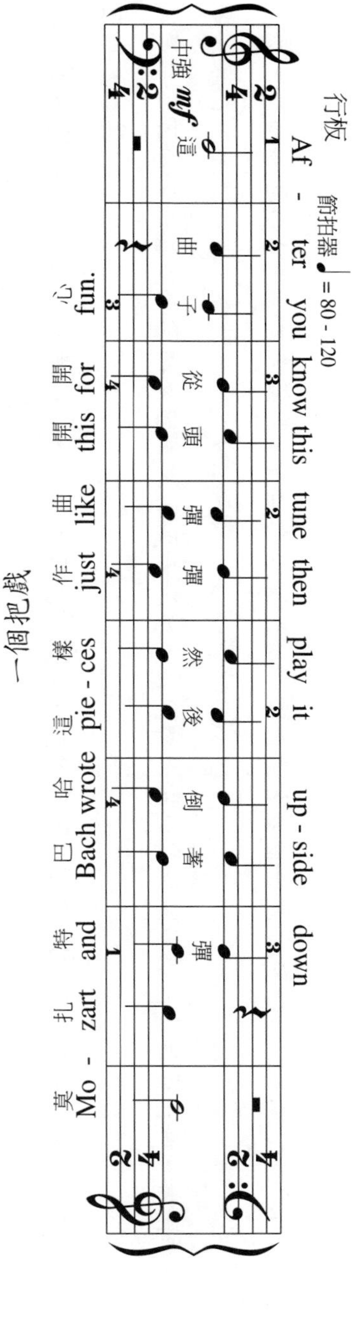

乙、舉　例

1. 宇宙即是人生，人生即是宇宙，我的人格和宇宙無二分別。（梁啟超：《為學與做人》）

2. 後來他在一個錢鋪裏做伙計，他也會寫也會算，只是總不精細。十字常常寫成千字，千字常常寫成十字。（胡適：《差不多先生傳》）

3. 各築起一所相思寶殿，
設起一個相思寶座，
我寶座上坐著你，

你寶座上坐著我。（劉大白：《心裏的相思》）

4. 有村舍處有佳蔭，有佳蔭處有村舍。（徐志摩：《我所知道的康橋》）

5. 似背著，又似面著，背深淵而面虛無，背虛無而臨深淵。（覃子豪：《瓶之存在》）

6. 四碗菜是以青菜豆腐為主，一隻火鍋是以豆腐青菜為主。（梁實秋：《記張自忠將軍》）

7. 童年啊！
是夢中的真，
是真中的夢，
是回憶時含淚的微笑。（謝婉瑩：《繁星二》）

8. 有的人死了，他還活著；
有的人活著，他已經死了。（臧克家：《有的人》）

9. 霧從谷中升起了，繞著山頭升起了，像許多白色的飄帶，把各個山頭纏繞又解開，解開又纏繞。（李廣田：《霧》）

10. 停戰了。困在淺水灣飯店的男女們緩緩向城中走去。過了黃土崖，紅土崖，又是一個紅土崖，黃土崖，幾乎疑心是走錯了道，繞回去了。（張愛玲：《傾城之戀》）

11. 他明知道重逢的歡樂應該輕飄飄的，他卻始終無法用那輕飄飄的歡樂去舉起那顆沉甸甸的心。（孟瑤：《飛燕去來》）

12. 我坐在徐徐而動的火車中，望著窗外發呆。而窗外，不是煙，就是柳樹；不是柳樹，就是煙。（陳之藩：《垂柳》）

13. 你的生命，將因你的工作，你的作品而不朽，它們將永遠在日光下，反映出你的靈魂的光輝。所以一個熱誠的工作者的信條是：「永不讚美自己的工作，而讓工作來讚美自己！」（張秀亞：《曼陀羅・寄山山》）

14. 網仍在他們手裏，但網不住柔情一般的水，水一般的柔情。（王鼎鈞：《夏歌》）

15. 永恆，剎那　剎那，永恆
等你　在時間之外
在時間之內　等你
在剎那　在永恆（余光中：《等你，在雨中》）

16. 為什麼讓自己的生活，總是運行在三點之間的單調直線上？住所、教室、和那家作工的牛排餐廳；牛排餐廳、教室、住所！（顏元叔：《舞會的妝飾人》）

17. 欲哭窮途，沒有阮籍的眼淚；
不想折腰，歸無淵明的田園。
還是坐在竹林下，
清談清談吧！
從德先生到賽先生，
從賽先生到德先生。（夏菁：《士大夫》）

18. 是「白雲如粉黛，紅葉如胭脂」，還是「粉黛如白雲，胭脂如紅葉」？（羅蘭：《寫給秋天》）

19. 雨中，夢裏，我們化詩為畫，化畫為詩；化美為真，化真為美。化瞬息為永恒，不逝的現在，超越世

界的世界。（丹治：《雨夢畫》）

20. 規矩的人生需要一點不規矩，不規矩的人生需要一點規矩。（隱地：《兩難》）

21. 漁火就像星光，星光就像漁火，叫人分不開。（吳宏一：《故園心》）

22. 把神話帶給生活，把生活帶向神話。（江玲：《燃燒的月亮》）

23. 你害怕生命的強者，因為你不向人低頭，人也不向你低頭，於是，你使死亡豐收。（喻麗清：《寫給命運》）

24. 我從來不曾這樣孤獨，這樣頹唐。原來人類所有的關係都是沙，都是可以拆散的。不管是血親，不管是姻親，不管是血親的姻親，姻親的血親。（張曉風：《訴》）

25. 昔日我吞宇宙，今日宇宙吞我。（吳憶均：《無夢的日子》）

26. 有這樣的地，天才叫天。有這樣的天，地才叫地。在這樣的天地中獨個兒行走，侏儒也變成了巨人。在這樣的天地中獨個兒行走，巨人也變成了侏儒。（余秋雨：《文化苦旅‧陽關雪》）

27. 人不能把錢帶進棺材；但錢卻能把人帶進棺材。（李近維：《生死抉擇觀後》）

28. 水田是鏡子
映照著藍天
映照著白雲
映照著青山
映照著綠樹

農夫在插秧
插在綠樹上
插在青山上
插在白雲上
插在藍天上（詹冰：《插秧》）

29\. 熱，從冷中來　冷向熱中去
整座城市喧鬧著　在漸寒的夜裏
在孤寂的燈下　思念如火
愛情被草草埋葬　痛，走入心肺
被拋置於誓辭上　都已冰涼了
窗口的滿天星　滿天的星
燦然怒放著　呼喚著
那年夏天的歎息　你的名字與形影
熱辣辣劃過　從我眼前
鬱悶的風中　一顆星子滑落
一顆星子滑落　鬱悶的風中
從我眼前　熱辣辣劃過

你的名字與形影　　那年夏天的歎息
　呼喚著　　燦然怒放著
滿天的星　　窗口的滿天星
都已冰涼了　　被拋置於誓辭上
痛，走入心肺　　愛情被草草埋葬
思念如火　　在孤寂的燈下
在漸寒的夜裏　　整座城市喧鬧著
冷向熱中去　　熱，從冷中來（向陽：《大暑・試作迴文體》）

30. 男孩：我家汽水有果汁！
女孩：我家果汁有汽水！（廣告）

丙、原　則

在「概說」節，我曾指出：「回文」的淵源是宇宙人生的循環與相對現象；「回文」的特性有似圓周，純粹簡單連續不斷。但是，這並不表明此一辭格之毫無缺點，呆板的回文也會有單調以及感覺之漠然的遺憾。如何使「回文」發揮特性中的優點而避免缺點的發生，恰當而巧妙的再現出循環不息互為因果的天道人事，個人覺得必須留意以下三個原則。

㈠回文應力求簡潔

這是根據回文類似圓周的特性而得到的原則。圓周能節省注意力，給人圓滿無缺的感覺。回文發揮這項性質，可以作成警句。使人毋須強記，自然不忘；並且為此種警句的圓滿性所吸引。以下各句都以回文構成，奇警簡潔有力：

人人為我，我為人人。（合作社標語）

國語的文學，文學的國語。（胡適）

讀書不忘救國，救國不忘讀書。（蔡元培）

不要問國家能給你們什麼，要問你們能給國家作何貢獻。（甘迺迪）

悲觀者只看到機會前面的問題，樂觀者能見到問題後面的機會。（林洋港）

㈢回文應講究變化

作為一個圓形，也有一些缺憾。當圓形出現時，眼睛就會像物體隨其重心運動一樣，落在圓周的中心。那是一片虛無，缺少任何刺激性。圓形之所以單調與感覺之漠然，原因在此。所以美術設計家在創造一個「形」時，第一條限制就是不可使用幾何曲線，包括圓以及橢圓。美術設計家講究的是「自由曲線形」。如何使「回文」避免「圓形」之僵硬而趨向「自由曲線形」之活潑自然，講究變化便是不二法門。

事實上，很少「回文」像「上海自來水，水來自海上」是完全「迴環往復」一似圓周的。「信言不美」的回文不是「美不言信」，而是「美言不信」。「時代考驗青年」的回文不是「青年考驗時代」，而是「青年創造時代」，其中消息，可供細思。

㈢回文應保其天趣

宇宙人生的循環、相對、因果等現象既然是回文的淵源，回文就應在這個源頭上保持天趣。例如：

春草暮兮秋風驚，秋風罷兮春草生。（江淹：《恨賦》）

春天像你，你像煙，煙像吾，吾像春天。（管管：《荒蕪之臉》）

是基於宇宙人生的循環現象而形成回文；

昔詩人什篇，為情而造文，辭人賦頌，為文而造情。（劉勰：《文心雕龍・情采》）

臣無祖母無以至今日，祖母無臣無以終餘年。（李密：《陳情表》）

月光戀愛著海洋，海洋戀愛著月光。（劉復：《叫我如何不想他》）

只要是笑眼瞧著酒杯中，杯中的笑眼往回瞧！（劉復：《茶花女中的飲酒歌》）

是基於宇宙人生的相對與因果現象而形成回文；都能自自然然，了無斧痕，保持一片天真的趣味！

最後，忍不住還要補充一個故事。一位過分認真的老師，中午十二時下課鐘響了，常常仍不肯下課。於是學生在教室後牆上貼上「好學不倦」的班訓。有一次老師又遲下課，一位學生就問老師說：「老師，請你看看牆上貼著是什麼字？」老師尚未回答，其他同學就齊聲說：「倦不學好！」《回文》章寫到這裡，得趕緊打住了！

第四章 排 比

甲、概 說

用三個或三個以上結構相似、語氣一致、字數大致相等的語句，表達出同範圍同性質的意象，叫做「排比」。「排比」最容易和「類疊」、「對偶」相混淆，因此，在理論、實際雙方面，排比究竟跟類疊、對偶有哪些不同，就不能不分別說一說。

先說類疊和排比的不同。

類疊是一種意象重復發生，或為重疊的，或為反復的。排比卻是數種意象有秩序有規律地連接發生。類疊在美學上，基於劃一中的多數；而排比卻基於多樣的統一(Einheit in der Mannigfaltigkeit)與共相的分化(Differenzierung eines Gemeinsamen)。

舉例來說，類疊中的疊字如「走走」，類字如「這邊走那邊走」，疊句如「打開你的窗子，打開你的窗子」，類句如「星子們都美麗，分佔了循環著的七個夜……啊，星子們都美麗。」都只是一種意象的重疊或反復。排比卻不然，試看：

> 別來相憶，知是何人。有湖中月，江邊柳，隴頭雲。（蘇軾：《行香子．冬思》）

「湖中月」、「江邊柳」、「隴頭雲」，原是三種不同的景象，但在作者人間少知音的感慨下，竟統統成為作者相憶的對象了！再看：

富貴不能淫，貧賤不能移，威武不能屈：此之謂大丈夫。《孟子・滕文公》

前三句也是「排比」。從「富貴不能淫」而「貧賤不能移」是由於「對比聯想」；從「貧賤不能移」而「威武不能屈」是由於「類似聯想」。三種意象的來源只是一個：「大丈夫」。這個共相，隨著意識的流動，分化成三個意象，有秩序有規律地連接出現。

不過話說回來，在「多樣的統一」和「共相的分化」中包含著「劃一中的多數」的現象是可能存在的。尤其排比不避同字，所以每含有類疊的成分。因此在事實認定方面，更可補充二條參考標準：

一、排比必須結構相似，但是類疊不必。

例如《詩經・周南・關雎》，其中雖有許多類句，由於四章結構有出入，所以歸之為類疊。而《鄭風・將仲子》、《秦風・蒹葭》，各章結構相似，故列在排比。

二、雖形式相似，但意在於強調其一貫，亦可視為類疊。

如劉大白《西湖秋泛》中「一疊疊」三句結構一致，但全章以疊字為重，亦可視為類疊。又如汪精輝《養生八得》，重點在「得」，亦可視為類疊。

再說對偶和排比的不同。

在陳望道《修辭學發凡》中，對偶的定義是：「說話中凡是用字數相等句法相似的兩句成雙作對排列成功的，都叫做對偶辭。」排比的定義是：「同範圍同性質的事象用了結構相似的句法逐一表出的，名叫排比。」

關於二者的分別，《發凡》也曾指出三點：

1. 對偶必須字數相等，排比不拘；
2. 對偶必須兩兩相對，排比也不拘；

3. 對偶力避字同意同，排比卻以字同意同為經常狀況。

《發凡》以為「排比格中也有只用兩句互相排比的」，並舉例如下：

我有所念人，隔在遠遠鄉；我有所感事，結在深深腸。（白居易：《夜雨詩》）

挽弓當挽強，用箭當用長；射人先射馬，擒賊先擒王。（杜甫：《前出塞九首之六》）

雖然《發凡》未說明其所以為排比的理由，不過由上面所述排比與對偶的三點分別，可以發現此二例不避字同意同，如第一例上下句都有「我有所」與「在」，第二例都有「當」與「先」。所以為排比而非對偶。《發凡》這種分別標準，我在《修辭學》初版本（1975）也大致遵從。上下兩句，力避字同，就視為對偶；上下兩句，不避同字，就視為排比。並且依據《發凡》第一點意見，上下兩句，字數不同，也視為排比。

但是二十多年教下來，發現問題多多。就歷史發展上看，早期對偶根本不避同字，如《詩經・邶風・谷風》：

就其深矣，方之舟之；就其淺矣，泳之游之。

又如《論語・述而》：

用之則行；舍之則藏。

都不避同字。而王力在《漢語詩律學》卻援引作為「對仗」的例子。再就實際區別來說，對偶力避字同意同。這個「力」原是盡力盡量的意思，沒有客觀標準，無法落實在百分比上。而且，字雖有同而意不同，或字雖未同而意相同，又如何判斷？上面所引《詩經》、《論語》二例，上下句雖不避同字，但意思上一深一淺、一用一舍，卻是相反的。這就造成判斷上兩難的局面。

沈謙《修辭學》（一九九一）給排比加了一個條件：「最少三句。」大陸出版的《漢語修辭格大辭典》，「排比」定義為：「用三個或三個以上結構相同或相似，語氣一致的詞組或句子，以表達相關的內容。」於是，對偶與排比有了數量上的標準，而能客觀區別了。

綜上所述，再給對偶、排比劃一簡明的界線：

字數相同，結構相同或相近，上下相連的兩個語句，無論上下句有無同字，也無論意同意反，都算對偶。

三個或三個以上的語句，結構相同或相近，都算排比。

上下相連的兩個句子，結構相同或相近，但字數不同，既非對偶，亦非排比，當歸於「錯綜」之「伸縮文身」。

以上對於對偶和排比的實際分別已有相當詳細的說明，但是也僅僅觸及二者形式上的現象，而不曾一探其根源。這兒必須補充的是：在美學上，對偶和排比都基於平衡與勻稱的原理，某種情形的排比只是對偶的擴大或延伸。因此，我們可以把排比和對偶合併，而命之為「排偶」。但是，這並不表示對偶與排比是恆等的。因為二者除了平衡勻稱的共同基礎之外，對偶傾向於「對比」(Contrast)，而排比傾向於「和諧」(Harmony)。在論類疊和排比的不同時，我曾指出排比基於多樣的統一與共相的分化，事實上多樣的統一和共相的分化，正是形成「和諧」的兩條基本原則。姚一葦《藝術的奧秘》中《論和諧》一文，對這問題有深入淺出的說明，可以參閱。

知道了排比與類疊、對偶之間的異同後，我想接下來談一談排比在心理學方面的基礎。

學習心理學有一種關於學習遷移(Transfer of Learning)的理論，認為：在新學習的情境中，刺激雖有改變，而所需的反應仍保持與舊學習者相同時，學習遷移的效果是正向的。又遷移量的大小，跟新刺激與舊刺激之間的相似程度成正比。這兒所謂「相似程度」，包括新舊學習情境中所具相同的元素（桑代克 E. L. Thorndike 所主張）；與新舊學習情境中所具相同的原則（賈德 C. H. Judd 所主張）。以這種理論來衡量排比：那麼，排比句的句法相似，顯示了前後句具有相同的原則；排比句的不避同字，顯示了前後句具有相同的元素。因此排比句在學習過程中便趨向「正向遷移」。而且排比在變化中有統一，在統一中有變化，也不像類疊那麼多統一而少變化，因缺乏新奇刺激的因素而顯得單調。排比句之便於記憶，便於流傳，其理由在此。

在漢語歷史中，排比的使用很早也很普遍。殷虛卜辭已有排句出現：

1. 丙午卜尹貞：王賓彡禧，亡囚。 貞亡尤。
丁未卜尹貞：王賓忛禧，〔亡〕囚。 貞亡尤。
□□卜尹貞：〔王〕賓□，亡囚。 〔貞亡〕尤。
丁未卜尹貞：王賓戠，亡囚。 貞亡尤。

經史子集也有很多排比的句子：

2. 帝庸作歌，……曰：「股肱喜哉，元首起哉，百工熙哉！」皐陶拜手稽首，……乃賡載歌曰：「元首明哉，股肱良哉，庶事康哉！」（《尚書・皐陶謨》）
3. 夫大人者，與天地合其德，與日月合其明，與四時合其序，與鬼神合其吉凶。（《周易・文言傳》）
4. 昔者聖人之作《易》也，將以順性命之理：是以立天之道曰陰與陽；立地之道曰柔與剛；立人之道曰仁與義。兼三才而兩之，故《易》六畫而成卦。（《周易・說卦傳》）
5. 蒹葭蒼蒼，白露為霜。所謂伊人，在水一方。溯洄從之，道阻且長。溯游從之，宛在水中央。
蒹葭淒淒，白露未晞。所謂伊人，在水之湄。溯洄從之，道阻且躋。溯游從之，宛在水中坻。
蒹葭采采，白露未已。所謂伊人，在水之涘。溯洄從之，道阻且右。溯游從之，宛在水中沚。（《詩經・秦風・蒹葭》）
6. 溫良者，仁之本也；敬慎者，仁之地也；寬裕者，仁之作也；孫接者，仁之能也；禮節者，仁之貌也；

言談者，仁之文也；歌樂者，仁之和也；分散者，仁之施也。（《禮記．儒行》）

7. 治世之音安以樂，其政和；亂世之音怨以怒，其政乖；亡國之音哀以思，其民困。（《詩經．大序》）

8. 孔子曰：「君子有三畏：畏天命，畏大人，畏聖人之言。」（《論語．季氏》）

9. 詖辭知其所蔽，淫辭知其所陷，邪辭知其所離，遁辭知其所窮。（《孟子．公孫丑上》）

10. 夫日月之有蝕，風雨之不時，怪星之黨見，是無世而不常有之。（《荀子．天論》）

11. 陰陽之和，不長一類；甘露時雨，不私一物；萬民之主，不阿一人。（《呂氏春秋．貴公》）

12. 今陛下致昆山之玉，有隨和之寶，垂明月之珠，服太阿之劍，乘纖離之馬，建翠鳳之旗，樹靈鼉之鼓，此數寶者，秦不生一焉，而陛下說之，何也？（李斯：《諫逐客書》）

13. 及至秦王，續六世之餘烈，振長策而御宇內，吞二周而亡諸侯，履至尊而制六合；執捶拊以鞭笞天下，威振四海。（賈誼：《過秦論》）

14. 道家使人精神專一，動合無形，贍足萬物。其為術也，因陰陽之大順，采儒、墨之善，撮名、法之要，與時遷移，應物變化。（《史記．太史公自序》）

15. 孝成帝時，羽獵。雄從，以為昔在二帝三王，宮館臺榭，沼池苑囿，林麓藪澤，財足以奉郊廟，御賓客，充庖厨而已。不奪百姓膏腴穀土桑柘之地，女有餘布，男有餘粟，國家殷富，上下交足。故甘露零其庭，醴泉流其唐，鳳皇巢其樹，黃龍遊其沼，麒麟臻其囿，神爵棲其林。（揚雄：《羽獵賦．序》）

16. 昔仲宣獨步於漢南，孔璋鷹揚於河朔，偉長擅名於青士，公幹振藻於海隅，德璉發跡於此魏，足下高視於上京。當此之時，人人自謂握靈蛇之珠，家家自謂抱荊山之玉。（曹植：《與楊德祖書》）

17. 爺孃聞女來，出郭相扶將；阿姊聞妹來，當戶理紅妝；小弟聞姊來，磨刀霍霍向豬羊。（古樂府《木蘭

辭》）

18.誠能見可欲，則思知足以自戒；將有作，則思知止以安人；念高危，則思謙沖而自牧；懼滿溢，則思江海以下百川；樂盤遊，則思三驅以為度；憂懈怠，則思慎始而敬終；慮壅蔽，則思虛心以納下；想讒邪，則思正身以黜惡；恩所加，則思無因喜以謬賞；罰所及，則思無因怒而濫刑。（魏徵：《諫太宗十思疏》）

19.矧予自思，從幼迨老，若白屋，若朱門，凡所止雖一日二日，輒覆簣土為臺，聚拳石為山，環斗水為池，其喜山水病癖如此。（白居易：《廬山草堂記》）

20.明星熒熒，開粧鏡也；綠雲擾擾，梳曉鬟也；渭流漲膩，棄脂水也；煙斜霧橫，焚椒蘭也；雷霆乍驚，宮車過也。（杜牧：《阿房宮賦》）

21.慮之以謀，計之以數，為之以漸，期為合於當世之變，而無負於先王之意，則天下之人才不勝用矣。（王安石：《上仁宗皇帝言事書》）

22.胡未滅，鬢先秋，淚空流。此生誰料，心在天山，身老滄州。（陸游：《訴衷情》）

23.天有情，天亦老；春有意，春須瘦；雲無心，雲也生愁。（喬吉：《揚州夢》）

24.胡尋些東與西，拚了個醒而醉，不管他天和地。（趙顯宏：《殿前歡》）

25.其為質則金玉不足喻其貴；其為體則冰雪不足喻其潔；其為神則星日不足喻其精；其為貌則花月不足喻其色。（《紅樓夢》第七十八回）

從以上例子，可見漢語歷史發展過程中，排比使用的一斑。

關於排比的分類，黎運漢和張維耿合著的《現代漢語修辭學》把它分作三類：句子成分的排比，句子的排比，段落的排比。茲更將句子的排比細分為單句的排比與複句的排比，故成四類。以下舉例，就依此四類分列；至於前面文言文的例子，因為是依歷史發展排列的，未為分類，正好留給讀者作為辨析練習的材料。

乙、舉　例

(一)句子成分的排比

1. 荒郊，枯樹，野村，
大風，灰雲，白雪，
早晨過後的陰影，
還都是夜的氣息。（徐訏：《村景》）

2. 每個獅子的形態，或仰或臥，或笑或怒，都各有不同，維妙維肖。到了這裡，你不能不佩服我國古時藝術的精巧、細緻、偉大。（謝冰瑩：《蘆溝橋的獅子》）

3. 沿著藍夢湖濱，有一長排雕花銅闌，與無數巨鼎似的花鉢，盛滿各種顏色的複瓣海棠，這種海棠像是牡丹、玫瑰、芙蓉、海棠的合種，它有牡丹的端碩，玫瑰的艷麗，芙蓉的嬌美，海棠的飄逸。（鍾梅音：《海天遊踪．一塵不染的日內瓦》）

4. 第一個從樹上下來生活的猿人，第一個用火烤東西吃的原始人，第一個抓野馬來騎的獵人，第一個從草中找出五穀來播種的農人，第一個挖獨木舟的漁人，都應該在人類歷史博物館裡立個銅像才好。（秦牧：《潮汐和船》）

5. 我們生在這個時代，有時人格的完整、思想的純正、學識的豐富、性情的善良，都算不得什麼；有這

些共通點並不一定可以做好朋友。（思果：《寄不出的信》）

6. 收留過敗陣的將軍底淚的
收留過迷途的商旅底淚的
收留過遠謫的貶官底淚的
收留過脫逃的戍卒底淚的
小河啊，我今來了
而我，無淚地躺在你底身側（鄭愁予：《小河》）

7. 直眼看去，彷彿到了中國內地的窮鄉僻壤，一樣的格局，一樣的寒傖，一樣的永恆。（余秋雨：《漂泊者們》）

(三)單句的排比

1. 只要你認識了這部書，你在這世界上寂寞時便不寂寞，窮困時不窮困；苦惱時有安慰，挫折時有鼓勵；軟弱時有督責，迷失時有南鍼。（徐志摩：《翡冷翠山居閒話》）
2. 它接連著落下來，落在我們底眉下，落在我們底腳上，落在我們底肩上。我們在這又輕又軟又香的花雨裏幾乎睡去了。（徐蔚南：《快閣的紫籐花》）
3. 那些新芽，條播的行列整齊，撒播的萬頭攢動，點播的傲然不群，帶著笑，發著光，充滿無限生機。（吳伯簫：《菜園小記》）
4. 每一顆頑石都是一座奇峰，讓凱撒歸凱撒，上帝歸上帝，你歸你。（周夢蝶：《山》）
5. 我確實聞過水仙花的香氣，那種香氣，就像聽覺裏的村外的牧笛，就像視覺裏的淡淡的浮雲，就像觸

覺裏的溪邊的細砂，就像味覺裏的一杯薄薄的茶。（子敏：《在月光下織錦》）

6. 就在你傲慢的寬容裏
就在你賤價的優越裏
就在你豪華的無知裏
我親手植下的毒藤啊
如此地可親（黃用：《變奏》）

7. 如你在遠方，你獨立在傳統的影子外，陽光染你，山嶽拱你，樹木托你，你呼吸無羈，毛孔舒逸。（許達然：《如你在遠方》）

8. 太多的思辨，太多的邏輯，太多的意義！生活本身並無邏輯可言，又為什麼要用邏輯來演繹意義？再說，那邏輯又是什麼？我想，我需要從思辨中解脫出來，這才是我的病痛。（高行健：《靈山》）

9. 看上去與眾不同，摸上去輕軟細密，穿上去挺帥高貴，這就是利台高級西裝料！（廣告）

㈢複句的排比

1. 洗手的時候，日子從水盆裡過去；喫飯的時候，日子從飯碗裡過去；默默時，便從凝然的雙眼前過去。（朱自清：《匆匆》）

2. 在沁涼如水的夏夜中，有牛郎織女的故事，才顯得星光晶亮；在群山萬壑中，有竹籬茅舍，才顯得詩意盎然；在晨曦的原野中，有拙重的老牛，才顯得純樸可愛。（陳之藩：《失根的蘭花》）

3. 於是我自列三類學習的課程來自勉
雕香刻翠——學習文人墨客的藝文之美。

麗情慧性——學習怡情養性的人際之美。

感花惜鳥——學習鷗閒鶴靜的自然之美。（黃永武：《山居功課・山居依然做功課》）

4. 月如鉤嗎？鉤不鉤得起沉睡的盛唐？

月如牙嗎？吟不吟得出李白低頭思故鄉？

月如鐮嗎？割不割得斷人間癡愛情腸？（簡媜：《只緣身在此山中・月牙》）

5. 發而為行，行如水上之風；為住，住是蒼翠古松；為坐，坐如暮鼓晨鐘；為臥，臥似無箭之弓。（簡媜：《行住坐臥》）

6. 我父母在世時彼此真心相愛，因此我知道愛情是什麼。我含辛茹苦，把兩個孩子養育成人，因此我知道滿足是什麼。我向上天祈禱並且得到回應，因此我知道信仰是什麼。我有個溫柔體貼的人一直在我身邊，因此我知道快樂是什麼。由於我了解這一切，所以我知道真正的財富是什麼。（Abigail Van Buren：《讀者文摘・意林》）

(四) 段落的排比

1. 將仲子兮，無踰我里，無折我樹杞。豈敢愛之？畏我父母。仲可懷也，父母之言，亦可畏也。

將仲子兮，無踰我牆，無折我樹桑。豈敢愛之？畏我諸兄。仲可懷也，諸兄之言，亦可畏也。

將仲子兮，無踰我園，無折我樹檀。豈敢愛之？畏人之多言。仲可懷也，人之多言，亦可畏也。（《詩經・鄭風・將仲子》）

2. 我所思兮在太山，欲往從之梁父艱。側身東望涕霑翰。美人贈我金錯刀，何以報之英瓊瑤。路遠莫致倚逍遙，何為懷憂心煩勞？

我所思兮在桂林，欲往從之湘水深。側身南望涕霑襟。美人贈我琴琅玕，何以報之雙玉盤。路遠莫致倚惆悵，何為懷憂心煩怏？
我所思兮在漢陽，欲往從之隴阪長。側身西望涕霑裳。美人贈我貂襜褕，何以報之明月珠。路遠莫致倚踟躕，何為懷憂心煩紆？
我所思兮在雁門，欲往從之雪雰雰。側身北望涕霑巾。美人贈我錦繡段，何以報之青玉案。路遠莫致倚增歎，何為懷憂心煩惋？（張衡：《四愁詩》）

3. 在遠方，在遠方，
在迷茫的遠方，
她坐著，她站著，
像一朵花，在幽谷裡，
獨自發著難掩的芬芳。

在遠方，在遠方，
在迷茫的遠方，
她微笑著，她喟歎著，
像一朵雲，在山峰上，
獨自飄渺地來往

在遠方，在遠方，
在迷茫的遠方，
她徘徊，她徬徨，
她來時像湖上的清風，
去時像雲層裡的月光。

在遠方，在遠方，
在無人知道的遠方，
她憂愁，她歡笑，
她像一首小小的詩歌，
永遠寂寞地留在我心上。（徐訏：《我的愛人》）

4. 給我一瓢長江水啊長江水
　酒一樣的長江水
　醉酒的滋味
　是鄉愁的滋味
給我一瓢長江水啊長江水
給我一張海棠紅啊海棠紅

血一樣的海棠紅
沸血的燒痛
是鄉愁的燒痛
給我一張海棠紅啊海棠紅

給我一片雪花白啊雪花白
信一樣的雪花白
家信的等待
是鄉愁的等待
給我一片雪花白啊雪花白

給我一朵臘梅香啊臘梅香
母親一樣的臘梅香
母親的芬芳
是鄉土的芬芳
給我一朵臘梅香啊臘梅香（余光中：《鄉愁四韻》）

丙、原　則

(二)恰當地配合各種的內容

在語文中，排比的運用是多方面的。排比的功能，不只是使句子勁健奔騰；排比的旋律，可能是動態的，也可能是靜態的；可能是雄壯的，也可能是柔美的。可以用來說理，可以用來記事，可以用來寫景，也可以用來抒情。排比的形式適於配合各種要表現的內容，使人激昂、輕快或消沉。

排比的旋律可能是動態的，如：

1. 江水發著虎虎的吼鳴，衝激著兩邊的山，震撼著山上的城，濁浪吞噬著雨柱，飛著，濺著，跌著，翻著，號著，喘著，甚至連那烏暗的天空也受著威脅。（李廣田：《水的裁判》）

2. 飛過萬家燈火的東京，飛過萬頃碧波的太平洋，飛過萬里雪山的阿拉斯加，飛到萬頭鑽動的紐約。一路上不疲憊，但也不舒適，三天後的早晨，我坐在胡適先生的家談天了。（陳之藩：《哲人的微笑》）

也可能是靜態的，如：

1. 興亡千古繁華夢，詩眼倦天涯。孔林喬木，吳宮蔓草，楚廟寒鴉。（張可久：《人月圓．山中書事》）

2. 兩岸山上佈滿了舊時的堡壘，高高下下的，錯錯落落的，斑斑駁駁的：有些已經殘破，有些還完好無恙。（朱自清：《萊茵河》）

可能是雄壯的，如：

官若是之卑，志若是之烈，而名若是之高；秋霜其嚴，砥柱其壯，金城其堅；此之謂真男子，此之謂人中傑，此之謂不失本心！（袁燮：《故節士詹公祠堂記》）

也可能是柔美的，如：

1. 它接連著落下來，落在我們底眉下，落在我們底腳上，落在我們底肩上。我們在這又輕又軟又香的花

雨裏幾乎睡去了。（徐蔚南：《快閣的紫籐花》）

2. 若是水，我們就是朝一個方向流；若是風，我們就是朝一個方向吹；若是歌，我們就有一個相同的曲調；若是有愛情，我們就該盡情地擁抱。（靳以：《希望的花朵》）

可以用來說理，如：

1. 機巧的人輕視學問，淺薄的人驚服學問，聰明的人卻能利用學問。（培根：《論文集・談讀書》）

2. 這裡，我想要說的是，文學也只能是個人的聲音，而且，從來如此。文學一旦弄成國家的頌歌、民族的旗幟、政黨的喉舌，或階級與集團的代言，儘管可以動用傳播手段，聲勢浩大，鋪天蓋地而來，可這樣的文學也就喪失本性，不成其為文學，而變成權力和利益的代用品。（高行健：《文學的理由》）

可以用來記事，如：

母親的祈禱，弟弟的夜讀，

詹森的演說和宇譚的躊躇。

一朵冷澀的雛菊，

孤立向朝風夕雨。（張健：《沒有回聲的冬之鼓》）

可以用來寫景，如：

1. 蓋夫秋之為狀也：其色慘淡，煙霏雲斂；其容清明，天高日晶；其氣慄冽，砭人肌骨；其意蕭條，山川寂寥。（歐陽修：《秋聲賦》）

2. 湖上諸峰，當以飛來為第一，高不逾數十丈，而蒼翠玉立。渴虎、奔猊，不足為其怒也；神呼、鬼立，不足為其怪也；秋水、暮烟，不足為其色也；顛書、吳畫，不足為其變幻詰曲也。（袁宏道：《西湖雜

記》)

3. 夜是漆黑的一片，在我的腳下彷彿橫著一個沉睡的大海，但是漸漸地像浪花似地浮起來灰白色的馬路。然後夜的黑色逐漸減淡。哪裏是山，哪裏是房屋，哪裏是菜園，我終於分辨出來了。(巴金：《燈》)

可以用來抒情，如：

1. 吾妻之美我者，私我也；妾之美我者，畏我也；客之美我者，欲有求於我也。(《戰國策・齊策・鄒忌諷齊威王納諫》)

2. 我到哪裏嗎？他這一問，喚醒了我童年的記憶，從旅途的疲倦中，從乘客的吵鬧中，從我的煩悶中喚醒了我。(師陀：《果園城》)

而且可以是激昂的，如：

在齊太史簡，在晉董狐筆，在秦張良椎，在漢蘇武節；為嚴將軍頭，為嵇侍中血，為張睢陽齒，為顏常山舌；或為遼東帽，清操厲冰雪；或為《出師表》，鬼神泣壯烈；或為渡江楫，慷慨吞胡羯；或為擊賊笏，逆豎頭破裂。(文天祥：《正氣歌》)

或輕快的，如：

坐著，躺著，打兩個滾，踢幾腳球，賽幾趟跑，捉幾回迷藏。風輕悄悄的，草軟綿綿的。(朱自清：《春》)

或消沉的，如：

學校的地址是從前縣考時的考棚。一條又寬又長的石板甬道的兩旁，立著有樓的寄宿舍和教室和幾株高及瓦簷的孤零的梧桐。這便是我的新世界。照樣的陰暗，湫隘，荒涼。在這幾及兩百人的人群中我感到的仍是寂寞。(何其芳：《街》)

所以，排比的功能是多方面的，應該充分運用，和各種內容恰當地配合。

㈢鮮明地表現多樣的統一

這句話有三層意思：第一是各個構成的成分的鮮明；第二是各成分從屬於全體的關係的鮮明；第三是全體統一性的鮮明。以陳之藩的《垂柳》為例：

濃綠的柳枝後面，襯景是變換的；有時是澄藍，那是晴空；有時是乳白，那是雲朵；有時是金黃的長針，那是陽光；有時是銀白的細絲，那是月色。柳枝與柳葉，似乎在時間上沒有多少的變換，在空間上沒有多少位移。

作者描寫「襯景是變換的」，連續用了四個句子形成排比。每一句都獨立地表現出一個鮮明的景象。四句句法都用「有時是……，那是……」的判斷句型式，以時間作為空間的第四度，其從屬於統一的全體又十分明顯。至於全體五句構成了濃綠的柳枝後面變換的襯景，又使人一目了然。優美的排比都應具備這種鮮明性。

㈢具體地表達共相的分化

當排比為共相的分化時，部分與部分之間，可以分殊，可以背馳，可以相對；但是，每一部分都必須是具體的，而且由一「共相」彼此貫串。試看《禮記·禮運大同章》：

使老有所終，壯有所用，幼有所長。矜寡孤獨廢疾者皆有所養。

四個排比句，首先可予二分：「老、壯、幼」指正常的人生；「矜寡孤獨廢疾」指不正常的人生；之間是相對的。第一部分又分：老、壯、幼，之間是分殊而背馳的。第二部分又分：矜、寡、孤、獨、廢疾，之間也是分殊而背馳的。但是「老有所終」等等，每一部分意念都十分具體。五句由一個「共相」貫串著，那就是：「大同社會適合於每一人的生存」。排比句必須這樣具體地表達共相的分化。

第五章　層遞

甲、概說

凡要說的有三件或三件以上的事物，這些事物又有大小輕重等比例，於是說話行文時，依序層層遞進的，叫「層遞」。

自然界中，我們常可發現層遞的現象：爵牀(Acanthus)的發芽，顯示植物成長過程所形成的數列(圖3·5·1)；向日葵種子排列成對數螺線（圖3·5·2），表示出它具有高次方程式的比例，雛菊的花心亦然（圖3·5·3）；卷貝的渦線具有漸增的幾何秩序（圖3·5·4）；蜘蛛之結網從中心到四周由密而疏地遞減著。上昇的太陽漸漸增加其光度，到了傍晚光線又慢慢地轉弱；月亮的盈缺也同樣具有週期性的節奏。這種種事實，告訴我們自然界也以層遞現象構成秩序之和諧。

自然界這種現象反映在美學上，於是有比例(Proportion)、秩序(Order)、漸層(Gradation)等理論的出現。

紀元前五世紀希臘雕刻家波里克里達斯（Polyclitus，約500–440 B.C.）首先提出了美的比例的概念。他把人體的七種比例作為人體美的一種規範，他的多里福勒斯雕像(Doryphorus)就是依

圖 3·5·1　爵牀的發芽

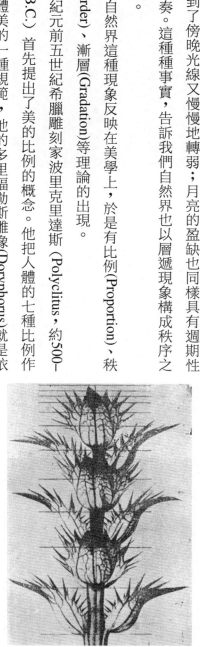

圖 3·5·2　向日葵種子排列成對數螺線

圖 3·5·3（彩）　雛菊的花心

圖 3·5·4　卷貝的渦線

據這一比例而製作的，被稱為此一規範的典型作品。古代希臘的建築，建築物的寬、高，乃至建築物各部分如柱之高、粗、間隔，門窗的高度與寬度，都有一定的比例。大致上依從人體尺寸計算出來的尺度，希臘人把這尺度叫作"Modulus"。後來法國建築家柯爾畢西埃(Le Corbusier, 1887–1965)根據人體的尺寸比例與數學原理編造出來一種「人體尺度建築模數」(圖3.5.5)，就導源於"Modulus"。至於近代，工程界遂以此種比例為基礎，推進建築的標準化。

秩序這一觀念，是由亞里士多德提出的，他在《詩學》第七章中指出美與秩序大小有關。他說：「為了求美起見，一個活的生物與每一由部份組成之整體，不僅在其各部

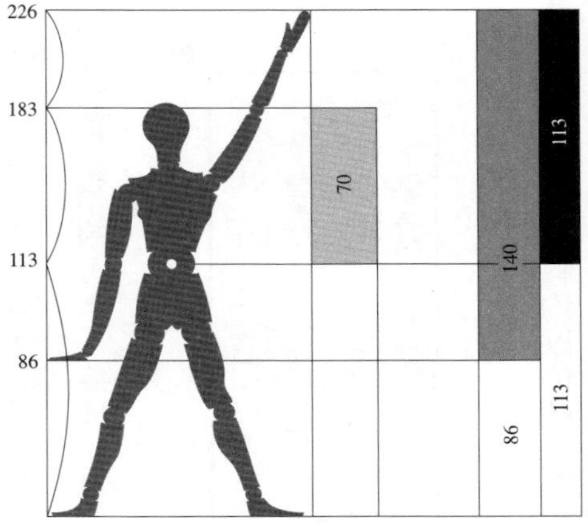

圖 3·5·5　人體尺度建築模數

份之配置上呈現一定的秩序，而且要有一定的大小。美與大小及秩序相關。」

漸層就是比例的秩序。古希臘人認為視覺造形裡最美的比例為黃金分割(Golden Mean)：把一條線分割大小兩段時，短線段與長線段的長度比等於長線段與全部線條之長度比。黃金分割可用幾何學方法求出。先作正方形ＡＢＣＤ，求ＢＣ之中點Ｍ，以ＡＭ為半徑，Ｍ為圓心畫一圓弧ＡＦ，然後作長方形ＥＦＣＤ。這時DC：DE=1：1.618。若ＦＢ以ａ表示，ＢＣ以ｂ表示，則如圖3·5·6及其上算式所示，而0.618, 1, 1.618, 2.618之數列便成「漸層」之形式了。數學上的等差級數和等比級數也都淵源於漸層的觀念。這兒我更要特別介紹一種費勃那齊數列(Fibonacci Series)，是把前二項之和作為次項之數目而造成的。如：

0, 1, 1, 2, 3, 5, 8, 13, 21, 34, 55, 89, ……

這種數列美妙之處在鄰接的二個數字的數目比具有近似黃金分割的比例。例如：

$\frac{8}{5}=1.6$　　$\frac{55}{34}=1.6176$　　$\frac{144}{89}=1.6179$……。

朱光潛《文藝心理學》附錄《近代實驗美學》第二章《形體美》有一段關於黃金分割所以產生美感的討論：

a:b=b:(a+b)

設 b=1,則

$$\frac{a}{b}=\frac{b}{a+b}=\frac{0.618}{1}=\frac{1}{1.618}$$

註：小數取三位，以下四捨五入。

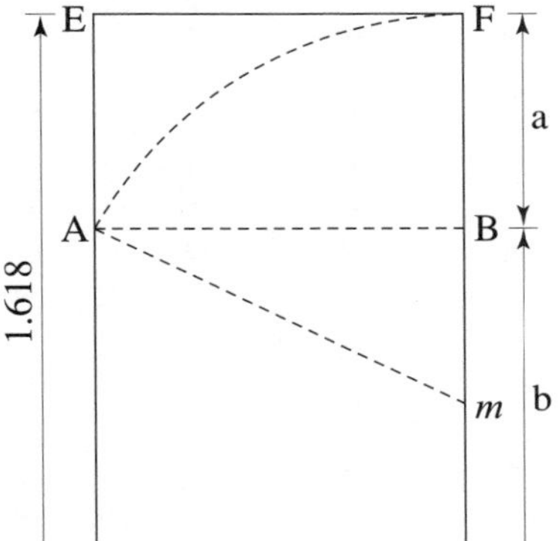

圖 3·5·6　黃金分割圖

依我們看，「黃金段」是最美的形體，因為它能表現「寓變化於整齊」一個基本原則。太整齊的形體往往流於呆板單調，變化太多的形體又往往流於散漫亂雜。整齊所以見紀律，變化所以激起新奇的興趣，二者須能互相調和。「黃金段」一方面是整齊的，因為兩對邊是相等的；一方面它又有變化，因為相鄰兩邊有長短的分別。長邊比短邊較長的形體很多，而「黃金段」的長邊卻恰長到好處，無太過不及的毛病，所以最能引起美感。它是有紀律的，所以注意力不浪費；同時它又有變化，所以興趣不至停滯。

我就移過來作為說明層遞美感因素的結論。

就心理學的立場來說，層遞由於其上下句意義的規律化，易於了解與記憶，因而滿足了人類邏輯思維而使人快樂。

根據肯斯雷(Kingsley, H. L.)在一九五七年所作的實驗：其一，是以六十八位大學生為受試者，令其學習三種不同的材料，第一種材料包括十五個無意義音節；第二種包括十五個彼此不相干的英文單字；第三種包括十五個意義相關聯的單字。每種材料自成一個序列，分別給受試者看一遍，然後測驗其記憶的數目，結果如下：

材料序列		1	2	3	4	5	6	7	8	9	10	11	12	13	14	15
人數	無義音節	56	35	24	22	24	8	12	9	6	3	7	3	18	26	51
	孤立單字	65	68	45	37	58	18	44	32	36	15	46	31	49	49	58
	聯義單字	66	68	67	54	67	58	59	58	58	56	52	52	62	52	62

這非但顯示各種材料均以位於序列兩端者較易記憶，也可顯示意義相關聯的單字比不相干的單字以及無義音節

要好記得多。其二，是令三百四十八位受試者觀視類似上述三種材料各十五個，每次呈現一個音節或一個單字，呈現時間為兩秒鐘。練習一遍之後，令受試者默出上述材料，結果如下：相關聯單字成績最高，平均為一三．五五個；孤立單字次之，平均為九．九五個；無義音節最低，平均為四．四七個。更證實了文字意義相關聯者，遠比無關聯的容易認識。層遞句的句與句間均有一定比例一定秩序，顯然便於記憶與認識。

而人類的思維作用中有一種邏輯思維(Logical Thinking)，或為歸納的，或為演繹的，是一種受控制有方向的神經活動。而層遞的形式同樣是受控制有方向的，恰好滿足了人類的邏輯思維，於是神經活動因省力而產生快感。

以上，我於說明層遞意義之後，又分別討論了自然界層遞的現象，以及層遞在美學、心理學上的原理。以下，我要介紹層遞的種類以及在漢語史上出現的情形。

層遞可分單式複式兩大類，單式有三細目，複式又分四細目，分別以古代漢語為例，說明於下。

(一)單式層遞

(1)前進式。

凡層遞排列的次序是從淺到深，從低到高，從小到大，從輕到重，從前到後，從始到終，諸如此類的，屬前進式。如：

1. 苗而不秀者，有矣夫；秀而不實者，有矣夫！（《論語．子罕》）
2. 天命之謂性，率性之謂道，修道之謂教。（《禮記．中庸》）
3. 荊人有遺弓者不肯索，曰：「荊人遺之，荊人得之，又何索焉？」孔子聞之曰：「去其『荊』而可矣。」老聃聞之曰：「去其『人』而可矣。」故老聃則至公矣。（《呂氏春秋．貴公》）

(2)後退式。

凡層遞排列的次序是從深到淺，從高到低，從大到小，從重到輕，從後到前，從終到始，諸如此類的，屬後退式。如：

1. 故失道而後德，失德而後仁，失仁而後義，失義而後禮。夫禮者忠信之薄，而亂之首也。（《老子・三十八章》）

2. 天下之佳人，莫若楚國；楚國之麗者，莫若臣里；臣里之美者，莫若臣東家之子。（宋玉：《登徒子好色賦》）

3. 國之所以為國者，以有民也；民之所以為民者，以有穀也；穀之所以豐殖者，以有人功也；功之所以能建者，以有日力也。（《潛夫論・卷四・愛日第十八》）

(3)比較式。

舉凡數量之比較，程度之差池，都屬比較式。如：

1. 孔子曰：「生而知之者，上也；學而知之者，次也；困而學之，又其次也；困而不學，民斯為下矣！」（《論語・季氏》）

2. 天時不如地利，地利不如人和。（《孟子：公孫丑下》）

3. 萬物為道一偏，一物為萬物一偏，愚者為一物一偏，而自以為知道，無知也。（《荀子・天論》）

㈢複式層遞

(1)反復式。

把前進式跟後退式的層遞一前一後連接起來，屬複式層遞中的反復式。如：

1. 古之欲明明德於天下者，先治其國；欲治其國者，先齊其家；欲齊其家者，先修其身；欲修其身者，先正其心；欲正其心者，先誠其意；欲誠其意者，先致其知；致知在格物。物格而后知至，知至而后意誠，意誠而后心正，心正而后身修，身修而后家齊，家齊而后國治，國治而后天下平。（《禮記・大學》）

2. 教者，政之本也；道者，教之本也。有道然後教也；有教然後政治也；政治然後民勸之，民勸之然後國豐富也。（賈誼：《新書・大政》）

3. 唐太宗謂侍臣曰：「君依於國，國依於民。……夫欲盛則費廣，費廣則賦重，賦重則民愁，民愁則國危，國危則喪矣。朕嘗以此思之，故不敢縱欲也。」（孔平仲：《續世說・言語》）

(2)並立式。

把兩種性質相對的層遞並列起來，屬複式層遞中的並立式。如：

1. 民富則安鄉重家，安鄉重家則敬上畏罪，敬上畏罪則易治也；民貧則危鄉輕家，危鄉輕家則敢陵上犯禁，陵上犯禁則難治也。（《管子・治國》）

2. 或生而知之，或學而知之，或困而知之，及其知之，一也；或安而行之，或利而行之，或勉強而行之，及其成功，一也。（《禮記・中庸》）

3. 人有禍則心畏恐，心畏恐則行端直，行端直則思慮熟。思慮熟則得事理，行端直則無禍害。無禍害則盡天年，得事理則必成功。盡天年則全而壽，必成功則富與貴，全壽富貴之謂福，而福本於有禍。故曰：禍兮福所倚。以成其功也。

人有福則富貴至，富貴至則衣食美，衣食美則驕心生，驕心生則行邪僻而動棄理，行邪僻則身死夭，動棄理則無成功。夫內有死夭之難，而外無成功之名者，大禍也，而禍本於有福。故曰：福兮禍所伏。

（《韓非子・解老第二十》）

(3)遞對式。

兩種性質相對的事物，以兩兩相對方式，依序遞進，為遞對式層遞。如：

1. 乾以易知，坤以簡能。易則易知，簡則易從。易知則有親，易從則有功。有親則可久，有功則可大。可久則賢人之德，可大則賢人之業。易簡而天下之理得矣。（《周易・繫辭傳》）

2. 古者工不兼事，士不兼官。工不兼事則事省，事省則易勝；士不兼官則職寡，職寡則易守。（慎子・卷一》）

3. 文有二道，辭令褒貶，本乎著述者也；導揚諷諭，本乎比興者也。著述者流，蓋出於《書》之《謨》、《訓》，《易》之《象》、《繫》，《春秋》之筆削，其要在於高壯廣厚，詞正而理備，謂宜藏於簡冊也；比興者流，蓋出於虞夏之詠歌，殷周之風雅，其要在於麗則清越，言暢而意美，謂宜流於謠誦也。（柳宗元：《楊評事文集後序》）

4. 法之立也，有立乎其先，立乎其中者，此法之正本探原也；有立乎其節目，立乎其肌理界縫者，此法之窮形盡變也。杜云：「法自儒家有，」此法之立本者也；又云：「佳句法如何？」此法之盡變者也。

（翁方綱：《復初齋文集・詩法論》）

(4)雙遞式。

當甲乙兩現象有因果關聯時，乙現象於是視甲現象的層遞也自成層遞狀態，屬複式層遞中的雙遞式。如：

1.摽有梅，其實七兮！求我庶士，迨其吉兮！

摽有梅，其實三兮！求我庶士，迨其今兮！

摽有梅，頃筐塈之！求我庶士，迨其謂之！（《詩經・召南・摽有梅》）

案：摽，音ㄆㄧㄠˇ，落也。塈，音ㄒㄧˋ，取也。全詩三章，以梅實喻青春，當青春漸逝，而望嫁之心愈切。

2.孔子曰：「侍於君子有三愆：言未及之而言，謂之躁；言及之而不言，謂之隱；未見顏色而言，謂之瞽。」（《論語・季氏》）

3.群臣吏民能面刺寡人之過者，受上賞；上書諫寡人者，受中賞；能謗議於市朝，聞寡人之耳者，受下賞。（《戰國策・齊策・鄒忌諷齊威王納諫》）

4.子不聞夫越之流人乎？去國數日，見其所知而喜；去國旬月，見其所嘗見於國中者喜；及期年也，見似國人者而喜矣：不亦去人滋久，思人滋深乎？（《莊子・徐无鬼》）

5.昔其未用也，天下以為病；而其既用也，則又以為遲；及其釋位而去也，莫不冀其復用；至其請老而歸也，莫不惆悵失望。（蘇軾：《祭歐陽文忠公文》）

6.少年聽雨歌樓上，紅燭昏羅帳；壯年聽雨客舟中，江闊雲低，斷雁叫西風；而今聽雨僧廬下，鬢已星星也。悲歡離合總無情，一任階前點滴到天明。（蔣捷：《虞美人・聽雨》）

由以上的敘述，可見古代漢語中使用「層遞」之一斑。

乙、舉　例

(二)單式層遞

(1)前進式。

1.你也許要說，所有的泥土都走過一代又一代的人；而這裏的黃中微微閃著金星的對於我卻大不相同，這裏的每一粒沙都留著我的童年，我的青春，我的生命。(師陀：《果園城》)

2.讀書為考試，考試為升學，升學為留美。(林語堂：《來臺後二十四快事》)

3.痛苦使人沉思，沉思使人智慧，智慧使人對生活比較易於忍受。(周夢蝶：《悶葫蘆居尺牘》)

4.詞因豐富而有選擇，因選擇而見恰切，因恰切而見巧妙，因巧妙而見工夫。(仲父：《蓄積詞彙》)

5.那有如小兒女向母親撒嬌的情調，是這麼微細、婉轉，輕輕地開始第一個音，慢慢地拖長著第二個音，短促地結束了第三個音，而且有著高低抑揚，似乎在向他們的媽媽訴說什麼。(鍾梅音：《鄉居閑情》)

6.一切的意義只在「生命」中存在，「生命」只在「愛」中存在。(子敏：《和諧人生》)

7.父親的眼睛露出預測到不祥後果的直楞，於是他使盡了力氣，搖著門，擊著門，撞著門，踢著門，終於，在不知什麼原因的情形下，門被他推開。(王文興：《龍天樓・命運的迹線》)

8.我討厭你常常去店裏窮聊，讓闊嘴他們說爛話吃豆腐；最討厭你常在店裏的人面前嘲弄我尋開心；最最討厭的是當他們的面前愛得那麼坦白。(楊青矗：《在室男》)

9.只有了解，才能體諒；只有體諒，才能包容；只有包容，才能和諧。讓我們多聽聽別人的意見吧！(《中國時報・意見橋》1990/04/05)

10.包裹著苦澀的毒藥是甜甜的糖
包裹著甜甜的糖是花花的紙
包裹著花花的紙是淚濕了的手帕
握著淚濕了的手帕是一隻纖纖的手
長有這纖纖的手是一個傷心的女子（商禽：《傷心的女子》）

11.如果，如果我留話給車站
車站也留話
給地球
地球也留話
給茫茫的宇宙……（渡也：《旅客留言》）

12.你得讓他，那個孩子，那個少年，那個沒長成的男人，那個做白日夢的倖存者，那個狂妄之徒，那個日漸變得狡猾的傢伙，那個尚未喪失良智卻也惡又還殘留點同情心的你那過去，從記憶中出來，別替他辯解與懺悔。（高行健：《一個人的聖經》）

(2)後退式。

1.凡花，一年只開得一度，四時中只占得一時，一時中只占得數日。（《今古奇觀・灌園叟晚逢仙女》）

2.做不成天空的星子，就做山上的燎火吧！做不成山上的燎火，就做屋中的一盞燈吧！（張秀亞：《持燈者》）

3.這就是你所謂的有意義的工作吧？有意義的工作給我帶來什麼呢？除了責任感和義務感？可是一個只

有責任和義務的人生給我帶來什麼呢？除了寂寞、孤獨、煩倦和單調？（胡品清：《告別讀者》）

4. 所謂妻，曾是新娘，所謂新娘，曾是女友，所謂女友，曾非常害羞。所謂老教授不過是新來的講師變成，講師曾是新刮臉的學生。（余光中：《或者所謂春天》）

5. 那頭當年的野貓，已經堂堂入室變成家貓，家貓變成馴貓，馴貓變成懶貓，懶貓變成貪貓。（顏元叔：《懶貓百態》）

6. 而杏花春雨，雨在江南，雨在江南之南的閩南，雨在閩南之更南的嘉南，雨在他頭上。（林央敏：《水盟》）

7. 善忘的上一代，沒有自我的這一代，不知何去何從的下一代。（江玲：《坑裏的太陽》）

8. 老一輩人要有溫情關懷；中年一代要有胸襟氣度；年輕一代要有理想衝勁。（林安梧：《應徵臺灣師大教席演說詞》）

(3) 比較式。

1. 游這一段兒，火車卻不如輪船：朝日不如殘陽，晴天不如陰天，陰天不如月夜。（朱自清：《萊茵河》）

2. 我們與其說需要繁重的科學建設，不如說需要虔敬的科學精神；與其說需要虔敬的科學精神，不如說需要篤實的人生態度。（陳之藩：《旅美小簡・泥土的芬芳》）

3. 滿街漂亮女郎，花花的耀眼，但總是衣服比臉漂亮，臉比心漂亮。不錯，衣服和臉都可以是愛的敲門磚，但只有心才有愛。（明曦：《工具發達的時代》）

4. 小屋之小，是受了土地的限制，論「領土」，只有有限的一點，在有限的土地上，房屋比土地小，花園比房屋小，花園中的路又比花園小，這條小路是我袖珍型的花園大道。（李樂薇：《我的空中樓閣》）

(三)複式層遞

(1)反復式。

1.文學批評旨在批評文學；而文學本身的功用，則在批評生命。所以文學批評的標準應該是：文學是否達成批評生命的任務。（顏元叔：《文學與文學批評》）

2.濃濃的夜裏有淡淡的燈，淡淡的燈裏有濃濃的螢；濃濃的螢裏有淡淡的夜，淡淡的夜裏有濃濃的夢。（管管：《荒蕪之臉》）

(2)並立式。

1.問題的癥結全在於客的素質，如果素質好，則未來時想他來，既來了想他不走，既走想他再來。如果素質不好，未來時怕他來，既來了怕他不走，既走怕他再來。（梁實秋：《雅舍小品・客》）

2.當一個人沒有歷史意識的時候，他也無法確切了解當前的問題；無法了解當前的問題，則無法把握在問題中浮現的人性，這是一種縱的看法。在橫的方面，要真正做一個中國作家，就要寫中國人的文學；要寫中國人的文學，便要認識什麼是中國性。（顏元叔：《短篇小說談——技巧與主題》）

3.醫院附近設火葬場，火葬場附近設肥料廠，肥料廠附近設農場；人在醫院裏死了以後屍體送火葬場，火葬場火化後骨灰送肥料廠，肥料廠加工成肥料後送農場，農場就用它肥田，這是康有為著的「大同書」對大同世界的一項政治構想。（楊柳青青：《利用屍體》）

(3)遞對式。

1.滄浪論詩拈出神字，漁洋論詩更拈出韻字。論神，如畫中之神品；論神韻，則如畫中之逸品。神品難到，故前後七子，只成膚廓之音；而逸品之入妙者自然也入神境，故漁洋之詩，風神獨絕，又能自成

一格。（郭紹虞：《中國文學批評史・性靈與神韻》）

2.我以為「超物之境」所以高於「同物之境」者就由於「超物之境」隱而深，「同物之境」顯而淺。在「同物之境」中物我兩忘，我設身於物而分享其生命，人情和物理相滲透而我不覺其滲透。在「超物之境」中，物我對峙，人情和物理卒然相遇，默然相契，骨子裏它們雖是訢合，而表面上卻仍是兩回事。在「同物之境」中作者說出物理中所寓的人情，在「超物之境」中作者不言情而情自見。「同物之境」有人巧，「超物之境」見天機。（朱光潛：《詩論・詩的隱與顯》）

(4)雙遞式。

1.小時候

鄉愁是一枚小小的郵票

我在這頭

母親在那頭

長大後

鄉愁是一張窄窄的船票

我在這頭

新娘在那頭

後來啊

鄉愁是一方矮矮的墳墓
我在外頭
母親在裏頭

而現在
鄉愁是一灣淺淺的海峽
我在這頭
大陸在那頭（余光中：《鄉愁》）

2\. 雲的四季等於人的一生。春雲是雲的少年，所以輕輕；夏雲是雲的壯年，所以奇奇；秋雲是雲的老年，所以淡淡；冬雲是雲的暮年，所以冷冷。（黃永武：《生活美學・天趣篇・賞雲》）

3\. 這樣盼望著，歲月就變成一幅山山水水的畫面。我可以指著那一片淒迷的雨景對人說，這是我十六歲的心境；指著那團絳紅色的炭火，說那是我二十歲的愛戀；再指著那一大片乳白色的海洋，說那是我三十歲的怔忡；再指著那片蒼茫的夜色，說我在四十歲沉穩如山。（沈靜：《冬日三疊》）

4\. 如果你曾熟讀桃花源記，我們有兩分可談；如果你又曾花一番工夫去探討它的旨趣，我們有五分可談；如果你又曾對它的時代背景作一比較和分析，我們有七分可談；如果你又曾體認陶淵明的坦率任真，和他理念中最深沉的一點，那我們對於桃花源記便有九分可談了。（孤竹：《與友人論學書》）

5\. 昨晚見妳的時候，在夢中；
今晚見妳的時候，在醉中；

也許明晚見妳的時候，在病中。
還有後天以及更多的明天呢？
我不知道。（耕煙：《別後》）

6.當我遇到那些已經解決的難題，就把它交付給課堂；當我遇到那些可以解決的難題，就把它交付給學術；當我遇到那些無法解決的難題，也不再避開，因為有一個稱之為散文的籮筐等著它。（余秋雨：《寫作感受》）

7.一個人拿不起，兩個抬得動，三個不費力，四個更輕鬆。（諺語）

8.向上級謙恭，是本份；
向平輩謙虛，是和善；
向下級謙遜，是高貴；
向所有的人謙沖，是安全。（T．摩爾）

丙、原　則

(一)必須具有一貫的秩序

在「概說」節，曾經說明層遞基於比例的秩序。因此，良好的層遞必須具有一貫的秩序。試比較以下二例。

1.物格而后知至，知至而后意誠，意誠而后心正，心正而后身脩，身脩而后家齊，家齊而后國治，國治而后天下平。（《禮記．大學》）

2.太上不辱先，其次不辱身，其次不辱理色，其次不辱辭令。其次詘體受辱，其次易服受辱，其次關木

索、被箠楚受辱，其次剔毛髮、嬰金鐵受辱，其次毀肌膚、斷肢體受辱，最下腐刑極矣！（司馬遷：《報任少卿書》）

第一個例子，從「物格」而「知至」「意誠」「心正」「身脩」「家齊」「國治」以至於「天下平」，有其一貫的秩序。第二個例子就不然了。前四句「不辱」，其秩序是遞降的；後六句「受辱」，其秩序是遞升的。司馬遷一例用「其次」來連接，這就使讀者很難了解它們到底是遞降呢？或是遞升呢？像這種沒有一貫秩序的層遞，恐怕很難說它是良好的層遞。至於複式層遞中的反復層遞，是同一秩序的反復，所以並不違背一貫性的原則。

(三)儘量合乎邏輯的規則

「概說」節又說過：層遞訴之於人類的邏輯思維。因此，合乎邏輯規則就成了層遞的另一原則。

層遞的構成，大致上基於四種邏輯論式：一、前進堆垛論式(Progressive Sorites)，二、後退堆垛論式(Regressive Sorites)，三、逼進論式(Irregular Sorites)，四、共變論式(Method of Concomitant)。各舉例說明其原則如下：

(1)前進堆垛論式。

層遞中的前進式多屬此種論式。如：

唯天下至誠為能盡其性；
能盡其性，則能盡人之性；
能盡人之性，則能盡物之性；
能盡物之性，則可以贊天地之化育；
可以贊天地之化育，則可以與天地參矣。（《禮記・中庸》）

前進堆垛論式的公式如下：

所有的A是B。
所有的B是C。
所有的C是D。
所有的D是E。
所以：所有的A是E。

其規律有二：其一、第一前提可以是特稱，其餘均須全稱；其二、最後的前提可以是否定，其他均須肯定。前例省去結論：「故天下至誠可以與天地參矣。」

⑵後退堆垛論式。

層遞中的後退式多屬此種論式。如：

在下位不獲乎上，民不可而治矣；
獲乎上有道，不信乎朋友，不獲乎上矣；
信乎朋友有道，不順乎親，不信乎朋友矣；
順乎親有道，反諸身不誠，不順乎親矣；
誠身有道，不明乎善，不誠乎身矣。（《禮記・中庸》）

後退堆垛論式的公式如下：

所有的A是B。
所有的C是A。
所有的D是C。

所有的E是D。

所以：所有的E是B。

其規律也有二：其一、第一前提可以是否定命題，其他均須肯定；其二、最後前提可以是特稱，其他均須全稱。可惜《中庸》此例所有前提都是否定的，不合規律。又結論為：「故明乎善，則民可治矣。」亦省去。

(3)逼進論式。

層遞中的比較式多屬此種論式。如：

不聞不若聞之，聞之不若見之，見之不若知之，知之不若行之，學至於行之而止矣。（《荀子・儒效》）

逼進論式，在論式中為變體。它雖然亦藉二命題以推論，形似三段論式，但其大小前提之關係，並非互相包孕，僅如階梯之推進。英語所以稱之為：Irregular Sorites，就因為它是不很規則的論式。

(4)共變論式。

層遞中的雙遞式部分屬於此種論式。如：

宋人有曹商者，為宋王使秦。其往也，得車數乘。王悅之，益車百乘。反於宋，見莊子曰：「夫處窮閭阨巷，困窮織屨，槁項黃馘者，商之所短也；一悟萬乘之主，而從車百乘者，商之所長也。」莊子曰：「秦王有病召醫，破癰潰痤者，得車一乘；舐痔者，得車五乘：所治愈下，得車愈多。子豈治其痔邪？何得車之多也？子行矣！」（《莊子・列禦寇》）

共變論式的公式是：

A為b_1則得c_1。

A為b_2則得c_2。

A為b_3則得c_3。

A為b_4則得c_4。

所以：A凡為B則得C。

在邏輯上屬於穆勒(John Stuart Mill, 1806–1873)所創的「歸納五術」之一。上文所述莊子斥曹商的話，便用此法。莊子先由「破癰潰痤者得車一乘」、「舐痔者得車五乘」等特殊事例而歸納出「所治愈下得車愈多」的普遍原理。復由此普遍原理加以演繹，推知曹商得車之多此一特殊事例的原因。

由上面所舉四種例子看來，層遞實在跟邏輯有密切的關係。因此，我們要求層遞儘可能合乎邏輯的規則。

第六章　頂　真

甲、概　說

在《西遊記》第六十四回《荊棘嶺悟能努力，木仙菴三藏談詩》中有這麼一段：

十八公道：「好個『吟懷瀟洒滿腔春！』」孤直公道：「勁節，你深知詩味，所以只管咀嚼。何不再起一篇？」十八公亦慨然不辭道：「我卻是頂針字起：春不榮華冬不枯，雲來霧往只如無。」凌空子道：「我亦體前頂針二句：無風搖曳婆娑影，有客欣憐福壽圖。」拂雲叟亦頂針道：「圖似西山堅節老，清如南國沒心夫。」孤直公亦頂針道：「夫因側葉稱梁棟，臺為橫柯作憲烏。」

這一段話中，四次提到「頂針」。什麼是「頂針」？原來本是古代婦女縫紉時套在手指上的金屬環，環上滿布小凹點，用來推針穿布。後來詩文中用上一句的結尾詞語，頂出下一句的起頭詞語，如前引《西遊記》詩中用「春」頂出「春」，用「無」頂出「無」，用「圖」頂出「圖」，用「夫」頂出「夫」，就像用「頂針」把針線頂出來一樣，也就叫「頂針」了。偏偏有人覺得吟詩作文何等風雅，怎可比作女紅用的小玩意？於是改稱「頂真」。語文本就約定俗成的，現在大家用慣了「頂真」，也就不必改回「頂針」了。總之，用上一句結尾的辭彙，作下一句的起頭，使鄰接的句子頭尾藉同一詞彙的蟬聯而有上遞下接趣味的修辭法，稱為「頂真」。

在心理學上，頂真基於自主意識中的中心觀念而形成；在美學上，頂真基於統調的原理。

人類的意識，總是在不停的流動著。意識的流動可分自主(Voluntary)與自動(Automatic)二種。自主的聯想是受一種中心觀念的支配。例如：白馬之白，白玉之白，白雪之白，以白色為此種聯想的中心觀念。心理學者用「自由反應」、「辨異」、「單字聯想」來測量個人的中心觀念，其中以辨異法較為客觀，尤其是剔單的辨異法。例如下面四個名詞：

摩天樓　廟宇　教堂　祈禱者

如果受試者剔除「摩天樓」，顯示他受宗教觀念的支配；如果剔除的是「祈禱者」，顯示他的中心觀念趨向於實物的辨認。至於自動的聯想則無中心觀念以支配之。自動的聯想的過度發達，使自主的聯想相對的減少，終至造成觀念的飛揚(Flight of Ideas)，這是精神病的特徵之一。下面所述，摘自蕭孝嶸著《變態心理學》，為一狂病患者數分鐘內之談話，可以表明此種現象之性質：

現在我要做一個脾氣很好的病人；無論什麼事情，如補網、擦地板、鋪床。我是百能，但無一長。可是我睡在床上，我不喜歡女人來侍候，我很害羞。這都是我想再結婚。唉，我頗喜歡說話，我服務於紐約唱機公司。你是一個醫生，但是我不相信你知道多少法律，你知道嗎？我要求你請一位律師來，我要他作證。

語文本來是傳達意識的符號，如何使語文傳達自主的聯想，不致因觀念的飛揚造成語言內容的錯亂，這是修辭學課題之一。「頂真」的辭格就是為了適應這種需要而形成的。詳細點說，頂真格利用上下句的相同語詞，作為「中心觀念」，使上下文的意識流貫穿起來。

美學上有所謂「統調」(Tone Unity)，是指在許多複雜的事物中，以一共通點，來統率全體。如以某種色彩遍布全體，便是色彩統調。以黃公望(1269–1354)的〈富春山居圖〉(圖3·6·1)為例，在淡墨的底色上，用濃墨皴寫山水樹林，全幅統一在墨色和諧的節奏中，呈現出文人寧靜淡泊的風貌。再以波霞(Boucher, 1703–1770)的〈月

圖 3·6·1（彩）　元代黃公望，〈富春山居圖〉。

圖 3·6·2（彩）　波霞，〈月神之浴〉。

神之浴〉(The Bath of Diana)（圖3·6·2）為例：背景是一片暗綠色的樹林；左上方為銀白色的天空；下方兩旁有獵獲的飛禽走獸，暗綠中帶灰黃的色澤；畫面的中心是裸露的月神戴安娜和她的女僕，肉色閃爍月亮的反光。全幅圖畫在暗綠淡黃的主調下顯得十分柔美。

除了色彩統調外，也有以某種形象構成統調的。例如：義大利米蘭多摩大教堂(圖3·6·3)的大尖頂，常配合一些小尖塔和尖頂形的門窗。北京天壇祈年殿（圖3·6·4），三層檐攢尖式屋頂的圓形建築，建於一座三層漢白玉圓形臺基中央。三與三之間，圓與圓之間，有數本位的哲學思維在。

音樂中，主調之統御全曲，主題的反復出現，也是統調的表現。貝多芬的第六交響曲（《田園》，作品68）全曲分五個樂章：第一樂章《到達鄉村時的快樂感受》，奏鳴曲式。一開始，小提琴拉出一個民歌風味的音調：0 3 4 6 | 5 43 2 5 | 1 2 3 43 | 2 – —這音調引導出第一主題。第二主題以第一主題中的 5 43 2 5 為主加以展

圖 3·6·3（彩） 米蘭多摩大教堂

圖 3·6·4（彩） 北京天壇祈年殿

開，描繪出一幅遼闊無邊的田園風光。第二樂章《在溪邊》，奏鳴曲式。弦樂流動不息的音調像潺潺溪水聲，尾聲用三種管樂器分別模仿夜鶯、鵪鶉和杜鵑的鳴叫聲。第三樂章《鄉民歡樂的集會》，第一部分是活潑的三拍子舞曲；第二部分是粗獷的二拍子農民舞曲；第三部分是第一部分的再現。第四樂章《暴風雨》，用猛烈的音響來描寫威力無比的自然現象。不久，暴風雨漸漸平息，田野裡傳來了牧笛聲。第五樂章《暴風雨以後愉快和興奮的情緒》，以牧笛聲開始：5· 2 7 | 5· 2 7 | 527 527 | 小提琴輕輕奏出第一主題，好像從村民們心裡流出來的甜美的歌。第二主題比較活潑，似乎人們已從生機勃勃的大自然中汲取了新的力量。尾聲中出現了贊美歌，是牧民們在為幸福的未來祝福和祈禱。這闋交響曲中，音符的蟬聯往復，主題的統一開展，頂真統調的韻味是很明顯的。奧地利輕歌劇作家蘇培(Franz von Suppé, 1819–1895)的《輕騎兵序曲》(Light Cavalry Overture)是另一個佳例，分別以號音、馬蹄聲、鐘聲來貫串全曲，使集合、出發、作戰、凱旋呵成一氣。我國音樂也有類似情況。曾在臺灣師範大學教過我《楚辭》的繆天華老師，在《桑樹下‧劉半農兄弟》中，寫到自

己聽王沛綸獨奏劉半農弟弟劉天華所作的二胡曲：《空山鳥語》和《光明行》，有一段精彩的描寫：

《空山鳥語》標題採取王維詩句「空山不見人」的意境。前有引子，以簡單的調子描繪出題意幽邃、靜穆的境界。接著，運用三絃擬聲手法，模仿百鳥啁啾聲，彷彿自然清幽的景色與宛轉自在的鳥語交融相織，旋律優美生動，富有情趣。《光明行》作於民二十年春。這是一首振奮人心的進行曲，旋律明快堅定，節奏富於彈性。全曲分四段。在引子中，可以聽到整齊的步伐行進聲，然後出現小軍鼓似的節奏和昂揚的音調。第二段進行曲風格的旋律，流暢舒展，優美如歌。第三段猶如人們踏著矯健步伐，昂首前進。尾聲中，利用顫弓的特殊效果，使音樂更形熱烈；最後又出現摹擬軍號聲。全曲生氣蓬勃，充滿著進取精神和對光明前途的樂觀自信。

這些都是音樂中的統調現象。

統調能使全體不至於零散，而有統一整齊的感覺。修辭上的「頂真」，實際上可視為語文上的統調手法。包括下列兩種方式：其一、在同一段語文中，有連續或不連續的幾句，使用「頂真」的，叫「聯珠格」；其二、單單在段與段之間使用「頂真」法的，叫作「連環體」。

在中國古典文學作品中，「頂真」的修辭法，無論「聯珠格」或「連環體」，都可以遠溯至《詩經》時代。例如《大雅．既醉》：

既醉以酒，既飽以德。君子萬年，介爾景福。
既醉以酒，爾殽既將。君子萬年，介爾昭明。
昭明有融，高朗令終。令終有俶，公尸嘉告。
其告維何？籩豆靜嘉。朋友攸攝，攝以威儀。

威儀孔時，君子有孝子。孝子不匱，永錫爾類。
其類維何？室家之壺。君子萬年，永錫祚胤。
其胤維何？天被爾祿。君子萬年，景命有僕。
其僕維何？釐爾女士。釐爾女士，從以孫子。

其中三章二句說「高朗令終」，三句說「令終有俶」；四章三句說「朋友攸攝」，四句說「攝以威儀」；五章二句說「君子有孝子」，三句說「孝子不匱」：都是「聯珠格」。而二章以「昭明」結，三章以「昭明」起；三章以「嘉告」結，四章以「其告」起；四章以「威儀」結，五章以「威儀」起；五章以「爾類」結，六章以「其類」起；六章以「祚胤」結，七章以「其胤」起；七章以「有僕」結，八章以「其僕」起：又都屬「連環體」。

下面，就說古典作品中「頂真」的發展，先說「聯珠格」。

1. 克明俊德，以親九族；九族既睦，平章百姓；百姓昭明，協和萬邦。（《尚書・堯典》）
2. 取彼譖人，投畀豺虎；豺虎不食，投畀有北；有北不受，投畀有昊。（《詩經・小雅・巷伯》）
3. 知止而后有定，定而后能靜，靜而后能安，安而后能慮，慮而后能得。（《禮記・大學》）
4. 姬謂太子曰：「君夢齊姜，速祭之。」太子祭于曲沃，歸胙于公。公田，姬置諸宮六日，公至，毒而獻之。公祭之地，地墳；予犬，犬斃；予小臣，小臣亦斃。姬泣曰：「賊由太子。」太子奔新城。（《左傳・僖公四年》）
5. 野哉，由也！君子於其所不知，蓋闕如也。名不正，則言不順；言不順，則事不成；事不成，則禮樂不興；禮樂不興，則刑罰不中；刑罰不中，則民無所措手足。（《論語・子路》）
6. 知其雄，守其雌，為天下谿。為天下谿，常德不離，復歸於嬰兒。

知其白，守其黑，為天下式。為天下式，常德不忒，復歸於無極。知其榮，守其辱，為天下谷。為天下谷，常德乃足，復歸於樸。（《老子‧二十八章》）

7. 執道者德全，德全者形全，形全者神全，神全者聖人之道也。（《莊子‧天地》）

8. 雖我之死，有子存焉；子又生孫，孫又生子；子又有子，子又有孫。（《列子‧愚公移山》）

9. 治國者貴民壹。民壹則樸，樸則農，農則易勤，勤則富，富者廢之以爵不淫。（《商君書‧壹言》）

10. 方今之務，莫若使民務農而已矣。欲民務農，在於貴粟。貴粟之道，在於使民以粟為賞罰。（鼂錯：《論貴粟疏》）

11. 青青河畔草，緜緜思遠道；遠道不可思，宿昔夢見之。夢見在我旁，忽覺在他鄉；他鄉各異縣，展轉不相見。枯桑知天風，海水知天寒，入門各自媚，誰肯相為言？客從遠方來，遺我雙鯉魚。呼兒烹鯉魚，中有尺素書。長跪讀素書，書中竟何如？上言加餐食，下言長相憶。（蔡邕：《飲馬長城窟行》）

12. 復前行，欲窮其林。林盡水源，便得一山。山有小口，彷彿若有光。（陶淵明：《桃花源記》）

13. 將軍百戰死，壯士十年歸。歸來見天子，天子坐明堂。（古樂府：《木蘭辭》）

14. 出門採紅蓮，採蓮南塘秋，蓮花過人頭，低頭弄蓮子，蓮子青如水。置蓮懷袖中，蓮心徹底紅，憶郎郎不至，仰首望飛鴻。飛鴻滿西洲，望郎上青樓，樓高望不見，盡日闌干頭，闌干十二曲，垂手明如玉。（沈約：《西洲曲》）

15. 楚山

秦山　皆白雲，

白雲處處長隨君；

長隨君，
君入
楚山裡，
雲　亦隨君渡湘水；
湘水上——
白雲堪臥　君早歸！（李白：《白雲歌》）

案：如此重排，山在上，雲處中，君則在山雲、湘水之間。山高水低，空白處視之為白雲，亦大妙。句中「白雲」、「白雲」，「長隨君」、「長隨君」，「湘水」、「湘水上」，皆頂真也。

16. 彎彎月出掛城頭，城頭月出照涼州。涼州七里十萬家，胡人半解彈琵琶。琵琶一曲腸堪斷，風蕭蕭兮夜漫漫。（岑參：《涼州館中與諸判官夜集》）

17. 幽泉怪石，無遠不到。到則披草而坐，傾壺而醉。醉則更相枕以臥。臥而夢，意有所極，夢亦同趣。覺而起，起而歸。（柳宗元：《始得西山宴遊記》）

18. 雲鬢花顏金步搖，芙蓉帳暖度春宵；春宵苦短日高起，從此君王不早朝。……後宮佳麗三千人，三千寵愛在一身。……東望都門信馬歸，歸來池苑皆依舊。……臨別殷勤重寄詞，詞中有誓兩心知。（白居易：《長恨歌》）

19. 學者當師經，師經必先求其意，意得則心定，心定則道純，道純則充於中者實，中充實，則發為文者輝光。（歐陽修：《答祖擇之書》）

20. 遂步至承天寺，尋張懷民。懷民亦未寢，相與步於中庭。庭中如積水空明。（蘇軾：《記承天寺夜遊》）

21. 他，他，他，傷心辭漢主；我，我，我，携手上河梁。他部從，入窮荒；我鑾輿，返咸陽。返咸陽，過宮牆；過宮牆，遶迴廊；遶迴廊，近椒房；近椒房，月昏黃；月昏黃，夜生涼；夜生涼，泣寒螿；泣寒螿，綠紗窗；綠紗窗，不思量。呀！不思量，除是鐵心腸；鐵心腸，也愁淚滴千行。(馬致遠：《漢宮秋雜劇・第三折》)

22. 桃花冷落被風飄，飄落殘花過小橋。橋下金魚雙戲水，水邊小鳥理新毛。毛衣未濕黃梅雨，雨滴紅梨分外嬌。嬌姿常伴垂楊柳，柳外雙飛紫燕高。高閣佳人吹玉笛，笛邊鸞線掛絲絛。絛結玲瓏香佛手，手中有扇望河潮。潮平兩岸風帆穩，穩坐舟中且慢搖。搖入西河天將晚，晚窗寂寞歎無聊。聊推紗窗觀冷落，落雲渺渺被水敲。敲門借問天台路，路過西河有斷橋，橋邊種碧桃。(《白雪遺音選・桃花冷落》)

頂真聯珠格在漢語文學史中還曾演變為一種文字遊戲。在《醒世恆言・蘇小妹三難新郎》中有這麼一段記載：

自此，夫妻和美，不在話下。後少游宦游浙中，東坡學士在京，小妹思想哥哥，到京省親。東坡有個禪友，叫作佛印禪師，嘗勸東坡急流勇退。一日寄長歌一篇，東坡看時，卻也寫得奇怪，每二字一連，共一百三十對子。你道寫的是甚字？

野野　鳥鳥　啼啼　時時　有有　思思　春春　氣氣　桃桃　花花　發發　滿滿　枝枝
鶯鶯　雀雀　相相　呼呼　喚喚　岩岩　畔畔　花花　紅紅　似似　錦錦　屏屏　堪堪
看看　山山　秀秀　麗麗　山山　前前　煙煙　霧霧　起起　清清　浮浮　浪浪　促促
潺潺　湲湲　水水　景景　幽幽　深深　處處　好好　追追　遊遊　傍傍　水水　花花

似似　雪雪　梨梨　花花　光光　皎皎　潔潔　玲玲　瓏瓏　似似　墜墜　銀銀　花花
折折　最最　好好　柔柔　茸茸　溪溪　畔畔　草草　青青　雙雙　蝴蝴　蝶蝶　飛飛
來來　到到　落落　花花　林林　裏裏　烏烏　啼啼　叫叫　不不　休休　為為　憶憶
春春　光光　好好　楊楊　柳柳　枝枝　頭頭　春春　色色　秀秀　時時　常常　共共
飲飲　春春　濃濃　酒酒　似似　醉醉　閒閒　行行　春春　色色　裏裏　相相　逢逢
競競　憶憶　遊遊　山山　水水　心心　息息　悠悠　歸歸　去去　來來　休休　役役

東坡看了兩三徧，一時念將不出，只是沉吟。小妹取過一覽了然，便道：「哥哥！此歌有何難解？待妹子念與你聽。」即時誦云：

「野鳥啼，野鳥啼時時有思；有思春氣桃花發，春氣桃花發滿枝。滿枝鶯雀相呼喚，鶯雀相呼喚岩畔；岩畔花紅似錦屏，花紅似錦屏堪看。堪看山，山秀麗，秀麗山前煙霧起；山前煙霧起清浮，清浮浪促潺湲水。浪促潺湲水景幽；景幽深處好，深處好追遊。追遊傍水花；傍水花似雪，似雪梨花光皎潔。梨花光皎潔玲瓏，玲瓏似墜銀花折。似墜銀花折最好，最好柔茸溪畔草。柔茸溪畔草青青，雙雙蝴蝶飛來到；蝴蝶飛來到落花。落花林裏鳥啼叫。林裏鳥啼叫不休，不休為憶春光好。為憶春光好楊柳，楊柳枝頭春色秀；枝頭春色秀時常共飲，時常共飲春濃酒。春濃酒似醉，似醉閒行春色裏；閒行春色裏相逢，相逢競憶遊山水。競憶遊山水心息，心息悠悠歸去來，歸去來休休役役。」

東坡聽念，大驚道：「吾妹敏悟，吾所不及。若為男子，官位必遠勝於我矣！」遂將佛印寫長歌，並小妹所定句讀，都寫出來，做一封兒寄與少游。因述自己再讀不解，小妹一覽而知之故。少游初看佛印所書，亦不能解，後讀小妹之句，如夢初覺，深加愧歎。答以短歌云：

「未及梵僧歌，詞重而意複；字字如聯珠，行行如貫玉。想汝惟一覽，顧我勞三復；裁詩思遠寄，因以類相觸。汝審其思之，可表予心曲。」

短歌後製成疊字詩一首，卻又寫得古怪：

靜思伊久阻歸期憶別離時聞漏轉

少游書信到時，正值東坡與小妹在湖上看採蓮。東坡先拆書看了，遞與小妹，問道：「汝能解否?」小妹道：「此詩巧到佛印禪師之體也。」即念云：

「靜思伊久阻歸期，久阻歸期憶別離；憶別離時聞漏轉，時聞漏轉靜思伊。」

東坡歎道：「吾妹真絕世聰明人也！今日採蓮勝會，可即事各和一首寄與少游，使知你我今日之遊。」

東坡詩成，小妹亦就。小妹詩云：

採蓮人在綠楊津一闋新歌聲漱玉

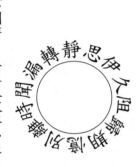

東坡詩云：

照少游詩念出小妹和的詩。道是：

「採蓮人在綠楊津，在綠楊津一闋新；一闋新歌聲漱玉，歌聲漱玉採蓮人。」

東坡疊字詩，道是：

「賞花歸去馬如飛，去馬如飛酒力微；酒力微醒時已暮，醒時已暮賞花歸。」

二詩寄去，少游讀罷，歎賞不已。

小說家之言，雖屬虛構，但頂真聯珠格曾有此等近似「類疊」或「回文」的形式出現，當也為文學史添了一段佳話。

再說古典漢語作品中「連環體」的發展，多見於詩歌中。

1.下武維周，世有哲王。三后在天，王配于京。
王配于京，世德作求。永言配命，成王之孚。
成王之孚，下土之式。永言孝思，孝思維則。

媚茲一人，應侯順德。永言孝思，昭哉嗣服。

昭茲來許，繩其祖武。於萬斯年，受天之祜。

受天之祜，四方來賀。於萬斯年，不遐有佐。（《詩經．大雅．下武》）

2. 謁帝承明廬，逝將歸舊疆。清晨發皇邑，日夕過首陽。伊洛廣且深，欲濟川無梁。汎舟越洪濤，怨彼東路長。顧瞻戀城闕，引領情內傷。

太谷何寥廓！山樹鬱蒼蒼。霖雨泥我塗，流潦浩縱橫。中逵絕無軌，改轍登高岡。脩坂造雲日，我馬玄以黃。

玄黃猶能進，我思鬱以紆。鬱紆將難進，親愛在離居。本圖相與偕，中更不克俱。鴟梟鳴衡軛，豺狼當路衢。蒼蠅間白黑，讒巧令親踈。欲還絕無蹊，攬轡止踟躕。

踟躕亦何留？相思無終極。秋風發微涼，寒蟬鳴我側。原野何蕭條！白日忽西匿。歸鳥赴喬林，翩翩厲羽翼。孤獸走索群，銜草不遑食。感物傷我懷，撫心長太息。

太息將何為？天命與我違。奈何念同生，一往形不歸！孤魂翔故域，靈柩寄京師。存者忽復過，亡沒身自衰。人生處一世，去若朝露晞。年在桑榆間，影響不能追。自顧非金石，咄唶令心悲。

心悲動我神，棄置莫復陳。丈夫志四海，萬里猶比鄰。恩愛苟不虧，在遠分日親。何必同衾幬，然後展殷勤？憂思成疾疹，無乃兒女仁！倉卒骨肉情，能不懷苦辛？

苦辛何慮思？天命信可疑。虛無求列仙，松子久吾欺。變故在斯須，百年誰能持？離別永無會，執手將何時？王其愛玉體，俱享黃髮期！收淚即長路，援筆從此辭。（曹植：《贈白馬王彪詩》）

3. 覆舟山下龍光寺，玄武湖畔五龍堂。想見舊時游歷處，煙雲渺渺水茫茫。

煙雲渺渺水茫茫，繚繞蕪城一帶長。蒿目黃塵憂世事，追思塵跡故難忘。

追思塵跡故難忘，翠木蒼藤水一方。聞說精廬今更好，好隨殘汴理歸艎。（王安石：《憶金陵三首》）

4. 鼎湖當日棄人間，破敵收京下玉關。慟哭六軍俱縞素，衝冠一怒為紅顏。

紅顏流落非吾戀，逆賊天亡自荒讌。電掃黃巾定黑山，哭罷君親再相見。

相見初經田竇家，侯門歌舞出如花。許將戚里箜篌伎，等取將軍油壁車。

家本姑蘇浣花里，圓圓小字嬌羅綺。夢向夫差苑裏遊，宮娥擁入君王起。前身合是採蓮人，門前一片橫塘水。

橫塘雙槳去如飛，何處豪家強載歸？此際豈知非薄命？此時祇有淚沾衣。薰天意氣連宮掖，明眸皓齒無人惜。奪歸永巷閉良家，教就新聲傾坐客。

坐客飛觴紅日暮，一曲哀絃向誰訴？白皙通侯最少年，揀取花枝屢迴顧。早攜嬌鳥出樊籠，待得銀河幾時渡。恨殺軍書抵死催，苦留後約將人誤。

……。（吳偉業：《圓圓曲》）

最後，我要談一談「頂真」與「層遞」的異同。頂真和層遞有許多相似之處。在本質上，兩者都根據觀念的聯接而形成：頂真著重以一個中心觀念聯接其他概念；層遞著重的卻是比例和因果。因此頂真在形式上，以同一語詞貫串上下句，講求環環相連；而層遞卻以數句意義的關聯為主，層層遞進，講求層次和秩序。

不過修辭上兩屬的現象很多，試看以下二例：

1. 夫寵而不驕，驕而能降，降而不憾，憾而能眕者鮮矣。（《左傳・僖公三年》）

2. 思鄉在樓上，樓上在和平東路，和平東路在臺北，臺北不是臺中。（林秀琴：《所思之鄉在臺中》）

上下句都以同一語詞貫串著，而數句的意義亦有一定的關聯與層次。所以歸之於頂真，行；歸之於層遞，也無不可。

乙、舉　例

(三)聯珠格

1. 這種三面圍著雄偉建築的天井，數在一百以上，星羅棋布在紫禁城內。紫禁城的周圍是一座長方形的黃色城牆；城牆四角矗立著黃瓦的碉樓。（蔣夢麟：《故都的回憶》）

2. 宅中有園，園中有屋，屋中有院，院中有樹，樹上見天，天中有月。不亦快哉！（林語堂：《來臺後二十四快事》）

3. 被挖者不敢出聲，出聲則口張，口張則「車」被挖回，挖回則必悔棋，悔棋則不得勝，這種認真的態度憨得可愛。（梁實秋：《雅舍小品．下棋》）

4. 風，酩酊地吹著，吹得街上只你一個人踉蹌，踉蹌走著。（許達然：《畫風者》）

5. 真的什麼都不再記得了嗎？但那卻不包括一個夢；夢境中出現一條窄窄的小路，路兩邊的樹叢挺得直直的，小路上鋪滿了細細碎碎的石子。（蔣芸：《遲鴿小築》）

6. 是呀！我喝醉了，醉在普照的春陽之下，春陽並沒有厭棄任何一株小草，我怎能不憐惜它。（陳曉薔：《這是春天》）

7. 風之掀起黃沙，黃沙之湧起雲層，雲層之席捲落日，落日後就是黃昏。

盈盈的露水綻開玫瑰，玫瑰之綻開黎明，當黎明躍起，我就聽到溢滿林間的呼喚，而這呼喚也像是跟

隨著一種雷鳴而來。（彭邦楨：《聯想》）

8.飛躍啊，我心在高寒
高寒是木化底眼神
我是那眼神沒遮攔的一瞬（周夢蝶：《逍遙遊》）

9.當口唇已發渴而猶拒飲腳下的河，
當河已將凍結猶未理解該偏袒那岸，
當岸行將脫力猶堅持不肯握手，
他就頹然而臥，
變成一枝橫流的蘆葦。（大荒：《蜻蜓之死》）

10.三條四條蛇搖搖擺擺抖一抖滿身的泥土，
就搖。搖到墻根下那棵那棵鳳尾草上，
就張。張著口在硬曬那個那個喘著氣的太陽。（管管：《春歌》）

11.仍然是春天，春天在城外，
城外明媚，
仍然是明媚，明媚是水，
水在城外。（菩提：《城外明媚》）

12.每年五月端午，我總會想起汨羅江，汨羅江那不算是山的「名山」，「名山」上的屈子祠，屈子祠中的
那份幽獨，幽獨的江水那千古迴盪的嗚咽。（楚戈：《再生的火鳥》）

13.
月在樹梢漏下點點煙火
點點煙火漏下細草的兩岸
細草的兩岸漏下浮雕的雲層
浮雕的雲層漏下未被甦醒的大地
未被甦醒的大地漏下一幅未完成的潑墨
一幅未完成的潑墨
急速漏下
空虛而沒有腳的地平線。(張默：《無調之歌》)

14.
喔，如果你是裂鏡中的臉孔
盲瞳中的眼睛
眼睛中的火焰
成長中的枯槁
枯槁中的腐朽
腐朽中的向日葵以及向日葵中之天竺葵
天竺葵之無奈以及
無奈中之一無所有(辛牧：《變調的海》)

15.
記憶乃是「情」的陳列館，有情的人才對周遭感興趣，有興趣才會對瑣細的事物凝聚以注意力，付出注意力才會有良好的記憶，所以有情的人才善於記憶。(黃永武：《愛盧小品・靈性篇・談記憶》)

16.那段醉而放歌、歌而擊劍、劍極論詩、詩極而醉的日子，你真是忘得了嗎？你真的走得如許瀟脫嗎？真的是意想不到呵！（溫瑞安：《獨昭》）

17.天山創造了博格達峰，博格達峰生就了一號冰河，冰河養育了一條河流，河流滋潤著眾多的生靈，於是大地上誕生了一座城市（南香紅：《烏魯木齊——混血的城》）

18.老貓老貓，上樹摘桃，一摘兩筐，送給老張。老張不要，氣的上吊。上吊不死，氣的燒紙。燒紙不著，氣的摔瓢。摔瓢不破，氣的推磨。推磨不轉，氣的做飯。做飯不熟，氣的宰牛。宰牛沒血，氣的打鐵。打鐵沒風，氣的撞鐘。撞鐘不響，氣的老鼠亂嚷。（北京歌謠）

19.月光光，照池塘，年卅晚，摘檳榔。檳榔香，摘紫薑。紫薑辣，買菩薩。菩薩靈，買屋樑。屋樑高，買張刀。刀切菜，買籮蓋。籮蓋圓，買隻船。船無底，浸死兩隻老鼠仔。（廣東民謠）

20.火金星，十五暝；暝芳芳，果子紅；紅大妗，做媒人。做佗位？做大房；大房人刣豬，做細房；細房人刣羊，樌鑼樌鼓娶新娘！（臺灣謠諺：《火金星》）

案：佗，音to7。佗位，那裡。

21.排啊排，排甲子。甲子東，甲子西。西仔西落東；落東一枝香。葫蘆貯水飼鴛鴦。鴛鴦水裡泅，老公老媽穿破裘。破裘十八補，老公焉老某。（臺灣謠諺：《排甲子》）

案：焉，音chua7，帶領也，俗字。

22.搖啊搖，蒜頭炒紅茄；紅茄真正芳，隔壁嫁老翁；老翁疼老某，唐山出猛虎；老虎會咬人，武松扑虎真認真，梁山好漢有人認！（臺灣謠諺：《搖籃歌》）

23.莉仔花，白鑢細，爺媽罵阮毋顧家，街頭巷尾有阮的，飼佫十八歲，每日亂卜嫁。嫁佗位？嫁樹尾，樹尾哪食牛；嫁水鱟，水鱟水裡泅；嫁柘榴，柘榴會開花；嫁西辰，西辰人卜食；嫁尾蝶，尾蝶四散飛；嫁豬胚，豬胚人卜刣；嫁秀才，秀才卜考舉；嫁老鼠，老鼠會鑽空；嫁漁翁，漁翁卜釣魚；嫁蟑蜍，蟑蜍卜哈蠓；嫁酒桶，酒桶卜貯酒；嫁掃帚，掃帚卜掃地；嫁子賣雜細，賣雜細搖玲瑯；嫁司公，司公卜讀疏；嫁子賣破布，破布兼粗紙；嫁來嫁去，嫁著我！（臺灣謠諺：《莿仔花》）

案：白鑢細，音peh8 le3 se3，很白的意思。佫，音kau3，飼佫，養到。亂卜嫁，吵著要嫁人。西辰，貝類。哈蠓，音hap4 bang2，張大嘴捕蚊子。

(三) 連環體

在現代文學作品中，連環體仍以詩歌採用較多。

1. 啊，一個希臘向我走來
金雞在宮殿上飲露水
荷馬彈一隻無弦琴

啊，無弦琴
我感覺那芬芳的溫暖
像海倫沐浴時的愛琴海

啊，愛琴海
維娜絲站在一隻貝殼中

花朵們紛紛落下

啊，花朵們
我的心中藏著誰的歌
誰的心中藏著我的歌

啊，歌

城堞上譜上一些青苔
一個希臘向我走來（瘂弦：《希臘》）

2. 那挺立的樹身，仍舊，
我們擁有最真實的存在，
——祇要我們有根。

祇要我們有根，
縱然沒有一片葉子遮身，
仍舊是一株頂天立地的樹。（王蓉芷：《祇要我們有根》）

3. 我為什麼還要愛你呢？
海已經漫上來了，

漫過我生命中的沙灘，
而又退得那樣急，
把青春一捲而去。

把青春一捲而去，
灑下滿天的星斗，
山依舊，樹依舊，
我腳下已不是昨日的水流。（席慕蓉：《月桂樹的願望》）

4.
……
門旁空留「梳妝台」。

梳妝台呵，千萬載，
梳妝台上何人在？
烏雲遮明鏡，
黃水吞金釵。
但見那：輩輩艄工灑淚去，
卻不見：黃河女兒梳妝來。

梳妝來呵，梳妝來！
——黃河女兒頭髮白。
挽斷「白髮三千丈」，
悲殺黃河萬年災！
登三門，向東海：
問我青春何時來?!
何時來呵，何時來?……
——盤古生我新一代！
……（賀敬之：《三門峽——梳妝台》）

5\. 小說中偶亦有之：

「我不是你的朋友，也不配做你的朋友。」楊錚說：「你救了我的命，我也不會有機會報答，所以你以後也不必再救我。」

說完了這句話，他就拉起呂素文的手，頭也不回的走了。

．　．　．

走出了很遠之後，呂素文才忍不住說：

「我知道你絕不是不知好歹的人，為什麼要這樣子對他?」她問楊錚：「是不是因為你知道青龍會的勢力太大，不願意連累別人?」

楊錚不開口。

呂素文握緊他的手：「不管怎麼樣，我反正已經跟定了你，就算你走的真是條死路，我也跟你走。」

楊錚仰面向天，看著天上閃爍的星光，長長吐出口氣。

「那麼我們就先回家去。」

「回家？」呂素文道：「我們那裏有家？」

「現在雖然沒有，可是以後一定會有的。」

呂素文笑了，笑容中充滿柔情蜜意：「我們以前也有過家的，你一個家，我一個家，可是以後我們兩個人就只能有一個家了。」

．　．　．

是的，以後他們兩個人只能有一個家了——如果他們不死，一定會有一個家的。

一個小而溫暖的家。

（三）

狄青麟的家卻不是這樣子的。

也許他根本沒有家，他有的只不過一座巨宅而已，並不是家。

他的宅第雄偉開闊閎大，卻總是讓人覺得有種說不出的冷清陰森之意，一到了晚上，就連福總管都不太敢一個人走在園子裏。（古龍：《離別鉤》）

6.1. ……………

江東去重重的靠在椅背上，緩緩的吐出一口氣。

A.

江東去重重的靠在椅背上，緩緩的吐出一口氣。

……………

江東去迅速的站了起來。

2.

江東去迅速的站了起來。

……………

江東去別過臉去。

B.

江東去別過臉去。

……………

回到嘉義，一街的車輛水似的流過。

3.

一街的車輛水似的流過。

……………

江東去走開時，聽到老太婆在嘀咕著：

——這是怎麼回事？

C.

——這是怎麼回事？

很顯然，這件事相當的令白素芳驚訝，信的開頭，就是一個大大的問號。江東去一面爬著樓梯，一面輕輕的笑了。

——這是怎麼回事？

……………………

他終於知道，在白素芳和自己之間，紅燈亮起來了。

4.

紅燈亮起來了。

……………………

江東去開始發急。

D.

江東去開始發急。

……………………

——給我寫信，好嗎？

5.

——給我寫信，好嗎？

……………………

江東去的心中充滿無限的喜悅。

E.

江東去的心中充滿無限的喜悅。

……………

——對不起。

6.

——對不起。(碧竹:《撥個電話給我》)

案:此文見於一九七三年八月一日《中國時報・人間副刊》,是一篇以「意識流」手法寫成的小說。作者以「1」「2」「3」「4」「5」「6」為目寫男主角當時的行為;以「A」「B」「C」「D」「E」為目寫男主角過去的回憶。兩者間隔穿插,而用相同的句子把上下兩節貫穿著。

丙、原　則

(二)橋　樑

許多文學作品的成功,常常都基於作者能夠在讀者內心構築出某些鮮活的幻境。此種幻境使讀者覺得自己進入了作者所虛構的世界,目擊作者所描繪的景象或所敘述的故事在自己周遭展現。但是,時空並不是固定不變的,故事總是不斷地在發展。如何使讀者注意力不知不覺中由「此」推至「彼」,而不致生硬突兀得破壞了讀者已有的幻境?是文學工作者必須研究的課題。當代美國女作家F. A. Rockwell在談《轉接手法》文中指出:「重複字詞藉以連繫」是最重要的方法。她說:

重複字詞藉以連繫，此可稱之為「重疊」手法。好比你裱糊房間，為了避免縫隙，你重疊裱紙的邊緣。同樣，轉接的重疊使文章裏頭的接縫顯得自然，造成連貫性。

在「舉例」節，我曾節錄碧竹的《撥個電話給我》作為連環體的例子，可以窺知文中如何藉「轉接的重疊」造成文章的連貫。下面我願再以徐志摩的《再別康橋》四、五、六章為例加以說明：

那榆蔭下的一潭，
　不是清泉，是天上虹，
揉碎在浮藻間，
　沉澱著彩虹似的夢。

尋夢？撐一支長篙，
　向青草更青處漫溯，
滿載一船星輝，
　在星輝斑斕裏放歌。

但我不能放歌，
　悄悄是別離的笙簫；
夏蟲也為我沉默，
　沉默是今晚的康橋！

四章以「夢」字結，五章以「尋夢」起；五章以「放歌」結，六章以「但我不能放歌」起。於是讓讀者身歷的幻境，由康河的景色推移到作者的行事，再由作者的行事進入作者的別離的情緒之中。這些連環「頂真」句實在已負起橋樑的任務。

㈢和　諧

但是，「頂真」的效用決不止此，正如《再別康橋》之美妙決不止此。頂真除了具有橋樑的效用外，還能使語言和諧。仍以上引《再別康橋》為例：四章以「天上虹」和「彩虹似的夢」形成章中的和諧（不過這兩個虹字不是頂真的）。五章以「星輝」、「星輝」，六章以「沉默」、「沉默」的聯珠頂真法造成全章的和諧。

再看下例：

微風徐來，輕輕地吹動了蓮葉，蓮葉微斜，傾落了大大小小的水珠，水珠滾落水面形成了錦紋般的漣漪。

（呂大明：《聽雨小蓮塘》）

也使人感覺到一種和諧的秩序。

㈢緊　湊

先讀下文：

軻既取圖奏之，秦王發圖，圖窮而匕首見，因左手把秦王之袖，而右手揕之。未至身，秦王驚，自引而起，袖絕。拔劍，劍長，操其室。時惶急，劍堅，故不可立拔。荊軻逐秦王，秦王環柱而走之……左右乃曰：「王負劍。」負劍，遂拔以擊軻。斷其左股，荊軻廢，乃引其匕首以擿秦王，不中，中銅柱，秦王復擊軻，軻被八創。（司馬遷：《史記・刺客列傳》）

總覺緊張節奏壓迫心頭。這種緊湊是用「圖、圖」，「劍、劍」，「秦王、秦王」，「負劍、負劍」，「中、中」，「軻、軻」六個頂真句構成的。

不僅敘事，說理亦多此法。再讀下例：

惟器與名，不可以假人，君之所司也。名以出信，信以守器，器以臧禮，禮以行義，義以生利，利以平民，政之大節也。若以假人，與人政也。政亡則國家從之，弗可止也已！（《左傳・成公二年》）

在「信、信」，「器、器」，「禮、禮」，「義、義」，「利、利」辯證關係的有機聯繫中，語句結構是何等的嚴密緊湊！

(四)趣　味

頂真既用上一句的結尾來作下一句的開頭，於是上下兩句頭尾蟬聯而有上遞下接、迴環複沓的趣味。「趣味」兩字，便是頂真的最後原則。由於頂真的趣味性，所以歌謠戲曲中才大量的使用。試讀

1. 聽著數著怕著愁著早四更過，四更過情未足，情未足夜如梭。（貫雲石：《紅繡鞋》）

2. 嘆寒儒，謾讀書，讀書須索題橋柱，題柱雖乘駟馬車，乘車誰買長城賦，且看了長安回去！（馬致遠：《撥不斷》）

以及舉例中所選北京和廣東、臺灣等地民謠，便可發現有一種詼諧的意趣在。

第七章　鑲　嵌

甲、概　說

在本篇開場白中，我曾提到「優美形式的設計」，有注重齊一勻稱的，有注重變化複雜的。前者最簡單的方式是「類疊」；後者最原始的方式，則為「鑲嵌」。因此討論齊一勻稱，以「類疊」為首；而討論變化複雜，以「鑲嵌」居先。

什麼叫作「鑲嵌」呢？鑲，指外邊上的配襯；嵌，指中間的填塞：都是裝飾的方法。修辭學中，凡是在語句的頭尾或中間，故意插入虛字、數目字、特定字、同義或異義字，來拉長文句，使語義更鮮明，語趣更豐富的修辭方法，就叫「鑲嵌」。如：「一乾二淨」，是在「乾淨」一詞中插入數目字；「冤哉枉也」，是在「冤枉」一詞中插入虛字；《木蘭辭》中有「東市買駿馬，西市買鞍韉，南市買轡頭，北市買長鞭。」嵌著東西南北四個方位特定字；諸葛亮《出師表》：「先帝創業未半，而中道崩殂。」「崩」下增加了同義字「殂」；「宮中府中，俱為一體；陟罰臧否，不宜異同。」「異」下配上了異義字「同」。這些都是「鑲嵌」。

楊喚在《夏夜》描寫夜空，不是說：

撒了滿天的珍珠和一枚又大又亮的銀幣。

天際原是鑲星嵌月著呀！秦牧在《土地》中描述祖國的山河：

沙漠開始出現了綠洲，不毛之地長出了莊稼，濯濯童山披上了錦裳，水庫和運河像閃亮的鏡子和一條條衣帶一樣綴滿山谷和原野。有一次我從凌空直上的飛機的窗艙裡俯瞰珠江三角洲，當時蒼穹明淨，我望了下去，真禁不住喝采。珠江三角洲壯觀秀麗得幾乎難以形容：水網和湖泊熠熠發光，大地竟像是一幅碧綠的天鵝絨，公路好似刀切一樣的筆直，一丘丘的田野又賽似棋盤般整齊。嘿！千百年前的人們，以為天上有什麼神仙奇蹟，其實真正的奇蹟卻在今天的大地上。

大地正是錦繡鑲嵌而成的。而人生於兩間，正如劉勰在《文心雕龍．原道》所說的：

日月疊壁，以垂麗天之象；山川煥綺，以鋪理地之形。……惟人參之，性靈所鍾，是謂三才。為五行之秀，實天地之心。

「人」，鑲嵌在天、地間，才成為「三才」呀！文心原道，鑲嵌修辭法，也原於天、人、地三才自然之道！

楊政寧在《對稱與二十世紀的物理》一文中，提到「晶體的對稱」，有這麼一段話：

還有一個非常重要的定理。在剛發現的時候，大家覺得非常稀奇。定理說，所有兩度空間的這一類圖形的不變元結構，只有十七種：圖中這十多種晶體的不變元結構是它們的代表。你們回家到浴室仔細研究地板的圖樣就會發覺，它的不變元結構一定是十七種之中的一種。地板圖樣跟這十七種當然不大可能一樣，可是它的不變元的結構，一定與其中一種的相同。這是十九世紀末年物理學的一個重大發現。在三維空間有二百三十個不變元的結構；在四維空間（這是一個數學設想，沒有實際利用。）有四千八百九十五個不同的不變元結構。

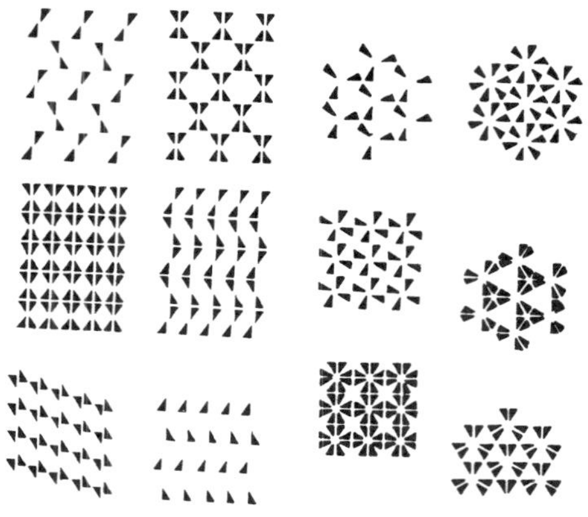

圖 3·7·1　二維空間的不變元結構

這些圖案不就是「鑲嵌」嗎？楊政寧也指明著說：

> 晶體的對稱是非常明顯的：一塊很大的結晶，把它移動一個晶格的話，整個結構並不改變。這在藝術上也是一個很普通的觀念。許多晶體大家都可能在藝術品上見過。

「晶體的對稱」關係著「藝術上」的「觀念」，並不是我個人的牽強附會啊！「物理」、「藝術」間本有相通之道。

再說心理方面的因素。一個音節聽不清楚，兩個音節就可能聽清楚了；兩個音節還不明白的，四個音節就一定聽明白了。悠長的音節總是比短暫的音節更具效果。鑲嵌格就是使詞語音節拉長，藉以引起讀者聽者更多的注意，了解得更為清楚明白！何況，插入特定字的語句，如：「魚戲蓮葉東，魚戲蓮葉西，魚戲蓮葉南，魚戲蓮葉北。」除了延音加力的效果外，更蘊藏巧心安排的辭趣。而「失」配字而成「得失」，「敗」配字而成「成敗」，語意便較平和，遠比觸人霉頭的「失」「敗」等較為對方所能接受呢！

在漢語修辭中，鑲嵌尤其普遍。鑲嵌格之成立，除了自然、物理和心理方面的因素外，還有漢語特質所形成的因素在。

我們知道，漢語在語言分類中，屬於一種孤立語(Isolating)，又名單音節語(Monosyllabic)。一個文字只具有一個音節，包含一個本義；語詞沒有形式的變化，語根和附添語也沒有顯然的區別。我們又知道，漢語字音僅四百十九種，乘上四聲及輕聲讀法，也不過一千二百種左右。而代表思想語言的基本單位——文字，卻絕不止一千二百個。因而不能避免的，漢語中有許多同音字同時存在著。以「ㄧ」音為例，據《國音標準彙編》所收：讀陰平的有「衣依伊」等二十個；讀陽平的有「移夷宜」等三十七個；讀上聲的有「以倚已」等十八個；讀去聲的有「易義意」等八十五個；總計達一百六十個字之多。這些單字，書寫在書面上，由於字形的不同，尚能分別；講述於口頭上，卻缺少讀音的別異，易滋混淆。因此，書面上的「衣」，口頭上便變成「衣服」；書面上的「氧」，口頭上便變成「氧氣」。修辭學上「鑲嵌格」在詞語中插入數目字、虛字等等，其中道理和「氧」變成「氧氣」實在是有共同點的。都是為了避免字音的混淆，增加意義的區別。

乙、舉　例

在本節，我把鑲嵌在漢語歷史上的發展，以及在現代文學中運用的情形，合在一起來談談。

(一)把語詞拆開，插入虛字

先舉古典文學中的例子。

1. 我馬維駰，六轡既均。載馳載驅，周爰咨詢。《詩經・小雅・皇皇者華》

案：拆開「馳驅」一詞，插入虛字「載」，成四言句。

2. 式號式呼，俾晝作夜。《詩經・大雅・蕩》

案：「號呼」一詞拆開，插入虛字「式」。《詩經・邶風・式微》：「式微！式微！胡不歸？微君之故，胡為乎中露？」中「式」亦發語詞，有延長音節，增強意趣的作用。

3. 有女同車，顏如舜華。將翱將翔，佩玉瓊琚。彼美孟姜，洵美且都。《詩經・鄭風・有女同車》

案：拆開「翱翔」，插入「將」字。《詩經・小雅・谷風》：「習習谷風，維風及雨。將恐將懼，維予與女；將安將樂，女轉棄予。」中「將」字插入「恐懼」、「安樂」中，方式與《有女同車》類似。

4. 作之屏之，其菑其翳。脩之平之，其灌其栵。啟之辟之，其檉其椐。攘之剔之，其檿其柘。《詩經・大雅・皇矣》

案：詩意是說：作屏菑翳，脩平灌栵，啟辟檉椐，攘剔檿柘。「之」雖有指稱意，「其」雖有指示形容意，但延音增趣功能為重。

5.鼓之舞之以盡神。《周易・繫辭傳上》

案：將「鼓舞」拆開，其下各插進「之」字。

6.永歌之不足，不知手之舞之，足之蹈之也。《詩經・大序》

案：實仍「手舞足蹈」之意。

7.有鸜鵒來巢，……童謠有之，曰：「鸜之鵒之，公出辱之。鸜鵒之羽，公在外野，往饋之馬。」《左傳・昭公二十五年》

案：鸜鵒，鳥名，今稱八哥鳥。

8.婉兮孌兮，總角丱兮。《詩經・齊風・甫田》

案：婉孌，少好貌。《詩經》中如此之例甚多，如：《邶風・綠衣》：「綠兮衣兮」、「綠兮絲兮」、「絺兮綌兮」；《衛風・淇奧》：「瑟兮僩兮」、「赫兮咺兮」、「寬兮綽兮」；《鄭風・子衿》：「挑兮達兮」。

9.屯如邅如，乘馬班如。《周易・屯六二爻辭》

案：屯邅，難行不進貌。《周易・晉六四爻辭》：「賁如皤如，白馬翰如。」其例同此。

10.晉侯賞從亡者，介之推不言祿，祿亦弗及。《左傳・僖公二十四年》

案：楊伯峻《注》云：「杜預以下文『推曰』不曰『之推曰』乃以『之』字為語助。《文十年傳》有『文之無畏』，而下文只稱『無畏』，《淮南子・主術篇》作『文無畏』，則杜注不為無理。《論語・雍也篇》有『孟之反』，劉寶楠《正義》曰：『古人名多用之為語助，若舟之僑、宮之奇、介之推、公罔之裘、庾公之斯、尹公之佗與此孟之反皆是。』」「之」鑲入人名「介推」中。

11.孟施舍之所養勇也，曰：「視不勝猶勝也。量敵而後進，慮勝而後會，是畏三軍者也。舍豈能為必勝哉？能無懼而已矣！」（《孟子・公孫丑上》）

案：趙岐《注》：「孟姓，舍名，施發音也。施舍自言其名則但曰『舍』，『舍豈能為必勝哉？』」「施」鑲入人名「孟舍」中。

12.情兒分兒，你心裏記著；病兒痛兒，我身上添些。家兒活兒，既是抛撇，書兒信兒，是必休絕。花兒草兒，打聽的風聲；車兒馬兒，我親自來也！（劉廷信：《折桂令・憶別》）

13.他們不過奉官差遣，打殺他也覺冤哉枉也。（張南莊：《何典・卷四》）

14.這個其容且易。（張南莊：《何典・卷九》）

15.譬如城市的人久住鴿子籠的房屋，一旦置身曠野或蕭閑的庭院中，乍見到放眼生輝的一泓滿月。其時我們替他想一想，吟之哦之，詠之玩之，手之舞之，足之蹈之，都算不得過火的胡鬧。（俞平伯：《眠月》）

16.他相信波拿伯只是一位平者常也的法國人。（托爾斯泰原著，郭沫若譯：《戰爭與和平》）

(三)在語句中，插入數目字

有拆開語詞，插入數目字的，先舉漢語歷史上的例子。

1.非一朝一夕之故，其所由來者漸矣。（《周易・坤文言》）

2.一游一豫，為諸侯度。（《孟子・梁惠王下》）

3.孝子事親，一夕五起。（《尸子・君治》）

4.今巫祝之祝人曰：「使若千秋萬歲。」（《韓非子・顯學》）

5.魏南與楚而不與齊，則齊攻其東；東與齊而不與趙，則趙攻其北；不合於韓，則韓攻其西；不親於楚，則楚攻其南：此所謂四分五裂之道也。（《戰國策・魏策》）

6.東約既布，乃設鈇鉞，即三令五申之。（《史記・孫吳列傳》）

7.一觴一詠，亦足以暢敘幽情。（王羲之：《蘭亭集序》）

8.浮屠湧現，千態萬狀。（梁武帝：《龍教寺碑》）

9.或因家世餘著，得一階半級，及公私宴集談古賦詩，塞默低頭，欠伸而已。（顏之推：《顏氏家訓・勉學》）

10.躋攀分寸不可上，失勢一落千丈強。（韓愈：《聽穎師彈琴詩》）

11.蓋一舉手一投足之勞也。（韓愈：《應科目時與人書》）

12.千呼萬喚始出來，猶抱琵琶半遮面。（白居易：《琵琶行》）

13.斗酒隻雞人笑樂，十風五雨歲豐穰。（陸游：《村居初夏詩》）

14.不主敬而欲存心，外面未有一事時，裏面已是三頭兩緒矣。（朱熹：《答張敬夫書》）

15.引一千餘軍馬，盡是七長八短漢，四山五嶽人。（《水滸傳》第六十二回）

16.您哥哥劍洞槍林快廝殺，九死一生不當個耍。（王仲文：《救孝子》）

17.倘或你父親有個一差二錯，又躭擱住了。（《紅樓夢》第一百十七回）

18.只怕這事倒有個十拿九穩。（《兒女英雄傳》第十回）

在現代漢語裡，語詞中鑲嵌著數目的，仍舊大量保存著。

19. 這種人凡事要問底細；「打破沙缸問（璺）到底，還要問沙缸從那裏起？」他們於一言一動之微，一沙一石之細，都不輕輕放過。（朱自清：《山野掇拾》）
20. 只有一知半解似通非通的人，還未能接受西方文化對幽默的態度。（林語堂：《方巾氣研究》）
21. 臉上的肉七稜八瓣，而且平添無數雀斑，有時排列有序如星座，這個像大熊，那個像天蠍。（梁實秋：《雅舍小品・老年》）
22. 所以園中的一花一木，一亭一榭，無不像一部讀得爛熟的書一般，了然於心目。（蘇雪林：《島居漫興》）
23. 世間事物沒有十全十美的，而且也沒有真實的美。（蘇雪林：《小小銀翅蝴蝶的故事》）
24. 海灘上佈滿了橫七豎八割裂的鐵絲網，鐵絲網外面，淡白的海水汩汩吞吐淡黃的沙。（張愛玲：《傾城之戀》）
25. 學生不能體會老師的苦衷，一片至誠，三催五請，如果換了別人，可能我會忍不住的發起脾氣，對于光善這樣的好學生卻有些於心不忍。（楊念慈：《前塵》）
26. 他呀！他也是那種人！擱家裏都想不起我，到了縣裏三朋四友的，你當他不把我丟到腦杓後頭去。（朱西寧：《狼》）
27. 前後不到一盅茶工夫，陣前的殺聲零落了，七橫八豎的屍體挺在那兒。（司馬中原：《髑髏地》）
28. 先賞枝烟我抽抽，這不是三言兩語講得完的。（於梨華：《移情》）
29. 尼亞哥拉大瀑布根本不在七彎八拐的山裏，它浩浩蕩蕩，洋洋灑灑，數千英尺之寬，全無遮攔。（鍾梅音：《屬於詩人的》）
30. 我們開飯館，是做生意，又不是開救濟院，那裏經得起這批食客七拖八欠的。（白先勇：《臺北人・花

橋榮記》

31.我這位乾小姐呀！實在孝順不過，我這個老朽三災五難的，還要趕著替我做生日。（白先勇：《永遠的尹雪艷》）

32.歷盡了我國三山五嶽與五湖三江之後，曾經親臨了這種悅目賞心的山光水色，就會愈覺得我們的五指就是五嶽，五甲就是五湖。（彭邦楨：《掌上的明山秀水》）

33.靜下來，聽著，時間的涓滴侵蝕著生命的一分一秒。（梁雲坡：《三十初度》）

34.按幫規那是要「三刀五斧莫輕饒」的死罪。（蜀洪：《敗家子》）

35.喆生怔立不動，嘴角抽搐得厲害，鼻孔一張一翕，喉核上下溜動。兩人一句話也沒說，但他明白，就在那個眼光中，他們交換了千言萬語。（林懷民：《逝者》）

36.我才不管你三十擔三百擔呢！我才不希罕這些。（下里巴人：《夢魘》）

37.七少年八少年一走這個路，將來生囝仔無腳倉，子孫沒有好尾的。（楊青矗：《在室男》）

38.通常這時辰她早已出門和幾個七姊八妹玩牌，鬪龍，耍十胡去了。（王禎和：《快樂的人》）

39.十叮嚀八交代的。（電視劇：《薛丁山與樊梨花》）

還有依數序嵌入數目字的。

1.【十二月】原來是一枕南柯夢裏，和二三子文翰相知，他訪四科，習五常典禮，通六藝有七步才識，憑八韻賦縱橫大筆，九天上得遂風雷。

【堯民歌】想十年身到鳳凰池，和九卿相八元輔勸金盃，則他那七言詩，六合裏少人及。端的個五福全，四氣備，占掄魁，震三月春雷，雙親行，先報喜，都為這一紙登科記。（鄭光祖：《倩女離魂》）

案：在【十二月】曲牌中，嵌入一至九；【堯民歌】中嵌入十至一。

2. 十里長亭無客走，九重天上現星辰。八河船隻皆收港，七千州縣盡關門。六宮五府回宮宰，四海三江罷釣綸。兩座樓頭鐘鼓響，一輪明月滿乾坤。（《西遊記》第三十六回）

3. 一片兩片三四片，五六七八九十片，千片萬片無數片，飛入蘆花都不見。（鄭燮：《詠雪花詩》）

4. 一姐不如二姐嬌，三寸金蓮四寸腰；買得五六七錢粉，妝成八九十分俏。

十九月夜八分光，七姐下凡配六郎；待到五更四三點，二人同抱在一床。（宋湘：《贈二姐》）

5. 一別之後，二地懸念。只說三四月，又誰知五六年！七弦琴無心彈，八行書無可傳，九連環從中折斷，十里長亭望穿眼。百思想，千繫念，萬般無奈把郎愁。

萬言千語說不完，百無聊賴十依欄。重九登高看孤雁，八月中秋月兒不圓，七月半燒香秉燭問蒼天，六月伏天人人搖扇我心寒！五月石榴火樣紅，偏遇陣陣冷雨澆花端。四月枇杷未黃，我欲對鏡心意亂，忽匆匆三月桃花隨風轉，飄零零，二月風箏線兒斷。噫！郎呀郎，巴不得下一世你為妹來我為男！（無名氏：《倒順書》）

6. 一去二三里，烟村四五家。亭台六七座，八九十枝花。（無名氏：寫字描紅教材）

7. 一生富貴順利的人，歷練也少，沒有經過二月雪、三月風、四月雨，也賞不出五月花的嬌豔。（黃永武：《愛廬小品・生活篇・女有五不幸》）

8. 把三兩片白帆，談成四五朵流雲，聊成七八隻白鴿，吟成一兩句小令。（羅青：《觀音山》）

至於嵌入已以簡單的數學處理過的數字，也時有所見。在本書《仿擬》章，我曾舉過「聖人兩個十五之年」

以及笑話書中對「冠者五六人，童子六七人」的曲解，都是現成的例子。更補例如後：

1. 人鬲自駿至于庶人六百又五十又九夫。（《大盂鼎》）

案：商、周之際，百位、十位、個位數間，每加「又」字，近乎加法。

2. 衛之遺民男女七百有三十人。（《左傳・閔公二年》）

案：「又」後作「有」。

3. 公子取季隗，生伯儵、叔劉……將適齊，謂季隗曰：「待我二十五年，不來而後嫁。」對曰：「我二十五年矣，又如是而嫁，則就木焉。請待子。」（《左傳・僖公二十三年》）

案：二十五年加二十五年，是五十歲。

4. 夫物之不齊，物之情也；或相倍蓰，或相什百，或相千萬。（《孟子・滕文公上》）

案：謂貨物品質不齊，價格相差有二倍（倍）、五倍（蓰）、十倍、百倍、千倍、萬倍的。

5. 凡兵車百乘，歌鐘二肆及其鎛、磬，女樂二八。（《左傳・襄公十一年》）

案：二八指十六人。

6. 三五二八時，千里與君同。（鮑照：《玩月城西門廨中》）

案：三五，謂陰曆十五日；二八，謂十六日。

7. 二八佳人細馬馱，十千美酒渭城歌。（蘇軾：《李鈴轄座上分題戴花》）

案：此「二八」謂十六歲。

8. 民參其力，二入於公，而衣食其一。（《左傳・昭公三年》）

案：謂人力三分之二用於公，三分之一用於自家生活。

9.會天寒，士卒墮指者什二三。（《史記・高祖本紀》）

案：十分之二，十分之三。

10.說鳳陽，道鳳陽，鳳陽本是好地方。自從出了朱皇帝，十年倒有九年荒，三年水淹三年旱，三年蝗虫鬧災殃。（鳳陽民歌：《花鼓歌》）

案：三加三加三等於九。

11.龍剛冷笑一聲：「哼，商量是五八，不商量是四十。」（辛令顯：《喜盈門》）

案：五乘八就是四十。

12.根號一六九！（大學生間相調侃語）

案：罵人「十三點」。

以上例子，雖可視為在語句中插入數目字，為寬式的「鑲嵌」，但也有些修辭學家名之為「析數」，《漢語修辭格大辭典》就有「析數」一格，是可以參考的分類法。

㈢在語句中，分別插入特殊的詞、句

有嵌入東南西北方位詞的：

1.癸卯卜，今日雨？

其自西來雨？

其自東來雨？

其自北來雨？

其自南來雨？（郭沫若：《卜辭通纂》）

2.江南可采蓮，蓮葉何田田，魚戲蓮葉間：
魚戲蓮葉東，
魚戲蓮葉西，
魚戲蓮葉南，
魚戲蓮葉北。（古樂府：《采蓮曲》）

3.東西南北更誰論？白首扁舟病獨存。
猶拱北辰纏寇盜，欲傾東海洗乾坤；
邊塞西羌最充斥，衣冠南渡多崩奔。
鼓瑟至今悲帝子，曳裾何處覓王門？（杜甫：《追酬故高蜀州人日見寄》）

案：全首二十四句，此取十三至二十句。先點出「東西南北」，下更嵌入北、東、西、南。

4.向每一寸虛空
問驚鴻底歸處
虛空以東無語
虛空以西無語
虛空以南無語
虛空以北無語（周夢蝶：《虛空的擁抱》）

5.中國的位置，位於東東東
恰好和獅子座的流星雨成垂直的垂點上

中國的位置，位於南南南
恰好和天狼星的雄姿成垂直的垂點上
中國的位置，位於西西西
恰好和獵戶星的槍口成垂直的垂點上
中國的位置，位於北北北
恰好和牛郎織女星的舞步成垂直的垂點上（梅新：《中國的位置》）

有嵌入春夏秋冬四季名稱的：

1. 你記得我贈給你的一首詩：
如以春天比擬你，太濃，
如以秋天比擬你，太淡，
如以夏天比擬你，嫌肥，
如以冬天比擬你，嫌瘦。
而你——
你是揉合春夏秋冬的綜合體。（宣建人：《抒情小品》）

2. 他們犂我以春日的甦醒
　植我以夏日的馥郁
染我以秋日的歡欣
覆我以冬日的遼敻（辛鬱：《土壤的歌》）

3.在腹心。有鼓有鐘有磬有琴，
琵琶梵阿鈴簫笛之管弦，
其面目春其四肢秋之枝柯，
其臟腑夏其軀體冬之冷肅。(張健：《四季人》)
案：此例中「春」、「夏」轉品為動詞，「秋」、「冬」仍為名詞。

4.我播種春花，我播種夏日，我播種秋月，我播種冬雪，在我的土壤中，我播種金石的愛情。
春花已飛出展翅的海燕，
夏日已點亮如林的珊瑚，
秋月已剪裁流浪的方舟，
冬雪已釀成滿杯的瓊漿，
惟有金石的愛情，在我心中燃燒不已。(羊令野：《初生之島》)

5.那奔騰豪邁的雷聲，充分地寫出了夏的性格；它不像冬的含蓄，秋的多愁善感，與春的賣弄風情，而是……(殷穎：《故鄉的夏聲》)

有嵌入天地人等名詞的：

1.夫大人者，與天地合其德，與日月合其明，與四時合其序，與鬼神合其吉凶。(《周易・文言傳》)

2.故在天為星辰，在地為河嶽，幽則為鬼神，而明則復為人。(蘇軾：《潮州韓文公廟碑》)

3.轉眼間重陽節來臨了。碧雲天、黃花地、丹楓山、清潦水，撩人登高情思。(二月河：《康熙大帝・驚風密雨》)

有嵌入方向詞前後左右的：

1. 只見山，在左，在右，在前，在後，在腳下，在額頂。只有山永遠在那裏，紅人搬不走，淘金人也淘它不空。（余光中：《焚鶴人・丹佛城》）

2. 左右都是人
前後都是人
也來也往全是人
我要吸的那口空氣
給擠到左邊，又到右邊
給擠到前邊，又到後邊
我只剩下那口空氣（喬林：《空氣》）

有嵌入顏色詞紅黃藍白黑等等的：

1. 赤面秉赤心，騎赤兔追風，馳驅時無忘赤帝；
青燈觀青史，仗青龍偃月，隱微處不愧青天。（《許昌關帝廟懸一聯》）
案：嵌入四赤字、四青字。

2. 「黑板上來，白板裏去」，言其教書賺來的錢在中發白裏送去不少。（逯耀東：《又來的時候》）
案：此條嵌「黑白」。

3. 紅色的溫度，藍色的酷，黃色的丫頭，綠色的彼得・潘，紫色的風騷，黑色真憂鬱，無色真無趣。（Hp Paint Je 彩色印表機廣告）

有嵌入金木水火土五行的：

金釵影搖春燕斜。

木杪生春葉。

水塘春始波。

火候春初熱。

土牛兒載將春到也。（貫雲石：《清江引・立春》）

案：《全元散曲》本原註：「限金木水火土五字冠於每句之首，句各用春字。」

有嵌入各種專有名詞的。吾師戴培之先生賀王熙元唐廣蘭婚禮的聯語：「學行熙明辨思元善；易良廣博悅懌蘭馨。」又成師楚望先生賀聯云：「嘉耦和熙元辰叶吉；德行深廣蘭玉增輝」，均嵌入新郎新娘的名字，十分有趣。這種「嵌字對」，就「嵌」而言，屬「鑲嵌」；就「對」而言，屬「對偶」：所以兩處均有例句，並存互見，茲更添數例於後。

1. 自從益智登山盟，王不留行送出城。

路上相逢三稜子，途中催趲馬兜鈴。

尋坡轉澗求荊芥，邁嶺登山拜茯苓。

防己一身如竹瀝，茴香何日拜朝廷？（《西遊記》第三十六回）

案：益智、王不留行、三稜子、馬兜鈴、荊芥、茯苓、防己、竹瀝、茴香，皆中藥名。

2. 民猶是也，國猶是也，無分南北；

總而言之，統而言之，不是東西！（王闓運：《諷袁世凱聯》）

案：嵌入「民國無分南北，總統不是東西。」另橫披為：「旁觀者清。」「清」字雙關。

3. 國之將亡必「有」；

老而不死是「為」。（章太炎：《責康有為聯》）

案：吳佩孚五十歲生日，康有為以壽聯賀之，曰：「牧野鷹揚，百歲功名才半紀；洛陽虎踞，八方風雲會中洲。」章太炎閱之大怒，撰此聯以責之。謂國之將亡必有妖孽，老而不死是為賊也。嵌名外兼「藏詞」。

4. 大雨洗星海，長虹萬籟天。

冰瑩成舍我，碧野林風眠。（老舍：《嵌字詩》）

案：詩中嵌入八個近代文藝家的名字，其中碧野為黃潮洋之筆名，孫大雨、高長虹、謝冰瑩只取名而略姓。

5. 苦旱喚雷雨，日出憐夢沉。

寄情蛻變日，長憶北京人。

脫口成珠玉，揮毫多典型。

何時重醉倒，滾地共長吟？（光未然：《贈曹禺》）

案：詩中嵌入了曹禺寫的四個劇本《雷雨》、《日出》、《蛻變》、《北京人》名。

6. 交通乃通遐，心清氣自華。

紅梅原可侶，碧竹亦堪誇；

店大欺來客，客強壓店家。

盍捐蝸角隙，並駕騁天涯。（王九逵：《嵌字詩》）

案：臺灣交通、清華二大學均在新竹，每年舉行「梅竹賽」，學生間竟起糾紛。清華喊出：「清華整頓交通！」交大報以：「交通壓死青蛙（諧音清華）！」王九逵因賦此詩勸和。詩中嵌入：交、通、清、華、梅、竹。

聯語中類似之例很多。吾友韋日春教授嘗見士林有店名「有意落花生」，因擬其上聯曰「無心開口笑」，以「無心」對「有意」，而所嵌「開口笑」「落花生」均係食品名，對仗至工。又嘗見有以「新竹桃園夾竹桃」徵對者。新竹桃園為地名，夾竹桃為植物名，限制既嚴，屬對甚難。或以「前金石碇試金石」對，前金地在臺灣高雄市，石碇鄉屬臺北縣，惟試金石之「試」對「夾」，仍欠工。讀友陳育軒君嘗來函對以「泰山甲仙穿山甲」，山東、臺灣均有泰山，甲仙鄉在高雄縣。穿山甲為動物名，以對夾竹桃，「穿」、「夾」詞意相匹，殊較佳妙。

更有一種鑲嵌法，把整句或一個專有名詞鑲入句首：

1. 鄭莊好客，

容我樽前先墮幘，

落筆生風，

籍籍聲名不負公。

高山自早，

瑩骨冰膚那解老，

從此南徐，

良夜清風月滿湖。（蘇東坡：《減字木蘭花》）

案：《全宋詞》收蘇軾此詞，於《減字木蘭花》下有：「贈潤守許仲塗，且以『鄭容落籍，高瑩從良』為句首。」陳善《捫蝨新話》云：「坡昔寓京口，官妓鄭容、高瑩二人常侍宴，坡喜之。二人間請於坡，欲為脫籍，坡許之，而終不為言。及臨別，二妓復之船所懇之。坡曰：爾但持我詞以往，太守一見便知其意。蓋是鄭容落籍，高瑩從良八字也，此老真狡獪也。」

2. 蘆花灘上有扁舟，俊傑黃昏獨自遊；
義到盡頭原是命，反躬逃難必無憂。（《水滸傳》第六十回）

案：鑲「盧（蘆）俊義反」四字。

3. 象以見易翕闢成變
山能知止天地本常（林安梧：《象山居聯》）

4. 草上清風必偃君子有德贊人倫孝弟
湖中游魚相忘天地無心成自然乾坤
太上長樂樂以忘憂不知其名字曰道
子孫永安安而行之無為自化堪稱天（林安梧：《臺中大里市草湖太子宮門聯》）

5. 行色匆匆卻不知前往何處
到了路的盡頭耳邊響起破鞋與河的對話
水中他看到一幅傾斜的臉
窮困如跳蚤
處處咬人

坐在河岸思索一個陌生的句子
看著另一個句子在淚流中逐漸成熟
雲從髮上飄過
起風
時，魚群爭食他的倒影（洛夫：《贈王維隱題詩》）
案：「行到水窮處，坐看雲起時。」為王維《終南別業詩》中句。

6.
深呼吸半晌之後
處處枝葉都毛細管般對你開放
見一見遠來的你也好
一生羞澀如我，閉塞如我
棵棵成熟的果實都離母別娘
櫻蠶張在北國
桃獻媚於江南
尚留的這僅有一棵櫻桃最甜
在隱密處孵大的，敢不敢來嚐（向明：《深處見一棵櫻桃尚在》）
案：題目九字已嵌入九行詩之句首。

7.
理想國

理想與現實二個愛妾再度大打出手
想盡各種烏龍辦法調解不成
國王終於下令把自己扮成忍者，與烏龜

桃花源

桃子堅挺的在風中受孕而竹筍等待閹割
花瓣脹紅臉打開自己不久就萎了
源源不絕的生命在此源源不絕的，死亡

大度山

大群詩的鷹隼飛進我心中啄食，一
度因撕扯潰爛的腐肉而鮮血噴湧
山的巍峨，在胸口同時成形

白開水

白，複雜如墓碑抑或單純如茶杯
開過而又冷卻，是偶然抑或必然
水中微生物的屍體含恨瞠目以對

沉思者

沉淪與下半身的浮腫往往同步發生
思想的骨頭在脂肪堆裡逐漸下陷，多慾

者拉拉褲帶，前後聳動如不倒翁

我愛妳

我不知道該用多少玫瑰的柴薪

愛才能鍊成一丸不含淚意的金丹

妳，最後被一爐爐的灰燼掩埋（沈志方：《現代俳句　隱題六帖》）

(四)在單音詞上下，增一同義字或配一異義字而成複詞

《馬氏文通》在《實字卷之二》曾說：

按古籍中諸名，往往取雙字同義者，或兩字對待者，較單辭隻字，其辭氣稍覺渾厚。雙字同義者，如「規模」、「威儀」、「形容」、「紀綱」、「典章」、「矩矱」、「德政」、「禮樂」、「度數」、「制度」、「性命」之類。其對待之名，率假借於動靜諸字，如「古今」、「是非」、「升沉」、「通塞」、「升降」、「可否」、「安危」、「出入」、「寬嚴」、「否泰」、「因革」、「盛衰」、「進退」之屬。

馬氏所言，固屬語法學範疇；但「辭氣稍覺渾厚」，已與修辭學有關。茲分同義複詞、異義複詞，申說於後。先說同義複詞。又名「增字」，是同義字的重複。目的也在拉長音節，使語氣更為完足，使語意益加充實。古書上不乏增字之例，所增者有：名詞、稱代詞、動詞、形容詞、副詞、關係詞、語氣詞，各種詞品都有了。

1. 申之以盟誓。（《左傳・成公十三年》）

2. 乃使蒙恬北築長城而守籓籬。（賈誼：《過秦論》）

3. 身處脂膏，不能以自潤，徒益辛苦耳。（《後漢書・孔奮傳》）

案：「盟誓」、「籓籬」、「脂膏」均為名詞。盟即誓，籓即籬，脂即膏。

4. 楚之兵節，越之兵不節，楚人因此若勢亟敗越人。（《墨子・魯問》）

5. 人能充無受爾汝之實，無所往而不為義也。（《孟子・盡心下》）

6. 吾與之虛而委蛇，不知其誰何。（《莊子・應帝王》）

案：「此若」、「爾汝」、「誰何」均為稱代詞，此即若，爾即汝，誰即何。

7. 門不容車，而不可踰越。（《左傳・襄公三十一年》）

8. 覽相觀於四極兮。（屈原：《離騷》）

9. 夫以一詐偽反覆之蘇秦，而欲經營天下，混一諸侯，其不可成也亦明矣。（《戰國策・楚第一》）

案：「踰越」、「覽相觀」、「經營」皆動詞，踰即越，覽即相即觀，經即營。

10. 今此鼎細小，又有款識，不宜薦見於宗廟。（《漢書・郊祀志下》）

11. 崇山矗矗，巃嵷崔嵬。（司馬相如：《上林賦》）

12. 弦誦之地，寂寥無聲。（《唐書・代宗紀》）

案：「細小」、「矗矗，巃嵷崔嵬」、「寂寥」皆形容詞。細、小都是小；矗矗、巃、嵷崔、嵬都是高的意思；寂、寥都是靜的意思。

13. 昔歲入陳，今茲入鄭，不無事矣。（《左傳・宣公三十年》）

14. 齊城之不下者，獨唯聊、莒、即墨。（《史記・燕世家》）

15. 蘇君在，儀寧渠能乎？（《史記・張儀列傳》）

案：今即茲，獨即唯，寧即渠，都是副詞。

16. 率由典常。（《尚書・微子》）

17. 人喜則斯陶。（《禮記・檀弓》）

案：率即由，則即斯，都是關係詞。

18. 噫、吁、戲，危乎高哉！（李白：《蜀道難》）

19. 女得人焉耳乎？（《論語・雍也》）

案：噫、吁、戲皆歎詞。《朱子語類》：「焉爾乎，語助辭，聖人之言，寬緩而不急迫。」

自從白話文盛行之後，書面語言上的單音詞追隨口頭語言也有變為複音詞的傾向。而且幾乎都是用「增字」的方法。王力在《中國現代語法》一書中曾經舉出實例，如：

名詞：

狀——狀態　法——方法　信——書信　書——書籍　業——職業　情——情感　思——思想

行——行為　基——基礎　幣——貨幣　心——心靈　奴——奴隸　義——意義　樂——娛樂

藝——藝術

形容詞：

幸——幸福　善——慈善　重——重要　全——完全　完——完善　獨——單獨　苦——痛苦

美——美麗　偽——虛偽　遍——普遍　確——真確　豐——豐富　大——廣大　偉——偉大

健——健康　切——密切

動詞：

明——明瞭　解——了解　慶——慶祝　保——保存　離——脫離　需——需要　要——要求

受——接受　生——生產　消——消化　滅——消滅　讚——讚美　望——希望　識——認識

展——伸展　表——表現　作——工作　行——旅行　記——記憶　動——動作　發——發洩
染——傳染　助——幫助　研——研究　辨——辨理　增——增加　讀——閱讀　寫——書寫
買——購買　位——居位

因此，「增字」後的「同義複詞」已是自然語，而非經過藝術加工之後的語言，不再具有「修辭」性質，所以文例就不必再舉了。

再說異義複詞。由意思相反的兩個單詞構成。大部分異義複詞，兩詞之義並存，如：

1. 道有升降，政由俗革。（《尚書・畢命》）
2. 大小之獄，雖不能察，必以情。（《左傳・莊公十年》）
3. 宮婦左右莫不私王。（《戰國策・齊策・鄒忌諷齊威王納諫》）
4. 故女無美惡，入宮見妬；士無賢不肖，入朝見嫉。（鄒陽：《於獄上書自明》）
5. 生有脩短之命，位有通塞之遇。（潘岳：《西征賦》）
6. 古來辭人，異代接武，莫不參伍以相變，因革以為功。（劉勰：《文心雕龍・物色》）

句中「升降」、「俗革」、「大小」、「左右」、「美惡」、「賢不肖」、「脩短」、「通塞」、「因革」，都是正反相待、兩義並存的異義複詞，但是，也都是自然語，是語法學家分析的對象，不是修辭學家討論的標的。

異義複詞中，有一個單詞只作陪襯，取其聲以舒緩語氣，而不用其義的，語法學家稱之為「偏義複詞」。由於它在語法之外，又具修辭功能，所以可以視為一種修辭方式。在楊樹達的《漢文文言修辭學》中，叫作「連及」，在傅隸樸的《脩辭學》中，叫作「賸辭」。本書定名為「配字」，是採用黃季剛先生的說法。黃先生說：「古人文多用配字，如《出師表》『危急存亡之秋』，存字係配字；《游俠傳序》『緩急人所時有』，緩字係配字。」

配字和增字相似而實異：配字是異義字的連及，增字是同義字的重複；配字義無所取，增字義可並存。以此可定增字和配字之不同。

第一位發現「配字」現象，而加以解釋的，似乎是三國魏人王肅。他在《左傳・昭公十三年》：「鄭，伯男也。」下注：「鄭，伯爵，而連男言之；猶言曰公侯，足句辭也。」宋代陳騤所著《文則》一書，也曾提到這種辭格：「《曲禮》曰：『猩猩能言，不離禽獸。』《繫辭》曰：『潤之以風雨。』蓋禽字於猩猩為病，潤字於風為病。」陳氏雖以配字為「病辭」，但是仍舊認為：「讀其辭則病，究其辭則安。」因為說「猩猩」「不離獸」反不如「不離禽獸」為安。（案：《說文解字》：「禽，走獸總名。」則東漢以前，禽獸同義。後世以鳥類為禽，哺乳類為獸，遂成異義。）明末顧炎武更歷舉古書配字之例，《日知錄・卷二十八・「通鑑註」條》云：「『虞翻作表示呂岱，為愛憎所白。』註曰：『讒佞之人有愛有憎而無公是非，故謂之愛憎。』愚謂：愛憎，憎也。言憎而並及愛，古人之辭寬緩不迫故也。又如：得失，失也。《史記・刺客傳》：『多人不能無生得失。』利害，害也。《史記・吳王濞傳》：『擅兵而別，多他利害。』緩急，急也。《史記・倉公傳》：『緩急無可使者。』《游俠傳》：『緩急人之所時有也。』成敗，敗也。《後漢書・何進傳》：『先帝嘗與太后不快，幾至成敗。』同異，異也。《吳志・孫皓傳注》：『蕩異同如反掌。』《晉書・王彬傳》：『江州當人強盛時能立異同。』贏縮，縮也。《吳志・諸葛恪傳》：『一朝贏縮，人情萬端。』禍福，禍也。晉歐陽建《臨終詩》：『潛圖密已構，成此禍福端。』皆此類。」楊樹達在《漢文文言修辭學》中，更將此種辭格分成四目，各節錄一條如下：

㈠私名連及：

禹稷當平世，三過其門而不入。（《孟子・離婁下》）

原「按」云：三過不入，本禹事而亦稱稷。

㈡公名連及：

鄭，伯男也。（《左傳・昭公十三年》）

案：伯爵而連男言之。

㈢事名連及：

擅兵而別，多他利害。（《史記・吳王濞傳》）

原「按」云：利害，害也。

㈣物名連及：

大夫不得造車馬。（《禮記・玉藻》）

原「按」云：馬非可造之物。

楊氏把「連及」（即本書所稱「配字」）的方式說明得十分清楚。

現代漢語中使用配字並不多，且多為古漢語遺留下來的詞彙，聊舉數例，以備一格而已！

1. 天到多早晚了？還跟著去遊魂！（朱西寧：《狼》）

案：「早晚」的「早」是配字，只有「晚」字才有實際意義。又案：在漢語詞彙發展史上，「早晚」一詞有許多引申義。如：《顏氏家訓・風操》：「尊侯早晚顧宅？」「尊侯」猶言「令尊」，指對方父親。「早晚」作「何時」解。李白《長干行》：「早晚下三巴？預將書報家。」之「早晚」意同。由「何時」再變而有「隨時」義，如韓翃《送山陰姚丞攜伎之任》：「他日如尋始寧墅，題詩早晚寄西人。」之「早晚」。還有「多少時日」義，如白居易《除夕》：「潯陽來早晚？明日是三年！」元、明以後「早晚」又有「時候」之義。王實甫《西廂記》：「這早晚敢待來也！」《紅樓夢》第四十三回：「你往那裏去了，這早晚纔來？」不過「早晚」作為偏義複詞，仍舊有的，《紅樓夢》第三十九回，劉老老對平兒說：「天好早晚了，我們也去罷。別出不去城，纔是饑荒呢！」中「早」就是配字。「饑荒」是「困苦」的意思。朱西寧《狼》中「多早晚」如解作「什麼時候」，亦可，惟仍以「晚」義為重。

2.幾番得失，我已失卻一切。（林懷民：《變形虹》）

案：「得失」的「得」是配字，只有「失」字才有實際意義。

3.土希兩國，歷史上的恩怨植根已深，累有衝突。（《中央日報・社論・隱憂重重的塞島問題》）

案：「恩怨」之「恩」是配字。

關於配字，還有一段公案，牽扯到魯迅和梁實秋。文章是陳之藩寫的，題目叫《褒貶與恩仇》，節錄於後：

原來，臺灣今年（一九八〇）的國文聯考題是「生活的苦澀與甜美」，一位同學說，這題目很嚕嗦，應作「人生甘苦談」。甜美即甘，苦澀者苦，白話文就是用字累贅，費力而不討好。另一個說，如變為人生甘苦談，豈非必須作文言文，文言者死文字也，等等。

既是些老生常談，我就沒有繼續往下聽，走到裏面去。想躺在一個破沙發上休息一下，走了這座長橋，這時有些累了。但思潮卻反而澎湃起來；依然想那兩位同學的話題。越想，越覺得這個問題並不是字面上所顯示的那麼簡單。

甜美即甘，苦澀者苦，並沒有錯。可是甘苦二字合在一起卻不等於苦澀與甜美。我們平常很容易說：「你哪裏知道其中甘苦。」這幾乎等於說：你哪裏知道其中之苦。這表面甘的意思是很少的。但如譯成了白話卻苦澀與甜美各佔一半。

同樣的「搬弄是非」，這個詞的意思是搬弄「非」，而不是說搬弄「是」。搬弄「是」有什麼不好呢，是搬弄「非」才為人所詬病。

還有，「不顧生死」是勇敢不怕「死」的意思；不怕「生」就說不通了。

再有，國家興亡匹夫有責，是國家之亡匹夫有責，國家既興，倒可以退隱山林了。

這些中國詞句的用法：甘苦，是非，生死，興亡，這些俯拾即是的成語，卻是用兩個意義相反的字，而所指卻完全是負的意思。所以甘苦指的是「苦」，是非指的是「非」，生死指的是「死」，興亡指的是「亡」。

五十年前吧，文化界有一很著名的官司。就是現在還在臺灣的已八十歲的梁實秋先生與左派自封自命的大宗師魯迅打筆仗。在筆仗中，梁先生說了一句：「把某一事褒貶得一文錢也不值。」

魯迅抓住辮子不放；用像匕首一樣鋒利的詞句閃電似的向梁先生劈過來。

「你梁實秋，究竟是在說『褒』，還是說『貶』？褒是褒，貶是貶，什麼叫褒貶得一文不值？」

梁先生竟然無詞以對。只解釋說，北京城裏大家所說的褒貶，都是貶的意思，並沒有褒的意味。

這次筆仗，在表面上看，梁實秋先生是敗下陣來。香港有一本集子，搜羅這次筆仗中兩造的文件，我前些年剛到港時曾看過，覺得梁先生是真有難言之苦。可是魯迅的說詞，我也不能信服，至於為什麼不信服，也說不出具體的理由。

去年，秋天，在香港，來了一位在美作教授的朋友去大陸，又剛從大陸回到香港，他從口袋裏拿出一幅題字，是鄧小平寫的。他說：「我與鄧說了一些四川話後，請他題個字給我。他當時答應了。卻沒有寫。但到我上飛機離開時，一幅字卻送到機場。隨後，他拿出這幅字給我看。

歷盡劫波兄弟在，相逢一笑泯恩仇。

並在下面註明是錄自魯迅先生的詩句。我雖從來沒有在《魯迅全集》中看到過，自然是他作的了。也不知魯迅當時為何而作，現在用來統戰倒是滿合適的。我看完了，哈哈大笑起來，我這位朋友奇怪的問我：

你為什麼笑呢？

我說我替梁實秋先生大笑的。原來魯迅自己不知不覺的也有與梁先生類似的用法。「相逢一笑泯恩仇」，當然是泯「仇」。「恩」為什麼要泯它呢。可見恩仇兩個相反的字，卻只作一個負性的解釋。即恩仇者仇也，並沒有恩的意思；正如褒貶者貶也，並沒有褒的意思。

原來：恩仇的恩、褒貶的褒、甘苦的甘、是非的是、生死的生、興亡的興，有時也可作配字！也都是古漢語沿襲下來的用法！

我再補一段公案：一九五七年臺灣各大學聯合招生國文考試作文題目是「讀書的甘苦」，硬是有人把文章寫成「讀書的艱苦」，把苦水全瀉到考卷上，還引起媒體一陣「褒貶」。因為，閩南話中，「甘（收m音）苦」音近「艱（收n音）苦」，只苦沒甘。「甘」是不是被視為配字呢？還有，像：「艱苦錢，加減賺」、「不知偆（伸）退」、「大小聲」、「黑白講」等等異義對待複詞，可能也有所「輕重」！

附說「拼字」。把兩個雙音節複詞拆開，重新拼組，如把「鑲嵌金玉」拆開重組成「鑲金嵌玉」，或把「歌舞歇罷」拆開重組成「歌歇舞罷」之類，有些修辭學書歸之於「鑲嵌」，我舊著歸之於「錯綜」。今以「嵌玉」與「鑲金」對，「舞罷」與「歌歇」對，歸之於「對偶」中的「句中對」。「拼字法」是構成「句中對」方法之一，但不是所有「句中對」都由拼字法構成。如賀鑄的《御街行．別東山》：「斷橋孤驛，冷雲黃葉，想見長安道。」中，「斷橋孤驛」、「冷雲黃葉」，就不是「斷孤橋驛」、「冷黃雲葉」拼字組成。假使把「斷橋孤驛」、「冷雲黃葉」視為「句中對」，把「鑲金嵌玉」、「歌歇舞罷」視為「鑲嵌」，可能徒增辨析之困擾。這也是我把它歸於「對偶」而不歸於「鑲嵌」的理由。詳已見《對偶》章，此略作補充說明而已。

丙、原　則

鑲嵌格的目的，在使文氣舒緩，語意鄭重而富趣味。試將舉例節所述古代漢語中鑲嵌格的發展情形，以及現代漢語中鑲嵌格的使用情形，逐條加以審核，對於鑲嵌格這種功能及適用對象，便可一清二楚了。這是使用鑲嵌格的總原則，無論在語句中插入虛字、數目字、特殊字句、增一同義字、或配一異義字，都得尊重這個原則。分別說來：

(一)插入虛字或數目字必須藉聲音的延長完成強調的目的

把「朝夕」拉長成「一朝一夕」；把「手舞足蹈」拉長成「手之舞之足之蹈之」，不只是聲音的延長，而且有強調的目的。前者強調僅僅「一個」，後者強調出「舞蹈」節奏之舒緩悠長。打個比方：「手舞・足蹈」是四分之二的調子，四分音符，每一小節有二拍；「手之舞之・足之蹈之」是四分之四的調子，四分音符，每一小節有四拍。其他如「一言半語」強調言語之少；「一草一木」強調草木之徧；「三番兩次」「七零八落」強調番次之多，零落之甚，莫不有強調的目的在。

(三)嵌入特定字句必須藉文字的安排形成美妙的辭趣

把「東南西北」、「春夏秋冬」、「前後左右」、「金木水火土」、「紅藍黃白黑」以及人名、地名等各種專名嵌入長句子裡，除了使文氣舒緩鄭重外，還富有一種美妙的辭趣。作者的巧思常表現在安排的自然與貼切上。我十分欣賞於梨華《移情》中二句話：

她似春天，帶著夏日的猖狂；
我是秋日，染著嚴冬的蒼涼。

把「春夏秋冬」四字那麼不著痕跡地嵌入句子之中，意思又十分貼切。

(三) 增一同義字必須藉增加的文字造成音節的和諧

我國文字，一字一音，有平有仄，常常可以對仗得十分工整，造成十分和諧的節奏。有時為了和上下文的「複音詞」對仗，還可以把「單音詞」加上一個意義相同的「單音詞」，形成一個複音的「詞聯」。例如：葉珊《綠湖的風暴》中「我看到歷史的倏忽和曩昔的烟霧」，「曩昔」同義，所以不單說「曩」或「昔」，是為了湊成複音詞聯「曩昔」，以便和上文「歷史」相對。如果單說曩或昔，全句節奏就欠和諧了。詩歌中有時為了湊足五言或七言，也可用此法，郭璞《遊仙詩》：「借問此何誰？云是鬼谷子。」何下所以加誰，便為了湊足音節，增字的妙用在此。白話文單音詞所以有變為複音詞的趨勢，理由之一是白話文比文言文更接近口語，而口語自然而然地非常注意音節的和諧。

(四) 搭配異義字必須藉正反的詞義構成委婉的語意

直言指斥，最易傷人。在專制時代，臣下對君主說話，尤其需要委婉。例如諸葛亮《出師表》：「宮中府中，俱為一體；陟罰臧否，不宜異同。」「不宜異同」之「同」是配字，無義。要是刪去「同」，把句子改成「不宜有異」，就欠委婉了。甚至臣下敘及君主，也得有所顧忌。《後漢書・何進傳》：「先帝嘗與太后不快，幾至成敗。」「成敗」之「成」是配字，但如刪去「成」字，改成「幾至失敗」，語意便太直率了。現在雖然已是民主時代，但是為了使自己的話易為對方所接受，配字仍有其使用的價值。你看梁啟超《為學與做人》：「大凡憂之所從來，不外兩端：一曰憂成敗，一曰憂得失。」試問：成功和獲得有什麼好憂的？憂的只是失敗、失去而已。但是面對蘇州學界演講，彼此都是知識分子，措辭仍以委婉為是。

第八章　錯　綜

甲、概　說

凡把形式整齊的辭格，如類疊、對偶、排比、層遞等，故意抽換詞彙、交蹉語次、伸縮文句、變化句式，使其形式參差，詞彙別異，叫作「錯綜」。

自我們開始敘述「優美形式的設計」以來，所已經討論的辭格，諸如：類疊、對偶、回文、排比、層遞、頂真，大致上都基於「整齊」的原理。「鑲嵌」已開始講求變化，不過仍是些基本的、簡單的方式；現在要討論的錯綜，更要求「變化」之外，邁向「複雜」，跟「整齊」大異其趣，這豈不矛盾？

要答覆這個問題並不困難。我們的宇宙原是包羅萬象的，既不乏整齊的事物；也充滿變化的現象。藝術模擬自然，當然也不能固執一法。「整齊」與「變化」、「複雜」是可以並存的。

風景是一個現成而精美的錯綜例子，自然的風景是一種不確定的客體，它總是包含了足夠的複雜性和多變性，使我們的感官有充分的自由去選擇、強調、組織、並賦予意義。在人類的行為中，也多的是不按牌理出的牌，叫人感到詫異與莫測！

在文學發展史上，錯綜與整齊曾有多次的互為消長。以漢語文學作品來說，原是駢散同源，殷虛卜辭是個好例。先秦典籍，《詩經》略偏於駢；其他則傾向於散。漢賦繼起，整齊的句法開始抬頭，到了六朝的駢文，更是登峰造極。韓愈的古文運動，是錯綜句法對整齊句法的強烈反抗。於是，散文奪回文壇上的正統。但是，駢體並未因此而消聲滅跡，唐宋以降，駢文作者，代有其人。清人汪中，更是此中佼佼者。到了民國初年，胡適倡文學革命，《文學改良芻議》中有「不講對仗」之目。不過，胡氏承認：「排偶乃人類言語之一種特性，故雖古代文字，如老子孔子之文，亦間有駢句。」胡氏所反對，只是「牽強刻削」、「定其字之多寡，聲之平仄，詞之虛實」、「束縛人之自由過甚」的駢文律詩。近人的主張都偏向於調和，認為詩文應該綜合駢散。這一主張表面看起來是比較中和，實際上是忽略了文學所模擬的對象——自然——的多樣性，是一種有欠深思的鄉愿式的主張！我個人的看法：自然既然以其整齊、變化，與整齊中有變化、變化中有整齊等等現象取悅我們，所以模擬自然的文學作品，也不妨以整齊、變化、整齊中有變化、變化中有整齊來回報自然。所以，講求整齊的駢文律詩，駢散綜合的詩文，絕無排偶的純散文，只要形式與內容能密切配合，均有存在的價值。

在西方，文學思潮也有由「整齊」傾向於「錯綜」的趨勢。記得在「優美形式的設計」諸辭格中，尤其在《層遞》一章，我曾說到「比例」、「秩序」、「漸層」等等概念。這種概念為西方文壇上「古典主義」的支柱，終於發展為絕對的「形式主義」。物極必反，自從數學觀念的進展，「無理數」「函數」觀念的產生，帶來人類思想的巨變。卡西勒(Ernst Cassirer)在所著《人論》(*An Essay on Man*)第九章《藝術》中說得好：「事物的各個方面是數不清的，而且它們時時刻刻都在變化著。任何想要把它們包含在一個單一公式內的企圖都是徒勞無效的。」「在藝術中，我們專注於現象的直接外觀，並且最充分地欣賞著這種外觀的全部豐富性和多樣性。在這裡我們並不關心規律的齊一性而是關心直觀的多元性和差異性。」布臣倫(Scott Buchanan)在他的《詩與數學》(*Poetry and Mathematics*)中更指出：數學的函數觀念啟示我們，一切是在變化的，數字本身亦在變化，那些固定的常數事實上是不存在的。這樣一來，當數學的重點由常數、有理數轉移到函數、無理數，便產生了許多重要的結果，首先是建立在常數與有理數之上的美學發生基本上的動搖。進一步的，美學自物理學的教條式的機械論中解脫出來，躍向生物學的有機的推論。這種結果，表現在文藝思潮上，是浪漫主義的產生；表現在文藝創作，是錯綜句法取代了排偶句法；表現在文藝批評上，是從前經常被使用的詞彙，諸如：美的、和諧的、均衡的、勻稱的、高貴的、細緻的，……等等，逐漸消失了，代之而起的是：有力的、突出的、特創的、動的、異樣的、荒謬的……等等新的詞彙。

錯綜不應被解釋為紊亂；而是一種經歷千錘百鍊、卻又一無痕跡，遠超天工造化之「巧」。它是曖昧的、支離的、隱約的，可以作多方面闡釋的。因而增進了文字的思想內容，使作品產生了適度的深奧感與豐富的意義感。刺激讀者馳騁其想像力，在山重水複撲朔迷離的文學境界一享探幽訪勝的樂趣與好奇心理的滿足。

乙、舉　例

(一)抽換詞面

以同義的詞語取代形式整齊的句子中的某些詞語，叫作抽換詞面。例如：

1. 吾無糧，我無食，安得而至焉？《莊子・山木》

　案：「吾無糧，吾無糧。」本為疊句，今以「我」取代「吾」，以「食」取代「糧」，是為抽換詞面。

2. 南山烈烈，飄風發發。民莫不穀，我獨何害！

　南山律律，飄風弗弗。民莫不穀，我獨不卒！《詩經・小雅・蓼莪》

　案：「律律」猶「烈烈」也；「弗弗」猶「發發」也。此為「類句」抽換詞面而成「錯綜」。

3. 故謀用是作，而兵由此起。《禮記・禮運大同章》

　案：「作」意與「起」同，「用是」即「由此」。用抽換詞面的方式，造成錯綜的效果。弔詭的是，這兩句竟也可以視作刻意避免同字的「對偶」。

4. 嘗一脟肉，而知一鑊之味，一鼎之調也。（《呂氏春秋・察今》）

案：「味」、「調」皆謂「味道」。

5. （秦孝公）……有席卷天下，包舉宇內，囊括四海之意，并吞八荒之心。（賈誼：《過秦論》）

案：四句話的四個動詞表達的都是同一個意思，所以是抽換字面的錯綜。「席卷天下」、「包舉宇內」、「囊括四海」則為句中語詞的排比。

6. 伯夷、叔齊雖賢，得夫子而名益彰；顏淵雖篤學，附驥尾而行益顯。（司馬遷：《史記・伯夷列傳》）

案：「附驥尾」是「借喻」，「驥」仍是「夫子」的意思。

7. 持規而非矩，執準而非繩，通一孔，曉一理，而不知權衡也。（《鹽鐵論・相刺》）

案：「通」、「曉」一義。

8. 殫其地之出，竭其廬之入。（柳宗元：《捕蛇者說》）

案：「殫」、「竭」皆言盡也。

9. 小則獲邑，大則得城。（蘇洵：《六國論》）

案：「獲」與「得」同義。

10. 歲時祭祀，則必涕泣曰：「祭而豐，不如養之薄也。」（歐陽修：《瀧岡阡表》）

案：「而」非連詞，與「之」皆作結構助詞用。

11. 地也，你不知好歹何為地！天也，你錯勘賢愚枉做天。（關漢卿：《竇娥冤・第三折》）

案：「不知好歹」與「錯勘賢愚」錯綜使用。

以下各例選自現代文學作品。

12. 以前錦繡般在我眼前的，現在都帶了黯淡的顏色。——是愁著芳春的銷歇麼？是感著芳春的困倦麼？（朱自清：《歌聲》）

案：換「愁」為「感」，換「銷歇」為「困倦」。

13. 輕輕的我走了，
正如我輕輕的來；
我輕輕的招手，
作別西天的雲彩。
……………
悄悄的我走了，
正如我悄悄的來；
我揮一揮衣袖，
不帶走一片雲彩。（徐志摩：《再別康橋》）

14. 這位小阿姨可以說真是個美麗的女人，美麗的可愛，美麗的可親。如，身長玉立，蛋型的臉，皮膚是黑裏帶俏，黑的光潤，黑的細緻。（劉枋：《小蝴蝶和半袋麵》）

案：「可愛」、「光潤」，抽換成「可親」、「細緻」。

15. 夜，可咀咒地長，可恨地長。正如對夜之長無可如何一樣地，這對可憫的夫婦也對這個飢渴的嬰兒無可如何。（鍾肇政：《大嵙崁的嗚咽》）

16. 東方的雲層由紫絳而漸轉粉紅，雲彩下映照著烟波渺渺的錢塘江，凝眸久遠，雖不見點點帆影，可是它帶給你新的理想，新的夢。（琦君：《煙愁・雲居書屋》）

17. 因為我總是在挑剔，總是在選擇。（高大鵬：《賦別》）

18. 我有時候從事實出發，不知不覺的進入抽象，玩起「概念的積木」。我有時候從概念出發，不知不覺的進入事實，回憶起悠悠的往事。（子敏：《和諧人生》）

案：由「事實」進入「抽象」，從「抽象」回歸「事實」，原是回文形式，作者刻意玩起「概念的積木」，硬把後句的「抽象」換成「概念」，使整齊的形式變得錯綜複雜。

(三)交蹉語次

把詞、語、句等語言成分的次序，安排得前後不同，叫作交蹉語次。

先舉古漢語作品中的例子：

1. 今予發，惟恭行天之罰。今日之事，不愆于六步、七步，乃止齊焉。夫子勖哉！不愆于四伐、五伐、六伐、七伐，乃止齊焉。勖哉夫子！（《尚書・牧誓》）

案：這是周武王姬發牧野之戰的誓詞，「夫子勖哉」、「勖哉夫子」，語次交蹉。

2. 王何必曰利，亦有仁義而已矣。……王亦曰仁義而已矣，何必曰利？（《孟子・梁惠王上》）

案：這是「類句」的交蹉語次。

3. 猿獮猴錯木據水則不若魚鼈；歷險乘危則騏驥不如狐狸。（《戰國策・齊策》）

案：下句若作「騏驥歷險乘危則不如狐狸」，則為對偶句，今將「歷險乘危」提前，使語次交蹉。又案：「錯木據水」之後置，「歷險乘危」之前置，純為語次交蹉，無涉語法成分之更改。

4.或命巾車，或棹孤舟；既窈窕以尋壑，亦崎嶇而經丘。（陶淵明：《歸去來辭》）

案：第四句「亦崎嶇而經丘」上接第一句「或命巾車」；第三句「既窈窕以尋壑」上接第二句「或棹孤舟」。歐陽修《秋聲賦》：「初淅瀝以蕭颯，忽奔騰而砰湃；如波濤夜驚，風雨驟至。」淅瀝蕭颯者為風雨；奔騰砰湃者為波濤。交蹉方式同此。

5.使人意奪神駭，心折骨驚。（江淹：《別賦》）

案：本當言「骨折心驚」。蕭統《文選・序》：「歷觀文囿，泛覽詞林，未嘗不心遊目想，移晷忘倦。」中「心遊目想」，同一機杼。

6.臣聞：

求木之長者，必固其根本；
欲流之遠者，必浚其泉源；
思國之安者，必積其德義。
源不深而豈望流之遠？
根不固而何求木之長？
德不厚而思國之治，
雖在下愚，知其不可，而況於明哲乎？（魏徵：《諫太宗十思疏》）

案：先以根、源、德為序；再換以源、根、德為序。

7.臨谿而漁，谿深而魚肥；釀泉為酒，泉香而酒洌。（歐陽修：《醉翁亭記》）

案：洌，清澈潔淨的意思。本當言「泉洌而酒香」。

以下各例，選自近代白話作品：

8.只如今我像失了甚麼，
原來她不見了！
她的美在沉默的深處藏著，
我這兩日便在沉默裏浸著。
沉默隨她去了，
教我茫茫何所歸呢？
但是她的影子卻深深印在我心坎裏了！
原來她不見了，
只如今我像失了甚麼！（朱自清：《悵惘》）

9.有人認為文學是時代的產兒，飛揚的時代，有飛揚的文學，頹廢的文學，有頹廢的時代。（梁實秋：《實秋雜文》）

10.自然界給他安慰、快樂，他也在自然界找到快樂、安慰。（張秀亞：《談靜》）

11.是的，赫魯雪夫，一個好人
……
一個好人，是的，赫魯雪夫
……
赫魯雪夫，好人，是的，好人

……（瘂弦：《赫魯雪夫・三、四、五章》）

12. 我天天撐著傘，走半分鐘的水泥小徑去上課，那蘭陽微雨便懶洋洋的細細織著，緩緩飄著；織出夢樣的氤氳，飄下雲樣的軟綿，我踩在雲上，走進夢中。（鄭明娳：《蘭雨》）

13. 我慢慢地在歷史大樓昏暗的窄梯往上爬……。

……他們都下樓了。我往上爬著，在昏暗的歷史窄梯上。（林彧：《爬梯》）

14. 買奶粉的人有三種：第一種人以品質好壞為標準，第二種人以價格高低為標準，第三種人以贈品多少為標準。您是那一種？如果您是第二種人，我們祝您發財；如果您是第三種人，我們祝您幸運；如果您是第一種人，我們將向您推薦愛力大。（廣告）

㈢調整語法

把原本結構相近的語句，刻意更改其結構形態，使語法參差別異，叫作調整語法。

1. 有盛饌，必變色而作。迅雷風烈，必變。（《論語・鄉黨》）

案：「迅雷」為形名結構；「風烈」為主謂結構。為迴避句中對而更改語法。

2. 問國君之富，數地以對；……問士之富，以車數對；問庶人之富，數畜以對。（《禮記・曲禮下》）

案：「數地以對」為連動結構。前項「數地」為動賓結構，後項「對」為省略賓語的動詞，中以連詞「以」連接。「以車數對」則由介賓結構「以車數」加動詞謂語「對」而成。為迴避「排比」而錯綜。

3. 蕙殽蒸兮蘭藉，奠桂酒兮椒漿。（《楚辭・九歌・東皇太一》）

案：「蕙殽蒸」為被動式，賓語「蕙殽」提前到動詞「蒸」之前。迴避了與「奠桂酒」對偶。

4. 青，取之於藍，而青於藍；冰，水為之，而寒於水。（《荀子・勸學》）

案：不說冰「凝之於水」，而說「水為之」，更改語法以避與「取之於藍」對偶。「取之」為動賓結構，「於藍」為介賓結構，「取之於藍」為無主句。「水為之」為準判斷句，有主語「水」，準繫語「為」，賓語稱代詞「之」。

5. 故聖人議多少，論薄厚為之政。故薄罰不為慈，誅嚴不為戾，稱俗而行也。（《韓非子．五蠹》）

案：「薄罰」為副動結構；「誅嚴」為動補結構。

6. 夫疾風而波興，木茂而鳥集。（《淮南子．主術》）

案：「疾風」為形名結構；「木茂」為主謂結構。迴避對偶，而形成錯綜。

7. 附枝大者賊本心，私家盛者公室危。（《漢書．蕭望之傳》）

案：「賊本心」為動賓結構；「公室危」，為主謂結構。

8. 一片花飛減卻春，風飄萬點正愁人。（杜甫：《曲江》）

案：「一片」是數量形容詞，置於主謂結構「花飛」前；而形容詞「萬點」卻置於主謂結構「風飄」之後。

9. 春與猿吟兮，秋鶴與飛。（韓愈：《柳州羅池廟碑》）

案：後句本當言「秋與鶴飛」，改變語法以迴避與「春與猿吟」對偶。

10. 試看閑愁都幾許？一川煙草，滿城風絮，梅子黃時雨。（賀鑄：《青玉案》）

案：「一川煙草」、「滿城風絮」都是「二、二」音節的形名結構；但「梅子黃時雨」在音節上是「四、一」，語法上，主謂結構「梅子黃」作名詞「時」的定語，「梅子黃時」又作名詞「雨」字的定語。如是迴避了排比，而形成錯綜。

11. 這上面的夜的天空，奇怪而高，我生平沒有見過這樣奇怪而高的天空。（魯迅：《秋夜》）

案：「天空奇怪而高」是表態句，「天空」是主語，「奇怪而高」為雙表語，中以連詞「而」連繫著；「奇怪而高的天空」卻是形名結構，「奇怪而高」是定語，「天空」作「見」的賓語。

12. 這枝筆的任務，主要的是傳達出大地上一片愛的呼聲，愴痛的呼聲。讓沉睡的人清醒過來，讓糊塗的人明白過來，讓戰慄的人勇敢起來，讓充滿了恨的人知道怎樣去愛。（張秀亞：《懷念》）

案：「讓沉睡的人清醒過來」等四句，都是「兼語句」，其謂語由述賓結構和主謂結構套在一起而組成。「讓」是述語，「沉睡的人」作「讓」的賓語兼「清醒過來」的主語。「沉睡的人」為形名結構；「清醒過來」為動補結構。前三句句型都相同，只有第四句中「充滿了恨的人」，定語「充滿了恨」為述賓結構，與「沉睡」、「糊塗」、「戰慄」等為形容詞結構不同。又「知道怎樣去愛」為述賓結構，也跟「清醒過來」、「明白過來」、「勇敢起來」等動補結構有異。正由於最後第四句結構與前三句不同，於是原本整齊的排比句起了錯綜變化。

㈣伸縮文身

把原本形態相同、字數相等的句子，故意伸縮變化字數，使長短不齊，叫作伸縮文身。

先說古代漢語的例子：

1. 今有一人，入人園圃，竊其桃李，眾聞則非之，上為政者得則罰之。此何也？以虧人自利也。至攘人犬豕雞豚者，其不義又甚入人園圃竊桃李。是何故也？以虧人愈多，其不仁茲甚，罪益厚。至入人欄廄，取人馬牛者，其不仁義又甚攘人犬豕雞豚。此何故也？以其虧人愈多，其不仁茲甚，罪益厚。

至殺不辜人也，拖其衣裳，取戈劍者，其不義又甚入人欄廄取人馬牛。此何故也？以其虧人愈多，苟虧人愈多，其不仁茲甚矣，罪益厚。當此，天下之君子皆知而非之，謂之不義。今至大為不義攻國，則弗知非，從而譽之謂之義。此可謂知義與不義之別乎？（《墨子・非攻上》）

案：此段文字原為雙遞複式層遞。其前項是：

今有一人，入人園圃，竊其桃李。

至攘人犬豖雞豚者，其不義又甚入人園圃竊桃李。

至入人欄廄，取人馬牛者，其不仁義又甚攘人犬豖雞豚。

至殺不辜人也，拖其衣裳，取戈劍者，其不義又甚入人欄廄取人馬牛。

文字顯然有伸縮增損。而後項是：

此何也？以虧人自利也。

是何故也？以虧人愈多，其不仁茲甚，罪益厚。

此何故也？以其虧人愈多，其不仁茲甚，罪益厚。

此何故也？以其虧人愈多，苟虧人愈多，其不仁茲甚矣，罪益厚。

文字有所增損之外，更有所抽換。而結論是：

當此，天下之君子皆知而非之，謂之不義。

今至大為不義攻國，則弗知非，從而譽之謂之義。

此可謂知義與不義之別乎？

峰回路轉，柳暗花明，文字不再是同中有異，而是異中有同了。

2. 齊人有馮諼者，貧乏不能自存，使人屬孟嘗君，願寄食門下。孟嘗君曰：「客何好？」曰：「客無好也。」曰：「客何能？」曰：「客無能也。」孟嘗君笑而受之，曰：「諾。」左右以君賤之也，食以草具。

居有頃，倚柱彈其劍，歌曰：「長鋏歸來乎！食無魚。」左右以告。孟嘗君曰：「食之，比門下之客。」居有頃，復彈其鋏，歌曰：「長鋏歸來乎！出無車。」左右皆笑之，以告。孟嘗君曰：「為之駕，比門下之車客。」於是乘其車，揭其劍，過其友曰：「孟嘗君客我。」後有頃，復彈其劍鋏，歌曰：「長鋏歸來乎！無以為家。」左右皆惡之，以為貪而不知足。孟嘗君問：「馮公有親乎？」對曰：「有老母。」孟嘗君使人給其食用，無使乏。於是馮諼不復歌。《戰國策・齊策・馮諼客孟嘗君》

案：文中馮諼三次彈鋏：首「倚柱彈其劍」；次「復彈其鋏」，「倚柱」承前省略，增「復」字，「劍」抽換為「鋏」；三「復彈其劍鋏」，合「劍」、「鋏」為「劍鋏」。三次歌，首曰「食無魚。」次曰「出無車。」句型同；惟三曰「無以為家。」語法有所調整。左右之告有三：首「左右以告」，次增「皆笑之」，三轉「笑」為「惡」，「以告」增添為「以為貪而不知足」。孟嘗君之言則曰：「客何好？」「客何能？」語甚簡短；曰：「諾」，僅一字矣。其後與左右言，曰：「食之，比門下之客。」「為之駕，比門下之車客。」語有伸長，至「馮公有親乎？」並囑咐左右使人給馮母食用，無使乏：關懷之情，已無庸言表。

3. 客有歌於郢中者：

其始曰下里巴人，國中屬而和者數千人；
其為陽阿薤露，國中屬而和者數百人；
其為陽春白雪，國中屬而和者，不過數十人；
引商刻羽，雜以流徵，國中屬而和者，不過數人而已：
是其曲彌高，其和彌寡。（宋玉：《答楚王問》）

案：中四句原屬層遞。「陽春白雪」句，「數十人」上加「不過」二字；「引商刻羽，雜以流徵」句法加長，「數人」之上有「不過」，之下有「而已」。整齊之中，而有一番變化。

4. 大凡物不得其平則鳴：
草木之無聲，風撓之鳴；
水之無聲，風蕩之鳴，其躍也或激之，其趨也或梗之，其沸也或炙之；
金石之無聲，或擊之鳴。（韓愈：《送孟東野序》）

案：「草木之無聲」句、「金石之無聲」句，字數相等，惟「水之無聲」句，下多「其躍」、「其趨」、「其沸」三排比句。

5. 一宿體寧，再宿心恬，三宿後頹然嗒然，不知其然而然。（白居易：《廬山草堂記》）

案：「一宿」、「再宿」兩句皆四字；獨「三宿」句文字加長至十三字。

以下各例，取自近代文學作品。

6. 我是一個生命的信徒，起初是的，今天還是的，將來我敢說，也是的。（徐志摩：《迎上前去》）
7. 讚美是多餘的，正如讚美天堂是多餘的，咒詛也是多餘的，正如咒詛地獄是多餘的，巴黎，軟緜緜的

巴黎，只是你臨別的時候，輕輕囑咐一聲「別忘了，再來」，其實連這都是多餘的。（徐志摩：《巴黎的鱗爪》）

8. 讓我們的理想是一個，快樂是一個，讓我們的生命也合成一個，因為我們的手中都有一顆最大的、最美麗的、希望的花朵。（靳以：《散文三試》）

9. 對人，愛更是一種學習，一種極艱難的極易失敗的學習。（何其芳：《還鄉雜記》）

10. 刻妳的名字！

刻妳的名字在樹上。

刻妳的名字在不凋的生命樹上。（紀弦：《妳的名字》）

11. 她如同波多萊爾散文詩中所寫的那個人——愛天邊那朵雲，那朵飄去的雲，但她又怕看那朵雲，那朵飄去的雲。（張秀亞：《遷居》）

12. 集詞成句，必須用詞恰當，造句正確；集句成篇，必須句與句的關係清楚，段落區分得適當，安排得有層次。（黃貴放：《國語文法圖解・前言》）

13. 擁抱這飄忽——黑色的雪

不可捉摹的冷肅和美

自你目中

自你叱咤著欲奪眶而出的沉默中（周夢蝶：《虛空的擁抱》）

14. 每一次出國是一次劇烈的連根拔起。但是他的根永遠在這裏，因為泥土在這裏，落葉在這裏，芬芳亦永永遠遠播揚自這裏。（余光中：《蒲公英的歲月》）

15. 安東尼奧尼的鏡頭搖過去，搖過去又搖過來。殘山剩水猶如是。皇天后土猶如是。紜紜黔首紛紛黎民從北到南猶如是。那裏面是中國嗎？那裏面當然還是中國永遠是中國。只是杏花春雨已不再，牧童遙指已不再，劍門細雨渭城輕塵也都已不再。然則他日思夜夢的那片土地，究竟在哪裏呢？（余光中：《聽聽那冷雨》）

16. 矮師爺忙著問：

「那，總帥大人的披甲將軍呢？可碾成了！」

「沒，沒有，沒看見！」（子于：《巧奪》）

17. 活人住在平地，古人住在山上，一個黃頭髮的外國人住在教堂裏。（邵僩：《生長》）

18. 望著遠方的雲的一株絲杉

　望著雲的一株絲杉

　　一株絲杉

　　　絲杉（白荻：《流浪者》）

19. 記得在一個三月的午後，細雨霏微的午後；記得一條小路，一條落滿楝花的小路。（葉珊：《自剖》）

20. 我說我常聽見我喜悅的聲音，我說我喜悅的聲音如那冰溶後的小溪一樣的清脆。我喜悅的聲音也時常被風高高的舉起。（王敬義：《自己的解釋》）

21. 我還記得你笑中的那種寂寞——那種帶著幾絲淒楚的寂寞。（蔡篤暘：《午安基隆河》）

22. 臉與峭壁相望　一把彎回來的劍

　要你的心房交出那條河

那條永遠說著故事的河

在神話中昇起的河（羅門：《升起的河流——悼詩人屈原》）

23. 我只不過是歎息，

我只不過是歎息，

只不過歎息於這小小的貧窮。

只不過歎息這小小的貧窮。（方莘：《夜的變奏》）

24. 垂天為幃，枕巖以臥，渴飲碧瀑，飽斸青山，做一個樵夫。

抱潮而眠，推星而起，斟霞酌彩，擷月為佐，或做一個漁父。

呼明月問千古，共梅花住一山，啜幽蘭的芳露，噉霜菊之英華，或做一個詩人。（王祿松：《致詞》）

25. 中國歷史太長。戰亂太多、苦難太深，沒有哪一種純粹的遺跡能夠長久保存，除非躲在地下，躲在墳裏，躲在不為常人注意的祕處。阿房宮燒了，滕王閣坍了，黃鶴樓則是新近重修。成都的都江堰所以能長久保留，是因為它始終發揮著水利功能。因此，大凡至今轟傳的歷史勝跡，總有生生不息、吐納百代的獨特秉賦。（余秋雨：《文化苦旅・莫高窟》）

26. 它是一種聚會，一種感召。……

它是一種狂歡，一種釋放。……

它是一種儀式、一種超越宗教的宗教。……（余秋雨：《文化苦旅・莫高窟》）

27. 女孩的嘴角一直漾溢著微笑，在探窗而進的朗亮陽光中我忽然覺得她非常美，一種被愛潤飾著的美。（顏崑陽：《最昂貴的化妝品》）

28. 恍惚中，彷彿又回到悠遠綿長的歷史裡，回到古老的、農業時代的中國，回到老祖母在大灶前，掀起蒸籠圓蓋，讓清醇的年糕糯香，和著白花花的水氣，迎面撲來的童年回憶裡了。（陳幸蕙：《跨過歲月的門檻》）

29. 我覺得膩，這個世界太癡肥了。這就是人生嗎？這就是我們所熱愛的混帳人生嗎？（簡媜：《胭脂盆地》）

(五) 變化句式

把肯定句和否定句，直述句和詢問句，駢式句和散式句等等，穿插使用，叫作變化句式。

以《孟子》為例，《梁惠王上》有：

1. 孟子見梁惠王。王立於沼上，顧鴻雁麋鹿。曰：「賢者亦樂此乎？」孟子對曰：「賢者而後樂此，不賢者雖有此不樂也。」

2. 古之人與民偕樂，故能樂也。湯誓曰：「時日害喪，予及汝偕亡。」民欲與之偕亡，雖有台池鳥獸，豈能獨樂哉？

3. 未有仁而遺其親者也；未有義而後其君者也。王亦曰仁義而已矣，何必曰利？

第一條孟子之對：「賢者而後樂此。」為肯定句；「不賢者雖有此不樂也。」是否定句。第二條：「古之人與民偕樂，故能樂也。」是直述句；「民欲與之偕亡，雖有台池鳥獸，豈能獨樂哉？」為反問句。第三條先有駢式對偶句，再以散式句「王亦曰仁義而已矣，何必曰利？」作結。這些都是常用的句式錯綜變化法。

茲更舉例於後。

4. 自知者不怨人；知命者不怨天。怨人者窮；怨天者無志。失之己，反之人，豈不迂乎哉！（《荀子．榮

辱》）

5.若夫人者，非其志不之，非其心不為。雖以天下譽之，得其所謂，謷然不顧；以天下非之，失其所謂，儻然不受。天下之非譽，無益損焉，是謂全德之人哉！我之謂風波之民。（《莊子．天地》）

6.今君實所以見教者，以為侵官、生事、征利、拒諫，以致天下怨謗也。某則以謂受命於人主，議法度，而修之於朝廷，以授之於有司，不為侵官；舉先王之政，以興利除弊，不為生事；為天下理財，不為征利；闢邪說，難壬人，不為拒諫。至於怨誹之多，則固前知其如此也。（王安石：《答司馬諫議書》）

7.蓋嘗論天人之辨，以謂人無所不至，惟天不容偽。智可以欺王公，不可以欺豚魚；力可以得天下，不可以得匹夫匹婦之心。故公之精誠，能開衡山之雲，而不能回憲宗之惑；能馴鱷魚之暴，而不能弭皇甫鎛、李逢吉之謗；能信於南海之民，廟食百世，而不能使其身一日安於朝廷之上。蓋公之所能者，天也；其所不能者，人也。（蘇軾：《潮州韓文公廟碑》）

8.作客山中的妙處，尤在你永不須躊躇你的服色與體態，……你再不必擔心整理你的領結，你儘可以不用領結，給你的頸根與胸膛一半日的自由。（徐志摩：《翡冷翠山居閑話》）

9.談話會的這個觀念，形成以後，忽然大家覺得天朗氣清起來，並不是速度控制器操縱著火車的速度，而是火車的速度無時不在操縱著速度控制器的行為；並不是人的神經在控制著手的位移方向，而是位移方向隨時左右著手的神經。（陳之藩：《自動控制的過去與現在》）

10.死亡，你不是一切，你不是
因為最重要的不是
交什麼給墳墓，而是

交什麼給歷史（余光中：《死亡，它不是一切》）

11. 沒有妖冶的顏色，沒有撩人的芬芳，只是一襲碧衫裹住一顆顆純樸的小靈魂。（王怡之：《綠》）

12. 噢，我不是逃避生活，世上儘管有躲避烈日的篷帳，有躲避風雨的場屋，但沒有躲避生活的所在。（艾雯：《一束小花》）

13. 是那個聰明的古人想起來以木象春而以金象秋的？我們喜歡木的青綠，但我們怎能不欽仰金屬的燦白？（張曉風：《秋天，秋天》）

14. 漫長而幸福的婚後生活，就像是一座七彩琉璃塔，從腳到頂，堆積的不是磚，不是石，不是泥，不是沙，而是容忍，是體貼，是寬恕，是犧牲。（孟谷：《琉璃塔》）

15. 我越來越喜歡阿姨，不是因為這些小小的物質賄賂，而是由於那些在流逝的歲月中，點點滴滴積累起來的深厚而濃密的愛。（廖峰香：《祝禱‧寫在母親節前》）

16. 人不是為失敗而生的，但人總是失敗過，我不是命定快樂的人，但我快樂過，我也很夠了。（喻麗清：《千山之外》）

17. 他真的害怕了嗎？也是也不是。他怕的是麻煩，而絕不怕大義凜然地為道義、為百姓，甚至為朝廷、為皇帝捐軀。他經過「烏台詩案」已經明白，一個人蒙受了誣陷即便是死也死不出一個道理來，你找不到慷慨陳詞的目標，你抓不住從容赴死的理由。你想做個義無反顧的英雄，不知怎麼一來把你打扮成了小丑；你想做個堅貞不屈的烈士，鬧來鬧去卻成了一個深深懺悔的俘虜。無法洗刷，無處辯解，更不知如何來提出自己的抗議，發表自己的宣言。（余秋雨：《蘇東坡突圍》）

18. 歲月可以流失，金石可以褪色，髮絲可以霜白，你我的歌聲卻將永遠在記憶裏迴盪。我們的夏哪！不

只是一種樹的綠，一種流水的音響，一種陽光的燦爛，而是你我的一種歌聲，一幅飄揚的旗。（吳敏顯：《靈秀之鄉》）

19. 祇有含淚吻過的人，才會真正了解什麼叫做「愛」！「愛」不是寫在雲上，不是寫在花上，而是寫在戀人們滴血的心裏和含淚的眸中。（朱星鶴：《坐對山青》）

20. 主啊，求你使我不求被安慰，而願安慰人；不求被愛，而願愛人；因為在給予中，人才能獲得；在捨己中，人才能被饒恕。阿們。（聖法蘭西斯：《祈禱文》）

——以上為「否定句」與「肯定句」之相間。

21. 蹇叔曰：「勞師以襲遠，非所聞也；師勞力竭，遠主備之，無乃不可乎？師之所為，鄭必知之；勤而無所，必有悖心。且行千里，其誰不知？」（《左傳・僖公三十二年》）

22. 僕之先非有剖符丹書之功，文史星歷，近乎卜祝之閒，固主上所戲弄，倡優畜之，流俗之所輕也。假令僕伏法受誅，若九牛亡一毛，與螻蟻何異？而世又不與能死節者比，特以為智窮罪極，不能自免，卒就死耳。（司馬遷：《報任安書》）

23. 嗟乎！草木無情，有時飄零；人為動物，惟物之靈。百憂感其心，萬事勞其形。有動於中，必搖其精。而況思其力之所不及，憂其智之所不能；宜其渥然丹者為槁木，黟然黑者為星星。奈何以非金石之質，欲與草木而爭榮？念誰為之戕賊，亦何恨乎秋聲！（歐陽修：《秋聲賦》）

24. 嗚呼，傷哉！緊何人？緊何人？吾龍場驛丞餘姚王守仁也。吾與爾皆中土之產，吾不知爾郡邑，爾烏為乎來為兹山之鬼乎？古者重去其鄉，遊宦不踰千里。吾以竄逐而來此，宜也。爾亦何辜乎？聞爾官，吏目耳，俸不能五斗。爾率妻子躬耕，可有也。烏為乎以五斗而易爾七尺之軀？又不足，而益以爾子

與僕乎？嗚呼，傷哉！（王守仁：《瘞旅文》）

25. 啊，那是新來的畫眉在那邊凋不盡的青枝上試它的新聲！
啊，這是第一朵小雪球花掙出了半凍的地面。
啊，這不是新來的潮潤沾上了寂寞的柳條？（徐志摩：《我所知道的康橋》）

26. 你可以說擦皮鞋沒用，天天擦天天髒。我為什麼不可以說擦皮鞋有用，天天擦天天亮？（子敏：《和諧人生》）

27. 怎得一夜朔風來，
千樹萬樹的霜花多好看！
千樹萬樹的霜花有誰看？（葉維廉：《愁渡第三曲》）

28. 假詩人多，也正說明真詩人的可貴，真詩人若不被世間推崇，誰還會側身於假詩人之列仍樂此不疲呢？（黃永武：《生活美學．諧趣篇．好鳳之國多鷗》）

29. 九三曰「君子終日乾乾，夕惕若，厲无咎」，何謂也？子曰：「君子進德脩業。忠信，所以進德也；脩辭立其誠，所以居業也。知至至之，可與言幾也；知終終之，可與存義也。是故居上位而不驕，在下位而不憂。故乾乾因其時而惕，雖危无咎矣。」（《周易．文言傳》）

——以上為「直述句」與「詢問句」的相間。

30. 迢迢牽牛星，皎皎河漢女。纖纖擢素手，札札弄機杼。終日不成章，泣涕零如雨。河漢清且淺，相去復幾許？盈盈一水間，脈脈不得語。（無名氏古詩：《迢迢牽牛星》）

31. 言未既，有笑於列者曰：「先生欺余哉！弟子事先生，於茲有年矣。先生口不絕吟於六藝之文，手不停披於百家之編；紀事者必提其要，纂言者必鉤其玄；貪多務得，細大不捐；焚膏油以繼晷，恆兀兀以窮年；先生之業，可謂勤矣。」（韓愈：《進學解》）

32. 孟子曰：「我善養吾浩然之氣。」是氣也，寓於尋常之中，而塞乎天地之間。卒然遇之，則王公失其貴，晉楚失其富，良平失其智，賁育失其勇，儀秦失其辯。是孰使之然哉？其必有不依形而立，不恃力而行，不待生而存，不隨死而亡者矣。故在天為星辰，在地為河嶽，幽則為鬼神，而明則復為人。此理之常，無足怪者。（蘇軾：《潮州韓文公廟碑》）

33. 「可不是麼！」他高興了。「可是做工是晝夜無休息的：清早擔水晚燒飯，上午跑街夜磨麵，晴洗衣裳雨張傘，冬燒汽爐夏打扇。半夜要餵銀耳，侍候主人耍錢；頭錢從來沒分，有時還挨皮鞭……。」（魯迅：《聰明人和傻子和奴才》）

34. 我因為深覺得高談主義的危險，所以我現在奉勸新輿論界的同志道：「請你們多提出一些問題，少談一些紙上的主義。」更進一步說：「請你們多多研究這個問題如何解決，那個問題如何解決，不要高談這種主義如何新奇，那種主義如何奧妙。」（胡適：《問題與主義》）

35. 然而，太陽還是要升起來的！深秋之來，自然是萬葉俱落；而陽春之至，也必是萬卉齊發。我們還是暫時把海明威一代的作品當作嚴冬裏的風號，只是春天不再遙遠的標幟，而不是徹底的死亡。（陳之藩：《迷失的時代》）

36. 那條河！我永遠不會忘記那條河，水波微動，靜寂無聲，花在水裏，霞在水裏，分不出那是花、那是水、那是霞。紅得像火，濃得像酒，軟得像蜜。一躍而入是何等舒適，何等刺激！肉身在火裏溶解，靈魂向霞處飛昇，大地乾乾淨淨。（王鼎鈞：《迷眼流金》）

——以上為「散式句」與「駢式句」的相間。

丙、原　則

(二)配合內容

桑塔耶那《美感》一書中論及「無限完全之幻覺」，曾說：

我們有時候也不免希望一切美只有一種形式，那樣我們就可一眼看透了它們全體。但是就事物之性質言，各種美卻是彼此不相容的。春秋不能並在，日夜總須分離，在一個孩子身上見得是美的，換到一個成人身上可就令人生厭，反之亦然。

事實上的確如此。試想比利時首都布魯塞爾的一座銅像——「尿尿小童」，要是把這個胖都都的小孩換上成人，那成何體統？新店一家照相館的櫥窗掛著一張「小孩抽煙」的彩色放大照片。每次經過那家照相館，看見那張照片，我心裡就好難過。小孩子什麼不好裝偏要他裝著抽煙？要是相片上不是小孩而是成人，我想我就不會為他如此惋惜了。作文章正是如此，「形式」與「內容」必須配合，整齊的內容要用整齊的形式；而荒謬的內容你就不妨亂七八糟八糟亂七的使用錯綜糾纏的句法。下例是在《聯合報・傻大姐信箱》看到的：

傻大姐：

說謊會使你覺得難過嗎？

大嘴

大嘴：

既然說了謊，也就談不上難過不難過。只是，有時候別人相信了我的謊話，這會使我難過；有時候別人不相信我的謊話，我會更難過。

以上跟你說的，全是真話。

傻大姐

至於複雜而精深的道理，就須使用整齊中有變化的句法了。《公孫龍子・指物論》有：

物莫非指，而指非指。指也者，天下之所無也；物也者，天下之所有也。以天下之所有，為天下之所無，未可。

意思是說：所有東西沒有不可以指明的（物皆境）；而認識作用卻不能指明（識非境）。認識作用是天下非實際存在的；物質卻是天下實存的東西。把天下所存有的實物（境）當作天下無實質的性態（識），是不可以的。後來《莊子・齊物論》更進一步申論：

以指喻指之非指，不若以非指喻指之非指也。

以為：以所指之境說明能指之識非所指之境，不如以物中也有不可指明的（如生命、時間等等），說明認識作用也是不可指明的性態之一。

在西方，柏吞夫人曾說：

人有四種：

那些不知道而又不知道他自己不知道的，是一個傻瓜，要棒喝他。

那些不知道而知道他自己不知道的，他很簡單，要教導他。

那些知道而不知道他自己知道的，他是睡覺了，要叫醒他。

那些知道而又知道自己知道的，他是智慧的，要跟隨他。

精深的內容，以糾纏之語表之，內容形式配合得十分有趣。

㈢ 舒暢文氣

太整齊的形式使人有嚴肅甚至僵硬的感覺，而參差不齊的形式就讓人感到輕鬆活潑多了。試讀：

忽然，發現腳邊草坡裏多出一根蘆葦，心想著，也許這是秋天才來臨時的記號吧！誰知道一眼望去，已有著一大片它的同伴了，不知道什麼時候來的。（蔣芸：《蘆葦的聯想》）

覺得句子好活。仔細分析：作者先由「感官印象」一跳而至「意識活動」，再用「誰知道」予以否定，終歸之於「不知道」。內容的進展，句法的變換，於是形成文氣的舒暢。

(三) 出奇制勝

錯綜目的本在避免說話行文之單調平板；它企圖以變化、突兀，帶來聽者讀者意外的喜悅。洪小喬成名之歌《愛之旅》，歌詞的主題有些朦朧：

我要去那很遠的地方，一個不知名的地方；
我要走那很遠的路程，

「昨夜西風凋碧樹，獨上高樓，望盡天涯路。」漫無目標，去「不知名的地方」幹什麼？接著第三句是：

我用膝蓋嗤之：「一個不知多遠的路程！」出我意料的下一句竟是：

尋回我往日的夢。

膝蓋呀膝蓋！還好你嗤不出聲音來。

(四) 須用匠心

錯綜決非輕率為文，隨語直書；它需要匠心獨運，為某種內容作最恰當之形式安排。借用林語堂的話，錯綜要像《碧姬芭杜的頭髮》：

似散亂而實整齊；似隨便偶然，而實經過千般計慮，百般思量剪裁而成的，貌似蓬髮，而實至頤而不可紊。——這就像一篇文章。

「散亂」和「整齊」是對立的，因此如何使蓬髮經過「千般計慮」，而能不露一絲人工痕跡，保持其「隨便偶然」，需要一流的手藝。文章的錯綜亦正如此。

(五)綜合使用

在「舉例」一節，我已說明句的錯綜有「抽換詞面」、「交蹉語次」、「調整語法」、「伸縮文身」、「變化句式」。這種種方法，當然可以單獨使用，但更妙的安排是：綜合使用。例如：

鄒忌脩八尺有餘，而形貎（同貌）昳麗。朝服衣冠窺鏡，謂其妻曰：「我孰與城北徐公美？」其妻曰：「君美甚，徐公何能及君也！」城北徐公，齊國之美麗者也。忌不自信，而復問其妾曰：「吾孰與徐公美？」妾曰：「徐公何能及君也！」旦日，客從外來，與坐談，問之曰：「吾與徐公孰美？」客曰：「徐公不若君之美也。」（《戰國策・齊策》）

「我孰與城北徐公美」和「吾孰與徐公美」用的是抽換詞面、伸縮文身；「吾孰與徐公美」和「吾與徐公孰美」用的是交蹉語次；「徐公何能及君也」和「徐公不若君之美也」則用變化句式之法。

以下之例，均具綜合使用之美：

1. 故凡誘之歌詩者，非但發其志意而已，亦所以洩其跳號呼嘯於詠歌，宣其幽抑結滯於音節也。導之習禮者，非但肅其威儀而已，亦所以周旋揖讓而動蕩其血脈，拜起屈伸而固束其筋骸也。諷之讀書者，非但開其知覺而已，亦所以沉潛反復而存其心，抑揚諷誦以宣其志也。（王守仁：《訓蒙大意》）

2. 我覺得這時我的心上的琴弦已經十二分地諧和，如聽幽林涼月下的古琴聲，沒有緊張的，繁殺的，急促的，激越的音聲。只不過似從風穿樹籟的微鳴中，時而彈出那樣幽沉、和平、與在幽靜中時而添加

的一點悠悠的細響。（王統照：《陰雨的夏日之晨》）

3.在芝加哥我們將用按鈕戀愛，乘機器鳥踏青
自廣告牌上採雛菊，在鐵路橋下
舖設淒涼的文化
……
……
在芝加哥我們將用按鈕寫詩，乘機器鳥看雲
自廣告牌上刈燕麥，但要想鋪設可笑的文化
那得到淒涼的鐵路橋下（瘂弦：《芝加哥》）

是用了哪些錯綜手法造成美感的？自行分析是一種樂趣，我總是如此認定，你呢？

(六)避免蕪亂

但是，錯綜一法，並不是毫無缺點的。如果錯綜太甚，便傷蕪亂。那時就會混亂了讀者的思想，破壞了全文和諧的秩序；迷惑了讀者的感情，喪失了全文恬美的氣氛。甚至造成晦澀而不可解。桑塔耶那的《美感》，論及「不確定性之其他缺點」，曾說：

不過在文學中，由於言辭(Words)之感覺價值相當微弱，形式之不確定性質就成了美之尅星。而且，如果趨於極端的話，甚至是表達之尅星。因為意義是由言語之「形式」及秩序所傳達的，並非藉言辭之本身。且若不藉體裁(Style)之精確即無以獲致意義之精確。因此沒有那一個誠實的作家是自願使其章句結構流於晦澀的，這只能算是文壇小丑所玩的把戲。一本書等於一個較長的句子，如果它（句子）不具形式就

不能意味任何事情。同理，一群不成形的字句之堆聚也不能意味任何事情。章節(Chapters and Verses)可能表達了一些意思，就如零散的句子會具有一種感覺與一種調子然；但就此書之全體言，則仍是空洞無物。

桑塔耶那把「章句結構流於晦澀」的作家，稱之為「文壇小丑」，話也許過分。但對於喜歡玩弄「意識亂流」的朋友，這是一段值得三思的警語。

(七)不可以辭害意

顧炎武《日知錄》卷二十二《詩人改古事》條云：

陳思王上書：「絕纓盜馬之臣，赦楚趙以濟其難。」註謂：「赦盜馬秦穆公事，秦亦趙姓，故互文以避上秦字也。」趙至《與嵇茂齊書》：「梁生適越，登岳長謠。」梁鴻本適吳，而以為越者，吳為越所滅也。謝靈運詩：「弦高犒晉師，仲連卻秦軍。」弦高所犒者秦師，而改為晉，以避下秦字，則舛而陋矣。李太白《行路難詩》：「華亭鶴唳詎可聞，上蔡蒼鷹安足道。」杜子美《諸將詩》：「昨日玉魚蒙葬地，早時金盌出人間。」改黃犬為蒼鷹，改玉盌為金盌，亦同此病。

指出這些抽換字面的「互文」，違反史實，「舛而陋矣」，為詩文之「病」。

陳望道《修辭學發凡》第四篇《消極修辭》也認為「話中有同義異詞」時，「每易有不明確的弊病」。並舉例：

我今特來借三寶，暫且攜歸陷空島。南俠若到盧家莊，管叫御貓跑不了。(《三俠五義》第五十回)

而且說出文病：「須細辨纔能明白盧家莊就是陷空島，御貓就是南俠。」

這些易滋誤會的錯綜，大抵都屬於抽換詞彙方面的，也要注意避免纔是。

第九章　倒　裝

甲、概　說

語文中特意顛倒複詞詞素、句子成分、或複句的通常次序，而語法形態或關係卻未改變的，叫作「倒裝」。就漢語來說，組成多音節合成詞彙的詞素有習慣次序，如「牛羊」，要是說成「羊牛」，便是倒裝。又句子成分大致是主語在前，謂語在後。例如：「這個學生很用功。」要是改成：「很用功，這個學生。」結構次序改變了，但主謂關係並沒有改變，就成為倒裝句。又狀語在前，中心語在後。例如：「很認真地寫著。」倒裝便成：「寫著，很認真地。」不過，定語和中心語顛倒一般會改變語法結構，如：「紅花」是形名結構，定語「紅」在前，中心語「花」在後。要是顛倒成「花紅」，便為「表態句」，語法關係改變，不得稱之為「倒裝」。至於複句中有主從關係的，一般是從句在前，主句在後。倒裝也是有的，如：「我實在不想重寫《修辭學》，如果不是讀友們殷切的需求。」特別要說明的是：在語言習慣上已經固定的特殊結構，不可視為倒裝。像被動句的「反賓為主」，用「把」、「對」等提賓介詞把賓語提前，都非倒裝句。

語言上天然就有倒裝的現象。要了解其中道理，必須從「思想」、「語言」、「文辭」三者的分別說起。雖然說：「言者意之聲；書者言之記。」（孔穎達《尚書正義》語），「思想是無聲的語言，語言是有聲的思想。」（行為主義學派領袖華森(J. B. Watson)語）。但是，思想、語言、文辭三者，就其發生與內涵雙方面加以觀察，其間不無差異。就發生過程來看，先有思想，然後有語言文字。陳澧在《東塾讀書記》卷十一說得好：

蓋天下事物之象，人目見之，則心有意，意欲達之，則口有聲。意者，象乎事物而構之者也。聲者，象乎意而宣之者也。聲不能傳於異地，留於異時，於是手書之為文字。文字者，所以為意與聲之迹也。

這一段話，告訴我們：思想是人類感受「天下事物之象」的刺激所產生的神經系統的活動。語言是宣達思想的。文辭，一方面是語言的紀錄，另一方面也可直接宣達思想。思想在先，語言文辭在後。就內容方面來看，思想遠比語言文辭為龐雜，當我們闔起眼睛，追憶某人的相貌、表情、行動、衣著，於是一個栩栩鮮明的形象浮現了。這種心像（Image）是很難用語言文辭加以完善表達的。劉勰在《文心雕龍・神思》中說：

夫神思方運，萬途競萌，規矩虛位，刻鏤無形，登山則情滿於山，觀海則意溢於海，我才之多少，將與風雲而並驅矣。方其搦翰，氣倍辭前，暨乎篇成，半折心始。何則？意翻空而易奇，言徵實而難巧也。

就是針對「思想」與「言辭」在內容方面的差異而發的。而文字的紀錄又遠比語言簡潔。這只要看看作學生的聽講筆記就行了。所以韓愈在《送孟東野序》中說：

人聲之精者為言；文辭之於言，又其精也。

綜上所述，就發生歷程看：思想在前，語言次之，文辭最後。就內容方面看：思想最龐雜，語言次之，文辭最精粹。所以，思想、語言、文辭之間，是無法用恆等的符號加以連繫，使之成為恆等式的。語言介乎思想與文辭的中間。通常，語言傾向於文辭的習慣規則；但是，當主觀心態有所倚重，或客觀情況突然出現，語言也可能把龐雜的思想逕行宣達，未能儘合語法的次序。例如：

伯魚之母死，期而猶哭。夫子聞之曰：「誰與，哭者？」（《禮記・檀弓上》）

依照孔穎達《禮記正義》的疏解：「時伯魚母出父在，為出母……期後全不合哭。」伯魚「期而猶哭」，引起孔子「出妻」之痛，所以先問「誰與」？謂語在前；再補「哭者」，主語在後。再如：

有蛇！有蛇！樹上！

謂語「有蛇」在前，處所詞「樹上」作主語反在後，這些都是主客觀情態影響所及，可能還帶有強調的況味。在漢語演進過程中，「倒裝」現象悠久而複雜。以下分語法上的隨語倒裝、修辭上的刻意倒裝二大類，說明如下。

壹、語法上的隨語倒裝

(一)表態句的倒裝

表態句通常的句型是：

主語——謂語（表語）

但倒裝的表態句的句型卻是：

謂語（表語）——主語

茲舉例說明於後：

1. 孝哉閔子騫，人不間於其父母昆弟之言。（《論語・先進》）

案：謂語「孝哉」倒置於主語「閔子騫」之前。

2. 美哉乎，山河之固！（《史記・孫武吳起列傳》）

案：此與前例皆表贊歎。

3. 盆成括仕於齊。孟子曰：「死矣，盆成括！」（《孟子・盡心下》）

案：盆成括有小才而未聞大道，易招殺機。謂語「死矣」在前。

4.惜乎，子不遇時！如令子當高帝時，萬戶侯豈足道哉！（《史記‧李將軍列傳》）

5.惜哉，其不講於刺劍之術也！甚矣，吾不知人也！（《史記‧刺客列傳‧荊軻》）

案：以上三例皆表憾惜。

6.辛垣衍怏然不悅曰：「嘻，亦太甚矣，先生之言也！」（《戰國策‧趙策》）

案：順序當作：「嘻，先生之言也，亦太甚矣！」

7.甚矣，汝之不惠！（《列子‧湯問‧愚公移山》）

8.異哉，此人之教子也！（顧炎武：《廉恥》）

案：此三條皆有斥責之意。

㈢敘事句的倒裝

敘事句的基本句型是：

主語——謂語（述語＋賓語）

倒裝的敘事句型，常見的有下列二種：

㈠主語——賓語——述語

文言文在下列情形下用這種倒裝句型：

⑴疑問詞作賓語之前置。

如「誰」、「焉」、「何」、「胡」、「奚」、「安」……等作賓語，皆前置。

1.吾誰欺？欺天乎？（《論語‧子罕》）

案：前句「吾」為主語，疑問詞「誰」作賓語，要提到述語「欺」前；後句主語「吾」承前省略，賓語「天」不是疑問詞，仍置於述語「欺」後。

2.皮之不存，毛將焉傅？《左傳・僖公十四年》

3.客何好？……客何能？《戰國策・馮諼客孟嘗君》

4.微君之故，胡為乎中露？《詩經・邶風・式微》

5.「許子冠乎？」

曰：「冠。」

曰：「奚冠？」

曰：「冠素。」《孟子・滕文公上》

6.方其破荊州，下江陵，順流而東也，舳艫千里，旌旗蔽空，釃酒臨江，橫槊賦詩，固一世之雄也，而今安在哉？（蘇軾：《赤壁賦》）

不過《詩經》偶有「云何」之句，疑問詞「何」作賓語，卻在述語「云」之後。如《周南・卷耳》：「云何吁矣！」《唐風・揚之水》：「云何不樂？」「云何其憂？」《小雅・何人斯》：「云何其盱？」凡四見。《論語・子張》亦有「子夏云何」，僅一見。可知例外的情形還是有的。

(2)否定句稱代詞作賓語之前置。

1.且辛壱我？且辛不我壱？（羅振玉：《殷虛書契前編》）

案：在有否定詞「不」和人稱代詞「我」的句中，賓語倒置。「壱」，蛇嚙足，引申為降禍。

2.子曰：「不患人之不己知，患不知人也。」《論語・學而》

案：賓語「己」為第一人稱稱代詞，其上「不」為否定副詞，古代漢語在這種條件下必將賓語倒置於述語之上。「不知人」之「人」為名詞，非稱代詞，故不倒置。

3. 俎豆之事，則嘗聞之矣；軍旅之事，未之學也。（《論語．衛靈公》）

案：「之」為稱代詞，在肯定句中置於述語「聞」下；在否定句中置於述語「學」前。

4. 雖使五尺之童適市，莫之或欺。（《孟子．滕文公上》）

案：依序當作「莫或欺之」。

5. 既使吾與若辯矣，若勝我，我不若勝，若果是也，我果非也邪？（《莊子．齊物論》）

案：「若勝我」為肯定句，順序；「我不若勝」為否定句，賓語第二人稱「若」前置。

6. 昔尼父之文辭，與人通流；至於制《春秋》，游、夏之徒不能措一辭。過此而言不病者，吾未之見也。（曹植：《與楊德祖書》）

7. 近世寇萊公豪侈冠一時，然以功業大，人莫之非。（司馬光：《訓儉示康》）

案：此二條中「吾未之見」、「人莫之非」中的賓語「之」，也都因是稱代詞，又在否定句中，所以提前了。

關於疑問稱代詞賓語前置、否定句稱代詞賓語前置，是否為「倒裝」？仍有些爭議，王力在《漢語史稿》中便說：

有人認為疑問代詞賓語和否定句代詞賓語放在動詞前面的句子是「倒裝句」，那是不對的，因為依照先秦正常的語法結構正是應該這樣。假定在先秦史料中發現「吾欺誰」、「莫毒余」等，那才應該認為「倒裝句」，因為那種結構不是正常的。

有些結構最能表現過渡狀態。現在舉出「不我」和「不己」這兩個結構為例：

(甲)代詞賓語在動詞前面：

胡能有定？寧不我顧？（《詩經・邶風・日月》）

昊天上帝，則不我遺。（同上《大雅・雲漢》）

子不我思，豈無他人？（同上《鄭風・褰裳》）

日月逝矣，歲不我與。（《論語・陽貨》）

君子病無能焉，不病人之不己知也。（同上《衛靈公》）

愧不若黃帝，而哀不己若者。（《莊子・徐无鬼》）

(乙)代詞賓語在動詞後面：

爾不許我，我乃屏璧與珪。（《書經・金縢》）

不知我者謂我何求。（《詩經・王風・黍離》）

有事而不告我。（《左傳・襄公十八年》）

且人之欲善，誰不如我？（同上《僖公九年》）

以其不從己而敗楚師也。（同上《成公十七年》）

不見己焉爾，不得類焉爾。（《莊子・德充符》）

聖人不愛己。（《荀子・正名》）

另有一些結構，則表現著新形式已經完成，代詞賓語已經不再前置，而是後置了。在這一點上，最明顯的一種結構就是「不……之」。例如：

不舒究之。（《詩經・小雅・小弁》）

吾不知之矣。（《論語・泰伯》）

仁不能守之。（同上《衛靈公》）

雖有骨肉之親，無故富貴，面目美好者，實知其不能也，不使之也。（《墨子・尚賢下》）

其妻曰：「子得所求而不從之，何其懷也」。（《國語・晉語》）

苟不充之，不足以事父母。（《孟子・公孫丑上》）

若我而不有之……若我而不賣之。（《莊子・徐无鬼》）

若不知之……若不聞之。（同上《則陽》）

天下不知之。（《荀子・性惡》）

王力此說提供再思的資料，但亦不能全盤接受。《書經》、《詩經》、《左傳》、《論語》已有不少「代詞賓語在動詞後面」現象，不能以為「不是正常」或「新形式」已經完成。周光午《先秦否定句代詞賓語位置問題》曾對先秦時期《尚書》、《詩經》、《論語》、《左傳》、《國語》、《孟子》、《莊子》、《墨子》、《荀子》、《韓非子》、《公羊傳》、《戰國策》、《楚辭》、《呂氏春秋》、《管子》、《晏子春秋》等十六部著作中的否定句代詞賓語位置作了全面調查，結論是：

第一，在否定詞「莫」字句和「未」字句裏，逆序句式占最大優勢，不過順序句也有相當數量。

第二，在「不」字句裏，代詞賓語的順序句比逆序句的數量幾乎多到三倍，占壓倒優勢。

第三，其他如「弗」、「勿」、「毋（无）」等字句中，都是順序的多於逆序的，同時差距還相當大。

第四，就整個的發展傾向講，「不」字句的代詞賓語位置是由順序、逆序並存而日益趨向於順序；而「莫」、「未」字句中的代詞賓語位置則基本上保持著逆序句式而繼承下來。

後出轉精，使我們對否定句稱代詞作賓語之順序與倒置問題有更具體的認識。

(3)述語前加結構助詞之賓語之前置。

1. 父母唯其疾之憂。（《論語・為政》）

案：「其疾之憂」即「憂其疾」，賓語「其疾」倒置，述語「憂」前加結構助詞「之」。

2. 無恥之恥，無恥矣！（《孟子・盡心上》）

案：「無恥之恥」即「恥無恥」。

3. 唯仁之為守，唯義之為行。（《荀子・不苟》）

案：意為：唯為守仁，唯為行義。

4. 戎狄是膺，荊舒是懲。（《詩經・魯頌・閟宮》）

案：將賓語倒置於述語之前，中加結構助詞「是」字。

5. 蕢也，宰夫也，非刀匕是共。（《禮記・檀弓》）

案：「刀匕是共」就是「共刀匕」。

6. 及長，不省所怙，惟兄嫂是依。（韓愈：《祭十二郎文》）

案：「兄嫂是依」就是「依兄嫂」。以上三句提前賓語和述語間均加結構助詞「是」。

7. 鬼神非人實親，惟德是依。（《左傳・僖公五年》）

案：意謂鬼神非親人，惟依德。「實」、「是」皆結構助詞。

8. 赫赫南仲，玁狁于襄。（《詩經・小雅・出車》）

案：襄借為攘，排除的意思。「玁狁于襄」，意為排除玁狁。

9.朋酒斯饗，曰殺羔羊。（《詩經．豳風．七月》）

案：「朋酒斯饗」，款待兩壺酒，提賓結構助詞用「斯」。

10.我周之東遷，晉鄭焉依。（《左傳．隱公六年》）

案：《國語．周語》下句作「晉鄭是依」。「焉」為提賓結構助詞。

嚴格說來，這些靠結構助詞把賓語提前的句子，更應視為語文之通例，和「被動式」、「把字式」一樣，不應視為修辭學上的「倒裝」。

(4)賓語無條件提到述語前。

古漢語人稱代詞作賓語有無條件提前之例，如：

1.民獻有十夫予翼。（《尚書．大誥》）

案：「予翼」即「翼予」，是「協助我」的意思。

2.惟爾王家我適。（《尚書．多士》）

案：「我適」即「適我」。意指你殷國已歸屬我。

3.赫赫師尹，民具爾瞻。（《詩經．小雅．節南山》）

案：「爾瞻」即「瞻爾」，看著你的意思。

(二)賓語——主語——述語

使用這種句型，目的有二：一是突出強調賓語；二是賓語字數較多，提前使成一個不完備的句讀。方式又分三種：

(1)賓語無條件提至句首。

1.齊桓晉文之事，可得聞乎？（《孟子．梁惠王上》）

案：賓語「齊桓晉文之事」字數較多，於是提前到句首，反而更加顯著些。

2.親昆弟在真定者，已遣人存問。（漢文帝：《賜南粵王趙佗書》）

案：馬建忠《文通》引此，云：「此無弗辭而不重指者，以『存問』已偶（二）矣，加『之』字以參（三）之，則不便誦矣！所謂『聲調』者，此也。」

3.此句他人尚不可聞，況僕心哉？（白居易：《與元微之書》）

案：賓語「此句」提到句首。

4.汝之詩，吾已付梓；汝之女，吾已代嫁；汝之生平，吾已作傳；惟汝之窀穸，尚未謀耳。（袁枚：《祭妹文》）

案：「汝之詩」、「汝之女」、「汝之生平」、「汝之窀穸」，都是在句首的賓語或副賓語。

(2)賓語提至句首，在原賓語位置填入「之」、「諸」、「焉」，《文通》稱為「重指」。

1.且夫玩好在耳目之前，而患在一國之後，此中知以上乃能慮之；臣料虞君中知以下也。（《穀梁傳．僖公二年》）

案：「且夫玩好在耳目之前，而患在一國之後」字多，故置外位；「此」正指此，仍在句首；「慮之」為述賓結構，「之」為「重指賓語」。

2.夏禮吾能言之。（《論語．八佾》）

案：為強調「夏禮」，置於外位，於原賓語位置填入「之」字。

3.君子依乎中庸，遯世不見知而不悔，惟聖人能之。（《禮記．中庸》）

案：何者為外位賓語？何者為重指賓語？請自分析。

4.今夫水，搏而躍之，可使過顙；激而行之，可使在山。（《孟子・告子上》）

案：「水」外位，兩「之」皆重指「水」。

5.老者安之；朋友信之；少者懷之。（《論語・公冶長》）

案：三「之」字所指不同，動詞亦隨賓語變動，以見異同。

6.一簞食，一豆羹，得之則生，弗得則死。（《孟子・告子上》）

案：賓語外位；動詞「得」下填入「之」字；「弗得」下則不可有「之」字。

7.有美玉於斯，韞匵而藏諸？求善賈而沽諸？（《論語・子罕》）

案：兩「諸」皆「之乎」之合音，「之」重指「美玉」。

8.子、女、玉、帛，則君有之；羽、毛、齒、革，則君地生焉。（《左傳・僖公二十三年》）

案：「之」、「焉」互文。「之」指子女玉帛；「焉」指羽毛齒革。

(3)賓語為主謂結構，而該結構之主語前置句首為外位形式，原賓位則填入「其」字。

1.貨，惡其棄於地也，不必藏於己。（《禮記・禮運大同章》）

案：本當言「惡貨棄於地」，將主謂結構主語「貨」提前作外位，改以「其」字填於「貨」之原位。以下分析從略。

2.夫二子之勇，未知其孰賢。（《孟子・公孫丑上》）

3.夫柤梨橘柚果蓏之屬，實熟則剝，剝則辱，大枝折，小枝泄，此以其能苦其生者也。（《莊子・人間世》）

4.鳥，吾知其能飛；魚，吾知其能游；獸，吾知其能走。（《史記・老莊申韓列傳》）

5.乾坤之容，日月之光，知其不可繪畫，強顏為之，以塞詔旨，罪當誅死。（韓愈：《平淮西碑表》）

(4)賓語為主謂結構，移後而成外位形式，在原賓位補「之」、「是」、「諸」，亦常有之。惟此種句式已與順序句形式相近。如：

1.子路曰：「昔者由也聞諸夫子曰：『親於其身為不善者，君子不入也。』」（《論語・陽貨》）

案：賓語孔子之言移後，原賓位補以「諸」字。

2.仁人固如是乎？在他人則誅之，在弟則封之。（《孟子・萬章上》）

案：「在他人則誅之，在弟則封之。」為外位賓語，例在句首，今下移，原賓位補以「是」字。

3.嗚呼噫嘻！我知之矣，疇昔之夜，飛鳴而過我者，非子也耶？（蘇軾：《後赤壁賦》）

案：「疇昔……非子也耶」為外位賓語在後，原賓位補「知之」之「之」。

(三)有無句的倒裝

有無句的基本句型和敘事句一樣，也是：

主語——謂語（述語＋賓語）

常見的倒裝有無句，有下列二種：

(一)述語——賓語——主語

1.有是哉！子之迂也！（《論語・子路》）

案：述語「有」，賓語「是」，在前；主語「子之迂」在後。

2.韓子聞之，曰：「群臣失禮而弗誅，是縱過也。有以夫，平公之不霸也！」（《淮南子・齊俗》）

案：述語「有」，賓語「以」，在前；主語「平公之不霸」在後。

㈡主語（常省略）——賓語——述語

1.能以禮讓為國乎，何有？（《論語．里仁》）

案：「何有」是有何困難的意思。疑問詞「何」作賓語，提至述語「有」前。

2.所藏乎身不恕，而能喻諸人者，未之有也。（《禮記．大學》）

案：稱代詞「之」作賓語，前有否定副詞「未」，因此將「之」提至述語「有」前。又案：《大學》前文有：「其家不可教，而能教人者，無之。」「其家不可教而能教人者」為外位賓語，「無」為述語，「之」為重指賓語。前無否定副詞「未」等字，因此「之」仍在「無」之後。

3.一言而可以興邦，有諸？（《論語．子路》）

案：「諸」為「之乎」合音，「之」重指外位賓語「一言」句。

4.夫謀而鮮過，惠訓不倦者，叔向有焉！（《左傳．襄公二十一年》）

案：「焉」為「於是」意。「是」重指上文外位賓語。

5.苗而不秀者有矣夫！秀而不實者有矣夫！（《論語．子罕》）

案：「苗而不秀者」、「秀而不實者」，皆外位賓語，述語「有」下省去重指賓語。

㈣判斷句及準判斷句的倒裝

判斷句及準判斷句的基本句型是：

主語——謂語（繫語／準繫語＋斷語）

常見的判斷句及準判斷句的倒裝方式，約有下列二種：

㈠繫語——斷語——主語

1.何哉！爾所謂達者？（《論語・顏淵》）

案：繫語省略，斷語「何哉」因強調而在前，主語「爾所謂達者」在後。

2.少頃，東郭牙至。管子曰：「子耶，言伐莒者？」（《呂氏春秋・重言》）

案：強調斷語「子耶」，故提至主語之前，繫語省略。

3.是非古之風也，發發者；是非古之車也，揭揭者。（班固：《漢書・王吉傳》）

案：繫語「非」、「非」，斷語「古之風也」、「古之車也」在前；主語「發發者」、「揭揭者」在後為外位，原主語位置補以稱代詞「是」。此處有三事要特別說明：一、外位主語可以在前。如《論語・衛靈公》：「過而不改，是謂過矣！」「過而不改」為外位主語在前，原主位補以稱代詞「是」。「謂」為準繫語；「過矣」為斷語。二、「是」在古漢語中多作稱代詞，亦可作繫語。如《史記・刺客列傳》：「頃之，襄子當出，豫讓伏於所當過之橋下。襄子至橋，馬驚，襄子曰：『此必是豫讓也！』使人問之，果豫讓也。」「必是」之「是」即為繫語。三、肯定句之繫語常省略，如例1、例2；否定句繫語多不省去，如例3。

(二)主語——斷語——繫語／準繫語

1.取之而燕民悅，則取之。古之人有行之者，武王是也。取之而燕民不悅，則勿取。古之人有行之者，文王是也。（《孟子・梁惠王下》）

案：「古之人有行之者」為主語；「武王」、「文王」是斷語；「是」為繫語。斷語在繫語前。

2.地籟，則眾竅是已；人籟，則比竹是已。（《莊子・齊物論》）

案：「地籟」為主語；「則」為連詞；「眾竅」為斷語；「是」為繫語；「已」為助詞。

3.墜茵席者，殿下是也；落糞溷者，下官是也。（《梁書‧范縝傳》）

案：以上三句為列舉例證，移斷語於繫語之前。

4.巧笑倩兮，美目盼兮，素以為絢兮，何謂也？（《論語‧八佾》）

案：斷語「何」是個疑問詞，所以提前到準繫語「謂」的前面。

5.葛伯仇餉，此之謂也。（《孟子‧滕文公下》）

案：在準繫語「謂」前加結構助詞「之」字而把斷語「此」提前。

6.公欣然曰：「白雪紛紛何所似？」（《世說新語‧言語》）

案：主語「白雪紛紛」；斷語「何」為疑問詞，提至準繫語「似」之前。

(五)兼語句的倒裝

兼語句的謂語由述賓結構和主謂結構套在一起而組成。前面述賓結構的賓語同時又充當後面主謂結構的主語。例如：「五色令人目盲」這個句子，「五色」是主語；「令人目盲」是謂語。「人」既作「令人」這個述賓結構的賓語，又兼作「人目盲」這個主謂結構的主語，這就稱為「兼語」。而像這樣謂語含有兼語的句子，就叫兼語句。句型大致有三：

兼語下帶表態結構，句型是：

主語——謂語（述語＋兼語＋表語）

兼語下帶敘事結構／有無結構，句型是：

主語——謂語（述語＋兼語＋述語＋賓語）

兼語下帶判斷結構／準判斷結構，句型是：

主語——謂語（述語＋兼語＋繫語／準繫語＋斷語）

下面略舉幾條兼語句的倒裝例子。

1. 由也，千乘之國可使治其賦也。（《論語・公冶長》）

案：是「（國君）可使由也治千乘之國之賦也」的倒裝。兼語「由也」提到句首了。

2. 王請無好小勇。（《孟子・梁惠王下》）

案：是「（孟軻）請王無好小勇」的倒裝。兼語「王」提到句首。

3. 釋齊秦，他國請相見也。（《左傳・襄公二十七年》）

案：意為：「除了齊秦，請他國相見也。」「他國」亦為兼語。

4. 故主上遇其大臣如犬馬，彼將犬馬自為也。如遇官徒，彼將官徒自為也。（《漢書・賈誼傳》）

案：主語「主上」，述語「遇」，兼語「其大臣」，準繫語「如」，斷語「犬馬」，為順序句，未倒裝。但下句意為「彼將（以）自為犬馬」，斷語「犬馬」置於兼語「自」前。

兼語亦可以外位方式提至句首，如：

5. 孔文子何以謂之文也？（《論語・公冶長》）

案：順序當為：「以何謂孔文子文也？」主語省略，介詞副賓語「以何」因「何」為疑問詞而倒置，兼語「孔文子」採外位方式，而原位補「之」字稱代之，「文」為表語。《諡法》：「勤學好問曰文」。

6. 邦君之妻，君稱之曰夫人。（《論語・季氏》）

案：順序當為：「君稱邦君之妻曰夫人」，兼語「邦君之妻」以外位方式提至句首，原位補「之」字。

前面，我已縷述漢語演進過程中各種句型的倒裝現象，包括表態句、敘事句、有無句、判斷句、準判斷句、兼語句的倒裝句型。下面繼續說明狀語、主從複句的倒裝。

(六) 狀語的倒裝

狀語通常位於述語前，對述語有修飾的作用。狀語有用副詞、或轉品為副詞的來擔任，也有用介賓結構來擔任的。所以狀語的倒裝也分二類：狀語提至句首，副賓語提至介詞前。分述於下。

(1)狀語提至句首。

1. 誰謂河廣？一葦杭之；誰謂宋遠？跂予望之。（《詩經・衛風・河廣》）

案：末句順序當作「予跂望之」。跂，提起腳跟，副詞作狀語。

2. 謇吾法夫前脩兮，非世俗之所服。（屈原：《離騷》）

案：謇，義同「汝何博謇而好脩兮」之謇，忠直貌。例句順序當作「吾謇法夫前脩兮」。謇為副詞狀語。

3. 以能問於不能，以多問於寡，有若無，實若虛，犯而不校，昔者吾友嘗從事於斯矣。（《論語・泰伯》）

案：狀語為五個介詞副賓語，為意之所重，故提至句首，而介詞「於」後填以「斯」字。

4. 士志於道而恥惡衣惡食者，未足與議也。（《論語・里仁》）

案：副賓語「士志於道而恥惡衣惡食者」前置，介詞「與」下省去稱代詞「之」字，共同擔任修飾述語「議」之狀語。

5. 吉月必朝服而朝。（《論語・鄉黨》）

案：謂孔子必於吉月朝服而朝也。省去介詞的時間副賓語作狀語，多提至句首，古今中外皆然。殷契已有「今歲商受年。」見容庚《殷契卜辭》，又「今春王勿黍。」見羅振玉《殷虛書契續編》。時間副賓語「今歲」、「今春」已前置。《左傳・隱公元年》：「初，鄭武公娶於申。」陶潛《桃花源記》：「晉太元中，武陵人，捕魚為業，緣溪行。」時間副賓語亦前置於句首。

6.大隧之中，其樂也融融；大隧之外，其樂也洩洩。(《左傳・隱公元年》)

案：猶言「武姜與其子莊公於大隧之中樂也融融」。省去介詞的處所副賓語狀語，也都提前到句首。

(2)副賓語提至介詞前。

1.其一二父兄懼隊宗主，私族於謀而立長親。(《左傳・昭公十九年》)

案：言「謀於私族」。副賓語「私族」提至介詞「於」前，作述語「謀」之狀語。

2.諺所謂室於怒而市於色者，楚之謂矣！(《左傳・昭公十九年》)

案：言「怒於室而色於市」。

3.管子對曰：「以魯為主，反其侵地棠潛，使海於有蔽，渠弭於有渚，環山於有牢。」(《國語・齊語》)

案：言「於海有蔽，於渠弭有渚，於環山有牢。」

4.啟乃淫溢康樂，野于飲食。(《墨子・非樂》)

案：言「飲食于野」。

5.侯以明之，撻以記之，書用識哉！(《尚書・皐陶謨》)

案：言「以侯(射之鵠的)明之，以撻記之，用書識哉！」古書如此之例甚多，如《詩經・陳風・墓門》：「斧以斯之。」「歌以訊之。」《左傳・成公九年》：「仁以接事，信以守之，忠以成之，敏以行之。」《論語・衛靈公》：「禮以行之，孫以出之，信以成之。」請自行分析。

6.晉人戚憂以重我，天地以要我。(《左傳・僖公十五年》)

案：言「晉人以戚憂重我，以天地要我」也。

7.其有不合者，仰而思之，夜以繼日；幸而得之，坐以待旦。（《孟子・離婁下》）

案：「夜以繼日」謂「以夜繼日」，「以」為介詞。「坐以待旦」之「以」可以為連詞，惟此與「夜以繼日」相對，視為介詞尤佳。

8.日居月諸，東方自出。（《詩經・邶風・日月》）

案：「東方自出」謂「自東方出」。方位詞「東方」提到介詞「自」的前面。

9.遣人立六國後，自為樹黨，為秦益敵也。（司馬遷：《史記・張耳列傳》）

案：「自為」、「為秦」皆狀語。「為」為介詞，「自」、「秦」皆副賓語。而稱代詞「自」在介詞前，名詞「秦」在介詞後。

10.不我以歸，憂心有忡。（《詩經・邶風・擊鼓》）

案：「不我以歸」為否定句，副賓語「我」為稱代詞，提前置於介詞「以」（猶「與」也）前。

11.不忮不求，何用不臧？（《詩經・邶風・雄雉》）

案：副賓語「何」為疑問詞，故提至介詞「用」前。

12.微君之躬，胡為乎泥中？（《詩經・邶風・式微》）

案：副賓語「胡」亦疑問詞，提至介詞「為」前。

(七)主從複句的倒裝

複句是有兩個和兩個以上的分句組成的意義相對完整的句子。分句之間不是互為句子成分，而是有著語義上邏輯關係。大略可分為三大類：並列複句、連貫複句、主從複句。主從複句又稱偏正複句，細分又有六小類：時間複句、因果複句、假設複句、條件複句、擒縱複句、比較複句。也有些語法學者把轉折句也視為主從複句的。主從複句通常主句在前，從句在後。偶有倒裝的，因果複句尤多。

1. 賜也，始可與言詩已矣，告諸往而知來者。（《論語・學而》）

案：這是因果複句。表因主句「告諸往而知來者」應在前；表果從句「始可與言詩已矣」應在後。

2. 所以遣將守關者，備他盜之出入與非常也。（《史記・項羽本紀》）

案：用「所以……者」，「（以）……也」方式，先表果，再說因。

3. 先帝將屬將軍以幼孤，寄將軍以天下，以將軍忠賢，能安劉氏也。（《漢書・霍光傳》）

案：用「……」，「以……也」方式，先說果，再表因。

4. 江海所以能為百谷王者，以其善下之，故能為百谷王。（《老子・第六十六章》）

案：「江海」句為果，「以其」二句為因。「以其」二句中「以其」又為因，「故能」則為果。

5. 不可，直不百步耳，是亦走也。（《孟子・梁惠王上》）

案：這是轉折複句。主句「是亦走也」應在前；從句「直不百步耳」應在後。

6. 狐突諫太子申生曰：「立可必乎？孝而安民，子其圖之！與其危身以速罪也。」（《左傳・閔公二年》）

案：這是比較複句。主句「與其危身以速罪也」應在前；從句「（不如）孝而安民」應在後。

7. 吾將使梁及燕助之，齊楚固助之矣。（《管子・戒篇》）

案：這是條件複句。主句「齊楚固助之矣」應在前；從句「吾將使梁及燕助之」應在後。

8. 梧桐葉落蟬聲死，一夜洞庭波上風。（唐僧志定詩逸句，見張為《主客圖》）

案：此時間複句。順言當作：「洞庭波上一夜風，梧桐葉落蟬聲死。」

以上所述古文倒裝，都是「隨語倒裝」，有一定的語法上的條件。文辭是言辭的紀錄，語法又是語文習慣歸納而得的規則。因此，嚴格地說，既然「隨語」，便非「倒裝」。我們甚至竟可認為這些隨語倒裝才是當時語文的正則，雖然有時也帶著彰顯主題的修辭功能。

貳、修辭上的刻意倒裝

下面四種倒裝，卻非出於語文上自然的倒裝，而是寫作者刻意的經營。

(一)為協韻而倒裝

1. 我東曰歸，我心西悲。製彼裳衣，勿士行枚。《詩經‧豳風‧東山》

案：楊樹達《漢文文言修辭學》引此，以為「顛倒」之例。並加按語云：「衣裳倒云裳衣，以與上文歸悲下文枚為韻。」

2. 妻子好合，如鼓瑟琴，兄弟既翕，和樂且湛。《詩經‧小雅‧常棣》

案：楊樹達云：「通言琴瑟，此倒言瑟琴，以與下文湛字為韻。」

3. 君子于役，不日不月；曷其有佸？雞棲于桀；月之夕矣，羊牛下括。君子于役，苟無飢渴！《詩經‧王風‧君子于役》

案：楊樹達謂句第二字：子、其、之、牛，古韻皆在咍部，名之為「句中韻」。蓋以「牛羊」因協韻顛倒為「羊牛」也。

4. 燕燕于飛，差池其羽。之子于歸，遠送于野。瞻望弗及，泣涕如雨。
燕燕于飛，頡之頏之。之子于歸，遠于將之。瞻望弗及，佇立以泣。
燕燕于飛，下上其音。之子于歸，遠送于南。瞻望弗及，實勞我心。

仲氏任只，其心塞淵。終溫且惠，淑慎其身。先君之思，以勗寡人。（《詩經・邶風・燕燕》）

案：「差池其羽」是「其羽差池」的倒裝，以與「野」、「雨」韻。「下上其音」是「其音下上」的倒裝，以與「南」、「心」韻。又「上下」古恆言「下上」，自殷商甲文即如此，猶「始終」古恆言「終始」之例，不必視為倒裝。「淑慎其身」是「其身淑慎」的倒裝，以與「淵」、「人」韻。

5. 清人在彭，駟介旁旁。二矛重英，河上乎翱翔。
清人在消，駟介麃麃。二矛重喬，河上乎逍遙。（《詩經・鄭風・清人》）

案：「河上乎翱翔」是「翱翔乎河上」的倒裝，以與「彭」、「旁」、「英」韻；「河上乎逍遙」是「逍遙乎河上」的倒裝，以與「消」、「麃」、「喬」韻。二句中「乎」為介詞，猶「於」也。《詩經・魏風・汾沮洳》：「殊異乎公路」、「殊異乎公行」、「殊異乎公族」，不倒。或以「河上乎逍遙」與「野于飲食」、「私族於謀」相提並論，似可商。

6. 製芰荷以為衣兮，集芙蓉以為裳。不吾知其亦已兮，苟余情其信芳。（屈原：《離騷》）

案：假設從句「苟余情其信芳」本當在主句「不吾知其亦已兮」前，因「裳」、「芳」協韻而倒置。同篇：「苟余情其信姱以練要兮，長顑頷亦何傷！」亦為假設句，主從位置不倒。

7. 竹喧歸浣女，蓮動下漁舟。（王維：《山居秋暝》）

案：是「竹喧浣女歸，蓮動漁舟下」的倒裝。詩全文為：「空山新雨後，天氣晚來秋。明月松間照，清泉石上流。竹喧歸浣女，蓮動下漁舟。隨意春芳歇，王孫自可留。」秋、流、舟、留協韻。

8. 楚塞三湘接，荊門九派通。（王維：《漢江臨汎》）

案：是「三湘接楚塞，九派通荊門」的倒裝。全詩是：「楚塞三湘接，荊門九派通。江流天地外，山色有無中。郡邑浮前浦，波瀾動遠空。襄陽好風日，留醉與山翁。」通、中、空、翁協韻。

9. 春日繁魚鳥，江天足芰荷。（杜甫：《暮春陪李尚書李中丞過鄭監湖亭汎舟得過字韻》）

案：是「春日魚鳥繁，江天芰荷足」的倒裝。詩全文為：「海內文章伯，湖邊意緒多。玉樽移晚興，桂楫帶酣歌。春日繁魚鳥，江天足芰荷。鄭莊賓客地，衰白遠來過。」多、歌、荷、過協韻。

10. 神魚人不見，福地語真傳。（杜甫：《秦州雜詩二十首之十四》）

案：是「人不見神魚，語真傳福地」的倒裝。全詩是：「萬古仇池穴，潛通小有天。神魚人不見，福地語真傳。近接西南境，長懷十九泉。何當一茅屋，送老白雲邊。」天、傳、泉、邊協韻。

三為平仄而倒裝

1. 歷觀文囿，泛覽辭林，未嘗不心遊目想，移晷忘倦。（蕭統：《文選・序》）

案：本當言「目遊心想」，為了本句「平平仄仄」相對，所以改成「心遊目想」。

2. 鳩形將刻板，龜殼用支床。（王維：《春上房即事》）

案：這是仄起五言律詩的頷聯，平仄應為：「平平平仄仄，仄仄仄平平。」五律平仄，一三不論，二四分明，所以下句首字「龜」字平聲是無關緊要的。要是不用倒裝，改為「將鳩形刻板，用龜殼支床」，便成「平平平仄仄，仄平仄平平」，上下兩句第二字均為平聲，就「失對」了。

3. 片雲天共遠，永夜月同孤。（杜甫：《江漢》）

案：這也是仄起五律的頷聯，平仄是「仄平平仄仄，仄仄仄平平」，要是改為「片雲共天遠，永夜同月孤」，平仄就成「仄平仄平仄，仄仄平仄平」，便不協了。

三為對仗而倒裝

1. 七月流火，九月授衣。《詩經・豳風・七月》

案：流火，謂大火星向西流動下沉。本當言「火流」，為了與下句「授衣」對仗，故倒言「流火」。再案：此言「火」，指大火星，為「心宿二」，即「天蠍座α星」，非火星。《史記・天官書》所說的「火」，才指火星（熒惑）。

2. 使人意奪神駭，心折骨驚。（江淹：《別賦》）

案：主要為了對仗，兼顧到平仄和協韻。「心」對「意」是平對仄；「骨」對「神」是仄對平。而「驚」與上文「名」、「盈」，下文「精」、「英」、「聲」、「情」等字協韻。茲再錄《別賦》末段全文於下：「是以別方不定，別理千名；有別必怨，有怨必盈。使人意奪神駭，心折骨驚。雖淵雲之墨妙，嚴樂之筆精；金閨之諸彥，蘭臺之群英；賦有淩雲之稱，辯有雕龍之聲；誰能摹暫離之狀，寫永訣之情者乎？」

3. 方朔金門侍，班姬玉輦迎。（王維：《早朝》）

案：本當言「玉輦迎班姬」，為了與上句對仗，及與上文「明」、「城」、「聲」，下文「瀛」協韻，故倒言之。茲錄全詩如下：「柳暗百花明，春深五鳳城。城烏睥睨曉，宮井轆轤聲。方朔金門侍，班姬玉輦迎。仍聞遣方士，東海訪蓬瀛。」

(四) 為競奇醒目而倒裝

1. 孤臣危涕，孽子墜心。（江淹：《恨賦》）

案：本當言：「孤臣墜涕，孽子危心。」則平仄為：「平平仄仄，仄仄平平。」對仗工整，亦大佳也，故此二句之倒裝與平仄對仗無涉；又「心」之協韻依舊，故其倒裝亦無關於協韻，蓋為競奇醒目而倒裝也。又案：《世說新語・排調》：「孫子荊（楚）年少時欲隱，語王武子（濟）：『當枕石漱流』，誤曰『漱石枕流』。王曰：『流可枕，石可漱乎？』孫曰：『所以枕流，欲洗其耳；所以漱石，欲礪其齒。』」後世遂多沿用「枕流漱石」，以指隱士林泉生涯。此事亦見《晉書・孫楚傳》。江淹為南朝宋、齊、梁時人，似刻意仿孫楚之誤倒強辯，作此倒裝句。

2. 香稻啄餘鸚鵡粒，碧梧棲老鳳凰枝。（杜甫：《秋興八首之八》）

案：釋惠洪於《天廚禁臠》云：「若平直言之，則曰：『鸚鵡啄殘紅稻粒，鳳凰棲老碧梧枝。』」注杜詩者，亦多名此聯為「倒裝句」、「倒插句」、「倒剔句」。近人葉嘉瑩於《杜甫秋興八首集說》則以：「此聯原以寫渼陂附近之香稻碧梧為主，而鸚鵡之啄餘鳳凰之棲老不過以之形容稻梧之美盛耳，並非實有之物也，如此則香稻碧梧，自當置之句首，而『啄餘鸚鵡』、『棲老鳳凰』，不過為稻梧之形容子句耳。」凸顯「香稻」、「碧梧」，置之句首，具醒目之效；而「啄餘鸚鵡」、「棲老鳳凰」仍屬倒裝，有競奇之功。

3. 入鏡鸞窺沼，行天馬度橋。（韓愈：《春雪》）

案：順言當作「窺沼鸞入鏡，度橋馬行天。」沈括《夢溪筆談・藝文》引此，評云：「然稍牽強，不若前人（指杜甫）之語渾成也。」

4. 林下聽經秋苑鹿，江邊掃葉夕陽僧。（鄭谷：《慈恩寺偶題》）

案：直敘則為：「秋苑林下鹿聽經，夕陽江邊僧掃葉。」鄭谷原句則強調：在林下聽經者乃秋苑所飼之「鹿」；在江邊掃葉者乃夕陽映照之「僧」。

上文，我已縷述「倒裝」的義界，語言所以有倒裝現象的原因，並且把古漢語中的倒裝分成：語法上的隨語倒裝、修辭上的刻意倒裝二大類，再分細目，一一舉例說明。現在，必須補充說明的是：上面的二分法並非截然絕對的，其中多有交集可商之處。例如：「諺所謂室於怒而市於色」，許多修辭學界的前輩就認為是「變言倒裝」，是刻意修辭的成果。但是個人以為既然是「諺所謂」，便為大眾語，應屬「隨語倒裝」，而且先秦文獻屢見這種句法，在當時語言中已成普遍現象，所以在「隨語倒裝」中述之。不過某些為了強調而把賓語前置，類此之例，就介乎「隨語」與「刻意」之間。語言是約定俗成的，一些「倒裝」形式成為習慣用法之後，可能就不能再稱之為「倒裝」了。

乙、舉　例

㈡謂語的倒裝

(1)表態句謂語（表語）的倒置。

1. 流著，溫馴的水波；流著，纏綿的恩怨。（徐志摩：《巴黎鱗爪》）

案：順序當為「溫馴的水波流著，纏綿的恩怨流著。」

2. 靜極了，這朝來水溶溶的大道！（徐志摩：《我所知道的康橋》）

3. 啊！啊！不再了，不再了，
昔日，那黃金一般的，
如夢，如幻，如霧，如煙。（紀弦：《飲酒詩》）

案：順序當為：「啊！啊！那黃金一般的昔日，如夢，如幻，如霧，如煙。不再了！不再了！」「啊！啊！」是獨立的感歎語。「那黃金一般的昔日如夢如幻如霧如煙」，是表態句的主語。本身又是準判斷句：「那黃金一般的昔日」為判斷句主語，下帶四個準繫語「如」和四個斷語——「夢」、「幻」、「霧」、「煙」。「不再了！不再了！」是表態句的表語。

4. 倒下，森林之神的一面大纛。（余光中：《森林之死》）

5. 好久了，我都不曾把這件事向人提起過。（邱燮友：《髫齡舊夢》）

6. 好美啊！這景象！（王熙元：《銀色世界》）

7. 水生笑了一下。女人看出他笑得很不像平常，「怎麼了，你？」（孫犁：《荷花淀》）

案：問話為「你怎麼了？」的倒裝，強調的不是「你」，而是「怎麼了」。

(2)敘事句謂語（述語＋賓語）的倒置。

1. 當我帶著夢裡的心跳，
睜大發狂的眼睛，
把黎明叫到了我的窗子上——
你真理一樣的歌聲。（臧克家：《春鳥》）

案：本句主要成分是：「歌聲叫黎明到窗子上。」「當我」二行是時間狀語，本可置於句首。第三行是謂語，用提賓介詞「把」將賓語「黎明」提到述語「叫」前面，「到了我的窗子上」是連帶的補語。末行是主語，倒置在謂語之後。「你真理一樣的」是定語，用來修飾中心語「歌聲」。

2. 又向前跨了一步，這蒼白的歲月。（楊喚：《年》）

案：主語「這蒼白的歲月」在後。形容詞「這蒼白的」作定語；名詞「歲月」為中心語。謂語「又向前跨了一步」反在前。副詞「又」、介賓結構「向前」作狀語；動詞「跨了」作述語；數量詞「一步」作補語。

(三)賓語的倒裝

1.「雷峰夕照」的真景我見過，並不見佳，我認為。（魯迅：《論雷峰塔的倒掉》）

案：順言當作「我見過雷峰夕照。」「我認為（雷峰夕照）並不見佳。」第一句主語「我」、述語「見過」均在後，賓語「雷峰夕照」前置。第二句句型略同，不贅。

2.百花的冠冕你戴著，你是

天真，莊嚴，你是夜夜的月圓。（林徽音：《你是人間的四月天——一句愛的贊頌》）

案：首句賓語「百花的冠冕」前置於句首。

3.焦燒的路，那個男人猛力地踩著。（佚名：《燃燒的靈魂》）

案：賓語「焦燒的路」在前；主語「那個男人」、述語「猛力地踩著」反在後。

以上三句皆敘事句的倒裝。

4.可怕，可怕——哦，你怎麼現在會一點顧忌也沒有，一點羞恥心也沒有。（曹禺：《日出》）

案：賓語「顧忌」和「羞恥心」都提前在述語「沒有」之前。前有「也」字，可視為「隨語倒裝」。

5.「活兒有，」老劉瞪著眼，還是一臉的官司：「沒辦。」（老舍：《上任》）

案：「活兒有」順序當作「有活兒」。

以上二句皆有無句賓語的倒裝。以下各條賓語雖前置，但屬「隨語倒裝」，錄以供比較。

6.一種不良社會風習，常常是又固執又狡猾，連法律也往往被它規避和愚弄。（彭歌：《道南橋下》）

案：用「連……也」式把賓語「法律」提到述語之前。這種現象，《紅樓夢》中頗多見。例如：第十一回：「嫂子連我也不認得了?」有時「連」字可省。第二十九回：「寶玉因見林黛玉病了，心裏放不下，飯也懶得吃。」有時省去「也」字。第三十九回：「這個月的月錢連老太太還沒放呢。」甚至「連……也」全可省去。第三回：「人的高低不識，還說靈不靈呢！」

7. 現在厨房如何天翻地覆，我是無權過問的了。（林語堂：《阿芳》）

案：用「是……的」式把賓語「現在厨房如何天翻地覆」挪前了。這種例子《紅樓夢》也有。如第三十七回：「你的評閱，我們是佩服的。」第九十二回：「胡道長我是知道的。」

8. 關於那隻栗犬是「某一靈魂的寄形物」的說法，我也相信的。（雷驤：《犬》）

案：此條似可視同例 6. 省去「連」字；也可視同例 7. 省去「是」字。

9. 親家，話不這麼說，劉姑娘終歸不姓舒！（舒暢：《上一代的法庭》）

案：用否定式把賓語「話」提到述語「說」的前面。

(三) 斷語的倒裝

1. 但我不能放歌，
　悄悄是別離的笙簫；
夏蟲也為我沈默，
　沉默是今晚的康橋！（徐志摩：《再別康橋》）

案：二、四句皆判斷句，而斷語前置。第二句「悄悄是別離的笙簫」，是「別離時笙簫是悄悄的」倒裝；第四句「沈默是今晚的康橋」，是「今晚的康橋是沈默的」倒裝。為什麼要倒裝？為了「悄」、「簫」、「橋」的叶韻；為了三、四句「沈默」與「沈默」的頂真；也為了二、四兩倒裝句的平行。最後一點，頗似近體詩的「拗救」。所謂「拗救」，就是上面該平聲的地方用了仄聲，所以下面該仄聲的地方用平聲，以為抵償。此章第二句倒裝是「拗」，第四句倒裝是「救」。拗而能救，於是負負得正，上下平行，就不為病了。

2. 雪化後那片鵝黃，你像；新鮮
初放芽的綠，你是；柔嫩喜悅（林徽音：《你是人間的四月天——一句愛的贊頌》）

案：順序當為：「你新鮮，像雪化後那片鵝黃；你柔嫩喜悅，是初放芽的綠；……」前句為準判斷句，斷語「雪化後那片鵝黃」前置；後句為判斷句，斷語「初放芽的綠」亦前置。此詩是作者在其子初生後寫的詩。詩中的「你」，乃指其子梁從誡；詩中「天真」、「新鮮」、「柔嫩」皆描寫嬰兒可「喜悅」之態。

(四) 狀語的倒裝

(1) 副詞狀語的倒置。

1. 瓶，玉立，亭亭然，一女子之姿。（羊令野：《瓶之疲倦》）

案：謂「瓶亭亭然玉立，（如）一女子之姿。」副詞「亭亭然」作狀語，倒置於中心語「玉立」之後。

2. 鐘鳴處，群鴉畢至
飛來探問寺院中一草率的早殤，果然。（葉珊：《第二次的空門》）

案：狀語「果然」後置。

3. 白天出去的鳥回來了，一群一群地。（曉劍：《古里——鼓裡》）

案：狀語「一群一群地」後置。

(2) 介賓結構狀語的倒置。

1. 我漫步著，在少有的寂寞裡。（魯迅：《傷逝》）

案：介賓結構「在少有的寂寞裡」作狀語，置於中心語「漫步著」之後。

2. 牧羊神醒自蕈子雲的噩夢中。（覃子豪：《牧羊神的早晨》）

案：順序當為：「牧羊神自蕈子雲的噩夢中醒。」「自蕈子雲的噩夢中」為狀語，置於中心語「醒」後。

3. 重重地敲不協和音在你們的鋼琴上和用榔頭那麼大的拳頭敲吧！音樂家們。（紀弦：“S'EN ALLER”）

案：介賓結構「在你們的鋼琴上」為狀語，原應在「敲不協和音」之前，今後置。「用榔頭那麼大的拳頭」亦介賓結構，在中心語「敲」前，則未倒置。「音樂家們」為呼語，應在句首，今後置。

4. 更冷酷的季節，受你感召

有梅花千樹競發對冰雪

你身後，餘音嫋嫋更不絕（余光中：《菊頌》）

案：為了「節」、「雪」、「絕」協韻，把介賓結構「對冰雪」倒置於中心語「競發」後。

5. 嘶喊的夜晚　踐踏著他

以一列誤解的足印（方良：《街的獨白》）

6. 捕食我的未經鍍過的紫

於思想的邊陲。（張默：《期響》）

7. 讚賞朋友的成功，用誠意；檢討自己的失敗，用勇氣！（季薇：《朋友》）

8. 誰不喜歡呢？從心裡，從靈魂深處。（吳伯蕭：《歌聲》）

9. 裁量雲彩以燕子的剪刀，綴串音符以流水的旋律；晾掛晚霞以畫中的疏林，融和花香以心上的月色。

（王祿松：《致詞》）

10.我覺得自己彷彿是一個探寶者，正在這茫茫霧海中尋找著稀世的珍寶，不時地為一些突然的發現而驚喜的叫起來——當一座精巧的建築閃爍著繽紛的色澤，突然從霧幔中探身而出的時候；當一塊奇異的岩石突然橫在眼前，擋住你的去路的時候；當一叢野花搖曳著露珠瑩瑩的花瓣，突然出現在路邊的時候；當一汪清亮的泉流發著叮叮咚咚的聲響，突然湧到你的腳下的時候；當你在艱難的攀登之中，突然發現峰回路轉的時候。……（趙麗宏：《綠色的雨霧》）

(五)定語的倒裝

1.她一手提著竹籃，內中一個破碗，空的。（魯迅：《祝福》）

案：定語「空的」倒置於中心語「破碗」之後，表示補充說明。

2.在他們有了辦法之後，我們忍辱求全的設法不教青年們受到最大的損失——肉體上的，精神上的。（老舍：《四世同堂》）

案：定語「肉體上的，精神上的」後置。順言當作「……受到肉體上的、精神上的最大損失」。

3.我喜歡在庭園裏看清晨的露珠，青草上的、花瓣上的、綠葉間的。（方瑀：《鄉居散記》）

案：順言當作「青草上的、花瓣上的、綠葉間的，清晨的露珠」。

4.小欒受傷的消息傳來了，各國運動員也圍攏過來，無數的眼睛——黝黑的、碧藍的、金黃的，同時輻集到那手臂上，各種語言發出同聲驚歎。（理由：《揚眉劍出鞘》）

(六)複句的主從倒裝

1.諸佛束手。自從他在鏡中亡失了眼目；（周夢蝶：《折了第三隻腳的人》）

案：這是由時間關係構成的主從複句的倒置。

2. 正義是殺不完的，因為真理永遠存在！（聞一多：《最後的演講》）

3. 我想那可能是真的，因為他死的不甘心嘛！（江玲：《坑裏的太陽》）

4. 我不能變換我的坐姿，因我是端淑的神。（蓉子：《夢的荒原》）

5. 逆境可遇不可求，要珍惜感恩，因為它才是生命成長的資糧。（佚名：「格言」）

案：前四例都是由因果關係構成的主從複句的倒置。

6. 口語至少跟文字同樣重要，如果不是更重要的話；許多語言學家認為口語更重要，因為口語是文字的根本。（呂叔湘：《談談虛與實的關係》）

案：由二個複句構成：假設複句和因果複句，而且都是主句在前，從句在後。

7. 用肥皂粉也洗不掉上面不知怎麼染上的那些污垢，水壺帶子打著結，水壺的塞子也已不是原裝，沒有一處能吸引人多看它一眼，如果把它丟在街心的話。（朱西寧：《車禍在北回歸線》）

案：這是由假設關係構成的主從複句的倒置。

8. 總之，倘是咬人之狗，我覺得都在可打之列，無論它在岸上或在水中。（魯迅：《論〈費厄潑賴〉應該緩行》）

案：此由假設複句和條件複句套在一起而成。前面假設複句是順序的；後面條件複句是倒裝的。「費厄潑賴」，英語Fair Play的音譯，意指光明正大的競賽。

9. 蘭花煙的香味頻頻隨著微風，襲到我官覺上來……雖然那四個人所坐的地方是在我廊下的鐵紗窗以外。（林徽音：《窗子以外》）

10. 那裏有工夫，即使有心想親近你自己？那裏有機會，即使你想痛快的一吐？（徐志摩：《再剖》）

案：上面二例都是由擒縱關係構成的複句的倒置。

(七)複句中名詞與稱代詞的倒置

1. 在他們逗留臺北的期間，法西奧外長偕同夫人及女公子將前往忠烈祠獻花致敬，並參觀臺大農業陳列館。（民國五十九年九月九日《中央日報》）

案：漢語語法「他們」應在下句；「法西奧外長偕同夫人及女公子」應在上句。但是受英語主句用名詞，從句用稱代詞的影響，所以有這種倒裝句的出現。

2. 此地對這個觀念（案：指「詮釋之循環」）的介紹，是葛達馬最關心的問題。在其四大冊新著《管錐篇》裏，錢鍾書先生對「詮釋之循環」也曾提出一個比較傳統的說明。（作者、文題均失憶）

案：從句在前有「其」字，主句在後指明為「錢鍾書」。但有誤會為「葛達馬」的可能，因為「葛達馬」正好出現在「在其」的前面。

(八)對話中說話人的倒置

1. 「不准你出去賺錢，又不給你錢用？」我提高了嗓音說。（王尚義：《獨生子的悲哀》）

案：古代漢語中敘述對話，常先介紹說話人，再敘所說的話。不過韓愈《張中丞傳後敘》有：「其老人往往說巡、遠時事云。」「愈貞元中過泗州，船上人猶指以相語。」「嵩無子，張籍云。」文中有三處都先敘其言，再介其人，已刻意倒置。現代文學作品受西方語法影響，更以先言後人為常態。

2. 「當然。」赫南地茲說。「不過我有權拒絕參加我不喜歡的研究計劃。」（張系國：《流砂河》）

案：所說的話不止一句，現代文學作品常把第一句或第一句的一部分寫在前面，中間指出說話人，其餘的話放在後面。

丙、原　則

「倒裝」，盼望以奇特的句法增加文章的波瀾，引起別人的注意。傅隸樸先生的《脩辭學》論及「倒裝」，說得十分透澈：

倒裝是言語倫次上下顛倒的安置法。言辭本該依事物的程序排列，但有時嫌其平板爛熟，反容易使閱讀者眼滑口滑，而囫圇其深情曠旨，故善為文者，往往在關要處，故亂其序，一方面梗澀讀者的眼口，喚起其注意，一方面增加文章的波瀾。正如瞿唐江水，必藉灩澦堆的阻遏，才成其壯觀。這種道理正與律詩拗句相同。

但是對「倒裝」某些弊病，也要注意。《文心雕龍・定勢》就指出：

近代辭人，率好詭巧。……顛倒文句……常務反言。……然密會者以意新得巧，苟異者以失體成怪。舊練之才，則執正以馭奇；新學之銳，則逐奇而失正；勢流不反，則文體遂弊。

如何使「倒裝」能「意新得巧」、「執正馭奇」，而避免「失體成怪」、「逐奇失正」，便是值得我們深思的課題。下面試為「倒裝」提出幾點建議，以供參考。

(一)要拍攝語者的心境

「概說」節曾指出：語文雖然淵源於思想，但是思想之過程並不與語文的結構盡同。舉例來說：

馬路的那一邊起火了。——為語文的結構。

起火了，馬路的那一邊。——為思想的過程。

在著急的時候，我們的語言常常不顧語法結構，而依照思想過程來宣露。所以倒裝語可以顯示出說者心境。利用「語無倫次」，可以把說話人的紛亂迫切的心境拍攝下來。通常，這種倒裝只限於「對話部分」。在敘事部分仍以通暢為上。不過現代文學作品中，曾有為了描寫人物心理上的畸形發展，連「敘述部分」也故意採取累贅、糾纏、倒裝的文字來配合，《家變》就是這樣一個典型。從修辭學角度來看，是不無理由的。

(三) 要追求語感的鮮活

由於異於尋常，「倒裝」能使語感新鮮。而且倒裝句或把賓語、謂語提前，或把形容詞、副詞挪後，獨立成一句讀，長句短化，也使得句子活潑。試比較：

吾久不復夢見周公矣。——敘事句。

吾不復夢見周公久矣。——表態句。

久矣！吾不復夢見周公。——倒裝的表態句。

我們可以發現表態句要比敘事句有力，而倒裝的表態句又比表態句鮮活。

近代文學家中，朱自清最擅此法。如：

小草偷偷地從土裏鑽出來，嫩嫩的，綠綠的。園子裏，田野裏，瞧去，一大片一大片滿是的。（《春》）

遠比「瞧園子裏田野裏去一大片一大片滿是偷偷地從土裏鑽出來的嫩嫩的綠綠的小草。」為鮮活。又如：

黃色的雄蕊，歷歷的，閃閃的，襯托在叢綠之間，格外覺得嬌媚了。（《月朦朧，鳥朦朧，簾捲海棠紅》）

要是依照通常語法，變成：「格外覺得襯托在叢綠之間歷歷的閃閃的黃色的雄蕊嬌媚了。」那是何等的冗長呆板！讀者細思朱文倒裝的手法，可得行文鮮活的訣竅。

(三) 要參考語法的發展

在「概說」節，我們曾經探討了古漢語的各種倒裝現象；在「舉例」節，我們又曾把現代漢語中的倒裝情況作分類說明。兩相比對，我們發現：現代漢語語法較古代漢語更為謹嚴，更具規範，更有系統。像賓語倒置述語前面，如：「吾誰欺」、「毋我忘」之類，在古漢語中，語法條件非一，又多例外情況，現代漢語已揚棄不用了。又如副賓語倒置介詞之前，如：「室於怒」、「市於色」之類，亦為時代淘汰。這些都是良性的發展。但是，過分接受印歐語系語法影響，新的倒裝也出現了，如對話中說話人之介紹，古代多採「先人後言」，但也曾有有意倒裝，「先言後人」，略似現代小說對話的表達法。這些倒裝，合乎語法發展趨勢，不應迴避，也無法迴避。至於稱代詞先於所指之名詞，如「舉例」節所引。這種倒置，僅見於現代書面語言，非但古代所無，現代口語也絕未曾有。它既違背認知心理學的法則，我們總得先知道它原是什麼，才能用稱代詞去指稱它呀！而且又容易造成誤會，要是恰恰在這個稱代詞的前面有個非所指的名詞在。教書的常依循規範語言學，反思描述語言學，那麼這類倒裝是否會繼續通行，更要留待時間來考驗與證明了。以上有關古今漢語倒裝現象的比較，可作使用倒裝法時的參考。

第十章 跳脫

甲、概說

由於心念的急轉，事象的突出，語文半路斷了語路的，叫作「跳脫」。

語路中斷的情況有四：

一、從甲突然跳到乙，叫作「突接」。

二、甲被乙打斷，叫作「岔斷」。

三、把乙插入甲中，叫作「插語」。

四、只說甲，省略乙，叫作「脫略」。

前三者使語文「跳動」；第四種使語文「脫略」。所以合稱為「跳脫」。

我們知道：高速公路的路線常略呈S形，好讓駕駛者的雙手握著方向盤反復的左右旋轉；要是筆直的話，駕駛者可能會掉以輕心，反易肇禍。一切藝術也都如此。以音響藝術來說：當我們欣賞交響樂，有時樂音由柔細突然大聲起來，帶給我們情緒上的振奮；有時樂音自急管繁絃中戛然而止，使我們覺得此時無聲勝有聲。以形象藝術來說：我國山水畫常在畫面留下一片空白，表示天空、白雲、流水。例如：圖3·10·1是清代翁同龢的〈脩

圖 3·10·1（彩） 清代翁同龢，〈脩竹茅亭山水圖〉。

竹茅亭山水圖〉，可以發現近處有不畫的水，遠處有不畫的雲。這時，無畫處亦是畫。

又如一九六四年十二月號《生活雜誌》(*Life*) 大事介紹的「歐普藝術」(Optical Art，又譯「光效應藝術」)，這些二次元平坦的黑白畫面，利用線條圖形的變化，造成視覺的錯覺，使人產生起伏感或色彩感。圖3·10·2是英國女畫家普利基·賴利(Bridget Riley) 所作，表現出一種振動感，注視久了，還會有有色彩的感覺。語文也可以成為一種藝術，它同樣必須運用「跳脫」，來提高讀者聽者的注意，覺得語文的跳動，以及無話中的話語。

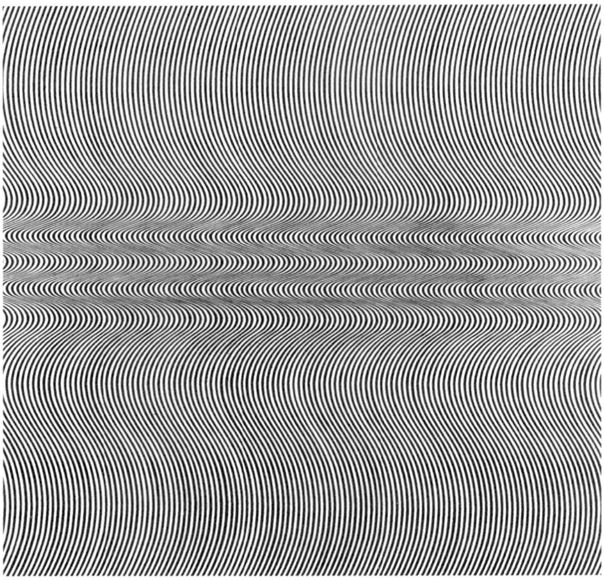

圖 3·10·2　普利基·賴利，〈水流〉。

乙、舉　例

我國古語，突接、岔斷、插語、脫略，四者全有。而現代文學作品也有很多這種跳脫的例子，茲舉例於下。

(一)突　接

敘事的時候，這一件事尚未說完，突然接以另一件事，叫做「突接」。

古代的例子如：

1. 項王曰：「壯士能復飲乎?」樊噲曰：「臣死且不避，卮酒安足辭！——夫秦王有虎狼之心，殺人如不能舉，刑人如恐不勝，天下皆叛之。……」(《史記·項羽本紀》)

案：樊噲回答項羽的話，在「巵酒安足辭」句下，突接一段議論，與當時急迫的情境十分配合。

2. 相見時難別亦難，東風無力百花殘。（李商隱：《無題》）

案：以「東風無力百花殘」突接上文，這種句法，與《古詩十九首》以「胡馬依北風，越鳥巢南枝」上接「道路阻且長，會面安可知」；《飲馬長城窟行》以「枯桑知天風，海水知天寒」上接「他鄉各異縣，展轉不相見」是同一手法。於抒情敘事的絕望哀吟中，突然盪開筆墨，使前面所敘的情事驀然都有了迴旋起舞的一片空靈之感。

近代的例子如下，讀者試自分析。

3. 不是追尋，必須追尋，
不是超越，必須超越——
雲倦了，有風扶著，
風倦了，有海托著，
海倦了呢？隄倦了呢？（周夢蝶：《逍遙遊》）

4. 我只是想——唉，屋裏為什麼這樣冷靜啊！（林海音：《冬青樹》）

5. 人家說，黃毛丫頭十八變，我看你呀，都三十囉，好像一點都沒變。眼睛別動，否則畫不平。（王令嫻：《哭在冷冷的月色裏》）

6. 幸好我今天在家，不然你老遠趕來，咦，你的身子濕濕的，怎麼了，摔下湖？（于墨：《沙江夜》）

7. 姐姐到底不賞妹子的臉，她穿得一身大金大紅的，像一團火一般，坐到了他的身邊去。（吳師傅，我喝多了花雕。）

遷延，這衷懷那處言；

淹煎，潑殘生除問天——

就在那一刻，潑殘生——就在那一刻，她坐到他身邊，一身大金大紅的，就是那一刻，那兩張醉紅的面孔漸漸的湊攏在一起，就在那一刻，我看到了她們的眼睛：她的眼睛，他的眼睛。完了，我知道，就在那一刻，除問天——（吳師傅，我的嗓子。）完了，我的喉嚨，我摸摸我的喉嚨，在發抖嗎？完了，在發抖嗎？天——（吳師傅，我唱不出來了。）天——完了，榮華富貴—可是我只活過一次，—冤孽、冤孽、冤孽—天——（吳師傅，我的嗓子。）就在那一刻，就在那一刻，啞掉了—天—天—天——。（白先勇：《遊園驚夢》）

8. 她換了裝，纖指梳弄金髮，掉下一絲在雪白的桌巾上，以為我會揀來揣在胸袋裏——我認為兩個人午餐比一個人午餐更像「午餐」些。（木心：《大西洋賭城之夜》）

9. 中年甲：不景氣就是不景氣！

中年乙：應付不景氣……

老　者：回歸自然，實實在在。

中年甲：經濟不景氣，我又有什麼辦法？

老　者：聽嘸是否？（義美「雞蛋布丁電視廣告」）

(三)岔　斷

由於其他事象橫闖進來，因而使思慮、言語、行為中斷，叫作「岔斷」。

古代的例子如：

1.叔孫宣伯之在齊也，叔孫還納其女於靈公，嬖，生景公。丁丑，崔杼立而相之，慶封為左相，盟國人於大宮，曰：「所不與崔慶者——」晏子仰天嘆曰：「嬰所不唯忠於君，利社稷者是與，有如上帝！」乃歃。（《左傳・襄公二十五年》）

案：崔慶的盟辭未說完，就被晏子岔斷了。杜預注云：「盟書云：『所不與崔慶者，有如上帝。』讀書未終，晏子抄答易其辭，因自歃。」

2.魏武侯謀事而當，群臣莫能逮，退朝而有喜色。吳起進曰：「亦嘗有以楚莊王之語聞於左右者乎？……楚莊王謀事而當，群臣莫逮，退朝而有憂色。……楚莊王以憂，而君以喜——」武侯逡巡再拜曰：「天使夫子振寡人之過也。」（《荀子・堯問》）

案：吳起的話也未說完，就被魏武侯岔斷。《吳子・圖國》作：「此楚莊王之所憂，而君說之，臣竊懼矣！」多「臣竊懼矣」一句，對武侯急忙認錯的神情反而表達不出來了。

近代的例子如下，讀者試自分析。

3.十年前，我默念王國維的詞句：「天末彤雲暗四垂，失行孤雁逆風飛，江湖寥落爾安歸？」這幅墨色山水似的詩人心境，現在看來卻歷久而愈新了。

十年了，像一個夢，我現在究否醒來？

「陳教授，修士在請你去呢！」（陳之藩：《幾度夕陽紅》）

4.發瘋似地在背街小巷裏瞎走。觸目皆是傷心的顏色。忘不了貓咪的影子，就是忘不了。走了以後才發覺。設法遺忘是一件痛苦的事。——羅兄，原來在這裏。校長要我來找你。（水晶：《沒有臉的人》）

5.他高踞在煙囪頂，他自由了。他戰勝了窮困，他戰勝了世界——「阿爸！阿爸！」一個女孩用喊話器

叫著。(江彤晞：《豎蜻蜓的人》)

案：「阿爸」失業，爬上屋頂要跳樓，突然一切都放開了，覺得自己高高在上，但妻女在大樓底下的喊話，使他回到了現實。

㈢插　語

凡在必須的語言之外，插進一些詞語，叫作「插語」。

古代的例子如：

1. 歸休乎！君！予無所用天下為。(《莊子・逍遙遊》)

案：「君」指堯。馬氏《文通》以為倒裝的主次。黎錦熙《比較文法》云：「語意未完，中間以呼。」此從黎說。「君」為非解釋性的插語。

2. 惡！賜！是何言也？(《荀子・法行》)

案：「惡！是何言也？」《孟子》屢見。荀子用此句，中插入子貢之名。

3. 項王留沛公與飲。項王項伯東嚮坐。亞父南嚮坐，——亞父者，范增也。——沛公北嚮坐，張良西嚮侍。范增數目項王，舉所佩玉玦以示之者三。項王默然不應。(《史記・項羽本紀》)

案：「亞父者，范增也。」是解釋性的插語。又案：古代堂、室坐位尊卑方向不同。堂以南向為尊；室以東向為貴。《史記・魏其武安侯列傳》：「(田蚡)嘗召客飲，坐其兄蓋侯南鄉，自坐東鄉，以為漢相尊，不可以兄故私橈。」可證。鴻門宴中，項王、項伯東向居中坐，最尊；亞父、劉邦分坐北、南兩旁，次之；張良西向無坐位，最下。

4. 烹羊宰牛且為樂，會須一飲三百杯。岑夫子，丹邱生，將進酒，杯莫停！與君歌一曲，請君為我傾耳

聽。（李白：《將進酒》）

案：「岑夫子，丹邱生」亦為非解釋性的插語。

白話的例子如下，讀者試自分析。

5. 好姐姐，——不是我說，你又該惱了，——你懂得什麼？懂得也不傳這些舌了。（《紅樓夢》第二十回）

6. 黛玉住在大觀園中，雖靠著賈母疼愛，然在別人身上凡事終是寸步留心。聽見窗外老婆子這樣罵著——在別人呢，一句也貼不上的——竟像專罵著自己的。（《紅樓夢》第八十三回）

7. 若少遲延，哼哼尹其明！只怕我這三間小小茅簷，你闖得進來，叫你飛不出去。（《兒女英雄傳》第十八回）

8. 宣統三年九月十四日——即阿Q將搭連賣給趙白眼的這一天——三更四點，有一隻大烏篷船到了趙府上的河埠頭。（魯迅：《阿Q正傳》）

9. 我們只談了一會兒，而且並沒有什麼重要的話；——我現在已全忘記——但我覺得已懂得他了，我相信他是一個可愛的人。（朱自清：《哀韋杰三君》）

10. 眼睛裏充滿了祈求和渴望，她被這溫情溶化了，像浸在暖水裏，輕飄而微熱，她垂下眼簾並且微微一笑，女人默許的記號。（吉錚：《孤雲》）

11. 這種埋頭做事，不動腦筋的人，簡直是——說得不客氣一點——跟牛馬一樣。（胡繩：《想和做》）

(四)脫略

為了表達情境的急迫，要求文氣的緊湊，故意省略一些語句，叫作「脫略」。

古代的例子如：

1.晉侯賞從亡者，介之推不言祿，祿亦弗及。其母曰：亦使知之，若何？對曰：「言，身之文也，身將隱，焉用文之？是求顯也。」（《左傳・僖公二十四年》）

案：「是求顯也」上脫略「若使知之」一句。

2.孟之側後入，以為殿。抽矢策其馬曰：「馬不進也。」（《左傳・哀公十一年》）

案：據《論語・雍也》：「子曰：孟之反不伐，奔而殿，將入門，策其馬。曰：『非敢後也，馬不進也。』」是《左傳》於「馬不進也」上脫略「非敢後也」一句。陳騤《文則》引《論語》此章云：「質之《左氏》，則此文緩而周。」黃永武以為：「以當時急劇的情態衡之，《左傳》跳脫一句的筆法，比《論語》更為逼真。」見所著《字句鍛鍊法》。

3.戰于郎。公叔禺人遇負杖入保（堡）者息，曰：「使之雖病也；任之雖重也；君子不能為謀也；士弗能死也：不可。我則既言之矣！」與其鄰重（童）汪踦往，皆死焉。（《禮記・檀弓》）

案：據《左傳・哀公十一年》文：「公叔務人見保者而泣，曰：『事充政重，上不能謀，士不能死，何以治民？吾既言之矣，敢不勉乎！』」是《檀弓》於「我則既言之矣」下脫略「敢不勉乎」一句，黃永武於《字句鍛鍊法》評論說：「如此跳脫一句，敘事乃覺緊湊，而事態迫促，激昂陳辭的情況乃能如繪。」

4.子夏喪其子而喪其明。曾子弔之，曰：「吾聞之也：朋友喪明則哭之。」曾子哭，子夏亦哭，曰：「天乎！予之無罪也！」曾子怒，曰：「商！女何無罪也！吾與女事夫子於洙泗之間，退而老於西河之上，使西河之民疑女於夫子，爾罪一也；喪爾親，使民未有聞焉，爾罪二也；喪爾子，喪爾明，爾罪三也。而曰女何無罪與！」（《禮記・檀弓》）

案：本當云：「而曰女無罪，女何無罪與！」脫略「女無罪」一句。

5. 故善人者，不善人之師；不善人者，善人之資。不貴其師，不愛其資，雖智大迷；是謂要妙。（《老子・二十七章》）

案：「是謂要妙」句上，跳脫「貴其師，愛其資」句。

6. 上既聞廉頗、李牧為人，良說（甚悅），而搏髀曰：「嗟乎！吾獨不得廉頗、李牧時為將，吾豈憂匈奴哉！」（《史記・馮唐列傳》）

案：跳脫「吾若得廉頗、李牧為將」句。

以下再舉白話文的例子。

7. 湖裏有十來枝荷花，苞子上清水滴滴，荷葉上水珠滾來滾去。王冕看了一回，心裏想道：「古人說，『人在畫圖中』，其實不錯。可惜我這裏沒有一個畫工，把這荷花畫他幾枝，也覺有趣。」（《儒林外史》第一回）

案：脫略了「如有一個畫工」句。

8. 探春、紫鵑正哭著，叫人端水來給黛玉擦洗，李紈趕忙進來了。三個人纔見了，不及說話。剛擦著，猛聽黛玉直聲叫道：「寶玉！寶玉！你好——」說到「好」字，便渾身冷汗，不作聲了。紫鵑等急忙扶住，那汗愈出，身子便漸漸的冷了。（《紅樓夢》第九十八回）

案：「你好」之下，留有無限詮釋空間。

以下各例，試自分析。

9. 那是臨著一大片望不到頭的草原，滿開著艷紅的罌粟，在青草裡亭亭的像是萬盞的金燈，陽光從褐色雲裡斜著過來，幻成一種異樣的紫色，透明似的不可逼視，霎那間在我迷眩了的視覺中，這草田變成了……不說也罷，說來你們也是不信的！（徐志摩：《我所知道的康橋》）

10. 她為這蜘蛛擔心了，於是暗暗占卜道：「蜘蛛啊！假如你再能從你細絲回到樑上去，則我的弟弟便有救了，否則……」她不忍想了。（陸蠡：《讖》）

11. 胡琴咿咿啞啞拉著，在萬盞燈的夜晚，拉過來又拉過去，說不盡的蒼涼的故事——不問也罷！（張愛玲：《傾城之戀》）

12. 「可是現在分別得太久了！我們慢慢地麻木了，忘記了劇痛。好像我母親死了二十多年，我知道已經沒有希望再見到她，所以難得為她掉淚一樣。可是現在如果見到你——」（思果：《寄不出的信》）

13. 「他怎麼會愛上她呢？真不可能。你漂亮，有學問，而她……怎麼會？」（林海音：《冬青樹》）

14. 我二叔常跟我說，二嬸就是性情暴躁，過去那一陣兒，就……（朱西寧：《狼》）

15. 小少爺，想通了？那就趕快讓他們走，不然……。（何曉鐘：《活埋》）

16. 剛到美國就上了這麼一個不大不小的當。幸而他家裏有錢，否則——當然，如果他是個窮學生，像自己一樣，根本就不會也不敢做那樣的淘金夢了。（彭歌：《在天之涯》）

17. 「再說囉嗦也是一種愛的表現，比方說我——我相信你爸爸就認為你媽媽的囉嗦很可愛吶！」（易理：《魏伯伯》）

案：魏者，偽也。假伯伯，真爸爸。話中「你媽媽」正是「魏伯伯」離婚的妻子，「你爸爸」是「你媽媽」現在的丈夫。「比方說我」下脫略了：「認為你媽媽的囉嗦很可愛吶！」

18. 菊尼，你會不會覺得媽並不了解我們？我們需要的很多，可是媽只給我們普通的母愛，甚至於——我

們的爸爸如果還在，那多好。（馮菊枝：《暗流》）

19. 一個孤獨少年說
她的笑聲是一把閃亮閃亮的銀角子
撒得滿地叮噹叮噹作響
而我不是一座開著門的電話亭
唉，根本不是——
就連小小的小小的一枚希望
都不能投入（方華：《開著門的電話亭》）

20. 「我不是信不過你，我只是怕啊！」耿秋英一搖頭，頭髮又散開了，一直披到肩上，不無感傷地說：「我自信我還是一個硬性子的人，我是天不怕地不怕的。這一回，我卻怕了，怕得那麼厲害。你闖進了我的生命裡，你要是……你要是……那就等於把我的生命也拿走了。」（魯彥周：《彩虹坪》）

丙、原　則

(二)須留想像空間

語言跳脫處不僅是一種曲折，一片空白，更是凸起奇峰，並留給讀者遼闊的想像空間。李商隱「東風無力百花殘」之突接，林黛玉「寶玉！寶玉！你好——」之脫略，都具有此種藝術效果。此更舉《古詩十九首之一》——《行行重行行》中句為例：

相去日已遠；衣帶日已緩。浮雲蔽白日，遊子不顧返！

關於「浮雲」二句之突接，葉嘉瑩教授在《一組易懂而難解的好詩》中有極為詳盡的賞析：

而就在這種使人感動的綿長久遠的相思之悲苦中，下面卻忽然承接了「浮雲蔽白日，遊子不顧返」的十個字，我以為這纔是這一篇詩中最使人摧毀傷痛的所在。我們從開端的「生別離」、「天一涯」讀下來，一直讀到前一句之「相去日遠」、「衣帶日緩」都使人覺得詩中人物雖有離別之痛，然而隔絕的只是時間與空間。至於二人之間相信愛的情意則是毫無阻隔的，如此則相去雖遠相別雖久，而相思之感情永在，相見之信念長存，則雖在別離之悲苦中，也依然有著一份安慰和支持的力量。至此忽然以「浮雲蔽白日」一句，使一片沉重的陰影當頭籠罩下來，這真是何等難以承受的重擊。只是這句詩的浮雲究竟何指呢？而且被蒙蔽的又究竟是哪一方呢？李善《文選注》云：「浮雲之蔽白日以喻邪佞之毀忠良。」吳淇《古詩十九首定論》亦云：「浮雲比讒間之人。」是「浮雲」乃指二人中間的讒毀蒙蔽，這一點在傳統的注解上是相同的。至於被蒙蔽的是哪一方，則就有不同的說法了。一種是把被蒙蔽的「白日」比做被放逐的賢臣，也就是下一句的「遊子」。李善《注》引陸賈《新語》曰：「邪臣之蔽賢，猶浮雲之障日月。」以「蔽賢」與「障日月」對舉，則日月之所喻當然乃指賢臣而言。是以吳淇之《古詩十九首定論》及張庚的《古詩十九首解》，就都指明說：「白日比遊子」。而另一種說法則是把被蒙蔽的「白日」比做君王。饒學斌《月午樓古詩十九首詳解》就採用此一說法，謂：「夫日者，君眾也。浮雲蔽日所謂公正之不容也，邪曲之害正也，讒毀之蔽明也。」這二種說法雖不盡同，但把這首詩都看做乃是賢臣被放逐且遭讒毀而作，則是一樣的。此外還更有另一說法，就是把這首詩看做乃是思婦之辭，張玉穀《古詩十九首賞析》即云：「此思婦之詩……浮雲蔽日，喻有所惑，遊不顧返，點出負心。」是「白日」乃指遊子，「浮雲」則指遊子在外面所遇到的誘惑。只是一個遇到誘惑就薄倖不歸的遊子，既不是君王，又不是被放逐而依舊忠心耿耿的賢臣，為什麼仍然以光明的「白日」為其象喻呢？於是乃又有人以為白日乃是象喻遊子舊日溫暖的情愛之光照，於今情愛隔絕所以說浮雲蔽日也。方東樹《論古詩十九首》就採用此說，云：「白日以喻遊子，雲蔽言不見照也。」看到前面這些說法，我們已可知道，這二句詩所能引起的解說是何等歧異紛紜，但我以為其間仍然可以歸納出一個根本的基型來，那就是「白日」乃是任何一種圓美光明的情操之象喻，而浮雲則是一片蒙蔽的陰影。無論是君臣，是夫婦，是朋友，最可悲哀的都莫過於當彼此經過悠久而漫長的時空之離別以後，而其中竟然有一方面有了一片隔絕蒙蔽的陰影，這乃是天地間最可憾恨的一件事。李義山有詩云：「不辭鶗鴂妒年芳，但惜流塵暗燭房，昨夜西池涼露滿，桂花吹斷月中香。」我以為義山所寫的這一種「暗」之蒙蔽與「斷」之隔絕的悲恨，就與「浮雲」一句大為相似。原來人世間最可哀痛的，不是年芳的零落，不是人壽的無常，而乃是被流塵所遮暗的一蕊光明，被天風所吹斷的一縷芳香，於是在這種蒙蔽的陰影下，遂終於逼出了「遊子不顧返」的痛心的結果。「遊子」無論是被棄的逐臣，或者是棄家的蕩子，總之乃是離鄉別井的遠遊之人，「不顧返」者則當是不更念及歸返之意。然而離鄉的遊子何以乃竟然不更念及還鄉呢？這一句仍然可以從兩方面來立說，如果從行者方面而言，則本身就是遊子，證之於這首前面所寫的「生別離」的悲哀，及「胡馬」、「越鳥」的不忘本的託喻，與夫「衣帶日緩」的憔悴相思，則遊子之思鄉欲返的深衷豈不顯然可見，然而如今卻竟然落到了「不顧返」的下場，環境有時可以逼使一個人做出與自己本心大相違背的決定，這是可傷痛之一；而且證之於下面所寫的「思君令人老」諸句，則其欲返之本心實在卻又常存未泯，這是可傷痛之二；而此處卻依然明明白白地寫下了「不顧返」三個字，則上句「浮雲蔽日」的陰影所造成的蒙蔽隔絕之使人戰慄悲哀也可以想見了。再者此句如就居者方面而言，則「遊子」便非自稱而係稱人之辭，「遊子不顧返」者，思婦多情，而遊子薄倖，這正是中國詩詞中女性的傳統悲劇。而中國女性傳統的典型，一向都具有著人類含蓄隱忍這一方面的最高的情操，以最溫柔的心來負荷最深重的傷害和哀愁，而且要做到無怨無怒的地步，所以此句也只說「不顧返」，而不是「不欲返」。如果是「不欲」，則是遊子已經決心不返；而「不顧」則似乎仍只是一時「不念及」之意。而且上一句的「浮雲蔽日」，把「遊子」依然比做「白日」，是此一心目中之偶像，其光明溫暖的圓美之象喻乃依然絲毫未改。然而雖有此溫柔婉轉的相諒之心，而白日畢竟已遭蒙蔽，遊子亦竟然去而不返。反覆思量，千迴百轉，在已遭蒙蔽隔絕的陰影下，所隱蓄的一縷相思之情的顫慄，是極為可傷的。

葉教授所論，不僅博採眾說，更能作多向而周延的思辨，展示了跳脫修辭法廣大的想像空間，為文學批評與教學提供了卓越的典範。

㈢表現當時情境

跳脫是一種跳動、突出、脫略的語言，用以表達急迫、突兀、複雜等等的事件，那真是能與內容密切配合的好形式。例如七十回本的《水滸傳》第五回：

智深走到面前，那和尚喫了一驚，跳起身來便道：「請師兄坐，同喫一盞。」智深提著禪杖道：「你這兩個如何把寺來廢了？」那和尚便道：「師兄請坐，聽小僧——。」智深睜著眼道：「你說，你說！」「——說：在先敝寺十分好個去處，田莊又廣，僧眾極多，只被廊下那幾個老和尚，喫酒撒潑，將錢養女，長老禁約他們不得，又把長老排告了出去，因此把寺來都廢了。」

金聖歎於「聽小僧——」下注云「其語未畢」，於「——說」下又以「章法奇絕，從古未有」譽之。這種跳脫岔斷的話，的確很逼真地復活了當時的情境。百十五回本《水滸傳》作：「那和尚曰：『師兄聽小僧說：在先敝寺，田莊廣有，僧眾也多……』」沒有「智深睜著眼道：『你說你說』」的岔語，使「那和尚」的話上下接連，而當時的急驟神情，也就一併失去了。周亮工《書影》曾「疑此等『奇絕』，正聖歎所為！」

但是岔語所傳達的情境也不限於急迫，下例摘自白先勇《臺北人・梁父吟》：

「你們老師——」樸公坐下後，沉思良久，才開言道。

「是的，樸公。」樸公說了一句，沒有接下去，雷委員便答腔道。

「你們老師，和我相處，前後總有五十多年了——」樸公頓了一頓才又說道，「他的為人，我知道得太清楚。」

兩個「你們老師」間，穿插了雷委員的「答腔」，所顯示的卻別是一番老人「沉思良久」的氛圍！跳脫所能呈現的，也相當多元呢！

(三) 須使語意含蓄

跳脫必須使語意含蓄。以《禮記・檀弓》記申生事為例：

晉獻公將殺其世子申生。公子重耳謂之曰：「子盍言子之志於公乎？」世子曰：「不可。君安驪姬，——是我傷公之心也。」

世子申生的答辭，《左傳・僖公四年》作：

君非姬氏，居不安，食不飽。我辭，姬必有罪。君老矣，吾又不樂。

《穀梁・僖公十年》作：

吾君已老矣，已昏矣。吾若此而入自明，則麗姬必死，麗姬死則吾君不安。所以使吾君不安者，吾不若自死，吾寧自殺以安吾君。

《國語・晉語》作：

不可。去而罪釋，必歸於君，是怨君也；章父之惡，取笑諸侯，吾誰鄉而入？內困於父母，外困於諸侯，是重困也；棄君去罪，是逃死也。吾聞之：仁不怨君，智不重困，勇不逃死。若罪不釋，去而必重；去而罪重，不智；逃死而怨君，不仁；有罪不死，無勇：去而厚怨。惡不可重，死不可避，吾將伏以俟命。

《史記・晉世家》作：

吾君老矣，非驪姬，寢不安，食不甘；即辭之，君且怒之。不可。

《說苑・立節》作：

不可。我辭之，驪姬必有罪矣。吾君老矣，微驪姬寢不安席，食不甘味，如何使吾君以恨終哉？

相較之下，《禮記・檀弓》所記，最為含蓄。那些咽下不曾說全的話，我們大都可以從上下文推知，即所謂「得其意於語言之外」。要是將話補全，申生一片苦心反覺不及《檀弓》所記來得活現，來得含義委婉豐富。

(四)不可語意不明

跳脫過甚，導致語意不明，那也是不足為法的。例如《管子・立政・九敗・解》云：

人君唯毋聽寢兵，則群臣賓客莫敢言兵。

王念孫《讀書雜志》以為「毋，語詞，無義。」楊樹達《漢文文言修辭學》引此而駁之，說：「王說非也，文本當云：『人君唯毋聽寢兵，聽寢兵，則群臣賓客莫敢言兵。』以語急省去一句。果如王說，不唯毋字無義，即唯字亦為贅文矣。」一句話跳脫得連博學如高郵王氏都解錯了，那麼，一般人更不知所云了。這樣的跳脫，不用也罷！並以此為本書《本論》上、下兩篇結。

第四篇　餘　論

第一章　修辭格的區分與交集

「羅家倫《運動家的風度》：『來競爭當然要求勝利；來比賽當然想創紀錄。』是對偶？還是排比？或者是類字？」「張曉風《行道樹》：『我們唯一的裝飾，正如你所見的，是一身抖不落的煙塵。』應該屬於跳脫格中的插語呢？還是倒裝句法？」我經常接到這類電話，大致上都是正在中學教國文的臺灣師範大學校友打來的。有時候問的還是出現在段考考卷上的題目，由於老師們見解不同，來向我求斷。中學國文教師實在過度重視修辭學上辭格的區別了。其實，學習修辭學主要是為了說得體的話和寫精美的文章，以及領略別人談話和文章的真意和美感。辭格的區分不是重點所在。再說，某一句子所含的辭格，老師們自己都有爭論，怎可拿來考中學生，要學生分清辭格呢？但是，我自己在臺師大教了三十來年的修辭學，現在中學國文教師中很多都是跟我學過修辭學，或讀過我寫的《修辭學》一書的。他們今天的疑問，正是我當年上課時沒說清楚，或書中沒寫清楚所造成的。所以，我實在有責任對這些問題公開作個答覆。

甲、辭格的區分

依據自己教學的經驗，並歸納各方的疑問，最不容易分得清楚的辭格，大致有下列幾種：

㈡仿諷和反語

仿諷和反語，都意帶諷刺。不過，仿諷以刻意模仿別人的話語或特種既定的文學形式而構成諷刺，屬「仿擬」格；反語卻是把正面意思反過來講而構成諷刺，屬「倒反」格。舉例來說：

全祖望《梅花嶺記》：

吳中孫公兆奎以起兵不克，執至白下。經略洪承疇與之有舊，問曰：「先生在兵間，審知故揚州閣部史公果死耶？抑未死耶？」孫公答曰：「經略從北來，審知故松山殉難督師洪公果死耶？抑未死耶？」

這是孫兆奎故意模仿洪承疇不能為國殉難，卻投降清朝，屬仿諷。又如：

打聲、罵聲、吵架聲，聲聲入耳；
閒事、雜事、無聊事，事事開心。

這是沈謙在《修辭學》書中，故意模仿明末大儒顧憲成的一段名言：

風聲、雨聲、讀書聲，聲聲入耳；
家事、國事、天下事，事事關心。

來諷刺當今社會現象的。顧憲成這幅聯語，後人仿作的很多，如：

松聲、竹聲、鐘鼓聲，聲聲自在；
山色、水色、煙霞色，色色皆空。

可以說已成為文學上一種既成形式。現在再模仿它的形式來諷刺世俗現象，藉形式和內容的不調和而產生幽默諷刺的效果，也是一種仿諷。

至於王溢嘉的《霧之男》：

「你實在是一個很難得的女孩子，全身上下都充滿了靈性。我們兩個和你比起來，簡直是不學無術，俗不可耐。」說完，我忍不住惡作劇地笑了一笑。

這當然在諷刺對方自以為充滿靈性，實際上卻俗不可耐。但既未模仿對方的話語，也未模仿特種既定形式，所以是反語，不是仿諷。

總之，仿諷因事實與敘述方式矛盾而令人發噱，必須以模仿別人話語或特種既成形式為條件；反語乃寓意與字面意義相反之語，不必模仿別人話語或既成形式。二者的區別十分清楚。因此，我猜想，所以有人把二者弄混了，可能因為反語又叫反諷，和仿諷在字形字音上都很接近的緣故吧！

(三)引用、藏詞和飛白

引用成語或俗語，無論明引或暗用，都有省略之法，這和成語藏詞法、俗語藏詞法，有些什麼不同？還有，引用是援用別人的話或典故、俗語等等；飛白是把語言中的方言、俗語、吃澀、錯別，故意加以記錄或援用。那麼，文中使用俗語，到底算引用或飛白？

這兩個問題，要分開來說。先說第一種，引用省略法和藏詞法的區別。

引用的省略法，如劉長卿《長沙過賈誼宅》：

秋草獨尋人去後，寒林空見日斜時。

二句暗用賈誼《鵩鳥賦》原句而有所省略。原句是：

> 庚子日斜兮，鵩集予舍；野鳥入室兮，主人將去。

劉長卿的意思就在所引用的「人去」和「日斜」中，而所未引的「庚子」啦，「野鳥」啦，意無所取。

藏詞法卻不然。試看魯迅的《祝福》：

> 這實在是叫作「天有不測風雲」，她的男人是堅實人，誰知道年紀輕輕，就會斷送在傷寒上？

「天有不測風雲，人有旦夕禍福。」是常語。《金瓶梅》第八十一回，和《清平山堂話本‧戒指兒記》都有這兩句話。尤其膾炙人口的在《三國演義》第四十九回《七星壇諸葛祭風，三江口周瑜縱火》：

> 孔明曰：「連日不晤君顏，何期貴體不安？」瑜曰：「人有旦夕禍福，豈能自保？」孔明笑曰：「天有不測風雲，人又豈能料乎？」

魯迅在《祝福》中，字面上引的是「天有不測風雲」，實際上意思是「人有旦夕禍福」，卻是深藏未曾形諸語言文字的。這就是藏詞了。

至於「外甥打燈籠，照舅（舊）。」「青埂峰下的大石頭，有點兒來歷。」「毛蟹過河，七手八腳。」「麻布作衫，看透透。」這些歇後語，連譬帶解，字面意思，背後含意，全說出來了。實在不宜再歸入藏詞格，應另成一類，名為「譬解」或「歇後」。許多《修辭學》書，包括拙著在內，都在「藏詞」中述及，實為權宜的處置。

第一個問題交代清楚了，再說第二個問題：援用方言俗語是引用還是飛白的問題。我現在意見是：援用俗語，就算引用，不宜再視之為飛白。全篇使用方言，那是文學語言的選擇問題，也不是飛白。但為了存真或逗趣，偶而使用幾句方言或幾個方言詞彙，仍可視為飛白。

舉例來說：像田原《古道斜陽》：

> 牛皮不是吹的，火車不是推的。不知誰輸誰贏哩；有種，別藉酒遁給溜了。

「牛皮不是吹的，火車不是推的。」是俗語的引用。又如王禎和《鬼・北風・人》：

> 你四兩人講什麼半斤話，早就跟你說過，我的一切犯不著你擔心，那真是活見鬼。我著實太沒心眼嘍！我的心可也太軟啦！老想他會變好。一樣米百樣人，誰曉得他會不會變好？

「四兩人講什麼半斤話」、「活見鬼」、「一樣米百樣人」也是俗話的引用。這些全不可以看作飛白。

另如：沙汀的《還鄉記》，全用四川官話來寫作。王禎和的《嫁粧一牛車》，全用閩南方言來寫作。這是鄉土文學的特徵之一，不是修辭學上的飛白所能局限的。

至於如高陽的《愛巢》：

> 你們知道各地方言怎麼自稱我們兩個嗎？譬如說，像老姚，你們北平話，稱的是「咱們倆兒」。朱雲，你是四川人，你們叫「我跟我堂客」。章鐵中，你們蘇州人叫做「傴搭傴伲家主婆」，對不對？還有，他提高嗓門壓住了滿座大笑：「惠美，你們臺灣人說是『窪跟窪愛攀手』，你說是不是？」

把北平話、四川話、蘇州話、臺灣話，湊合在一起，「我」變成了「傴」或「窪」，是方音的記錄，不是本字本義，仍可算飛白。「壓住了滿座大笑」，正是飛白逗趣的證明。

我前撰《修辭學》(1975)，把方言俗語的記錄與援用，全當作「飛白」，實在失之於太寬，特別在此訂正。

(三)飛白、字音雙關和諧音析字

把俗語的記錄與援用自飛白中剔除，而歸之於引用；再把以方言寫作的文學作品視為鄉土文學，僅保留偶而出現的方言語句於飛白之內。因此，飛白的定義要重新界定。我看到唐松波、黃建霖主編，中國國際廣播出版的《漢語修辭格大辭典》，「飛白」(非別)定義如下：

> 故意使用白字或在語音、語義、句法上有意歪曲附合，實錄援用。

這個定義很能掌握飛白的實際內容。而某些方言語句的偶而出現，如把「我跟我太太」說作「傴搭傴伲主婆」或「窪跟窪愛攀手」之類，可以看作語音上的有意附合的方式之一。

但是，問題沒有完全解決。所謂語音上的有意附合和字音雙關及諧音析字又如何區別呢？最為大家熟悉的字音雙關的例子，是一首據說是劉禹錫所作的《竹枝詞》：

楊柳青青江水平，聞郎江上唱歌聲。

東邊日出西邊雨，道是無晴還有晴。

句中「晴」字，表面上指「日出」之「晴」，實際上兼指與「郎」之「情」。所以字音雙關，是說文字的讀音關聯到兩件不同事物。但字音飛白只是單純的別字和語音上的附會。如金庸《鹿鼎記》中韋小寶說的「皇上鳥生魚湯」，只是「堯舜禹湯」的錯別，存真逗趣之外，別無他意。

說到諧音析字，我不禁先自說聲慚愧！我仔細檢查了自己舊著《修辭學》（1975）上諧音析字中借音一項，所有例子幾乎都可以劃歸飛白，如把「學術著作」說成「瞎說豬炸」，把「無量亭」說成「無樑亭」之類。我又進一步檢查了陳望道《修辭學發凡》的例子，如以魚取「富貴有餘」的意思，似乎也可以歸入字音雙關。看來諧音析字和字音雙關的確很難劃分清楚。拙著修訂本（2002）諧音析字目所舉之例，如：「梅庭過」諧音「沒聽過」，「給個棒錘當個針」的「針」諧音「真」，歸之於「雙關」，似亦無不可。

(四) 對偶和排比

在陳望道《修辭學發凡》中，對偶的定義是：「說話中凡是用字數相等句法相似的兩句成雙作對排列成功的，都叫做對偶辭。」排比的定義是：「同範圍同性質的事象用了結構相似的句法逐一表出的，名叫排比。」我在《修辭學》（1975）對排比和對偶所下的定義，大抵參照《發凡》的定義。關於二者的分別，《發凡》也曾指出三點：

(1)對偶必須字數相等，排比不拘；

(2)對偶必須兩兩相對，排比也不拘；

(3)對偶力避字同意同，排比卻以字同意同為經常狀況。

《發凡》以為「排比格中也有只用兩句互相排比的」，並舉例如下：

我有所念人，隔在遠遠鄉；我有所感事，結在深深腸。（白居易：《夜雨詩》）

挽弓當挽強，用箭當用長；射人先射馬，擒賊先擒王。（杜甫：《前出塞九首之六》）

雖然《發凡》未說明其所以為排比的理由，不過由上面所述排比與對偶的三點分別，可以發現此二例不避字同意同，如第一例上下句都有「我有所」與「在」，第二例都有「當」與「先」。所以為排比而非對偶。《發凡》這種分別標準，我在《修辭學》（1975）也大致遵從。上下兩句，力避字同，就視為對偶；上下兩句，不避同字，就視為排比。並且依據《發凡》第一點意見，上下兩句，字數不同，也視為排比。

但是三十來年教下來，發現問題多多。就歷史發展上看，早期對偶根本不避同字，如《詩經・邶風・谷風》：

就其深矣，方之舟之；就其淺矣，泳之游之。

又如《論語・述而》：

用之則行；舍之則藏。

都不避同字。而王力在《漢語詩律學》卻援引作為「對仗」的例子。再就實際區別來說，對偶力避字同意同，這個「力」原是盡力盡量的意思，沒有客觀標準，無法落實在百分比上。而且，字雖有同而句意不同，或字雖未同而句意相同，又如何判斷？上面所引《詩經》、《論語》二例，上下句雖不避同字，但意思上一深一淺、一用一舍，卻是相反的。這就造成判斷上兩難的局面。

沈謙《修辭學》給排比加了一個條件：「最少三句。」大陸出版的《漢語修辭格大辭典》，「排比」定義為：「用三個或三個以上結構相同或相似，語氣一致的詞組或句子，以表達相關的內容。」於是，對偶與排比有了數量上的標準，而能客觀區別了。

綜上所述，再給對偶、排比劃一簡明的界線：

(1)字數相同，結構相同或相近，上下相連的兩個語句，無論上下句有無同字，也無論意同反，都算對偶。

(2)三個或三個以上的語句，結構相同或相近，都算排比。

(3)上下相連的兩個句子，結構相同或相近，但字數不同，既非對偶，亦非排比，當歸於「錯綜」之「伸縮文身」。

乙、辭格的交集

由於分析角度、注意重點等等的不同，有些句子修辭方式，既屬甲辭格，又為乙辭格，種種交集現象就出現了。我在《修辭學》中，已指出的，有譬喻與借代的交集，層遞與頂真的交集等。茲再舉四種，其中有些甚至是可以合併的。

(一)映襯和對偶

映襯屬於意念表達方面的辭格；對偶屬於形式設計方面的辭格。有時表達映襯的意念，採用對偶的形式，於是映襯與對偶就有了交集。

拙著《修辭學》，《映襯》章中某些例句，如劉大白《鄰居的夫婦》，我們可以認為：「一邊簫鼓聲中，一雙新夫婦在那兒嫁——娶；一邊拳腳聲中，一雙舊夫婦在那兒打——哭。」是對偶中的隔句對。其下「新新舊舊」、「冤冤親親」都是對偶中的當句對。又如朱西寧《冶金者》：「遇見送親的心熱，遇見送葬的心冷。」也可看作對偶中的單句對。至如高適《燕歌行》：「壯士軍前半死生，美人帳下猶歌舞。」更是標準的工對。

同樣的，《修辭學・對偶》章中，所舉例子如：「花開，葉落；雨霽，霞明。」「白晝纏在你頭上；黑夜披在你肩上。」「酒，蕩漾在玻璃杯裡，琥珀般的豔紅；笑，蕩漾在她的唇邊，紅梅般的動人。」也都可以視為映襯。

(三)句中對和拼字

句中對又叫當句對，是對偶的一種。拼字，我在舊著《修辭學》（1975）把它歸入錯綜中的詞的錯綜；但是也有把它歸入鑲嵌的，《漢語修辭格大辭典》就這樣作。

拙著《修辭學》依形式分對偶為四：

(1)句中對：如丁穎《南窗小札》：「白雲蒼狗，故交舊知，天各一方，生死未卜。」中白雲對蒼狗、故交對舊知之類。

(2)單句對：如王維《使至塞上》：「大漠孤煙直，長河落日圓。」之類。

(3)隔句對：如《文心雕龍・原道》：「雲霞雕色，有踰畫工之妙；草木賁華，無待錦匠之奇。」

(4)長對：上下相對，各有三句或三句以上。如連橫《臺灣通史・序》：「斷簡殘篇，蒐羅匪易；郭公夏五，疑信相參：則徵文難。老成凋謝，莫可諮詢；巷議街談，事多不實：則考獻難。」

此外，還有：

(5)排對：由許多兩兩相對的句子排比而成。如王怡之《不如歸》：「北海如豔妝的美女，南海如洒脫的名士；北海多朱欄翠閣，南海多老樹枯藤；北海紅藥欄邊，宜喁喁清談，南海鷓鴣聲裡，宜沉思假寐；北海漪瀾堂的彩燈，雙虹榭的雪藕，惹人遐思，南海卍字廊的岑寂，流水音的清爽，滌人塵懷；賞北海紅蓮，如靜觀少女曼舞，玩南海煙月，如諦聽老僧談禪。」從前寫《修辭學》時，把它歸入排比。現在仔細想想，還是視為對偶中的排對較妥。修訂本（2002）已改正過來。

拼字是把兩個雙音節的複詞拆開，重新穿插拼合。如「驚動天地」拼成「驚天動地」，「鸞鳳飛舞」拼成「鸞飛鳳舞」，「輕細言語」拼成「輕言細語」，「眉目清秀」拼成「眉清目秀」之類。

拼字結果，事實上就是句中對。因此，從「錯綜」中排除拼字，併入「對偶」中的句中對，是合理的解決方法。修訂本（2002）也已如此處理。

㈢排比和類字

黎運漢和張維耿合著的《現代漢語修辭學》，把排比分為三類，三類都可能和類字有些牽扯。分述於下：

⑴句子成分的排比：有類字的如秦牧的《潮汐和船》：「第一個從樹上下來生活的猿人，第一個用火烤東西吃的原始人，第一個抓野馬來騎的獵人，第一個從草中找出五穀來播種的農人，第一個挖獨木舟的漁人，都應該在人類歷史博物館裡立個銅像才好。」主語由五個形名結構組成，而每個結構中都有「第一個……人」一類的字。沒有類字的排比，如謝冰瑩《蘆溝橋的獅子》：「每個獅子的形態，或仰或臥，或笑或怒，都各有不同，維妙維肖。到了這裡，你不能不佩服我國古時藝術的精巧、細緻、偉大！」最後一句的賓語，由三個轉品為名詞的形容詞「精巧」、「細緻」、「偉大」構成，其中並無類字。

⑵句子的排比：有類字的如臺灣主婦聯盟集體創作《淡水河神話》：「已然，水裡的魚兒不再產卵；已然，空中的鳥兒不再生蛋；已然，大地的母親默默哭泣，流產、畸形兒處處。」三句都以表示時間的狀語「已然」開頭。沒有類字的如張可久《水仙子・樂閒》：「鐵衣披雪紫金關，彩筆題花白玉闌，漁舟棹月黃蘆岸。」元

曲中此類甚多；詞曲之外作品中無類字的排比句卻不多見。

⑶段落的排比：大都有類字。如余光中的《鄉愁四韻》：四段中每段都以：「給我一」起，「給我一」終；第二句都有「一樣的」；而且每段之中也還有疊字和類字。原詩已見《排比》章，複查可得。

關於排比和類字的關係，《發凡》已注意及此，並有所論列：

> 排比往往每句摻有幾個相同的字。因為如此，所以陳騤以下有專於著眼在這一點的議論，說什麼「文有數句用一類字，所以壯文勢廣文義也。」（《文則》卷下庚條）實際上所謂「用一類字」，如：「有弗學；學之弗能，弗措也。有弗問；問之弗知，弗措也。有弗思；思之弗得，弗措也。有弗辨；辨之弗明，弗措也。有弗行；行之弗篤，弗措也。」（《中庸》）每句同有「之」、「弗」、「也」等字，雖然是排比格中所常見的，卻也只是排比中一面的現象。

於是修辭學家有以類字為排比的必要條件的。例如張弓的《現代漢語修辭學》，就說過「共同的提綱詞語」是排比三「必須」之一。我們從上文各種例子的觀察中，可以發現，排比有用類字的，有不用類字的。而用類字的，說它是排比也可，說它是類字也可。

㈣吞吐與脫略

拙著《修辭學》（1975）在《婉曲》格，有「吞吐」一項；在《跳脫》格，有「脫略」一項。

吞吐是在將說未說之際，強自壓抑，想說的仍然沒有完整的說出來。脫略是為之表達情境的急迫，要求文氣的緊湊，或覺得無須說，因而故意省略。所以吞吐是不忍說、不敢說，或不方便說；而脫略是不想說、不須說，或沒有時間說：其間分別很細微。實際上，是可以把吞吐併入脫略，成為《跳脫》的一項。修訂本（2002）就如此改動了。

回頭再分析一下本章開頭提出的句子。「來競爭當然要求勝利；來比賽當然想創紀錄。」是不避同字的對偶。由於只有二句，不到三句，所以不是排比。上下二句中雖然都「來……當然」一類的字，但非重點所在，說它亦為類字，雖有些兒勉強，但也不能說它錯了。「我們唯一的裝飾，正如你所見的，是一身抖不落的煙塵。」可以認為是在「我們唯一的裝飾，是一身抖不落的煙塵。」中插入「正如你所見的」；也可以認為是「正如你所見的，我們唯一的裝飾，是一身抖不落的煙塵。」的倒裝。所以說它是「脫略」中的插語，或是倒裝句法都對。而且《行道樹》自稱「我們」，是「轉化」格中的人性化；「煙塵」怎能稱之為「裝飾」？又屬「倒反」的修辭法。一些膾炙人口的佳句，往往不只使用一種修辭法，而是好幾種方法同時使用，使其韻味慢慢釋放，才耐人仔細品味。

關於辭格間不易區別的，或有所交集的，當然不僅上述幾種。拙著《修辭學》分辭格為兩大類，三十種，只是擇要而論。《漢語修辭格大辭典》分辭格為一五六種，遠詳於拙著。這一五六種辭格的分合區別，問題也就更為龐大複雜了。

第二章　修辭學的回顧與前瞻

在本書《緒論》，我曾說過：中國之有修辭學，是由西方和日本傳入的。這樣說，並不意味著我國古代沒有討論修辭的論著，只是未曾把修辭學當作一種專門而有系統的學問看待而已。現在，讓我們首先回顧一下古代有關修辭的一些論述。

甲、回　顧

壹、先秦修辭說

(一)儒家孔孟荀以及經書中修辭說

孔子（前551–前479）名丘，字仲尼，春秋魯人，為儒家始祖。孔門四教，有「言語」一科，可見其對言辭的重視。孔子注意說話的環境和對象，以為在政治清明的國度，無妨直言高論；但在無道的國度，說話就得謹慎小心，雖然行為仍然要保持正直高尚。《論語．憲問》：「邦有道，危言危行；邦無道，危行言孫。」就是這個意思。《論語．衛靈公》還記載孔子的話說：「可與言而不與之言，失人；不可與言而與之言，失言。知者不失人，亦不失言。」充分說明了孔子注意說話對象的拿捏。孔子反對「巧言令色」（《論語．學而／陽貨》），說：「辭達而已矣！」（《論語．衛靈公》）這個「達」，通常解作「能表情達意」；我想兼作「達於對方」解可能更周延恰當些。

孟子（約前372–前289）名軻，字子輿，戰國鄒人。孟子特別強調要從聽眾或讀者的立場來了解語言，提出了「知言」說與「以意逆志」說。關於「知言」，孟子指出：偏執的言辭，要知道它蒙蔽的所在；放蕩的言辭，要知道它沉迷的所在；邪僻的言辭，要探究它背離了什麼；閃爍的言辭，知道它理屈辭窮了！原文已見本書《排比》章。至於以意逆志說，教導讀者要透過修辭還原為語言，再透過語言來呈現作者的心思。原文也已見本書《夸飾》章，此不贅述。

荀子（約前313–前238）名況，戰國趙人。在《荀子・非相》他曾說到「談話之術」，原文已見本書《譬喻》章。荀子在修辭學史上最值得稱道的是他的「正名」說，並且整合了論辯說和修辭學。《荀子》中有《正名》篇。其思想源頭，當然要上推孔子「必也正名乎」（《論語・子路》）。同時也受到墨家與名家一些影響。篇中主張：

> 名聞而實喻，名之用也。累而成文，名之麗也。用麗俱得，謂之知名，名也者，所以期累實也。辭也者，兼異實之名以論一意也。辨說者，不異實名以喻動靜之道也。期命也者，辨說之用也。辨說也者，心之象道也。心也者，道之主宰也。道也者，治之經理也。

對事物稱謂的效用（用），事物稱謂的搭配（麗），稱謂（名）乃是名實相配（期）通過約定俗成逐漸形成（累）的事實（實），先作出解說；然後指明：辭句是組織不同事物的稱謂來說明一個意思的。辨說是在名實相符的原則下來說明進退行止的道理的。命名遣詞是供辨說時使用的。辨明解說是心對道的一種反映。心是道的主宰。道是治國的正常道理。把「辭」、「辨說」、「期命」、「心」、「道」有機連繫起來，形成修辭學的形上兼實用的理論體系。

正如希臘亞里士多德（Aristotle，前385–前322）的修辭學就是雄辯學，荀子也將二者整合，並特別提出「類」

的概念。這非但見於《正名》下文：「辨異而不過，推類而不悖；聽則合文，辨則盡故。」《儒效》將「其言有類，其行有理。」相提並論；《子道》亦說：「志以理安，言以類使。」《非相》更云：「以人度人，以情度情，以類度類，以說度功，以道觀盡。」《王制》有：「有法者以法行，無法者以類舉，聽之盡也。……聽斷以類。……以類行雜，以一行萬，始則終，終則始，若環之無端也。」荀子的「類」概念，綜合了事物的歸類和類比推理，作為使用語言和聽斷語言的重要手段。其修辭理論已兼顧到發話人和受話人雙重立場。

此外，荀子講究「言語之美」（《大略》），要求「言有節」（《成相》），「言而當」（《非十二子》）。其文亦博喻雄辯而深具陽剛之美。荀子的修辭理論及其實踐，是一個可以寫成學位論文的好題目。

儒家經典中不乏有關修辭的論述。

先說《周易》。「修辭」一詞出於《周易・文言傳》之釋《乾・九三》，以及「《易》以辭為重」，本書《緒論》中已經說過，此不贅述。《周易》對於修辭之摹寫自然、表達情意、記錄語言之功能，頗多留意。在《繫辭傳》有：「古者庖犧氏之王天下也，仰則觀象於天，俯則觀法於地，觀鳥獸之文，與地之宜。近取諸身，遠取諸物，於是始作八卦，以通神明之德，以類萬物之情。」說的是摹寫自然。「聖人立象以盡意，設卦以盡情偽，繫辭焉以盡其言。」說的是表達情意。「子曰：『書不盡言，言不盡意。』『然則聖人之意，其不可見乎？』子曰：『……聖人繫辭焉以盡其言。』」說的是記錄語言。《繫辭傳》並能從作者、讀者兩方面，指出修辭「通志成務」的作用。「繫辭焉，所以告也；定之以吉凶，所以斷也。」是就作者說。「辯吉凶者存乎辭。」「知者觀其彖辭，則思過半矣。」是就讀者說。「夫《易》，聖人之所以極深而研幾也。唯深也，故能通天下之志；唯幾也，故能成天下之務。」「鼓天下之動者存乎辭。」更說明了《易》辭之能通志成務，鼓動天下！關於修辭的內容，《周易》主張順理立道與言之有物。《說卦傳》：「昔者聖人之作《易》也，將以順性命之理。是以立天之道，曰陰與陽；

立地之道，曰柔與剛；立人之道，曰仁與義。」《家人卦》的《大象傳》說：「君子以言有物。」正是這種意思。至於修辭的原則，《周易・繫辭傳下》：「夫《易》……其旨遠，其辭文，其言曲而中。」這是總則，再分有三。艮卦六五《爻辭》曾說：「言有序。」就是整齊原則；《繫辭傳》：「物相雜，故曰文。」這是複雜原則；《繫辭傳》：「參伍以變，錯綜其數。通其變，遂成天地之文；極其數，遂定天下之象。」這是變化原則。

《尚書》在《舜典》提到「詩言志，歌永言；聲依永，律和聲。」注意到情志、語言、詩歌、聲律間的緊密關係。《畢命》有「辭尚體要，不惟好異。」的修辭主張。

《詩經》對修辭效用，多所涉及。如《魏風・園有桃》：「心之憂矣，我歌且謠。」又《葛屨》：「維是褊心（心胸狹小而性急），是以為刺。」《小雅・都人士》：「出言有章，……萬民所望。」《大雅・板》：「辭之輯（和也）矣，民之洽（合也）矣；辭之繹（悅也）矣，民之莫（慕也）矣。」並且論及詩歌的壯美風格，《大雅・崧高》：「吉甫作誦，其詩孔碩，其風肆好，以贈申伯。」

《周禮》有「六詩」、「六辭」說。《春官・大師》：「教六詩：曰風，曰賦，曰比，曰興，曰雅，曰頌。以六德為之本，以六律為之音。」又《大祝》：「作六辭以通上下親疏遠近：一曰祠，二曰命，三曰誥，四曰會，五曰禱，六曰誄。」

《禮記》的《樂記》主旨在樂，但多可引申為修辭論，本書《感歎》章嘗引一小節。茲再引數句：「寬而靜，柔而正者，宜歌《頌》。廣大而靜，疏達而信者，宜歌《大雅》。恭倫而好禮者，宜歌《小雅》。正直而靜，廉而謙者，宜歌《風》。」於四詩之語境，頗有創發之見。《少儀》：「言語之美，穆穆皇皇。」《表記》：「情欲信，辭欲巧。」《曲禮》：「毋勦說，毋雷同。」《學記》：「善歌者使人繼其聲，善教者使人繼其志。其言也約而達，微而臧，罕譬而喻，可謂繼志矣。」又：「君子知至學之難易，而知其美惡，然後能博喻。能博喻然後能為師；能為師然後能為長；能為長然後能為君。」或言語言之美巧，或論引用之原則，或說譬喻之運用，皆關乎修辭。

《春秋左氏傳》於《成公十四年》記錄「君子曰」：「《春秋》之稱，微而顯，志而晦，婉而成章，盡而不汙，懲惡而勸善。非聖人誰能修之？」又於《襄公二十五年》記錄「仲尼曰」：「志有之，言以足志，文以足言；不言，誰知其志？言之無文，行而不遠。晉為伯，鄭入陳，非文辭不為功，慎辭哉。」或有關修辭原則，或有關修辭的效用。《襄公三十一年》詳述：「子產之從政也，擇能而使之：馮簡子能斷大事，子大叔美秀而文，公孫揮能知四國之為，而辨於其大夫之族姓、班位、貴賤、能否，而又善為辭令。裨諶能謀，謀於野則獲，謀於邑則否。鄭國將有諸侯之事，子產乃問四國之為於子羽，且使多為辭令；與裨諶乘以適野，使謀可否；而告馮簡子使斷之。事成，乃授子大叔使行之，以應對賓客，是以鮮有敗事。北宮文子所謂有禮也。」《論語》所記已見本書《緒論》篇，與此小異。

㈢道家老莊修辭說

老子（約前580–前500），即老聃，春秋楚人。在《老子》七十八章有「正言若反」，五十六章有「知者不言，言者不知」，八十一章有「信言不美，美言不信，善者不辯，辯者不善」。陳望道在《修辭學發凡》中稱之為「奇說妙語（paradox）的一種警策辭」，錢鍾書在《管錐篇》於《老子王弼註一九則之一九》說：「夫『正言若反』，乃老子立言之方，《五千言》中觸處彌望，即修詞所謂『翻案語』（paradox）與『冤親詞』（oxymoron），固神秘家言之句勢語式耳。」《老子》於修辭亦有正面肯定處，如：六十二章之「美言可以市尊」，七十章之「言有宗」。

莊子（約前369–前286）名周，戰國宋人。他一方面繼承了老子「知者不言」的觀點，《莊子．知北遊》：「辯不如默，道不可聞……至言去言，至為去為」便是。另一方面，《寓言》中又有：「寓言十九，重言十七，卮言日出」的自剖。本書《引用》章已略言之。《莊子・天下》對寓言、重言、卮言有更精當的剖析，此不贅述。《山木》所說：「既雕既琢，復歸於樸。」顯示出莊子返樸歸真修辭觀；《秋水》所說：「可以言論者，物之粗也；可以意致者，物之精也。」開啟了後世言意之辯。

(三)墨家修辭說

墨子（約前490–前403）名翟，戰國初年魯人。其修辭說，注重根據、實際、功利。《墨子・非命上》：「故言必有三表。何謂三表？子墨子言曰：有本之者，有原之者，有用之者。於何本之？上本之於古者聖王之事。於何原之？下原察百姓耳目之實。於何用之？發以為刑政，觀其中國家百姓人民之利。」這是墨子著名的「三表法」。墨家後期作品《墨辯》，包括《經上》、《經下》、《經說上》、《經說下》、《大取》、《小取》六篇，其中多辯論修辭之說。如《經上》：「信，言合於意也。……譽，明美也。……誹，明惡也。……舉，擬實也。……言，出舉也。……說，所以明也。……辯，爭彼也；辯勝，當也。……」對多項言辭作出詮釋。《小取》：「夫辯者，將以明是非之分，審治亂之紀，明同異之處，察名實之理，處利害，決嫌疑焉。摹略萬物之然，論求群言之比。以名舉實，以辭抒意，以說出故，以類取，以類予。有諸己，不非諸人；無諸己，不求諸人。或也者，不盡也。假也者，今不然也。效也者，為之法也。所效者，所以為之法也，故中效則是也；不中效則非也。此效也。辟（譬）也者，舉也（他）物而以明之也。侔也者，比辭而俱行也。援也者，曰，子然，我奚獨不可以然也。推也者，以其所不取之同於其所取者予之也。是猶謂也者同也，吾豈謂也者異也。」提出立說七法：或然，假設，效法，譬喻，比較，援例，推理。

(四)法家韓非子修辭說

韓非（約前280–前233），戰國韓人，為法家思想的集大成者。韓非修辭觀輕文辯而重功用。《韓非子》中《亡徵》就直截了當地說：「好辯說而不求其用，濫於文麗而不顧其功者，可亡也。」所以很注意語言對象的心態，《說難》云：「凡說之難，在知所說之心可以吾說當之。」並舉例說：重名者不能說以利，厚利者不能說以名。《難言》更有：

> 臣非非難言也。所以難言者：言順比滑澤，洋洋纚纚然，則見以為華而不實。敦厚恭祗，鯁固慎完，則見以為拙而不倫。多言繁稱，連類比物，則見以為虛而無用。摠微說約，徑省而不飾，則見以為劌而不辯。激急親近，探知人情，則見以為僭而不讓。閎大廣博，妙遠不測，則見以為夸而無用。家計小談，以具數言，則見以為陋。言而近世，辭不悖逆，則見以為貪生而諛上。言而遠俗，詭躁人間，則見以為誕。捷敏辯給，繁於文采，則見以為史。殊釋文學，以質性言，則見以為鄙。時稱詩書，道法往古，則見以為誦。此臣非之所以難言而重患也。

列舉了十二種「難言而重患」的修辭現象。為消極修辭作出詳盡的論析。

在《難一》、《難勢》兩篇，都說到「矛盾」這個典故。提醒說者選詞立意與例證取舍方面要特別留意。

(五) 名家修辭說

講先秦諸子修辭學，如果缺了名家與縱橫家，總覺遺憾。但是此二家所留著述，卻都有「辨偽」問題，我想，歷史上既有此等書存在，則書中所述修辭說就必須講講，雖然時間的定位無妨後移。

先說名家：鄧析、尹文、公孫龍。

鄧析（前545–前501），春秋鄭人。漢代劉歆《七略》說：「鄧析操兩可之說，設無窮之辭。」（亦見《列子・力命》）所謂兩可之說，據《呂氏春秋・離謂》：

> 洧水甚大，鄭之富人有溺者。人得其死者。富人請贖之，其人求金甚多，以告鄧析。鄧析曰：「安之，

此必莫之賣矣。」得死者患之，以告鄧析。鄧析又答之曰：「安之，此必無所更買矣。」

鄧析告訴溺水富人的家屬說：「放心，這屍體一定賣不出去的！」告訴求金甚多撈得屍體的人說：「放心，這屍體更沒地方買得到！」這就是兩可之說。

同篇又有：

鄭國多相懸以書者。子產令無懸書，鄧析致之。子產令無致書，鄧析倚之。令無窮，則鄧析應之亦無窮矣。

這就是「設無窮之辭」。

鄧析的言辭令人想起希臘的辯者，但取求勝，滔滔不絕，任何詭辯歪論都出得了口。

今傳《鄧析子・轉辭》有：

夫言之術：與智者言，依於博；與博者言，依於辯；與辯者言，依於安；與貴者言，依於勢；與富者言，依於豪；與貧者言，依於利；與勇者言，依於敢；與愚者言，依於說——此言之術也。……非所宜言勿言，非所宜為勿為，以避其危。……一聲而非，駟馬勿追；一言而急，駟馬不及。故惡言不出口，苟語不留耳，此謂君子。

倘此果為鄧析之言，那麼鄧析相當重視講話的對象，而採取不同的語言策略。並且知道「避危」，強調「君子」。

試再看《呂氏春秋・離謂》所記：

子產治鄭，鄧析務難之，與民之有獄者約，大獄一衣，小獄襦褲。民之獻衣襦褲而學訟者，不可勝數。以非為是，以是為非，是非無度，而可與不可日變。所欲勝因勝，所欲罪因罪。鄭國大亂，民口讙譁。子產患之，於是殺鄧析而戮之，民心乃服，是非乃定，法律乃行。

似乎判若兩人！

尹文，戰國時周之處士，晚於孟子而早於荀子，與宋硜、彭蒙、田駢同遊齊稷下。今傳《尹文子・大道》云：

名有三科，……一曰命物之名，方圓白黑是也。二曰毀譽之名，善惡貴賤是也。三曰況謂之名，賢愚愛憎是也。……

善名命善，惡名命惡，故善有善名，惡有惡名。聖賢仁智，命善者也，頑嚚凶愚，命惡者也。今即聖賢仁智之名以求聖賢仁智之實，未之或盡也；即頑嚚凶愚之名以求頑嚚凶愚之實，亦未或盡也。使善惡盡然有分，雖未能盡物之實，猶不患其差也。故曰，名不可不辯也……

名宜屬彼，分宜屬我。我愛白而憎黑，韻商而舍徵，好羶而惡焦，嗜甘而逆苦；白黑、商徵、羶焦、甘苦，彼之名也，愛憎、韻舍、好惡、嗜逆，我之分也。定此名分，則萬事不亂也。

可見其對「名」之分類、辨析，以及對「定名、分」的重視。

公孫龍，戰國趙人。略在惠施後，約與莊子同時。今傳《公孫龍子》有《白馬論》、《指物論》、《通變論》、《堅白論》、《名實論》。又有《跡府》，或為全書自序，或為後人所記。茲錄《跡府》第一段於後：

公孫龍六國時辯士也。疾名實之散亂，因資材之所長，為守白之論。假物取譬，以守白辯，謂白馬為非馬也。白馬為非馬者，言白所以名色，言馬所以名形也。色非形，形非色也。夫言色，則形不當與；言形，則色不宜從。今合以為物，非也。如求白馬於廄中，無有，而有驪色之馬，然不可以應有白馬也；不可以應有白馬，則所求之馬亡矣；亡，則白馬竟非馬。欲推是辯，以正名實而化天下焉。

讀此可知：形容詞「白」加名詞「馬」而成「白馬」與單純的名詞「馬」所指的實物是不同的，推是辯，可以「正名實而化天下」。我在本書《類疊》章曾引《公孫龍子》的《指物論》和《名實論》，從中可領略公孫龍對語詞辨析之精。

㈥縱橫家修辭說

最後說縱橫家。說到縱橫家，不能不說蘇秦、張儀，而據《史記》，二人「俱事鬼谷先生學術」。鬼谷子，戰國時楚人，隱居於鬼谷。今《道藏》中有《鬼谷子》一書，題周楚鬼谷子撰。或云蘇秦撰，假名鬼谷子。此書《揣》篇云：

> 揣情者，必以其甚喜之時，往而極其欲也，其有欲也，不能隱其情；必以其甚懼之時，往而極其惡也，其有惡也，不能隱其情：情欲必失其變。……此揣情飾言，成文章而後論之也。

「揣情飾言」看來有些滑頭，但孔子不也說過：「未見顏色而言謂之瞽」（《論語‧季氏》）嗎？所以仍可視為務實的修辭觀。又《權》篇云：

> 佞言者，諂而干忠；諛言者，博而干智；平言者，決而干勇；戚言者，權而干信；靜言者，反而干勝。先意成欲者，諂也；繁稱文辭者，博也；策選進謀者，權也。縱舍不疑者，決也；先分不足而窒非者，反也。……故與智者言，依於博；與拙者言，依於辨；與辯者言，依於要；與貴者言，依於勢；與富者言，依於高；與貧者言，依於利；與賤者言，依於謙；與勇者言，依於敢；與過者言，依於銳。……故言多類，事多變。言不失其類，事亦不亂。

先分析五類語言的利弊，並加以詮釋；然後列舉面對九種不同身分的人，應採的語言策略。有趣的是，後面那段話竟與《鄧析子》十分類似。

貳、兩漢魏晉南北朝修辭說

假如說兩漢沒有修辭論述，那當然不是確當之說。事實上本書《緒論》篇曾說到劉向的《說苑》和王充的

《論衡》，《感歎》章提到《詩大序》，《夸飾》章再次引用《論衡》之言，《譬喻》章除《說苑》外，還援王符《潛夫論》語。而這些全是漢人的論述。但是，更具創意或對舊有修辭概念作重大修正，卻在魏晉南北朝時代。

(二)曹丕《典論·論文》的修辭說

曹丕（187–226）字子桓，曹操次子。繼操為魏王，後取代漢獻而稱帝，結束了兩漢，為魏、蜀、吳三國鼎立時代之開始。他的《典論·論文》是我國第一篇論文的專篇。中有關修辭者，一是「本同末異」的文體論，他說：「夫文本同而末異。蓋奏議宜雅，書論宜理，銘誄尚實，詩賦欲麗。」本，指一切文章的共同性；末，指不同文體的特殊性。於是他給四科文體定下「雅」、「理」、「實」、「麗」四項原則。二是對個別作家的修辭風格，作出論斷。如說：「徐幹時有齊氣」、「應瑒和而不壯」、「劉楨壯而不密」、「孔融體氣高妙」之類就是。在曹丕《與吳質書》中有：「孔璋章表殊健，微為繁富」、「公幹有逸氣，但未遒耳」、「仲宣獨自善於辭賦，惜其體弱，不足起其文」，也屬對個別作家修辭風格的批評。

(三)陸機《文賦》的修辭說

陸機（261–303）字士衡，魏晉時吳人。他的《文賦》以「意稱物，文逮意」為主腦，貫串全篇。在篇章修辭方面，陸機繼承了曹丕「本同末異」之說，並進一步區分文體「四科」為「十目」：

> 詩緣情而綺靡。賦體物而瀏亮。碑披文以相質。誄纏綿而悽愴。銘博約而溫潤。箴頓挫而清壯。頌優遊而彬蔚。論精微而朗暢。奏平徹以閑雅。說煒曄而譎誑。

下開劉勰《文心雕龍·定勢》的文體風格論：

> 括囊雜體，功在銓別，宮商朱紫，隨勢各配。章表奏議，則準的乎典雅；賦頌歌詩，則羽儀乎清麗；符檄書移，則楷式於明斷；史論序注，則師範於覈要；箴銘碑誄，則體制於弘深；連珠七辭，則從事於巧

> 豔；此循體而成勢，隨變而立功者也。

在消極修辭方面，《文賦》列舉文之五病：「唱而靡應」、「應而不和」、「和而不悲」、「悲而不雅」、「雅而不豔」。

特別要強調的是：《文賦》非但從意辭關係上主張意巧言妍，更涉及文章中聲氣關係，留意語言修辭。

> 其為物也多姿，其為體也屢遷。其會意也尚巧，其遣言也貴妍。暨音聲之迭代，若五色之相宣。雖逝止之無常，固崎錡而難便。苟達變而識次，猶開流以納泉。如失機而後會，恆操末以續顛，謬玄黃之秩序，故淟涊而不鮮。

對沈約《宋書・謝靈運傳・論》中的「聲律論」和《文心雕龍・聲律》，有一定的影響。

(三)沈約《宋書・謝靈運傳・論》中的修辭說

沈約（441–513）字休文，南朝齊梁時吳興人。二十五史中《晉書》、《宋書》皆沈約撰。南齊永明時，汝南周顒善識聲韻，約等文皆用宮商，以平上去入為四聲，以此制韻，世呼為「永明體」，而沈約為領袖，有《文集》一百卷。他的修辭說最值得稱道的也正在聲韻方面。《宋書・謝靈運傳・論》云：

> 夫五色相宣，八音協暢，由乎玄黃律呂，各適物宜。欲使宮羽相變，低昂互節，若前有浮聲，則後須切響。一簡之內，音韻盡殊；兩句之中，輕重悉異：妙達此旨，始可言文。

文中所謂「宮羽」、「浮切」、「輕重」，實際上都指「平仄」。據《南史・陸厥傳》說沈約以平上去入四聲制韻，「有平頭、上尾、蜂腰、鶴膝；五字之中因韻各異，兩句之內角徵不同。」沈約所謂「八病」，是平頭、上尾、蜂腰、鶴膝、大韻、小韻、旁紐、正紐。依郭紹虞的《中國古典文學理論批評史》的考定，前四病是結合五言詩一聯（兩句）的音節講的。上一句的開頭兩字，不得與下一句的開頭兩字平仄相同，犯之則是平頭之病；上一句的末一字，不得與下一句的末一字平仄相同，犯之則是上尾之病；兩句中的一句前兩字與後兩字用仄聲，中間的一字用平聲，是蜂腰之病；另一句前兩字與後兩字用平聲，中間的一字用仄聲，是鶴膝之病。後四病是指五言詩一句（一簡）的音節講的。大韻是指一句中前四字不得與最後押韻的字犯同韻。小韻是指一句中的字除不得與押韻的字犯同韻以外，也不得與其他的字犯同韻。旁紐是指一句中不得用雙聲字。正紐是指一句中不得用四聲相紐（如溪、起、憩、迄四字平上去入為一紐，一句中不得用其二）。按照「八病」的嚴格規定，就能做到「一簡之內，音韻盡殊；兩句之中，輕重悉異」了。

沈約的「四聲八病」說在語音修辭方面當然是很重要的一種理論。《文心雕龍・聲律》云：

凡聲有飛沉，響有雙疊，雙聲隔字而每舛，疊韻雜句而必睽；沉則響發而斷，飛則聲颺不還，並轆轤交往，逆鱗相比；迂其際會，則往蹇來連，其為疾病，亦文家之吃也。夫吃文為患，生於好詭，逐新趣異，故喉脣糾紛；將欲解結，務在剛斷。左礙而尋右，末滯而討前，則聲轉於吻，玲玲如振玉；辭靡於耳，衆衆如貫珠矣。是以聲畫妍蚩，寄在吟詠，吟詠滋味，流於字句；字句氣力，窮於和韻。異音相從謂之和，同聲相應謂之韻。韻氣一定，故餘聲易遣；和體抑揚，故遺響難契。屬筆易巧，選和至難，綴文難精，而作韻甚易。雖纖意曲變，非可縷言，然振其大綱，不出茲論。

顯然接受了沈約的理論。但鍾嶸《詩品・序》，卻也別有一番意見，將於下文述之，而且這種論爭，直到今天仍在繼續著。

(四) 劉勰《文心雕龍》修辭說

劉勰（約465–532），字彥和，南朝齊梁時人，祖籍山東莒縣，寄居江蘇鎮江。博覽經、史、子、集，並在定林寺助僧祐整理佛藏。所著《文心雕龍》是我國古代文學研究的權威之作。內容包括文學本體論、文學現象論、文學方法論、文學批評理論及實際批評、文學史總說及各種文體發展史。而修辭說則融合在整個體系之中。

《文心雕龍》修辭說的大原則，當然是：「本乎道，師乎聖，體乎經，酌乎緯，變乎騷。」就如《序志》所說的。更具體的法則則見於《宗經》：「一則情深而不詭；二則風清而不雜；三則事信而不誕；四則義貞而不回；五則體約而不蕪；六則文麗而不淫。」及《辨騷》：「酌奇而不失其貞，翫華而不墜其實。」

《文心雕龍》有關篇章修辭法，《章句》、《附會》、《鎔裁》均有所論及。《章句》云：

> 夫人之立言，因字而生句，積句而成章，積章而成篇。篇之彪炳，章無疵也；章之明靡，句無玷也；句之清英，字不妄也；振本而末從，知一而萬畢矣。
>
> 章句在篇，如繭之抽緒，原始要終，體必鱗次。啟行之辭，逆萌中篇之意；絕筆之言，追媵前句之旨；故能外文綺交，內義脈注，跗萼相銜，首尾一體。

從字、句、章、篇的結構關係說到篇章布局和照應。《附會》對篇章內容和形式的處理說得更具體：

> 凡大體文章，類多枝派；整派者依源，理枝者循幹。是以附辭會義，務總綱領；驅萬塗於同歸，貞百慮於一致。使眾理雖繁，而無倒置之乖；群言雖多，而無棼絲之亂。扶陽而出條，順陰而藏跡；首尾周密，表裏一體：此附會之術也。

首要總立綱領，使複雜的文辭內容同歸於一定的體系中，而避免倒置紊亂。並且凸顯主旨，委婉其辭，讓文辭和內容從頭到尾形成有機的結構。《鎔裁》指出鎔意裁辭三條準則：

> 規範本體謂之鎔，剪截浮詞謂之裁。裁則蕪穢不生，鎔則綱領昭暢，譬繩墨之審分，斧斤之斲削矣。……是以草創鴻筆，先標三準：履端於始，則設情以位體；舉正於中，則酌事以取類；歸餘於終，則撮辭以舉要。

確立內容主幹，取材要與內容主幹密切結合，用辭要凸顯此內容主幹。這是篇章修辭的三準則。

至於《明詩》、《樂府》、《詮賦》、《頌讚》、《祝盟》、《銘箴》、《誄碑》、《哀弔》、《雜文》、《諧讔》、《史傳》、《諸子》、《論說》、《詔策》、《檄移》、《封禪》、《章表》、《奏啟》、《議對》、《書記》二十篇之涉及各種不同文體的特殊篇章修辭，更不在話下。

在辭格方面，我在本《修辭學》中多處援引《文心雕龍》。如：《誇況》章引用《原道》與《物色》，《引用》章參考《事類》，《夸飾》章更錄《夸飾》全文，《譬喻》、《象徵》兩章則追溯《比興》，《對偶》章上推於《麗辭》。以及《雙關》章之於《諧讔》，《示現》章之於《神思》，亦分別說明其中關係。《文心雕龍》對許多辭格的論述，至今仍具有權威性的影響。

《聲律》之詳言語音修辭，前述沈約修辭說之影響，已略及之。

關於文體風格方面，前述陸機《文賦》時，亦已附帶提到《文心雕龍》之《定勢》。在《體性》更歸納出文體八種不同風格：

若總其歸塗，則數窮八體：一曰典雅；二曰遠奧；三曰精約；四曰顯附；五曰繁縟；六曰壯麗；七曰新奇；八曰輕靡。

典雅者，鎔經式誥，方軌儒門者也；遠奧者，複采曲文，經理玄宗者也；精約者，覈字省句，剖析毫釐者也；顯附者，辭直義暢，切理厭心者也；繁縟者，博喻釀采，煒燁枝派者也；壯麗者，高論宏裁，卓爍異采者也；新奇者，擯古競今，危側趣詭者也；輕靡者，浮文弱植，縹緲附俗者也。

陳望道在《修辭學發凡》分語文的體類凡八：簡約、繁豐，剛健、柔婉，平淡、絢爛，謹嚴、疏放。與劉勰所說，仍若合符節。

《文心雕龍》雖然不是專說「修辭」的，但對修辭學各方面的問題，卻都有精采深入的論述。

(五) 鍾嶸《詩品》修辭說

鍾嶸（約468–518），字仲偉，齊梁時潁川長社（今河南長葛）人。魏文帝（曹丕）時，令州郡按士人才能分為九品，擇上任官。這種品人任官制度，擴張到品畫、品書、品棋。於是南齊謝赫有《古畫品錄》，分畫家為六品；梁庾肩吾有《書品論》，分書法家為九品；沈約有《棋品》。鍾嶸鑑於「昔九品論人」，「謝客集詩……張騭《文士》……並義在文，曾無品第。」而「彭城劉士章……欲為當世詩品，口陳標榜，其文未遂。」於是撰《詩品》，列上品十二人，中品三十九人，下品七十三人，凡一百二十四人。並作《序》自述其旨趣。《梁書・文學・鍾嶸》謂：「嶸嘗品古今五言詩，論其優劣，名為《詩評》。」書名似有可商。

《詩品》於修辭，有破有立。反用典，反聲律，此為破；主風力、丹彩、滋味，此為立。

《詩品・序》云：

若乃經國文符，應資博古；撰德駁奏，宜窮往烈。至乎吟詠情性，亦何貴于用事？「思君如流水」，既是即目；「高臺多悲風」，亦惟所見；「清晨登隴首」，羌無故實；「明月照積雪」，詎出經史？觀古今勝語，多非補假，皆由直尋。顏延、謝莊，尤為繁密，于時化之。故大明、泰始中，文章殆同書鈔。近任昉、王元長等，詞不貴奇，競須新事，爾來作者，寖以成俗。遂乃句無虛語，語無虛字，拘攣補衲，蠹文已甚。但自然英旨，罕值其人。詞既失高，則宜加事義；雖謝天才，且表學問，亦一理乎！

反對援用「經史」「故實」，是反對修辭學上的「引用」法；但主張「直尋」「即目」「所見」，卻是倡導修辭學上的「摹況」法。

又云：

昔曹、劉殆文章之聖，陸、謝為體貳之才，銳精研思，千百年中，而不聞宮商之辨，四聲之論。或謂前達偶然不見，豈其然乎？嘗試言之：古曰詩頌，皆被之金竹，故非調五音無以諧會。若「置酒高堂上」、「明月照高樓」為韻之首。故三祖之詞，文或不工，而韻入歌唱，此重音韻之義也，與世之言宮商異矣。今既不被管絃，亦何取於聲律耶？齊有王元長者，嘗謂余云：「宮商與二儀俱生，自古詞人不知之，惟顏憲子乃云律呂音調，而其實大謬；唯見范曄、謝莊頗識之耳。嘗欲進知音論，未就。」王元長創其首，謝朓、沈約揚其波，三賢或貴公子孫，幼有文辯。于是士流景慕，務為精密，襞積細微，專相陵架，故使文多拘忌，傷其真美。余謂文製，本須諷讀，不可蹇礙，但令清濁通流，口吻調利，斯為足矣。至平上去入，則余病未能；蜂腰鶴膝，閭里已具。

鍾嶸認為：古代詩頌，皆被之金竹，非調五音無以諧會；今既不被管絃，只須諷讀，但令清濁通流，口吻調利足矣。他最擔心的是過分講究四聲八病，「使文多拘忌，傷其真美。」這與他尋求「自然英旨」而反用事的理由是一致的。

《詩品》之說「三立」，是由「詩有三義」——興、比、賦，導引而出。先引原文：

五言居文詞之要，是眾作之有滋味者也，故云會于流俗。豈不以指事造形，窮情寫物，最為詳切者耶！故詩有三義焉：一曰興，二曰比，三曰賦。文已盡而意有餘，興也；因物喻志，比也；直書其事，寓言寫物，賦也。宏斯三義，酌而用之，幹之以風力，潤之以丹彩，使味之者無極，聞之者動心，是詩之至也。若專用比興，患在意深，意深則詞躓。若但用賦體，患在意浮，意浮則文散，嬉成流移，文無止泊，有蕪漫之累矣。

鍾嶸以為「比興」和「賦」都不宜專用，須「酌而用之」，於是提出了「風力」、「丹彩」、「滋味」說。

「風力」一詞，不能挑出來單獨地看，必須跟上文「幹之以」連起來看，並且和《序》中另一句「建安風力盡矣」及《中品評陶潛》「又協左思風力」合起來看。所謂「幹之以風力」的「幹」，是名詞又是動詞，有「以風力使之成幹」意，頗近《文心雕龍》之「風骨」。《風骨》之「風」，指作品之思想、感情、聲調足以激動人心的力量；之「骨」，指恰當有力、不可改移之文辭，足以樹立文體者。而《詩品》所謂「幹之以風力」，亦指以細緻（詳）恰當（切）的文辭呈現情性中感發而出的動人的力量。職是之故，他對永嘉時「理過其辭，淡乎寡味」，江表諸公「平典似道德論」，不禁感歎「建安風力盡矣」；而對陶潛「篤意真古，辭興婉愜」，以類似左思那種宛轉恰當的語言流露出篤實、真切、古樸的感興，就贊歎其「又協左思風力」了。

再說「潤之以丹彩」。「潤之」和「幹之」一外一內相對，所以「丹彩」是外飾的而非內在的，意指語言文字之修飾。顯示鍾嶸對於詞采聲音之美的重視，如其評古詩謂其「文溫以麗」，評曹植詩謂其「詞采華茂」，評陸機詩謂其「才高詞贍，舉體華美」，評潘岳詩謂其「翩翩然如翔禽之有羽毛，衣服之有綃縠」、「爛若舒錦」，評張協詩謂其「詞采葱菁，音韻鏗鏘」，評謝靈運詩謂其「麗典新聲，絡繹奔會」。從評謝靈運語來看，鍾嶸之「反用事」、「反聲律」不是絕對的。又評劉楨謂其「雕潤恨少」，但由於「真骨凌霜，高風跨俗」，而仍列於「上品」，可見「丹彩」亦非品評最高標準，它是次於「風力」的。

最後說「滋味」。《論語．述而》嘗記：「子在齊聞《韶》，三月不知肉味。」已把音樂的欣賞和肉味連在一起。東漢王充《論衡．自紀》：「文必麗以好，言必辯以巧。言瞭於耳，則事味於心；文察於目，則篇留於手。」「味」便與文學欣賞有了關係。《詩品．序》說五言「是眾作之有滋味者也」，此「滋味」是一名詞，指的是五言詩此一文體最能「搖蕩性情」的感人素質。《序》又說：「使味之者無極。」又《上品評張協》：「風流調達，實曠代之高手。詞采葱菁，音韻鏗鏘，使人味之，亹亹不倦。」此「味」則為動詞，指通過風力與丹彩，帶給讀者美的宴饗。後來柳宗元《讀韓愈所著毛穎傳後題》說韓文「盡天下之奇味」，歐陽修《六一詩話》說：「近詩尤古硬，咀嚼苦難嘬，又如食橄欖，真味久愈在。」蘇軾《送參寥師》：「鹹酸雜眾好，中有至味永。」以滋味品詩文，似受鍾嶸《詩品》很大影響。

風力有關於修辭風格，丹彩有關於修辭方法，滋味有關於修辭效果。

參、隋唐五代宋元明清修辭說

此一時期修辭學發展的特點是，分體修辭說的出現。在「詩」方面，以唐代釋皎然的《詩式》為例；在「文章」方面，以宋代陳騤《文則》和呂祖謙《古文關鍵》為例；在「詞」方面，以宋代張炎《詞源》為例；在「曲」方面，以明代王驥德《曲律》為例；在「小說」方面，以清代金聖嘆《評點第五才子書施耐庵水滸傳》為例。對此時期的修辭說作簡單的介紹。

(一)釋皎然《詩式》等書修辭說

釋皎然（約720–798）俗姓謝，字清晝，唐朝湖州（浙江長興）人。是謝靈運十世孫，天寶間（748年前後）在杭州靈隱寺出家。著有《杼山集》、《詩式》、《詩議》等。

《四庫全書總目》在《集部詩文評小序》中說到詩文評凡有「五例」：「究文體之源流，而評其工拙。」以劉勰《文心雕龍》為代表；「第作者之甲乙，而溯厥師承。」以鍾嶸《詩品》為代表；「備陳法律」，以皎然《詩式》為代表；「旁採故實」，以孟棨《本事詩》為代表；「體兼說部」，以劉攽《中山詩話》、歐陽修《六一詩話》為代表。並斷言：「後所論著，不出此五例矣！」皎然《詩式》在文學評論中重要性，於此可知。所謂「備陳法律」之「法律」，是指詩文作法和規律，皆「修辭」之範疇。在消極修辭和積極修辭雙方面，皎然也的確一條一條地陳述了許多意見；在修辭風格論方面，也提出一些見解。

皎然之講消極修辭，常與積極面相提並論，而求其至中至正。《詩式》說詩有四不、二要、二廢、四離、六迷、六至，率皆如此：

詩有四不：氣高而不怒，怒則失於風流；力勁而不露，露則傷於斤斧；情多而不暗，暗則蹶於抽鈍；才贍而不疏，疏則損於筋脈。

詩有二要：要力全而不苦澀；要氣足而不怒張。

詩有二廢：雖欲廢巧尚直，而思致不得寘；雖欲廢詞尚意，而典麗不得遺。

詩有四離：雖期道情而離深僻；雖用經史而離書生；雖尚高逸而離迂遠；雖欲飛動而離輕浮。

詩有六迷：以虛誕而為高古；以緩漫而為沖澹；以錯用意而為獨善；以詭怪而為新奇；以爛熟而為穩約；以氣少力弱而為容易。

詩有六至：至險而不僻；至奇而不差；至麗而自然；至苦而無跡；至近而意遠；至放而不迂。

以上「氣高」與「怒」，「力全」與「苦澀」，「廢巧」與「思致」，「道情」與「深僻」，「虛誕」與「高古」，「險」與「僻」：都是相對而求其至當。

皎然之講積極修辭，在《詩式》中，有《三不同語意勢》、《用事》、《語似用事義非用事》諸條；在《詩議》中，提出《詩對有六格》、《詩有八種對》。約近今修辭格中之仿擬、引用、借代、譬喻、象徵、對偶，而有出入異同。

關於「三不同」，指的是「偷語」、「偷意」、「偷勢」，相當於仿擬。玆錄其文於下：

偷語詩例：如陳後主《入隋侍宴應詔詩》「日月光天德」，取傅長虞《贈何劭王濟詩》「日月光太清」，上三字同，下二字義同。

偷意詩例：如沈佺期《酧蘇味道詩》：「小池殘暑退，高樹早涼歸。」取柳惲《從武帝登景陽樓詩》：「太液滄波起，長楊高樹秋。」

偷勢詩例：如王昌齡《獨遊詩》：「手攜雙鯉魚，目送千里雁。悟彼飛有適，嗟此罹憂患。」取嵇康《送秀才入軍詩》：「目送歸鴻，手揮五絃，俯仰自得，游心太玄。」

皎然以為：

偷語最為鈍賊。……此輩無處逃刑。其次偷意，事雖可罔，情不可原，若欲一例平反，詩教何設？其次偷勢，才巧意精，若無朕跡。蓋詩人偷狐白裘於閫域中之手，吾亦賞俊，從其漏網。

蓋「偷語」是字同意同，行同劫掠；「偷意」是字不同意同，亦情不可原；只有「偷勢」字意都不同，仿擬前人語勢，所以「從其漏網」。

皎然說「用事」，與「比興」嚴加區分。《詩式・用事》條云：

詩人皆以徵古為用事，不必盡然也。今且於六義之中略論比興。取象曰比，取義曰興。義即象下之意，凡禽魚、草木、人物、名數，萬象之中，義類同者，盡入比興。《關雎》即其義也。如陶公以孤雲比貧士，鮑照以直比朱絲，以清比玉壺。時久呼比為用事，呼用事為比。如陸機《齊謳行》「鄙哉牛山嘆，未及至人情；爽鳩苟已徂，吾子安得停？」此規諫之忠，是用事，非比也。如康樂公《還舊園作》：「偶與張邴合，久欲歸東山。」此敘志之忠，是比，非用事也。詳味可知。

皎然認為：「取義曰興。」《詩經・周南・關雎》「即其義也」，所以為「興」。毛亨《詩訓詁傳》也曾在「關關雎鳩，在河之洲。」下云：「興也。」「興」，近乎今所謂「象徵」。

陶潛《詠貧士七首其一》：「萬族各有託，孤雲獨無依。」以孤雲比貧士；鮑照《代白頭吟》：「直如朱絲繩，清如玉壺冰。」是「比」。謝靈運詩中說自己像張良、邴丹（西漢易學家，養志自修，為官不肯過六百石。）一樣，想歸隱山林，也是「比」，約近乎今所謂「譬喻」。只有陸機詩中說的：齊景公在牛首山為人必有死而流涕，以及晏嬰早已指出的，齊之古人如爽鳩、太公等等均已死去云云，才是真正的「用事」。也就是今所謂「引用」。

皎然對「用事」的範圍定得很嚴。《語似用事義非用事》條云：

如康樂公：「彭薛纔知恥，貢公未遺榮，或可優貪競，豈足稱達生。」此中商榷三賢，雖許其退身，不免遺議。蓋康樂欲借此成我詩，非用事也。如古詩：「仙人王子喬，難可與等期。」曹植《贈白馬王彪》：「虛無求列仙，松子久吾欺。」又古詩：「師涓久不奏，誰能宣我心？」上句言仙道不可偕；次句讓求之無效；下句略似指人。如魏武呼「杜康」為酒，蓋作者存其毛粉，不欲委曲傷乎天真，並非用事也。

所舉「非用事」之例中，只有曹操《短歌行》中：「何以解憂？唯有杜康！」之「杜康」是借造酒者代酒為「借代」外，其他如謝靈運《初去郡》詩中評論西漢經師彭宣（治《易》）、薛廣德（治《魯詩》）、貢禹（治《公羊》），以及古詩「仙人王子喬」、曹植詩「松子久吾欺」、古詩「師涓久不奏」，今之修辭學者，多仍視為「用典」或「引用」。

特別要說明的是，皎然雖然對「用事」詳作解說，但並不高估「用事」，這當然與他力主「真於性情」、「風流自然」（皆見《詩式．文章宗旨》條）有關。在《詩有五格》條，他說：

不用事第一。　作用事第二（其有不用事而措意不高者，黜入第二格）。　直用事第三（其中亦有不用事而格稍下，貶居第三）。　有事無事第四（此于第三格中稍下，故入第四）。　有事無事情格俱下第五（情格俱下，有事無事可知也)。

依：不用典故，通過藝術加工用典故，直接引用典故，有典故卻無法宣達想說的事實，以及內容形式又都拙劣，分為五等。其鄙視「用事」溢於言表。皎然推崇謝靈運「池塘生春草」情在言外；又否認《還舊園作》、《初去郡》二詩用事。似與此見解有關。

皎然論「對偶」，《詩式》中《對句不對句》云：

> 夫對者，如天尊地卑，君臣父子，蓋天地自然之數。若斤斧跡存，不合自然，則非作者之意。又詩語二句相須，如鳥有翅，若唯擅工一句，雖奇且麗，何異于鴛鴦五色，隻翼而飛者哉？

可見他了解儷詞本於自然，但求二句相須，渾成無痕。《詩議》中說「詩對有六格」：一曰的名對，二曰雙擬對，三曰隔句對，四曰聯綿對，五曰互成對，六曰類對。又說「詩有八種對」：鄰近對，交絡對，當句對，含境對，背體對，偏對，假對，雙虛實對。《文鏡秘府論．二十九種對》曾錄之，已見本書《對偶》章所引。試將此十四種對和其其他十五種對相比較，可以發現皎然所舉對句是相當平易而寬泛的。這就跟他崇尚「自然」的見解一致了。

皎然之論修辭風格，有《辯體有一十九字》條：

> 夫詩人之思初發，取境偏高，則一首舉體便高；取境偏逸，則一首舉體便逸。才性（一作「情性」）等字亦然，故各歸功一字偏高偏逸之例。直于詩體篇目風貌，不妨一字之下，風律外彰，體德內蘊，如車之有轂，眾輻歸焉。其一十九字，括文章德體、風味盡矣。如《易》之有《彖辭》焉。今但注於前卷，中、後卷不復備舉。其比興等六義本乎情思，亦蘊乎十九字中，無復別出矣。　高：風韻切暢曰高。　逸：體格閒放曰逸。　貞：放詞正直曰貞。　忠：臨危不變曰忠。　節：持節不改曰節。　志：立志不改曰

志。　氣：風情耿耿曰氣。　情：緣情不盡曰情。　思：氣多含蓄曰思。　德：詞溫而正曰德。　誡：檢束防閑曰誡。　閒：性情疏野曰閒。　達：心跡曠誕曰達。　悲：傷甚曰悲。　怨：詞理悽切曰怨。　意：立言曰意。　力：體裁勁健曰力。　靜：非如松風不動，林狖未鳴，乃謂意中之靜。　遠：非謂淼淼望水，杳杳看山，乃謂意中之遠。

大致上十九格概括了皎然心目中詩歌應具的各種思想內容及其審美特徵。皎然的詩歌修辭說，在南宋胡仔的《苕溪漁隱詩話》、魏慶之《詩人玉屑》中得到更豐富的發揮和補充；他的修辭風格說，直接影響了晚唐司空圖《二十四詩品》；他的儒佛兼修的批評背景，也多少影響了北宋釋惠洪《冷齋夜話》，南宋嚴羽的《滄浪詩話》。

(三) 陳騤《文則》修辭說

陳騤（1128–1203）字叔進，南宋臺州臨海人。高宗紹興二十四年（1154）試春官第一，寧宗即位（1195），知樞密院事兼參知政事（左丞相）。所著有《文則》、《古學鉤玄》，皆關乎修辭；又編撰有《南宋館閣錄》、《中興館閣書目》，則目錄之學也。

《文則》以甲、乙、丙、丁、戊、己、庚、辛、壬、癸分目，每目下列有關文章體式格法者各若干條。其論修辭原則，貴自然貼切，明確簡潔，淺近通俗。在消極修辭方面，《文則》相當重視「助辭」的修辭作用和使用方式的多樣化，並由助辭與轉品辭運用的角度，以及助辭運用和協韻的關係，兩方面探討助辭的修辭效果。在積極修辭方面，《文則》之論：「取喻之法」、「類字」、「病辭」、「交錯」，我在本書《譬喻》、《類疊》、《鑲嵌》、《錯綜》已或詳或簡提到過。此外，《文則》更討論到：「答問」（設問）、「蹈襲」（仿擬）、「援引」（引用）、「偏旁成句、音韻成句」（析字）、「曲折」（婉曲）、「重複、同目」（類疊）、「對偶」、「繼踵」（層遞）、「倒語」（倒裝）、

「蓄意」（跳脫），皆取經籍為例以說明其格法。《文則》對篇章修辭亦甚用心。如「數人行事，其體有三：或先總而後數之，……或先數而後總之，……或先既總之而後復總之。」略近今之演繹法、歸納法、首尾雙括法。又云：「載事之文，有先事而斷，以起事也，有後事而斷，以盡事也。」亦演繹、歸納之意。二條皆兼顧篇章的貫串和照應。至於榷論《考工記》文有三美：「一曰雄健而雅，二曰宛曲而峻，三曰整齊而醇。」又摘《左傳》英華，別為八體：「一曰命，婉而當；二曰誓，謹而嚴；三曰盟，約而信；四曰禱，切而愨；五曰諫，和而直；六曰讓，辨而正；七曰書，達而法；八曰對，美而敏。」則為修辭風格論了。

《四庫全書總目》對文章技法書，一向瞧不起，所以說：

駁此書所列文章體式，雖該括諸家，而大旨皆準經以立制。其不使人根據訓典，鎔精理以立言；而徒較量於文字之增減，未免逐末而遺本。又分門別類，頗嫌於太瑣太拘，亦不免舍大而求細。

但最後還是說：

然取格法於聖籍，終勝摹機調於後人。其所標舉，神而明之，存乎其人。固不必以定法泥此書；亦不必以定法病此書也。

總算說了公道話。在古代修辭書中，《文則》可能是第一部較為全面的專著。後來宋末李淦（字耆卿）的《文章精義》，偏重於篇章修辭；元朝陳繹曾（字伯敷）的《文說》多論行文之法，又有《文筌》，悉書童習之要；王構（字肯堂）編的《修辭鑒衡》，正式以「修辭」命名，列舉宋人有關詩文修辭理論和方式者近二百條，頗具鑒別、權衡之工力：都可視為《文則》餘緒。

《古學鉤玄》十卷，首卷為《文則》之選錄；次卷錄先秦之文十篇，而加評註；卷三至卷七依次摘錄二字、三字、四字、五字與六字、七字與八字之熟語、名句、典故；卷八錄長短不一之名句、典故；卷九、卷十皆「名文摘段」。性質略近「類書」。

(三)呂祖謙《古文關鍵》等書修辭說

呂祖謙（1137–1181）字伯恭，學者稱東萊先生，南宋婺州金華人。基本上，東萊先生是理學家，主「明理躬行」，與朱熹、張栻，被稱為「東南三賢」。著有《呂東萊先生文集》、《古文關鍵》、《呂東萊尺牘》、《東萊先生左氏博議》等，後三書皆關乎修辭。又《詩律武庫》，則類書之屬，能提供典實。朱子嘗病東萊先生為學太雜，不能守約；仍許其文詞閎肆辨博，淩厲無前。《四庫全書總目》云：

祖謙於《詩》、《書》、《春秋》，皆多究古義；於十七史，皆有詳節。故詞多根柢，不涉游談。所撰《文章關鍵》於體格源流，具有心解。故諸體雖豪邁駿發，而不失作者典型，亦無語錄為文之習。在南宋諸儒之中，可謂銜華佩實，又何必吹求過甚，轉為空疏者所藉口！

其言最為平實中肯。

東萊先生的修辭說，不只講理論，並且從實際作品中說明理論；不但站在創作立場來說明，更站在欣賞立場來說明；不只講究文字之健，還指出文字之病；不僅僅注意到書面語言，也注意到口頭語言。茲分述於後：

(1)從實際作品中說明修辭理論：《古文關鍵》中東萊先生選出韓、柳、歐、蘇等人五十多篇文章，再作批注評點，開後世以評點論文學修辭之先河。張雲章《古文關鍵．序》云：

真西山《正宗》、謝疊山《軌範》，其傳最顯。格制法律，或詳其體，或舉其要，可為學者準則。而迂齋樓氏之標注，其源流亦軌於正，其傳已在隱顯之間。以余考之，是三書皆東萊先生開其宗者。

大致說來，真德秀《文章正宗》主於理論而不論文；謝枋得《文章軌範》為當時科舉而作；樓昉受業於東萊先生，所作《崇古文訣》錄自秦漢至宋，篇目較備，因師說而推闡加密。三書皆源於東萊先生《關鍵》，更後如唐順之

《文編》、姚鼐《古文辭類纂》，以至清乾隆年間吳楚材所編的《古文觀止》，又何嘗不受《古文關鍵》的影響？

(2)從欣賞角度學習修辭作文：《古文關鍵》開頭有《總論看文字法》：

學文須熟看韓、柳、歐、蘇，先見文字體式，然後遍考古人用意下句處。……第一看大概主張。第二看文勢規模。第三看綱目關鍵：如何是主意首尾相應；如何是一篇鋪敘次第；如何是抑揚開合處。第四看警策句法：如何是一篇警策；如何是下句下字有力處；如何是起頭換頭佳處；如何是繳結有力處；如何是融化屈折翦截有力處；如何是實體貼題目處。

那種站在欣賞者立場解析體會文章作法是十分明顯的。從欣賞再進一步，便是創作。《論作文法》云：

文字一篇之中，須有數行整齊處，須有數行不整齊處。或緩或急，或顯或晦，緩急顯晦相間，使人不知其為緩急顯晦。常使經緯相通，有一脈過接乎其間，然後可。蓋有形者綱目，無形者血脈也。……有用文字、議論文字是也。……為文之妙在敘事狀情。……筆健而不麄；意深而不晦；句新而不怪；語新而不狂。常中有變；正中有奇。題常則意新；意常則語新。辭源浩渺而不失之冗。意思新轉處多則不緩。結前生後；曲折斡旋；轉換有力；反覆操縱。

更具體而辯證地指出作文修辭之法。而所選五十多篇文章的評點，就是這種作文修辭法的實例。

(3)指出文字之病：在《論文字病》中，列舉出：「深、晦、怪、冗、弱、澀、虛、直、疏、碎、緩、暗、塵俗、熟爛、輕易、排事、說不透、意未盡、泛而不切。」為消極修辭提供參考意見。

(4)兼顧口頭語言的修辭要點：講話要看對象和環境，孔子已注意到了。同樣是問「聞斯行諸？」孔子回答子路的是：「有父兄在，如之何其聞斯行之！」回答冉有卻是：「聞斯行之。」(見《論語．先進》)又《八佾》：「子曰：『夏禮吾能言之，杞不足徵也；殷禮吾能言之，宋不足徵也；文獻不足故也。足，則吾能徵之矣。』」

又說：「周監於二代，郁郁乎文哉，吾從周。」可是《中庸》所記，卻是：「子曰：『吾說夏禮，杞不足徵也。吾學殷禮，有宋存焉。吾學周禮，今用之，吾從周。』」據閻若璩《四書釋地》：「子思嘗困於宋，子思作《中庸》。……《中庸》既作於宋，易其文殆為宋諱乎？」同樣是孔子的話，《論語》所記和《中庸》所記不同，這是記載者環境不同所致。修辭事實總是先於修辭理論，到了呂東萊，終於說出了：「言各有所當也。王生之勸龔遂歸德於上則是；諸星賜之勸趙充國歸功於二將則非。」（見《東萊集》卷十五）又《東萊別集》卷七《與朱侍講元晦》：「論治之說，本末誠當備舉，但言之亦恐有序。如孟子以見牛啟發齊王之良心，至語意浹洽之後，乃備五畝百畝之說。若未受信之時，遽及施行古先制度，則或逆疑其迂，而吾說格而不得入矣。不識以為如何？」「言各有所當」和「言之亦恐有序」，正是東萊先生口語修辭的主要主張。

(四) 張炎《詞源》中的修辭說

張炎（1248–約1320），字叔夏，號玉田生，又號樂笑翁。原籍陝西鳳翔，生於臨安（今浙江杭州）。著有詞集《山中白雲》，及詞論《詞源》。

《詞源》分二卷。卷上專論樂律，凡十四節，壓卷為《謳曲指要》：

歌曲令曲四措勻；　破近六均慢八均。　官拍豔拍分輕重；　七敲八掯靸中清。
大頓聲長小頓促；　小頓才斷大頓續。　大頓小住當韻住；　丁住無牽逢合六。
慢近曲子頓不疊；　歌颯連珠疊頓聲。　反掣用時須急過；　折拽悠悠帶漢音。
頓前頓後有敲掯；　聲拖字拽疾為勝。　抗聲特起直須高；　抗與小頓皆一掯。
腔平字側莫參商；　先須道末後還腔。　字少聲多難過去；　助以餘音始遶梁。
忙中取氣急不亂；　停聲待拍慢不斷。　好處大取氣流連；　拗則少入氣轉換。

哩字引濁囉字清；　住乃哩囉頓唆喻。　大頭花拍居第五；　疊頭豔拍在前存。
舉本輕圓無磊塊；　清濁高下縈縷比。　若無含韻強抑揚；　即為叫曲念曲矣。

此於歌唱文學的語音修辭方面，當然是集行家經驗結晶之大成，可惜一些古代樂曲術語，必須音樂史學者才能正確解讀。

《詞源》卷下主要討論作詞的原則，每舉前人詞作為例，其中多關於詞之修辭。《製曲》可看作修辭綱領，茲全錄於後：

作慢詞看是甚題目，先擇曲名，然後命意。命意既了，思量頭如何起，尾如何結，方始選韻，而後述曲。最是過片不要斷了曲意，須要承上接下；如姜白石詞云：「曲曲屏山，夜涼獨自甚情緒。」於過片則云：「西窗又吹暗雨。」此則曲之意脈不斷矣。詞既成，試思前後之意不相應，或有重疊句意，又恐字面粗疏，即為修改；改畢淨寫一本，展之几案間，或貼之壁，少頃再觀，必有未穩處，又須修改；至來日再觀，恐又有未盡善者；如此改之又改，方成無瑕之玉。倘急於脫稿，倦事修擇，豈能無病？不惟不能全美，抑且未協音聲。作詩者且猶旬鍛月鍊，況於詞乎！

對擇曲、命意、起頭結尾、選韻、述曲、上下承接、句意、字面、修改、鍛鍊等等修辭手段有概括論述。其下各節，就句法、字面、虛字、清空、意趣、用事、詠物、賦情及離情，作更詳細的闡釋。臚列如後：

《句法》：詞中句法要平妥精粹。一曲之中，安能句句高妙？只要拍搭襯副得去，於好發揮筆力處，極要用工，不可輕易放過，讀之使人擊節可也。

《字面》：句法中有字面，蓋詞中一個生硬字用不得，須是深加鍛鍊，字字敲打得響，歌誦妥溜，方為本色語。如賀方回、吳夢窗皆善於鍊字面，多於溫庭筠、李長吉詩中來。字面亦詞中之起眼處，不可不留意也。

《虛字》：詞與詩不同：詞之句語有二字、三字、四字，至六字、七八字者，若堆迭實字，讀且不通，況付之雪兒乎？合用虛字呼喚，單字如「正」、「但」、「甚」、「任」之類，兩字如「莫是」、「還又」、「那堪」之類，三字如「更能消」、「最無端」、「又卻是」之類，此等虛字，卻要用之得其所，若使盡用虛字，句語自活，必不質實，觀者無掩卷之誚。

《清空》：詞要清空，不要質實。清空則古雅峭拔，質實則凝澀晦昧。姜白石詞如野雲孤飛，去留無跡；吳夢窗詞如七寶樓臺，眩人眼目，碎折（當為「拆」）下來，不成片段。此清空質實之說。

《意趣》：詞以意趣為主，不要蹈襲前人語意。如東坡中秋《水調歌》……夏夜《洞仙歌》……王荊公金陵《桂枝香》……姜白石《暗香》賦梅……《疏影》……此數詞皆清空中有意趣，無筆力者未易到。

《用事》：詞用事最難，要體認著題，融化不澀。如東坡《永遇樂》云：「燕子樓空，佳人何在，空鎖樓中燕！」用張建封事。白石《疏影》云：「猶記深宮舊事，那人正睡裏，飛近蛾綠。」用壽陽事。又云：「昭君不慣胡沙遠，但暗憶江南江北。想環佩月夜歸來，化作此花幽獨。」用少陵詩。此皆用事不為事所使。

《詠物》：詩難於詠物，詞為尤難。體認稍真，則拘而不暢；模寫差遠，則晦而不明。要須收縱聯密，用事合題，一段意思，全在結句，斯為絕妙。……所詠瞭然在目，且不留滯於物。

《賦情》：簸弄風月，陶寫性情，詞婉於詩；蓋聲出如鶯吭燕舌間，稍近乎情可也。若鄰乎鄭、衛，與纏令何異也！如陸雪溪《瑞鶴仙》……，辛稼軒《祝英臺近》……，皆景中帶情，而存騷雅，故其燕酣之樂，別離之愁，回文、題葉之思，峴首、西州之淚，一寓於詞。若能屏去浮豔，樂而不淫，是亦漢、魏樂府之遺意。

《離情》：春草碧色，春水綠波，送君南浦，傷如之何？矧情至於離，則哀怨必至，苟能調感愴於融會中，斯為得矣。白石《琵琶仙》云……，秦少游《八六子》云……，離情當如此作，全在情景交鍊，得言外意。

以上所錄，或關鍛句鍊字，或涉風格意趣，或論用典摹寫，或述情景融會，都扣緊詞作而發。在詞之修辭說中，《詞源》是內容廣泛又較具系統的論著。

《詞源》卷下，前有小序嘗云：

古之樂章樂府樂歌樂曲，皆出於雅正。粵自隋唐以來，聲詩間為長短句，至唐人則有《尊前》、《花間》集。迄於崇寧立大晟府，命周美成諸人討論古音，審定古調。淪落之後，少得存者，由此八十四調之聲稍傳。而美成諸人又復增演慢曲、引、近，或移宮換羽，為三犯四犯之曲，按月律為之，其曲遂繁。……中間如秦少游、高竹屋、姜白石、史邦卿、吳夢窗，此數家格調不侔，句法挺異，俱能特立清新之意，刪削靡曼之詞，自成一家，各名於世。……余疏陋謭才，昔在先人侍側，聞楊守齋、毛敏仲、徐南溪諸公商榷音律，嘗知緒餘。

張炎幼承家學，曾祖父張鎡為姜夔好友，著有《南湖集》，集中有《南湖詩餘》。祖父張濡、父張樞「曉暢音律」，樞有《寄閑集》詞。張炎推重周邦彥、姜夔等，又受父執楊纘（守齋）等之教誨，《詞源》卷下以《楊守齋作詞五要》壓卷，蓋述師說也。其淵源師承大致如此。元代陸輔之《詞旨》，清代沈祥龍之《論詞隨筆》、劉熙載之《藝概》，都曾受《詞源》的影響。

(五) 王驥德《曲律》修辭說

王驥德（？—約1623），字伯良，號方諸生，會稽（今浙江紹興）人。明代戲劇，有吳江、臨川兩派。吳江派以江蘇吳江人沈璟為領袖，注重南曲的調律譜法，著有《南九宮譜》。臨川派祖江西臨川湯顯祖，注重情節、人物描繪、和詞藻。湯以戲曲創作為主，有《紫釵記》、《還魂記》（一名《牡丹亭》）、《邯鄲記》，及《南柯記》。王驥德與沈璟嫡傳弟子呂天成交誼甚深，並受沈璟賞識，故沈璟之姪沈自晉在《望湖亭》中列舉吳江派劇作家，說「方諸能作律」，把王驥德攔入。不過王驥德師事徐渭，並受湯顯祖影響，他的《曲律》兼容兩派精粹並有所闡發。以下就《曲律》中有關修辭者，特別提出說說。

(1)專注曲律，以與詩、詞區隔。

《曲律》論曲，最能緊扣「曲」這種文體而議論。《雜論》：

詞之異於詩也，曲之異於詞也，道迥不侔也。詩人而以詩為曲也，文人而以詞為曲也，誤矣，必不可言曲也。

指出曲與詩、詞有異，不可以詩為曲，以詞為曲。更進一步，王氏以為惟曲最能近情而盡意盡物，同章又云：

晉人言「絲不如竹，竹不如肉。」以為漸近自然。吾謂詩不如詞，詞不如曲，故是漸近人情。夫詩之限於律與絕也，即不盡於意，欲為一字之益，不可得也。詞之限於調也，即不盡於物，欲為一語之益，不可得也。若曲，則調可累用，字可襯增。詩與詞，不得以諧語方言入，而曲則惟吾意之欲至，口之欲宣，縱橫出入，無之而無不可也。故吾謂：快人情者，要毋過於曲也。

就說明詩限於字，詞限於調，都不如曲之能縱橫出入。

(2)修辭宜配合情節，凸顯主題。

修辭雖然以語言技巧為主，但技巧每當為主題服務。孔子曰：修辭立誠，巧言鮮仁；王氏言：不關風化，縱好徒然：皆是此意。《曲律．雜論》：

古人往矣，吾取古事麗今聲，華袞其賢者，粉墨其慝者，奏之場上，令觀者藉為勸懲興起，甚或扼腕裂眥，涕泗交下而不能已，此方為有關世教文字。若徒取漫言，既已造化在手，而又未必其新奇可喜，言何貴漫言為耶？此非腐談，要是確論。故「不關風化，縱好徒然」，此《琵琶》持大頭腦處。《拜月》祇是宣淫，端士所不與也。

所謂「大頭腦」，略近今所言「主題」。《論劇戲》更云：

傳中緊要處，須重著精神，極力發揮使透。如《浣紗》遺了越王嘗膽及夫人採葛事，紅拂私奔，如姬竊符，皆本傳大頭腦，如何草草放過？若無緊要處，只管敷演，又多惹人厭憎：皆不審輕重之故也。

對梁辰魚首用崑腔寫的《浣紗記》漏了越王嘗膽、夫人採葛事，有所指責。雖然《浣紗記》主角實為西施與范蠡，不過敘句踐復國而未寫嘗膽、採葛，終屬遺憾。張鳳翼《紅拂記》共三十四齣，第十齣為《俠女私奔》。《竊符記》亦張鳳翼所作，敘信陵君托魏安釐王如姬竊兵符奪晉鄙軍以擊秦事。私奔與竊符，是二戲中緊要處，宜極力敷演，不可放過。這便是配合情節，凸顯主題了。

(3)論章法套數之營構。

《曲律》之講篇章修辭，見於《論章法》和《論套數》，以為南戲尤須講究，見《論劇戲》。引述如下：

《論章法》：作曲猶造宮室者然。工師之作室也，必先定規式，自前門而廳，而堂，而樓，或三進，或五進，或七進，又自兩廂而及軒寮，以至廩庾庖湢、藩垣苑榭之類前後左右，高低遠近，尺寸無不了然胸中，而後可施斤斲。作曲者亦必先分段數，以何意起，何意接，何意作中段敷衍，何意作後段收煞，整整在目，而後可施結撰。

《論套數》：套數之曲，元人謂之「樂府」，與古之辭賦今之時義，同一機軸。有起有止，有開有闔。須先定下間架，立下主意，排下曲調，然後遣句，然後成章，切忌湊插，切忌將就。務如常山之蛇，首尾相應；又如鮫人之錦，不著一絲紕纇。意新語俊，字響調圓，增減一調不得，顛倒一調不得。有規有矩，有色有聲，眾美具矣。

《論劇戲》：劇之與戲，南北故自異體。北劇僅一人唱，南戲則各唱。一人唱則意可舒展，而有才者得盡其春容之致；各人唱則格有所拘，律有所限，即有才者，不能恣肆於三尺之外也。於是，貴剪裁，貴鍛鍊，以全帙為大間架，以每折為折落，以曲白為粉堊、為丹雘；勿落套，勿不經，勿太蔓，蔓則局懈，而優人多刪削；勿太促，促則氣迫，而節奏不暢達；毋令一人無著落，毋令一折不照應。

《曲律》主張：起、接、開闔、敷衍、收煞，要先分段數，定下間架。並以常山之蛇，譬其首尾照應；鮫人之錦，喻其絕無缺陷。求其增減顛倒不得。南戲由多人唱，尤宜遵守格律，既要創新，不可落入俗套；又要合情合理，最忌荒唐不經。每個角色，在戲中都有一定地位；每一折，與前後都有照應。

(4) 論句法字法之鍛鍊。

《曲律》之論字句鍛鍊，見於《論句法》、《論字法》、《論襯字》、《論務頭》。引述如下：

《論句法》：句法宜婉曲，不宜直致；宜藻艷，不宜枯瘁；宜瀏亮，不宜艱澀；宜輕俊，不宜重滯；宜新采，不宜陳腐；宜擺脫，不宜堆垛；宜溫雅，不宜激烈；宜細膩，不宜粗率；宜芳潤，不宜噍殺。又總之，宜自然，不宜生造。意常則造語貴新，語常則倒換須奇。他人所道，我則引避；他人用拙，我獨用巧。平仄調停，陰陽諧叶，上下引帶，減一句不得，增一句不得。我本新語，而使人聞之若是舊句，言機熟也；我本生曲，而使人歌之容易上口，言音調也。一調之中，句句琢鍊，毋令有敗筆語，毋令有欺嗓音，積以成章，無遺恨矣。

《論字法》：下字為句中之眼，古謂「百鍊成字，千鍊成句」。又謂「前有浮聲，後須切響」。要極新，又要極熟；要極奇，又要極穩。虛句用實字鋪襯，實句用虛字點綴。務頭須下響字，勿令提挈不起。押韻處要妥貼天成，換不得他韻。照管上下文，恐有重字，須逐一點勘換去。又閉口字少用，恐唱時費力。今人好奇，將劇戲標目一一用經史隱晦字代之。夫列標目，欲令人開卷一覽，便見傳中大義，亦且便繙閱，卻用隱晦字樣，彼庸眾人何以易解？此等奇字，何不用作古文？而施之劇戲，可付一笑也。

《論襯字》：古詩餘無襯字，襯字自南北二曲始。北曲配絃索，雖繁聲稍多，不妨引帶。南曲取按拍板，板眼緊慢有數，襯字太多，搶帶不及，則調中正字反不分明。大凡對口曲不能不用襯字，各大曲及散套只是不用為佳。細調板緩，多用二三字，尚不妨；緊調板急，若用多字，便躲閃不迭。凡曲自一字句起至二字、三字、四字、五字、六字、七字句止，惟《虞美人》調有九字句。然是引曲，又非上二下七，則上四下五。若八字、十字以外，皆是襯字。今人不解，將襯字多處亦下實板，致主客不分。如《古荊釵記・錦纏道》：「說甚麼晉陶潛認作阮郎。」「說甚麼」三字，襯字也。《紅拂記》卻作：「我有屠龍劍、釣鼇鉤、射雕寶弓。」增了「屠龍劍」三字，是以「說甚麼」三字作實字也。……又如散套《越恁好》「鬧花深處」一曲，純是襯字，無異《纏令》。今皆著板，至不可句讀。凡此類皆襯字太多之故，訛以傳訛，無所底止。周氏論樂府以不重韻，無襯字，韻險語俊為上。世間惡曲，必拖泥帶水，難辨正腔，文人自寡此等病也。

《論務頭》：凡曲遇揭起其音，而宛轉其詞，如俗之所謂「做腔」處，每調或一句，或二、三句，每句或一字，或二、三字，即是務頭。《墨娥小錄》載「務頭」，調侃曰：「喝采」。又詞隱先生嘗為余言：「吳中有『唱了這高務』語，意可想矣。」……古人凡遇務頭，輒施俊語或古人成語一句其上……周氏所謂「如眾星中顯一月之孤明也」。

王驥德論戲曲句法，先說九宜九不宜，總以宜自然而不宜生造。造語貴新，倒換須奇，獨出心裁。又要新語若舊，生曲易歌，毋有敗筆，毋令欺嗓。用辯證方式點明戲曲之特殊修辭法。字法方面，王驥德以為字為句眼。新與熟，奇與穩，虛與實，要融合襯綴。務頭宜響，押韻要貼，重出應換。少用閉口音字，標目字宜顯示傳中大義。這些都是戲曲下字準則。至於襯字，應與音樂相配，不可誤認為實字，亦不可用得太多，以免搶帶不及，躲閃不迭。亦是行家經驗之談。「務頭」則是調中高亢婉轉之警句，句中美聽動人之俊語，可「喝采」處，如眾星所拱之明月。後世曲學家如李漁、吳梅有更具體之說明。

⑸論戲曲之積極修辭。

《曲律》於《論對偶》、《論用事》、《論巧體》等節，說到一些積極修辭。

《論對偶》：凡曲遇有對偶處，得對方見整齊，方見富麗。有兩句對，（如「簾幙風柔，庭闈晝永」，及「惟願取百歲椿萱，長似他三春花柳」類。）有三句對，（如「蝶戀花、鳳棲梧、鸞停竹」類。）有四句對，（如「亂荒荒不豐稔的年歲」四段相對類。）有隔句對，（如「郎多福」及「娘萬福」兩段相對類。）有疊對，（如「翠減祥鸞羅幌」二句一對，下「楚館雲閑」二句又一對，下「目斷天涯雲山遠」二句又一對類。）有兩韻對，（如「春花明綵袖，春酒滿金甌」類。）有隔調對。（如「書生愚見」二調，各末二句相對類。）當對不對，謂之草率；不當對而對，謂之矯強。對句須要字字的確，斤兩相稱方好。上句工寧下句工，一句好一句不好，謂之「偏枯」，須棄了另尋。借對得天成妙語方好，不然反見才窘，不可用也。

《論用事》：曲之佳處不在用事，亦不在不用事。好用事，失之堆積；無事可用，失之枯寂。要在多讀書，多識故實，引得的確，用得恰好。明事暗使，隱事顯使，務使唱去，人人都曉，不須解說。又有一等事用在句中，令人不覺，如禪家所謂撮鹽水中，飲水乃知鹹味，方是妙手。《西廂》、《琵琶》用事甚富，然無不恰好，所以動人。《玉玦》句句用事，如盛書櫃子，翻使人厭惡，故不如《拜月》一味清空，自成一家之為愈也。

《論巧體》：古時有離合、建除、人名、藥名、州名、數目、集句等體。元人以數目入曲，作者甚多，一至十，有順去逆回者。《輟耕錄》載《折桂令》起句「博山銅細裊香風」，一句兩韻，名曰「短柱」，極難作；虞邵庵作「鑾輿三顧茅廬」一曲擬之，則二字一韻，蓋尤難矣。喬夢符有「當時處士山祠」曲，亦用此體。嘉靖間，北都有劉憲副效祖者用此體，凡平聲每韻各賦一首，可稱一癖。《詞林摘豔》有粉蝶兒「從東隴風動松呼」長套，句句兩字一韻，然不見佳。藥名詩，須字則正用，意卻假借，讀去不覺，詳看始見，方得作法，如所謂「四海無遠志，一溪甘遂心」是也。陳大聲有藥名散套，首句「今年牡丹開較遲」，便是直用其名，更無別意。又後多借同音字為用，如借「霜梅」為「雙眉」，「茴香」為「回鄉」，其語猶俏；至借「白芨」為「北極」，「滑石」為「化石」，正可發一胡盧矣。今紅蕖用藥名、牌名、五色、五聲、八音及瀟湘八景、離合、集句等體，種種皆備，然不甚合作。倘不能窮極妙境，不如毋添蛇足之為愈也。

王氏說「對偶」，主當對則對，不當對則否。但既對便要整齊、富麗、的確、相稱、妙語天成。他所舉的例子，全出於高明《琵琶記》。有些例子所引未全，茲補於下：

四句對：亂荒荒不豐稔的年歲，遠迢迢不回來的夫婿。

急煎煎不耐煩的二親，軟怯怯不濟事的孤身己。

隔句對：郎多福，郎多福，看紫綬黃金束；

娘萬福，娘萬福，看花誥紋犀軸。

疊　對：翠減祥鸞羅幌，香銷寶鴨金爐。

楚館雲閑，秦樓月冷。

動是離人愁思：目斷天涯雲山路，親在高堂雪鬢疏。

隔調對：如《琵琶記・金閣愁配》相連二《桂枝香》最後二句：

〔淨〕道你是相府公侯女，不能夠嫁狀元！

〔貼〕滿皇都少甚麼公侯子，何須去嫁狀元？

王氏說「用事」，態度一如說「對偶」，無可無不可。其中如「明事暗使，隱事顯使」，與他說句法相似，亦略有辯證意味。「人人都曉」，「令人不覺」，跟他「宜自然而不宜生造」的主要見解一致。

王氏說「巧體」，包括了多種積極修辭法。「離合」屬於「析字」，「建除、人名、藥名、州名、數目」大致屬於「鑲嵌」。「建除」，指建除十二辰。《淮南子・天文》：「寅為建，卯為除，辰為滿，巳為平，主生；午為定，未為執，主陷；申為破，主衡；酉為危，主杓；戌為成，主少德；亥為收，主大德；子為開，主太歲；丑為閉，主太陰。」南朝宋鮑照有《建除詩》，全詩十二聯二十四句，各聯開頭分別冠以建、除、滿、平、定、執、破、危、成、收、開、閉等字。後人稱之為建除體。亦「鑲嵌」之一種。一句兩韻，名曰「短柱」，略似今所言「頭韻」、「中韻」。如徐志摩《再別康橋》中「悄悄是別離的笙簫」中「悄悄」與「簫」同韻，為「頭韻」；「那河畔的金柳/是夕陽中的新娘」中「陽」與「娘」同韻，為「中韻」。王氏說「藥名詩」「意卻假借」，則既是「鑲嵌」，又涉「雙關」。《紅葉記》是沈璟作品，但王氏說他「不甚合作」，意指未能符合「當行本色」的戲曲標準。《論巧體》最後一句：「倘不能窮極妙境，不如毋添蛇足之為愈也。」深堪留意。

(6)論戲曲之消極修辭。

《曲律》有《論曲禁》章，列出禁律四十條，皆戲曲之消極修辭也。茲錄於後：

《論曲禁》：曲律以律曲也，律則有禁，具列以當約法：

重韻（一字二三押，長套及戲曲不拘。）、借韻（雜押旁韻，如「支思」又押「齊微」類。）、犯韻（有正犯，句中字不得與押韻同音，如「冬」犯「東」類。有旁犯，句中即上去聲不得與平聲相犯，如「董」、「凍」犯「東」類。）、犯聲（即非韻腳。凡句中字同聲，俱不得犯，如上例。）、平頭（第二句第一字不得與第一句第一字同音。）、合腳（第二句末一字不得與第一句末一字同音。）、上上疊用（上去字須間用，不得用兩上兩去。）、上去、去上倒用（宜上去，不得用去上；宜去上，不得用上去。活法見前論平仄條中。）、入聲三用（疊用三入聲。）、一聲四用（不論平上去入，不得疊用四字。）、陰陽錯用（宜陰用陽字；宜陽用陰字。）、閉口疊用（凡閉口字，只許單用。如用「侵」，不得又用「尋」或又用「監咸」、「廉纖」等字。雙字如「深深」、「毿毿」、「懨懨」類，不禁。）、韻腳多以入代平（此類不免，但不許多用。如純用入聲韻及用在句中者，俱不禁。）、疊用雙聲（字母相同，如「靈瓏」、「皎潔」類，止許用二字，不許連用至四字。）、疊用疊韻（二字同韻，如「逍遙」、「燦爛」，亦止許用二字，不許連用至四字。）、開閉口韻同押（凡閉口，如「侵」、「尋」等韻，不許與開口韻同押。）、陳腐（不新采。）、生造（不現成。）、俚俗（不文雅。）、蹇澀（不順溜。）、粗鄙（不細膩。）、錯亂（無次序。）、蹈襲（忌用舊曲語意，若成語不妨。）、沾唇（不脫口。）、拗嗓（平仄不順。）、方言（他方人不曉。）、語病（聲不雅，如《中原音韻》所謂「『達不著主母機』，或曰『燒公鴨亦可』」類。）、請客（如詠春而及夏，題柳而及花類。）、太文語（不當行。）、太晦語（費解說。）、經史語（如《西廂》「靡不有初，鮮克有終」類。）、學究語（頭巾氣。）、書生語（時文氣。）、重字多（不論全套單隻，凡重字俱用檢去。）、襯字多（襯至五六字。）、堆積學問、錯用故事、宮調亂用、緊慢失次、對偶不整。

右諸禁，凡四十條，在知音高手，自然不犯。如不能盡免，須檢點去其甚者，令不礙眼。不爾，終難為識者，非法家曲也。

《論曲禁》四十條，大致著重在戲曲語言的音樂性和傳達功能兩大方向。此外，《曲律》在《過曲》、《雜論》等章，對《琵琶記》、《紅拂記》、《拜月亭記》、《鐵崖古樂府》曾作實際批評，其中所指出的語病敗筆，可視為消極修辭具體的例子。

(7)論戲曲之語言風格。

《曲律》之論語言風格，見於《論家數》、《論過曲》、《論賓白》等節。

《論家數》：曲之始，止本色一家，觀元劇及《琵琶》《拜月》二記可見。自《香囊記》以儒門手腳為之，遂濫觴而有文詞家一體。近鄭若庸《玉玦記》作，而益工修詞，質幾盡掩。夫曲以模寫物情，體貼人理，所取委曲宛轉，以代說詞，一涉藻繢，便蔽本來。然文人學士，積習未忘，不勝其靡，此體遂不能廢，猶古文六朝之於秦、漢也。大抵純用本色，易覺寂寥；純用文調，復傷琱鏤。《拜月》質之尤者，《琵琶》兼而用之，如小曲語語本色，大曲引子如「翠減祥鸞羅幌」、「夢遶春闈」，過曲如「新篁池閣」、「長空萬里」等調，未嘗不綺繡滿眼，故是正體。《玉玦》大曲，非無佳處；至小曲亦復填垛學問，則第令聽者憒憒矣！故作曲者須先認其路頭，然後可徐議工拙。至本色之弊，易流俚腐；文詞之病，每苦太文。雅俗淺深之辨，介在微茫，又在善用者酌之而已。

《論過曲》：過曲體有兩途：大曲宜施文藻，然忌太深。小曲宜用本色，然忌太俚。須奏之場上，不論士人閨婦，以及村童野老無不通曉，始稱通方。

《論賓白》：賓白，亦曰「說白」。有「定場白」，初出場時，以四六飾句者是也。有「對口白」，各人散語是也。「定場白」稍露才華，然不可深晦。《紫簫》諸白，皆絕如四六，惜人不能識；《琵琶》「黃門白」，只是尋常話頭，略加貫串，人人曉得，所以至今不廢。「對口白」須明白簡質，用不得太文字；凡用之、乎、者、也，俱非當家。《浣紗》純是四六，寧不厭人！又凡「者」字，惟北劇有之，今人用在南曲白中，大非體也。句字長短平仄，須調停得好，令情意宛轉，音調鏗鏘，雖不是曲，卻要美聽。諸戲曲之工者，白未必佳，其難不下於曲。《玉玦》諸白，潔淨文雅，又不深晦，與曲不同，只稍久波瀾。大要多則取厭，少則不達，蘇長公有言：「行乎其所當行，止乎其所不得不止。」則作白之法也。

在論述王驥德《曲律》修辭說之始，已指出王氏兼容「吳江」重調譜、「臨江」重詞藻之特色。此目述王氏論戲曲之語言風格，歸納其重點有四：第一，不宜純用「本色」或「文調」。純用本色，易流俚腐，易覺寂寥；純用文調，復傷琱鏤，每苦太文。第二，視大曲、小曲而運用不同風格之語言。大曲宜施文藻，然忌太深；小曲宜用本色，然忌太俚。如《琵琶記》小曲語語本色；大曲未嘗不綺繡滿眼，故是正體。第三，賓白風格與長短視情況而異。大抵「定場白」可稍露才華，然不可深晦；「黃門白」只是尋常話頭，略加貫串；「對口白」須明白簡質，不得太白。又諸白多則取厭，少則不達，適可而止可也。第四，無論曲白，皆以人人能曉，求其美聽為最高標的。

王氏《曲律》調和吳江、臨川兩派，於前此作者，並世名家之曲論，亦常有所取舍，有所闡發。其當行本色之說，上承嚴羽《滄浪詩話》；其《總論南北曲》，更追溯《文心雕龍・樂府》。可謂集大成、具體系之作。清人李漁《閒情偶寄》的《詞曲部》於《結構第一》主「立主腦」、「密針線」；於《詞采第二》主「貴淺顯」、「重機趣」；於《音律第三》主「凜遵曲譜」、「別解務頭」；於《賓白第四》主「聲務鏗鏘」、「語求肖似」；於《科諢第五》主「忌俗惡」、「貴自然」；於《格局第六》重「家門」、「沖場」：在在可看出《曲律》的痕跡。在《曲律》基礎上有進一步的發展。

(六) 金聖嘆小說修辭說

金聖嘆（1607–1661），本姓張，名采，字若采。後改姓金，名喟，字聖嘆。明亡後改名人瑞。江蘇吳縣人。清順治十八年以抗糧哭廟案被殺。聖嘆為人率性而嗜讀書。嘗以天下才子書凡六：一《莊》、二《騷》、三《史記》、四《杜律》、五《水滸》、六《西廂》。明崇禎間，貫華堂已刊印：金聖嘆評點《第五才子書水滸傳》、《第六才子書西廂記》、《選批唐才子詩》等。以《水滸》而言，評點本有：正傳七十卷，楔子一卷，施耐庵序一卷，聖嘆序三篇、解綱目二首、讀第五才子書法，又為三卷。此五卷皆附於正傳前，凡七十五卷。楔子與正傳每回前有總評，內文有眉批及雙行夾批，其中包含金聖嘆的小說修辭理論。此外，順治十六年刊行的《唱經堂才子書》，包括《聖嘆外書》之《杜詩解》、《左傳釋》、《古詩解》、《釋小雅》、《釋孟子四章》、《批歐陽永叔詞十二首》，《聖嘆內書》之《通宗易論》、《聖人千案》、《語錄纂》，及《聖嘆雜篇》之《隨手通》。聖嘆博覽群書，遍及四部，固非《水滸》、《西廂》而已。

聖嘆之於《水滸》，是極其推崇的。在《水滸傳序三》中，曾說：

> 天下之文章，無有出《水滸》右者；天下之格物君子，無有出施耐庵先生右者。

而且把書及作者，與「格物」、「忠恕」、「因緣生法」連繫在一起：

> 《水滸》所敘，敘一百八人，人有其性情，人有其氣質，人有其形狀，人有其聲口。夫以一手而畫數面，則將有兄弟之形；一口而吹數聲，斷不免再央也。施耐庵以一心所運，而一百八人各自入妙者，無他，十年格物而一朝物格，斷以一筆而寫百千萬人，固不以為難也。格物之法，以忠恕為門。何謂忠？天下因緣生法，故忠不必學而至於忠，天下自然無法不忠。火亦忠，眼亦忠，故吾之見忠；鐘忠，耳忠，故聞無不忠；吾既忠，則人亦忠，盜賊亦忠，犬鼠亦忠。盜賊犬鼠無不忠者，所謂恕也。夫然後物格，夫然後能盡人之性，而可以贊化育，參天地。

「格物」原是面對事物，分析事物的意思。而「忠恕」是其法門。切實地觀察事物，掌握事物真相，包括本身性質（因）和外界添加的條件（緣），如此推己及人並及物，於是就能真切呈現所見、所聞，即使盜賊犬鼠，亦能作如實的描述。

「忠恕」與「因緣生法」能盡人之性、盡物之性，那怎麼發而為文章呢？《序三》又說：

> 忠恕量萬物之斗斛也，因緣生法裁世界之刀尺也。施耐庵左手握如是斗斛，右手持如是刀尺，而僅乃敘一百八人之性情氣質形狀聲口者，是猶小試其端也。若其文章，字有字法，句有句法，章有章法，部有部法，有何異哉！

這就歸結到字法、句法、章法、部法的修辭說上來了！

聖嘆在《讀第五才子書法》，其中提到「文法」十五種，錄之於後。

> 《水滸傳》有許多文法，非他書所曾有，略點幾則於後：
>
> 有倒插法。謂將後邊要緊字，驀地先插放前邊。如五臺山下鐵匠間壁父子客店，又大相國寺嶽廟間壁菜園，又武大娘子要同王乾娘去看虎，又李逵去買棗糕，收得湯隆等是也。

有夾敘法。謂急切裏兩個人一齊說話，須不是一個說完了，又一個說，必要一筆夾寫出來。如瓦官寺崔道成說「師兄息怒，聽小僧說」，魯智深說「你說你說」等是也。

有草蛇灰線法。如景陽岡勤敘許多「哨棒」字，紫石街連寫若干「簾子」字等是也。驟看之，有如無物，及至細尋，其中便有一條線索，拽之通體俱動。

有大落墨法。如吳用說三阮，楊志北京鬥武，王婆說風情，武松打虎，還道村捉宋江，二打祝家莊等是也。

有綿針泥刺法。如花榮要宋江開枷，宋江不肯；又晁蓋番番要下山，宋江番番勸住，至最後一次便不勸是也。筆墨外，便有利刃直戳進來。

有背面鋪粉法。如要襯宋江奸詐，不覺寫作李逵真率；要襯石秀尖利，不覺寫作楊雄糊塗是也。

有弄引法。謂有一段大文字，不好突然便起，且先作一段小文字在前引之。如索超前，先寫周謹；十分光前，先說五事等是也。《莊子》云：「始於青萍之末，盛於土囊之口。」《禮》云：「魯人有事於泰山，必先有事於配林。」

有獺尾法。謂一段大文字後，不好寂然便住，更作餘波演漾之。如梁中書東郭演武歸去後，知縣時文彬升堂；武松打虎下岡來，遇著兩個獵戶；血濺鴛鴦樓後，寫城壕邊月色等是也。

有正犯法。如武松打虎後，又寫李逵殺虎，又寫二解爭虎；潘金蓮偷漢後，又寫潘巧雲偷漢；江州城劫法場後，又寫大名府劫法場；何濤捕盜後，又寫黃安捕盜；林沖起解後，又寫盧俊義起解；朱仝、雷橫放晁蓋後，又寫朱仝、雷橫放宋江等。正是要故意把題目犯了，卻有本事出落得無一點一畫相借，以為快樂是也。真是渾身都是方法。

有略犯法。如林沖買刀與楊志賣刀，唐牛兒與鄆哥，鄭屠肉鋪與蔣門神快活林，瓦官寺試禪杖與蜈蚣嶺試戒刀等是也。

有極不省法。如要寫宋江犯罪，卻先寫招文袋金子，卻又先寫閻婆惜和張三有事，卻又先寫宋江討閻婆惜，卻又先寫宋江捨棺材等。凡有若干文字，都非正文是也。

有極省法。如武松迎入陽穀縣，恰遇武大也搬來，正好撞著；又如宋江琵琶亭吃魚湯後，連日破腹等是也。

有欲合故縱法。如白龍廟前，李俊、二張、二童、二穆等救船已到，卻寫李逵重要殺入城去；還道村玄女廟中，趙能、趙得都已出去，卻有樹根絆跌，土兵叫喊等，令人到臨了又加倍吃嚇是也。

有橫雲斷山法。如兩打祝家莊後，忽插出解珍、解寶爭虎越獄事；又正打大名城時，忽插出截江鬼、油裏鰍謀財傾命事等是也。只為文字太長了，便恐累墜，故從半腰間暫時閃出，以間隔之。

有鸞膠續弦法。如燕青往梁山泊報信，路遇楊雄、石秀，彼此須互不相識。且由梁山泊到大名府，彼此既同取小徑，又豈有止一小徑之理？看他便順手借如意子打鵲求卦，先鬥出巧來，然後用一拳打倒石秀，逗出姓名來等是也。都是刻苦算得出來。

在這些「文法」中，有關乎小說語言準確、美感、頓挫、虛實的，即所謂「字法」、「句法」；有關乎小說情節安排、關鎖、呼應的，即所謂「章法」、「部法」；還有牽涉到小說人物的塑造的，如「綿針泥刺法」、「背面鋪粉法」等等。

除上述十五法之外，在內文總評和批語中，還提到種種「法」。如：

字法：第一回《王教頭私走延安府，九紋龍大鬧史家村》：「史進輕舒猿臂，款扭狼腰，只一挾，把陳達輕輕摘離了嵌花鞍，款款揪住了線搭膊，只一丟，丟落地。」每句後都夾批「字法」二字，共用了六次。再在末句「那匹戰馬撥風也似去了」後批以「如畫」。

隱語：第二十三回《王婆貪賄說風情，鄆哥不忿鬧茶肆》：「王婆出來道：『大官人，吃個梅湯。』」西門慶道：『最好，多加些酸。』」王婆語下夾批：「一路隱語點逗，都好。」西門慶語下夾批：「隱語。」

頂針：第二十七回《武松威震安平寨，施恩義奪快活林》：「武松再把右手去地裡一提，提將起來，望空只一擲，擲起去離地一丈來高，武松雙手只一接，接來輕輕地放在原舊安處。」眉批：「看他『提』字與『提』字頂針，『擲』字與『擲』字頂針，『接』字與『接』字頂針。」

回環兜鎖：第一回夾批：「寫王四酒醉，不作一番便倒，又轉出時常送物事小嘍囉來，筆墨回環兜鎖，妙不可言。」「王四之醉也，便借送物事小嘍囉；回書之失也，便借摽兔李吉，筆墨回環兜鎖，妙不可言。若俗筆另添出無數人，便令文字散亂無致也。」又第三十回《張都監血濺鴛鴦樓，武行者夜走蜈蚣嶺》夾批：「妙絕，一篇十來卷文字，回環踢跳，無句不鉤，無字不鎖。」

閑中點綴：第五回《九紋龍剪徑赤松林，魯智深火燒瓦官寺》夾批：「桃花莊一條板橋，瓦官寺一座青石橋，此處又一條獨木橋，亦是閑中點綴聯絡，以為章法也。」

忽然一閃：第八回《柴進門招天下客，林沖棒打洪教頭》夾批：「說使棒，反吃酒，極力搖曳，使讀者心癢無撓處。」「待月是柴進一頓，月上仍是柴進一接。一頓一接，便令筆勢踢跳之極。」「奇文，令讀者出於意外。」「此一回書，每每用忽然一閃法。閃落讀者眼光，真是奇絕。」「前林沖叫歇。奇絕矣，卻只為開枷之故；今開得枷了，方纔舉手，柴進又叫住。奇哉！真所謂極忙極熱之文，偏要一斷一續而寫，令我讀之嘆絕。」

瘧疾文字：第九回《林教頭風雪山神廟，陸虞候火燒草料場》回前總評：「舊人傳言：昔有畫北風圖者，盛暑張之，滿座都思挾纊；既又有畫雲漢圖者，祁寒對之，揮汗不止。於是千載嘖嘖，詫為奇事。殊未知此特寒熱各作一幅，未為神奇之至也。耐庵此篇獨能於一幅之中，寒熱間作，寫雪便其寒徹骨，寫火便其熱照面。

昔百丈大師患瘧，僧眾請問：『伏惟和上尊候若何？』丈云：『寒時便寒殺闍黎，熱時便熱殺闍黎。』今讀此篇，亦復寒時寒殺讀者，熱時熱殺讀者，真是一卷瘧疾文字，為藝林之絕奇也。」又第二十三回回前總評：「上篇寫武二遇虎，真乃山搖地撼，使人毛髮倒卓。忽然接入此篇，寫武二遇嫂，真是又柳絲花朵，使人心魂蕩漾也。」此陽剛陰柔之轉換，亦瘧疾文字之類。

水窮雲起：第三十回夾批：「行到水窮，又看雲起，妙筆。寫武松殺張都監，定必寫到殺得滅門絕戶，方快人意；然使夫人深坐房中，武松亦不必搜捉出來也。只借分付家人，湊在手邊來，一齊授首，工良心苦，人誰知之？下養娘引著兩個小的，亦只閒閒湊來。」又第四十八回《解珍解寶雙越獄，孫立孫新大劫牢》夾批：「真是行到水窮，坐看雲起，而所起之雲，又止膚寸，不圖後文冉冉而興，騰龍降雨，作此奇觀也。」

移雲接月：第四十三回《錦豹子小徑逢戴宗，病關索長街遇石秀》夾批：「卸去戴、楊，交入楊、石，移雲接月，出筆最巧。子弟少時讀書，最要知古人出筆，有無數方法：有正筆，有反筆，有過筆，有沓筆，有轉筆，有偷筆。上五法易解。所謂偷筆，則如此文是也。蓋一路都是戴宗作正文，至此，忽趁勢偷去戴宗，竟入楊雄、石秀正傳，所謂移雲接月，用力不多而得便至大。知此，則作《史記》非難事也。」

順風斜渡：第五十三回《入雲龍鬥法破高廉，黑旋風下井救柴進》「再說東昌、寇州兩處」下夾批：「順風斜渡，又一過接之法。」

以上所補計十條，前三條屬字法、句法；後七條屬章法。金批關於修辭法者當然不僅此數，這裡只是舉隅而已。

聖嘆《水滸傳序一》有這麼一段話：

> 今天下之人，徒知有才者始能構思，而不知古人用才乃繞乎構思以後；徒知有才者始能立局，而不知古

人用才乃繞乎立局以後；徒知有才者始能琢句，而不知古人用才乃繞乎琢句以後；徒知有才者始能安字，而不知古人用才乃繞乎安字以後。此苟且與慎重之辯也。……言其才繞乎構思以前，構思以後，乃至繞乎布局，琢句，安字，以前以後者，此其人，筆有左右，墨有正反，用左筆不安換右筆，用右筆不安換左筆，用正墨不現換反墨，用反墨不現換正墨。心之所至，手亦至焉；心之所不至，手亦至焉；心之所不至，手亦不至焉。心之所至手亦至焉者，文章之聖境也；心之所不至手亦至焉者，文章之神境也；心之所不至手亦不至焉者，文章之化境也。夫文章至於心手皆不至，則是其紙上無字無句無局無思者也，而獨能令千萬世下人之讀吾文者，其心頭眼底，乃窅窅有思，乃搖搖有局，乃鏗鏗有句，而燁燁有字，則是其提筆臨紙之時，才以繞其前，才以繞其後，而非徒然卒然之事也。

此節說構思、立局、琢句、安字，相當出神入化。聖嘆評小說，並不以「文法」為足，更要求其入於「化境」；更不以其才繞乎為文以前為足，更要求繞乎文成之後，讀者心頭亦有思、有局、有句、有字。這就把修辭提升到應然的美學層次，並達諸讀者的心坎中。我看易蒲、李金苓合著《漢語修辭學史綱》中的《金聖嘆評點〈水滸傳〉的修辭論》，標出：論小說修辭的準確美、形象美、整齊美、參差美、幽默美，把金聖嘆的修辭論重心放在美學上，這是十分正確的提法。葉朗《中國小說美學》第三章專論《金聖嘆的小說美學》，內容包括：

《怨毒著書和庶人之議——小說藝術的批判性》

《因文生事與以文運事——小說與歷史著作的區別》

《靈眼覷見和靈手捉住——藝術創作中的靈感》

《無非為他把一百八人性格都寫出來——典型性格與小說的美感力量》

《使人對之齷齪銷盡——典型性格與小說的淨化昇華作用》

《定是兩個人定不是一個人——典型性格是獨特的個性》
《寫魯達闊綽打人亦打得闊綽——人物肖像和動作的性格化》
《非魯達定說不出此語非此語定寫不出魯達——人物語言與人物性格的同一性》
《要寫李逵樸至便倒寫其奸滑——同一性格通過不同形式表現》
《要襯石秀尖利不覺寫作楊雄糊塗——不同性格的對比和襯托》
《極駭人之事與極近人之筆——寫英雄人物不能神化》
《忽提四字醒之——人物與環境不能脫節》
《十年格物和因緣生法——塑造典型性格的認識論》
《石秀探路一段描出全副一個精細人——情節與性格的辯證法（一）》
《借洪水興洪波——情節與性格的辯證法（二）》
《敘事微與用筆著——情節與性格的辯證法（三）》
《寫武松打虎純是精細寫李逵殺虎純是大膽——情節與性格的辯證法（四）》
《不險則不快險極則快極——情節要適應讀者的美感心理》
《極力搖曳使讀者心癢無撓處——情節的連續與中斷》
《山搖地撼之後忽又柳絲花朵——壯美和優美的轉換》
《天外飛來與當面拾得——情節的傳奇性與現實性》
《正文之外旁作餘文——情節的多層含義》
《是李小二眼中事——敘事觀點的變化》

《油晃晃與明晃晃——小說語言的準確性》
《只用三個字寫廢寺入神——小說語言的表現力》
《一筆作百十來筆用——小說語言的容量》
《極險之情與極趣之筆——小說語言的喜劇性》
《大珠小珠滿盤迸落——小說語言的形式美》

我在本書《緒論》中曾將修辭學定位為藝術的一門，因此小說美學事實上可看作小說修辭學。而易蒲、李金苓、葉朗如此解讀《水滸傳》的評點，也許正是金聖嘆《序一》中所期許的「千萬世下人之讀吾文者」！

金聖嘆之評點《水滸傳》，遠紹呂祖謙的《古文關鍵》，更直接接受了李贄《批評忠義水滸全書》的影響。聖嘆之比《水滸》為《史記》，又倡「怨毒著書」說，也與李贄《忠義水滸傳序》所說：「太史公曰：『《說難》、《孤憤》，賢聖發憤之所作者也。』……《水滸傳》者，發憤之所作者。」若合符節。李、金評點《水滸》最大不同，是李所評為百回本與一百二十回本，且依據原文而作評點，對宋江評價是「忠義之烈」；金所評則腰斬為七十回，於原文多所改動，且極言宋江「奸詐」。總的來說，在小說評點方面，金的成就大於李。後來毛宗崗評點《三國演義》、張道深（號竹坡）之評點《金瓶梅》、脂硯齋之評點《紅樓夢》，或多或少都有著金聖嘆評點的影子。

肆、二十世紀修辭學

大致說來，前此漢語修辭說多屬漢文化內部的傳承、創新與發展。偶如魏晉南北朝聲律論的興起之受梵唄影響，只是少數的例外。到了二十世紀，情形起了變化。外來的修辭學體系成了主流，傳統修辭說卻日漸式微。

㈡二十世紀前期

茲先述前半世紀的修辭學梗概。其中受日本影響者，有湯振常、陳介白之作；受歐美影響者，有唐鉞；參考東西方，而建立漢語修辭學體系者，有陳望道；而堅持古漢語修辭傳統者，則以楊樹達為代表。

一九〇五年（清光緒三十一年）五月，湯振常的《修詞學教科書》由開明書局、文明書局和南洋中學堂發行，是最早引進外國修辭學說的著作。湯振常，字濟滄，似為南洋華僑，曾留學日本者。

其書內容包括：《總論》：討論修詞學的定義、性質、範圍、功用。第一編《體制》：先《概論》，分文章體制為「智的」、「情的」、「美的」三種，而求其「明晰」、「勢力」、「優麗」。繼述《文之構成》，分「文字」、「句節」、「段落」、「篇章」四項論之。三為《轉義與辭樣》，「轉義」有本於類似者，含直喻、隱喻、混喻；有因乎關係者，含相換、易名；有根乎反對者，含誇張、貶詞、美稱、反語。「辭樣」有基於反複者，含重言、駢體；有基於反對者，含頓旋、直觀、倒裝、豫言、疑問、括弧；有基於結合者，含對照、漸層、反漸層。第二編《構想》，先《概論》，略論「結構之大體」，二至五章為《記事》、《敘事》、《解釋》、《議論》，分文體為四而論其作法。書前有夏清貽《序》，及作者《敘言》，聲明「是書編述時以日本武島又次郎《修辭學》為粉本」。書後附錄參考書目，有劉勰《文心雕龍》、清代唐彪《讀書作文譜》、日本兒島獻吉郎《漢文典》、佐佐政一的《修辭法講話》、島村瀧太郎的《新美辭學》等。

《修詞學教科書》薄薄一小本，只有二萬多字，內容卻相當充實而具系統。從義界到體制，從字句到段落篇章，從意念的轉換到樣式的調整，以至於四種不同文體的作法，都提到了。

一九二三年（民國十二年）一月，唐鉞《修辭格》由上海商務印書館初版。書前有凡例，於所述辭格及例句有所說明，特別指出：J. C. Nesfield, *Senior Course of English Composition*, 1910. 和 J. C. Fernald, *Expressive*

English, 1918.二書，「對本書助力很多」。《緒論》首述「修辭格」的定義：

> 凡語文中因為要增大或者確定詞句所有的效力，不用通常語氣而用變格的語法，這種地方叫做修辭格（又稱語格）。

接著說明寫作此書的四種道理。最後聲明辭格的分類，乃略依訥斯菲《高級英文作文學》（即「凡例」所言二本英文參考書的第一本）的分類，斟酌損益而成。

中分五章：第一章，根於比較的修辭格，又分為兩小類：甲、根於類似的修辭格，有顯比、隱比、寓言三種。乙、根於差異的修辭格，有相形、反省、階升、趨下四種。第二章，根於聯想的修辭格，有伴名、類名、遷德三種。第三章，根於想像的修辭格，有擬人、呼告、想見、揚厲四種。第四章，根於曲折的修辭格，有微辭、舛辭、冷語、負辭、詰問、感嘆、同辭、婉辭、紆辭九種。第五章，根於重複的修辭格，有反復、儷辭、排句、複字四種。

後有《結論》，對書中所列五類二十七格，提出八項「原則」，作為全書的「歸結」，並附錄《修辭格英漢名對照表》三十七條。

本書是我國第一本討論修辭格的專著。辭格分類及義界雖然參考英人著作，但所舉例句全部採用我國古籍中名言勝句，對每一辭格的用場並有或詳或簡的分析。又唐鉞《國故新探》三卷中第一卷六篇文章，所論偏重文學。其中如：《音韻之隱微的文學功用》、《中國文體的分析》、《疊字》等並有關乎修辭，此不贅述。

一九三一年八月，陳介白《新著修辭學》由上海開明書局出版。增訂後的《新著修辭學》一九三六年三月由上海世界書局出版。

《新著修辭學》（以下簡稱《新著》）書前有《自序》、《郭（紹虞）序》、《凡例》、《導言》。《導言》中曾自述此書寫作方法、綱目和旨趣：

我現在注重用科學的方法，根據中國歷代文學作品。把其修辭的地方分析和比較以後，歸納出共同的創造原理，作為修辭的一種規則，……使人得到修辭與作文上的幫助。修辭的理論，不可流於空泛，所以本書將先述《總論》，次述《詞藻論》，再次述《文體論》，並於理論之外，舉出例證，使人不但明理，而且知其規則。我們果能把這些理論和規則融會貫通起來，自然而然的得到一種合用的工具，用以發表自己的情感和思想，也可以暢所欲言，不覺得困難了。

現在我再介紹此書主要內容：

第一編《總論》：先說《修辭學的定義》，再分別就西洋、中國、日本分述《修辭學的變遷》，從而說明《修辭學的效用》：了解文章美的理論與規律，鑑賞他人文章，將自己的思想強有力地表現出來。於是有《辭的成立要論》，以為人的思想、標記思想的聲音或文字為「辭的要件」，然後一一討論「思想的性質」、「言語的起原及發展」、「聲音的性質」、「文字的起原」、「言與文的比較」、「中國語言文字的發展」、「言語與思想的關係」、「辭與想在修辭上的關係」。五、六、七章分別是《如何研究辭的美》、《修辭的目的觀》、《文情與修辭現象》。第八章《修辭的內容及組織》則析論「文章與修辭現象」、「修辭現象的區分」、「修辭現象的統一」。

第二編《詞藻論》：分論「語彩」與「想彩」。第一章《語彩的意義及分類》，先指出「語彩者乃為言語上的色彩，屬於外形的詞藻。……此所謂外形的是指由言語適用法所生之修辭現象」。再將語彩分為「消極的語彩及積極的語彩」。第二章《消極的語彩》，「消極的語彩，就是企望言語要穩妥的修辭法。」分為「語句的純正」與「語句的精確」二項而細論之。第三章《積極的語彩》，「積極的語彩，則作家的態度驟變，不單於將其思想要完全表出，且要研究如何能使其思想刺激讀者之情。」陳君強調「情趣」，而「語趣」、「音調」可以致之。「語趣就是由言語用例上所帶來基於情趣者。音調乃是隨言語的聲音所帶來基於情趣者。」並分：「語趣」、「音調」、「語勢的音調」、「形式的音調」、「口調」、「律格」六節以論之。第四章《想彩的意義及分類》，仍然先明定義：「想彩就是思想的色彩，其在修辭過程中，也分為消極的與積極的二段，乃屬於內容的詞藻。」兼明分類：「所謂消極的想彩，就是使思想明晰的工夫，以智力的充分理解為主眼的修辭法。……經過了積極的修辭過程，方得感動人的文辭。……蓋最初消極條件以救晦澀或散漫之弊為目的，而積極的條件卻以使人更容易意會為目的。歸結起來，在理知以外，由於修辭美術力的有無而分此兩端。」第五章《消極的想彩》，分「命題的完備」、「敘次的順正」兩節論之。第六章《積極的想彩》，則「可分為四大類。其基於想念的增殖者則為譬喻法，其基於想念的變形者為化成法，其基於想念的排列者為布置法，其基於想念的表出態度者為表出法」。其後七、八、九、十等章，就詳論此四大類的細節。第七章《譬喻法諸辭格》討論：「明喻法」、「隱喻法」、「諷喻法」、「提喻法」、「換喻法」、「借喻法」、「引喻法」、「詳喻法」、「交喻法」、「形喻法」、「字喻法」。第八章《化成法諸辭格》討論：「擬人法」、「擬物法」、「較物法」、「現寫法」、「情化法」、「誇張法」、「映寫法」、「頓呼法」、「移狀法」、「特指法」、「旁敲法」、「反情法」、「特例法」。第九章《表出法諸辭格》討論：「曲言法」、「問答法」、「設疑法」、「詠歎法」、「反語法」、「警句法」、「深言法」、「雙關法」、「撥言法」、「希冀法」、「辨言法」、「凝神法」、「絕對法」、「進退法」、「憤語法」、「警駭法」、「諧謔法」。第十章《布置法諸辭格》討論：「對偶法」、「漸層法」、「反覆法」、「倒裝法」、「照應法」、「轉折法」、「抑揚法」、「省略法」、「錯綜法」、「陪襯法」、「疊字法」、「列敘法」、「類字法」、「遞代法」、「藏歇法」、「對照法」。

第三編《文體論》：第一章《文體的意義及分類》，陳氏定義是：「文體為修辭現象歸趣。換言之，就是吾人用文字表現出的思想，成為詞藻，最後統一各種詞藻而具有完整的形者，便是文體。」並參考中國傳統文體分類、西洋修辭學者文體分類，日本佐佐政一、五十嵐力、島村瀧太郎三人不同的分類，於是綜合各說，提出己見，並表之如後：

- 文體
  - 主觀的
    - 由作者的風格分
      - 簡約體與繁縟體
      - 雄健體與優柔體
      - 平淡體與華麗體
    - 由作者的興會分
      - 快樂體與憂鬱體
      - 激昂體與沉靜體
      - 神妙體與詼諧體
  - 客觀的
    - 由思想的性質分
      - 知的
        - 記事文
        - 敘事文
        - 說明文
        - 議論文
      - 情的
        - 詩歌
        - 戲劇
        - 小說
    - 由言語的特徵分
      - 時間的
        - 古文體
        - 今文體
      - 性質的
        - 雅文體
        - 俗文體

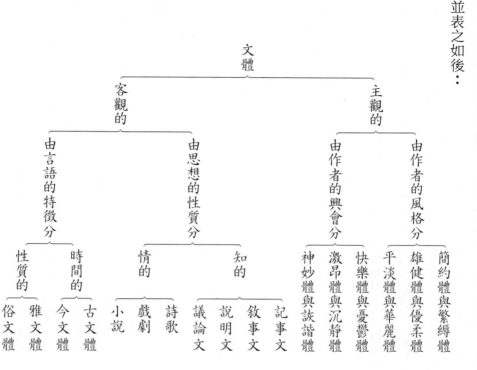

第二章《主觀的文體》詳析「由作者風格表現的文體」與「由作者興會表現的文體」。第三章《客觀的文體》詳析「由思想性質表現的文體」與「由言語特徵表現的文體」。

書末有《結論》與《附錄》。《結論》甚簡，舉我國傳統詩文評之書，首列劉勰《文心雕龍》，末迄王國維《人間詞話》，共五十一本，「以備參考」。《附錄》有二：「修辭學英漢術語對照表」、「修辭學漢英術語對照表」。

在書前《自序》中，作者曾聲明此書「直接參考」日本島村瀧太郎《新美辭學》（明治三十五年・1902）、五十嵐力《新文章講話》（明治四十二年・1909）、佐佐政一《修辭法講話》（大正六年・1917）。清末民初留學日本者多，除前已述湯振常《修詞學教科書》外，龍伯純《文字發凡・修辭學卷》（1905.08，上海廣智書局），王易《修辭學》（1926.06，上海商務印書館）和《修辭學通詮》（1930.05，上海神州國光社），都深受日本，特別是島村瀧太郎的影響。而陳介白此《新著》在這些修辭學著作中後出轉精，運用美學和心理學使修辭學的理論益為豐富，體系也更為縝密了。

一九三二年，陳望道《修辭學發凡》由上海大江書鋪初版，一九三五年改由開明書局出版。一九五七年臺灣開明書店發行「臺一版」，旋被禁。一九六八年臺灣學生出版社易名為《修辭學釋例》重新出版。

《發凡》全書分十二篇，茲略述其內容：

第一篇《引言》，先作「修辭二字習慣用法的檢討」，以為「修」不一定是修飾，當作調整或適用解；「辭」也非單指寫在紙頭上的文辭，當作語辭解。再分析「修辭和語辭使用的三境界」：記述的，表現的，糅合的。從而說明「修辭和語辭形成的三階段」：收集材料，翦裁配置，寫說發表。並討論「修辭和情境及題旨」，主張修辭以適應題旨情境為第一義。談到「修辭的技巧和修辭的方式」，指明技巧淵源於題旨和情境的洞達，和語言文字可能性的明澈；方式來自精密的觀察和系統的研究。至於「修辭的需要和任務」在告訴我們修辭現象的條理、修辭觀念的系統。最後強調「修辭學的效用」在使人對於語言文字有靈活正確的了解。

第二篇《說語辭的梗概》，討論的是：「修辭與語言」、「態勢語」、「聲音語」、「文字語」、「聲音」、「形體」、「意義」、「語言和文字的關係」、「中國語文固有的特性」、「中國語文變遷的大勢」。從這些細目中，可以看出《發凡》對「語辭」原具有遼闊宏觀的視野。

第三篇《修辭的兩大分野》，由「形式和內容」談起，語辭的音、形便是形式，意義便是內容，二者原不能截然分開，當然期望其能調和。其發展大抵是：1.內容過重時期。2.形式進步，足以應付內容；而內容也更豐富深厚，足以副稱形式時期。3.形式過重時期。接著說到「內容上的準備」，寫說者要有生活上的經驗、學問、見解和趣味。並有「兩種表達的態度」：記述的態度，以平實傳達客觀的真實為目的；表現的態度，以率直表現自己的體驗為目的。並尋求「糅合的境界」。這就回到《引言》所說的「三境界」了。因此問題落到「語辭的三境界和修辭的兩分野」，《發凡》分二目談「兩大分野的概觀」，消極修辭與積極修辭：「大概消極修辭是概念的理知的。必須處處與事理符合。說事實必須合乎事情的實際，說理論又須合乎理論的聯繫。其活動都有一定的常軌：事實的常以自然社會的關係為常軌；理論的常以因明邏輯的關係為常軌。」「然而積極的修辭，卻是直觀的、情感的。價值的高下全憑意境的高下而定，不必拘拘於事理的微末。只要能夠寫下當下躍動的內心全景，便是現實界所不經見的現象也可以出現，邏輯律所不認許的意境也可以存在。其軌道只是意趣的聯貫，與事理雖然不無關係，卻沒有直接的關係。」此其一，大體就意旨一面而說。再者，「消極手法是概念的理知的，對於語辭常以意義為主。」「但積極修辭卻常崇重所謂音樂的、繪畫的要素，對於語辭的聲音、形體本身，也有強烈的愛好。」此其二，須看語辭本身及語辭所須適應的情境。

第四篇《消極修辭》，詳論「消極修辭綱領」：「意義明確」、「倫次通順」、「詞句平勻」、「安排穩密」。

第五篇《積極修辭一》，從「積習修辭綱領」——辭格和辭趣說起，先說「辭格」，此篇說「材料上的辭格」：譬喻、借代、映襯、摹狀、雙關、引用、仿擬、拈連、移就。

第六篇《積極修辭二》，說「意境上的辭格」：比擬、諷喻、示現、呼告、鋪張、倒反、婉曲、諱飾、設問、感嘆。

第七篇《積極修辭三》，說「詞語上的辭格」：析字、藏詞、飛白、鑲嵌、複疊、節縮、省略、精警、周折、轉品、回文。

第八篇《積極修辭四》，說「章句上的辭格」：反復、對偶、排比、層遞、錯綜、頂真、倒裝、跳脫。

第九篇《積極修辭五》，說「辭趣」，包括：辭的意味、辭的聲調、辭的形貌。

第十篇《修辭現象的變化和統一》。《發凡》體認到說話作文，「格局無定」，「修辭現象也不是一定不易」，「常有上落」，「也常有生滅」，「適應更是形形色色」，而結穴於「變化的統一」，在人事、社會、語言，種種變化無定之中，找到統一的線索，得到一種大體可以分門別類的頭緒。

第十一篇《語文的體類》，詮釋「體類」，並分析「體類的八門」：簡約與繁豐，剛健與柔婉，平淡與絢爛，謹嚴與疏放。

第十二篇《結語》。「從萌芽時期說起」，「修辭文法混淆時期」，「中外修辭學說競爭時期」，最後在《結語》的「結語」中，指出「修辭學的主要任務，是搜集事實材料，和研究別的科學一樣地，盡力觀察、分析、綜合、類別、記述、說明」。並諄諄提醒來者，「世界上既然決沒有永遠一定不變的成例，世界上自然決不會有永遠一定不變的修辭條理。」「後來居上……超越它所述說，並沒有什麼不可能。」這不僅僅是智者之言，更是仁者之言。數十年來時時潤溉著我的心田。

一九三三年，楊樹達《中國修辭學》由上海世界書局出版，係於清華大學授課之講義。一九五五年更名為《漢文文言修辭學》由科學出版社出版。一九七二年臺北樂天出版社影印在臺發行。

全書分十八章。首《釋名》，次論《修辭之重要》，三《修辭舉例》。四章以下，分論：《變化》、《改竄》、《嫌疑》、《參互》、《雙關》、《自釋》、《曲指》、《誇張》、《存真》、《代用》、《合敘》、《連及》、《錯綜》、《顛倒》、《省略》。書後附錄《文病若干事》。

楊著繼承了我國前此的修辭研究傳統，而呈現了古漢語修辭體系。今天看來，內容有些貧乏。

(三)二十世紀後期至二十一世紀初

一九三一年，九一八事變爆發，日軍突襲我東北，占領瀋陽。翌年「滿洲國」宣告成立。一九三七年，發生七七事變，抗日戰爭全面展開，迄至一九四五年日本戰敗投降，全國人民顛沛流離，學術研究幾乎停頓。接著國共內戰，大陸和臺灣隔海相爭，文化事業各自發展。於是一九四九年之後的漢語修辭學史，也就話分多頭。

先說臺灣。

一九六八年，黃永武《字句鍛鍊法》由臺灣商務印書館出版，標誌著臺灣本土修辭學的建立。此書分兩大部分。一為《鍛句的方法》，包括五個方面：怎樣使文句靈動（分示現等十目）、華美（分協律等五目）、有力（分誇飾等十目）、緊湊（分頂真等四目）、變化（分倒裝等六目）。二為《鍊字的方法》，計有：運字法，含「以疊字摹神」等十二目；代字法，含「以蘊藉字代直率字」等二十二目；增字法，含「增字以盡情態」等八目；減字法，含「減字以歸簡潔」等五目。以傳統的鍛句、鍊字為綱，融西方辭格為目，脈絡分明，例句涵蓋古今中外，且多直接取之於原典，十分難能、可貴。一九八六年，此書增訂本改由臺北洪範書店出版；二〇〇二年再出新增訂本。

一九六九年，傅隸樸《修辭學》由臺北正中書局印行。全書分十四章：原則、鍛意、布局、取勁、足氣、美麗、生動、渾全、呈巧、練詞、剪裁、推陳、祛惑、疵累。章下各分若干目，全書凡六十五目。此書不但詳舉了各種積極修辭格，也注意到修辭的疑惑與疵累等消極修辭事項；不但敘述了鍛句鍊字之法，也關照到布局剪裁等篇章修辭法，並進一步涉及鍛意、足氣、渾全等有關主題、風格方面的論述。

一九七一年，徐芹庭《修辭學發微》由臺灣中華書局發行。全書包括八大部門：修辭學導論、消極修辭與字句之揣摩、積極修辭與意境之修辭法、章句之修辭法、詞語之修辭法、辭趣之修辭、文章的撰述及修辭法、文體論。在《自序》中，作者坦言當年臺灣可見修辭之書，惟楊樹達、陳望道、陳介白三家而已。《發微》「蘊三家之精意，宏修辭之大端」，在前人基礎之上，對修辭學作出了較全面的整理工作。

一九七五年，拙著《修辭學》由臺北三民書局出版。全書除《前言》外，分上下兩篇。上篇為《表意方法的調整》，含辭格二十種；下篇為《優美形式的設計》，含辭格十種。此書出版後，頗受文壇與學界注意，島內學人作家，如：王鼎鈞、王熙元、思兼、林雙不、林文煌諸先生，均曾撰文評論。大陸的胡裕樹、孫傳釗、宗廷虎、吳禮權、鄧明以諸教授，新加坡鄭子瑜教授、香港潘銘燊教授，也都有所論及。雖然佳評居多，但對本書偏重於「修辭格」的缺憾，也有所教正。並且指出：「只講辭格，這是臺灣修辭著作的通病。」我檢閱了臺灣後出修辭諸書，部分確實如此。不過，以辭格為重心，在理論上，是可以充實而臻圓滿的；在臺灣修辭教學的時數限制下，尤有不得已的苦衷。這正是臺灣用作教材的修辭之作所以不約而同地只講辭格的原因所在。

下面繼續介紹幾本以辭格為重心的臺灣修辭學著作：

一九八一年，董季棠《修辭析論》由益智書局出版。《前言》略述修辭的定義、功能、方式等等。再分：《意境的寫實與理想》、《字句的取樸與求新》、《形式的整齊與變化》三篇，共討論了三十種辭格。辭例分析十分精細。

一九九〇年，蔡謀芳《表達的藝術——修辭二十五講》由三民書局出版。除末講為《新詩的語言》外，其他每一講都討論一種辭格。重點在說明修辭的方式與功能，頗多新見。其中如「具現」、「添插」、「扣合」為新開發之辭格。

一九九一年，沈謙《修辭學》分上、中、下三冊由臺北空中大學出版。共二十四章，每章講一種辭格。本書為空中大學廣播教科書，引例豐富，講述詳盡，行文口語化，頗便於自讀自學。

一九九一年，張春榮《修辭散步》由東大圖書公司出版，此書所談不限於辭格，也談「虛實」、「音節」、「鎔成」、「情景相對」、「常字見巧」。作者續作有：《一把文學的梯子》(1993)、《修辭萬花筒》(1996)、《修辭新思維》(2001)等書，是一位多產的以通俗取勝的修辭學者。

一九九九年，黃麗貞《實用修辭學》由國家出版社印行。《前言》談修辭的實用功能、修辭的意義、修辭研究的發展，和作者本人的工作成果。以下分二十八章談「譬喻」等二十八種辭格。每一辭格都先立論，後舉例，並作深入闡說。書末附有關修辭論文四篇。

二〇〇一年，陳正治《修辭學》由五南圖書公司出版。首章為《緒論》，談修辭學的定義、作用、和修辭方式。第二至二十五章談二十四種辭格。第二十六章則為《修辭法的綜合運用》。此書行文風趣而體系謹嚴，章末附列「習題」，可供教學用書也可供自學。

除了以辭格為重心的修辭學著作外，臺灣學界對篇章修辭、各種文類修辭、文論專書之修辭論，文學作品之修辭技巧探討，亦多有顯著的成就。

說到篇章修辭。一九九九年，陳滿銘的《文章結構分析》在萬卷樓出版。此書以中學國文課文為例，文本包括詩、詞、曲與古今散文，逐篇先作「結構分析表」，然後加以「說明」，附錄《如何進行文章結構分析》，則是度人的金針。二〇〇一年，《章法學新裁》出版，已從辭章主旨、材料、聯絡照應、剪裁、插敘、補敘、三疊、虛實、隱顯、凡目、平提側收、縱向、橫向、縱橫疊合各個角度切入，理清章法學的範圍、原則與內涵。二〇〇二年《章法學論粹》出版，分《理論篇》、《教學篇》兩大部分。已由文本的分析歸納邁向理論體系的建立和在教學上的應用了。

仇小屏《篇章結構類型論》(2002)是在她的碩士論文《中國辭章章法析論》(1997)的基礎上擴充而成。「總論」之後，討論了「今昔」、「久暫」以至「插敘」、「補敘」等三十五種「結構」。

一九八二—一九八五年，楊鴻銘《高中國文課文析評》共六冊由文史哲出版社印行。《析評》首點線眼，直溯作者旨意；次列綱領，勾勒全文架構；其下或闡文意，或敘章法，結以全文總評；後附圖式。又自一九八四年十月起，《孔孟月刊》「教學園地」專欄開始連載作者文學作品分析之專文，至今(2002)從未間斷。皆以篇章修辭為主線。二〇〇二年結集，名為《文論學》，由臺北文史哲出版社發行。內容計分：文學的動機、組織、結構、章法、筆法、修辭、史筆與批評等。每章少則十節，多則達二、三十節；從立言的動機、創作的技巧到諸多角度的批評切入，而重點皆在篇法與章法。

在文體修辭方面，黃永武《中國詩學・設計篇》(1976)，談意象的浮現、詩的時空設計、詩的密度與強度、詩的音響、反常合道與詩趣，要求用心於筆墨之外。事實上是一本出色的「詩歌修辭學」。鄭明娳《現代散文構成論》(1989)，從散文修辭論開始說起，一直說到意象論、描寫論、敘述論、結構論，也可視為「散文修辭學」。方祖燊的《小說結構》(1995)中，論及《短篇小說的布局》、《長篇小說的布局》，以及：敘述程序、格局變化、人物描寫、小說對話、環境描寫，在在多與「小說修辭學」有關。

關於文論專書的修辭理論，較具代表性的有：沈謙《〈文心雕龍〉與現代修辭學》，一九九〇年由益智書局出版。蔡宗陽的《陳騤文則新論》，一九九三年由文史哲出版社印行。胡仲權的《〈文心雕龍〉之修辭理論與實踐》，是沈謙指導的東吳大學文學博士論文。

關於文學作品之修辭技巧探討，以論文方式發表者，有黃麗貞《餘霞炫錦勉斜陽——吳東權銀髮文學的修辭技巧》，江聰平的《鄭愁予詩的修辭藝術》等。以學位論文成書者，有林春蘭《杜詩修辭藝術之探究》（1985，高雄師院國文所碩士論文），金正起《〈水滸傳〉修辭藝術研究》（2000，臺灣師大國文所博士論文）等。至於學位論文一部分涉及修辭學者，那就不勝列舉。電腦網絡上檢索甚便，此不贅述。

再說香港。

一九七八年四月，譚全基《實用語文修辭十六講》由香港學生時代出版社出版。譚君一九五六年起在北京中國社科院語言研究所曾協助鄭奠教授編輯《古漢語修辭學資料匯編》，全書在一九八〇年七月才由北京商務印書館出版。譚君在古漢語修辭之雄厚基礎，是由此奠定的。《實用語文修辭十六講》，先說修辭的根本在「修心」。然後說到：譬喻、同音詞和近音詞的妙用、數字修辭、量詞修辭、模聲詞和色彩詞的活用、詞序修辭、反義詞的妙用，並特別強調「具體」。一九七八年十二月，譚君另一有關修辭之作《〈文則〉研究》，由香港問學社出版。

一九八一年十二月，黃維樑《清通與多姿——中文語法修辭論集》由香港文化事業有限公司印行。此書分兩輯：第一輯以語法為重心，其中《用詞造句要通順簡潔》說到：「誤用詞義和詞性」、「句子殘缺和混亂」、「過份口語化」、「惡性英語化」，與消極修辭有關。又《文字清通與風格多姿》，歷數：「張愛玲濃麗而陰沉」、「蔡思果清樸而溫厚」、「錢鍾書淵博機智而多諷」、「楊朔綿密嚴謹而樂觀」、「余光中清新鬱趣博麗豪雄」，並論清通無礙於多姿。近於修辭風格論。第二輯以修辭為重心，指出「生動」、「對比」、「比喻」、「結構」為「文學的四大技巧」。說明「文學的具體呈現法」的好處，並從歷史和理論雙方面論說此法未曾也不應是「唯一方法」。《與錢鍾書論比喻》推崇錢氏為比喻大師，而比喻是語言藝術中的藝術。並申明錢氏所說的「指示意義之符(sign)」與「體示意義之跡(icon)」兩大比喻：前者為說理性文章的比喻，是手段；後者為藝術性作品的比喻，為目的。並以「描寫音樂多借重比喻」與「古今著名比喻略舉」作結。最後一篇則以《前赤壁賦》與《茶花賦》為例，說明文學在語言教學的作用。屬篇章修辭賞析，並涉及語文教學問題。

一九八五年三月，澳門程祥徽的《語言風格初探》由三聯書店香港分店出版。全書分七項論述，一至五分別討論：現代風格學概述、傳統文體論檢討、風格要素與風格原則、體裁原則與風格原則、風格類型的劃分。六、七兩項以歸納、比較法析論老舍的語言風格。書以《初探》為名，論述簡明，兼容實證，能開風氣之先。

一九四九年到一九六五年，大陸修辭學曾有一段新生和發展時期。一九五一年，《人民日報》連載了呂叔湘、朱德熙合著的《語法修辭講話》，次年並由開明書店結集出版，帶起學習修辭的風潮。作為普及修辭教育的通俗讀物，如譚庸的《修辭淺論》(1952)、張世祿的《小學語法修辭》(1959)、倪海曙的《初級修辭講話》(1962)、秦牧的《藝海拾貝》(1963)、老舍的《出口成章》(1964)等等，出版的有近六十種之多。而張環一（張志公）《修辭概要》(1953)、張弓《現代漢語修辭學》(1963)，尤為深入淺出。

但是一九六六到一九七六年，十年間「文化大革命」的浩劫，一切學術活動停頓了，修辭學的研究也停頓了。直到一九七七年，才又重新活躍火紅起來。

在修辭教育方面：高等院校漢語教材中出現了修辭學，如：黃漢生主編的全國外語院系漢語教材《語法與修辭》(1981初版、1987增訂)。中國人民大學函授學院教材《現代漢語（語法修辭）》(1981)。史錫堯、楊慶蕙主編的北京市高等教育自學考試用書《現代漢語》(1984)中，有緒論、語音、文字、詞彙、語法、修辭。上海教育出版社發行的《漢語知識講話》(1987)，共四十冊，其中李嘉耀《選詞》、倪寶元《煉句》、林文金《辭格》，皆屬修辭學。此外，個人專著的修辭學普及讀物，如：鄭遠漢《現代漢語修辭知識》(1979)、倪寶元《修辭》(1980)、吳士文《修辭講話》(1982)、李裕德《新編實用修辭》(1985)、季紹德《古漢語修辭》(1986)等等，也紛紛出版。

在修辭學理論的探討與建構方面：李維琦《修辭學》(1986)作為《古漢語學習叢書》之一，研討對象固為古漢語，但論述分由音韻、詞彙、語法三方面切入，再敘其特殊修辭（辭格），最後略述古漢語修辭學簡史。宗廷虎、鄧明以、李熙宗、李金苓合著的《修辭新論》(1988)，以辯證法論述：「平直與奇曲」、「銜接和跳斷」、「整齊與錯綜」、「簡省與繁複」、「順敘與倒敘」、「常規與變異」等修辭現象，企圖求得對立統一的平衡。並對語言風格及其類型，與漢語修辭學史，多所著墨。王希杰的《漢語修辭學》(1983)、《修辭新論》(1993)、《修辭通論》(1996)的相接出版，顯示了作者不斷的努力與自我突破的精神。《漢語修辭學》分十二章，強調辯證法使修辭學理論化、系統化。《新論》分《修辭觀》、《辭格論》、《詞句學》、《修辭學》四卷，共二十章，「新」的觀念、「新」的語材、「新」的詮釋。稱為《新論》是名實相符的。《通論》更展示出修辭學深奧的天地。文化世界、語言世界、物理世界、心理世界，一一在此交會，而其中的量度、差度、顯度，在環境的制約下，總以「得體」為原則。

在辭格研究方面：吳士文的《修辭格論析》(1986)，對修辭格的定義和價值、系統性、增建、充實、特定結構、分類、運用與分析、各種基礎，以及修辭格與非修辭格的關係問題、修辭格研究史問題，有深入而詳盡的研究。譚永祥的《修辭新格》(1983)努力於十五種修辭新格的建立，到了《漢語修辭美學》(1992)，「新建辭格」已達三十四種，並評論「傳統辭格」二十六種。次年更有《修辭精品六十格》之出版。鄭遠漢的《辭格辨異》，濮侃的《辭格比較》則著重於比較研究。唐松波、黃建霖主編，中國國際廣播出版社出版的《漢語修辭格大辭典》，分辭格為語義類、布置類、辭趣類、文學類，共收錄修辭格一百五十六種。並對辭格的運用、套用、兼用加以討論。書末附《辭格一覽表》，依「序號」、「辭格名稱」、「定義」、「例句」、「說明」排列，簡單明瞭，極便檢閱。

在篇章修辭方面：徐炳昌的《篇章的修辭》(1986)，對題目的藝術、句群的修辭、組段成篇的基本要求和修辭手法，均有所論述。鄭文貞的《篇章修辭學》(1991)，討論了篇章的構件：段落，意義段，開頭、結尾、標題；篇章組織的方法；篇章組織的手段：詞語，句式，辭格。篇章修辭學的初步架構於是建立了。有些未標明「修辭」字樣的著作，如：鄭頤壽的《辭章學概論》(1986)，程福寧的《文章學基礎》(1987)，吳應天的《文章結構學》(1989)，事實上亦屬篇章修辭學。

在語體、風格方面：所謂「語體」，指語文的功能風格，包括談話語體和書卷語體，是介於修辭學和風格學之間的一門新學科。一九八五年，復旦大學和華東修辭學會曾聯合召開「語體學學術討論會」，一九八七年，王德春《語體略論》出版，一九八九年，黎運漢主編的《現代漢語語體修辭學》出版。所謂「風格」，指作品中表現出來的藝術特色和創作個性。淵源甚早，《文心雕龍・議對》已說：「陸機斷議……風格存焉。」風格學重要著作有：張德明《語言風格學》(1990)、鄭遠漢《言語風格學》、黎運漢《漢語風格探索》。這兒再對「語言」和「言語」二詞略作解釋，依據瑞士語言學家索緒爾(Ferdinand de Saussure, 1875–1913)《普通語言學教程》所說：「言語(parlo)是個人所說的話；語言(langue)是有系統、有結構而存在於一定時間和社會之中的語言。」換句話說：言語是語言的運用及其產物；語言是從言語中概括出的體系。這種分辨雖細微卻十分有意思。

在各種文類修辭學方面，鄭頤壽主編的《文藝修辭學》(1993)，所論文藝修辭的基本特徵、與美學信息的關係、風格協調、文藝體素等等，雖屬通論；但第五章《文藝分體修辭》，分「韻文」、「散文」二體而細加析論，卻是文類專論了。此外，古遠清、孫光萱有《詩歌修辭學》(1995)。另《小說修辭學》(1987)，是翻譯的，作者為美國的W. C. Booth，譯者華明、胡蘇曉、周憲。

口語修辭和公關修辭在大陸頗受重視。口語修辭代表作有：宗廷虎等合著的《辯論藝術》(1991)，吳禮權的《言辯的智慧》(1991)，夏中華的《口語修辭學》(1993)等；公關修辭代表作有：劉煥輝的《言語交際學》(1986)，吳士文等合著的《公共關係修辭學》(1989)，孫蓮芬、李熙宗的《公關語言藝術》(1989)，姚亞平的《公共關係語言藝術》(1990)，黎運漢主編的《公關語言學》(1990)。

在作家作品修辭賞析方面，較具代表性的有：夏傳才的《〈詩經〉語言藝術》(1985)，劉明華的《杜詩修辭藝術》(1991)，林興仁的《〈紅樓夢〉的修辭藝術》(1984)，陸文蔚的《魯迅作品的修辭藝術》(1982)，黎運漢、李劍雲的《秦牧作品語言藝術》(1992)等。

在修辭學史方面，發展迅速，成就可觀。一九六五年日本早稻田大學語言教育研究所鄭子瑜教授所寫的《中國修辭學的變遷》，薄薄的只有一〇一頁，約五萬字左右。到了一九八四年，鄭著《中國修辭學史稿》已達五三九頁，四十二萬多字。增訂本一九九〇年由臺灣文史哲出版社印行，更厚達七一二頁，五十萬字左右。此外，易蒲、李金苓合著的《漢語修辭學史綱》(1989)，宗廷虎的《中國現代修辭學史》(1990)，周振甫著《中國修辭學史》(1991)，先後出版。而最豐饒的成績是一九九八年《中國修辭學通史》由吉林教育出版社出版。此書分《先秦兩漢魏晉南北朝卷》(364000字)，《隋唐五代宋金元卷》(601000字)，《明清卷》(340000字)，《近現代卷》(442000字)，《當代卷》(373000字)，洋洋五巨冊，合計約二百十二萬字。詳細的目錄，詳盡的內容，可供細讀，亦便於查檢。

在修辭新領域的拓展方面。大陸學人勇於接受各種新思維，而運用於修辭研究之中。如鄭頤壽的《比較修辭》(1982)，與「比較文學」不無關連；蔣有經的《模糊修辭淺論》(1991)，也許受到「模稜七型論」的影響；譚學純等的《接受修辭學》(1992)，可能是接受了「接受美學」的啟示。

在「邊緣學科」理論的影響下。大陸在修辭學相關學科的整合方面，也成就可觀。吳士文、馮凭主編的《修辭語法學》(1985)，以辯證的觀點，論述修辭和各種語言成分：詞、詞組、句子成分、單句、複句、標點、篇章間的差異與聯繫。譚永祥的《漢語修辭美學》(1992)，凸顯辭格，講究辭趣，重視語用和語境，不僅融合了言語和美學，而且汲取了邏輯學、信息學一些重要觀念。王德春、陳晨編著的《現代修辭學》對語境學、語體學、風格學、文風學、言語修養學、修辭手段學、修辭方法學、話語修辭學、信息修辭學、控制修辭學、社會語言學、語用學，一一詳加論析，而結穴於社會心理修辭學和建構修辭學。大大整合並拓展了修辭學的視野。

乙、前　瞻

從修辭學歷史發展的軌跡，赫然發現：修辭學一面在分化，一面在整合。

先看分化。從前附屬於修辭學的，如：謀篇、裁章、語體、風格，漸漸分化而成「篇章修辭學」、「語體修辭學」、「修辭風格學」。各種不同文類，也有專門修辭之書，古有：《詩式》、《文則》、《詞源》、《曲律》，近有：「詩歌修辭」、「散文修辭」、「小說修辭」等。

再說整合。我的老師高明先生早已有修辭學「必須借重語言學、心理學、社會學、邏輯學、美學、哲學」之說，見本書高序。而前述王德春、陳晨《現代修辭學》所主張整合者，也更為多元而豐富了。

在這「分化」與「整合」中，修辭學將何去何從？我個人的看法是：建立以修辭格為重心的修辭學。消極修辭中屬於語音、詞彙、語法的，回歸於語言學；讓已獨立為新學科的，如篇章修辭學、語體學、風格學、各種文類修辭，從普通修辭學中分化出去。而在辭格的概說中，要顧及此辭格理論和實踐雙方面的發展史和各種相關理論的整合；在辭格原則中，更應兼顧各種新學科所提供的理論信息。而這些，在此二〇〇二年新增訂的拙著中，並未完全作到。《周易》終於《未濟》，我願意留給讀者和自己日後再充實再修訂的敻遠空間。

增訂三版後記

拙著《修辭學》初版於一九七五年一月。後來增加了業師高明先生《序》，補了附錄《引用書書名作者綜合索引》，和王鼎鈞、王熙元、思兼、林雙不、林文煌諸先生的書評，並校正了書中一些錯字，算是「增訂二版」。轉眼間四分之一世紀過去了。在教學過程中，書中謬誤不斷發現，新的材料也不斷補充。二〇〇〇年，我自臺灣師範大學退休，便專心從事此書增訂工作，現在增訂三版終於完成。略述其補充修改情況如下：

一、初版本於《前言》之後，分上、下兩篇；增訂三版《前言》改稱《緒論》，為第一篇，增第四篇《餘論》於書末。

二、第二篇《本論上》、第三篇《本論下》之始，均加「前言」一節，以述所隸各章次第安排之故。

三、《緒論》雖有所補充，惟篇幅不多，主要在對「修辭」之意義和「修辭學」學科之性質作出更清楚明確的認定。

四、《本論》上下兩篇，在辭格之定義、細目方面，有所更動；理論和發展方面，也多所補充。例句部分，增加的多為古漢語、大陸作品、臺灣年輕一代作品中的佳句。例句的辭格屬性，也有所調整，有初版視為甲辭格的，三版改屬乙辭格。如：原視為「轉化」的例句，今有改入「譬喻」的；原視為「婉曲」的「吞吐」，今併入「跳脫」等等。諸如此類，行文中多隨文點出，並說明改動的理由。

五、《餘論》分兩章，首敘《修辭格的區分與交集》，但我衷心盼望在中學從事國文教學的朋友們，不要太重視辭格之辨別，更不要在試卷中以此為難中學生們。因為一些佳句的辭格屬性，連修辭學家們都還沒有一致的看法！次敘《修辭學的回顧與前瞻》，倡議的卻是修辭學的分化和整合。讓篇章修辭、語體、風格、各種文類的修辭分化出去，獨立成新學科；而整合相關學科的知識，建立以辭格為重心的修辭學。

六、感謝所有對這本書有所指正與協助的人：我的老師、同仁、學生，三民書局劉董事長振強兄，編輯部的年輕朋友們。特別是內子德瑩，小女紹音，在我增訂過程中，給我建議，幫我打字，尤讓我銘感在心。

中國文學概論

黃麗貞 著

本書是一本論述中國從古到今各種文學體類的著作，全書分九章，首先說明中國文學的定義和特色；其他八章，涵蓋詩歌、散文、楚辭、賦與駢文、小說、詞、散曲、戲劇等八大類文學，精確詳盡地論介其涵義特質、形式內容與發展過程中所產生的變化與流派，並選擇名家的代表作詮釋欣賞。這是一本內容最充實的《中國文學概論》，也是中文系學生及研究、愛好中國文學人士都要一讀的好書。

國文教學法

黃錦鋐 著

本書為作者數十年教授語文教學法的心得，其中有理論、有實務，說明語文教學方法的發展方向。理論部分包括傳統的語文教學法及西洋引進的教學法，提出實用教學法的理論根據。在教學實務方面，倡議教師在傳授學生知識的同時，更應該重視學生從吸收知識的過程中，體悟出前人的智慧，改變呆板、機械、背誦、記憶的教學法，提供學生思考的空間，以達到創造的境地。實為教師及自學青年參考、自修的良好讀物。

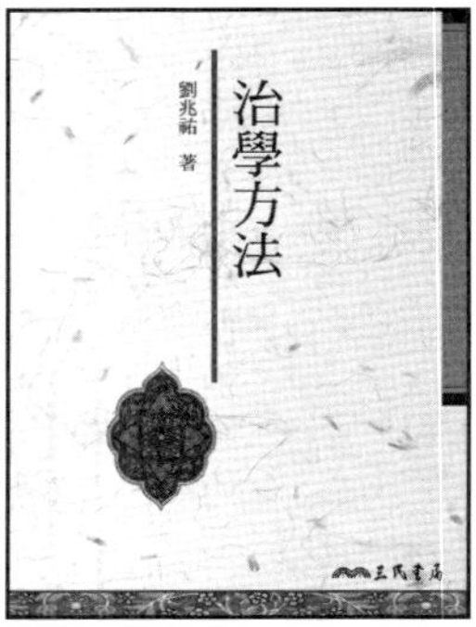

治學方法

劉兆祐 著

本書旨在為研治文史學者提供正確的治學方法。作者在大學中國文學系所任教長達三十餘年，講授課程多與研究方法及文史資料之討論有關，本書即就其課堂講稿增訂而成，全書共分〈緒論〉、〈治學入門之必讀書目〉、〈研讀古籍的方法〉、〈善用工具書〉、〈重要的文史資料〉、〈治國學所需具備的基礎知識〉、〈撰寫學術論文的方法〉等七章，大抵治文史學者所應知的方法，都已論及，適合大學及研究所同學閱讀。